Les Non-conformistes des années 30

Du même auteur

Questions sur le monde actuel
Presses de l'Institut d'études politiques de Toulouse, 1991

La Police, approche socio-politique
Montchrestien, 1992

L'Illusion politique au XXe siècle
Economica, 1999

Jean-Louis Loubet del Bayle

Les Non-conformistes des années 30

Une tentative de renouvellement de la pensée politique française

ÉDITION REVUE ET ACTUALISÉE PAR L'AUTEUR

Éditions du Seuil

COLLECTION « POINTS HISTOIRE »
FONDÉE PAR MICHEL WINOCK
DIRIGÉE PAR RICHARD FIGUIER

La première édition de cet ouvrage, parue en 1969, a été rééditée en
1987 dans la collection « XXᵉ siècle » aux Éditions du Seuil

ISBN : 2-02-048701-2
(ISBN : 2-02-002167-6, 1ʳᵉ publication)

© Éditions du Seuil, 1969, septembre 2001.

www.seuil.com

« Le problème qui se pose aujourd'hui n'est pas plus politique que social : il est cela sans doute, mais il est aussi beaucoup plus que cela. C'est un problème de civilisation. »

Georges BERNANOS

INTRODUCTION

DES ANNÉES TOURNANTES

« Que nous vivions aujourd'hui des années tournantes, il est, je pense, impossible d'en douter. » Ces lignes, écrites par Daniel-Rops en décembre 1932, dans les premières pages d'un livre intitulé précisément *les Années tournantes*, formulaient un jugement que l'historien ne peut que ratifier. Certes, il est toujours un peu arbitraire et artificiel de vouloir introduire des coupures nettes et tranchées dans le devenir historique. Pourtant, il en est peu qui soient aussi justifiées que celle-là.

L'année 1930, située presque à égale distance de l'armistice de Rethondes et du premier coup de canon de la Seconde Guerre mondiale, fut en effet à de multiples égards un tournant entre deux époques de l'histoire de l'Occident. En deçà, c'était l'après-guerre avec ses facilités et ses espoirs ; au-delà, c'était encore la paix, mais c'était déjà une paix compromise et c'était la crise. La décennie qui s'ouvrait, si elle ne fut pas immédiatement ressentie comme un nouvel avant-guerre, le fut cependant comme un temps de bouleversement aussi bien dans le domaine des structures économiques, des institutions et des idéologies politiques que dans celui des créations de l'esprit. L'histoire politique et sociale de la France comme l'histoire des idées de la première moitié du XXᵉ siècle butent sur cette date qui, à maints points de vue, vit se produire des changements décisifs.

Pour la France, les années 1930-1932 furent celles d'un cruel réveil qui dissipa les rêves de paix et de prospérité qu'elle avait cultivés depuis 1918. C'est à ce moment qu'elle commença à prendre l'exacte mesure des conséquences de l'épuisante lutte qu'elle avait soutenue durant quatre ans. La France était en effet sortie de la guerre durement atteinte, matériellement comme moralement. Une page de son histoire était définitivement tournée. Mais les contemporains ne s'en aperçurent pas sur-le-champ. L'immédiat après-guerre leur donna bien quelques inquiétudes mais, après 1926 et le retour au pouvoir de Poincaré, ils se rassurèrent. Pendant quelques années, des « années d'illusion », pour reprendre le mot de Jacques Chastenet, les hommes de l'époque se persuadèrent que la guerre n'avait été qu'un intermède tragique et que l'ordre ancien allait reprendre son cours. La période 1926-1931, avec sa prospérité financière et économique, son atmosphère de détente internationale, sa stabilité politique, fit croire à beaucoup que cet espoir était devenu une réalité.

Après les élections de 1924, l'opinion publique, habituée jusque-là à une monnaie stable, avait pourtant été assez violemment secouée par la crise financière et monétaire qui avait suivi la victoire du Cartel des gauches et qui avait provoqué son éclatement quelques mois plus tard. L'effondrement du franc avait alors engendré une grave crise de confiance. Mais, en 1930, ceci n'était plus qu'un mauvais souvenir. Poincaré, appelé en sauveur au début de juillet 1926, avait assez rapidement jugulé la crise. Consolidant la dette du Trésor, réduisant le déficit budgétaire, il avait réussi à stabiliser le franc sans pour autant compromettre l'économie du pays qui, après une brève dépression du commerce extérieur, s'était brillamment reprise.

En 1929-1930, non seulement il n'était plus question de crise, mais encore le crédit du franc était éclatant. Paris était, avec New York et Londres, parmi les premières places boursières du monde, et la France, de nouveau, prêtait à l'Europe entière. « En France, écrivait un journal allemand, financiers et hommes politiques sont assis désormais sur leurs sacs d'écus et font la leçon à l'Europe. » Le krach de Wall Street, considéré comme un phénomène purement américain, n'eut en France aucune répercussion immédiate. L'euphorie était d'autant plus générale que le rétablissement de la situation financière s'était accompagné, à partir de 1928, d'une vague de prospérité. L'année 1930 marqua pour l'ensemble de l'économie française un sommet qu'elle ne devait réatteindre que vingt ans plus tard. Cette expansion économique, trois ans après une grave crise, nourrissait le mirage jusque-là insaisissable d'un retour à la prospérité d'avant-guerre.

Ainsi, au moment où les États-Unis sombraient dans la dépression qui allait bientôt gagner le monde entier, les Français baignaient dans l'optimisme : « Quel motif de pessimisme auraient-ils ? note Jacques Chastenet, le franc paraît définitivement stabilisé à sa nouvelle valeur-or ; le ministère des Finances ne cesse de vanter l'aisance de la trésorerie ; le budget de l'État, en dépit des dépenses nouvelles votées par le Parlement, reste en excédent ; la balance des comptes extérieurs est largement créditrice ; l'encaisse de la Banque de France est la plus forte qu'on ait jamais connue ; les affaires paraissent en pleine prospérité ; la production minière et métallurgique dépasse tous les records antérieurs ; l'immigration continue d'ouvriers étrangers n'empêche pas le chômage d'être extrêmement faible [1]... »

Sur le plan international, les événements favorisaient aussi l'illusion de voir naître une Europe définitivement pacifiée. Le traité de Locarno avait apparemment consolidé l'œuvre des négociateurs de Versailles. L'Europe semblait devoir se stabiliser et Briand, qui allait incarner la politique de la France durant toutes ces années, pouvait, en septembre 1926, saluer l'entrée de l'Allemagne à la Société des Nations par un hymne à la réconciliation générale : « Arrière les fusils, les mitrailleuses, les canons ! Place à la conciliation, à l'arbitrage, à la paix ! » La mise hors la loi de la guerre par le pacte Briand-Kellog, ratifié en août 1928 par plus de cinquante États, apparut comme l'acte de naissance officiel de cette paix que chacun voulait croire durable. Cette impression fut renforcée, dans les mois suivants, par l'adoption du plan Young et les Accords de La Haye qui tentaient d'apporter des solutions aux problèmes des réparations et de la Rhénanie pendants depuis plusieurs années.

Ainsi, sous l'égide de la Société des Nations et du système de sécurité collective qu'elle représentait, l'Europe paraissait peu à peu s'installer dans la paix. Des discussions s'engageaient pour réaliser un désarmement véritable, tandis que s'ébauchaient des projets de coopération économique internationale afin d'assurer une entente générale sur tous les plans. Pour les Français, Briand, l'homme qui avait déclaré : « Tant que je serai là il n'y aura pas la guerre », était le vivant symbole de cette situation internationale apaisée dans laquelle la France gardait un rôle prépondérant. Cet opti-

---

1. *Les Années d'illusion* (Paris, 1962), p. 185.

misme connut son apogée lorsque Briand monta à la tribune
de la Société des Nations, le 5 septembre 1929, lors de
l'ouverture de la dixième session de l'Assemblée générale,
afin de proposer la création d'une fédération des États-Unis
d'Europe. Ainsi, avec beaucoup de légèreté, la France et
l'Europe de ces années croyaient qu'il suffisait de condamner
la guerre et de déclarer anathème le chaos pour que les
peuples vivent dans la fraternité. Bercés par les sirènes du
pacifisme, les Français de 1930, vivant sur le souvenir glo-
rieux de 1918, ne doutaient pas de la place de leur pays dans
le monde et se persuadaient que la guerre de 14-18 avait bien
été la « der des der ».

En politique intérieure, les années 1926-1931 furent aussi
des années rassurantes et sans histoire. Après la victoire du
Cartel des gauches, on avait certes vu réapparaître l'instabilité gouvernementale, corollaire de la crise financière, tandis
que l'intransigeance laïciste des vainqueurs rallumait les querelles religieuses et que l'on assistait à une résurrection des
ligues d'extrême droite[2]. Mais, après l'arrivée au pouvoir de
Poincaré, la situation financière rétablie, toute cette agitation
retomba. Pendant près de trois ans, la France ne connut pratiquement pas de vacance du pouvoir. Les élections de 1928
se déroulèrent sans passion, dans l'indifférence, la plupart
des partis s'accordant sur les problèmes essentiels en matière
économique et internationale. Elles furent un succès pour
l'Union nationale et considérées comme un plébiscite en
faveur de Poincaré. La démission de celui-ci en juillet 1929,
pour raisons de santé, ne modifia guère la situation, ses successeurs continuant sa politique avec toutefois, chez Tardieu,
un style plus moderniste qui fascina durant un temps l'opinion. Pendant un lustre, la France connut ainsi une période
de stabilité intérieure comme elle n'en avait pas vécu depuis
longtemps.

Le régime lui-même, déjà sorti renforcé de la guerre,
n'était presque plus discuté. La droite s'était intégrée dans
le jeu parlementaire et les années qui suivirent la mise à
l'index de l'*Action française* par Pie XI virent un second
« ralliement » des catholiques à la République. L'*Action*

2. Avec notamment la naissance des *Jeunesses patriotes* dont le style
rappelait celui des ligues nationalistes d'avant 1914.

française elle-même, affaiblie par son conflit avec Rome et flattée par Poincaré, n'était plus une grave menace pour les institutions. La gauche se trouvait neutralisée par les divisions qu'avait engendrées l'apparition du communisme et de la Troisième Internationale. Le recrutement du parti communiste et de la CGTU restait encore limité tandis que le parti socialiste ne se livrait qu'à une opposition mouchetée. Après la disparition des Empires centraux et à part les exceptions de la Russie et de l'Italie auxquelles on préférait ne pas s'arrêter, il semblait que l'on assistât à l'apothéose de la démocratie et du parlementarisme libéral.

La prospérité économique s'étalait, la paix paraissait assurée, l'ordre était maintenu, les institutions politiques solidement enracinées : les Français de 1930, emportés par la ronde de leurs illusions, ne connaissaient pas l'inquiétude. « La France, écrira Robert Brasillach, avait besoin de chansons, de jouets. La France avait besoin de songes. La France sursautait parfois devant quelque cauchemar, mais elle se rendormait précipitamment. C'était le temps du sommeil [3]. » Insouciante, elle se passionnait pour les exploits de ses aviateurs, pour la célébration des fêtes du centenaire de l'Algérie, elle s'enthousiasmait pour les fastes de l'Exposition coloniale et se complaisait au récit des faits divers, seuls événements importants de ces années où il ne semblait rien se passer. Reflet fidèle de cet état d'esprit, la presse n'accordait que peu de place aux grands problèmes politiques ou économiques, préférant l'anecdote à l'événement : « Ce qui remplit ses colonnes, constate Jacques Chastenet [4], c'est la mort de Clemenceau qui survient en novembre 1929, c'est l'attribution du prix Nobel de physique au prince Louis de Broglie, c'est l'arrivée d'Alain Gerbault rentré sur son *Fire Crest* après une navigation solitaire de trois années, ce sont les succès ininterrompus remportés sur les courts de tennis internationaux par les équipes françaises, c'est la mode féminine, la disparition de la robe-chemise et le retour de la taille à sa place normale, c'est la grande saison théâtrale qui permet d'applaudir les *Histoires de France* de Sacha Guitry, *Marius* de Marcel Pagnol, *Amphytrion* de Giraudoux et *le*

3. *Notre avant-guerre* (Paris, 1941), p. 101.
4. *Les Années d'illusion*, p. 185-186.

Sexe faible de Bourdet, c'est l'apparition du cinéma "cent pour cent" parlant. »

La France euphorique des années 1930 était une France inconsciente des graves menaces qui pesaient sur elle et sur le monde, confiante en sa force qui déjà déclinait, en une stabilité politique et économique qui était pourtant compromise. Chroniqueur angoissé de ces « années d'illusion », Jean-Pierre Maxence évoquera plus tard d'une plume véhémente « cet univers clinquant, en fièvre, joyeux, d'une joie forcenée, malsaine, cet univers de dupes allègres et de réalistes aveugles, cet univers froid dominé par les initiales et les statistiques, cette France insoucieuse de son sort qui se croyait un destin facile, un avenir semé de fleurs [5]... ».

En quelques mois, cette situation devait se transformer radicalement. Une société qui se pensait en termes de stabilité allait désormais se penser en termes de crises. Là où régnait l'optimisme allait s'installer la tragédie. L'inquiétude, le désarroi allaient naître et grandir dans tous les domaines. « Une époque s'écroule, constatera encore Jean-Pierre Maxence, une époque tout ensemble exquise et pourrie, esclave et souveraine... En politique, en économie, en littérature, le décor change et non point uniquement le décor mais l'exigence même des âmes, la direction des volontés. Dures, âpres années qui nous offrent une naissance et une agonie [6]. »

À la prospérité des années 1928-1931 se substitua bientôt la crise économique. L'opinion française, on l'a dit, s'était peu émue des débuts de la crise américaine, les considérant comme un simple krach boursier. Au début de 1931 pourtant, l'Europe commença à être touchée. Durant l'été, l'effondrement de l'économie allemande et la crise de la livre furent pour la France des signes avant-coureurs qu'elle s'efforça d'ignorer. « Pourquoi vous lamenter ?, pouvait-on encore lire dans un journal professionnel [7] en novembre 1931. Jetons un coup d'œil au-delà de nos frontières et constatons que les affaires ne marchent pas du tout à l'étranger faute d'une monnaie saine. Félicitons-nous d'être indemnes. Encore une fois confiance, tel doit être notre mot d'ordre. » Dans les

5. *Histoire de dix ans* (Paris, 1939), p. 99.
6. *Ibid.*, p. 93.
7. *La France horlogère*, 1er novembre 1931.

premiers mois de 1932, il devint cependant évident que la France ne serait pas épargnée. Le commerce extérieur fut le premier atteint, victime de la dévaluation de la livre et de la plupart des monnaies européennes : entre 1929 et 1935, les exportations tombèrent de 50,1 à 15,4 millions de francs. Des récoltes pléthoriques provoquèrent, au cours de l'été 1932, l'effondrement des cours agricoles, le prix du quintal de blé baissant en deux mois de 161 à 96 francs. La production industrielle amorça à peu près au même moment une courbe descendante qui, à travers chutes et paliers, devait atteindre son niveau le plus bas en 1935. En moins de cinq ans, l'extraction du charbon baissa de 15 %, la production de l'acier de 40 %, celle de l'aluminium de 50 % ; dans le même temps, la production automobile passa de 254 000 à 165 000 unités. Sans atteindre des proportions aussi catastrophiques que dans d'autres pays, le chômage grandit cependant peu à peu. De 60 000 en 1931, le nombre des chômeurs passa à 260 000 en 1932, 335 000 en 1933, 465 000 en 1935. Ainsi, chute des exportations, profond malaise agricole, baisse de la production industrielle, marasme des affaires et marasme boursier, chômage croissant furent autant de signes que la « prospérité Poincaré » était bien terminée.

Cette crise entraîna par ailleurs des difficultés financières grandissantes. La chute de l'activité économique provoqua en effet une diminution des rentrées produites par l'impôt. Dès 1932, l'équilibre budgétaire cher au cœur de tant de bourgeois français ne fut plus qu'un souvenir. Le déficit réapparut sans que le Parlement arrivât à définir des solutions cohérentes. Entre 1932 et 1935, quatorze projets de « redressement financier » furent ainsi proposés sans que l'on aboutît à un quelconque résultat, notamment du fait que l'on se refusait obstinément à envisager toute hypothèse de dévaluation. En ce domaine, le changement fut d'autant plus douloureux pour l'opinion que celle-ci ne pouvait s'empêcher de songer avec nostalgie à la stabilité financière des années 1927-1931.

La crise économique européenne eut aussi rapidement de graves conséquences dans le domaine des relations internationales. Elle contribua à disloquer l'Europe des Traités, faisant s'évanouir l'apparence d'équilibre dont se félicitaient les hommes de 1930. Déjà violemment critiqué outre-Rhin par l'opinion nationaliste, le plan Young fut en moins d'un an privé de tout objet par la dégradation de la situation économique et financière en Allemagne. Le 6 juin 1931, le gouvernement Bruning annonça qu'il ne pourrait s'acquitter de ses dettes. Le moratoire Hoover, suspendant pour douze mois le paiement des réparations et des dettes interalliées, ne fit que retarder d'un an l'échéance inéluctable. À l'issue de ce délai, l'Allemagne se déclara en effet incapable de reprendre les paiements, situation qu'entérina, en juillet 1932, la Conférence de Lausanne en mettant fin aux « réparations » après un dernier versement symbolique. Une illusion tenace se dissipait : l'Allemagne ne paierait pas. Cette affaire eut aussi pour résultat de détériorer les relations de la France avec ses alliés. Celle-ci, estimant en effet que le problème des dettes interalliées était lié à celui des réparations, se refusa, après la Conférence de Lausanne, à continuer ses versements aux États-Unis. Ce refus renforça l'orientation isolationniste de la politique américaine et sépara la France de la Grande-Bretagne qui continuait ses paiements. En fait, ce différend consacra l'aggravation d'un isolement diplomatique qui s'était amorcé dès janvier 1930 à la Conférence navale de Londres et qui s'était confirmé, en 1932, à la Conférence du désarmement où la France, abandonnée par ses anciens alliés, avait été obligée d'admettre « l'égalité des droits » en faveur de l'Allemagne.

Parallèlement se précipita le déclin de la Société des Nations. En septembre 1931, le Japon avait pris l'offensive contre la Chine et occupé la Mandchourie. Une mission de la SDN, envoyée sur place en décembre, ne put que constater le fait accompli. La seule sanction fut un blâme voté contre le Japon qui se retira de l'organisation internationale en mars 1933. La preuve était faite de l'échec de la politique de sécurité collective sur laquelle s'appuyait la France et de l'impuissance de la SDN à protéger efficacement un de ses membres en péril. Le Pacte à Quatre, signé en juin 1933, consacra le retour à la diplomatie classique et la faillite de l'organisation genevoise. Le coup de grâce lui fut porté par Hitler qui annonça, le 14 octobre 1933, que son pays ne participerait plus à ses travaux. Pratiquement la Société des Nations avait vécu.

Isolée, le principal instrument de sa diplomatie perdant peu à peu toute efficacité, la France vit de ce fait sa situation devenir de plus en plus inconfortable au sein d'une Europe désormais déchirée par l'affrontement des nationalismes politiques et des autarcies économiques. En quelques mois, ses positions se dégradèrent à un point tel que, non seulement elle perdit toute initiative diplomatique, mais encore elle se trouva incapable de réagir aux menaces qui grandissaient outre-Rhin. Dès 1930, en effet, l'évacuation de la Rhénanie avait provoqué en Allemagne, au lieu de l'apaisement attendu, une surexcitation nationaliste qui, en juillet, s'était traduite par l'entrée d'une centaine de députés national-socialistes au Reichstag et par le début d'une campagne réclamant la révision des traités de 1919. La crise économique, le chômage croissant exaspérèrent cette flambée nationaliste et conduisirent Hitler à la Chancellerie en février 1933. Désormais, le souvenir de Streseman était bien loin et l'Allemagne allait entrer ostensiblement dans la voie du réarmement. Quatre ans après l'appel de Briand en faveur d'une union de toutes les nations européennes, l'ombre menaçante d'une nouvelle guerre commençait à s'étendre sur l'Europe. La revue *Notre Temps*, qui avait été l'organe de la jeunesse briandiste des années 1928-1930, pouvait constater sous la plume désenchantée de Pierre Brossolette : « Nous voici maintenant en 1933. Et tout s'est écroulé. Le mot international et le mot socialisme suffisent à provoquer les rires. Les Internationales se dissolvent, la Société des Nations est morte, l'Union européenne est une dérision et le désarmement une blague. L'autarchie est devenue le dogme d'un monde économique où l'on ne parle plus que de barrières douanières, de contingentement et de bataille monétaire. L'Allemagne est plus loin que jamais de la France. Partout une extraordinaire marée nationaliste a submergé les peuples [8]. »

En face de cette « montée des périls », dans l'ordre économique comme dans l'ordre international, le régime allait d'autre part apparaître comme dangereusement faible et impuissant. Dès la fin de 1931, difficultés économiques et difficultés financières commencèrent à ébranler la relative stabilité gouvernementale qui avait caractérisé le poincarisme. Trois ministères se succédèrent au cours du premier semestre de 1932. En juillet, les élections législatives, plus

8. *Notre Temps*, 2-9 juillet 1933, p. 634.

passionnées qu'en 1928, virent s'affronter Herriot et Tardieu
et donnèrent une majorité de centre-gauche. Mais, devant une
situation de plus en plus difficile, cette nouvelle majorité
s'avéra hétérogène et incapable de définir une politique.
Après un gouvernement Herriot qui tomba en décembre sur
le problème des dettes interalliées, cinq ministères furent
renversés en moins de treize mois. Au cours de l'année 1933,
une paralysie progressive parut gagner les rouages de la
machine gouvernementale.

Cette instabilité et cette impuissance, ajoutées à la dégradation de la situation économique et internationale, provoquèrent à partir de la fin de 1932 un courant grandissant d'antiparlementarisme que contribua à nourrir l'éclatement de
scandales politico-financiers éclaboussant une partie du personnel politique. Le régime lui-même se trouva peu à peu
remis en question, au moins dans son fonctionnement. Les
groupes d'étude pour une « réforme de l'État » se multiliè-
rent tandis que Tardieu entamait une campagne contre le système parlementaire avec de nombreux articles et la publication de *l'Heure de la décision*. L'*Action française* redevint
plus mordante, connaissant un regain de jeunesse. Simultanément, le phénomène des ligues reprit une grande importance.
Les *Jeunesses patriotes* enregistrèrent un gonflement de leurs
effectifs tandis que se créaient de nouveaux groupes comme
le *Francisme*, la *Solidarité française*, les *Croix de feu*. Ce courant critique à l'égard des institutions devint d'autant plus violent que l'évolution des grands pays européens, avec la conso-
lidation du communisme en Russie et du fascisme en Italie,
avec les succès du national-socialisme en Allemagne, semblait consacrer le déclin du parlementarisme et du libéralisme.
Cette détérioration rapide ouvrit une crise politique et une
crise de régime qui, après avoir atteint un point particulièrement critique avec les émeutes de février 1934, ne devaient
connaître leur dénouement que dans la débâcle de juin 1940.

Ainsi, en moins de deux ans, entre 1931 et 1933, que ce soit
en matière économique, au point de vue diplomatique ou dans
l'ordre de la politique intérieure, la situation se transforma
d'une manière radicale. « Ce qui avait fait la force du pays,
a-t-on pu constater[9], devient maintenant manifestation ou

9. Claude Fohlen, *la France de l'entre-deux-guerres* (Paris, 1966), p. 89.

cause de faiblesse. L'économie, qui avait atteint un sommet en 1929-1930, chancelle et stagne comme si tout ressort était venu à lui manquer. C'est une lente décrépitude qui se prolonge jusqu'à la veille même de la guerre. Toute stabilité politique disparaît au long d'une succession de crises provoquées presque toutes par la veulerie d'un Parlement qui hésite à prendre les mesures nécessitées par la situation catastrophique de l'économie et des finances publiques. Du coup, le régime parlementaire, qui avait bien résisté à la guerre et aux convulsions sociales de l'immédiat après-guerre, est menacé par des mouvements d'opposition qui recherchent leur inspiration dans les expériences étrangères contemporaines et sont soutenus par une population prompte à se porter aux extrêmes parce que déçue, mécontente, atteinte dans son niveau de vie. La position de la France en Europe est à son tour remise en question, car notre pays perd l'initiative qu'il avait conservée à travers des politiques différentes jusqu'en 1931. La disparition presque simultanée des deux protagonistes et adversaires, Briand et Poincaré, la montée des régimes autoritaires, la faiblesse et la division du pays laissent nos diplomates démunis devant les nouveaux problèmes qui se posent. Le respect des traités, fondement de l'action extérieure, se révèle de plus en plus incompatible avec les conditions nouvelles des pays européens en proie, eux aussi, à une terrible crise. La France, incapable de leur venir en aide parce que paralysée par ses propres difficultés, se débat dans une série de contradictions qui ne débouchent sur aucune ligne de conduite ferme. » Et notre auteur de conclure : « Les années trente offrent un contraste tranché avec la décennie précédente. Autant celle-ci avait été brillante en dépit de l'héritage de la guerre, autant la période qui suit est terne, maussade, déprimante. » Ainsi, en quelques mois, la France confiante et sûre d'elle-même des années 1929-1930 se transforma en une France inquiète, de plus en plus désemparée, qui voyait s'évanouir les rêves dont elle s'était bercée à la suite d'une victoire chèrement acquise.

Cette inquiétude devant les événements immédiats se compliqua dans l'ordre intellectuel d'une inquiétude croissante sur le destin de la civilisation occidentale [10]. Déjà, la guerre

---

10. Cf. P.-H. Simon, « Le pessimisme historique dans la pensée du XXᵉ siècle », *Cahiers de la République*, 1956, nº 1.

avait ébranlé la foi dans le Progrès et la confiance en la Raison qui avaient guidé le XIXᵉ siècle. « Cette science qui devait unir et guérir, constatait Jean-Richard Bloch, avait apporté la même grande indifférence à servir les forces de destruction. Les instruments qui devaient rapprocher les hommes n'aboutissaient qu'à propager le fléau. L'instruction devait éveiller les esprits et les mettre en mesure de repousser l'erreur ; elle avait eu pour seul effet de les rendre plus accessibles aux embûches de la parole. L'art lui-même, cette fleur délicate jaillie des profondeurs communes à tous les hommes, devenait un argument de haine et de mépris. Ainsi tout l'échafaudage de l'esprit – raison, logique, intelligence – apparut tout à coup comme un amas de forces aveugles [11]. » Le courant de scepticisme et de révolte qui était né de cette constatation et dont le surréalisme avait été une des manifestations s'aggrava dans les années 30. Des phénomènes convergents vinrent nourrir chez beaucoup la crainte de voir la civilisation écrasée par ses propres productions, l'homme mécanisé par ses machines, l'individu absorbé par la masse. C'est alors que l'on commença à prendre une conscience claire des problèmes posés par le développement des systèmes politiques totalitaires. Il devint en effet évident que les expériences soviétiques et italiennes, sur les traces desquelles s'engageait l'Allemagne, n'étaient pas de simples accidents dans le cours harmonieux de l'histoire universelle. Nombre d'esprits commencèrent alors à s'interroger sur le sort de l'homme menacé dans sa vie personnelle par l'oppression grandissante d'appareils politiques et étatiques envahissants et par ce qu'Ortega y Gasset venait d'appeler la « révolte des masses ». Par ailleurs, commença à se développer une réflexion tournée vers l'appréciation critique des conséquences du progrès technique. Les expériences américaines du « fordisme » et du « taylorisme », l'apparition en France du travail à la chaîne, plus généralement les divers phénomènes consécutifs aux premières manifestations de ce que l'on ne nommait pas encore la société industrielle suscitèrent des interrogations caractérisées par l'angoisse de voir se produire, selon le mot de Bergson, « au lieu d'une spiritualisation de la matière, une méca-

---

11. Cité par A. Berge, in *les Jeunes à la croisée des chemins* (Paris, 1932), p. 67.

nisation de l'esprit[12] ». Très significativement, treize ans
après ses lettres à l'*Athénaeum* sur la mort des civilisations,
Paul Valéry écrivait en 1932 : « Ce que nous avons créé nous
entraîne où nous ne savons, où nous ne voulons pas aller...
Nous sommes aveugles, impuissants, tout armés de connaissances et chargés de pouvoirs dans un monde que nous avons
équipé et organisé et dont nous redoutons à présent la complexité inextricable... Nous ne savons que penser des changements prodigieux qui se déclarent autour de nous et même
en nous... Le monde n'a jamais moins su où il allait... »

Ce trouble trouva un écho immédiatement perceptible dans
la vie littéraire, pour laquelle ces années furent des années
charnière caractérisées par le déclin de la littérature de dilettantisme et de divertissement qui avait triomphé au cours de
l'après-guerre au profit d'une littérature de témoignage[13].
L'euphorie des années 20 avait favorisé le succès d'œuvres
de dépaysement, d'introspection psychologique, de spéculation métaphysique et d'évasion poétique. L'inquiétude et la
fièvre des années 30 provoquèrent un retour de l'esprit à
l'histoire, une réflexion tournée vers le concret et le social,
une pensée plus objective et plus grave. Dans les préoccupations des intellectuels, l'évasion, la poésie pure ou l'explo-
ration des labyrinthes du cœur et de l'inconscient cédèrent
alors le pas aux problèmes politiques et sociaux. À une production littéraire surtout faite de romans et de confessions
intimes succéda un flot d'essais consacrés à la méditation
des « destins du siècle ». Le déclin de l'influence de la *Nouvelle Revue française*, l'adhésion de la plupart des surréalistes
au communisme, l'emprise croissante du matérialisme dialectique sur nombre d'intellectuels, l'audience soudaine et
inattendue que trouva alors l'œuvre de Charles Péguy furent
quelques-uns des symptômes divers mais convergents de
cette évolution. Bernanos, Céline, Malraux, Saint-Exupéry,
tels furent les noms qui, dans les années 1932-1933, se mirent
à briller au firmament des lettres françaises, symbolisant
l'apparition d'un « esprit de sérieux » qui contrastait avec
l'étincelante désinvolture qui avait caractérisé la précédente

---

12. Cf., par exemple, G. Duhamel, *Scènes de la vie future* (Paris, 1930).
13. Cf. P.-H. Simon, *Histoire de la littérature française au XXᵉ siècle*
(Paris, 1956), tome II.

décennie. Évoquant l'année 1932 qui vit la naissance
d'*Esprit*, Mounier écrira : « Une époque s'achevait : l'époque
éblouissante de l'efflorescence littéraire de l'après-guerre :
Gide, Montherlant, Proust, Cocteau, le surréalisme, ce feu
d'artifice retombait sur lui-même. Il avait exprimé son époque avec un merveilleux jaillissement. Il n'avait pas apporté
à l'homme la lumière d'un destin nouveau. La déception que
laissaient ces guides sans étoiles, orchestrée par de lointains
craquements à Wall Street, amenait leurs successeurs à réflé-
chir sur les destins d'une civilisation qui semblait encore
capable d'éclat mais au prix d'une sorte de dépérissement
profond. La génération des années 30 allait être une génération sérieuse, grave, occupée de problèmes, inquiète d'avenir.
La littérature dans ce qu'elle a de plus gratuit avait dominé
la première. La seconde devait se donner plus intimement
aux recherches spirituelles, philosophiques et politiques [14]. »

Plus largement encore, on a pu voir dans ces années une date
décisive dans l'évolution de toute la littérature européenne de
la première moitié du XXᵉ siècle. Un critique et historien de la
littérature, R.-M. Albérès, considère ainsi les derniers mois de
1932 comme une césure capitale dans ce qu'il appelle « l'aventure intellectuelle du XXᵉ siècle ». Interprétant celle-ci comme
une réaction contre le rationalisme, déclaré caduc et desséché,
des deux siècles précédents, il constate que jusqu'en 1930 cette
réaction s'était faite dans la joie d'une liberté et d'une vitalité
retrouvées, dans une sorte d'allégresse dionysiaque dont Barrès, Gide, d'Annunzio, D. H. Lawrence, Stephan George ou
Hoffmansthal avaient été les chantres. À partir de 1930, cette
excitation retomba et la sensibilité littéraire européenne se
transforma très profondément. À l'enchantement des premières découvertes succédèrent en effet la désillusion et
l'angoisse : « Le grand mouvement qui avait jeté la littérature
de la pensée à la vie et de l'école à ''l'expérience'', à travers la
diversité des âmes faites d'instinct, de sensibilité ou de foi qu'il
attribuait à l'homme, cherchait partout une réalité que l'on
appelait la ''joie''. Et puis, l'on vit le ciel se couvrir de nuages
et on leva la tête vers les premiers éclairs. Il y eut pour chacun
un moment tragique où il sentit les premières gouttes de l'orage
tomber sur son front et le paysage de ''la vie'' prit une teinte

---

14. « Réflexions sur le personnalisme », *Synthèses*, 1947, nº 4, p. 25.

livide et plombée. S'il faut choisir une date pour ce brusque changement des conditions atmosphériques, on peut élire celle de 1933 où la "crise" de dépression arrive en Europe et où l'orage se concentre au-dessus de l'Allemagne. À partir de cette date, les nouveaux écrivains ne voient plus ce fameux soleil de la "joie" dont parlent leurs aînés. Certes eux aussi suivent la pente du siècle, recherchent la vérité dans la vie et ne croient qu'au concret. Mais cette vie a changé de sens ; elle n'est plus découverte de jardins enchantés, elle ne s'affirme plus au contact d'un monde toujours nouveau, mais elle doit sa seule réalité au fait de se savoir sans cesse menacée... Un Malraux, un Saint-Exupéry, un Richard Hillary, un héros de Sartre se fient aussi aveuglément que leurs aînés à l'événement, mais, plus qu'une joie, ils y veulent découvrir une "angoisse" et une "lutte", le mot "expérience" a cédé la place au mot "aventure" ou "engagement" et la "joie" a été remplacée par le "risque". Car ce sentiment de vitalité profonde qu'on demandait à la joie est demandé au danger [15]. » C'est aussi à partir des années 1930 qu'a commencé de s'exprimer dans toute la littérature européenne une vision de plus en plus tragique, de plus en plus désespérée de la condition de l'homme qui a cessé « d'être un fils de la terre pour y devenir un enfant perdu [16]. »

À cette mise en question du rationalisme dans la littérature depuis le début du siècle avait correspondu un mouvement analogue dans la réflexion philosophique. La philosophie pragmatiste avait été, autour de 1900, le premier signal de cette offensive brillamment poursuivie par le bergsonisme. À cet égard, les années 1930 furent caractérisées par une nouvelle aggravation de la crise du rationalisme qui, de plus en plus menacé, essayait cependant de maintenir ses positions avec la fondation de l'*Union rationaliste* par Bayet, Boll et Langevin et avec la publication des *Âges de l'intelligence* et des *Progrès de la conscience dans la philosophie occidentale* de Léon Brunschwicg. Ces sursauts n'empêchèrent pas le rationalisme, pourtant maître encore de beaucoup de chaires universitaires, d'être de plus en plus battu en brèche. Bergson, après plusieurs années de méditation silencieuse, fit paraître en 1932 son dernier grand livre *les Deux Sources de la morale et de la religion* qui élargit

---

15. *L'Aventure intellectuelle du xxᵉ siècle* (Paris, 1959), p. 30-31.
16. *Ibid.*, p. 34.

encore son audience. Les progrès de la physique quantique, représentée en France par Louis de Broglie, incitèrent savants et philosophes à remettre en cause les notions de causalité et de déterminisme. S'inspirant des recherches freudiennes sur l'inconscient, la pensée philosophique tendit à s'élargir en s'ouvrant à des explorations plus subtiles des marges mystérieuses et des zones profondes de la conscience avec, par exemple, les travaux de Bachelard élaborant une méthode de connaissance totale et une critique explicative du symbolisme des images.

Mais, surtout, les années 30 virent s'étendre l'influence d'un courant de pensée promis à une grande célébrité après la Seconde Guerre mondiale, celui de l'existentialisme ou, plus largement encore, celui de la pensée existentielle. C'est dans ces années que commencèrent à être connus au-delà des frontières allemandes les travaux de l'école phénoménologique fondée par Husserl et les premières œuvres de ses disciples existentialistes : Heidegger, Scheler, Jaspers. En 1930 parut ainsi en France *Tendances actuelles de la philosophie allemande* de Gurvitch, dont plusieurs chapitres étaient consacrés à ces auteurs, tandis que Lavelle et Le Senne devaient fonder en 1934 chez Aubier la célèbre collection « Philosophie de l'Esprit » qui allait s'attacher à tirer le courant de la phénoménologie vers une perspective religieuse de la vie. À ceci s'ajoutèrent en France, d'une part, l'influence d'un courant existentiel russe s'exprimant à travers les œuvres de Berdiaeff et de Chestov et, d'autre part, l'influence d'un existentialisme spécifiquement français représenté par Gabriel Marcel, initiateur avec ses livres (*Journal métaphysique, Être et Avoir*), son théâtre et de nombreux articles, d'un mouvement de pensée orienté vers l'approfondissement des valeurs spirituelles et religieuses. Ces années dramatiques virent aussi grandir l'importance intellectuelle des deux grands précurseurs de l'existentialisme : Sören Kierkegaard et Frédéric Nietzsche. C'est notamment assez exactement autour de 1930 que commencèrent à être traduites en français les principales œuvres du grand philosophe danois qui allait trouver en Jean Wahl un commentateur érudit et averti[17].

---

17. En 1934, Edmond Jaloux et Denis de Rougemont fondèrent avec l'aide du consul du Danemark, Prior, une Société d'études kierkegaardiennes. Cf. aussi Y.-M. Congar, « Actualité de Kierkegaard », *la Vie intellectuelle*, 25 novembre 1934.

Au point de vue religieux, les années 30 furent aussi des années tournantes. Pour l'Église catholique, elles furent marquées par un profond renouvellement de sa vie intérieure ainsi que par une nette atténuation du conflit qui, durant tout le XIXᵉ siècle, l'avait opposée à la société politique née de la Révolution française. C'est à partir de cette date que la mise à l'index de l'*Action française* commença à avoir des effets sensibles, dissociant la collusion des catholiques avec les monarchistes et diversifiant leurs positions politiques. Les problèmes économiques et sociaux prirent aussi dans ces années une place grandissante dans les préoccupations du monde catholique alors que l'engagement social avait été jusque-là le fait d'une minorité[18]. La fondation de la *Vie intellectuelle* par les dominicains de Juvisy en 1928, la publication par les jésuites de l'Action populaire des *Cahiers d'action religieuse et sociale* à partir de 1933, le lancement en 1934 de l'hebdomadaire *Sept*, auquel succéda *Temps présent*, la publication en 1936 d'*Humanisme intégral* de Jacques Maritain furent quelques-unes des étapes de cette évolution[19]. De cette période date aussi l'essor des mouvements d'Action catholique spécialisés avec le développement de la *Jeunesse ouvrière chrétienne* créée en 1926, avec la fondation de la *Jeunesse agricole chrétienne* en 1929, de la *Jeunesse étudiante chrétienne* en 1930, de la *Jeunesse maritime chrétienne* en 1932, de la *Jeunesse indépendante chrétienne* en 1936. L'action de ces mouvements de laïcs fut favorisée par un effort correspondant de réflexion théologique et par l'influence croissante exercée par les intellectuels catholiques, notamment par les universitaires, sur de nombreux catholiques « engagés » et sur le jeune clergé au moyen d'articles de revue, de conférences ou de réunions au sein de groupements divers. Cette évolution s'accompagna d'autre part d'une évolution de la spiritualité, dégageant celle-ci de la gangue d'un certain conformisme bourgeois. « Le catholicisme individualiste du XIXᵉ siècle, le catholicisme d'obligation, du sentiment et des pratiques fait place, a noté Adrien Dansette, à un catholicisme à la fois plus personnel et plus

18. Souvent politiquement contre-révolutionnaire.
19. Cf. R. Rémond, *les Catholiques, le communisme et les crises* (Paris, 1960) ; Aline Coutrot, *Un courant de la pensée catholique : « Sept »* (Paris, 1961).

social inspiré par les vertus théologales et qui se propose de muer la vie du chrétien en une oraison permanente. C'est un catholicisme conquérant, à orientation apostolique, qui requiert de chacun de ses fidèles un travail en pleine pâte humaine pour le salut non seulement de lui-même mais du monde [20]. » Plus généralement, c'est dans les années 30 que s'est amorcé le courant de réformes qui a abouti à « l'aggiornamento » de l'Église catholique réalisé par le concile de Vatican II. Ainsi, à maints égards, l'Église de l'après-guerre a été tributaire de courants nés dans la décennie qui a précédé la Seconde Guerre mondiale. Les crises mêmes que l'Église a connues après 1945 ont eu, elles aussi, leurs racines dans l'avant-guerre. C'est en effet, par exemple, dès cette époque qu'a commencé de se manifester la fascination exercée par le marxisme sur une part notable de « l'intelligentzia » catholique, fascination qui provoqua, autour de 1947, l'apparition du « progressisme ». De même, ces années d'avant-guerre virent apparaître les lointaines prémices du fléchissement doctrinal et spirituel contemporain de Vatican II que d'aucuns ont baptisé « néomodernisme [21] ». Si 1930 fut une date importante pour le catholicisme, elle le fut aussi, quoique à un degré moindre, pour le protestantisme avec le développement de la « théologie dialectique » représentée essentiellement par Karl Barth dont l'œuvre capitale, la *Kirchliche Dogmatik*, commença à paraître en 1927. C'est autour de 1930 que la théologie barthienne, rupture radicale avec le protestantisme libéral, commença à être connue en France et à y avoir une influence non négligeable avec, notamment, la fondation en 1932 par Denis de Rougemont de la revue *Hic et Nunc*.

Ainsi, à quelque point de vue que l'on se place, économique, diplomatique, politique, littéraire, philosophique ou religieux, les années 1930-1933 apparaissent, même si les contemporains n'en ont pas toujours eu conscience, comme une « époque » au sens que Péguy donnait à ce terme, c'est-à-dire comme des années de crise et de changement mettant en question les valeurs, les idées, les structures établies. Pour

20. *Histoire religieuse de la France contemporaine* (Paris, 1965), p. 8.
21. J. Maritain, *le Paysan de la Garonne* (Paris, 1966) ; R. Vancourt, *la Crise du christianisme contemporain* (Paris, 1965).

reprendre un mot de Pierre Andreu, « le XXᵉ siècle se préparait à pivoter[22] ».

Cette période, à maints égards cruciale, vit se produire par ailleurs une relève de génération. Cette notion était devenue particulièrement importante depuis l'armistice. En 1926, Benjamin Crémieux notait déjà : « La notion de génération a pris soudain une signification vivante et comme une résonance nouvelle. Conséquence immédiate de la guerre. En ouvrant par la mort l'immense trou de dix classes d'hommes, en séparant par cet abîme deux groupes sans liaison, elle a contraint les survivants à se compter[23]. » À ce point de vue, les années 1929-1932 furent tout d'abord caractérisées par la disparition des hommes qui avaient atteint aux rôles de premier plan avant 1914 et qui s'étaient maintenus aux leviers de commande durant l'après-guerre. Poincaré, malade, s'effaça dans une retraite définitive en juillet 1929. La même année, Foch et Clemenceau s'éteignirent. 1931 vit disparaître Maginot tandis que Joffre rejoignait Foch dans la tombe. L'échec de la candidature de Briand à la présidence de la République et sa mort quelques mois plus tard consacrèrent l'effacement définitif de cette génération remplacée sur la scène publique par des hommes plus jeunes qui avaient souvent fait leurs classes durant la guerre ou après celle-ci : Tardieu, Laval, Blum, Daladier, Weygand. Cette relève, coïncidant avec les changements que l'on a déjà notés, ne se fit pas sans remous : la révolte des « Jeunes Turcs » au sein du parti radical et la naissance des « néosocialistes » en furent les manifestations les plus notables et les plus caractéristiques, dans lesquelles les conflits de personnes et de générations se combinèrent avec des divergences tactiques et idéologiques plus ou moins profondes.

D'autre part, tandis qu'une génération s'éteignait, une autre faisait une brutale irruption dans la vie intellectuelle et politique, celle des jeunes hommes nés dans la première décennie du siècle et dont la formation intellectuelle et psychologique s'était tout entière faite dans les années d'après-guerre. Pour ces jeunes gens, dont l'âge moyen se situait autour de vingt-

22. « Les idées politiques de la jeunesse intellectuelle de 1927 à la guerre », *Revue des travaux de l'Académie des Sciences morales et politiques*, 1957, IIᵉ semestre, p. 17.
23. *Europe*, 15 mai 1926.

cinq ans, les combats de 1914-1918 étaient déjà de l'histoire.
Leur entrée sur le forum se fit d'une manière assez agressive.
Alors que la génération qui l'avait précédée, celle de l'après-
guerre, celle des « nouvelles équipes » radicales ou démocrates-chrétiennes, avait été une génération « réformiste »,
celle-ci se présenta d'emblée comme une génération « révolutionnaire ». Sans doute c'est une pente naturelle de la jeunesse que de s'affirmer en s'opposant d'une manière ou d'une
autre à ses prédécesseurs. Mais, pour cette génération, « un
peu raidie, un peu simplifiée », comme le dira Mounier, le
refus fut bien autre chose qu'une simple pose intellectuelle.
Chez ces jeunes gens, minoritaires à l'intérieur d'une société
vieillie, dans laquelle ils avaient l'impression d'étouffer et de
ne pas pouvoir trouver leur place, la révolte fut l'expression
d'une sorte de réflexe vital. Paul Nizan en sera l'éloquent
porte-parole lorsqu'il écrira en 1932 : « La plaisanterie a assez
duré, la confiance a assez duré, et la patience et le respect. Tout
est balayé dans le scandale permanent de la civilisation où
nous sommes, dans la ruine générale où les hommes sont en
train de s'abîmer. Un refus, une dénonciation, seront publiés
partout, malgré toutes les polices et toutes les conspirations,
tellement complets, tellement radicaux qu'ils seront à la fin
entendus des plus sourds [24]. »

Déjà membre à cette époque du parti communiste, Paul
Nizan ne fut pas, de ce fait, l'une des figures les plus caractéristiques de cette génération, car celle-ci, dans ses éléments
les plus dynamiques et les plus originaux, chercha délibérément à se situer en marge des partis et des mouvements
établis. Cette volonté engendra une assez extraordinaire effervescence idéologique, s'exprimant à travers une multiplicité
de publications plus ou moins éphémères et aux moyens
matériels souvent réduits, dont il est aujourd'hui très difficile
de faire un recensement exact. Le *Plan du 9 juillet*, rédigé
au lendemain des événements de février 1934 par un groupe
d'intellectuels et de fonctionnaires sous la direction de Jules
Romains, est le fruit le plus connu, quoique de loin le moins
original [25], du bouillonnement intellectuel qui caractérisa ces

24. *Nouvelle Revue française*, décembre 1932, p. 810.
25. En réalité, ce *Groupe du 9 juillet* eut une composition assez hétérogène : des vingt-cinq-trente ans des années 1930 y collaborèrent avec des
« jeunes radicaux », des « néosocialistes », des adhérents de la *Jeune Répu-*

années. Entre 1930 et 1936, on vit en effet se produire un étonnant pullulement de revues, de groupes de recherche, de cercles d'étude, tous tendus vers la construction d'un monde nouveau destiné à se substituer au monde qui, selon eux, était en train d'agoniser sous leurs yeux. *Les Cahiers, Réaction, la Revue française, Plans, Mouvements, Esprit, l'Ordre nouveau, la Revue du siècle, Prélude, le Front national syndicaliste, les Nouvelles Équipes, l'Homme nouveau, l'Homme réel, le Club de février, la Lutte des jeunes, Travail et Nation, la Revue du XXᵉ siècle, la Justice sociale, le Courrier royal, Combat, l'Ordre réel,* telles furent quelques-unes, parmi les plus importantes, de ces revues et de ces « chapelles », dont les noms étaient déjà très significatifs et de l'ampleur de leurs ambitions et de leur volonté de renouvellement.

L'action de ces mouvements se développa dans des directions diverses. Un clivage cependant semble s'imposer, consistant à distinguer les groupes nés entre 1928 et 1932 de ceux qui virent le jour postérieurement. Cette distinction se justifie à deux points de vue. Tout d'abord, au point de vue idéologique, les revues créées dans les années 28-32 furent dominées par le souci de dépasser une perspective purement économique ou politique pour replacer ces problèmes dans une perspective plus large, envisageant le destin de la civilisation occidentale dans son ensemble et centrée sur l'idée d'une crise de civilisation. En revanche, les groupes fondés à partir de 1933 se soucièrent moins de philosophie que les précédents et s'attachèrent à une réflexion plus concrète portant directement sur la transformation des structures politiques et économiques. Cette différence trouve en partie son explication dans les origines de ces deux vagues de mouvements. Les revues apparues après 1933 naquirent de la pression de l'événement, du spectacle dans les faits du désordre économique et politique ; elles furent, pour une large part, le fruit de la crise économique et de l'impuissance grandissante du régime parlementaire, plusieurs surgissant du choc produit par les émeutes de février 1934. Au contraire, la première vague de ces mouvements eut ses racines dans une réflexion critique amorcée dès les années 1926-1930, c'est-à-dire à un moment où la

---

blique et des membres des *Croix-de-Feu*. Toutefois, ce Plan fut surtout soutenu par une revue marginale de jeunes : *l'Homme nouveau*.

France et le monde semblaient s'installer dans une certaine stabilité et dans une relative prospérité. Autrement dit, leur diagnostic anticipa d'une manière quelque peu prophétique la crise politique et économique flagrante des années 1933-1934.

Cette première vague de groupes de jeunes donna naissance à un courant idéologique que l'on peut considérer comme le plus caractéristique des années 1930 car il fut rigoureusement contemporain de ces « années tournantes », de cette date décisive dans l'histoire de la première moitié du XXᵉ siècle. L'originalité de ces groupes, qui se qualifièrent assez rapidement de « mouvements non conformistes », fut de tirer immédiatement les conséquences des transformations profondes du monde qu'ils constataient ou pressentaient. Cette préoccupation majeure devait se retrouver dans toutes ces publications qui, décidées à se situer en dehors des courants idéologiques constitués, réunirent des hommes venus des horizons les plus variés. En dépit de la diversité des origines intellectuelles et politiques de leurs animateurs, ces mouvements s'accordèrent sur un ensemble de thèmes assez caractéristiques pour que, malgré leur audience somme toute assez réduite, on ait pu parler à leur propos d'un « esprit de 1930 ». « Dans les années 1930, a écrit Jean Touchard, de jeunes intellectuels se retrouvent autour des mêmes revues, parlent le même langage, utilisent le même vocabulaire ; tous rêvent de dépasser les oppositions traditionnelles, de rajeunir, de renouveler la politique française ; tous se déclarent animés de la même volonté révolutionnaire. Les années 1930 apparaissent donc au premier abord comme une de ces époques de syncrétisme où les oppositions politiques et idéologiques s'effacent, où l'esprit de l'époque est plus important que les distinctions traditionnelles entre les courants de pensée. Il existe, semble-t-il, un *esprit de 1930*, comme il a existé un esprit de 1848, un esprit de 1936 (très différent de l'esprit de 1930), un esprit de la Résistance et de la Libération[26]. »

Au premier abord, cet « esprit de 1930 » peut apparaître comme assez éphémère. Il ne résista pas en effet au choc des

---

26. « L'esprit des années trente », in *Tendances politiques dans la vie française depuis 1789* (Paris, 1960), p. 89. Nous tenons à dire ici notre dette à l'égard de cette étude qui fut, pour une part, à l'origine de nos recherches.

événements. L'embryon de front commun de ces mouvements de jeunes qui avait semblé se constituer entre 1930 et 1933 se désagrégea après les émeutes de février 34. Le développement des ligues, l'affaire d'Éthiopie, le Front populaire, la guerre d'Espagne provoquèrent des engagements divergents. Pourtant, cet « esprit » ne se volatilisa pas complètement. Il ne disparut pas sans laisser de traces. Nombre des mots d'ordre qui l'avaient caractérisé se retrouvèrent au cours de l'avant-guerre, plus ou moins déformés, dans des secteurs divers de l'opinion. Au lendemain de la défaite de 1940, les tentatives doctrinales de la « révolution nationale » de Vichy comme celles de plusieurs mouvements de résistance furent, pour une grande part, tributaires des idées que ces groupes avaient développées dans les années 1930. À l'heure actuelle encore, de nombreux thèmes, devenus presque des lieux communs, ont là leurs racines lointaines comme la plupart des organismes fédéralistes européens leur sont redevables de leurs responsables et de leur doctrine. Ainsi, à maints égards, la connaissance de cet « esprit de 1930 » apparaît comme très importante pour comprendre nombre d'aspects de l'histoire contemporaine.

En écrivant l'histoire de cet « esprit de 1930 », on n'entend ni brosser un tableau de l'ensemble du mouvement des idées dans ces années, ni décrire le consensus idéologique global de la société française de cette époque. Notre propos est d'étudier sous ce nom un courant d'idées original, qui est né très précisément entre 1930 et 1933, et dont l'apparition constitue à notre sens, en dépit de son audience assez réduite à ce moment, l'événement idéologique le plus important de ces années en France. Ces recherches concerneront donc les *mouvements de jeunes non conformistes des années 1930.* Ceci signifie, d'une part, qu'elles laisseront de côté les mouvements de jeunes des années 1930 qui se rattachaient à une idéologie déjà existante ou à des partis classiques comme les « jeunes radicaux », les « jeunes communistes » ou les « jeunes d'*Action française* » de stricte orthodoxie maurrassienne et, d'autre part, qu'elles ne s'intéresseront pas aux groupes de jeunes « non conformistes » nés après 1933, comme les *Nouvelles Équipes, l'Homme nouveau, l'Homme réel, la Lutte des jeunes* ou *la Justice sociale.* Par ailleurs, pour les raisons développées plus haut, cette analyse idéologique porte essentiellement sur les textes publiés entre 1930 et juillet 1934.

PREMIÈRE PARTIE

LES REVUES NON CONFORMISTES
DANS LES ANNÉES 1930-1934

Ces mouvements de jeunes « non conformistes » nés dans les années 1930 peuvent être regroupés autour de trois grands axes principaux. Tout d'abord, plusieurs de ces publications se virent désigner sous le nom collectif de *Jeune Droite*. Ce fut là, chronologiquement, le premier courant qui commença à apparaître en 1928 et se développa surtout à partir de 1930. Un second courant s'organisa au cours de 1930 et 1931 autour du groupe de l'*Ordre Nouveau* qui fut pendant un temps associé à la revue *Plans* et au bulletin *Mouvements*. Enfin, 1932 vit la naissance du plus connu de ces mouvements, le mouvement *Esprit*.

Dans les trois premiers titres de cette première partie, on s'attachera à retracer la naissance et l'histoire de chacun de ces groupes. On suivra leur développement dans les années 1930-1934 – années pour nous les plus importantes –, mais on donnera aussi quelques indications sur leur histoire postérieure, jusqu'en 1940, ce qui permettra notamment de constater que la date de 1934 fut pour tous une date importante qui vit se modifier sensiblement leurs orientations respectives.

Dans un quatrième titre, on essaiera de brosser un tableau de ce que furent les relations mutuelles de ces mouvements dans les années 1930-1934, de façon à apprécier dans quelle mesure se produisit, durant cette période, cette convergence de leurs recherches et de leurs efforts qui amena certains à parler de l'existence d'un « front commun des mouvements de jeunes ».

1. La Jeune Droite

Le nom de *Jeune Droite* fut donné dans les années 1930-1934 à un certain nombre de jeunes hommes et de groupes qui s'exprimèrent dans diverses revues plus ou moins éphémères telles que *les Cahiers, Réaction, la Revue française, la Revue du siècle* [1]. Bien que leurs orientations aient été parfois sur certains points divergentes, ces publications présentaient cependant un trait commun qui explique la dénomination sous laquelle amis et adversaires les regroupèrent : toutes furent, à des degrés divers, influencées par l'enseignement de Maurras et de l'*Action française*.

De ce fait, cette *Jeune Droite* apparaît à la fois comme le courant le plus caractéristique et le moins original de ces mouvements de jeunes des années 1930. Il est le plus caractéristique car il prouve la force de la poussée de renouvellement qui marqua ces années puisqu'elle réussit à faire éclater une orthodoxie aussi rigide et aussi prompte à pourchasser les « hérétiques » que celle de l'*Action française*. Mais il fut en même temps le courant le moins original dans la mesure où, recueillant en certains domaines l'héritage maurrassien, il gardait ainsi des attaches avec une idéologie déjà existante défendant des thèses qui ne présentaient pas une nouveauté aussi radicale que celles de l'*Ordre Nouveau* ou d'*Esprit*.

---

1. Sur l'utilisation de cette dénomination, voir par exemple : *Esprit*, n° 25, p. 152 ; n° 32, p. 275. – Mounier, *Révolution personnaliste et communautaire* (Paris, 1935), Annexe 1.

Il faut souligner ici que, malgré cette dénomination commune, la *Jeune Droite* ne fut pas aussi cohérente qu'on voulut bien le dire. On peut en effet, dans son développement, distinguer deux branches organiquement et, dans une certaine mesure, idéologiquement distinctes. À une première branche se rattachent les publications dirigées par Jean-Pierre Maxence, *les Cahiers* qui parurent de 1928 à 1931 et *la Revue française* de 1930 à 1933, tandis que les revues dont Jean de Fabrègues assuma la direction, *Réaction* (1930-1932) et *la Revue du siècle* (1933-1934), peuvent être considérées comme constituant la seconde branche de cette *Jeune Droite*[2].

2. Sur l'histoire de la *Jeune Droite*, on pourra se reporter à Nicolas Kessler, *Histoire politique de la Jeune Droite. Une révolution conservatrice à la française* (Paris, 2001).

CHAPITRE PREMIER

Les origines de la « Jeune Droite »

Dans l'univers intellectuel et politique des années 1925-1930, un événement eut en France une importance considérable : la « condamnation » de l'*Action française* par la hiérarchie catholique à la fin de l'année 1926. Cet événement eut, dans l'immédiat et à terme, des conséquences multiples aussi bien à l'intérieur qu'à l'extérieur de l'*Action française* et l'on ne saurait le négliger dans l'étude des origines de la *Jeune Droite*. Par la remise en question de leurs positions à laquelle il contraignit les jeunes intellectuels de droite, il explique en effet en grande partie pourquoi ceux-ci furent parmi les premiers à prendre conscience de la crise politique, sociale et spirituelle qui couvait sous l'apparente prospérité des années 1928-1930.

Toutefois, le conflit avec Rome ne fut pas pour l'*Action française* un coup de tonnerre dans un ciel totalement serein. De manière plus ou moins latente, un malaise existait déjà auparavant chez certains de ses adhérents. Dès 1925, ce malaise s'était concrétisé – de façon d'ailleurs assez discrète – par la fondation d'une publication royaliste et catholique indépendante intitulée *la Gazette française*, dans laquelle certains de ceux qui devaient devenir les chefs de file de la *Jeune Droite* firent leurs premières armes de journaliste.

La création de *la Gazette française* et la « condamnation » de l'*Action française* eurent donc, soit directement, soit indirectement, une influence certaine sur la naissance de la *Jeune Droite* des années 1930.

La crise de « l'Action française »

La mise à l'index de l'*Action française* par Pie XI dans les dernières semaines de 1926 est souvent considérée par les historiens comme marquant le début du déclin du mouvement royaliste dirigé par Charles Maurras [1]. Ceci peut être discuté mais il est incontestable que les années 1926-1931 furent pour l'*Action française* des années de crise. Cette condamnation modifia en effet de manière très sensible ses possibilités d'action et provoqua au sein du mouvement des remous dont l'influence devait se faire encore sentir dans les années 1930.

L'une des premières conséquences de la décision romaine fut de tarir, au moins en partie, les possibilités de recrutement de l'*Action française* dans les milieux catholiques et de lui retirer l'appui plus ou moins discret dont elle bénéficiait de la part d'une grande partie du clergé français. De ce fait, nombre de jeunes catholiques se trouvèrent sans affectation, démobilisés, alors qu'en d'autres temps ils eussent trouvé dans les troupes maurrassiennes un exutoire à leur besoin d'action et à leurs révoltes. Ceci explique sans doute en partie le rôle relativement important que les catholiques jouèrent dans la naissance de plusieurs des mouvements de jeunes des années 1930.

À cette occasion, un homme eut une influence capitale, le philosophe thomiste Jacques Maritain. Dès avant la condamnation, alors qu'il était encore lié à l'*Action française* et codirecteur de la *Revue universelle*, il avait déjà commencé à prendre conscience – sans cependant leur attacher toute l'importance qu'il devait leur accorder par la suite – des difficultés que pouvait poser l'harmonisation de l'enseignement de Maurras avec celui de l'Église. C'est ainsi qu'il avait été amené à encourager les efforts des catholiques maurrassiens qui s'étaient exprimés dans *la Gazette française*. Beaucoup de catholiques d'*Action française* se reconnaissaient d'ailleurs alors deux « maîtres » : Maurras sur le plan politique et Maritain sur le plan philosophique et religieux. En 1927, ces deux fidélités s'opposèrent car Maritain, après une brève période d'hésitation, se soumit à la condamnation pontificale et s'attacha à la justifier, notamment avec la publication du livre *Primauté du spirituel*. À partir de ce moment,

1. Cette mise à l'index ne sera levée qu'en 1939 par Pie XII, après un échange de correspondance entre Pie XI et Maurras et après l'envoi d'une lettre de « soumission » des dirigeants de l'*Action française*.

dans les années 1927-1932, il fut le principal inspirateur de la jeunesse catholique et il n'est guère de personnalité marquante de cette génération qui n'ait participé, peu ou prou, aux réunions qu'il organisait dans sa maison de Meudon. Aussi trouve-t-on trace de son influence aussi bien aux origines de la *Jeune Droite* qu'à celles d'*Esprit*.

Si le premier effet de la condamnation de l'*Action française* fut de rendre disponibles un certain nombre de jeunes catholiques qui furent ainsi amenés à s'exprimer hors des sentiers battus, ce ne fut pas le seul. Elle eut aussi, au sein de l'*Action française*, des conséquences dont toutes ne se produisirent pas immédiatement. C'est ainsi que le départ d'une partie des militants catholiques en 1927 ne mit pas un point final aux remous provoqués par la mise à l'index, car certains catholiques, devant une situation pour le moins assez confuse[2], choisirent de demeurer fidèles au mouvement condamné. Cependant cette fidélité n'alla pas sans une réflexion critique sur la dogmatique maurrassienne si bien que, dans les années 1927-1930, des flottements provoqués par le problème religieux continuèrent de se manifester à l'intérieur de l'*Action française*.

Dans cette conjoncture, un autre des dirigeants de la *Revue universelle* eut aussi une influence considérable : Henri Massis. La fermeté de ses positions intellectuelles, la diversité des sources littéraires et philosophiques de son œuvre, sa bienveillance et sa gentillesse à l'égard de ceux qui venaient frapper à sa porte firent de lui un « aîné fraternel[3] » pour tous les jeunes gens qui gravitaient alors autour de l'*Action française*. Son rayonnement favorisa chez ceux-ci un élargissement de leurs horizons intellectuels car son maurrassisme n'était pas intégral. Ainsi qu'on a pu le noter, en lui « s'est composé l'héritage de Bergson, de Claudel, de Maurras, de Péguy, de Chesterton, de Barrès ; avec la moitié au moins de Maritain ; quelque chose de Blondel ; et d'autres encore[4] ». Catholique, néothomiste, ayant eu, dès 1920, le

2. Notamment en raison des erreurs flagrantes contenues dans la lettre pastorale du cardinal Andrieu qui fut le point de départ du processus qui devait conduire à la mise à l'index. Cf. L. Thomas, *l'Action française devant l'Église* (Paris, 1966).
3. Robert Brasillach.
4. Jean Madiran, *Itinéraires*, n° 49, janvier 1961, p. 5.

souci de « l'instauration d'une philosophie politique chrétienne au sein même de l'*Action française*[5] », il désapprouva
le « *non possumus* ». Sans rompre les ponts avec Maurras
comme le fit Maritain, il contribua à l'originalité de la jeune
génération maurrassienne des années 30, notamment sur le
plan littéraire, philosophique et religieux.

Il faut préciser, en effet, que, si les années 1927-1930
furent pour l'*Action française* des années de crise, ce ne fut
pas seulement en raison de la situation religieuse. Des divergences plus ou moins importantes apparurent aussi, durant
cette période, sur d'autres questions.

C'est ainsi d'abord que, sur le plan littéraire, nombre de
jeunes maurrassiens cherchèrent alors à s'évader du classicisme étroit de Maurras, refusant leur admiration, comme le
dira l'un d'entre eux, à « des personnages qu'il fallait absolument respecter parce qu'ils s'étaient exprimés en vers de
dix pieds ». L'influence de Maritain ne fut certainement pas
étrangère à cette tendance qui considérait avec intérêt et sympathie certaines des expériences de l'avant-garde littéraire de
l'époque. Ces jeunes gens supportaient aussi de plus en plus
difficilement le développement au sein de l'*Action française*
d'un certain caporalisme intellectuel et ils cherchaient à engager le dialogue avec les courants d'idées contemporains, alors
que les chefs du mouvement leur semblaient en rester à une
problématique datant du début du siècle.

Sur un autre terrain, l'*Action française* se voyait reprocher
par certains de ses adhérents de borner son action à une
contestation purement politique de l'ordre établi, négligeant
trop les problèmes économiques et sociaux dont l'importance
paraissait cependant aussi grande à des hommes souvent formés à l'école du catholicisme social. Cette carence allait
apparaître de moins en moins supportable à mesure que ces
problèmes allaient devenir plus aigus avec l'approche de la
crise économique, à mesure aussi que l'*Action française* allait
s'enliser dans la politique la plus quotidienne tandis que ses
fidèles figeaient sa doctrine dans un catéchisme sclérosé. Plus
généralement allait peu à peu se creuser un fossé de plus en
plus profond entre ceux pour qui l'*Action française* était le
refuge d'un conservatisme de fait et ceux pour qui elle était

5. H. Massis, *Maurras et notre temps* (Paris, 1961), p. 112.

un mouvement révolutionnaire, une contestation de l'ordre établi.

Ces griefs, sous leur forme la plus accusée et la plus acerbe, Emmanuel Beau de Loménie devait les résumer dans un opuscule intitulé *D'une génération à l'autre*, où il s'en prenait assez vivement à Maurras : « La question sociale, y écrivait-il, le problème de la réforme du grand capitalisme tel que le xixᵉ siècle d'inspiration révolutionnaire nous l'a légué ne l'a jamais intéressé ; il estime en avoir assez dit quand, d'un mot qui n'est même pas de lui, il a condamné la "fortune anonyme et vagabonde", maudit le parlementarisme et fait sur la sottise des libéraux quelques gorges chaudes que se répètent depuis des années des générations successives de Camelots du roi. » Il ajoutait : « En même temps et surtout il se révélait pénétré d'un amour-propre terriblement susceptible de gendelettre. Il s'est toujours refusé à admettre que la moindre erreur ait pu se glisser sous sa plume. La moindre ligne écrite par lui doit rester, pour lui-même et pour ses disciples, l'expression d'une vérité définitive et intangible. Quel qu'ait pu être enrichissement de sa propre expérience, quelles qu'aient pu être les mises au point apportées à ses premières thèses par les travaux de ses successeurs, une grande partie de son activité s'est dépensée depuis des années à soutenir, à proclamer et à maintenir, fût-ce au prix de paradoxales invraisemblances, qu'il ne s'était pas trompé. Et par là il a rendu impossible tout progrès de sa pensée en même temps qu'il travaillait, sans vouloir se l'avouer, à couper à peu près tout contact entre lui et les générations suivantes [6]. »

Enfin, les plus « activistes » parmi les ligueurs d'*Action française* ou parmi les Camelots du roi commençaient à s'irriter de ce qu'ils n'allaient pas tarder à appeler « l'inertie » du mouvement. Doutant de la volonté de ses dirigeants d'organiser le fameux « coup de force », beaucoup en arrivaient à penser que les reproches que Georges Valois avait adressés à Maurras en 1926 n'étaient pas dénués de tout fondement et qu'il n'avait pas tort d'écrire à l'auteur de *l'Avenir de l'intelligence* : « Vous n'êtes pas un chef ; vous n'êtes pas un homme de commandement... Chez vous, ni

6. *Cahiers de la Quinzaine*, 1933, XXIII, 6, p. 53 et 57.

vous, ni aucune autre personne n'a jamais eu une idée précise
quelconque sur la manière de prendre le pouvoir. Et, naturellement, personne n'y a travaillé[7]. » Ce divorce implicite
entre un appareil quelque peu vieilli et bureaucratisé et des
militants impatients se concrétisa en 1930 par une grave crise
interne qui contribua aussi à mettre en lumière la diversité
des divergences plus ou moins exprimées existant à ce
moment au sein de l'*Action française*.

L'occasion de cette crise fut la tentative de François de la
Motte, Henri Martin et Paul Guérin, trois des plus importants
responsables de la *Fédération d'Action française* de Paris,
pour transformer la Ligue en un instrument efficace pour une
éventuelle conquête du pouvoir. Leurs projets se heurtèrent
à l'opposition des dirigeants du mouvement, Pierre Pujo et
Pierre Lecœur. Très rapidement, Lecœur ayant été accusé
d'être un indicateur de police, le conflit prit l'allure d'un
règlement de comptes personnel et, au début de janvier 1930,
Martin et Guérin furent expulsés à grand fracas. Cette exclu-
sion entraîna le départ de la plupart des militants et des
responsables de la Fédération de Paris qui se trouva de ce
fait pratiquement démantelée.

Les effets de la crise ne se limitèrent pas là car les premières semaines de 1930 virent se produire une cascade de
démissions dont les motifs furent très différents suivant les
groupes et les personnalités, les considérations d'efficacité
se mêlant aux scrupules religieux et aux désaccords sur les
problèmes économiques et sociaux. Les départs du colonel
Bernard de Vésins, président national de la *Ligue d'Action
française*, ou de Pierre Chaboche, président de l'*Union des
corporations françaises*, n'eurent pas, par exemple, des raisons exactement identiques à celles qui avaient provoqué la
« révolte » de Martin et Guérin. De même, les étudiants du
groupe qui allait fonder *Réaction* ne poursuivaient pas les
mêmes buts que les dissidents activistes qui, avec les frères
Jeantet, allaient se rassembler autour de *Combat national*.

Ces remous illustrent bien ce que fut la situation assez
confuse de l'*Action française* dans les années 1926-1930,
situation caractérisée par un état de malaise plus ou moins

---

7. G. Valois, *Contre le mensonge et la calomnie* (Paris, 1928), p. III et
p. XIX.

latent dont les origines ne se réduisaient pas aux seuls problèmes religieux créés par la mise à l'index de 1926. On peut
penser cependant que le choc créé par le conflit avec Rome
contribua malgré tout à accélérer ces remises en question.

C'est donc dans ce climat troublé et agité que la *Jeune
Droite* devait naître et se développer. Avant d'étudier sa naissance, il n'est pas inutile de s'attarder quelque peu sur une
expérience qui, par certains côtés, a préparé cette naissance,
l'expérience de la *Gazette française*, tout particulièrement
entre 1925 et 1927.

« *La Gazette française* »

La *Gazette française* naquit en 1924. Elle fut à l'origine
un bulletin mensuel fondé par des militants de l'*Action française* qui, sous l'influence de l'abbé Lallement et de Jacques
Maritain, avaient pris conscience de certaines insuffisances
du mouvement maurrassien du point de vue catholique. À
l'automne 1925, ce bulletin devint une publication hebdomadaire dont Amédée d'Yvignac assura la direction en collaboration, durant les premiers mois, avec Henri d'Astier de la
Vigerie et Paul Gilson qui en était le directeur littéraire. Cet
hebdomadaire qui paraissait sur quatre pages format « quotidien » devait survivre jusqu'en décembre 1930.

Dès sa fondation, la *Gazette française* se présenta comme
un organe catholique décidé à mener une « politique chrétienne » afin de « restaurer la notion des Droits de Dieu dans
la société et dans l'État[8] ». Sur le plan politique cependant,
son combat rejoignait celui de l'*Action française* dans l'hostilité au régime républicain, qui était jugé inapte à assurer le
bien commun et dont l'esprit était déclaré fondamentalement
opposé à l'esprit catholique. D'ailleurs, bien que les liens les
plus étroits aient été ceux qui l'unissaient à Maritain et à
Massis – ceux-ci présidèrent conjointement la « journée de
la *Gazette française* » en janvier 1926 –, la *Gazette française*
n'était pas sans avoir des relations suivies avec l'*Action française*. C'est ainsi même qu'Amédée d'Yvignac fut chargé à

---

8. « Notre programme », *la Gazette française*, 28 février 1925.

deux ou trois reprises d'assurer l'intérim de Maurras pour la rédaction de l'éditorial de l'*Action française* quotidienne.

En 1928, Amédée d'Yvignac devait d'ailleurs s'expliquer sur les positions qui avaient été les siennes et celles de la *Gazette française* dans les années 1924-1927 : « J'avais fondé la *Gazette française* afin de suppléer aux insuffisances de l'*Action française* dans l'ordre philosophique et religieux ; afin aussi de corriger ses erreurs... J'aurais pu, dès le début, opposer mon œuvre à celle de l'*Action française*, mais comme il est dans ma nature de préférer les œuvres positives aux œuvres négatives, je préférais tenter une réforme de l'intérieur. Ainsi, la *Gazette française*, fondée sur les principes catholiques et sur eux seuls, exprimait l'intégrité de mon activité et de ma pensée tandis que ma collaboration inter-mittente avec l'*Action française* exprimait seulement ma spé-cification de royaliste. Je ne me rangeais donc dans l'obé-dience de Maurras et de l'*Action française* que dans l'ordre de l'action non dans l'ordre de la pensée [9]. »

Au moment de la mise à l'index, la *Gazette française* crut pendant quelques semaines que, ses positions étant irrépro-chables du point de vue doctrinal, elle pourrait continuer à collaborer comme par le passé avec l'*Action française* sur le terrain politique. Mais elle se rendit bientôt compte que, devant la violence croissante des polémiques, elle était obli-gée de choisir et elle rompit avec l'*Action française*, ce qui lui valut d'être prise à partie à plusieurs reprises par celle-ci.

À partir de cette rupture, réaffirmant sa volonté de travail-ler à la restauration d'un ordre social chrétien, la *Gazette française* s'attacha à la réalisation d'un programme dont elle définissait ainsi les deux objectifs majeurs : « Pousser de toutes nos forces à la constitution d'un vaste parti conserva-teur traçant sa délimitation par sa renonciation au laïcisme..., pousser au regroupement des royalistes en vue de leur faire occuper dans ce parti la place qui leur revient [10]. » En fait, cette action ne devait guère porter de fruits et, à partir de 1929, la *Gazette française* allait connaître des difficultés financières croissantes qui la contraignirent en 1930 à ne plus paraître que toutes les trois semaines. Elle disparut, en

9. *La Gazette française*, 28 juin 1928.
10. *La Gazette française*, 6 juin 1928.

décembre 1930, après un dernier numéro consacré aux fiançailles du comte de Paris.

Cette expérience de la *Gazette française*, notamment dans les années 1925-1927, se traduisit donc par une certaine remise en question de l'orthodoxie maurrassienne. Elle fut d'abord, nous l'avons vu, une prise de conscience des limites de l'*Action française* du point de vue catholique et ce fut là sa caractéristique essentielle. Au point de vue littéraire, si son directeur, Amédée d'Yvignac, était un néoclassique convaincu, la *Gazette française* se caractérisa cependant par une certaine ouverture sur l'avant-garde littéraire de l'époque, ouverture que symbolisa pendant un temps la présence de Paul Gilson « qui voulait réconcilier la poésie moderne avec Maurras [11] ». Par ailleurs, on y trouvait une référence peut-être plus insistante qu'à l'*Action française* au catholicisme social et Jean Daujat y publia, par exemple, une série d'articles sur le corporatisme.

Cette ébauche d'une remise en question du maurrassisme eut une influence certaine sur la naissance de la *Jeune Droite*, influence qui devait se manifester d'autant plus directement que deux des futurs chefs de file de cette *Jeune Droite* furent des collaborateurs de la *Gazette française*. C'est ainsi que Pierre Godmé, qui allait, en 1928, prendre le pseudonyme de Jean Maxence et fonder les *Cahiers*, publia dans la *Gazette française* ses premiers articles littéraires tandis que Jean de Fabrègues, qui signait alors Guy de Montferrand, y fit ses débuts de journaliste.

Jean Maxence et Jean de Fabrègues participèrent aussi, entre novembre 1925 et mars 1927, aux activités des Chevaliers de Saint-Michel, groupe constitué en marge de la *Gazette française*. Ce groupe, qui avait été un peu conçu dans l'esprit d'un « ordre » unissant le sens de la contemplation et de la prière à celui de l'action, se proposait de travailler « pour le retour à Dieu des nations et de l'ordre social » et « d'unir la vertu de force d'Henri Lagrange à la charité d'Henri du Roure ». Ce double patronage est assez intéressant à noter si l'on se souvient qu'Henri Lagrange, tué

---

11. Dans cette même perspective littéraire, on peut signaler aussi une petite revue poétique fondée à la même époque par Julien Lanoë : *la Ligne de cœur*.

pendant la guerre de 1914, avait été en 1913 le fondateur des *Cercles Proudhon* qui avaient tenté un rapprochement entre l'*Action française* et certains milieux socialistes et qu'Henri du Roure avait été membre du *Sillon*, représentant au sein de celui-ci, entre 1910 et 1914, une tendance nationaliste.

Ces Chevaliers de Saint-Michel, dont Jean de Fabrègues, après en avoir été le principal responsable, devint le président à la fin de 1926, succédant à Henri d'Astier de la Vigerie, bornèrent surtout leur activité à faire de la propagande pour le journal et à organiser des réunions doctrinales. On trouve dans la *Gazette française* la trace de ces réunions consacrées à « l'étude de la politique de saint Thomas », aux « maîtres de la politique chrétienne », aux « bases de notre vie spirituelle » (par Jean Daujat), à « La Tour du Pin et l'ordre social chrétien » (par Jean de Fabrègues). Dès les premiers mois de 1927, le groupe devait disparaître disloqué par les remous provoqués par la mise à l'index de l'*Action française*.

On peut donc considérer que dans la *Gazette française* se manifestèrent, dans une certaine mesure, les prémices de la *Jeune Droite*. D'une part, elle fut l'occasion d'une première tentative – encore assez timide – de dépassement et de renouvellement des thèses de l'*Action française*. Elle vit, d'autre part, s'exprimer pour la première fois ceux autour de qui cette *Jeune Droite* devait s'organiser : Jean Maxence qui, en 1928, allait fonder *les Cahiers* et devenir, en 1930, rédacteur en chef de *la Revue française* ; Jean de Fabrègues qui allait successivement à partir de 1930 assumer la direction de *Réaction* puis de *la Revue du siècle*.

CHAPITRE SECOND

« Les Cahiers » et
« la Revue française »

Dans ces deux publications s'exprima – à partir de 1928 pour l'une, et à partir de 1930 pour l'autre – un premier courant de la *Jeune Droite*, courant d'ailleurs assez hétérogène qui dut surtout son unité au rôle prépondérant joué en son sein par Jean-Pierre Maxence. Les *Cahiers* et la *Revue française* eurent en effet des orientations et des collaborateurs assez différents. Alors que l'on trouvait exposées dans les *Cahiers* des positions dont les bases étaient spécifiquement catholiques, très influencées par Jacques Maritain, la *Revue française* révéla, elle, un rapprochement avec certains milieux marginaux de l'*Action française*. Cette évolution refléta en grande partie l'évolution personnelle de Jean-Pierre Maxence.

Ces flottements idéologiques furent facilités par le genre même de ces deux revues qui n'étaient pas – surtout la seconde – des publications de combat ou de doctrine comme le sera par exemple *Réaction*. C'étaient bien davantage des publications littéraires dans lesquelles chacun exprimait ses humeurs du moment et le fruit de ses recherches sans un trop grand souci de cohérence avec ce qu'écrivaient ses voisins.

« Les Cahiers » (1928-1931)

Les années de prospérité de l'après-guerre avaient vu se multiplier les petites revues littéraires, celles que Barrès appelait des « orphéons ». Dans les premiers mois de 1928, une nouvelle vint s'ajouter à celles qui existaient déjà. C'étaient des *Cahiers* qui se présentaient sous la forme de fascicules d'une centaine de pages d'un format assez original,

presque carré, et qui avaient pour titre le millésime de l'année
en cours.

Le fondateur de cette revue était un jeune homme de vingt-
deux ans, Jean Maxence. Il avait fait ses premières armes de
publiciste, nous l'avons vu, dans la *Gazette française* dont
le directeur, Amédée d'Yvignac, l'avait introduit dans le
milieu du *Roseau d'Or* alors qu'il n'était encore qu'un ado-
lescent tout fraîchement sorti d'une école catholique belge.
Il s'était trouvé ainsi mêlé très jeune à la vie intellectuelle
de l'époque. Il avait lu les Maurras, mais Maritain et Massis
avaient été surtout ses « maîtres ». Ces influences l'amenèrent à s'intéresser particulièrement aux problèmes littéraires
et religieux. En novembre 1926, il était même entré au séminaire d'Issy-les-Moulineaux où il avait appris la mise à
l'index de l'*Action française* avec laquelle il rompit toute
relation, restant fidèle à Maritain et s'alignant sur les positions de *Primauté du spirituel*. Après son service militaire,
accompli durant l'année 1927, il ne retourna pas au séminaire
et c'est à ce moment que, revenu à la vie profane, il lança
les *Cahiers*. Il prit alors le pseudonyme de Jean Maxence
(qui devint un peu plus tard, à la suite d'un procès, Jean-
Pierre Maxence). Ce pseudonyme lui fut inspiré par le nom
du héros du *Voyage du centurion* de Psichari, référence qui
indiquait ce qu'étaient ses fidélités.

La revue de Jean-Pierre Maxence était bien un « orphéon »,
c'est-à-dire une publication de jeunes aux moyens financiers
des plus limités. Elle dut son existence précaire au dynamisme de son fondateur et à son habileté à prospecter les
milieux dans lesquels il était introduit et à quémander des
articles à droite et à gauche. Jean-Pierre Maxence, esprit
quelque peu brouillon et désordonné, était en effet un animateur chaleureux doué d'un véritable génie pour ce genre
d'entreprise. Tous les témoignages confirment le portrait
qu'en a tracé Robert Brasillach dans *Notre avant-guerre* :
« Les cheveux hérissés, semant autour de lui les cendres de
cent cigarettes par jour, bouillonnant d'idées, d'invectives,
de rêves, d'erreurs, de projets magnifiques, persuadé que
nous étions tous des génies, le proclamant en tout cas, courant de l'un à l'autre et reconstruisant l'univers jusqu'à quatre heures du matin. » Il ajoute encore : « Ceux qui ne
l'aiment pas ne comprennent pas quel ascendant a pu exer-

cer le Maxence de ces années. Cet ascendant était pourtant réel. Il ne venait ni de ses articles ni des livres qu'il avait déjà publiés, mais d'une vitalité vraiment extraordinaire, d'une grande ardeur à organiser une "équipe" et d'une plus grande gentillesse encore pour les membres de cette équipe [1]. »

Il semble pourtant que « l'équipe » des *Cahiers* ait mis quelque temps à se former et qu'au début Jean-Pierre Maxence ait assumé seul le poids de la revue. Progressivement cependant, un petit groupe se constitua comportant dans les années 1930 quatre à cinq personnes qui travaillaient régulièrement avec lui pour la confection matérielle et intellectuelle des *Cahiers*. Le principal de ses collaborateurs était son frère cadet, Jean Godmé, qui signait Robert Francis et qui devait se signaler par ses talents de polémiste et de romancier, publiant entre 1930 et 1940 plusieurs gros romans à demi fantastiques dont l'un, en 1935, obtint le prix Fémina. Participèrent aussi à l'entreprise des frères Godmé : Augustin Fransque [2], un ami de Robert Francis à l'École d'ingénieurs des Travaux publics, Henri Reynald de Simony, qui fut pendant un temps rédacteur en chef des *Cahiers*, et Jean Chauvy qui était en même temps secrétaire administratif à la NRF.

On l'a déjà dit, c'est à l'ombre du *Roseau d'Or* que les *Cahiers* virent le jour. Aussi leurs buts étaient-ils très proches de ceux de la célèbre collection que dirigeaient Maritain et Massis, buts qui étaient à la fois littéraires et spirituels. « Une grande revue catholique d'art et de littérature rédigée et dirigée par des laïcs », ainsi se présentaient les *Cahiers 1929* en se proposant pour tâche principale de « réintégrer la vie de l'âme dans l'art comme dans la pensée [3] ».

La place que les *Cahiers* accordaient à la littérature était très grande, notamment dans les premières livraisons. Sur ce plan, la revue se montrait très ouverte. Refusant le néoclassicisme maurrassien – « nous ne sommes pas de ceux, affirmaient-ils, qui pensent que la poésie finit avec les derniers classiques [4] », – les *Cahiers* s'attachaient à combattre en faveur d'une synthèse nouvelle assimilant les découvertes et

1. *Notre avant-guerre, op. cit.*, p. 118.
2. Pseudonyme de François Retaillau.
3. *Cahiers 1929*, II⁰ série, n° 3, p. 9.
4. *Cahiers 1929*, Iʳᵉ série, n° 8, p. 18.

les expériences du début du siècle. Ils firent ainsi une grande place à des textes de poètes d'avant-garde dont beaucoup appartenaient à l'entourage de Maritain et de Cocteau tels que Pierre Reverdy, Max Jacob, Paul Gilson, René Schwob, Pierre-Jean Robert, Paul Sabon, Robert Sébastien, Maurice Fombeure, Roger de Lafforest. Ils s'intéressaient aussi d'assez près à la littérature anglo-saxonne – Robert Francis était un fervent admirateur de Dickens – et ils publièrent T. S. Eliott, Chesterton, Hilaire Belloc. On notera que l'on trouvait dans les *Cahiers* une chronique cinématographique régulière qui fit notamment un accueil chaleureux au *Chien andalou* de Buñuel.

Mais, pour les *Cahiers*, la littérature ne devait pas être un jeu gratuit. Aussi, à travers l'intérêt qu'ils portaient à la littérature, se manifestait un souci d'apostolat intellectuel. Le manifeste qui ouvrait son premier numéro ne laissait rien ignorer des buts religieux de la revue. Dans un style quelque peu grandiloquent et boursouflé, celui-ci déclarait : « Ce qui nous importe (...) n'est-ce pas de relever inlassablement partout, sans trêve, les traces de Dieu, les vestiges sanglants de Sa main (...) Nous voulons tuer le monde moderne par les violences spirituelles du sacrifice. Nous voulons être les anarchistes de l'Amour (...) Vous réclamez, Drieu, un surréalisme épuré, qui n'asservisse pas la terre ; vous n'en trouverez qu'un seul : le surnaturel (...) Ce qu'il faut briser, c'est la chaîne de l'universelle négation (...) Notre message est cette liberté des enfants de Dieu que rien n'enchaîne que l'immensité de la Sainte Église Catholique, mère des martyrs et des docteurs. » Ce souci de fidélité à l'Église catholique se traduisit par ailleurs, sur le plan philosophique, par un néo-thomisme dans lequel on retrouvait l'influence de Jacques Maritain.

C'est donc comme une revue catholique que se présentaient les *Cahiers* et, sur ce point, sa publicité était sans équivoque : « Les jeunes radicaux ont *Notre Temps*, les jeunes révolutionnaires *Europe*, les jeunes catholiques *1929*. » Ceci explique les rapports étroits qu'eut la revue avec certains milieux catholiques. C'est ainsi que de nombreux auteurs du *Roseau d'Or* lui apportèrent leur collaboration, à commencer par les directeurs de la collection, Maritain et Massis, mais aussi : Georges Bernanos, Stanislas Fumet, Nicolas Berdiaeff, Henri Gheon, Max Jacob, Gabriel Marcel, Henri Pourrat, Pierre Reverdy, Gonzague de Reynold, Robert Vallery-Radot, etc. D'autre part, les *Cahiers* semblent avoir eu des relations assez suivies avec les dominicains de Juvisy qui venaient de fonder la *Vie intellectuelle*. On pouvait lire en effet dans une de leurs livraisons cette remarque : « On sait bien (ce n'est plus un secret pour personne) que les religieux contemplatifs et, plus particulièrement, ceux de l'ordre de saint Dominique sont les plus chers amis des *Cahiers* [5]. » Certains collaborateurs de la *Vie intellectuelle* comme les Pères Bernardot et Lajeunie, comme Marcel Brion, Étienne Borne, Olivier Lacombe donnèrent des articles aux *Cahiers* tandis que, pendant un temps, Jean-Pierre Maxence rédigea des notes de lecture pour la *Vie intellectuelle*. Ces deux publications s'associèrent même en 1929 avec la *Vie catholique* pour organiser en commun leur publicité.

À leurs débuts revue littéraire et philosophique, les *Cahiers* furent en cela une publication assez désengagée par rapport aux problèmes temporels et politiques. Aussi avaient-ils accueilli très favorablement le livre de Maritain *Primauté du spirituel*. Toutefois, certains thèmes qui allaient se généraliser parmi les mouvements de jeunes autour de 1930 commençaient à apparaître. Déjà les *Cahiers* se définissaient contre leur époque, décelant sous la prospérité apparente les premières manifestations d'une « crise de l'Esprit » dont ils relevaient surtout les signes dans la littérature de « l'après-guerre » à laquelle ils faisaient un sévère procès, lui reprochant sa gratuité, son artificialité, son culte de l'introspection, de l'inquiétude, de l'évasion. Déjà aussi leur catholicisme était un catholicisme de combat qui se séparait avec une certaine vigueur des routines bien-pensantes et, dès leur première livraison, les *Cahiers*, dont le nom était déjà tout un programme, se placèrent sous le patronage de « Péguy, compagnon d'espérance » à qui ils devaient, en 1930, consacrer un numéro spécial sous le titre : « Porche à l'œuvre de Charles Péguy ». Les *Cahiers* furent ainsi une des premières manifestations du « péguysme » qui devait caractériser les années 1930.

À partir de 1929, le souci du temporel devint plus grand et le premier numéro de la deuxième série vit le début d'une

5. *Cahiers 1929*, IIᵉ série, nᵒ 2, p. 152.

chronique régulière, « l'Inquisition », destinée à confronter
le réel aux principes exposés dans les *Cahiers*. Désormais
aussi le ton allait devenir plus dur, plus polémique et c'est
le procès de l'époque tout entière qui allait s'engager. Dès
ce moment, les *Cahiers* formulaient ce diagnostic : « Lentement une civilisation meurt à l'horizon, la nôtre [6]. » Ils dénonçaient sans trêve un matérialisme qu'ils voyaient se généraliser chez les bourgeois comme chez les révolutionnaires,
chez les admirateurs des États-Unis comme chez ceux de
l'Union soviétique, chez les « réalistes » de *Notre Temps*
comme dans le catholicisme officiel. « Ce qui, chez nous, ne
fut d'abord que malaise confus, réflexe spontané de méfiance,
protestation quasi instinctive, devait écrire Jean-Pierre
Maxence, devint peu à peu refus motivé, critique explicite,
violente, fondée en raison. Nous distinguions la faiblesse
d'un monde sans mystique, d'un monde où, pour toute mystique, socialistes et libéraux n'avaient que celle du rendement. Pour nous, Ford faisait écho à Staline, l'exemple des
USA répondait à l'exemple de l'URSS, une concentration
matérialiste s'opérait, se fortifiait, grandissait, avec laquelle
il fallait rompre, qui menait à la barbarie [7]. »

Devant cette crise totale – qu'ils percevaient surtout
comme une crise des valeurs plus que comme une crise des
structures – en face de ce matérialisme généralisé, les *Cahiers*
concluaient à la nécessité de rompre avec ce que l'on n'appelait pas encore le « désordre établi ». Notant que toutes les
décadences ont leur source dans un désordre de l'âme, ils en
appelaient à une « révolution spirituelle », à une « insurrection spirituelle », à un « retour à la métaphysique ». Cette
révolution spirituelle, les *Cahiers* pensaient que c'étaient les
catholiques qui avaient pour vocation de la faire et Robert
Francis écrivait : « Aux catholiques de dire s'ils préfèrent une
révolution sanglante et vaine à la révolution spirituelle qu'on
attend d'eux [8]. » Les rédacteurs des *Cahiers* eux-mêmes
n'hésitaient pas à se qualifier de « catholiques révolutionnaires » et ils disaient leur admiration pour tous ceux que
leur foi avait conduits à mettre en question le « monde

---

6. P. de Longmar, *Cahiers 1929*, IIᵉ série, nº 2, p. 184.
7. *Histoire de dix ans, op. cit.*, p. 91.
8. *Cahiers 1930*, IIᵉ série, nº 5, p. 70.

moderne » : Hello, Bloy, Péguy, Bernanos. Cette volonté révolutionnaire se traduisait aussi sur le plan de la recherche intellectuelle par une campagne en faveur d'un humanisme chrétien, « c'est-à-dire d'un humanisme qui échappe, dans ses sources, à l'idéalisme bourgeois aussi bien qu'au matérialisme contemporain [9] ».

Cette attitude amenait simultanément les *Cahiers* à s'indigner de ce qu'ils appelaient les compromissions, les lâchetés, l'opportunisme du catholicisme installé. Ils lui reprochaient de sacrifier au matérialisme ambiant et de trahir sa mission spirituelle, flétrissant « ces jeunes catholiques d'aujourd'hui qui sont des jeunes gens bien nourris, bien lavés, pratiques – des bourgeois déchus – qui pensent que l'Église doit leur procurer une paix temporelle, un bien-être matériel [10] ». Les *Cahiers* furent ainsi une des premières manifestations de cette « rupture de l'ordre chrétien avec le désordre établi » dont *Esprit* se fera, un peu plus tard, le champion. Ceci explique, d'une part, que certains des futurs collaborateurs d'*Esprit* aient écrit dans les Cahiers – tels Étienne Borne, Maurice de Gandillac, Edmond Humeau, Olivier Lacombe – et, d'autre part, que Mounier lui-même ait pu noter en 1939 : « Les *Cahiers 1928* de Maxence sont un des essais par lesquels *Esprit* se chercha avant de se réaliser [11]. » On peut donc dire que si les *Cahiers* peuvent être situés dans la *Jeune Droite*, ils eurent aussi une influence plus large dans la mesure où leur caractère de publication catholique était prédominant.

À partir de 1930 cependant, bien que leurs orientations essentielles se soient maintenues jusqu'à leur disparition, les *Cahiers* allaient, de manière assez discrète, prendre des positions plus politiques, par exemple contre le pacifisme et contre le briandisme. À ce moment d'ailleurs, Maxence commença à se rapprocher de l'*Action française* ou, du moins, de certains éléments marginaux de celle-ci. C'est ainsi qu'il salua avec sympathie la naissance de *Réaction* en mai 1930 et qu'il collabora à son numéro de juin sur l'Amérique. D'autre part, au cours du dernier trimestre de 1930, il fit la connaissance chez Henri Massis de jeunes normaliens

9. *Histoire de dix ans*, *op. cit.*, p. 48.
10. R. Francis, *Cahiers 1929*, IIe série, n° 2, p. 60.
11. *Esprit*, avril 1939, p. 129.

d'*Action française* avec lesquels il allait assez étroitement se lier, les entraînant à la *Revue française* dont il était alors devenu le rédacteur en chef, ayant abandonné la direction des *Cahiers* à son frère Robert Francis.

De ce fait, la troisième série des *Cahiers* – qui commença en novembre 1930 – vit se modifier assez sensiblement les sommaires de la revue [12]. Si la petite équipe qui s'était formée autour de Maxence subsista – R. Francis, H. Reynald de Simony, A. Fransque, J. Chauvy –, en revanche, beaucoup des collaborateurs des deux premières séries disparurent tandis qu'apparaissaient de nouveaux noms tels ceux de Jean de Fabrègues et de René Vincent (de l'équipe de *Réaction*), de Robert Brasillach et de Maurice Bardèche, deux des normaliens que Maxence avait rencontrés chez H. Massis.

Cette troisième série devait être la dernière, car les *Cahiers* disparurent au début de l'été 1931 après avoir connu diverses vicissitudes. Mais à ce moment ses rédacteurs disposaient d'un autre organe d'expression avec la *Revue française* dont Maxence assumait pratiquement la direction depuis novembre 1930.

« *La Revue française* » (1930-1933)

La *Revue française*, en 1930, avait déjà un quart de siècle d'existence. Elle appartenait à Alexis Redier [13], personnage assez peu scrupuleux qui possédait cependant un certain crédit auprès des milieux bien-pensants pour des livres sur la guerre et sur la famille qui avaient eu quelque succès. En 1930, cette publication hebdomadaire à l'aspect vieillot et démodé qui pendant longtemps avait mené une vie paisible d'émule des *Annales* voyait peu à peu sa clientèle bourgeoise et provinciale disparaître sans être remplacée. Pour tenter de rajeunir la revue et de lui redonner un peu de vie, Alexis Redier fit appel à Jean-Pierre Maxence.

C'est dans ces conditions que Maxence, en novembre 1930, abandonna la direction des *Cahiers* à Robert Fran-

---

12. À partir de cette troisième série, les *Cahiers* adoptèrent aussi le format classique des revues (14 x 22).
13. Celui-ci avait fondé dans les années 1920 un mouvement baptisé *Légion* qui fusionna, en 1925, avec les *Jeunesses patriotes*.

cis pour devenir le rédacteur en chef de la *Revue française* en espérant, d'une part, s'assurer ainsi une situation matérielle un peu plus stable que celle qu'il avait connue jusque-là et, d'autre part, avoir à sa disposition une tribune plus large que celle des *Cahiers* puisque, alors que ceux-ci ne tiraient qu'à mille ou deux mille exemplaires[14], la *Revue française* avait, elle, six à sept mille lecteurs.

Jusqu'en juin 1932, la *Revue française* allait conserver la même présentation un peu désuète et voir cohabiter l'ancienne équipe de rédaction avec les nouveaux collaborateurs amenés par Maxence. Certains de ceux-ci étaient des anciens des *Cahiers*, tels Robert Francis, Maurice Fombeure ou Augustin Fransque. Les autres étaient ces jeunes normaliens que Maxence avait rencontrés chez Henri Massis et qui avaient nom Thierry Maulnier, Robert Brasillach, Maurice Bardèche. Avec ces derniers – surtout avec Thierry Maulnier car Brasillach et Bardèche étaient à cette époque assez peu intéressés par les problèmes proprement politiques[15] – se manifestèrent dans la *Revue française* des tendances proches de l'*Action française* qui étaient aussi représentées au sein de l'équipe de Maxence par Maurice Blanchot, alors rédacteur de politique étrangère au *Journal des débats*. Par ailleurs, certains membres du groupe *Réaction* donnèrent quelques articles à la *Revue française*.

Cette cohabitation des anciens rédacteurs et des nouveaux devait donner à la revue un ton assez disparate et aboutir à des résultats parfois surprenants. C'est ainsi, par exemple, que le numéro dans lequel Thierry Maulnier affirmait que « la crise était dans l'homme » s'ouvrait sur un éditorial de Redier à la gloire des « gens du monde ». Telle autre livraison dans laquelle Jean de Fabrègues constatait « la faillite du capitalisme » se terminait par une chronique financière d'André Ply qui déclarait : « Chacun s'efforce de rechercher les causes du désastre ou bien s'applique à prédire la fin de nos malheurs pour le printemps ou l'automne prochain. Laissons là, si vous le voulez bien, ces vaines spéculations pour

14. Un pavé publicitaire paru dans un des derniers numéros donnait le chiffre de 5 000. Il semble qu'il soit un peu exagéré.
15. En 1930, R. Brasillach reprochait à ses amis de trop se préoccuper des problèmes politiques. L'avantage essentiel de la monarchie était alors à ses yeux qu'elle déchargeait le citoyen de ce genre de préoccupations.

ne nous occuper que de la seule question positive qui mérite
de retenir l'attention des capitalistes : quelles mesures
convient-il de prendre pour réparer les dégâts causés à notre
portefeuille par la crise [16] ? »

Peu à peu d'ailleurs, les jeunes amis de Maxence supplan-
tèrent les anciens collaborateurs de la revue et, lorsque, en
juillet 1932, la *Revue française*, qui était déjà devenue bimensuelle en 1931, se transforma en une publication mensuelle adoptant le format classique des revues, elle se trouvait
pratiquement entre leurs mains. À ce moment, bien qu'elle
ait continué à publier des textes littéraires [17], on peut dire
qu'elle devint vraiment une des tribunes politiques de la
Jeune Droite. Très significatif fut à cet égard un numéro
spécial publié en avril 1933 et consacré à des « Témoignages
sur la jeunesse française » auquel collaborèrent – à côté des
représentants de la *Jeune Droite* : Maurice Blanchot, Jean de
Fabrègues, Robert Francis, Thierry Maulnier et Jean-Pierre
Maxence – plusieurs membres de l'*Ordre Nouveau* : Robert
Aron, Arnaud Dandieu, Daniel-Rops, René Dupuis, Jean Jardin, Alexandre Marc.

Dans la *Revue française*, Robert Francis, Augustin Fransque, Jean-Pierre Maxence continuèrent à défendre d'abord
les positions qui avaient été les leurs dans les *Cahiers*. C'est
ainsi que, en 1931, dans un article intitulé « L'Europe en
danger », Maxence déclarait : « La crise matérielle révèle sa
véritable cause : elle est d'abord une crise morale, une
méprise sur la notion d'homme. L'ordre même du monde est
en jeu et cet ordre est spirituel... Ce qui d'abord menace
l'Europe, c'est le mépris où elle tient les puissances de l'âme.
En face du matérialisme de Moscou et l'affairisme de New
York, c'est dans un effort convergent pour sauvegarder
l'esprit de l'homme et la tradition de sa culture que l'Europe
trouvera le salut [18]. » Toutefois, dans les derniers numéros de
1932 et en 1933, le souci d'une révolution des structures,
d'une révolution politique et économique contre le parlementarisme et le capitalisme allait devenir prépondérant au point
que Robert Francis en arriva à écrire : « Il ne peut plus y

---

16. *Revue française*, juin 1932, p. 158.
17. On y trouvait les signatures de Claudine Chonez, Daniel Halévy,
Robert Kanters, Henri Massis, Jules Supervielle, etc.
18. *Revue française*, 22 mars 1931, p. 266.

avoir de défense de l'âme sans révolution, pas une révolution dans les esprits, une révolution dans les faits (...) Révolution personnaliste, aristocratique, spirituelle, tant qu'on voudra, mais révolution d'abord. Premièrement, saper le vieil ordre capitaliste qui corrompt et qui dévie les meilleures initiatives. Il faut que les jeunes gens écoutent d'abord leur raison : aucune action utile n'est possible avant que l'ordre actuel soit renversé (...) le spirituel viendra plus tard[19]. » Et en février 1933, il faisait ce pronostic que les événements ne devaient pas démentir : « Pour moi, les faits prochains ne font aucun doute : dans un mois, dans un an, l'émeute[20]. » Il ne faut peut-être pas accorder plus d'importance qu'elles n'en méritent à ces affirmations de Robert Francis qui était bien davantage un romancier et un polémiste qu'un doctrinaire politique. Elles révèlent cependant une évolution symptomatique.

Dans cette évolution, le désordre économique et politique croissant a certainement joué un rôle. Mais on ne saurait non plus négliger l'influence, au sein de l'équipe de la *Revue française*, de Thierry Maulnier dont l'importance y devint de plus en plus grande. Maxence, nous l'avons vu, l'avait rencontré chez Henri Massis en novembre 1930. Âgé de vingt et un ans, ce jeune normalien timide et dégingandé venait alors de faire ses premières armes de journaliste politique. En effet, au printemps de 1930, alors que les étudiants qui rédigeaient la publication royaliste l'*Étudiant français* avaient quitté brutalement l'*Action française*[21], Jacques Talagrand – tel était le véritable nom de Thierry Maulnier – était allé proposer de faire le numéro suivant qui fut rédigé, en quarante-huit heures, dans une « thurne » de l'École normale par Maurice Bardèche, Robert Brasillach, José Lupin et lui. C'est à ce moment qu'il prit le pseudonyme sous lequel il allait se faire connaître. Ses articles de l'*Étudiant français* ayant été remarqués, il lui fut demandé de collaborer à la *Revue universelle*, puis à la page littéraire de l'*Action française*. Cette collaboration fut surtout une collaboration intellectuelle, Thierry Maulnier se bornant à expédier à l'*Action française* ses articles sans être associé plus étroitement à la vie du journal ou du mouvement.

19. *Revue française*, juillet 1933, p. 1058.
20. *Revue française*, février 1933, p. 277.
21. Sur les raisons de ce départ, voir plus haut : « La crise de l'*Action française*. »

À la demande de Maxence, il devint donc aussi un collaborateur régulier de la *Revue française* dont il devait être bientôt la personnalité la plus marquante.

À la mort de Jean-Pierre Maxence, Thierry Maulnier a évoqué en ces termes ce que fut leur première rencontre : « Je rencontrai Maxence pour la première fois, un soir, autour d'une table, parmi quelques jeunes écrivains réunis à la *Revue universelle* (...) La conversation commencée autour d'Henri Massis se prolongea entre Maxence, Brasillach et moi, dans les rues d'abord, puis chez Maxence lui-même, dans un épais nuage de fumée de cigarettes, jusqu'au petit jour. Dès cette nuit-là, il était plus ou moins explicitement entendu que nous allions tenter quelque chose ensemble. Nous avions bien des points de désaccord qui promettaient des discussions intéressantes. Pour l'essentiel, qui était de tenter de donner à ce pays, à la jeunesse de ce pays, une justification de leur existence, une espérance d'avenir et une voie de grandeur qui ne nous semblaient pouvoir être ni dans l'immobilité conservatrice, ni dans la fascinante imposture du marxisme, nous avions en commun la volonté et peut-être la présomption [22]. »

Avec Thierry Maulnier devait s'exprimer dans la *Revue française* une tendance idéologique quelque peu différente de celle que représentaient Robert Francis et Jean-Pierre Maxence. Alors que les bases de départ de ceux-ci – surtout de Maxence [23] – étaient des bases catholiques, très influencées par l'enseignement de Maritain, Thierry Maulnier, qui était par ailleurs agnostique, était, lui, né à la vie intellectuelle à l'ombre de l'*Action française*, dans le sillage de Maurras. « Maurras, a-t-il écrit, nous apportait l'exemple, exaltant à nos âges, du combat à contre-courant, de l'affirmation minoritaire, d'une intraitable énergie intellectuelle, du refus de tout compromis dans la pensée et dans l'action et aussi une méthode politique, un réalisme – les nations existent, les forces existent, la survie des sociétés humaines n'est possible qu'à un certain prix et sous certaines conditions, on ne peut vouloir ceci ou cela qu'en acceptant les conséquences [24]. » Son maurrassisme n'était cependant pas d'une rigoureuse

---

22. *Arts*, 20 juin 1956.
23. À partir de 1931, en grande partie pour des raisons d'ordre privé, Robert Francis s'éloigna du catholicisme.
24. Préface du livre d'H. Massis, *Au long d'une vie* (Paris, 1967), p. 9.

orthodoxie[25] car il composait avec d'autres influences, notamment celle de Marx et du marxisme dont il avait retenu la problématique accordant une large place aux questions économiques et sociales, et, d'autre part, celle de Nietzsche[26] qui devait l'amener à consacrer toute une part de sa réflexion à la crise de l'humanisme et aux problèmes spirituels du monde né de la « mort de Dieu ».

Si Thierry Maulnier était plus « politique » que Maxence et Francis, on retrouvait cependant chez lui une idée caractéristique de tous les mouvements de jeunes de ces années, à savoir, l'idée que la crise politique et la crise économique n'étaient que les reflets d'une crise plus totale qui mettait en jeu tout le destin de l'homme, que la crise n'était pas seulement dans les structures, mais qu'elle était dans l'homme. « La crise est dans l'homme » fut d'ailleurs le titre du premier livre de Thierry Maulnier qui parut en 1932 recueillant divers textes publiés auparavant dans la *Revue française* et l'*Action française*. Il déclarait dans l'introduction de cet ouvrage : « Si une civilisation tout entière peut être aujourd'hui remise en jeu, c'est parce qu'elle a ignoré et blessé aveuglément l'être humain dans ce qu'on pourrait appeler son exigence éternelle. Avant de dresser quoi que ce soit contre une société inhumaine, il faudrait peut-être trouver ou retrouver ce qu'est l'homme et ce qu'il veut (...) L'homme doit être la première notion à restaurer dans un monde où ses exigences, sa grandeur et son salut possible sont absents de tous les calculs. Ce sont les valeurs d'esprit qu'il faut rétablir d'abord[27]. » En prônant une « révolution spirituelle », une « révolution des valeurs », un « redressement intellectuel », Thierry Maulnier n'était guère éloigné des positions défendues par le Maxence des années 1930-1931. Il avait cependant tendance – et c'était là que l'on retrouvait l'héritage maurrassien – à mettre plus que lui l'accent sur le poids des structures et des institutions, se demandant si, dans leur état actuel, elles ne rendaient pas stérile tout effort borné au seul ordre de l'esprit.

25. « Nous autres, jeunes nationalistes, qui avions accroché nos barques au vaisseau de haut bord de l'*Action française* ou, du moins, dont nous suivions le sillage avec quelques écarts, quelques souhaits d'indépendance... » (*Ibid.*, p. 9.)

26. Auquel il consacra un essai en 1933.

27. *La crise est dans l'homme* (Paris, 1932), p. 6 et p. 8.

Il ne faut sans doute pas majorer l'influence de Thierry Maulnier dans l'évolution de la *Revue française*. Cette évolution fut en effet aussi le reflet d'une évolution générale qui provoqua une politisation croissante de tous les milieux intellectuels dans les années 1933-1934, politisation due au désordre politique et économique grandissant et au sentiment que l'on se rapprochait d'échéances décisives.

Cette politisation des positions de l'équipe de la *Revue française* se manifesta de manière très nette lorsque la *Revue française* disparut au début de l'été 1933 pour des raisons financières. À ce moment, Jean-Pierre Maxence devint le chroniqueur littéraire de *Gringoire* tandis que Thierry Maulnier et Robert Brasillach, tout en continuant à donner des articles à l'*Action française*, devinrent des collaborateurs réguliers de *1933*, hebdomadaire de droite créé par la maison Plon et dont Henri Massis était le directeur. Plus significative encore fut la participation de Jean-Pierre Maxence, Thierry Maulnier et Maurice Blanchot au *Rempart*, publication fondée par Paul Lévy et défendant des positions violemment antiparlementaires et anticapitalistes. D'une manière plus directe, cet engagement croissant dans l'action politique se concrétisa pour Maxence par son adhésion à une ligue nouvelle que venait de mettre sur pied, avec l'appui de François Coty, le commandant Jean Renaud, la *Solidarité française*. Grâce à elle, Jean-Pierre Maxence put déployer ses talents d'orateur auprès des publics populaires qu'il recherchait. Cet engagement, assez surprenant étant donné l'indigence doctrinale de la *Solidarité française*, Maxence devait plus tard le justifier en disant qu'il avait espéré, pour ce motif même, trouver là un terrain vierge lui permettant de faire passer dans la réalité politique ses idées personnelles. On notera que, tout en ayant des sympathies pour l'*Action française*, Maxence refusa toujours d'y adhérer, lui reprochant son conservatisme en matière économique et sociale.

L'antiparlementarisme et l'anticapitalisme, qui tinrent dans les derniers numéros de la *Revue française* une place grandissante, devaient se retrouver dans *Demain la France*, gros livre de quatre cent cinquante pages que Thierry Maulnier, Jean-Pierre Maxence et Robert Francis écrivirent en quelques semaines au lendemain des événements de février

1934[28]. Dans cet ouvrage dédié aux morts du 6 février et qui « voulait donner une doctrine à l'émeute », les auteurs déclaraient notamment : « Une société organisée ne saurait dissocier et subordonner arbitrairement les trois ordres, spirituel, politique et économique. La révolution de demain doit porter simultanément sur ces trois terrains[29]. » Toutefois – et ceci était symptomatique de l'évolution que nous avons signalée – le livre développait surtout les aspects politiques et sociaux de cette révolution plus que l'aspect spirituel. Au terme de leur démonstration, les auteurs se prononçaient pour un État fort, mais limité dans ses attributions, et indépendant de l'élection, et pour une organisation corporative de l'économie nationale. Si leurs thèses politiques ne présentaient guère d'originalité très marquée par rapport aux thèses classiques de l'*Action française*, leur anticapitalisme était assez manifeste pour que Mounier ait pu le souligner dans *Esprit* en rendant compte du livre.

Dans les derniers mois de 1934, ce courant de la *Jeune Droite* devait retrouver une tribune autonome en joignant ses efforts à ceux d'une autre équipe de jeunes qui venait de fonder la *Revue du XXᵉ siècle* et qui s'était exprimée de 1930 à 1934 dans deux revues successives : *Réaction* et la *Revue du siècle*. Ce second courant fut peut-être le plus représentatif de la *Jeune Droite*, notamment par une plus grande rigueur et une plus grande continuité dans l'exposé de ses thèses.

28. Les trois premières parties étaient l'œuvre de Thierry Maulnier, la quatrième celle de Jean-Pierre Maxence et les deux dernières avaient été écrites par Robert Francis.
29. *Demain la France* (Paris, 1934), p. 271.

CHAPITRE TROISIÈME

« Réaction » et « la Revue du siècle »

Si les rapports du groupe des *Cahiers* et de la *Revue française* avec l'*Action française* furent assez embrouillés, il en fut de même pour le groupe qui donna naissance à *Réaction* et à la *Revue du siècle*. En effet, ce groupe qui, à ses débuts, fut considéré non sans raison comme une dissidence de l'*Action française* eut par la suite avec celle-ci des relations assez ambiguës, notamment lorsqu'eut été fondée en 1933 la *Revue du siècle*. Quoi qu'il en soit, malgré des rapprochements occasionnels, ces revues furent assez nettement indépendantes par rapport à l'*Action française*, manifestant des tendances qui par nombre d'aspects s'écartaient de l'orthodoxie maurrassienne.

La plus originale de ces publications fut incontestablement *Réaction*, petit bulletin d'étudiants plus que revue, dans lequel ses fondateurs s'exprimaient avec une totale liberté. La situation se modifia ensuite quelque peu lorsque, *Réaction* ayant disparu pour des raisons financières, lui succéda la *Revue du siècle* aux moyens matériels plus importants mais dans laquelle l'équipe de *Réaction* fut obligée d'atténuer les arêtes de ses positions en raison de son association avec un groupe dont la fidélité à la pensée maurrassienne était plus stricte.

« Réaction » (1930-1932)

Réaction[1] naquit au début de 1930 de ces innombrables et interminables discussions chères aux étudiants de toutes

---

1. Pour une étude plus détaillée de l'histoire et des idées de *Réaction*, on pourra se reporter à notre article : « *Réaction*, une revue des années trente » paru dans *Politique*, 1966.

les époques. Ces étudiants étaient, pour la plupart, des membres de l'Association des Étudiants d'Action française de Paris qui, tout en voulant rester fidèles à ce mouvement, avaient l'ambition d'exprimer les préoccupations de jeunes gens pour lesquels l'Affaire Dreyfus n'était plus qu'un souvenir historique et qui avaient l'impression que l'*Action française*, dans ses organes dirigeants, restait justement prisonnière de ces souvenirs, négligeant trop ce qu'avait pu être depuis l'évolution de la société et des idées.

Ces divergences latentes avec l'*Action française* se cristallisèrent autour de trois problèmes déjà évoqués plus haut[2] : le problème littéraire, le problème social, le problème religieux. C'est ainsi que, du point de vue littéraire – à ses yeux le moins important –, *Réaction* devait très clairement affirmer qu'elle ne demandait pas à Maurras un « art poétique » et elle devait se réclamer de « maîtres » que l'*Action française* n'appréciait pas toujours, comme Léon Bloy, Paul Claudel, Charles Péguy, alors que simultanément elle répudiait Anatole France et manifestait quelque méfiance à l'égard de Barrès. Mais ce sont surtout les deux dernières causes qui devaient être déterminantes. D'une part, ces jeunes hommes ressentaient profondément les difficultés qu'il y avait à vouloir mener une politique chrétienne au sein d'organismes condamnés par l'Église et, d'autre part, ils avaient la ferme volonté de s'attaquer au désordre économique libéral et de se désolidariser le plus nettement possible du capitalisme.

À la suite de ces discussions, sous l'impulsion de René Vincent et Christian Chenut, il fut décidé, à la fin de l'année 1929, de créer une revue dont la direction serait confiée à Jean de Fabrègues. Celui-ci, qui, tout en achevant des études de philosophie, était secrétaire de Maurras, s'attela alors à la rédaction d'un manifeste dont les termes furent soigneusement pesés avec tous les membres du groupe. Lorsque ce texte eut été mis au point dans les premières semaines de 1930, il fut soumis par Fabrègues à Maurras et fit l'objet entre eux pendant une dizaine de jours d'entretiens presque quotidiens.

Sur le texte même du manifeste, Maurras n'avait guère réagi si ce n'est sur la phrase parlant des appels de Gide : il

2. Cf. *supra*, « La crise de l'*Action française* ».

se refusait à y voir des « sirènes[3] ». Les objections de Maurras étaient essentiellement tactiques. Tout en reconnaissant le bien-fondé des positions exprimées dans le manifeste, il répondait en effet : « Ce que vous réclamez, c'est notre pensée profonde, mais ne divisez pas le front du combat » et il s'accrochait à cette image : « Les chouans ont été vaincus parce qu'ils se sont battus en plusieurs colonnes. »

Ainsi, alors qu'au départ les fondateurs de *Réaction* n'avaient pas eu l'intention de rompre avec l'*Action française*, les rapports avec celle-ci allaient se tendre progressivement. Cette situation devait évoluer d'autant plus rapidement que, sur ces entrefaites, se déclenchait le conflit Martin-Lecœur. La rupture devint bientôt inévitable et, en mars 1930, l'équipe de *Réaction*, suivie par la plupart des étudiants d'*Action française* de Paris, rompit avec le mouvement. De ce fait, le premier numéro de *Réaction*, qui avait été préparé avant la rupture, parut en avril après celle-ci. Il fit l'objet d'une campagne d'obstruction de la part de ce qui restait des étudiants d'*Action française* qui déposèrent au greffe le nom d'une revue homonyme qui ne vit jamais le jour.

Si rupture il y eut, il semble bien, toutefois, que, de part et d'autre, on n'ait pas voulu trop envenimer les choses en les transformant en une polémique à ciel ouvert. Si l'*Action française* mena contre *Réaction* une assez vive campagne de bouche à oreille, essayant de rallier individuellement certains des dissidents, il n'y eut pas d'éclat public. Réciproquement, on ne trouve guère de traces de ce conflit dans les textes de *Réaction*, si ce n'est de brèves allusions dans le bilan que dressait Jean de Fabrègues au seuil de ce qui devait être le dernier numéro de la revue : « Cette revue, écrivait-il, est née au milieu des plus profondes et des plus cruelles équivoques. À notre naissance, on nous a dit, et les plus intéressés à cette affaire l'ont cru eux-mêmes, dissidents de l'*Action française*. » Un peu plus loin il ajoutait : « Des conseillers nous disaient depuis des mois : il faut un éditeur, de l'argent, des patrons, des soutiens. Nous choisissions pour partir l'heure où une cruelle équivoque nous privait des deux dernières choses[4]. »

---

3. Voir ce texte en annexe.
4. *Réaction*, nº 12, juillet 1932, p. 1.

D'ailleurs, sur le terrain proprement politique, *Réaction* devait reprendre à son compte nombre des thèses maurrassiennes : empirisme organisateur, traditionalisme, nationalisme, royalisme, etc., et René Vincent dira plus tard : « On se fiait à Maurras sur le plan politique [5]. » De même, à Guy Crouzet, qui, dans *Notre Temps* [6], affirmait que *Réaction* c'était « Maurras sans Maurras », Émile Vaast répondait : « M. Crouzet croit nous embarrasser en nous jetant ce nom comme si nous ne l'avions pas écrit les premiers sans équivoque : "Notre Maurras". Nous saluons en lui, non seulement l'initiateur de la renaissance royaliste, mais encore un type d'homme, de héros qui domine de haut toute notre époque. Seulement nous ne lui demandons pas des leçons de catéchisme ni même un art poétique [7]. » Ainsi, pour *Réaction*, Maurras restait « un » maître, il n'était plus « le » maître.

Si le différend avec l'*Action française* fut plus ou moins étouffé, il n'en reste pas moins que les divergences étaient profondes, plongeant leurs racines dans une appréciation radicalement différente de la situation des années 1930. L'argument des « deux fronts » évoqué par Maurras pouvait d'autant moins porter sur les responsables de *Réaction* que ceux-ci estimaient justement que l'on ne pouvait plus, en 1930, se livrer à de subtiles distinctions entre le pays légal et le pays réel ou disserter sur l'ordre des moyens et des fins mais que tout était gangrené, qu'une société tout entière était à refaire, que la crise était totale et que, donc, l'on devait s'attaquer au désordre du monde contemporain sous tous ses aspects sans prendre le risque de paraître se solidariser avec l'un d'entre eux. Ce qui devait dominer les attitudes et les prises de position de *Réaction*, c'est l'idée qu'il y avait en ces années 1930 une crise du monde moderne, que cette crise était générale, qu'elle était une crise de civilisation.

Tel était d'ailleurs le thème essentiel du manifeste qui ouvrait le premier numéro de *Réaction* et dont les premières phrases constataient : « Jamais l'homme n'avait atteint une telle perfection dans la connaissance des phénomènes, ni une

5. *Arts*, 18-24 avril 1956.
6. Publication mensuelle dirigée par Jean Luchaire se présentant comme « l'organe de la nouvelle génération réaliste » et proche des milieux radicaux et briandistes.
7. *Réaction*, n° 8-9, février 1932, p. 36.

telle puissance dans l'utilisation des forces naturelles et l'accumulation des richesses. Et pourtant il y a une crise du monde moderne. "Crépuscule des nations blanches", "Déclin de l'Occident", approche des "Derniers Jours", avènement d'un "Nouveau Moyen Âge", de toutes parts s'élèvent des cris annonciateurs de la fin d'un monde... » Le texte continuait par l'analyse des manifestations de cette crise qui, selon *Réaction*, était aussi bien une crise des structures politiques, sociales et économiques qu'une crise spirituelle beaucoup plus profonde d'un monde ayant perdu le sens d'un « ordre humain ». Cette référence à un « ordre de l'être », à un ordre essentiel, différent de « la protection des intérêts économiques » ou « de la défense des hommes en place », différent aussi « de ces petits arrangements contingents que l'homme ou la société se donnent à eux-mêmes », justifiait le titre complet de la revue qui était dans les premiers numéros *Réaction pour l'Ordre*. Cette façon de poser les problèmes explique aussi que, lorsque le manifeste en arrivait à évoquer « les conditions nécessaires d'une renaissance », il dépassait le seul plan politique en les définissant ainsi : « Politique, c'est, en France, la monarchie ; sociale, c'est la soumission de notre vie économique au bien commun ; spirituelle, c'est l'ordre chrétien [8]. »

Au bas de ce manifeste figuraient dix-neuf signatures. Parmi ces signataires, les noms les plus connus sont incontestablement ceux de Robert Buron, alors étudiant en droit et en sciences politiques qui sera ministre de la IVe et de la Ve République, d'André Piettre, futur professeur d'économie politique à la faculté de droit de Paris, de Jean Sainte-Fare-Garnot qui sera directeur de l'Institut français du Caire et professeur d'égyptologie. Comme ceux-ci, la plupart des autres signataires étaient des étudiants, tels Louis Lemiels, élève de l'École normale supérieure, Félicien Maudet, futur avocat et bâtonnier du barreau de Perpignan [9], Jean Le Marchand, futur rédacteur en chef de *La Table ronde* et de *Jours de France*, Jacques-François Thomas, auteur de plusieurs ouvrages sur Pascal et le jansénisme, Émile Girard, avocat

8. *Réaction*, n° 1, avril 1930, p. 1-2.
9. Félicien Maudet était, en 1930, au moment de la fondation de *Réaction*, président de l'Association des étudiants d'Action française de Paris.

au barreau de Paris qui participa à l'élaboration de la Charte du Travail de Vichy, Maurice Chuzel, qui sera responsable de l'information religieuse à l'Agence France-Presse. À leurs côtés, un peu plus âgés, on trouvait un journaliste, Charles Vergnaud, alors directeur du *Courrier de Lorraine* à Nancy, un employé de banque, Christian de La Taille, un instituteur, Marcel Noël, un professeur, Pierre Ousset, qui avait signé sous le pseudonyme de Pierre Burgos, enfin un assureur, Bernard du Halda. L'âge moyen de ces jeunes gens se situait autour de vingt-cinq ans. Leur doyen était Roger Magniez qui, âgé d'une quarantaine d'années, était alors directeur d'un service de la compagnie d'assurances « La Paix » et présidait aux destinées du Cercle La Tour du Pin.

Avec ces signatures figuraient aussi celles des trois jeunes hommes sur lesquels reposait en fait la vie de la revue : Jean de Fabrègues, René Vincent et Christian Chenut. Les deux derniers avaient joué un rôle déterminant dans la création de *Réaction* qui, sans eux, n'eût sans doute pas vu le jour. Ils se chargèrent respectivement des fonctions de rédacteur en chef et d'administrateur, laissant à Jean de Fabrègues le soin d'assurer la direction de la nouvelle publication.

À cette époque, Jean de Fabrègues, bien qu'âgé seulement de vingt-quatre ans, avait déjà derrière lui un certain passé politique et journalistique. Il avait collaboré, dès 1926, à la *Gazette française*, partageant alors ses activités entre les Chevaliers de Saint-Michel et l'Association des étudiants d'Action française. En 1927, bien que catholique et fortement influencé par l'enseignement de Maritain, il était resté fidèle à l'*Action française* et, dans les années suivantes, il avait eu un rôle assez actif au sein des groupes étudiants du mouvement, participant notamment de manière régulière à la rédaction de l'*Étudiant français*. Par ailleurs, secrétaire pendant quelques semaines de Maurras, il avait aussi assuré – rubrique importante – la revue de presse dans l'*Action française* quotidienne. Son maurrassisme, dès ce moment, n'était cependant pas absolu car il se combinait avec d'autres influences, celle du thomisme sur le plan philosophique (il participa aux réunions de Meudon chez Maritain) et celle de La Tour du Pin sur le plan social (il collaborait assidûment aux travaux du Cercle La Tour du Pin). Dans les années 1928-1930, son attachement au catholicisme, son souci des problèmes philosophiques et spirituels, l'attention qu'il accordait aux questions économiques et sociales l'amenèrent peu à peu à remettre en question son attitude à l'égard de l'*Action française*, remise en question qui devait se concrétiser dans la création de *Réaction*.

Quant à René Vincent – plus jeune de trois ans –, il faisait à cette époque des études de droit et de lettres tout en donnant des articles à l'*Étudiant français* et à l'*Ami du Peuple du Soir*. Il devait, on l'a dit, être le rédacteur en chef de *Réaction*, s'occupant particulièrement avec Christian Chenut des problèmes matériels posés par la confection de la revue. Christian Chenut, qui, plus âgé que Jean de Fabrègues et René Vincent, achevait un doctorat en droit, assurait par ailleurs un certain soutien financier de *Réaction* dont les ressources étaient des plus limitées, bornées aux abonnements et aux cotisations versées par les membres du groupe organisé autour de la revue, notamment par les signataires du manifeste.

Ces ressources médiocres expliquent la présentation extrêmement modeste de *Réaction* dont les premiers numéros – trente-deux pages au format classique des revues – avaient bien davantage les allures d'un bulletin que celles d'une revue. Dans les dernières livraisons, elle devait un peu s'étoffer, mais elle ne dépassa jamais une soixantaine de pages. Ces difficultés financières expliquent aussi une périodicité un peu fantaisiste car, si *Réaction* était théoriquement une publication mensuelle, elle ne compta en réalité qu'une dizaine de livraisons, numérotées de un à douze, entre avril 1930 et juillet 1932. Plusieurs de ces numéros furent des « numéros spéciaux » consacrés à l'Amérique, à Bernanos, à la Paix, à l'Après-Guerre, au Capitalisme.

En réalité, *Réaction* fut une petite revue d'étudiants riche surtout de l'enthousiasme et de l'inexpérience de ses rédacteurs dont le nombre était lui aussi assez limité puisque Jean de Fabrègues et René Vincent assuraient à eux seuls, sous leur nom ou sous des pseudonymes, la plus grande partie du travail de rédaction (par exemple dix-sept pages sur les trente-deux du numéro 1, la moitié des soixante-quatre pages du numéro 10). Leurs articles exprimaient aussi, en général, les orientations les plus originales de la revue.

Revue d'étudiants, *Réaction* eut cependant quelques collaborateurs plus âgés, à commencer par le plus célèbre d'entre eux, Georges Bernanos. Celui-ci joua d'ailleurs un rôle assez important dans la création de *Réaction* dans la mesure où il encouragea l'entreprise – encore qu'il ait déploré que celle-ci débutât par une rupture avec l'*Action française* – dans la mesure aussi où son influence avait profondément marqué la plupart des membres du groupe au point qu'Émile Vaast écrivait qu'il représentait « l'esprit même du groupe *Réaction*[10] ». *Réaction* publia trois textes de Bernanos, dont un « Message aux Jeunes Français » dans sa première livraison, et elle lui consacra un de ses numéros spéciaux, en 1931, lors de la parution de *la Grande Peur des bien-pensants*[11]. Ce livre, accueilli par eux avec enthousiasme, apparut en effet aux jeunes gens groupés autour de *Réaction* comme l'expression la plus fidèle de leurs sentiments de révolte à l'égard de la France bourgeoise de la Troisième République[12].

Parmi les collaborateurs occasionnels de la revue figurèrent aussi Robert Vallery-Radot, écrivain et journaliste, ami intime de Bernanos, André Rousseaux, critique littéraire du *Figaro* et de la *Revue universelle*, Pierre Lucius, journaliste spécialisé dans les problèmes économiques. On y trouvait aussi quelques articles de membres du groupe des *Cahiers* et de la *Revue française*, notamment de Jean-Pierre Maxence, de Thierry Maulnier, de Maurice Blanchot. Par ailleurs, dès son premier numéro, *Réaction* publia plusieurs réponses à une « enquête sur l'ordre », parmi lesquelles celles de Paul Valéry, de Georges Duhamel, d'Alain, d'André Maurois, de Daniel Halévy, d'André Malraux, de Berdiaeff, d'Emmanuel Berl, de Jacques Maritain.

Cette « enquête sur l'ordre » est extrêmement caractéristique de ce que furent les préoccupations essentielles de *Réaction*, préoccupations surtout orientées vers les problèmes philosophiques et spirituels. En effet, bien que son manifeste se soit proposé un triple objectif de « réaction » politique,

10. *Réaction*, n° 8-9, février 1932, p. 36.
11. Deux des textes publiés par Bernanos dans *Réaction* ont été reproduits par J. de Fabrègues dans son livre *Bernanos tel qu'il était* (Paris, 1965).
12. Il serait d'ailleurs possible de montrer que nombre des thèmes de l'œuvre « politique » de Bernanos présentent de nettes parentés avec les idées exposées dans les revues de jeunes des années 1930 (cf. S. Creyssels-Cabanié, *Constantes idéologiques dans l'œuvre polémique de Bernanos*).

sociale et spirituelle, c'est en fait sur ce dernier aspect que
se fixa surtout l'attention des rédacteurs de *Réaction*. Ceci
s'explique, d'une part, dans la mesure où, sur le plan politique, elle n'avait rien à apporter de très nouveau, ses positions
étant en la matière assez proches de celles de l'*Action française*. On notera toutefois quelques nuances : son nationalisme, par exemple, était moins crispé, plus ouvert, plus soucieux de « l'unité humaine » ; de même on ne trouvait pas
dans *Réaction* – pas plus d'ailleurs dans les *Cahiers* ou dans
la *Revue française* – d'attaques contre les juifs ou contre les
francs-maçons qui étaient pourtant dans la tradition de la
littérature politique d'*Action française*. Dans le domaine économique et social, d'autre part – dans lequel son originalité
était plus grande –, ses prises de position ne pouvaient guère
aller au-delà d'un anticapitalisme de principe du fait du manque de culture économique de la plupart de ses collaborateurs. Aussi, plus que de proposer des institutions, *Réaction*
s'efforça-t-elle bien davantage de formuler d'une manière
générale leur philosophie, essayant de retrouver les bases
fondamentales d'un « ordre humain » aussi bien pour la vie
sociale que pour la vie individuelle car, selon ses animateurs,
le drame des années 1930 était le drame conjugué d'une
civilisation qui se bâtissait contre l'homme et d'un homme
qui avait perdu jusqu'au sens de sa destinée et jusqu'à la
justification même de son existence.

Lorsque, durant l'été 1932, *Réaction* disparut à la suite de
difficultés financières, son tirage était approximativement de
douze cents exemplaires diffusés par abonnements et par
dépôt dans un certain nombre de points de vente au quartier
Latin. Par ailleurs, l'ambition de ses fondateurs ayant été de
faire de la revue un point de ralliement, quelques réunions
publiques furent organisées qui aboutirent à la formation d'un
groupe – peu structuré – à Paris et à la constitution en province de quelques « centres d'amitié ».

Ces groupes, qui survécurent à la disparition de la revue
en juillet 1932, devaient, au début de 1933, servir de base
pour le lancement d'une nouvelle publication aux ressources
matérielles plus importantes, la *Revue du siècle*.

« La Revue du siècle » *(1933-1934)*

La *Revue du siècle* vit le jour en avril 1933. Elle naquit
de l'initiative d'un éditeur, Gérard de Catalogne, qui proposa
à la jeune équipe de *Réaction* de participer à la fondation
d'une nouvelle publication en s'associant avec les littérateurs
nettement plus âgés qui publiaient la revue *Latinité*. C'est
pourquoi la *Revue du siècle* – ainsi baptisée parce que la
maison d'édition de Gérard de Catalogne se nommait les
Éditions du Siècle – se présenta comme « l'organe des groupes *Réaction* et *Latinité* » dirigé par un comité où l'on trouvait, à côté de G. de Catalogne, des représentants de *Réaction*
– Christian Chenut et Jean de Fabrègues – et des représentants de *Latinité* – Charles Forot et Jacques Reynaud.
    Cette association était assez artificielle car les animateurs
de *Latinité* poursuivaient de tout autres buts que ceux de
Réaction. Leurs activités étaient en effet surtout littéraires,
orientées vers la défense et l'apologie de la latinité, de l'occi-
tanisme, du classicisme et dominées par un antiromantisme
rigoureux. De ce fait, ils restaient étroitement fidèles à
l'esthétique maurrassienne, ce qui n'était pas le cas des jeunes gens de *Réaction*, admirateurs de Baudelaire, de Péguy,
de Bloy, de Dostoïevski, de Bernanos ou de Claudel. Les
liens que l'équipe de *Latinité* conservaient avec l'*Action française* devaient entraîner un certain rapprochement de la *Revue
du siècle* avec celle-ci. Alors qu'elle n'avait cité dans ses
colonnes qu'une fois le nom de *Réaction*, l'*Action française*
publiera à plusieurs reprises dans sa « Revue des Revues »
de larges extraits d'articles parus dans la *Revue du siècle*.
    Le ton de la *Revue du siècle*, qui avait cette fois les appa-
rences d'une véritable revue et dont les livraisons comportaient une centaine de pages, fut, en raison de ces influences
divergentes, beaucoup plus académique que celui de *Réaction*. La place de la littérature y fut aussi beaucoup plus
grande et la *Revue du siècle* organisa même, sur l'initiative
de Gérard de Catalogne, un banquet à l'hôtel Lutétia en
l'honneur de François Mauriac lors de l'élection de celui-ci
à l'Académie française. Ce banquet s'accompagna d'un
numéro spécial de la revue consacré à l'œuvre du nouvel

académicien avec des contributions très diverses, de Jean
Cocteau à Paul Morand, en passant par Daniel-Rops, Drieu
La Rochelle, Duhamel, D. Halévy, R. Martin du Gard, André
Maurois, H. de Montherlant, etc.

À côté des anciens collaborateurs de *Latinité*, à côté aussi
de signatures de prestige – Louis Bertrand, Léon Daudet,
Francis Jammes –, on retrouvait dans la *Revue du siècle* la
plupart des noms que l'on avait pu voir dans les sommaires
de *Réaction*. Peu à peu, toutefois, quelques signatures nouvelles apparurent, telles celles de Jean Loisy, de Charles
Mauban, de Jules Roy, de Jean Saillenfest, de Jacques Saint-
Germain, nouveaux venus dans ce qui allait bientôt prendre
le nom de *Groupe XXe siècle*. La *Revue du siècle* ouvrit par
ailleurs ses colonnes à des membres de l'*Ordre Nouveau*,
notamment à Daniel-Rops, à René Dupuis, à Denis de Rougemont et, surtout, à Alexandre Marc dont quatre textes
furent publiés au cours de l'année 1933.

Bien qu'elle ait été tenue d'apporter un peu plus de nuances dans l'expression de sa pensée, bien que parfois des
dissonances soient apparues en raison du maurrassisme plus
orthodoxe d'un Jacques Reynaud ou d'un Gérard de Catalogne, c'est malgré tout l'équipe de *Réaction* qui donna le ton
à la *Revue du siècle*, continuant d'y défendre les positions
qui avaient été les siennes auparavant. Et lorsque, en mai
1934, la *Revue du siècle* annoncera la formation du *Groupe
XXe siècle*, le manifeste qui accompagnait cette annonce
reprendra – parfois mot pour mot – les idées exprimées dans
le manifeste de *Réaction* en 1930.

Ce manifeste définissait en effet ainsi les orientations choisies : « ANTIDÉMOCRATES, nous dénonçons l'absurdité d'un
régime fondé sur le nombre, dont la nature exclut toute liberté
d'esprit et toute opinion délibérée (...) ANTICAPITALISTES,
nous constatons l'immense misère de l'homme d'aujour-
d'hui, la faillite du capitalisme : fondé sur le lucre, il meurt
de son mépris des hommes qu'il prétendait asservir par la
haute banque, la spéculation, les sociétés anonymes, le prêt
à intérêt, la rationalisation. (...) SPIRITUALISTES, nous voyons
dans l'universalité de la crise présente le signe qu'il lui faut
un remède essentiel : rendre à l'homme son véritable destin
qui est spirituel. » En conclusion, ce texte reprenait, à quelques mots près, les propositions du manifeste de 1930 en

exposant comme « conditions nécessaires d'une renaissance : POLITIQUE, c'est en France la monarchie ; SOCIALE, c'est la soumission de la vie économique au bien commun ; SPIRITUELLE, c'est un ordre qui, étant humain est vrai pour tout homme, étant vrai est chrétien pour le chrétien [13]. »

Cependant, si les principes essentiels restaient les mêmes que ceux de *Réaction*, certaines orientations se modifièrent quelque peu. C'est ainsi que les professions de foi monarchistes qui étaient quasi inexistantes dans *Réaction* y furent plus nombreuses et plus nettes. Il semble que l'on puisse attribuer cette différence aux contacts qu'eurent alors certains des collaborateurs de la *Revue du siècle* avec le jeune comte de Paris dont les idées et l'action leur parurent être l'annonce d'une renaissance d'un royalisme vivant. D'autre part, l'intérêt porté aux problèmes économiques y fut plus grand, comme en témoignèrent des articles de Jacques Saint-Germain et un très gros numéro spécial de près de deux cents pages consacré à célébrer le centenaire de la naissance de La Tour du Pin et à définir les principes d'un ordre corporatif. Plus généralement, cette attention plus vive accordée aux problèmes politiques et économiques fut aussi la conséquence de la dégradation accélérée de la situation économique et politique dans les années 1933-1934. On notera cependant que la pression des événements ne provoqua pas dans l'équipe de la *Revue du siècle* ce basculement dans « l'activisme » qui caractérisa, par exemple, l'évolution de Jean-Pierre Maxence dans ces mêmes années.

Par ailleurs, et c'est aussi quelque chose d'assez caractéristique, la *Revue du siècle* s'intéressa bien plus que *Réaction* à l'évolution des pays étrangers. La plupart de ses livraisons contenaient une rubrique étrangère dans laquelle un certain nombre d'articles furent consacrés à étudier la situation de la Grande-Bretagne, de l'URSS, de l'Allemagne, des États-Unis, de l'Espagne, de l'Amérique latine, etc. Dès son deuxième numéro, la *Revue du siècle* publia aussi les résultats d'une enquête sur « la jeunesse française devant l'Allemagne nouvelle » à laquelle avaient répondu : G. Dupeyron (collaborateur d'*Europe*), R. Aron, C. Chevalley, A. Dandieu, Daniel-Rops, D. de Rougemont, J.-P. Maxence et T. Maulnier.

---

13. *Revue du siècle*, n° 13, juillet 1934, p. 59-60. Texte reproduit en annexe.

Grâce au cumul des deux publics de *Latinité* et de *Réaction*, le tirage de la *Revue du siècle* fut un peu plus élevé que celui de *Réaction*, se situant autour de deux à trois mille exemplaires. Ce tirage aurait pu lui permettre de survivre tant bien que mal si elle n'avait été victime de la malhonnêteté de son éditeur qui, en mai 1934, disparut en emportant la caisse [14]. Ce coup du sort entraîna la mort de la *Revue du siècle* et la dispersion de la disparate équipe qui s'était constituée autour d'elle. Seul subsista le groupe *Réaction* qui, devenu le *Groupe XXᵉ siècle*, donna naissance à la fin de l'année 1934 à une nouvelle publication : la *Revue du XXᵉ siècle*.

Bien qu'elle ait été due à un accident, cette disparition de la *Revue du siècle* marquait cependant un tournant. Survenant après les troubles de février 1934, elle coïncida avec un changement très net du climat intellectuel et politique. Désormais en effet, il allait être de moins en moins possible de rester au-dessus de la mêlée politique en se gardant des simplifications partisanes, désormais les événements allaient se faire de plus en plus pressants, obligeant chacun à renoncer aux spéculations trop intellectuelles pour un engagement au jour le jour, pour des prises de position qui allaient rejeter ces mouvements de jeunes dans des chemins plus classiques, les réintégrant dans les cadres anciens – notamment la classification « droite-gauche » – qu'ils avaient essayé de briser. Ceci fut particulièrement sensible dans les publications de la *Jeune Droite* des années 1934-1939 : la *Revue du XXᵉ siècle* et *Combat*.

---

14. Celui-ci, Gérard de Catalogne, était d'origine antillaise. Il sera directeur du Tourisme de la République d'Haïti.

CHAPITRE QUATRIÈME

« La Revue du XXe siècle » et « Combat » (1934-1939)

Grâce à ces deux revues, la *Jeune Droite* devait continuer à s'exprimer d'une manière indépendante jusqu'à la guerre. Toutefois, pendant cette période, son originalité s'atténua car, s'engageant au niveau de l'actualité politique, elle fut amenée à prendre des positions qui, rejetant au second plan ses bases doctrinales, l'assimilèrent pour beaucoup d'observateurs aux formations d'extrême droite et la firent accuser de « fascisme » par ses adversaires.

Cette évolution commença avec la fondation de la *Revue du XXe siècle* (sous-titrée « anciennement *Réaction* ») qui parut de novembre 1934 à juin 1935 sous la direction de Jean de Fabrègues avec la collaboration de l'ancienne équipe de *Réaction* et de la *Revue du siècle*, cohabitant avec les anciens animateurs de la *Revue française*, Robert Francis, Jean-Pierre Maxence et Thierry Maulnier. Ainsi, cette nouvelle publication vit se réaliser une certaine fusion des deux courants qui avaient constitué la *Jeune Droite* des années 1930-1934.

Tout en gardant un programme analogue à celui des publications antérieures (antidémocratisme, anticapitalisme, révolution spirituelle) et tout en conservant un ton assez doctrinal, la *Revue du XXe siècle* tendit progressivement à accorder une place croissante aux problèmes politiques au détriment des questions proprement philosophiques et spirituelles qui, auparavant, étaient au premier plan. C'est ainsi que la critique des institutions démocratiques et capitalistes y fut plus insistante, de même qu'y furent plus nombreuses les références monarchistes teintées d'une très nette sympathie pour les positions du comte de Paris [1]. Ce qui caractérisa donc la

1. Au cours des années 1935-1938, plusieurs des dirigeants de la *Revue du XXe siècle* puis de *Combat* publièrent des articles dans le *Courrier royal*, mensuel exposant les idées du comte de Paris.

Revue du XXᵉ siècle, ce fut que la lutte contre la démocratie et le capitalisme y prit peu à peu le pas sur le souci de la « révolution spirituelle ».

Le style de la *Revue du XXᵉ siècle* restait cependant assez proche de celui de la *Jeune Droite* des années 1930. Tel ne fut pas le cas de *Combat*, publication mensuelle qui lui succéda au début de 1936 et qui vit s'institutionnaliser l'association des équipes de *Réaction* et de la *Revue française* puisque sa direction fut assurée conjointement par Jean de Fabrègues et Thierry Maulnier et que, parmi ses collaborateurs, on devait trouver, à côté de René Vincent, Jean Loisy, Charles Mauban, Jean Saillenfest, les signatures de Maurice Blanchot, Georges Blond, Robert Brasillach, Jean-Pierre Maxence. À ceux-ci s'ajoutèrent bientôt de nouveaux venus comme Pierre Andreu [2], Klebert Haedens, Jean-François Gravier, Claude Orland (pseudonyme de Claude Roy [3]), André Monconduit (alias Jean Créach), Louis Salleron.

Cette nouvelle tribune s'engagea beaucoup plus directement dans le combat politique et dans les querelles d'actualité. Sa présentation (seize ou trente-deux pages au format 21×27) contribua à ce changement en amenant les rédacteurs de *Combat* à s'exprimer en articles courts et percutants plus qu'en de longues dissertations intellectuelles. Quelques titres d'articles peuvent donner une idée du ton volontiers agressif et provocant qui fut le sien : « Lettre aux cocus de la Droite » (Brasillach, mars 1936), « Le terrorisme, méthode de salut public » (Blanchot, juillet 1936), « À bas la culture bourgeoise » (Maulnier, octobre 1936), « Libérons-nous du capitalisme » (*id.*, novembre 1937), « Pour un complot contre la sûreté de l'État digne de ce nom » (*id.*, décembre 1937). Ces titres indiquent aussi que l'évolution commencée dans la *Revue du XXᵉ siècle* s'accentua, donnant la priorité à l'antidémocratisme et à l'anticapitalisme et rapprochant, de ce fait, *Combat* des tendances fascisantes.

Les réactions de *Combat* devant l'actualité coïncidèrent d'ailleurs souvent avec celles de l'extrême droite. C'est ainsi

2. Celui-ci avait collaboré à *Esprit* dans les années 1934-1935.
3. Très lié avec Claude Roy, François Mitterrand fut, dans les années 1937-1939, un propagandiste de *Combat* au quartier Latin.

que ses animateurs se prononcèrent contre la politique des sanctions à l'égard de l'Italie [4], qu'ils furent hostiles au Front populaire (sous réserve d'une certaine approbation des mesures sociales) et qu'ils prirent parti pour les franquistes au moment de la guerre d'Espagne. Sur le plan international, ils dénonçaient, comme l'*Action française*, l'incohérence de la politique française avec son mélange de bellicisme verbal et d'insouciance en matière d'armement et de défense nationale. Cette attitude devait les amener à approuver les accords de Munich, « victoire du bon sens », tout en mettant en garde contre l'impérialisme allemand et en prônant la nécessité d'une action intérieure pour « refaire la France » en face de celui-ci. *Ces positions à l'égard de l'Allemagne et du nazisme – notamment la condamnation de l'antisémitisme hitlérien –* furent à l'origine d'une crise intérieure qui entraîna en 1937 le départ de Robert Brasillach et des frictions avec l'équipe de *Je suis partout*.

Si *Combat*, qui disparut en juillet 1939, s'engagea très directement dans la lutte politique, engagement qui contribua à le rejeter sur les confins de l'extrême droite, il n'en conserva pas moins des prétentions doctrinales et le souci de garder une certaine lucidité intellectuelle devant l'événement. Il s'efforça, sans toujours y réussir, de ne pas céder au *mouvement d'embrigadement de la pensée et de l'intelligence* qui caractérisa ces années-là, à droite comme à gauche.

Deux publications animées par des collaborateurs de *Combat* concrétisèrent ce que furent alors les tentations divergentes de ses animateurs. Tout d'abord, sous le double patronage de Vallès et de Drumont, Jean-Pierre Maxence et Thierry Maulnier publièrent de janvier à octobre 1937 un hebdomadaire de polémique politique immédiate, au ton extrêmement violent, intitulé l'*Insurgé*, qui refléta les tendances « activistes » de certains des rédacteurs de *Combat*. Au contraire, on devait retrouver l'inspiration originelle de *Réaction* dans la revue *Civilisation* que dirigea Jean de Fabrègues de 1938 à 1939 et dont le but fondamental était de lutter pour « la sauvegarde de la civilisation et pour la

---

4. Jean de Fabrègues, Thierry Maulnier, Jean-Pierre Maxence signèrent en octobre 1935 le « Manifeste des intellectuels » protestant contre cette politique.

liberté de l'Esprit » contre tous les régimes et toutes les philosophies totalitaires [5].

Cette double tentative symbolise assez bien l'ambiguïté de l'action de la *Jeune Droite* dans les années 1935-1939, traduisant, d'une part, sa volonté d'être présente à l'événement et de s'engager directement dans le combat contre la démocratie et le capitalisme, au risque de se compromettre avec des formations d'extrême droite dont elle n'approuvait pas toujours toutes les positions et, d'autre part, son souci d'une réflexion plus intellectuelle et plus désengagée sur la crise de civilisation qu'elle avait diagnostiquée dès les années 1930. Quoi qu'il en soit et quelles qu'aient été ses réticences, il n'en reste pas moins que la *Jeune Droite*, après 1935, fut considérée comme une des expressions de l'extrême-droite de l'époque, ce qui tendit à compromettre les rapprochements qui avaient pu s'esquisser çà et là avec d'autres groupes dans les années 1930-1934.

5. Collaborèrent notamment à *Civilisation* : M. de Corte, J. Daujat, *G. Duhamel, E. Gilson, J. Giraudoux, Jaspers, L. le Fur, G. Marcel, Huizinga, B. Parain, C. Plisnier, Ramuz, G. Thibon*, etc.

2. L'Ordre Nouveau

Contrairement à la *Jeune Droite* qui gardait des attaches idéologiques et parfois organiques avec un parti et une doctrine, l'*Ordre Nouveau* se développa en dehors de tout cadre préexistant. Il naquit de la rencontre de personnalités très différentes tant par leur formation que par leurs origines intellectuelles et politiques, mais unies par la même volonté de créer quelque chose de neuf. Il n'y eut même pas pour l'*Ordre Nouveau* de parrainage spirituel analogue à ce que fut l'appui de Maritain pour *Esprit*. De ce fait, l'*Ordre Nouveau* fut le mouvement le plus original de ces années 1930, ceci d'autant plus qu'il s'attacha systématiquement à cultiver cette originalité [1].

Il est possible de distinguer dans l'histoire de l'*Ordre Nouveau* plusieurs phases. Dans un premier temps, entre 1929 et 1931, se situèrent les rencontres qui, peu à peu, allaient aboutir à la naissance du mouvement. Les années 1932-1933 furent ensuite une période de maturation doctrinale durant laquelle l'*Ordre Nouveau* s'efforça de nouer des contacts dans des directions extrêmement diverses, depuis les communistes jusqu'à l'*Action française*, et durant laquelle il chercha à trouver une tribune lui permettant d'exposer ses idées. À partir d'avril 1933, enfin, le mouvement s'organisa de façon autonome autour d'une revue-bulletin qui parut jusqu'en septembre 1938.

1. Sur l'histoire et la doctrine de l'*Ordre Nouveau*, on pourra consulter l'étude d'Edmond Lipiansky, « *L'Ordre Nouveau* (1930-1938) » dans l'ouvrage *Ordre et Démocratie* (Paris, 1967), ainsi que l'ouvrage de Christian Roy, *Alexandre Marc et la jeune Europe (1904-1934) : l'Ordre Nouveau aux origines du personnalisme* (Paris, 2000).

CHAPITRE PREMIER

Naissance de « l'Ordre Nouveau »

À l'origine de l'*Ordre Nouveau*, il y eut des réunions de jeunes intellectuels qui venaient ou étaient en train d'achever leurs études et qui avaient formé une sorte de club, le *Club du Moulin Vert*. Toutefois, ce club ne fut que l'embryon de l'*Ordre Nouveau* qui se développa surtout après l'arrivée dans ce groupe de Robert Aron et Arnaud Dandieu à la fin de l'année 1930. C'est à partir de ce moment que s'élabora vraiment la doctrine du mouvement dont les thèmes fondamentaux commencèrent à être publiquement exposés en 1931 et 1932 dans les premiers ouvrages de Robert Aron et Arnaud Dandieu et dans un livre de Daniel-Rops.

Du « Club du Moulin Vert »
à « l'Ordre Nouveau » (1929-1930)

Ce *Club du Moulin Vert* était né de l'activité d'Alexandre Marc et des contacts qu'il avait noués en suivant les cours de l'École libre des sciences politiques de Paris. Déjà sensibilisé aux bouleversements de l'Europe par une jeunesse agitée – israélite, il avait été chassé de Russie par la Révolution et avait fait des études de philosophie à Iéna dans le bouillonnement de la République de Weimar –, Alexandre Marc, alors âgé de vingt-cinq ans, avait pris l'initiative en 1928 d'organiser avec ses amis de petites réunions périodiques pour discuter des grands problèmes de l'heure, discussions qui touchaient aussi bien aux problèmes politiques et économiques qu'aux *questions artistiques, philosophiques ou religieuses.*

Comme ces réunions se tenaient dans un restaurant de la rue du Moulin-Vert le groupe prit le nom de *Club du Moulin*

Vert. À ces discussions participaient donc des jeunes gens qu'Alexandre Marc avait connus à l'École libre des sciences politiques, comme Jean Jardin ou René Dupuis, ou qu'il avait rencontrés dans ses activités de secrétaire au service de droit international de la librairie Hachette, comme Gabriel Rey (qui occupait dans cette maison des fonctions analogues aux siennes) ou Jacques Naville[1]. Leurs origines idéologiques étaient des plus diverses, Naville venant, par exemple, du trotzkisme tandis que Jardin ne dissimulait pas ses sympathies pour l'*Action française*.

Au début, ces discussions portèrent surtout sur des problèmes religieux et spirituels qui préoccupaient particulièrement Alexandre Marc, lequel, à cette époque, n'était pas encore catholique puisqu'il ne devait se convertir qu'en 1933. Dans les années 1929-1930, les activités du groupe s'orientèrent vers une confrontation œcuménique entre catholiques, protestants et orthodoxes. C'est à l'occasion de ces débats qu'Alexandre Marc se lia avec un jeune protestant suisse rencontré chez Charles du Bos, *Denis de Rougemont*. Alors secrétaire des Éditions *Je Sers*, ce fils de pasteur était revenu au protestantisme sous l'influence de la théologie barthienne après avoir flirté pendant un temps avec le romantisme allemand et le surréalisme[2]. À ces réunions participèrent également le R.P. Congar, Gabriel Marcel, les pasteurs Max Dominice, Westphal, de Pury, et des orthodoxes comme Berdiaeff ou les pères Gillet et Kowalewski.

Peu à peu cependant, ces conversations amicales allaient suivre un autre cours car, en cherchant une solution à des problèmes spirituels, ces hommes s'aperçurent que les questions qu'ils soulevaient mettaient en cause l'ensemble de la civilisation dans laquelle ils vivaient et qu'une remise en ordre totale s'imposait. « C'est en échangeant nos vues sur des questions religieuses, a raconté Alexandre Marc[3], que nous nous aperçûmes qu'il y avait des questions temporelles qui se posaient pour notre civilisation. Au cours d'une réunion, le problème se précisa ainsi : "Notre civilisation f... le camp. Si nous restons là, nous serons entraînés dans la débâ-

1. Frère de Pierre Naville.
2. Il devait fonder en 1932 une publication protestante et barthienne intitulée *Hic et Nunc*.
3. *Arts*, 4-10 avril 1956.

cle. Ou bien nous allons au Canada fonder une petite colonie ou bien nous tentons quelque chose pour sauver la civilisation européenne." »

Cette prise de conscience fut à l'origine de la rédaction par Gabriel Rey, au cours de l'année 1930, d'un petit manifeste dans lequel ces jeunes gens déclaraient, après avoir constaté l'aggravation de la situation générale et l'impuissance des partis en place, qu'ils étaient « traditionalistes mais non conservateurs, réalistes mais non opportunistes, révolutionnaires mais non révoltés, constructeurs mais non destructeurs, ni bellicistes ni pacifistes, patriotes mais non nationalistes, socialistes mais non matérialistes, personnalistes mais non anarchistes, humains mais non humanitaires[4] ».

À partir de ce moment, le groupe du *Moulin Vert* s'orienta dans deux directions différentes, une partie poursuivant ses réunions sur les problèmes spirituels et religieux, l'autre s'engageant dans des recherches sur des questions temporelles. Comme ce dernier groupe avait adopté pour charte le texte de Gabriel Rey qui était intitulé « Manifeste pour un Ordre Nouveau », il prit tout naturellement ce titre et s'intitula mouvement de l'*Ordre Nouveau*.

Toutefois, c'est surtout à partir des derniers mois de 1930 que ce groupe commença à avoir une assez grande activité lorsque les anciens du *Club du Moulin Vert* purent unir leurs efforts à ceux d'autres personnalités attirées par le nonconformisme du « Manifeste pour un Ordre Nouveau » dont Alexandre Marc s'était attaché à faire connaître le texte autour de lui[5].

À la fin de l'année 1930, se situa en effet un événement qui fut déterminant pour l'avenir de l'*Ordre Nouveau* : la rencontre d'Alexandre Marc avec Arnaud Dandieu. À l'origine de cette rencontre, il y eut un concours de circonstances tout à fait fortuit. Alexandre Marc avait été enthousiasmé par un livre sur Proust publié par l'université d'Oxford et signé d'un nom français : A. Dandieu. Comme il s'en étonnait un jour devant le philosophe Jean Wahl, celui-ci lui apprit que Dandieu était bibliothécaire à la Bibliothèque nationale. En

---

4. Cité par P. Andreu, *la Nation française*, n° 336.
5. Le texte qui fut communiqué à D. de Rougemont était signé : A. Marc. G. Marcel et G. Rey.

possession de ce renseignement, Alexandre Marc se rendit sans tarder à la Bibliothèque nationale où il fut surpris de trouver dans l'exégète de Proust un homme très attentif aux questions politiques et sociales. Très rapidement, les deux hommes s'aperçurent de leur accord sur de nombreux points et, quelques jours plus tard, Dandieu entrait dans le groupe de l'*Ordre Nouveau*, amenant avec lui son ami Robert Aron.

Robert Aron et Arnaud Dandieu, qui étaient de cinq à six ans plus âgés que la première équipe de l'*Ordre Nouveau*, avaient entrepris dès 1927, déçus par les expériences intellectuelles et politiques qui avaient pu être les leurs – le socialisme pour Dandieu, le surréalisme pour Aron –, un important travail de recherche et d'approfondissement doctrinal. Robert Aron devait plus tard évoquer lui-même en ces termes ce qu'avaient été ces patients travaux : « Pendant deux ans, Dandieu et moi, à partir de 1927, alors que nous ignorions encore ceux qui devaient se joindre à nous et qui travaillaient de leur côté dans un isolement semblable, en période de prospérité, bien avant le début de la crise, répondant simplement à un commun pressentiment et à un désir commun de dégager des formes neuves de pensée et d'action, ignorant encore le but de notre effort dont nous savions seulement le sens, ignorant encore plus le nom d'Ordre Nouveau qu'il devait prendre et qui devait être apporté deux ans plus tard, par un travail patient, régulier, méthodique, qui nous prenait chaque semaine au minimum deux soirées, nous avons fait, sur un plan fixé par Dandieu, le tour des questions urgentes, depuis la base philosophique jusqu'aux solutions pratiques. Deux ans d'effort en commun sans autre moteur de travail que notre propre conviction, sans aucun but immédiat, puisqu'au cours de ces deux ans nous n'avons rien publié et presque rien rédigé. Une jeune fille bénévole a accepté pendant deux ans d'assurer le secrétariat de ces séances que des esprits "réalistes" auraient dites inefficaces [6]. »

Ainsi, Robert Aron et Arnaud Dandieu apportèrent à l'*Ordre Nouveau* les fruits de ces trois années de réflexion. Mais si les activités du groupe reçurent alors une impulsion nouvelle, ce fut surtout la conséquence de la présence rayonnante d'Arnaud Dandieu dont tous ceux qui l'ont connu

6. *Ordre Nouveau*, n° 17, janvier 1935, p. 17-18.

s'accordent à reconnaître l'exceptionnelle personnalité. Daniel-Rops devait plus tard résumer l'opinion commune en déclarant : « Dandieu était un garçon de génie. S'il avait vécu, il aurait été le Bergson de notre génération.[7] » Intelligence remarquablement brillante, d'une extraordinaire érudition, il était doué d'une étonnante puissance de synthèse, s'intéressant aussi bien à la philosophie pure et à l'épistémologie qu'à la politique en passant par l'économie, la sociologie ou la psychopathologie. Les travaux qu'il avait publiés témoignaient déjà de cet éclectisme puisqu'à côté d'une plaquette de vers, *Cercle vicieux*, on y trouvait l'essai littéraire sur Proust déjà évoqué, ainsi que des articles de philosophie dans lesquels s'exprimaient un antirationalisme et un antiscientisme très caractéristiques d'une pensée qui devait beaucoup à Bergson, Meyerson et Georges Sorel, à l'influence desquels devait s'ajouter celle des premières recherches de la phénoménologie allemande alors encore peu connue en France. Mais l'influence qui l'avait le plus marqué était certainement celle de Nietzsche que l'*Ordre Nouveau*, à sa suite, devait célébrer en ces termes : « Il faut appeler Nietzsche à la rescousse. Nietzsche contre l'État, qu'il soit hitlérien ou stalinien. Nietzsche pour l'homme contre la masse, qu'elle soit fasciste, américaine ou soviétique. Nietzsche contre le rationalisme, qu'il soit de Rome, de Moscou ou de la Sorbonne[8]. » Par Sorel, Arnaud Dandieu se rattachait en outre, sur le plan économique et politique, à la tradition du socialisme français en général et à Proudhon en particulier. Sa famille, de vieille souche bordelaise, était d'ailleurs d'opinion socialiste et possédait des éditions originales de la plupart des œuvres de Proudhon.

Ce théoricien, qui paraissait à première vue tout à fait égaré dans l'action politique et que Mounier a décrit comme « un intellectuel jusqu'aux ongles (...) cheveux longs rejetés en arrière, face froide, sourire figé, gros yeux de myope[9] », était pourtant, malgré cet abord un peu rébarbatif, très chaleureux et très bienveillant dans ses rapports avec autrui. Cette souplesse et cette ouverture allaient cependant de pair

---

7. *Arts*, 4-10 avril 1956.
8. *Ordre Nouveau*, n° 3, juillet 1933, p. 3.
9. *Mounier et sa génération* (Paris, 1956), p. 100.

avec une très grande rigueur de pensée et le goût des positions radicales excluant tout compromis. C'est son influence qui devait donner son aspect très particulier à l'action de l'*Ordre Nouveau* caractérisée par une extrême intransigeance doctrinale alliée à un grand opportunisme tactique dans les contacts avec les mouvements les plus divers.

Au début de 1931, l'*Ordre Nouveau* fit une autre importante recrue en la personne d'Henri Petiot, déjà plus connu sous le pseudonyme de Daniel-Rops. Celui-ci, qui venait d'être nommé professeur au lycée Pasteur en octobre 1930, fut mis en rapport avec le groupe par Gabriel Marcel qui lui avait dit : « Je connais des jeunes gens qui s'intéressent comme vous aux problèmes de civilisation ; vous devriez les rencontrer [10]. » Âgé d'une trentaine d'années, Daniel-Rops avait déjà à cette époque une certaine notoriété que lui avaient value un essai remarqué, *Notre Inquiétude*, un roman, *l'Âme obscure*, et un recueil de nouvelles, *Deux hommes en moi*. À ce début d'une œuvre qui devait être considérable s'ajoutaient de nombreux articles publiés notamment dans le *Correspondant*, dans *Notre Temps* de Jean Luchaire et dans la *Revue des Vivants* d'Henri de Jouvenel. Daniel-Rops, qui venait de se rapprocher du catholicisme, allait participer assidûment aux travaux de l'*Ordre Nouveau*, mettant sa plume, son talent littéraire et sa jeune célébrité au service du groupe dont il allait contribuer activement à diffuser les idées. Si Arnaud Dandieu fut le « penseur » de l'*Ordre Nouveau*, Daniel-Rops en fut le « porte-parole » le plus efficace.

Ainsi, dans les premiers mois de 1931, avec R. Aron, A. Dandieu, Daniel-Rops, R. Dupuis, A. Marc, J. Naville, J. Jardin, D. de Rougemont et G. Rey, auxquels devait bientôt se joindre un jeune et brillant mathématicien, Claude Chevalley, se trouva constitué ce qui fut le premier noyau de l'*Ordre Nouveau*. Entre ces hommes, les contacts, les discussions étaient extrêmement fréquents, presque quotidiens. À ces réunions, qui avaient lieu le plus souvent dans le bureau de Denis de Rougemont aux Éditions *Je Sers*, participaient aussi, mais d'une manière moins assidue, des jeunes gens venus d'horizons très divers tels que A. de Chauron, L. Deschizeau, R. Kiéfé, P.-O. Lapie, P. Mardrus, A. Poncet, Y. Ser-

---

10. Rapporté par P. Andreu, *la Nation française*, n° 336.

ruys, etc. Évoquant ces premiers temps du mouvement, l'*Ordre Nouveau* devait plus tard décrire en ces termes les mobiles qui animaient tous ces jeunes hommes : « Une déception commune devant les différentes attitudes révolutionnaires dont ils pressentaient le déclin, et la colère commune devant le rôle médiocre et ridicule que les dirigeants français faisaient jouer à leur pays. Ils se sont trouvés rapprochés par une même compréhension critique des erreurs de notre monde. Ensemble, ayant jugé les erreurs du régime, ils sentirent la nécessité d'un changement de plan total [11]. »

À la fin de 1931, le travail d'approfondissement doctrinal de l'*Ordre Nouveau* s'institutionnalisa avec la création d'un Centre d'Étude de l'*Ordre Nouveau* « ouvert à tous les hommes attirés par son effort ». Ce centre organisait à la fois des réunions privées réservées aux adhérents de l'*Ordre Nouveau* et des réunions publiques dans lesquelles des personnalités étrangères au groupe étaient appelées à prendre la parole. C'est ainsi qu'en novembre 1931 le Centre annonçait deux conférences : d'Albert Crémieux sur « la morale des sociétés anonymes » et de Ramón Fernandez sur « les mouvements spirituels contemporains ». Dans une lettre à Daniel-Rops [12], Alexandre Marc nommait aussi parmi les personnalités ayant accepté le principe d'une participation aux conférences du Centre : Joseph Barthélemy, Gaston Bergery, Eugénio d'Ors, André Philip, André Siegfried. Ce Centre d'Études devait fonctionner de cette manière jusqu'à la fondation de la revue au début de 1933.

Premières expressions publiques (1931-1932)

L'année 1931 et les premiers mois de 1932 virent la publication de trois ouvrages dans lesquels se trouvèrent exposés pour la première fois les grands thèmes de ce qui devait devenir la doctrine de l'*Ordre Nouveau*.

Le premier de ces ouvrages fut *Décadence de la Nation française* publié en mai 1931 par les Éditions Riéder. C'était un livre écrit en collaboration par Robert Aron et Arnaud

---

11. *Ordre Nouveau*, nᵒ 9, mars 1934, p. 11.
12. Citée par E. Lipiansky, *op. cit.*, p. 91.

Dandieu et qui était en grande partie le fruit de leurs travaux
solitaires des années 1927-1930. Jusque-là, ils n'avaient rien
publié à l'exception d'un article sur « Le Plan Young, un cas
de névrose sociale » qui avait paru en septembre 1929 dans
Bifur, revue postsurréaliste dirigée par Ribemont-Desaignes.
La publication de *Décadence de la Nation française* eut un
certain retentissement. Le titre y fut pour beaucoup car acco-
ler les mots de « décadence » et de « France » apparaissait
comme un scandale dans la France de 1931 à peine sortie du
poincarisme et qui vivait encore sur le souvenir de la victoire
de 1918.

Comme son titre l'indiquait, ce livre se présentait d'abord
comme un constat de la décadence de la France, « homme
malade » de l'Europe, « pays gouverné sans but lointain, sans
fin élevée et qui traîne au jour le jour une existence de
gagne-petit avide de conforts moyens et de succès sans dangers [13] ». Plus profondément, Aron et Dandieu dénonçaient
le déclin du sentiment patriotique, cet enracinement charnel,
qui ne subsistait plus, selon eux, que sous la forme dégradée
d'un nationalisme et d'un chauvinisme abstraits substituant
au patriotisme instinctif et vivant une abstraction idéologique.
Cette même préférence accordée à l'abstrait sur le concret
leur paraissait aussi vicier fondamentalement les conceptions
des « internationalistes ». Un rationalisme desséché, écrasant
toute spontanéité vitale et affective, des idéologies qui
méconnaissaient radicalement le réel, telles leur semblaient
être les causes profondes du mal dont souffrait la France et
que symbolisaient assez curieusement à leurs yeux à la fois
la dépopulation et le succès de Julien Benda, deux phénomènes qu'ils interprétaient comme « une fuite devant le
concret » exprimant « la crainte de créer » et « l'angoisse
devant la vie ».

Contre ces perversions rationalistes et idéalistes, les
auteurs, soucieux de réconcilier la patrie et la révolution, en
appelaient à la tradition révolutionnaire de la France : « Ce
n'est qu'en renouant avec sa véritable tradition révolutionnaire, écrivaient-ils, que la France, en opposant le concret à
l'abstrait, les besoins sentimentaux essentiels à des besoins
économiques imposés et artificiels, peut reprendre sa place

13. *Décadence de la Nation française* (Paris, 1931), p. 11.

dans le monde, pour son propre bénéfice et surtout celui d'une civilisation qui, sans cela, court à la guerre stérile et à la ruine de toutes les valeurs humaines [14]. » Cette tradition révolutionnaire, fondée sur la révolte permanente de l'homme de chair et de sang contre tous les mécanismes abstraits susceptibles de l'asservir, ils la désignaient comme une tradition « individualiste » tout en précisant que cet individualisme était un individualisme de « l'homme réel », pris avec toutes les puissances du sentiment et de l'instinct, avec ses capacités créatrices, solidement enraciné dans la patrie charnelle, ceci par opposition à l'individualisme abstrait et désincarné, fondement de la pensée idéaliste et libérale. Ce terme d'individualisme devait d'ailleurs assez rapidement disparaître du vocabulaire de l'*Ordre Nouveau* qui, pour éviter toute confusion, lui substituera bientôt, à l'instigation d'Alexandre Marc, le mot de « personnalisme ».

Il est à signaler que ce livre avait été publié par les Éditions Riéder dans la collection « Europe » qui se rattachait à la revue du même nom et dont Riéder était aussi l'éditeur. *Europe*, qui avait été fondée en 1923 par Romain Rolland, était en 1930 une revue marxisante et pacifiste dirigée par Jean Guéhenno assisté de Jean-Richard Bloch. Tout en ayant des sympathies assez nettes pour le communisme, cette revue restait cependant assez ouverte à la discussion, l'influence marxiste y étant tempérée par l'humanisme de Jean Guéhenno que l'on vit à cette époque participer à de nombreuses conférences contradictoires avec les mouvements les plus divers [15]. Le manuscrit de *Décadence de la Nation française* avait intéressé P. Robertfrance, le directeur de la maison Riéder, qui, après l'avoir édité, invita Robert Aron et Arnaud Dandieu à collaborer à *Europe*. Ceux-ci y publièrent au cours de l'année 1931 quelques articles qui servirent de base pour la rédaction d'un nouveau livre, *le Cancer américain*. Cette collaboration à *Europe* ne devait guère se prolonger car il apparut assez rapidement que les perspectives d'Aron et Dandieu étaient assez différentes de celles de la revue de Guéhenno.

---

14. *Ibid.*, p. 153.
15. Dans ses mémoires, Simone de Beauvoir évoque, par exemple, le souvenir d'une réunion opposant Guéhenno à Robert Garric sous la présidence de Jean-Pierre Maxence (*Mémoires d'une jeune fille rangée*, Paris, 1958, p. 465).

Le Cancer américain parut en octobre 1931, toujours aux Éditions Riéder. Ce pamphlet, dirigé contre un état d'esprit plus que contre un pays déterminé, faisait le procès de « l'esprit yankee » dominé par le rationalisme et « la tyrannie de l'abstraction » et caractérisé par « l'hégémonie des mécanismes rationnels sur les réalités concrètes et sentimentales, ressorts profonds du véritable progrès de l'homme [16] ». Le livre passait ensuite en revue les principaux exemples du mal qu'il dénonçait : triomphe de l'abstraction qu'une conception matérialiste de l'homme réduisant celui-ci à un « homo œconomicus », machine à produire et à consommer ; triomphe de l'abstraction que les échafaudages artificiels du crédit et des spéculations bancaires privés de tout contact avec la réalité ; triomphe de l'abstraction aussi que l'asservissement de l'homme à la « rationalisation » et aux exigences d'une raison technicienne de plus en plus tyrannique ; triomphe de l'abstraction enfin que la soumission de l'homme aux impératifs d'une économie gouvernée par la seule idée abstraite de profit. Après avoir constaté que « le cancer américain est un cancer spirituel » et que l'homme ne devait pas chercher hors de lui mais en lui la cause de ses maux, Robert Aron et Arnaud Dandieu concluaient : « La révolution fatale sera avant tout spirituelle, sinon elle ne changera rien [17]. »

Ce que ces deux livres d'Aron et Dandieu mettaient en question, c'était donc tous les mécanismes rationalisés et standardisés, toutes les abstractions détachées du réel, tout ce qui, selon eux, mettait en péril le pouvoir créateur de l'homme. Cet antirationalisme virulent était à la base de la pensée d'Arnaud Dandieu dont la sympathie allait aux œuvres philosophiques qui faisaient une place « aux divers aspects de l'irrationnel » et qui se montrait résolument hostile à « toute construction philosophique en marge de la vie et des problèmes en actes [18] ». Dans cette attitude de rupture avec le rationalisme qui devait caractériser toute l'action de l'*Ordre Nouveau* convergeaient et l'influence du bergsonisme

16. *Le Cancer américain* (Paris, 1931), p. 17.
17. *Ibid.*, p. 235.
18. Préface de l'*Anthologie des philosophes français contemporains* (Paris, 1937), p. 26. Dans cet ouvrage, A. Dandieu avait aussi rédigé les *notices concernant* : Durkheim, Goblot, Hamelin, Janet, Lévy-Bruhl, Loisy, Maurras, Meyerson, Minkowski, Rougier, Sorel, Wahl.

et l'influence d'un existentialisme encore balbutiant représenté en France par Gabriel Marcel (qui participa à certaines réunions de l'*Ordre Nouveau*), en Suisse par Karl Barth (dont se réclamait Denis de Rougemont), et en Allemagne par Husserl, Scheler, Heidegger et Jaspers aux travaux desquels devait s'intéresser particulièrement l'*Ordre Nouveau* dont plusieurs des dirigeants parlaient allemand et avaient fait des séjours outre-Rhin [19].

Dans *le Cancer américain*, on trouvait aussi, nous l'avons signalé, de vigoureuses attaques contre un matérialisme ne voulant connaître de l'homme que ses problèmes économiques. Ce réquisitoire se prolongea quelques mois plus tard avec un livre de Daniel-Rops dû partie au travail personnel de celui-ci et partie aux discussions de l'*Ordre Nouveau* et qui s'intitulait *le Monde sans âme*. Le premier chapitre de cet ouvrage était particulièrement intéressant. Daniel-Rops y évoquait l'itinéraire intellectuel qui l'avait amené à se préoccuper des problèmes de civilisation, alors que ses débuts littéraires le prédisposaient assez peu à s'intéresser à une entreprise du type de celle de l'*Ordre Nouveau*. Il s'était fait connaître en effet par un essai, *Notre Inquiétude*, qui était l'apologie de la génération littéraire de 1925 dont les œuvres avaient été caractérisées par le culte de l'introspection, de la sincérité, des raffinements psychologiques et qui s'était fait une gloire de son « inquiétude » et de ses incertitudes. Pour ces raisons, cette génération devait être sévèrement mise en accusation par la génération de 1930 qui, elle, était au contraire assoiffée de certitudes. Dans les premières pages du *Monde sans âme*, intitulées « Adieu à une inquiétude », Daniel-Rops tentait de prendre la défense des années 1925 en montrant qu'il y avait une « bonne » et une « mauvaise »

19. Alexandre Marc avait suivi les cours de Husserl à Fribourg-en-Brisgau au cours de ses études en Allemagne. En 1932, Dandieu consacra un article aux tendances représentées par ces philosophes sous le titre : « Philosophies de l'angoisse et politique du désespoir » (*Revue d'Allemagne*, 15 octobre 1932). On trouvait aussi cités, dans l'abondante bibliographie figurant à la fin du livre d'Aron et Dandieu, *la Révolution nécessaire*, publié en 1933 : *Tendances actuelles de la philosophie allemande* de Gurvitch, *Qu'est-ce que la métaphysique ?* de Heidegger, *Méditations cartésiennes, Introduction à la phénoménologie* de Husserl, *la Théorie de l'intuition dans la phénoménologie* de Lévinas, *Journal métaphysique* de G. Marcel, *L'Angoisse et l'Instant* et *Vers le concret* de Jean Wahl.

inquiétude et que la première devait justement déboucher sur
la recherche d'un « ordre » : « Quand une inquiétude, écrivait-il, ne tend qu'à maintenir l'être dans une disponibilité
constante, qu'à multiplier en lui la satisfaction, elle n'est
qu'une image illusoire du sentiment le plus profond de l'âme,
l'angoisse pascalienne de son destin (...) Toute inquiétude est
vaine qui se satisfait d'elle-même, de son incertitude, des
troubles qu'elle provoque, toute inquiétude est vaine qui ne
cherche pas à se muer en ordre, qui, sans espoir, n'aspire pas
au repos[20]. »

En fait, selon Daniel-Rops, cette inquiétude avait été un
pressentiment plus ou moins conscient de la crise du monde
contemporain dont son livre décrivait d'abord les multiples
aspects, politiques, économiques, sociaux et moraux. Recherchant ensuite les racines de cette crise, il les voyait essentiellement dans la conception que l'homme s'était fait de
lui-même, de sa mission, de son destin. Aussi, pour lui, cette
crise du monde contemporain était-elle avant tout une crise
de l'homme moderne qui lui paraissait avoir sa source dans
l'individualisme issu de la Renaissance et peu à peu dégradé
en un matérialisme généralisé caractérisé par l'admiration
des mythes de l'argent, de la puissance, de la science et,
d'une manière plus actuelle, par ce qu'il appelait « la tentation de l'Amérique », c'est-à-dire « l'acceptation d'un mode
de vie où la quantité prime la qualité, où la satisfaction
matérielle dicte à l'individu sa conduite, où l'esprit n'a plus
d'autre tâche que de justifier l'exigence du confort et de
l'accroître par un optimisme de commande[21] ».

Parvenu au terme de son livre, Daniel-Rops le résumait
ainsi : « Nous avons saisi l'homme dans le désarroi qu'avoue
le monde, discernant dans une crise de la personnalité et de
la conscience l'explication commune des désordres contemporains. Nous avons refusé l'échappatoire commode d'une
illusoire responsabilité de la machine et trouvé dans l'exigence de la satisfaction la cause profonde du mal. Ce goût
matérialiste nous est apparu comme le facteur déterminant
d'une décadence spirituelle manifeste dans tous les domaines
et qui aboutit à faire perdre à l'homme moderne, ce fantôme

20. *Le Monde sans âme* (Paris, 1932), p. 12-13.
21. *Ibid.*, p. 127.

errant parmi les ombres, le sens de l'être[22]. » Aussi, après avoir dénoncé le productivisme, l'asservissement de l'homme à la machine, le matérialisme, après avoir constaté qu'à la source de ces tares se trouvait la démission de l'homme devant sa vocation spirituelle, Daniel-Rops en appelait-il pour conclure à une « révolution spirituelle » destinée à « restituer à l'homme le sens de sa destinée[23] ».

Avec ces trois livres se trouvèrent explicitées et développées quelques-unes des positions fondamentales de l'*Ordre Nouveau* : méfiance pour tout ce qui était suspect de sacrifier au rationalisme et à l'esprit d'abstraction – refus du matérialisme productiviste tant capitaliste que communiste – rejet du nationalisme et de l'internationalisme – distinction entre la patrie et la nation – procès de l'individualisme – idée d'une révolution spirituelle.

Ces thèmes de départ de l'*Ordre Nouveau* avaient d'ailleurs été résumés en mars 1931 dans un manifeste dont la substance fut reprise en novembre de la même année dans un texte qui déclarait que « l'ordre nouveau, celui de l'homme concret » aurait pour fondements trois principes essentiels :

– Personnalisme philosophique : « primauté de l'homme sur la société. (...) La machine économique et sociale doit exister pour la personne et non la personne pour la machine économique et sociale ». Le texte précisait : « Ce personnalisme implique la rupture aussi bien avec l'individualisme abstrait des libéraux qu'avec toute doctrine plaçant l'État, quelle qu'en soit la forme, au rang de valeur suprême. »

– Révolution économique : « subordination de la production à la consommation » et remplacement d'une société soumettant « le travail qualitatif et créateur de valeurs nouvelles au travail parcellaire et indifférencié » par une « société toute contraire ». On notera que ce document parlait sur ce point de « *communisme antiproductiviste* », expression équivoque qui disparut assez rapidement du vocabulaire de l'*Ordre Nouveau*.

– Décentralisation révolutionnaire fondée sur « un régionalisme social, terrien et culturel » qui, « brisant les cadres

22. *Ibid.*, p. 225.
23. *Ibid.*, p. 229.

nationaux abstraits », assure « la libération des tendances proprement patriotiques par lesquelles se manifeste le rapport indispensable et fécond de l'homme à la terre, à la race, à la tradition affective et culturelle [24] ».

24. *Plans*, n° 10, décembre 1931, p. 154.

CHAPITRE SECOND

« L'Ordre Nouveau »
à la recherche d'une tribune

Durant cette période de recherches doctrinales, les divers responsables de l'*Ordre Nouveau* s'attachèrent aussi à exposer leurs thèses dans de nombreux articles dispersés dans de multiples publications depuis la *Revue des vivants* jusqu'à *Europe* en passant par le *Correspondant, Demain*, la *Revue d'Allemagne*, la *Revue mondiale, Présence, Hic et Nunc*, etc.

Toutefois, il apparut bien vite que c'était là une méthode qui ne pouvait être que provisoire. L'*Ordre Nouveau* prit en effet rapidement conscience de la nécessité d'avoir à sa disposition une tribune périodique régulière pour pouvoir donner une plus grande et plus cohérente diffusion à ses idées. Ceci l'amena, d'une part, à collaborer avec *Plans*, revue que venait de fonder Philippe Lamour, puis à s'intéresser à *Mouvements*, publication plus modeste créée par un sympathisant du mouvement, Pierre-Olivier Lapie. C'est dans cette perspective que s'amorça aussi, en octobre 1932, une association des deux équipes de l'*Ordre Nouveau* et d'*Esprit*.

« L'Ordre Nouveau » et « Plans » (1931-1932)

Le premier numéro de *Plans* avait paru en janvier 1931. C'était une revue mensuelle, luxueuse, d'assez grand format. Ses livraisons comportaient en général plus de cent cinquante pages, dont une trentaine sur papier couché souvent illustrées de photographies d'une esthétique très moderne. Sa typographie était elle aussi assez originale, les titres étant composés en caractères « Europe » alors récemment créés à partir du caractère « Antique ».

L'âme de cette revue était Philippe Lamour, jeune avocat aux remarquables talents d'orateur alors âgé de vingt-huit ans.

Dans les années 1925, il avait été séduit pendant un temps par la « nouvelle alliance » entre le socialisme et la nation qu'avait pris pour programme le *Faisceau des Producteurs et des Combattants* créé par Georges Valois pour « prolonger la victoire militaire par la victoire pacifique d'une économie constructive et expansive. » Mais, bientôt, après un départ assez brillant, ce mouvement s'était usé dans les querelles qui l'avaient opposé à l'*Action française* et dans les divisions intestines. Philippe Lamour, lui-même, en avait été exclu en mars 1928. Il avait alors tenté sans succès de fonder un *Parti fasciste révolutionnaire*. Déçu, il s'était ensuite retiré de l'action politique, se consacrant à sa profession d'avocat et collaborant à diverses publications économiques et littéraires.

À la fin de 1928, il fut appelé à diriger une collection aux Éditions de la Renaissance du Livre dans laquelle il publia en 1929 un livre intitulé *Entretiens sous la tour Eiffel* qui reflétait assez fidèlement les idées soréliennes qui l'avaient conduit au *Faisceau* et dans lequel transparaissait une certaine sympathie pour « l'empirisme fasciste » par opposition au « dogmatisme communiste ». Cet ouvrage attira l'attention d'Henri de Jouvenel qui dirigeait alors la *Revue des vivants*, publication d'anciens combattants qui, dans les années 1930, allait s'ouvrir assez largement aux tendances politiques nouvelles. Il proposa à Philippe Lamour de collaborer à sa revue. Celui-ci accepta et, ayant à cette occasion fait la connaissance de Renaud de Jouvenel, fonda quelque temps plus tard avec celui-ci, André Cayatte et Éric Hurel, la revue *Grand-Route* qui ne compta que quelques numéros.

En 1930, un ami commun présenta Philippe Lamour à Jeanne Walter, épouse d'un architecte parisien, qui occupait ses loisirs à publier des éditions de luxe et manifestait le désir d'éditer une revue de caractère artistique et littéraire, dont la composition et l'objet étaient, dans son esprit, encore mal définis. Philippe Lamour la convainquit de s'associer à ses propres projets pour créer une revue qui, faisant le point des techniques, des connaissances et des arts, tenterait d'en dégager la signification pour la définition d'une culture moderne : il s'agissait donc de tenter une synthèse des acquisitions scientifiques, économiques, politiques et artistiques de l'époque.

Le comité de rédaction, outre Jeanne Walter, directrice, et Philippe Lamour, rédacteur en chef, réunissait : Hubert

Lagardelle, disciple de Georges Sorel que Philippe Lamour était allé chercher dans sa retraite toulousaine pour lui demander d'exprimer par écrit les idées qu'il exposait volontiers devant de petits auditoires provinciaux ; Le Corbusier, désireux de poursuivre dans *Plans* l'action en faveur d'une architecture rénovée qu'il avait commencée dans *L'Esprit nouveau ;* François de Pierrefeu, homme d'affaires à l'esprit original et aventureux ; le docteur Winter, ancien animateur du *Parti fasciste révolutionnaire* qui amena avec lui une jeune équipe de médecins homéopathes à la recherche de méthodes médicales moins routinières. Le secrétariat général de la revue fut assuré par le peintre Jean Picart le Doux.

Cette publication, luxueuse, se divisait en quatre parties bien distinctes. Toutes ses livraisons s'ouvraient d'abord sur une note d'orientation intitulée « La ligne générale ». Une première partie accueillait ensuite les articles de doctrine dus le plus souvent aux membres du comité de rédaction : Lagardelle y exposait ses vues sur « l'homme réel » et sur un régime syndicaliste et régionaliste ; Philippe Lamour y parlait des « jeunesses du monde » et y développait les lignes directrices d'un fédéralisme européen ; les docteurs Martigny et Winter y disaient les exigences de la santé en tenant compte des plus récentes découvertes médicales ; Pierrefeu y traitait des problèmes économiques tandis que Le Corbusier traçait, dans les cahiers de papier couché qu'il avait exigés, les plans de sa « Cité radieuse ». La deuxième partie était affectée à la critique artistique et littéraire comptant parmi ses collaborateurs Arthur Honegger, Fernand Léger, Claude Autant-Lara, parfois René Clair. La troisième partie, enfin, était consacrée à la publication de documents économiques et politiques et à des chroniques et reportages consacrés particulièrement aux mouvements « nouveaux » : fascisme, communisme, national-socialisme. L'une de ces chroniques due à Aldo Dami – qui devait être un peu plus tard un collaborateur régulier d'*Esprit* – fut notamment prophétique : dans un article sur Hitler paru en avril 1931, il se demandait en effet, alors que l'on considérait communément Hitler comme un bouffon, « dans un an, l'aventurier Hitler sera-t-il Monsieur Hitler [1] ? ».

1. *Plans*, n° 3, mars 1931, p. 31.

Les positions de *Plans* furent dominées par deux thèmes essentiels. Le premier de ceux-ci était la conviction que, du fait des progrès des sciences et des techniques, de l'extension du machinisme, de la place croissante des problèmes économiques, du développement des relations collectives et de l'urbanisation, un monde nouveau était en train de naître auquel institutions et culture établies étaient totalement inadaptées. Dans cette perspective, fascisme, hitlérisme et communisme apparaissaient comme trois formes de la prise de conscience de cette inadaptation, comme « trois aspect différents, en raison des origines historiques aussi bien que des climats, de la rupture avec le monde ancien et de la recherche d'un ordre [2] ». Le second thème caractéristique de *Plans* était l'idée que seule la jeunesse était capable d'accoucher ce monde nouveau et qu'il y avait une unité de la jeunesse au-delà de toutes les divisions apparentes. Aussi la revue se proposait-elle de travailler « à l'union sur le plan horizontal de toute la jeunesse de tous pays et de tout parti, représentant la volonté du monde nouveau contre le bloc artificiellement nuancé de tous les tenants de l'esprit ancien [3] ». Avènement d'un monde nouveau, appel à la jeunesse pour provoquer cet avènement, tels étaient donc les deux thèmes essentiels que l'on trouvait développés dans *Plans*.

Pour construire cette « civilisation adaptée à la révolution industrielle et à l'interdépendance générale engendrée par elle », les propositions de *Plans* restaient cependant assez vagues, limitées à l'affirmation de quelques principes que la revue résumait ainsi :

« *a*) des institutions politiques issues du groupement naturel des individus dans leurs unités naturelles, organisées selon l'équilibre de leurs intérêts respectifs : l'homme réel.

« *b*) une organisation économique fondée sur la propriété considérée, non comme un droit absolu, mais comme une fonction. La substitution à la liberté économique, qui est l'anarchie créatrice de misère, d'une organisation rationnelle, unitaire et généralisée de la production et de la répartition : l'économie du Plan.

« *c*) une éthique de la personnalité substituée à l'éthique de la matière. Le travail n'est pas une fin en soi. Le but de

---

2. *Plans*, n° 3, mars 1931, p. 7.
3. *Plans*, n° 9, novembre 1931, p. 153.

l'homme n'est pas la production illimitée des biens et la possession de l'argent. Le travail n'est qu'une commodité qui doit servir à la dignité physique de l'homme, le loisir lui permettant la dignité spirituelle : la culture de la personnalité [4]. »

En matière internationale, *Plans*, qui manifestait des tendances pacifistes assez nettes, affirmait : « Contre la guerre, il faut construire l'Europe (...) une Europe concrète, faite, non de l'union diplomatique donc hypocrite des États, mais de la fédération de ses unités naturelles autour des axes normaux donnés par les fleuves, les climats et les solidarités naturelles. [5] »

Dès sa naissance, *Plans* remporta un certain succès intellectuel. Ses articles étaient spontanément cités dans la presse française et étrangère. Le tirage atteignit rapidement sept à huit mille exemplaires avec près de quatre mille abonnés dispersés dans plus de quinze pays. D'autre part, dès octobre 1931, furent créés des *Cercles d'Amis de Plans* qui comptèrent des groupes aussi bien en France que dans divers pays voisins. Parallèlement, les collaborateurs de *Plans* multiplièrent les réunions et les conférences en province et à l'étranger, notamment à Berlin, Cologne, Bruxelles, Hambourg, Zurich, Genève, etc.

À peu près à la même époque où se créaient les *Amis de Plans*, s'instaura une certaine collaboration entre *Plans* et l'*Ordre Nouveau*. La revue de Philippe Lamour avait, dès sa parution, accueilli favorablement *Décadence de la Nation française*, ouvrage qualifié par Georges Dupeyron de « livre essentiel [6] ». Au cours de l'été 1931, des contacts eurent lieu et ceux-ci se concrétisèrent dans le numéro d'octobre de *Plans* par la publication de l'introduction du *Cancer américain*. Ce texte était précédé d'une « lettre à Aron et Dandieu » dans laquelle Philippe Lamour disait son accord sur la plupart des points tout en faisant des réserves sur les références à la Révolution française, symbole, selon lui, d'un individualisme anachronique, et sur les attaques contre la « rationalisation » jugées « sans nuances ». Dans le numéro suivant, *Plans* saluait « l'arrivée parmi nous en formation parfaite du jeune

4. *Plans*, n° 7, juillet 1931, p. 6.
5. *Plans*, n° 6, juin 1931, p. 158.
6. *Plans*, n° 7, juillet 1931, p. 28.

groupe de l'*Ordre Nouveau* »[7] et il annonçait la formation
d'un Comité d'action *Plans-Ordre Nouveau* composé de
Jeanne Walter, Robert Aron, Arnaud Dandieu, Jean-Marie
Gabriel[8], Philippe Lamour et Alexandre Marc.

Ce comité, dans l'esprit de ses promoteurs, devait organiser
la section française d'un *Front unique de la jeunesse européenne* dont le manifeste fut rédigé par René Dupuis et
Alexandre Marc. Ce texte préconisait « devant une crise radicale des solutions radicales » ; il déplorait « le malentendu
tragique qui sépare l'Allemagne de la France », tout en rejetant
à la fois le nationalisme et l'internationalisme. La solution
proposée par ce document était, non un « illusoire rapprochement », mais une « lutte révolutionnaire en commun » menée
autour de principes identiques : « retour à l'homme réel »,
« fédéralisme », « élaboration d'un plan européen » subordonné aux « besoins réels et sains » et à la « liberté de la
consommation ». Il se prononçait aussi pour l'organisation
d'un « fédéralisme européen réel » fondé sur la destruction des
cadres stato-nationaux et l'abandon général de l'exploitation
colonialiste. Il se terminait sur cet appel : « Pour construire
une Europe logique et libre, pour établir un système économique organisé éliminant l'injustice sociale, pour sauver l'Esprit,
formons le front unique révolutionnaire de la jeunesse[9]. »

Ces projets furent suivis d'un commencement de réalisation dont les conséquences furent cependant des plus limitées. Du côté allemand, le *Front commun de la jeunesse* eut
comme délégués Harro Schulze-Boysen, qui était directeur
de *Planen*, homologue allemand de *Plans*, et Otto Abbetz
qui, à cette époque, avec Baldur Von Schirah, figurait parmi
les fondateurs et les chefs de la *Reichbanner*, organisation
centriste qui tentait de s'interposer entre les communistes et
les nazis. Ces deux hommes devaient avoir des destins très
différents puisque le premier, Schulze-Boysen, fut pendant
la guerre un des chefs de la résistance intérieure allemande
avant d'être finalement torturé et décapité par les nazis[10],

7. *Plans*, n° 9, novembre 1931, p. 149.
8. Pseudonyme de Gabriel Rey.
9. Cité par E. Lipiansky, *op. cit.*, p. 15.
10. H. Schulze-Boysen aurait prévenu les Hollandais de l'invasion des
Pays-Bas le 9 mai 1940. Par la suite, il fut l'un des animateurs du réseau
de résistance « Die Rote Kapelle ».

tandis que l'autre, O. Abbetz, rallié au nazisme en 1937, devait être l'ambassadeur du IIIe Reich en France entre 1940 et 1944. Tous deux participèrent activement à un Congrès de la jeunesse franco-allemande organisé sous l'égide du *Front* en février 1932 à Francfort-sur-le-Main. On peut préciser que ses rapports avec Abbetz se distendirent assez rapidement, celui-ci étant surtout lié avec Jean Luchaire dont les relations avec *Plans* étaient rien moins que cordiales.

Ces contacts franco-allemands devaient être à l'origine d'une première faille dans les relations de *Plans* et de l'*Ordre Nouveau*. En effet, Philippe Lamour et Alexandre Marc qui s'étaient rendus en Allemagne durant l'automne de 1931 pour essayer d'entraîner divers mouvements de jeunesse dans leur *Front commun* furent effrayés par les progrès du national-socialisme et, à leur retour, ils préconisèrent une action directe – allant jusqu'à la contrebande d'armes – pour appuyer les mouvements opposés au nazisme. Ces projets aventureux n'entraînèrent pas l'adhésion de l'équipe de l'*Ordre Nouveau* qui refusa de s'engager dans cette voie. Ce fut là l'occasion d'un premier conflit avec Philippe Lamour qui reprocha à l'*Ordre Nouveau* de fuir toute action concrète « qui pourrait ternir la virginité de la pure doctrine en élaboration » et de soumettre « chaque ligne de *Plans* à la glose de son Conseil byzantin [11] ». L'*Ordre Nouveau* avait d'ailleurs répondu par avance à Philippe Lamour dans un texte intitulé « Précisions sur l'*Ordre Nouveau* » que *Plans* avait publié en décembre 1931 et qui proclamait les bienfaits d'une préparation doctrinale méthodique : « Certes le temps presse, mais si une action bienfaisante et volontaire peut encore agir sur les événements, elle ne saurait être une hâtive improvisation et ne pourra tirer son efficacité que de la rigueur de sa préparation [12]. »

Ainsi, alors que les derniers numéros de 1931 laissaient présager une collaboration assez étroite des deux groupes, les relations établies entre l'*Ordre Nouveau* et *Plans* se détériorèrent rapidement. À partir de janvier 1932, seuls René Dupuis, Denis de Rougemont et Alexandre Marc continuèrent de donner des articles à la revue de Philippe Lamour.

---

11. Lettre à A. Marc ; citée par E. Lipiansky, *op. cit.*, p. 16.
12. *Plans*, n° 10, décembre 1931, p. 155.

Au cours du premier semestre de 1932, les choses ne devaient pas s'améliorer et, en juillet, ce fut la rupture avec le groupe qui avait continué à collaborer, Philippe Lamour mettant cette fois en cause leur impérialisme et leur dogmatisme intellectuel : « Il semble, écrivait-il à René Dupuis, que vous vouliez bien collaborer à la rédaction de *Plans* à la condition d'y imposer votre point de vue sans jamais le discuter. C'est ce qui apparaît comme inadmissible à première vue, et c'est la raison pour laquelle je n'accepte et n'accepterai jamais d'ukase, même de la part de collaborateurs que j'apprécie et de camarades que j'estime [13]. »

Cette seconde rupture fut aussi liée à une évolution des positions politiques de *Plans* et de ses jugements sur les mouvements étrangers. À ses débuts, la revue mettait à peu près sur le même plan communisme, fascisme, national-socialisme avec, peut-être, une trace assez légère d'indulgence pour le fascisme, « logique dans son erreur et magnifiquement administré par un homme d'État de premier ordre [14] ». Peu à peu, ces jugements se modifièrent devenant de plus en plus sévères pour le fascisme et l'hitlérisme tandis que se manifestait une sympathie de plus en plus nette pour l'expérience soviétique.

Cette évolution coïncida avec des changements dans la présentation et la rédaction de *Plans*. En effet, en mars 1932, après son treizième numéro, *Plans* dut se transformer en raison des problèmes financiers posés par la séparation des époux Walter. Philippe Lamour, qui, entre-temps, avait épousé Geneviève Walter, tenta de continuer la publication de *Plans*, mais avec des moyens beaucoup plus réduits. C'est ainsi que d'avril à septembre 1932 parurent huit numéros de trente-deux pages au format 21 × 27. Mais cette nouvelle forme de publication ne convint pas à Le Corbusier, toujours très attentif aux détails de présentation, qui cessa peu à peu d'envoyer des articles. Il en fut de même pour Pierrefeu, Winter et Lagardelle. La nouvelle série de *Plans* [15] prit alors une accentuation plus marquée à gauche avec un rôle de plus en plus grand de G. Dupeyron (collaborateur d'*Europe*) et

---

13. Cité par E. Lipiansky, *op. cit.*, p. 16.
14. *Plans*, n° 8, octobre 1931, p. 30.
15. Les références citées plus haut concernent toutes la première série de *Plans*.

avec la collaboration de nouveaux venus tels que Louis Dupuis, Armand Colombat, Jean Longueville et, surtout, Maurice Paz dissident du parti communiste. Un petit fait illustre assez bien cette évolution de *Plans* : alors que, dans sa première série, *Plans* prétendait se relier directement au « magnifique *Mouvement socialiste* » créé avant la guerre de 1914 par Lagardelle et Sorel, sa deuxième série, elle, évoquera l'exemple du groupe *Clarté* fondé après la guerre par Henri Barbusse.

Les divergences de *Plans* et de l'*Ordre Nouveau* furent aussi d'ordre doctrinal, les membres de l'*Ordre Nouveau* étant en désaccord avec certaines des tendances de *Plans* qu'ils qualifiaient de « matérialistes » et – d'un mot qui commençait alors à faire son apparition – de « technocratiques ». Ces tendances devaient s'accuser dans la troisième série de *Plans* constituée au début de 1933 par quatre à cinq numéros polycopiés de seize pages qui succédèrent à la deuxième série dont la publication avait été suspendue en septembre 1932. Dans le numéro de février 1933, Philippe Lamour écrivait ainsi : « À la base, de toute évidence, il y a les faits économiques et historiques. C'est eux qui engendrent des besoins nouveaux, c'est eux qui font éclater les institutions anciennes devenues caduques. C'est de ces besoins que naissent les doctrines. Ce sont ces doctrines qui inspirent les organisations et les tactiques qui aboutissent, en y ajoutant toute la spiritualité qu'on voudra, à ces transformations d'institutions, à cette création d'un nouvel ordre qu'on appelle Révolution[16]. » Cette position était assez éloignée de celle de l'*Ordre Nouveau* qui, à peu près à la même époque, adoptait pour devise : « Spirituel d'abord, économique ensuite, politique à leur service ». Certes, au moment où furent écrites ces lignes, la rupture avec l'*Ordre Nouveau* datait déjà de plus de huit mois, mais ces tendances, si elles n'étaient pas aussi explicites, étaient déjà en germe dans les premières livraisons de *Plans*.

Ainsi, dès juillet 1932, l'éloignement de *Plans* et de l'*Ordre Nouveau* était un fait acquis. À partir de ce moment qui coïncida, nous l'avons vu, avec le début d'un flirt de plus en plus poussé avec les milieux marxisants, *Plans* perdit

16. *Plans*, III⁰ série, n° 1, p. 15.

beaucoup de son intérêt et de son originalité. L'équipe qui l'avait fondé se dispersa : Philippe Lamour, après deux tentatives infructueuses de relancer la revue, se consacra de nouveau à sa profession d'avocat, collaborant plus ou moins régulièrement à la revue communisante *Mondes* à partir de 1933 ; Pierre Winter créa avec Jean Amos cette même année une publication intitulée *Préludes*, organe d'un hypothétique *Comité central d'action régionaliste et syndicaliste* qui ne compta guère plus de deux ou trois numéros auxquels collabora Le Corbusier ; quant à Lagardelle et F. de Pierrefeu, on vit, au début de 1934, leurs signatures réapparaître dans *l'Homme réel*, « revue du syndicalisme et de l'humanisme » dirigée par P. Ganivet[17] et d'inspiration sorélienne et proudhonnienne.

« L'Ordre Nouveau » et « Mouvements » (1932-1933)

Cette tentative de collaboration avec *Plans* ayant échoué, l'*Ordre Nouveau* trouva alors une nouvelle tribune avec le bulletin *Mouvements* fondé en juin 1932 par deux membres du groupe : André Poncet, qui en était l'administrateur, et Pierre-Olivier Lapie qui en était le directeur et le bailleur de fonds. Ce dernier, jeune avocat âgé d'une trentaine d'années, avait commencé à s'intéresser aux questions politiques au cours de ses études de droit en participant aux activités d'un petit groupe qui se réunissait à la faculté de droit de Paris autour du professeur Achille Mestre et dans lequel on trouvait aussi Philippe Lamour, Léo Lagrange et sa femme, André Philip, Alexandre Parodi et Philippe Serre. Autour des années 1930, il avait rencontré Arnaud Dandieu dont il était devenu l'ami et celui-ci l'avait entraîné à l'*Ordre Nouveau*.

Mouvements était une publication des plus modestes qui était loin d'avoir le caractère luxueux de *Plans*. Elle se présentait chaque mois sous l'aspect assez curieux d'une grande feuille unique, de couleur jaune, imprimée seulement au verso, qui copiait ainsi de propos délibéré et dans une intention parodique la présentation du journal financier *le Capital*. Ce bulletin qui était sous-titré « Mensuel d'information sur

17. Pseudonyme de A. Dauphin-Meunier.

les tendances nouvelles » n'était pas à proprement parler
l'organe de l'*Ordre Nouveau* puisqu'il se voulait, selon sa
propre définition, « un résumé périodique, maniable et précis
des tendances vers lesquelles s'oriente la jeunesse contemporaine en vue de la solution des problèmes actuels [18] ».
Aussi, si l'article de tête, généralement rédigé par P.-O.
Lapie, engageait la rédaction du bulletin, les autres textes
d'origines très diverses et parfois contradictoires n'engageaient, eux, que la responsabilité de leurs auteurs ou des
groupes signataires.

En réalité, si une certaine place fut accordée à des informations relatives à des mouvements ou à des revues comme
Plans, la *Revue du siècle, Esprit*, etc., ainsi qu'à quelques
publications provinciales ou à des groupes étrangers (le *Front
Noir* d'Otto Strasser, le mouvement *New Britain*, etc.), *Mouvements* n'en fut pas moins surtout – jusqu'à son huitième
numéro – une tribune dans laquelle furent exposées les idées
de l'*Ordre Nouveau* dont un article-manifeste parut dès le
premier numéro sous la signature de Jacques Naville. Les
principaux articles publiés jusqu'en mai 1933 furent aussi le
fait des responsables de l'*Ordre Nouveau*, Aron, Dandieu,
Daniel-Rops, Dupuis, Jardin, J.-M. Gabriel, etc. Lorsque,
passant à un stade plus ambitieux, *Mouvements* essaiera de
définir des positions doctrinales sur le problème social et sur
les problèmes internationaux, ce sont les thèmes de l'*Ordre
Nouveau* qui apparaîtront avec sa définition particulière de
la notion de prolétariat, avec l'idée de service civil, avec la
distinction entre patrie et nation et la définition d'un fédéralisme révolutionnaire.

Puis, brutalement, le numéro de juin 1933 de *Mouvements*
traduisit une rupture avec l'*Ordre Nouveau* qui venait de
publier les deux premières livraisons de sa revue. Sous le
titre « Polémique cordiale avec l'*Ordre Nouveau* », la rédaction de *Mouvements* s'en prenait de manière virulente à celui-
ci, semblant surtout s'irriter de ce qu'elle appelait « un ralliement flagrant à la spiritualité catholique ». On pouvait lire
en effet : « Que l'on imprime à Ligugé, à l'ombre du monas-
tère bénédictin, c'est peu de chose. Que l'on raccroche de la
copie catholique, si les auteurs ont du talent, ce n'est pas

18. *Mouvements*, n° 1, juin 1932.

grave. Que l'on s'attache dans des articles extérieurs à englober l'*Ordre Nouveau* – et même *Mouvements*, ce qui est abuser, Rops, de l'hospitalité donnée ici à toutes les tendances – dans l'ordre de la spiritualité catholique, c'est déjà inquiétant. Mais que des gens qui s'intitulent révolutionnaires considèrent la doctrine chrétienne comme la seule qui confère à l'individu son salut, alors que cette doctrine de résignation sur la terre lui interdit la Révolution, c'est une contradiction qui frise le traquenard. » Et les auteurs anonymes ajoutaient ce trait : « Nous avons été à vos agapes soi-disant fraternelles, nous avons lu vos bouquins soi-disant à la rescousse de la liberté, nous connaissons les dessous de vos révoltes qui ne sont que des soubresauts préliminaires à la génuflexion [19]. »

En fait, cette attaque de *Mouvements* était la manifestation publique d'une petite scission qui s'était produite au sein de l'*Ordre Nouveau*. Quelques-uns des participants de la première heure, P.-O. Lapie, J. Naville, A. Poncet, G. Rey, quittèrent alors le mouvement pour des raisons diverses qui n'étaient pas d'ailleurs aussi claires que peut le laisser penser le texte cité plus haut. Certes, il se peut que P.-O. Lapie et ses amis aient pris ombrage de l'évolution qui rapprochait alors du catholicisme – mais à titre personnel, sans engager le groupe – des hommes comme Daniel-Rops, Alexandre Marc (qui commençait à collaborer à la *Vie intellectuelle*) et peut-être même Arnaud Dandieu. Ces inquiétudes furent peut être aussi renforcées par la collaboration qui s'était établie entre l'*Ordre Nouveau* et *Esprit* dès le premier numéro de cette revue en octobre 1932. Toutefois, il semble bien que d'autres motifs aient joué, notamment la désapprobation des contacts que l'*Ordre Nouveau* essayait de nouer avec des groupes de jeunes Allemands dont certains avaient été pendant un temps dans la mouvance du nazisme, tel le *Front Noir* d'Otto Strasser [20].

D'autre part, il semble bien aussi que l'équipe de *Mouvements* ait ainsi manifesté son impatience de s'engager dans une action directe et de sortir des spéculations abstraites pour entrer dans le domaine des luttes politiques quotidiennes avec d'ail-

---

19. *Mouvements*, n° 8, juin 1933.
20. La cause déterminante fut peut-être même une cause purement anecdotique : les « dissidents » avaient été ulcérés, en décembre 1932, de n'avoir pas été invités à collaborer au « Cahier de revendications » préparé pour la *Nouvelle Revue française* (voir *infra*, p. 185) par Denis de Rougemont.

leurs une assez nette orientation vers la gauche sinon l'extrême gauche. Cette tendance apparaissait dans le numéro même de *Mouvements* qui rompait avec l'*Ordre Nouveau*. On y trouvait en effet en bonne place le manifeste du *Front commun antifasciste* créé en avril 1933 par Gaston Bergery, Étienne Langevin et Bernard Lecache, manifeste qui se terminait par cet appel : « Camarades, serrons les dents. Contre le fascisme : Front commun. » D'autre part, au chapitre des groupes nouveaux, ce même numéro publiait le manifeste de la *Troisième Force* et une présentation de la revue communiste *Masses*.

Cette nouvelle orientation devait se confirmer dans le numéro suivant qui devait être le dernier de *Mouvements*. Pierre-Olivier Lapie, dans un éditorial, y déclarait que, désormais, il n'y avait plus face à face que des révolutionnaires, révolutionnaires de droite et révolutionnaires de gauche, « fascistes » et « antifascistes ». Se prononçant pour ces derniers, il se ralliait à ceux qui sont, disait-il, « de véritables révolutionnaires par leur idée de renversement de fond en comble pour donner le sens de la vie à ceux qui n'ont fait que la supporter, pour donner l'épanouissement à chacun dans une vie vraiment collective, c'est-à-dire égale [21] ». À partir de ce moment, P.-O. Lapie allait participer aux activités du *Front commun* de Bergery avant de devenir, en 1936, député socialiste-indépendant de Nancy.

Ainsi prit fin cette seconde tentative de l'*Ordre Nouveau* pour se trouver une tribune. Entre-temps, cependant, la situation s'était quelque peu modifiée. D'une part, grâce à Alexandre Marc et Denis de Rougemont, s'était instaurée, dès la fondation d'*Esprit*, une certaine collaboration avec la revue de Mounier, au point qu'Alexandre Marc a dit plus tard avoir pensé un moment qu'*Esprit* pourrait être l'organe littéraire de l'*Ordre Nouveau* [22]. De cette collaboration, nous aurons à reparler [23]. D'autre part, l'*Ordre Nouveau*, à qui ces mésaventures avaient montré la nécessité d'avoir une revue propre, dans laquelle ses responsables puissent s'exprimer sans entraves, se décida à partir d'avril 1933 à s'organiser d'une manière autonome.

---

21. *Mouvements*, n° 9, juillet 1933.
22. *Arts*, 4-10 avril 1956.
23. Voir *infra* p. 153 et sq.

CHAPITRE TROISIÈME

Le mouvement « Ordre Nouveau » s'organise

Les premiers mois de 1933 marquèrent donc pour l'*Ordre Nouveau* le début d'un effort en vue de s'organiser de manière autonome, pour préciser et expliciter sa doctrine, pour définir les conditions et les moyens d'une action authentiquement révolutionnaire. Ce qui n'était jusque-là qu'une « école » tenta alors de se transformer en mouvement, mais un mouvement d'une structure assez particulière.

Dans cette seconde partie de l'histoire de l'*Ordre Nouveau*, on peut distinguer deux étapes : dans une première période, 1933-1934 – celle qui nous retiendra plus particulièrement –, le mouvement s'organise et sa vitalité est alors très grande ; après 1934, jusqu'en 1938, l'*Ordre Nouveau* devait continuer sur sa lancée en cherchant à maintenir son intégrité doctrinale à travers les remous provoqués par la situation politique de plus en plus troublée, mais perdant peu à peu sa force conquérante.

La première étape de ce passage de l'*Ordre Nouveau* de l'élaboration d'une doctrine à l'action doctrinale fut la mise sur pied d'une revue. Le premier numéro de celle-ci vit le jour en mai 1933. C'était un mince cahier de petit format (14 × 22) à couverture blanche sur laquelle se détachaient le sommaire et un titre rouge : l'« Ordre Nouveau ». Sa présentation, par sa modestie, rappelait celle des premiers numéros de *Réaction*. Placée sous le signe de la pauvreté et de l'austérité – elle ne vécut jamais, sauf dans ses derniers mois, que des fonds fournis par les abonnements –, la revue ne comptait pas plus de trente-deux pages d'un mauvais papier un peu jauni, aux articles d'une typographie serrée. Ces textes étaient pour la plupart des études doctrinales qui ne faisaient que très peu de place à l'actualité.

Le style de ces articles était volontiers irrespectueux, ironique, intransigeant, agressif. Leur ton en était parfois d'une suffisance un peu déplaisante. C'est ainsi que la première livraison de la revue déclarait en toute modestie : « Jusqu'à présent toutes les idées émises par les collaborateurs de *l'Ordre Nouveau* ont été reprises deux ans après par la grande presse sous forme approximative et vulgarisée : lire *l'Ordre Nouveau*, c'est gagner deux ans. » À ces caractères stylistiques s'ajoutait aussi le goût des formules lapidaires telle, par exemple, celle qui résumait les principaux objectifs du mouvement : « Contre le désordre capitaliste et l'oppression communiste, contre le nationalisme homicide et l'internationalisme impuissant, contre le parlementarisme et le fascisme, *l'Ordre Nouveau* met les institutions au service de la personnalité et subordonne l'État à l'homme [1]. » Tout ceci, ajouté à un vocabulaire quelque peu ésotérique, faisait qu'il y avait un style *Ordre Nouveau* très caractéristique.

La revue publiait aussi – en général à la troisième page de la couverture – des « textes de doctrine et d'action » qui étaient présentés comme des « textes émanant des plus grandes autorités révolutionnaires du passé auxquels les circonstances présentes donnent une valeur particulièrement actuelle ». La plupart des auteurs cités dans ce florilège sont significatifs de ce qu'étaient les sympathies de *l'Ordre Nouveau* : Bakounine, E. Berth, Nietzsche, C. Péguy, Proudhon, V. Serge, G. Sorel, etc. De cette liste, on peut rapprocher un « essai de bibliographie révolutionnaire » publié dans le troisième numéro où, à côté des noms déjà évoqués, on trouvait ceux de Gurvitch, D. Halévy, M. Mauss, Marx, Meyerson, Sombart. Par la variété de ces références, *l'Ordre Nouveau* montrait sa volonté d'échapper à une filiation déterminée et son refus de s'enfermer dans une « école ». Aussi précisait-il par exemple : « Sans nous rattacher le moins du monde à Proudhon, nous nous sentons spontanément proches de lui, de même que nous sommes proches de Sorel ou de Péguy sans être de leurs disciples [2]. »

Quant à l'équipe de rédaction, c'était, à peine modifié, le premier noyau de *l'Ordre Nouveau* qui s'était formé dans les années 1930-1932. Les directeurs de la revue étaient en effet Robert Aron et Arnaud Dandieu tandis que le comité de

---

1. *Ordre Nouveau*, nº 1, mai 1933, p. 11.
2. Cité par E. Lipiansky, *op. cit.*, p. 20.

rédaction comprenait Claude Chevalley, René Dupuis, Daniel-Rops, Jean Jardin (lequel allait bientôt ne plus écrire que sous le pseudonyme de Dominique Ardouint), Alexandre Marc et Denis de Rougemont. L'élaboration des articles se faisait le plus souvent en équipe, chaque texte étant discuté et presque rédigé en commun. Afin d'indiquer ce caractère communautaire de leur gestation, la plupart des études publiées étaient signées de deux noms.

Cette revue allait donc permettre à l'*Ordre Nouveau* d'exposer une doctrine qui maintenant avait atteint sa maturité. Les premières livraisons furent surtout consacrées à situer l'*Ordre Nouveau* par rapport aux expériences étrangères et aux tendances politiques françaises. C'est ainsi que le premier numéro, qui s'ouvrait sur un éditorial intitulé « Mission ou démission de la France », avait pour thème le rôle de la France devant les « révolutions manquées » : fasciste, communiste et hitlérienne. Tel fut aussi en partie le sujet d'*une retentissante* « *Lettre à Hitler* » *publiée dans le n° 5* qui fit à l'époque quelque bruit[3]. D'autre part, l'*Ordre Nouveau* s'attacha à préciser sa situation sur l'échiquier politique français en définissant sa « position révolutionnaire » dans le n° 3 et en lançant dans le n° 4 le slogan « Ni droite, ni gauche » accompagné d'articles de J. Jardin, R. Loustau, R. Aron, T. Maulnier, D. de Rougemont dans lesquels ceux-ci expliquaient pourquoi « ils » étaient *Action française*, conservateurs, radicaux, socialistes, communistes et pourquoi « ils » avaient tort de l'être. Les numéros suivants abordèrent des sujets doctrinaux plus précis dans des livraisons spéciales consacrées à « la crise agraire », aux « valeurs françaises », au « problème du travail », à « la corporation », etc.

Ces premiers numéros s'accompagnèrent de la publication des œuvres essentielles du groupe exprimant sa doctrine sous sa forme la plus élaborée. Ce fut d'abord, à la fin de l'été 1933, la parution d'un ouvrage fondamental de Robert Aron et Arnaud Dandieu intitulé *la Révolution nécessaire*, livre solide, documenté, aux formules brillantes dans lequel étaient exposés notamment ce qu'Aron et Dandieu appelaient « la théorie dichotomique[4] » ainsi que les idées de l'*Ordre Nou-*

---

veau sur les problèmes du travail, les notions de prolétariat et de service civil. Ce livre eut un retentissement certain et augmenta dans la jeunesse et dans les milieux intellectuels l'intérêt que l'on portait au mouvement. C'est ainsi que Pierre Dominique écrivait, non sans exagération, dans les *Nouvelles littéraires* : « Ils ont élevé un monument, leur livre n'est pas de ceux qui passent. Les hommes d'action pourront s'appuyer sur lui[5] », tandis que Mounier saluait dans cet ouvrage « un livre qui est peut-être le premier travail essentiel, en langue française, que nous ayons à opposer au *Capital*[6] ». Par ailleurs, quelques semaines plus tard, Daniel-Rops publia *Éléments de notre destin* qui constituait une sorte de résumé de vulgarisation des grands thèmes de l'*Ordre Nouveau*. À ces deux livres, il faut ajouter aussi *Politique de la personne* de Denis de Rougemont, paru en 1934, qui réunissait un certain nombre d'articles et de conférences consacrés au « personnalisme » et tentait de préciser les fondements philosophiques de celui-ci.

La Révolution nécessaire attira à l'*Ordre Nouveau* de nouvelles adhésions. Parmi celles-ci, deux furent particulièrement importantes, celles de Robert Loustau et de Robert Gibrat. C'étaient deux polytechniciens qui, en dehors de leurs occupations professionnelles, s'intéressaient aux problèmes économiques – problème des crises pour Loustau, économétrie pour Gibrat – et qui avaient participé jusque-là aux travaux du *Centre polytechnicien d'études économiques* fondé par Jean Coutrot et plus connu sous le nom de *Groupe X-Crise*[7]. *La Révolution nécessaire* avait séduit ces ingénieurs par la pénétration des analyses consacrées aux problèmes du travail industriel et aux conséquences des progrès techniques et du développement du machinisme. Ayant pris contact avec l'*Ordre Nouveau* par l'intermédiaire de Robert Aron, ils allaient s'intégrer très rapidement au groupe dont ils devinrent les « techniciens », se spécialisant dans les études intéressant l'organisation du travail, le prolétariat et le service civil.

5. Cité par P. Andreu, *la Nation française*, nº 337.
6. *Esprit*, nº 14, novembre 1933, p. 180.
7. D'aucuns voient dans ce groupe l'une des sources de l'idéologie « planiste » et « technocratique ». Cf. : P. Bauchard, *les Technocrates et le Pouvoir* (Paris, 1966), H. Coston, *la Technocratie et la Synarchie* (Paris, 1962).

Pourtant ce succès de la *Révolution nécessaire* avait été précédé d'un événement qui devait avoir pour l'avenir de l'*Ordre Nouveau* une importance capitale. Le 6 août 1933, en effet, Arnaud Dandieu était mort, emporté en quelques jours par un empoisonnement du sang consécutif à une opération bénigne. Il avait renouvelé, avant sa mort, son adhésion totale au dogme catholique, ce qui devait entraîner, quelques semaines après, la conversion définitive d'Alexandre Marc. Plusieurs années plus tard, Robert Aron a évoqué en termes émouvants ce que furent les derniers instants de son ami : « Son agonie, pendant laquelle il lutta avec toute sa force, dans la conscience et l'orgueil suprêmes de sa mission menacée, fut un des instants les plus lucides et les plus courageux de sa vie. L'agonie semblait extraire des recoins de sa conscience menacée toutes les richesses déjà mûres et tous les germes d'avenir qui bientôt se refroidiraient. Au seuil de l'abîme où il se sentait tomber, sa personnalité restait aussi vigoureuse et riche. Il désignait en de suprêmes invectives toutes les forces mauvaises qui avaient dévié l'âme moderne. Défiant un monde qui se rétrécissait autour de lui, il consacrait ce qui lui restait de voix à dénoncer la fausse séduction des philosophies orientales, la fausse certitude des méthodes rationalistes dans la société ou la pensée. L'agonie d'Arnaud Dandieu, par son élévation constante au-dessus du drame charnel, frappa même les moins prévenus. Ce qui, dans cette lutte suprême, tentait de résister aux fatalités de l'infection et de la mort n'était ni plus ni moins qu'une des rares chances de salut, un des rares espoirs de renaissance qui s'offrit en ces temps confus à l'intelligence française [8]. »

Ce sentiment fut plus ou moins explicitement partagé par les responsables et les sympathisants des jeunes mouvements des années 1930. Philippe Lamour écrivait par exemple : « Dandieu était certainement, parmi tous ceux sur lesquels nous pouvions compter, celui qui eût apporté l'effort de la plus forte pensée et même, nous pouvons bien le dire, d'une sorte de génie compréhensif qui ne sera pas remplacé [9]. » Mounier, quant à lui, et bien que ses relations avec Dandieu n'aient pas toujours été très cordiales, faisait part à Alexandre

8. Cité par P. Andreu, *la Nation française*, n° 337.
9. Lettre à A. Marc, citée par E. Lipiansky, *op. cit.*, p. 75.

Marc de sa « peine » et de sa « stupéfaction ». De même, Jean de Fabrègues, dans la *Revue du siècle*, rendait hommage à la personne et aux idées de Dandieu : « La discussion avec lui, notait-il, était claire, sincère, fructueuse. Homme de gauche, semblait-il, il nous était d'abord apparu comme un adversaire. Mais, dans le nécessaire reclassement des étiquettes et des idées, il nous était bien vite devenu un ami, lui qui ne souhaitait que la renaissance nationale et spirituelle, qui rejetait si nettement l'individualisme et le matérialisme [10]. » Même *Notre Temps*, pourtant peu suspect de sympathie pour l'*Ordre Nouveau*, faisait écho à ces regrets : « C'est avec une peine profonde, pouvait-on y lire, que nous avons appris la mort d'Arnaud Dandieu. Au physique, une curieuse figure de "clerc" égaré dans les choses de ce monde, il était un des chefs de file dans lesquels les jeunes générations pouvaient placer le plus de confiance. Raison solide, passion juste et maîtrisée, volonté lucide. Pourquoi faut-il que tout cela nous soit enlevé [11] ? »

L'*Ordre Nouveau*, cependant, continuait. Le numéro suivant de la revue affirmait sa volonté de poursuivre l'œuvre entreprise dans un esprit de totale fidélité à celui qui avait été son chef spirituel incontesté. Il déclarait en effet : « Dans le cas d'Arnaud Dandieu, la mort qui l'a séparé de nous ne marque la fin ni de l'action ni de la pensée, mais marque simplement le moment où l'un et l'autre ont échappé à son contrôle. Lui, qui avait groupé les idées pour en faire une synthèse neuve comme il avait groupé les êtres pour commencer une action révolutionnaire nouvelle, avait dans les derniers mois de sa vie élaboré tant de germes et de ferments spirituels qu'un avenir très immédiat ne peut manquer d'en être profondément influencé. Que cette influence s'exerce dans le sens qu'il avait voulu, qu'aucune déviation ne vienne altérer l'intransigeance et la netteté de la doctrine, dépend aujourd'hui de nous puisqu'il n'en a plus le contrôle. Ce n'est pas tant le souvenir d'un disparu qui, dans ces jours terribles d'août, a renforcé encore l'union de notre groupe que le souci de veiller sur l'avenir de son œuvre. L'avenir d'Arnaud Dandieu dépend de nous : nous le ferons large et

10. *La Revue du siècle*, n° 6, octobre 1933, p. 102.
11. G. Bénaben, *Notre Temps*, 20 août 1933, p. 903.

précis [12]. » En fait, cette disparition porta un coup très dur à l'*Ordre Nouveau*. Alexandre Marc devait reconnaître plus tard : « Après la mort de Dandieu, nous avons continué, mais cela ne marcha jamais aussi bien que de son vivant. Il était le lien. Le groupe ne retrouva jamais sa cohérence [13]. »

Ces conséquences ne furent cependant pas immédiates et l'activité de l'*Ordre Nouveau* fut aussi intense qu'auparavant à la rentrée de 1933. Le groupe continua de se réunir chaque semaine en séances de travail auxquelles participaient en général une quinzaine de personnes. Au cours de ces réunions, outre divers problèmes pratiques, étaient discutés les projets d'articles devant paraître dans la revue et différents aspects de la doctrine. L'*Ordre Nouveau* organisait par ailleurs, généralement tous les lundis, des dîners auxquels étaient invités des personnalités sympathisantes ou des représentants de mouvements voisins. À ces activités s'ajoutaient des conférences faites dans les milieux les plus divers. C'est ainsi par exemple que Loustau et Gibrat furent amenés à deux reprises à présenter les idées de l'*Ordre Nouveau* aux membres du groupement *X-Crise*.

Parallèlement, l'*Ordre Nouveau* se préoccupa de mettre en place les structures d'un « mouvement » original dont la théorie fut formulée dès le quatrième numéro de la revue. Sa conception de l'action reposait sur le caractère indissociable des moyens et des fins et sur l'idée que la tactique devait être gouvernée par les principes de la doctrine. Refusant énergiquement tout système « artificiel » et « centralisateur » de parti, l'*Ordre Nouveau* se proposait de susciter la naissance au sein du tissu social de petits groupes d'hommes, formations autonomes, spontanées, diversifiées, multiformes, destinées, non à prendre le pouvoir au sommet de l'État, mais à élaborer et à préfigurer dans leur champ d'action spécifique les structures nouvelles de la société de façon à travailler d'ores et déjà à l'édification de la société « Ordre Nouveau ». La tâche de ce « mouvement » était donc d'agir à l'intérieur de la société en place, non pour l'améliorer, mais pour déposer *hic et nunc* les germes de l'ordre futur qui en se développant feraient peu à peu craquer l'ordre ancien et s'épa-

---

12. *Ordre Nouveau*, n° 4, octobre 1933, p. 11.
13. *Arts*, 4-10 avril 1956.

nouir l'harmonie de la cité nouvelle. À cette idée d'une action fondée sur des minorités exemplaires provoquant une sorte de contagion idéologique ne semble pas avoir été étrangère l'influence de certaines théories socialistes du XIXᵉ siècle.

Dans cette perspective était prévue la création de « cellules locales », ébauches des communes futures, de « cellules de travail » préfigurant les groupements corporatifs, de « cellules d'association » s'appuyant sur les amicales, les groupements sportifs, les associations de loisir. Enfin, cette organisation devait être complétée par des « cellules Ordre Nouveau », organismes spirituels plus directement doctrinaux avec, au sommet, un « comité de vigilance spirituelle » chargé de veiller à la sauvegarde de l'intransigeance et de la pureté de la doctrine révolutionnaire.

La mise en œuvre pratique de cette théorie de l'action n'alla pas très loin, notamment en raison du nombre relativement faible de personnes touchées car, si l'*Ordre Nouveau* eut un prestige intellectuel non négligeable, le tirage de sa revue ne dépassa jamais plus de deux mille exemplaires. En fait, cette action se concrétisa essentiellement par la création de quelques « cellules techniques » destinées à prévoir l'application des principes généraux dans des domaines spécialisés. Ces travaux contribuèrent à l'élaboration des numéros spéciaux de la revue. La plus importante de ces cellules fut la cellule économique qui se réunissait autour de Gibrat et de Loustau et à certaines réunions de laquelle participèrent des dirigeants d'*X-Crise* comme Coutrot, Bardet et Branger. À côté de cette cellule se constituèrent aussi : une cellule financière animée par E. Pillias et G. Primard ; une cellule d'urbanisme dirigée par l'architecte Tony Fillon ; une cellule juridique suscitée par Henriette Hélisse ; une cellule médicale qui collaborait avec le professeur Minkowski [14] ; une cellule sur les problèmes agricoles dont s'occupait M. Martin-Laprade ; une cellule sur l'enseignement à laquelle participaient plusieurs professeurs. Ces groupes se maintenaient en contact avec les abonnés intéressés par les thèmes qu'ils traitaient et ceux-ci envoyaient fréquemment des suggestions, des notes ou des études plus

---

14. Le professeur Minkowski avait associé Dandieu à certaines de ses recherches de psychopathologie caractérisées notamment par l'introduction en psychiatrie d'un certain nombre de notions bergsoniennes.

approfondies. Quelques cellules se créèrent même en province, à Lyon, Marseille, Mulhouse et Strasbourg notamment.

L'*Ordre Nouveau* tenta aussi de poursuivre la politique de contacts avec des mouvements étrangers qui s'était amorcée lors de sa collaboration avec *Plans*. Ses responsables avaient en effet la conviction que la révolution à faire devait l'être à l'échelle européenne. Cette volonté fut réaffirmée en 1933 dans un livre de René Dupuis et d'Alexandre Marc intitulé *Jeune Europe*, dans lequel ceux-ci faisaient un examen très critique des voies dans lesquelles s'engageaient les jeunesses italienne, allemande, russe, et dans lequel ils tentaient de recenser les mouvements de jeunesse européens dont les buts se rapprochaient de ceux de l'*Ordre Nouveau*.

Dans cette perspective, l'*Ordre Nouveau* chercha notamment à nouer des relations avec certains groupes allemands, ceci en particulier à l'instigation d'Alexandre Marc qui parlait couramment l'allemand, ayant fait une partie de ses études à Iéna, et qui était très au fait des problèmes politiques germaniques. C'est ainsi que des discussions eurent lieu avec Otto Strasser, animateur du *Front Noir*, mouvement national-socialiste dissident qui entendait rester fidèle à l'inspiration première du nazisme qu'il estimait trahie par Hitler. L'*Ordre Nouveau* eut aussi des contacts avec des représentants du groupe *Die Tat*, qui préconisait une sorte de communisme national non marxiste et qui s'était attaché à faire une critique très approfondie du capitalisme[15]. Celle-ci, exposée dans un livre de Ferdinand Fried, *la Fin du capitalisme*, traduit en français au cours de 1932, eut d'ailleurs une assez grande influence sur tous les jeunes mouvements français de cette époque[16]. Mais le groupe avec lequel l'*Ordre Nouveau* eut le plus d'affinités fut celui des *Gegner* (en français les *Adversaires*) dont les animateurs étaient Harro Schulze-Boysen et Fred Schmidt[17].

15. A. Marc consacra un article à étudier les positions de ce mouvement sous le titre « Un communisme national », *Revue d'Allemagne*, 15 octobre 1932.
16. Le contenu de ce livre a été analysé par E. Vermeil dans le chapitre qu'il a consacré à *Die Tat* dans son ouvrage *Doctrinaires de la révolution allemande* (Paris, 1948), p. 152 à 190.
17. Cf. l'article d'A. Marc, « Les *Adversaires* », *Revue d'Allemagne*, avril 1933.

L'*Ordre Nouveau* eut aussi des relations suivies avec un petit mouvement britannique à la doctrine quelque peu incertaine baptisé *New Britain*. À cela on peut ajouter quelques échanges avec certains groupes belges tels que celui des jeunes catholiques de l'*Esprit Nouveau* ou celui qui avait pour organe la revue marxisante *Avant-Poste*. Cette revue publia même, en janvier 1934, un cahier consacré tout entier à un exposé des idées de l'*Ordre Nouveau* avec la collaboration de la plupart des dirigeants de ce mouvement. On peut souligner enfin que quelques contacts furent aussi pris en Suisse par l'intermédiaire de Denis de Rougemont.

Comme pour la *Jeune Droite* et pour *Esprit* – quoique peut-être à un degré moindre –, l'année 1934 fut pour l'*Ordre Nouveau* une année tournante. Elle le fut d'abord, nous le verrons, parce qu'avec elle se termina une première époque de son histoire et que se produisit alors un certain renouvellement des hommes qui l'animaient. Elle le fut aussi, plus profondément, dans la mesure où, à une période de création vivante, allait succéder une période de systématisation au cours de laquelle cette doctrine, qui était fondée sur un retour au réel, au concret, allait tendre parfois à tomber en pleine utopie en voulant donner une description trop exhaustive des rapports politiques et sociaux dans la société postrévolutionnaire. Sa rigueur doctrinale qui, pour reprendre un mot de Mounier, allait devenir une rigueur « doctrinaire » devait alors éloigner de l'*Ordre Nouveau* beaucoup des sympathies qui avaient entouré sa naissance. Par ailleurs, son souci de réflexion doctrinale devait se trouver désaccordé à une époque qui allait voir les événements se précipiter, semblant exiger des engagements immédiats et rendre vaine toute réflexion en profondeur. Désormais, le succès allait aller à des mouvements qui, comme le constatera mélancoliquement l'*Ordre Nouveau*, semblaient vouloir « démolir la Bastille avant d'avoir fait tout le travail des Encyclopédistes ou prendre le Palais d'Hiver avant d'avoir écrit *le Capital* [18] ».

Si l'on veut essayer de dater plus précisément ce tournant de l'*Ordre Nouveau*, il semble que l'on puisse prendre pour symbole le n° 9 de la revue, numéro-programme intitulé « Nous voulons ». Sa date d'abord en est très significative

18. *Ordre Nouveau*, n° 14, octobre 1934, p. 11.

puisqu'il fut publié en mars 1934, c'est-à-dire immédiatement après les événements de février qui marquèrent le début
de la fièvre politique qui, sous la pression des événements
intérieurs et extérieurs, devait régner en France jusqu'à la
guerre. Par ailleurs, ce numéro illustre assez bien l'évolution
de l'*Ordre Nouveau* qui a été évoquée. On y trouvait certes
un exposé des principes doctrinaux du mouvement, fruit des
travaux antérieurs du groupe, mais à cet exposé s'ajoutaient
huit pages – qui semblent d'ailleurs avoir été encartées *in
extremis* – annonçant le nouveau style de l'*Ordre Nouveau*
et le durcissement de sa doctrine en formules systématiques
dans la mesure où elles contenaient un lexique définissant le
vocabulaire du groupe ainsi que deux schémas assez précis
sur les institutions politiques et économiques de la société
future.

Pourtant, ce numéro qui, aux yeux de l'historien, semble
coïncider avec le point culminant du rayonnement de l'*Ordre
Nouveau* se terminait sur un appel dû à la plume de Daniel-
Rops qui exprimait à la fois la confiance dans l'avenir et
l'ampleur des ambitions du mouvement [19] :

> « Que tous ils nous apportent :
> non pas un bulletin de vote,
> car nous ne sommes pas un parti,
> non pas une paire de bottes et une chemise de couleur,
> car nous ne sommes pas des caporaux,
> non pas le goût du désordre et de la démagogie,
> car nous ne sommes pas des insurgés,
> mais cette adhésion lucide et totale que donne une
> conscience libre et responsable.
> Nous leur proposons plus même que le pouvoir,
> plus même que la réussite :
> Un nouveau Destin. »

19. *Ordre Nouveau*, n° 9, mars 1934, p. 32.

CHAPITRE QUATRIÈME

« L'Ordre Nouveau » de 1934 à 1938

Si, rétrospectivement, l'*Ordre Nouveau* donne un peu l'impression de s'être survécu à partir des premiers mois de 1934, il n'en conserva pas moins jusqu'à sa disparition – en particulier entre 1934 et 1936 – une assez grande activité. Toutefois, les trois grandes directions de son action restèrent ce qu'elles avaient été dès 1933, c'est-à-dire : rédaction de la revue qui réussit pendant un temps à augmenter le nombre de ses abonnés et, corrélativement, celui de ses pages, qui passa de trente-deux à quarante-huit puis soixante-quatre ; séances de travail doctrinal des « cellules techniques » et du comité directeur du mouvement ; organisation de réunions, de conférences et de discussions avec des mouvements voisins.

Sur la lancée des bouleversements provoqués par l'agitation des premières semaines de 1934, l'*Ordre Nouveau* chercha cependant à ce moment à élargir son audience par d'autres moyens, mais ces tentatives n'eurent guère de succès. La première de celles-ci fut sa participation aux activités du *Club de février* créé au lendemain des événements de février, que la revue évoquait en ces termes en annonçant la naissance du *Club* : « Il s'est trouvé de nouveau des Français pour sacrifier leur vie à un idéal. Ce premier sursaut national n'a servi qu'à remplacer des hommes corrompus par des liquidateurs de faillite. D'autres suivront. Pour qu'ils soient efficaces, il faut ce qui a manqué aux journées de février : une préparation tactique, un but, une doctrine [1]... » À la tête de ce *Club de février* on trouvait, à côté de Robert Aron et Daniel-Rops pour l'*Ordre Nouveau,* Jacques Arthuys et Jean Cagnat pour l'*Action publique,* Christian Pineau et Charles Riandey pour les *Nouvelles Équipes,* Pierre Andreu et Jean

1. *Ordre Nouveau*, n° 10, avril 1934.

Le Marchand pour le *Front national-syndicaliste,* Jean Amos
et Pierre Winter pour *Préludes.* De composition hétérogène,
ce club devait rapidement se disloquer après avoir organisé
quelques séances de travail au domicile de Jacques Arthuys
et quelques réunions publiques à l'École des hautes études
sociales. L'*Ordre Nouveau* ne fut pas plus heureux avec la
création d'une *Ligue pour l'Ordre Nouveau* dont le secrétaire
était Pierre Hazebroucq. Elle n'eut aucun succès et disparut
après avoir publié quelques numéros d'un hebdomadaire intitulé *Nous Voulons.*

Dans les derniers mois de 1934 se produisit par ailleurs un
relatif effacement de la première équipe de l'*Ordre Nouveau.*
Sans abandonner le mouvement, certains de ses fondateurs
s'en occupèrent désormais moins activement. C'est ainsi que,
tout en continuant à envoyer des articles, Alexandre Marc, qui
en avait été l'un des éléments les plus dynamiques, quitta
la région parisienne pour le Midi. Jean Jardin, devenu l'un des
principaux collaborateurs de Dautry aux chemins de fer, cessa
peu à peu d'écrire dans la revue. Il en fut de même pour Daniel-
Rops à partir de juin 1935, d'une part parce qu'il dirigeait une
collection chez Plon et participait au lancement de l'hebdomadaire *Sept,* d'autre part parce qu'il avait le sentiment de
l'échec du mouvement dans l'immédiat. Denis de Rougemont
devait bientôt, lui aussi, quitter Paris pour la province avant
de devenir lecteur à l'université de Francfort en 1935-1936.

De ce fait, Robert Aron, Claude Chevalley et René Dupuis
continuèrent seuls à encadrer le mouvement, entourés d'une
nouvelle équipe de jeunes avec, notamment, Xavier de
Lignac[2], qui prit la succession de Daniel-Rops dans les
tâches d'administration de la revue aidé par Mireille Dandieu,
la sœur d'Arnaud. Parmi les nouveaux venus, on peut signaler
aussi l'adhésion des frères Albert et Louis Ollivier, ainsi que
de jeunes venus des milieux syndicalistes : Pierre Prévost,
Albert Hayon et Roger Boulot.

Sous l'impulsion de cette nouvelle équipe fut organisée
durant l'été 1935 une expérience limitée de « service civil »
qui eut un certain retentissement[3]. Elle s'effectua dans quatre

---

2. Connu plus tard sous le nom de Jean Chauveau.
3. Elle fit notamment l'objet d'un article d'A. Maurois dans le journal
Paris-Soir. Cf. E. Lipiansky, *op. cit.,* p. 78-79.

usines de la région parisienne et de Beauvais. Pendant quinze jours, une cinquantaine de jeunes gens, étudiants pour la plupart, remplacèrent gratuitement dans leur travail des ouvriers non qualifiés permettant ainsi à ceux-ci de bénéficier d'un congé payé. Il était prévu que l'expérience, qui fut un succès, serait reprise l'année suivante à une échelle beaucoup plus large avec le concours de mouvements de jeunesse comme le scoutisme. Mais le Front populaire et les Accords Matignon ruinèrent ce projet en en supprimant les conséquences pratiques les plus immédiates.

Si cette tentative révéla un certain souci d'incarner les vues doctrinales de l'*Ordre Nouveau*, la caractéristique essentielle de la revue dans les années 1934-1938 n'en resta pas moins son aspect toujours extrêmement théorique, avec une quasi-absence de références à l'actualité politique pourtant fertile en ces années agitées. Si, parfois, cette actualité était évoquée, c'était alors pour démontrer qu'en dehors des positions révolutionnaires et « totales » de l'*Ordre Nouveau*, on ne pouvait aboutir qu'à la confusion et au chaos. C'est ainsi, par exemple, qu'en 1935, si l'*Ordre Nouveau* prit position de manière allusive contre l'entreprise italienne en Éthiopie, il le fit par un article d'Alexandre Marc qui prenait ses distances par rapport à ce qu'il estimait être une exploitation politicienne de cette affaire par la droite et par la gauche et qui analysait longuement les racines doctrinales du conflit. De même le Front populaire ne fut évoqué que pour donner des consignes d'abstention avant les élections – « Il est défendu de voter comme il est défendu de cracher par terre [4] » – et pour constater en novembre 1936 l'échec de « l'expérience Blum », c'est-à-dire, pour l'*Ordre Nouveau*, de toute action réformiste et parlementaire.

Très significatif de ce que furent devant l'actualité les positions de l'*Ordre Nouveau* fut aussi le texte publié par la revue dans les premiers mois de la guerre d'Espagne : « Quant à nous, Français, déclarait-il, nous ne voulons pas prendre parti en bloc pour aucune des forces qui s'affrontent aujourd'hui en Espagne (...) De chaque côté des barricades, des hommes se battent et défendent en pleine confusion des valeurs spirituelles qui sont aussi les nôtres. Nous nous refu-

---

4. *Ordre Nouveau*, n° 30, p. 7.

sons à qualifier les uns de héros, les autres de bandits. Il
n'est pour nous qu'un moyen de rendre un hommage utile
aux valeurs humaines engagées dans la guerre d'Espagne :
faire ici même la révolution au service de l'Homme [5]. » De
ce refus de choisir, la revue devait cependant évoluer en 1937
vers la manifestation d'une sympathie certaine pour les tendances anarcho-syndicalistes.

Ainsi continua de se manifester, durant cette période enfié-
vrée, le souci permanent de l'*Ordre Nouveau* d'être un foyer
de réflexion au-delà des remous superficiels de l'actualité.
Cette même volonté de demeurer au-dessus de la mêlée politique et des classifications partisanes continua aussi de gouverner les contacts que le mouvement ne cessa pas de nouer
ici ou là. Alexandre Marc, dans une lettre très symptomatique, insistait sur ce point : « J'ai déjà mis en garde, écrivait-il durant l'été 1935, contre toute compromission, même
purement apparente avec la "gauche"(...) Il y a un an à peine,
nous étions déportés (toujours en apparence bien entendu)
vers la "droite", aujourd'hui, c'est le contraire qui se produit.
Gardons-nous bien de donner lieu au moindre malentendu
quant à notre position. Notre seule chance de réussite pratique, c'est de devenir un centre de ralliement indiscutable
pour tous les démissionnaires de demain que leurs réflexes
de "droite" ou de "gauche" empêcheront de passer dans le
camp adverse [6]. »

Cette intransigeance doctrinale du mouvement devait se
manifester jusqu'au bout. C'est ainsi qu'en 1937, des relations s'étant nouées avec certains éléments de la CGT,
Alexandre Marc renouvelait son avertissement : « Autant que
quiconque, je suis partisan d'une "action immédiate" et j'ai
même écrit dans ce sens à Aron et à Rougemont, mais nous
ne pouvons agir efficacement qu'en restant intraitables sur
le terrain de la doctrine, en empêchant des confusions telles
que celles que vous citez (étatisations, nationalisations, etc.).
À ce prix, mais à ce prix seulement, nous avons une chance
d'intervenir efficacement dans l'évolution de la politique la
plus immédiate [7]. »

---

5. *Ordre Nouveau*, n° 35, p. 54.
6. Cité par E. Lipiansky, *op. cit.*, p. 85.
7. *Ibid.*, p. 85.

Cette pureté doctrinale, l'*Ordre Nouveau* réussit à la conserver tant bien que mal jusqu'à sa disparition, se gardant des compromissions auxquelles auraient pu l'amener des considérations opportunistes et des gauchissements qui auraient pu naître de la volonté d'attirer les suffrages d'un public encore sensible aux classifications traditionnelles et aux prises de position passionnelles. On peut penser, cependant, que ce refus de s'engager au niveau de l'actualité et de l'événement ne fut pas étranger au déclin progressif de l'*Ordre Nouveau*, dont la revue cessa pratiquement de paraître au cours de l'année 1937, alors qu'*Esprit* ou la *Jeune Droite* qui, eux, acceptèrent de se réintégrer dans des cadres plus classiques purent continuer leur action jusqu'à la guerre. C'est qu'en effet, contrairement aux espoirs d'Alexandre Marc, ce dégoût des positions de « droite » et de « gauche » qu'il escomptait ne se manifesta pas, les Français restant jusqu'à la veille du conflit mondial prisonniers de leurs réflexes partisans classiques.

Les difficultés de l'*Ordre Nouveau* commencèrent au cours du premier semestre de 1937 et la revue dut interrompre une première fois sa publication en juillet de cette même année. En mars, cependant, l'*Ordre Nouveau* avait tenté de lancer un hebdomadaire, *À nous la liberté*, dont les directeurs étaient Robert Aron et René Dupuis et le rédacteur en chef Robert-Philippe Millet. Mais cette publication dut cesser de paraître au bout d'une dizaine de numéros, faute de moyens financiers. À cet échec s'ajouta, à la même époque, celui des *Clubs de Presse* que l'*Ordre Nouveau* avait tenté de créer, avec *Esprit* et la *Flèche*, afin de propager et de discuter des informations non déformées par une presse jugée asservie aux puissances financières.

Ces deux expériences semblent avoir vidé les caisses du mouvement dont la revue cessa de paraître au début de l'été. Un an plus tard, en juin 1938, parut cependant un quarante-deuxième numéro ramené aux trente-deux pages originelles. Il fut suivi de trois autres livraisons dont les deux dernières, réduites à une dizaine de pages, reproduisaient d'anciens textes inédits d'Arnaud Dandieu. C'était la fin d'une aventure et, symboliquement, l'*Ordre Nouveau*, avant de disparaître, rendait ainsi un dernier hommage à celui qui avait été son principal inspirateur.

3. Esprit

De toutes les revues de jeunes des années 1930, *Esprit* est incontestablement la plus connue, à la fois parce qu'elle eut le rayonnement le plus grand dans les années d'avant-guerre et, surtout, parce que, seule de toutes ces publications, elle reparut en 1945 après la Libération et continue d'exister aujourd'hui encore, non sans avoir connu depuis sa fondation quelques changements d'orientation qui ont modifié assez sensiblement son visage et ses tendances.

Le premier numéro d'*Esprit* vit le jour en octobre 1932, mais, en fait, ses origines étaient beaucoup plus lointaines. Cette publication était en réalité l'aboutissement d'une préparation entreprise depuis de longs mois, dès la fin de l'année 1930. C'est en effet à ce moment que commença à se dessiner le projet qui devait conduire à la création d'*Esprit*. Aussi l'histoire proprement dite d'*Esprit* fut-elle précédée d'une assez longue « préhistoire » dont il est nécessaire de connaître les détails pour préciser les orientations qui furent celles de la revue et pour comprendre les crises qui devaient secouer le groupe dans les premiers mois de son existence [1].

1. Sur l'histoire d'*Esprit*, on pourra se reporter à M. Winock, *Histoire politique de la revue Esprit* (Paris, 1975).

CHAPITRE PREMIER

La préhistoire d'« Esprit »

Cette préhistoire d'*Esprit* comporta deux phases assez distinctes. Dans un premier temps, de juillet 1930 au début de 1931, se situèrent les contacts et les discussions qui devaient aboutir à la décision définitive de créer une revue et un mouvement nouveaux, tandis que la période de février 1931 à octobre 1932 constitua vraiment la phase préparatoire de la revue.

Ces mois de travail intensif furent dominés à la fois par les préoccupations matérielles suscitées par la volonté de créer une revue qui ait une certaine importance et, d'autre part, par les soucis intellectuels nés de la nécessité de mettre au point une doctrine neuve et d'harmoniser les vues d'hommes dont les intentions n'étaient pas toujours convergentes.

Nécessité d'une revue nouvelle (1930-1931)

À l'origine d'*Esprit* se trouvent pour une part de longues conversations qu'eurent au cours de l'année 1930 un jeune avocat, Georges Izard, et un bibliothécaire-adjoint de la Sorbonne, André Déléage. Ces deux jeunes hommes – ils avaient un peu plus de vingt-cinq ans – s'étaient connus quelques années plus tôt alors qu'élèves de « khâgne » au lycée Louis-le-Grand ils préparaient tous deux le concours d'entrée à l'École normale supérieure. Ils s'étaient ensuite perdus de vue car Déléage, atteint de tuberculose, avait été obligé d'abandonner ses études et de passer plusieurs mois en sana. Ils s'étaient retrouvés au début de 1930 et avaient alors échangé leurs vues sur la situation contemporaine, communiant dans le même désenchantement devant le cours des choses aussi bien politiques qu'intellectuelles et éprouvant, au témoignage de Georges Izard, « une impression croissante d'étouffement [1] ».

Au cours d'un de ses entretiens avec Déléage, Izard lança un jour l'idée qu'ils pourraient peut-être créer eux-mêmes une revue et un mouvement qui correspondraient à leurs aspirations et qui briseraient avec tous les conformismes de droite et de gauche *qui leur semblaient inadaptés à l'évolution du monde en ces années 1930*. Déléage accueillit l'idée avec enthousiasme et les deux amis se mirent à envisager les modalités pratiques de l'affaire, s'adjoignant bientôt un troisième compagnon en la personne de Louis-Émile Galey qui avait été au lycée de Bourges le condisciple de Déléage et que ce dernier, en le retrouvant à Paris, avait entraîné dans les discussions passionnées qu'il avait avec Izard.

Ce trio, au sein duquel germa donc l'idée première d'*Esprit*, était formé d'hommes assez dissemblables, dominé par la personnalité exceptionnelle d'André Déléage. Ceux qui l'ont connu l'ont décrit comme « une espèce de prophète », à la fois hanté par l'absolu, catholique fervent, d'une intransigeance intellectuelle farouche et, en même temps, extrêmement soucieux de l'engagement dans la vie quotidienne, mettant au service de celui-ci de remarquables talents d'organisateur. Cet intellectuel, cet écrivain, ce poète, cet historien était en effet simultanément le type du militant révolutionnaire par sa foi, son dynamisme, son esprit d'initiative et d'organisation et son extraordinaire rayonnement personnel sur son entourage. Péguyste et proudhonien, ce personnage hors du commun réconciliait en lui, au dire de ses amis, les vertus « d'un savant, d'un apôtre, d'un meneur d'hommes, d'un héros [2] ». « Un inventeur d'idées, un grand écrivain, un historien qui pouvait renouveler l'histoire, un héros de Malraux », tel est le portrait de Déléage qu'a tracé Georges Izard [3].

Si Déléage avait des côtés de « mystique intellectuel » ou de « prophète », Georges Izard était d'un tempérament tout différent. Ce méridional, fils d'un instituteur de l'Hérault, était lui bien davantage un « politique », tant par l'intérêt

1. *L'Express*, 29 mars 1960.
2. L. E. Galey, *Esprit*, 1965, n° 7, p. 192.
3. *Ibid.*, p. 194.

qu'il portait aux questions proprement politiques et économiques que par une certaine habileté diplomatique qui lui faisait prendre plus aisément son parti que Déléage ou Mounier des accommodements impliqués par l'action. Mounier lui écrira plus tard : « Tu es action, tu sens les hommes par foule et fais ta joie de la chose publique[4]. » À cette époque, Izard, après avoir fait des études de droit et de philosophie, s'était orienté vers le barreau où le servait un grand talent d'orateur qu'il devait mettre plus tard au service de la *Troisième Force*. Quant à ses engagements politiques, ils s'étaient bornés jusque-là à quelques sympathies briandistes[5] et à la direction, pendant quelques semaines, du cabinet du ministre de la Marine marchande, Charles Daniélou, dont il avait épousé la fille.

André Déléage et Georges Izard avaient en commun le fait d'être catholiques. Ce n'était pas le cas de Louis-Émile Galey qui, d'une formation catholique, n'avait conservé qu'un spiritualisme assez vague. Du trio, c'était aussi celui dont les idées étaient les plus imprécises, la politique et la philosophie ayant jusque-là laissé assez indifférent cet élève de l'école des Beaux-Arts. Il a raconté lui-même en ces termes comment il fut amené à participer à la création d'*Esprit* : « Je fut accosté un beau jour, porte d'Orléans à Paris, par mon ancien condisciple au lycée de Bourges, André Déléage. Nous nous mîmes à discuter des malheurs de notre pauvre société. J'étais alors en pleine crise car, malgré mes diplômes, je me trouvais dans l'impossibilité de faire de l'architecture. C'était, si possible, plus lamentable qu'aujourd'hui où l'écriture architecturale du XXᵉ siècle n'a pas encore été trouvée. Un architecte digne de ce nom ne peut s'employer valablement que sous les régimes qui ont un programme : les Pharaons, les Médicis ou Staline. Donc je voulais faire la révolution pour pouvoir faire ensuite de l'architecture. J'étais assez naïf pour m'imaginer qu'on pouvait faire la révolution immédiatement[6]. »

Ainsi, à l'automne de 1930, au cours de nombreuses conversations entre ces trois jeunes gens, se précisa l'idée de

4. Lettre du 6 septembre 1933, *Esprit*, décembre 1950, p. 989.
5. Il avait participé avec Jean Luchaire et Philippe Serre à la création d'un Comité pour la suppression du service militaire obligatoire en France.
6. *Arts*, 28 mars-3 avril 1956.

créer une revue spiritualiste à perspective politique qui ne
serait ni trop désincarnée et intellectuelle comme la *Nouvelle
Revue française*, ni trop engagée comme les revues marxistes
ou d'*Action française*. L'exemple d'*Europe* leur paraissait
assez proche de ce qu'ils souhaitaient, non pas comme orientations, mais comme style de publication. Ceci étant établi,
un problème concret se posait : celui de trouver un homme
qui acceptât de se charger de la direction de la revue et d'y
consacrer une grande partie de son temps, ce que ne pouvaient faire ni Izard ni Galey accaparés par leurs obligations
professionnelles. Déléage semble avoir pensé pendant un
temps prendre lui-même la direction de la revue, mais cette
solution fut bientôt abandonnée. C'est alors qu'Izard fit part
de ces projets à Emmanuel Mounier. L'aventure d'*Esprit*
commençait véritablement.

Georges Izard avait connu Mounier à la Sorbonne au cours
de l'année universitaire 1927-1928, alors qu'il préparait un
certificat d'études supérieures de philosophie et que Mounier
était « agrégatif ». Une solide amitié s'était alors nouée entre
eux. En 1930, ils s'étaient retrouvés un peu par hasard. Mounier qui, depuis 1929, logeait rue du Four à Paris dans un
foyer d'étudiants dirigé par Jean Daniélou, y avait participé
à un cercle d'études sur Péguy. De ces réunions était né un
projet de rédiger avec Jean Daniélou un livre sur la pensée
de l'auteur de *l'Argent*. Mais Jean Daniélou, qui devait étudier la pensée religieuse de Péguy, était entré au noviciat des
jésuites au début de 1930 et avait cédé sa place pour ce travail
à Izard qui était devenu depuis quelques mois son beau-frère.
C'est ainsi que Mounier et Izard avaient repris contact,
encore que leur collaboration pour ce livre ait été assez relâ-
chée, chacun des auteurs – auxquels s'était joint Marcel
Péguy – étudiant son thème sans trop se préoccuper de ce
que préparaient ses voisins.

La décision étant prise de mettre Mounier au courant, un
rendez-vous fut fixé entre Izard et Mounier et l'entrevue
décisive eut lieu en une froide matinée de décembre 1930.
Dans la rue, tandis que Mounier l'accompagne jusqu'à son
bureau, Izard expose ses inquiétudes sur l'évolution du
monde et pose bientôt la question : « Voilà, nous voudrions
fonder une revue. Es-tu capable de tout plaquer pour venir
la diriger ? Nous n'avons pas un sou. » Et d'emblée Mounier

accepte : « C'est entendu, je plaque tout, j'abandonne ma carrière universitaire[7]. » Cette acceptation de principe allait être précisée au cours d'un échange de correspondance dans les dernières semaines de décembre. Elle devait décider du destin de Mounier dont la vie allait à partir de ce moment s'identifier avec celle d'*Esprit*.

Si cet assentiment de Mounier aux projets d'Izard fut si rapide, c'est que Mounier lui-même avait ressenti de son côté le même besoin qu'Izard, Déléage et Galey. Comme il l'a écrit, il avait eu, dès la fin de 1929, « le sentiment – à traîner avec soi une NRF à demi morte et derrière le *Mercure* et derrière encore l'inestimable Saumonée – qu'un cycle de création française était bouclé, qu'il y avait des choses à penser qu'on ne pouvait écrire nulle part, qu'à nous autres, pianistes de vingt-cinq ans, il manquait un piano[8] ». Mais il n'avait pas alors pensé que ce pût être à lui de se charger de cette tâche et à cet égard la proposition de Georges Izard fut déterminante, révélant à Mounier sa propre vocation. Il évoquera plus tard en ces termes ce que fut pour lui sa conversation avec Izard : « C'est, paraît-il, un des aspects de l'économie divine qu'elle a fait du Français un fondateur de revue. Je rougirais d'avouer une aussi banale tentation si j'avais d'abord été possédé de l'impulsion sacrée. Mais je la souhaitais, la revue nouvelle, je scrutais l'horizon à sa recherche, je ne songeais nullement à m'en occuper moi-même. Je manque communément de confiance en moi pour m'embaucher dans les métiers que je ne connais pas. C'est ici que Georges Izard joua le rôle de catalyseur[9] (...). S'il ne m'avait persuadé, me serais-je cru désigné, moi précisément, pour cette tâche, l'aurais-je entreprise[10] ? » Ainsi, sans Izard, *Esprit* n'eût sans doute pas vu le jour mais, réciproquement, sans Mounier, *Esprit* n'eût pas été ce qu'il devait devenir.

Désormais en effet Mounier allait prendre vigoureusement en main l'entreprise et lui imprimer la marque d'une personnalité que ceux qui l'avaient appelé à cette tâche ne soupçonnaient peut-être pas aussi forte. Il semble bien que dans l'esprit d'Izard et, surtout, de Déléage, le rôle de Mounier

7. Dialogue rapporté par G. Izard dans *Arts*, 28 mars-3 avril 1956.
8. Lettre (1941), *Mounier et sa génération* (Paris, 1956), p. 69.
9. *Ibid.*, p. 70.
10. *Ibid.*, p. 146.

ait été conçu comme secondaire et que, plus tard, Déléage n'ait jamais bien admis que Mounier ait fait de la revue « sa » revue. Ceux-ci ne furent d'ailleurs pas les seuls à être surpris de cette transformation. C'est ainsi que Jacques Madaule, après avoir évoqué le Mounier, « un peu lourd, appliqué, contrastant avec le brio d'Izard », qu'il avait aperçu chez Maritain, notera : « Après la fondation d'*Esprit*, je m'étonnai de la jeune autorité que je lui vis déployer [11]. »

Pourtant rien ne semblait prédisposer ce jeune Grenoblois de vingt-cinq ans à l'aventure dans laquelle il se lançait. Fils d'un préparateur en pharmacie, il avait fait, après avoir abandonné la médecine, de brillantes études de philosophie à Grenoble sous la direction de Jacques Chevalier dont il était devenu un des familiers et des disciples favoris [12]. Pendant ces années laborieuses, il avait participé aux travaux d'un cercle d'études catholique et adhéré à l'ACJF, faisant aussi partie de la Conférence de Saint-Vincent-de-Paul dont les activités lui avaient permis de recevoir ce qu'il appellera plus tard « le baptême du feu de la misère ». En 1927, il était arrivé à Paris pour préparer le concours d'agrégation auquel il fut reçu en 1928, second derrière Raymond Aron. Toutefois ce jeune agrégé ne se sentait pas à l'aise dans le monde universitaire. L'influence de Bergson et l'enseignement de Chevalier l'avaient prévenu contre l'idéalisme alors officiellement enseigné en Sorbonne, lui donnant le goût de la philosophie conçue, non comme un exercice abstrait de l'intelligence, mais comme une patiente approche du réel, dominée par l'exigence spirituelle. Aussi, si à ce moment il envisage une forme d'engagement, est-ce uniquement dans la direction d'un apostolat intellectuel tel que celui auquel il allait se consacrer de 1928 à 1931 en participant aux activités du mouvement *Les Davidées*, fondé par Marie Silve pour les institutrices chrétiennes de l'enseignement public, et que lui avait fait connaître son ami Jean Guitton. À cette époque, son attention était en effet surtout attirée par les problèmes de recherche spirituelle et intellectuelle ainsi qu'en témoignaient par exemple sa fréquentation assidue du R.P. Pouget

11. *Esprit*, décembre 1950, p. 975.
12. Son premier article fut consacré à présenter J. Chevalier aux lecteurs de la *Vie catholique* (6 avril 1926).

et ses projets de thèse sur les mystiques espagnols. Il semble que cet attrait ait été une des tendances de sa nature profonde et, en 1945, il écrira encore : « La pente essentielle de mon cœur est une pente mystique et je ne fais le reste qu'à mon cœur défendant [13]. »

Au cours des années 1929-1930, Mounier devait cependant évoluer assez brusquement d'une action orientée vers l'apostolat par la philosophie à un engagement plus directement temporel. Dans cette évolution, la redécouverte et l'approfondissement de l'œuvre de Charles Péguy dans laquelle « il pique des deux fers [14] » au cours de l'année 1929 semblent avoir eu une influence déterminante. Avec Péguy, chrétien engagé dans le temporel, il devait se libérer d'une certaine tendance à « l'angélisme » qu'avait pu nourrir en lui un livre comme *Primauté du spirituel* de Maritain et découvrir les liens profonds unissant le spirituel et le temporel. Cette nouvelle orientation fut renforcée par la rédaction de son essai sur la pensée de Péguy. « Chacun de notre côté, a noté G. Izard, nous fûmes marqués par cet approfondissement d'une œuvre qui s'était intéressée à tout, passionnée pour tout, y compris pour la vie politique. Mounier citait des phrases qui ne pouvaient pas ne pas laisser de traces : "Le spirituel est constamment couché dans le lit du temporel", etc. Et comme Mounier avait gardé de Bergson l'enseignement que la métaphysique doit se fonder sur l'expérience, il avait le sentiment de continuer dans la même voie [15]. »

En parcourant les pages de *la Pensée de Charles Péguy* écrites par Mounier [16], on constate d'ailleurs une évidente parenté des thèmes mis en relief avec ceux qui devaient caractériser l'engagement du directeur d'*Esprit* : sens spirituel de la pauvreté ; dénonciation des méfaits de l'argent ; procès de la « pensée toute-faite » ; souci de la misère ; rapports de la « mystique » et de la « politique », du spirituel et du temporel. D'autre part, l'exemple de Péguy allait contribuer à détourner Mounier des projets de carrière universitaire

---

13. Cité par J. Conilh dans son *Mounier* (Paris, 1966), p. 7.
14. *Mounier et sa génération*, *op. cit.*, p. 49.
15. *L'Express*, 29 mars 1960.
16. Son interprétation de la pensée de Péguy fut discutée, notamment par H. Massis qui lui reprocha de minimiser chez Péguy la place de l'héroïsme. Cf. *Débats* (Paris, 1931), p. 111-122.

et « des tuyauteries bien réglées qui mènent directement de l'École normale à l'enseignement supérieur[17] », le rendant disponible pour se lancer dans l'entreprise d'*Esprit*.

La rédaction de ce livre sur Péguy eut une autre conséquence importante, celle de mettre Mounier en rapports suivis avec Jacques Maritain qui offrit aux jeunes auteurs l'hospitalité de sa collection du *Roseau d'Or*. La première rencontre de Mounier avec Maritain était cependant antérieure à ce projet datant de l'automne 1928, au moment où, jeune agrégé, il était à la recherche d'un sujet de thèse. À cette époque, Mounier était assez réticent à l'égard de Maritain, car le chef de file du néothomisme était considéré d'un œil très critique dans l'entourage de Chevalier en raison de ses attaques contre Bergson. C'est surtout à partir de 1930 que Mounier participa assidûment aux réunions de Meudon et qu'il eut de longs entretiens avec Maritain à l'influence duquel il devait plus tard rendre hommage : « À toute une génération, même éloignée de ses techniques de pensée, il a rendu le goût de la rigueur et de la santé intellectuelle ; il l'a sauvée d'un rousseauisme facile, des philosophies sentimentales, du vertige de la modernité[18]. »

C'est d'ailleurs à Meudon, au cours de discussions réunissant, autour de Maritain, Mounier, Izard et Déléage, que fut prise la décision définitive de créer la nouvelle revue. À la fin de décembre 1930, Maritain avait en effet été informé de leur projet. Il l'avait d'autant plus chaleureusement accueilli qu'il coïncidait avec une résurgence dans sa pensée des préoccupations politiques et sociales dont il avait eu tendance à se dégager après la mise à l'index de l'*Action française* et après les polémiques qui avaient suivi. La décision de fonder ce qui allait devenir *Esprit* fut donc prise dans les premières semaines de 1931 sur la lancée de la publication du livre sur Péguy, dans la ligne duquel la revue entendait se placer. Ainsi que l'a écrit Maritain en parlant de ses jeunes amis : « Ils voulaient former une équipe, un foyer actif et ouvert, un centre de rayonnement où l'on s'attacherait à poursuivre, dans les conjonctures de 1930, l'œuvre péguyste en ce qu'elle avait de toujours valable, et particulièrement à

---

17. *Mounier et sa génération*, *op. cit.*, p. 49.
18. *Ibid.*, p. 206.

désolidariser l'ordre chrétien des puissances d'argent et du désordre établi [19]. » Si l'influence de Péguy fut prédominante, elle n'était cependant pas la seule et Mounier notera en 1948 [20] : « Nous n'avions lu ni Marx, ni Kierkegaard, ni Jaspers. Nous cherchions un lieu où camper entre Bergson et Péguy, Maritain et Berdiaeff, Proudhon et De Man [21]. »

Ces germes ne portèrent pas leurs fruits immédiatement. Il fallut attendre plus d'un an et demi avant que la revue puisse voir le jour. Sa naissance fut en effet précédée d'une assez longue période de préparation et de maturation au cours de laquelle se précisèrent ses orientations et au cours de laquelle se manifestèrent aussi les diverses tendances qui devaient, dans les années 1933-1934, opposer ses fondateurs.

Préparation de la Revue (1931-1932)

Dès les premières semaines de 1931, Izard et Mounier – ce dernier surtout – se mirent donc à l'œuvre pour jeter les bases de la revue. Ayant projeté assez témérairement d'en faire paraître le premier numéro en octobre, ils se fixèrent cependant un certain nombre d'objectifs préalables : constitution d'un groupe d'études doctrinales ; définition des orientations idéologiques de la revue et de ses soubassements philosophiques ; contacts avec d'éventuels propagandistes en France et à l'étranger ; surtout recherche de fonds pour financer l'entreprise. C'est sur ce dernier point que les difficultés apparurent immédiatement les plus grandes. La résolution étant prise de « faire quelque chose de première qualité ou rien », une première évaluation situa autour de cinq cent mille francs la somme nécessaire. Dès ce moment, il était prévu que les bailleurs de fonds seraient constitués en société anonyme car « nous pensons, écrivait Mounier à sa sœur, qu'il ne faut pas de donateurs, toujours fragiles et peut-être pusillanimes, qui défailleront devant des idées nues, mais des actionnaires qui toucheront un dividende et nous foutront la paix [22] ».

19. *Esprit*, décembre 1950, p. 974.
20. L'influence d'H. De Man fut surtout sensible à partir de 1933-1934.
21. *Esprit*, novembre 1948, p. 681.
22. Lettre citée dans *Esprit*, décembre 1950, p. 976.

Mais il y eut loin de ces projets à leur réalisation. La première tentative de souscription fut décevante et le lancement de la revue fut renvoyé à une date indéterminée. L'argent leur apparaissait alors comme une denrée si rare que Mounier écrivait en plaisantant à Izard au début de mars 1931 : « Je t'apporterai un de ces jours une lettre de Bergson dont la vente nous assurera bien une machine à écrire pour le secrétariat de rédaction[23]. » Mounier, à qui sa situation de boursier de doctorat et de professeur au collège Sainte-Marie de Neuilly, dirigé par Mme Daniélou, laissait quelques loisirs, n'en continua pas moins à se démener pour obtenir appuis et promesses de collaboration. Outre celles de *Maritain et de Louis Massignon, dont il sollicita souvent les* conseils, il reçut aussi les adhésions de Nicolas Berdiaeff, Marcel Arland, Ramón Fernandez, Daniel Halévy, Gabriel Marcel, Jules Supervielle. Une lettre de Mauriac lui parvint disant son admiration pour le livre sur Péguy et Mounier notait : « C'est Péguy qui fend l'air devant nous[24]. » L'éventail des collaborations envisagées était à ce moment relativement assez large puisque Mounier en définissait ainsi les limites dans une lettre à Jacques Chevalier : « Provisoirement, pour ne pas nous marquer avec des hommes qui furent compromis avec des partis intellectuels ou politiques, il faudra laisser, à droite, des hommes comme Massis, à gauche, ceux qui, comme Le Roy et Laberthonnière, nous aliéneraient sans retard une bonne partie du public catholique[25]. »

Pendant ce temps, les discussions entre les initiateurs de cette entreprise se poursuivaient soit dans les rues de Paris, soit chez Izard ou chez Mounier. Au quatuor, Déléage, Galey, Izard, Mounier, vint bientôt se joindre un jeune agrégé d'histoire alors journaliste à *Paris-Soir*, Georges Duveau. Comme Galey, Duveau était incroyant. Aussi intéressé par la littérature que par la politique, il avait fréquenté pendant un temps les milieux dadaïstes et surréalistes puis, ayant découvert « l'esprit de 1848 », il s'était passionné pour l'étude du syndicalisme et de la tradition du socialisme français, ce qui devait l'amener à consacrer sa thèse de doctorat ès lettres à

23. *Ibid.*, décembre 1950, p. 973.
24. Cité par A. Béguin, *ibid.*, p. 977.
25. *Mounier et sa génération, op. cit.*, p. 79.

la Vie ouvrière en France sous le Second Empire. Personnage généreux, bouillonnant, un peu confus, au verbe sonore, Georges Duveau eut dans les débuts d'*Esprit* une influence non négligeable, contribuant à lui donner la coloration proudhonienne qui caractérisa les premières années de la revue [26].

Durant l'été de 1931 fut organisé ce qui, dans les annales d'*Esprit* et de la *Troisième Force*, devait pompeusement s'appeler le « Congrès d'Axe-sur-Vienne » qui réunit, dans ce petit village de la Vienne, Françoise Arduin, Déléage, Duveau, Galey et Paul Vignaux durant trois jours. Mounier n'avait pu assister à cette réunion. Il était alors en train de parcourir la France pour joindre les amis provinciaux que lui-même ou ses associés avaient pu connaître au cours de leurs études de façon à susciter dans diverses villes de province la création de petits groupes de travail susceptibles de collaborer à la mise au point de la doctrine de la revue. Ce travail fut d'ailleurs poursuivi – épistolairement et par des voyages durant les vacances scolaires – pendant toute l'année universitaire 1931-1932. Il aboutit à la naissance d'une trentaine de groupes, notamment dans le Nord – à Saint-Omer, Calais, Amiens, Arras, Boulogne, etc. – sous l'impulsion de Mounier qui, depuis octobre 1931, était professeur à Saint-Omer, à Toulouse où Déléage était en stage à la bibliothèque universitaire, à Tours où professait la sœur de Mounier. Des liens furent aussi noués à l'étranger, en particulier en Belgique.

À la rentrée d'octobre 1931 commencèrent vraiment les travaux du groupe d'études doctrinales. Pendant tout l'hiver, il se réunit ponctuellement un soir par semaine, le soir où l'emploi du temps de Mounier lui permettait de quitter Saint-Omer pour venir à Paris. À ces réunions de travail assistaient une demi-douzaine de personnes dont Duveau, Galey, Izard et Mounier auxquels vinrent se joindre bientôt Étienne Borne, René Millienne, André Ulmann et, de temps en temps, lorsque sa situation de professeur à Dijon le lui permettait, Jean Lacroix. C'est au cours de ces séances, préparées par chacun de manière extrêmement sérieuse, que furent précisées, avec la volonté de repenser tous les problèmes, ce que seraient les orientations fondamentales de la revue et ses bases philoso-

---

26. « Ici nous sommes proudhoniens », dira Mounier à Marcel Moré venu, en 1934, lui apporter un article sur Marx (cf. *Dieu vivant*, n° 16, p. 7).

phiques. Ces travaux servirent notamment à établir les rapports qui furent présentés au congrès constitutif d'*Esprit* en août 1932. C'est aussi au cours de ces réunions, tenues tantôt chez Izard, tantôt chez Mme Daniélou, que la revue fut baptisée. On pensa un moment l'appeler *Univers*, mais le titre étant déjà pris, il fallut en chercher un autre et ce fut finalement celui d'*Esprit* qui fut agréé sur la proposition, semble-t-il, de Mme Daniélou. Cette activité du groupe parisien s'accompagna d'un échange de correspondance avec les groupes de province déjà constitués, particulièrement avec celui de Toulouse représenté de manière véhémente par André Déléage.

Dès octobre 1931, ce comité doctrinal avait pris la décision de créer à la fois une revue intellectuelle et un mouvement destiné à incarner les idées exprimées dans cette publication. C'était là la conséquence de ce que semblent avoir été dès le début les projets plus ou moins explicites de Déléage et d'Izard. Cette décision devait jusqu'en septembre 1932 entraîner de nombreuses frictions entre ceux qui pensaient davantage à la revue, comme Mounier, et ceux qui, avec Déléage, estimaient que la première place devait être donnée au mouvement. Déléage était en particulier partisan de faire de la revue un organe du mouvement, alors que Mounier voulait sauvegarder l'indépendance de celle-ci et du travail d'élaboration doctrinale organisé autour d'elle.

Au cours de ces débats passionnés, Izard dut dépenser des trésors de diplomatie afin de réconcilier les thèses antagonistes que Mounier et Déléage défendaient avec la même intransigeance. « Lors de la fondation d'*Esprit*, a-t-il écrit, je me suis trouvé entre deux réincarnations approximatives de Péguy, Emmanuel Mounier et André Déléage. Tous deux d'abord à cause de leur caractère abrupt, non dans la vie courante, mais dans la cohabitation intellectuelle, qui était le problème dominant. Leur intransigeance qui les faisait s'affronter sans aménité veillait comme un garde du corps agressif autour de leurs idées respectives. Malgré mes efforts pour concilier ces deux absolus, et qui le restaient jusque dans les détails estimés inséparables des principes, le climat était loin d'être à la transaction [27]. » Finalement, il fut décidé

27. *Esprit*, 1965, n° 7, p. 194.

que Mounier assurerait la direction de la revue tandis qu'Izard se chargerait de celle du mouvement, l'unité étant assurée par la collaboration de Mounier et d'Izard au sein d'un Bureau central d'Organisation. En juin 1932, après avoir obtenu l'accord de Mounier, Izard précisait en ces termes à Déléage la solution adoptée : « Je ne peux demander, ni ne veux que la revue soit l'organe du mouvement. Pour cela, nous créerons un bulletin avec les cotisations de nos membres. La revue est destinée à provoquer un mouvement intellectuel favorable à nos idées. Elle est inspirée par le mouvement, cela est convenu ; elle n'est pas dans l'obligation de passer tous les manifestes du mouvement pas plus que de ne publier que des articles de nos seuls adhérents [28]. »

Un autre point, qui n'était pas sans lien avec le précédent, entraîna aussi des discussions serrées : ce fut celui des relations à l'intérieur de la revue des croyants et des incroyants et, plus spécialement, celui de la situation des catholiques. Ce problème entraîna un nouvel affrontement entre Mounier et Déléage. Mounier, tout en préconisant une certaine collaboration avec des chrétiens d'autres confessions et des incroyants, semble cependant avoir eu quelque tendance au début à vouloir faire de la revue une publication à dominante catholique [29], tandis que Déléage se prononçait – dans une perspective qui se situait davantage au niveau de l'action – pour une large collaboration des croyants et des incroyants sur une base spiritualiste. Ainsi, alors que Mounier souhaitait que les catholiques puissent s'exprimer dans la revue « avec l'intégralité de leur bagage catholique », Déléage aurait préféré s'adresser toujours au plus grand nombre « sans rien soulever que tous ceux qui se rallient à *Esprit* ne puissent accepter [30] ». Finalement, l'accord se fit sur une définition assez ambiguë : « Seule une doctrine spiritualiste amènera les hommes à cet ordre dont nous avons senti le besoin. Nos métaphysiques ne coïncident pas sur toute leur étendue, mais nous nous sommes accordés sur une base suffisante pour nous permettre de confronter avec plus d'ampleur nos diver-

28. *Esprit*, décembre 1950, p. 979.

29. « Au cours de longs mois de discussion, Mounier accepte, non sans quelques hésitations, de ne pas donner à la revue une teinte trop catholique. » (G. Izard, *l'Express*, 29 mars 1960.)

30. *Mounier et sa génération, op. cit.*, p. 71.

gences et aller toujours vers la rencontre de nouveaux éléments communs [31]. » Confrontations et recherche d'éléments philosophiques communs, ainsi furent donc conçus les objectifs d'*Esprit*, étant entendu cependant que les croyants se refuseraient à laisser mettre en question les doctrines religieuses et n'accepteraient aucune forme de syncrétisme.

Pendant que se discutaient ainsi les positions doctrinales de la future revue, ses responsables, Mounier et Izard, continuèrent à se préoccuper d'en assurer les assises matérielles. En février 1932, un prospectus fut rédigé annonçant la fondation prochaine d'*Esprit* et donnant quelques précisions sur ses orientations. Ce texte faisait un examen critique de la situation contemporaine dans divers domaines, politique et économique, intellectuel et artistique, et déclarait : « Il n'est pas de forme de la pensée ou de l'activité humaine qui ne soit asservie à un matérialisme propre. Partout s'imposent à l'homme des systèmes et des institutions qui le négligent : il se détruit en s'y pliant. Nous voulons le sauver en lui rendant la conscience de ce qu'il est. Notre tâche capitale est de retrouver la vraie notion de l'homme (...) Nous nous trouvons d'accord pour l'établir sur la suprématie de l'esprit [32]. » Ce prospectus, accompagné d'une demande de souscription, fut diffusé auprès d'un certain nombre de personnes choisies un peu au hasard. Cette tentative ne rapporta que quinze mille francs et ses auteurs durent renoncer à lancer la revue en avril 1932 comme ils en avaient eu l'intention.

Au cours du printemps de 1932, ces problèmes matériels trouvèrent cependant peu à peu des solutions au moins provisoires. Tout d'abord, une nouvelle campagne pour trouver de l'argent fut engagée avec cette fois envoi de lettres à l'en-tête de la future publication. Ce stratagème eut quelque efficacité puisque une quarantaine de mille francs vinrent s'ajouter au produit des souscriptions antérieures. Finalement, c'est avec un capital de soixante-douze mille francs que la revue démarra en octobre. D'autre part, grâce à Maritain et à Gabriel Marcel, Mounier put disposer d'un petit bureau chez Desclée de Brouwer, rue des Saints-Pères. Avant cette installation, de longs pourparlers avaient d'ailleurs eu

31. « Chronique du Mouvement », *Esprit*, n° 1, octobre 1932, p. 129.
32. *Mounier et sa génération*, *op. cit.*, p. 82. Texte reproduit en annexe.

lieu avec cet éditeur. Celui-ci, hésitant à soutenir une nouvelle revue, avait proposé une fusion avec la *Revue des jeunes* de Robert Garric qui lui donnait des soucis financiers. Cette solution, à laquelle Mounier était peu enclin, put être évitée grâce à l'active sympathie du directeur littéraire des éditions Desclée, Pierre Van der Meer de Walcheren, filleul de Léon Bloy et ami de Maritain. En définitive, un imprimeur compréhensif fut découvert un peu par hasard en la personne d'un militant de la *Jeune République*, Gilbert de Véricourt qui, dirigeant l'imprimerie SILIC à Lille, offrit de prendre en charge sans paiement préalable l'impression des trois premiers numéros de la revue.

La fondation solennelle d'*Esprit* eut lieu au cours d'un congrès qui se tint à Font-Romeu du 16 au 23 août 1932, dans une maison prêtée par Mme Daniélou. Il réunit, outre ceux que l'on peut considérer comme les fondateurs du mouvement, Déléage, Duveau, Galey, Izard et Mounier, une dizaine de personnes parmi lesquelles : Françoise Arduin [33], Catherine Izard, Madeleine Mounier, Georges Bouyx, Jean Doat, Louis Herland [34], Gabriel Marty [35] et sa sœur, Cécile et Célestin Péchegut, etc. [36]. Assistèrent aussi à ce congrès deux ecclésiastiques : l'abbé René de Naurois et le R.P. Maxime Gorce, professeur à l'Institut catholique de Toulouse [37]. Parmi ces invités qui, théoriquement, représentaient tous les groupes de province, il y avait une très forte proportion de Toulousains venus en voisins et entraînés là par le dynamisme

33. Employée à la Bibliothèque universitaire de Toulouse en 1932.
34. Louis Herland devait devenir par la suite le beau-frère de Gabriel Marty et être professeur de « khâgne » au lycée Pierre-de-Fermat de Toulouse jusqu'à sa mort survenue accidentellement en 1962.
35. Doyen de la faculté de Droit puis premier président de l'Université des sciences sociales de Toulouse.
36. Jean Lacroix, grippé, fut empêché au dernier moment de se rendre à Font-Romeu.
37. Ces deux ecclésiastiques eurent par la suite des destins assez différents. L'abbé de Naurois fut, en 1940, aumônier de l'École d'Uriage. Révoqué en 1941, il s'engagea dans la Résistance puis fut en 1944-45 l'aumônier d'un des premiers bataillons français parachutés en Normandie. Au cours du conflit algérien, il connut quelques difficultés pour ses activités au sein des milieux favorables à « l'Algérie française ». Quant au R.P. Gorce, il écrivit durant l'Occupation dans diverses publications collaborationnistes comme *l'Émancipation nationale* de Doriot. Exilé en Suisse après la guerre, il a abandonné l'Église catholique romaine pour se rattacher à l'Église des « Vieux Catholiques ».

persuasif d'André Déléage. Ces journées de Font-Romeu
furent des journées de travail intensif avec réunions plénières
de huit heures à midi et de quatorze à dix-huit heures suivies,
après le dîner, de la rédaction par quatre volontaires des conclusions du jour. Ces séances de travail comportaient à la fois la
lecture des rapports établis sur la base des positions de principe
définies durant l'hiver précédent et la discussion de ces rapports. Ces discussions atteignirent une telle intensité et une
telle violence que l'on fut plusieurs fois au bord de la rupture,
celle-ci n'étant évitée que grâce aux interventions pacifiantes
de Duveau et d'Izard qui eurent là l'occasion à maintes reprises
de faire la preuve de leurs talents de conciliateurs.

C'est ainsi que, dès le premier jour, Déléage provoqua un
violent accrochage en remettant en question l'accord qui
semblait s'être établi sur la situation respective du mouvement et de la revue. Il proposa en effet que le délégué général
du mouvement soit en même temps le directeur de la revue,
assisté pour cette dernière tâche par un rédacteur en chef
dont le rôle serait surtout technique. Mounier s'opposa à ce
point de vue et, après un vif débat, réussit à faire reconnaître
l'indépendance du directeur de la revue. Il fut convenu,
cependant, que celui-ci serait entouré d'un comité de rédaction élu par le Congrès et doté d'un droit de veto aux deux
tiers des voix. Le lendemain, Mounier notait à nouveau, dans
son journal, de « violentes tensions » après la lecture de son
rapport sur « les directions spirituelles du mouvement ».
L'atmosphère devait un peu se détendre par la suite avec les
rapports d'Izard sur la question sociale et de Déléage sur les
problèmes artistiques et sur ceux de la vie privée.

Toutefois, la rédaction du document résumant les travaux
du Congrès fut encore l'occasion de discussions aussi passionnées que les précédentes. « Vous imaginez à cet âge,
écrira Mounier pendant la guerre à une amie, quels pugilats
sur les virgules et quel dosage de haute puissance allusive
de chaque mot. Au bout de la huitaine, claqués, deux heures
avant le train du retour, nous mettons le point final au document, que dis-je, à la charte du monde nouveau [38]. » Ce texte
fut publié dans le premier numéro de la revue sous le titre
« Chronique du Mouvement ». C'est par sa mise au point

---

38. *Mounier et sa génération, op. cit.,* p. 92.

que se termina donc le congrès de fondation d'*Esprit*, le 23 août 1932.

Malgré l'euphorie qui caractérisa ses dernières heures, ce congrès n'était pas une réussite totale. Il laissait présager les difficultés qui allaient naître de la réunion d'hommes aux préoccupations et aux tempéraments très différents. Aussi, Mounier, lucide, notait-il dans son journal : « Que portera l'avenir ? Sûrement beaucoup de ce qui s'est noué là, mais combien de temps ces morceaux hétérogènes tiendront-ils ensemble ? Je reviens avec une grande foi dans ce qui sera, malgré cette inquiétude sur les sources internes de déviation. Il nous faudra être assez forts et purs pour les digérer[39]. »

39. *Ibid.*, p. 94.

CHAPITRE SECOND

Le mouvement « Esprit »

Ainsi que cela avait été prévu dès octobre 1931, la naissance du *Mouvement Esprit* se traduisit par la création d'une revue – souci principal de Mounier – et par celle d'un parti – préoccupation majeure de Déléage et d'Izard. Ceci se concrétisa par la publication du premier numéro d'*Esprit* en octobre 1932 et par la fondation en novembre de la *Troisième Force*.

Cependant, l'harmonie que, tant bien que mal, le Congrès de Font-Romeu avait établie sur le papier entre la revue et le parti fut très rapidement compromise car chaque branche du mouvement tendit peu à peu à devenir autonome, la revue se consacrant à la recherche doctrinale animée par Mounier et le parti s'engageant dans la lutte politique quotidienne avec les compromissions et les simplifications qu'impliquait une telle forme d'action, avec aussi une atténuation des arêtes de ses positions et de son originalité afin d'augmenter ses possibilités de recrutement et son efficacité.

« Esprit »

Le premier numéro d'*Esprit* fut mis en vente au début d'octobre 1932. Il se présentait sous la forme d'une épaisse publication de deux cents pages, au format habituel des revues. Sa couverture, dessinée par Maximilien Vox, était blanche, décorée en son centre d'une large bande verticale faite de petits points colorés. Sur ce fond se détachaient en grosses lettres noires le numéro de la livraison, le titre, *Esprit*, et le sous-titre, « Revue internationale, édition française ». Ce sous-titre et ce caractère international furent donnés à la revue à la suite d'une suggestion qu'avait faite Pierre Van der Meer au cours d'une conversation chez Maritain. Par son volume, par la qualité de son papier et de sa typographie, *Esprit* tranchait assez nettement par rapport aux autres revues de jeunes dont la présentation était en général – à l'exception de *Plans* – plus modeste. Cette présentation devait se maintenir durant les mois suivants, les seules modifications portant sur le nombre des pages qui devait osciller, suivant les livraisons, entre cent cinquante et deux cents.

Ce premier numéro s'ouvrait sur un très long article de Mounier d'une cinquantaine de pages qui reproduisait, avec quelques allégements et quelques modifications, le rapport qu'il avait présenté à Font-Romeu sur « les directions spirituelles du Mouvement ». Dans un premier développement, Mounier s'attachait à affirmer la « primauté du spirituel » et la nécessité de le désolidariser de toutes les compromissions politiques de droite comme de gauche, préconisant, pour ce faire, de s'orienter, face au désordre contemporain, vers une révolution spirituelle conduisant à une révision générale des valeurs. Un deuxième point, plus doctrinal, s'efforçait de préciser en termes philosophiques la situation de l'homme, de la « personne » par rapport au monde physique et par rapport à la société, rejetant comme des erreurs symétriques idéalisme et matérialisme, individualisme et collectivisme. Avec ce texte, l'article le plus remarqué fut celui de Berdiaeff[1] dans lequel le philosophe russe tentait de discerner les « vérités » et les « mensonges » du communisme, déclarant : « Ce que le communisme a de si redoutable, c'est cette combinaison de vérité et de mensonge ; il s'agit avant tout de ne pas nier la vérité mais de la dégager de l'erreur[2]. »

Sous le titre « Chronique du Mouvement », ce premier numéro publiait aussi le document-manifeste élaboré au Congrès de Font-Romeu. Ce texte reprenait d'abord la profession de foi spiritualiste définie par Mounier dans son article et en examinait les conséquences dans la vie privée, dans l'activité artistique et, surtout, dans la vie économique et sociale, faisant une longue analyse du « désordre capitaliste »

---

1. Cf. le *Journal* de Gide à la date du 4 janvier 1933 : « Remarquable l'article de Berdiaeff "Vérité et mensonge du communisme", que je lis dans le premier numéro d'*Esprit*. Je le lis avec un contentement et un soulagement des plus vifs. »
2. *Esprit*, n° 1, octobre 1932, p. 128.

et de la révolution à faire pour susciter un régime économique nouveau qui, tout en refusant les solutions communistes, permettrait d'apporter un remède à l'anarchie et aux injustices engendrées par le régime établi. À cela s'ajoutaient quelques considérations sur le nationalisme condamnable et le patriotisme légitime et sur les principes d'une organisation politique inspirée d'un fédéralisme et d'un régionalisme assez vagues accordant, dans ce cadre, une large place à la représentation des diverses activités économiques. Ces textes explicitaient les objectifs d'*Esprit* que sa publicité présentait comme « la revue de la génération nouvelle pour l'approfondissement des valeurs spirituelles et la recherche des révolutions temporelles qu'elles imposent ».

Cette livraison inaugurale précisait en outre que Mounier, qui venait d'abandonner l'Université pour se consacrer à la revue, en était le directeur et qu'Izard en était le rédacteur en chef, qualité qu'il devait conserver jusqu'en juillet 1933. En fait, accaparé par la mise sur pied de la *Troisième Force*, Izard n'eut dans la revue qu'un rôle minime, limité à la rédaction de quelques articles. Plus important fut en revanche le rôle d'André Ulmann : déjà familiarisé, malgré son jeune âge, avec les techniques de presse comme secrétaire de Charles Dulot à l'*Information sociale*, il se vit confier les fonctions de secrétaire de rédaction. À ce petit noyau s'ajouta bientôt Pierre-Aimé Touchard qui, ses occupations de répétiteur au lycée Henri-IV lui laissant des loisirs, fut un peu le « factotum » de la revue pour tout ce qui concernait les tâches matérielles et administratives et qui fut ensuite chargé de tenir la chronique théâtrale. On notera que Pierre-Aimé Touchard était incroyant, comme d'ailleurs André Ulmann que Mounier avait rencontré chez Maritain au cours de l'hiver 1931.

Dès les premiers numéros se manifesta aussi le caractère très universitaire d'une équipe de rédaction dont Mounier devait dire plus tard qu'elle avait compté « avec les collaborateurs de province, un peu plus d'agrégés que l'*Humanité* de Jaurès, que l'on a dite pourtant le journal des agrégés [3] ». Parmi ces collaborateurs, nombreux étaient en effet les professeurs. Citons par exemple : Étienne Borne, André Bri-

---

3. *Dieu vivant*, 1950, n° 16, p. 43.

doux, Aldo Dami, Louis Dolléans, Georges Duveau, Henri Guillemin, Roger Labrousse, Olivier Lacombe, Jean Lacroix, André Philip, Pierre-Henri-Simon, etc. À leurs côté, on trouvait quelques artistes tels que Léo Gaubert, Edmond Humeau, Lurçat, Maximilien Vox... À ces noms d'hommes âgés pour la plupart d'une trentaine d'années, on peut ajouter aussi ceux de quelques aînés plus connus comme Nicolas Berdiaeff, Daniel Halévy, Jacques Maritain, Ramuz, René Schwob.

Les origines idéologiques de ces collaborateurs étaient diverses. La plupart étaient chrétiens, beaucoup catholiques. Certains venaient de l'Association catholique de la jeunesse française et des milieux influencés par Maritain ou par les dominicains de la *Vie intellectuelle* ; d'autres étaient issus des courants postsillonistes et démocrates-chrétiens, notamment du mouvement *Jeune République* ; d'autres enfin, moins nombreux, de milieux se rattachant aux traditions du syndicalisme et du socialisme français. Pour quelques-uns, *Esprit* fut le terme d'itinéraires intellectuels plus tourmentés : Jean Lacroix, par exemple, avait participé au cours de ses études de droit à certaines activités de l'*Action française* puis s'en était détaché, dès avant la mise à l'index, sous l'influence du R.P. Valensin et de Jacques Chevalier, se rapprochant alors de la *Jeune République* ; Pierre-Henri Simon avait été, pour sa part, à la fois sympathisant de l'*Action française* et responsable dans les années 1925 des groupes étudiants des *Jeunesses patriotes*[4] avant de collaborer régulièrement à la *Vie intellectuelle* à partir de 1928.

Parmi les premiers collaborateurs d'*Esprit*, il faut aussi mentionner plusieurs des responsables de l'*Ordre Nouveau* comme Robert Aron, Arnaud Dandieu, Daniel-Rops, René Dupuis, et, surtout, Denis de Rougemont et Alexandre Marc. Ce dernier eut même pendant quelques mois un bureau à côté de celui de Mounier chez Desclée de Brouwer. C'est d'ailleurs par l'intermédiaire d'Alexandre Marc qu'une certaine collaboration s'était instaurée entre les deux groupes. Un peu avant la sortie du premier numéro, Marc s'était vu en effet proposer

---

4. « En somme, en 1925, j'étais quelque chose comme fasciste et j'aimais en avoir l'air jusqu'au ridicule : sportif, martial, portant volontiers des bottes de cavalier ou des guêtres blanches et défilant au pas cadencé dans les manifestations du quartier Latin » (P.-H. Simon, *Ce que je crois* (Paris, 1966, p. 34).

par Izard et Mounier de participer à *Esprit* qu'on lui présenta comme devant être un « *Plans* catholique[5] ». Il avait accepté et s'était efforcé de nouer des liens plus étroits entre les deux mouvements allant même jusqu'à envisager qu'*Esprit* puisse devenir la revue littéraire de l'*Ordre Nouveau*[6].

Toutefois, ce rapprochement ne s'était pas fait sans difficultés car Mounier et Dandieu ne sympathisaient guère. Ceci apparaît très clairement dans le journal de Mounier qui notait à la date du 18 octobre 1932 : « Alexandre Marc de l'*Ordre Nouveau*, soucieux d'étager les démarches de la diplomatie, me fait rencontrer Dandieu à la sortie de la Nationale. Cet ennemi des intellectuels est intellectuel jusqu'aux ongles et en a la tête. Cheveux longs rejetés en arrière, sourire figé, gros verres myopes. Efforts visibles pour être aimable. Dans ce café vers la Bourse, il accroche d'abord le manifeste de Font-Romeu. Il a flairé dans le numéro une odeur de démocrate-populaire – notamment dans la chronique d'Izard pour laquelle il me semble réserver des provisions de virulence (...) Contre tout ce que nous avons dit de la patrie, il me lance la hiérarchie fort compliquée des valeurs qui constituent le système d'*Ordre Nouveau* (...) Je m'attendais à quelque conflit aux frontières du christianisme, dans le grand vent qui secoue les fronts, et on me courbe sur un dictionnaire en voulant me le faire prendre pour une Bible[7]. » On le voit, ce premier contact n'avait pas été très chaleureux et Dandieu, de son côté, n'avait pas été séduit par Mounier dont la pensée lui semblait manquer de rigueur.

Cependant, malgré les réticences réciproques, la collaboration des deux groupes s'organisa peu à peu, sans doute, d'une part, parce que Mounier ne pouvait négliger l'intérêt que présentait l'apport de l'*Ordre Nouveau* à son équipe de rédaction encore embryonnaire, d'autre part, parce que les responsables de l'*Ordre Nouveau* virent là l'occasion d'avoir à leur disposition une nouvelle tribune. Alexandre Marc fut le pivot de cette association et fut chargé d'assurer la partie internationale des chroniques d'*Esprit*. Une lettre de Mounier à Marc résume assez bien à la fois ce que fut le rôle médiateur

5. *Arts*, 4-10 avril 1956.
6. *Ibid.*
7. *Mounier et sa génération*, *op. cit.*, p. 100.

de ce dernier et l'attitude méfiante de Mounier à l'égard de l'*Ordre Nouveau* dont il supportait mal le ton dogmatique et l'impérialisme intellectuel : « Je prie chaque jour le père, écrivait-il, qu'il nous garde de l'esprit *Ordre Nouveau*. À part cela, nous sommes d'accord. Mais vous savez que j'aime bien la meilleure moitié de vous-même, celle qu'ils n'ont pas [8]. » Cette cohabitation devait se poursuivre tant bien que mal jusqu'en décembre 1933. Il faut remarquer d'ailleurs que les textes de l'*Ordre Nouveau* furent souvent publiés sous la rubrique « Œuvres » ou « Confrontations » qui n'engageaient pas totalement la responsabilité de la revue.

En effet, pour résoudre les problèmes posés par la collaboration d'hommes dont les positions ne coïncidaient pas totalement sur tous les points, chaque numéro d'*Esprit* était divisé en quatre rubriques qui pouvaient se regrouper en deux parties bien distinctes. Dans la première partie, étaient exposées les orientations de la revue avec un degré d'engagement variable. Cette partie, selon les termes mêmes de « l'avertissement » figurant en tête de la première livraison, comprenait : « les Chroniques qui expriment nos tendances les plus communes » ; « les Œuvres qui s'y apparentent, mais dans la liberté de la recherche » ; « les Notes sur les événements et les hommes qui les éprouvent de toutes parts au contact de la vie ». La seconde partie regroupait sous le titre « Confrontations » des textes vis-à-vis desquels la revue entendait garder ses distances et qu'elle décrivait ainsi : « Les unes tiennent à nous par leurs bases ; mais elles prolongent ou intègrent des idées que nous servons tous dans une vision propre à l'auteur, métaphysique, spiritualité, où tous ceux qui adhèrent à notre effort ne sauraient le suivre. Les autres sont fort éloignées de nous, mais nous y avons reconnu quelque correspondance spirituelle et nous ouvrons entre elles et nous une conversation qui parfois sera explicite. Les unes et les autres n'engagent que la responsabilité de leurs auteurs [9]. »

8. Cité par E. Lipiansky, *op. cit.*, p. 9.
9. *Esprit*, nº 1, octobre 1932, p. 1-2. À partir de juin 1933 furent aussi encartés dans la revue des feuillets de couleur saumon intitulés « Lignes de position » qui résumaient les positions doctrinales de la revue sur un sujet déterminé. Le contenu de ces feuillets fut repris par Mounier en 1935 dans son livre, *Révolution personnaliste et communautaire* (Paris, 1935).

La présence d'un très grand nombre d'universitaires contribua à donner aux premières livraisons d'*Esprit* un ton très professoral et très didactique. Ce travers fut renforcé par le fait que ces numéros eurent une orientation surtout doctrinale ne faisant qu'une place très réduite à l'actualité. C'est ainsi que l'on n'y trouve à peu près pas de références aux événements politiques de l'époque, les positions de la revue étant alors définies davantage au niveau des principes qu'à celui de l'action immédiate. Retraçant en 1945 l'histoire d'*Esprit*, Mounier lui-même qualifiera les années 1932-1934 « d'étape doctrinaire » de la revue [10]. Celle-ci ne craignait pas de se montrer très exigeante pour ses lecteurs, n'hésitant pas, par exemple, dans tel numéro consacré au « Travail », à leur imposer la lecture d'un article de quatre-vingts pages sur la notion de travail à travers les âges. Évoquant ce numéro, Mounier écrivait très significativement à Izard « qu'il est plus important de potasser et de repotasser cela que de se faire des opinions éphémères sur le "pactakatre" ou le voyage d'Édouard [11] ».

Cette période doctrinaire fut d'ailleurs jalonnée de plusieurs numéros spéciaux massifs au contenu souvent extrêmement substantiel, quoique parfois un peu pesant. Le premier de ceux-ci – et aussi le plus célèbre – fut le n° 6, de mars 1933, intitulé – c'était tout le programme d'*Esprit* – « Rupture entre l'ordre chrétien et le désordre établi ». Étant donné son importance, il n'est pas inutile d'en rappeler le sommaire : il s'ouvrait sur une « Confession pour nous autres chrétiens » de Mounier ; suivaient ensuite une « Lettre sur le monde bourgeois » de Maritain représentant le catholicisme, deux articles de Denis de Rougemont et d'André Philip exprimant le point de vue protestant, un texte de Berdiaeff au nom de l'orthodoxie et, enfin, le témoignage d'un incroyant, Charles Dulot. À cette volumineuse livraison, qui fut une sorte de second manifeste d'*Esprit*, s'ajoutèrent en 1933 : « Le travail et l'homme », « L'argent, misère du pauvre, misère du riche » ; puis, en 1934, « Les pseudo-valeurs spirituelles fascistes », « La propriété », « La révolution personnaliste ».

Malgré ce ton et cette présentation austères, cette « Revue de la génération nouvelle » réussit progressivement à se trou-

10. *Dieu vivant*, 1950, n° 16, p. 43.
11. *Mounier et sa génération*, *op. cit.*, p. 132.

ver un public. Le premier numéro avait attiré l'attention et, à la fin de novembre 1932, Mounier notait que les abonnements arrivaient rue des Saints-Pères à la cadence de trois à quatre par jour, atteignant en janvier 1933 le chiffre de cinq cents et dépassant le millier au début de 1934 [12]. Au cours de ces années 1932-1934, le tirage global de la revue se stabilisa peu à peu autour de deux à trois mille exemplaires diffusés dans toute la France ainsi que dans divers pays étrangers comme l'Allemagne, l'Argentine, la Belgique, l'Italie, la Suisse, etc.

Parallèlement s'accrut peu à peu le nombre des groupes que Mounier s'était efforcé de susciter en province dès avant la fondation même d'*Esprit*. Le but était de créer ainsi un « circuit d'amitiés agissantes, tournées selon la vocation de chacun vers une collaboration intellectuelle ou vers l'action sur l'opinion ». Dès 1932, Mounier voyait ainsi leur rôle : « Chaque groupe recevra le résumé des réunions du comité central, échangera avec lui ses suggestions, discutera, prendra des initiatives, proposera, conférenciera, parlera, propagera, contredira [13]. » En mars 1934, quatre-vingts de ces groupes étaient créés ou en voie de formation en France et une vingtaine à l'étranger. À Paris se réunissaient en outre des groupes spécialisés dans l'étude des problèmes de l'enseignement, des questions économiques, sociales, artistiques, philosophiques, etc.

Cependant, le succès intellectuel qui se dessina dès les premiers numéros ne compensa pas immédiatement l'épuisement rapide des ressources qui avaient été réunies pour faire démarrer la revue. Aussi, dès le mois de mars 1933, *Esprit* fut-il obligé de lancer une souscription suivie en mai d'un appel pressant à ses lecteurs. Sa situation fut alors pendant quelques semaines des plus précaires et ses responsables se replongèrent dans la « course à l'argent » qui avait précédé le lancement de la revue. Finalement, au début de mai, un abonné, fabricant de papiers peints, Georges Zérapha, qui se présenta à Mounier comme un « industriel dégoûté du régime [14] », offrit de procurer les soixante mille francs néces-

---

12. Il faut signaler ici, cependant, qu'au terme de la première année, en septembre 1933, environ trois cents abonnements ne furent pas renouvelés. Ils furent remplacés presque immédiatement par de nouveaux abonnés.
13. *Mounier et sa génération*, *op. cit.*, p. 87.
14. *Ibid.*, p. 124.

saires pour boucler le budget d'*Esprit*. Le même personnage
devait quelque temps plus tard tirer de nouveau *Esprit* d'un
mauvais pas lorsque, Pierre Van der Meer ayant quitté les
éditions Desclée, Mounier se vit privé du bureau qui servait
de siège à la revue : il fournit alors un nouveau local, rue du
Faubourg-Saint-Denis, ainsi que les services de sa secrétaire
personnelle.

Sur le plan intellectuel, l'année 1933 fut aussi assez agitée,
des problèmes graves se posant à *Esprit* en général, et à
Mounier en particulier. Mounier verra notamment s'éloigner
de lui des hommes auxquels il était attaché et qui, après
l'avoir encouragé, furent déçus par les premiers numéros
d'*Esprit*. C'est ainsi d'abord que Mounier fut amené à rompre avec son ancien maître, Jacques Chevalier, scandalisé par
une certaine tendance pacifiste de la revue et par des articles
sur l'Allemagne et sur l'objection de conscience dans lesquels il voyait des « appels à la désertion ». Il le dit à Mounier
dans une série de lettres de décembre 1932 à janvier 1934,
finissant par lui écrire : « Je ne sais qui vous a tourné la
tête [15]. » Jacques Maritain, pour sa part, après avoir collaboré
aux six premières livraisons, ne ménagea pas les objections
et les mises en garde, reprochant à Mounier de ne pas avoir
fait d'*Esprit* une revue intégralement chrétienne et de trop
sacrifier à une mystique « révolutionnaire » à ses yeux ambiguë et s'inquiétant par ailleurs de ce qu'il appelait les « niaiseries kérenskystes » de la *Troisième Force* [16]. D'un autre
côté, François Mauriac, en première page de l'*Écho de Paris*,
en mars 1933, s'en prit assez violemment à ceux qu'il appelait de « jeunes bourgeois révolutionnaires », en qui il ne
voulait voir que « des diplômés aigris, sans emploi ». Toutefois, quelques semaines après, il devait nuancer sa position
écrivant à l'un des collaborateurs d'*Esprit :* « Pas d'opposition systématique, réaction isolée, inquiète, mais profonde
amitié, dites-le à Mounier. »

Une menace sérieuse vint aussi peser sur la revue au point
de vue spirituel et religieux. En mai 1933, l'archevêché
demanda un rapport sur *Esprit* dont les positions lui semblaient aventureuses. Mounier, très alarmé, pria un ecclésias-

15. Cité par A. Béguin, *Esprit*, décembre 1950, p. 982.
16. *Mounier et sa génération*, *op. cit.*, p. 125.

tique ami de soutenir son point de vue. Cette intervention rassura le cardinal qui renonça à toute mesure. Il semble que, dans cette occurrence, comme plus généralement dans les rapports assez difficiles que la revue eut avec les autorités ecclésiastiques, Maritain ait, malgré ses réticences, joué un peu un rôle de caution morale et doctrinale.

Cependant, une autre crise se préparait, intérieurement celle-là, qui allait profondément diviser l'équipe de Font-Romeu au sujet des rapports d'*Esprit* et du mouvement de la *Troisième Force*. Pendant de longs mois, des discussions extrêmement vives devaient opposer, de vive voix ou par écrit, Izard et Mounier, représentants des deux tendances antagonistes. Malgré les risques qu'elle fit courir à la revue, cette crise contribua à préciser ce que devait être, selon Mounier, la mission spécifique d'*Esprit*. Elle fut aussi très significative de ce qu'était la personnalité profonde de Mounier et de ce qu'était à ce moment son attitude à l'égard de la politique et des problèmes de l'action temporelle.

« Esprit » et la « Troisième Force »

Le mouvement destiné à faire passer dans la réalité politique les principes fondamentaux définis par *Esprit*, ce mouvement qui déjà, dès avant sa naissance, avait commencé à diviser ses promoteurs, vit le jour en novembre 1932. C'est à la fin de ce mois que Duveau, Izard et Galey le baptisèrent du nom très symptomatique de *Troisième Force*, exprimant par là leur volonté de rechercher une troisième voie au-delà du capitalisme et du communisme. Il semble que le choix de cette dénomination ait été influencé par un article intitulé « Chronique de la Troisième Force » publié par A. Marc dans le second numéro d'*Esprit*.

À la fin de l'année 1932, la *Troisième Force*, ayant « un nom, un local, des cartes [17] », commença à recruter des adhérents dont le chiffre ne devait guère dépasser la demi-douzaine de milliers. À la tête du mouvement se trouvait un « délégué général », Georges Izard, assisté de deux adjoints, Louis-Émile Galey pour la propagande, André Déléage pour

17. Mounier, *Mounier et sa génération, op. cit.*, p. 112.

les problèmes d'organisation et de service d'ordre. Cette
structure était complétée par l'existence d'un « Comité central consultatif » qui se réunissait rue de Sèvres dans un
« hangar de torchis au flanc d'une cour pavée », découvert à
grand-peine par Catherine Izard.

Malgré un nombre d'adhérents limité et un nombre de
militants plus limité encore, la *Troisième Force* n'en eut pas
moins dans les années 1933-1934 une activité intense, surtout
dans la région parisienne. Des séances de travail pour définir
le programme du parti avaient lieu plusieurs fois par semaine,
engendrant des discussions passionnées. Les dirigeants et les
militants les plus dévoués s'attachaient à multiplier les réunions publiques à Paris (une au moins chaque semaine) et
en province. Par ailleurs, les commandos du mouvement
entraînés par André Déléage ne craignaient pas d'aller porter
la contradiction chez leurs adversaires de droite, n'hésitant
pas éventuellement à faire le coup de poing contre les *Jeunesses patriotes* ou contre les *Camelots du Roi*.

Mais, à peine née, la *Troisième Force* allait être la source
d'une division entre ceux qui étaient surtout soucieux d'action
immédiate et ceux qui, comme Mounier, accordaient la première place à un travail de réflexion intellectuel et doctrinal.
Dès décembre 1932, alors qu'il n'avait pas encore de griefs
précis à formuler contre le mouvement naissant, Mounier
notait déjà dans son journal : « Cela m'excite, m'anime
comme un beau mouvement humain quand je suis avec eux,
mais au fond m'intéresse très peu. Je ne boude pas, j'en recon-
nais la nécessité, au moins l'utilité probable, mais je n'ai de
liaison spirituelle avec eux que par le cœur d'Izard [18]. » Quelques jours plus tard, en remarquant qu'il lui était impossible
de donner à la *Troisième Force* « les réserves de son cœur », il
s'avouait lucidement les raisons de ses réticences : « L'action
comme telle (...), au sens où l'on dit action tout court pour
signifier action politique, avec son débordement verbal et sentimental – même parti d'un cœur généreux – avec sa lourdeur,
sa préoccupation de succès, m'a toujours paru grossière [19]. »

En fait, le Mounier des années 1932-1934 restait profondément marqué par la pensée de Péguy et par la crainte de

18. *Mounier et sa génération, op. cit.*, p. 107.
19. *Ibid.*, p. 111.

voir la « mystique » qui avait été à l'origine d'*Esprit* se dégrader en « politique ». Et, de fait, assez rapidement, l'évolution
de la *Troisième Force* lui parut justifier ses inquiétudes : « Le
mouvement, écrira-t-il à la fin de mars 1933, incline vers un
esprit proprement politique, c'est-à-dire trop souvent vers
l'opportunisme (malgré la foi) et l'extériorisation[20]. » Ce
texte résume assez bien les raisons – opportunisme et extériorisation – qui allaient amener Mounier à prendre progressivement ses distances vis-à-vis du mouvement et à multiplier
à Izard les avertissements sur les déviations de son action.

Mounier s'irrita d'abord de ce que des considérations tactiques viennent compromettre la mission spécifique de la
Troisième Force, la conduisant à flotter « entre les mystiques
existantes, du néoradicalisme de Valabrègues au néocommu-
nisme de Bergery, au lieu de travailler à approfondir sa mystique propre[21] ». Il n'était pas loin non plus de partager les
inquiétudes de Maritain devant les complaisances du mouvement pour le communisme, lequel mouvement allait
jusqu'à déclarer : « Nous pourrons faire d'abord la révolution
collectiviste avec les communistes, puis nous ferons notre
révolution personnaliste[22]. » Répondant implicitement à de
telles affirmations, Mounier avertissait au contraire Izard
« qu'il faut être convaincu qu'une philosophie de la Personne
est aux antipodes des philosophies communistes[23] ». Plus
généralement, quoique étant lui aussi soucieux de « s'appuyer sur le peuple et de se faire accepter », Mounier reprochait au mouvement, tout en louant sa « volonté acharnée et
juste de ne pas rompre avec le prolétariat[24] », de trop solidariser la « primauté du spirituel » avec une équivoque
« mystique de gauche[25] ».

La pureté spirituelle de Mounier fut d'autre part doulou-
reusement affectée par « l'activisme » qui orienta peu à peu
la *Troisième Force* vers une action purement extérieure, négligeant trop, à ses yeux, sa propre purification intellectuelle et

---

20. *Mounier et sa génération*, *op. cit.*, p. 119.
21. Lettre à Izard (11 avril 1933), *ibid.*, p. 122.
22. *Esprit*, n° 8, mai 1933, p. 292.
23. Lettre à Izard (6 septembre 1933), *Mounier et sa génération*, *op. cit.*,
p. 132.
24. *Ibid.*, p. 154.
25. Journal, *ibid.*, p. 126.

spirituelle. Écrivant à Izard, il soulignait ainsi, à propos de
la référence à la primauté du spirituel », que, « pour la moitié
des types de la *Troisième Force*, ce n'est qu'une formule [26] »,
et il notait dans son journal personnel : « Un accent spirituel
ou chrétien les gêne malgré eux... [27]. » Tentant de redresser
cette tendance, il insistait sur la nécessité de la méditation
doctrinale, déclarant : « Une action qui ne se nourrit pas
continuellement dans la substance de cette méditation, qui
est une vie intérieure, perd son âme et celle des autres [28]. »
Pour Mounier en effet, la révolution économique et sociale
était alors indissociable d'une conversion intérieure dont lui
paraissaient trop peu soucieux les hommes de la *Troisième
Force* qu'il voyait « perdre le contact d'eux-mêmes, le sens
de la méditation, le sens de l'insuccès [29] ». Résumant en quelques mots ses divergences les plus profondes avec la *Troisième Force*, il ajoutait : « Toute leur œuvre tourne à la réussite, toute la nôtre au témoignage [30]. »
   Très rapidement, un fossé de plus en plus profond se creusa
donc entre l'équipe d'*Esprit* et celle de la *Troisième Force*.
Après s'en être entretenu avec Izard, Mounier, dès le mois de
mai 1933, estimait inévitable « la rupture avec la *Troisième
Force* à échéance plus ou moins longue pour notre mission
même [31] ». De fait, elle ne tarda pas car, quelques jours plus
tard, Izard – à qui Bergery venait d'offrir de participer à la
rédaction du manifeste pour un « Front commun antifasciste »
– proposa à Mounier de se retirer d'*Esprit*, qui resterait pendant quelque temps sans parler du mouvement. Ce changement fut porté à la connaissance des lecteurs dans un éditorial
signé d'Izard et Mounier en juillet 1933. Ce texte, en rappelant « qu'*Esprit* n'est l'organe d'aucun mouvement politique », annonçait la rupture tout en s'efforçant de la présenter
comme un événement prévu dès l'origine : « Nous avions
décidé que la revue et le mouvement d'action resteraient quelque temps mêlés pour pouvoir s'appuyer l'un l'autre dans
leur départ et que Georges Izard abandonnerait son titre de

26. Lettre (6 septembre 1933), *ibid.*, p. 132.
27. Journal (1er avril 1933), *ibid.*, p. 120.
28. Lettre à Izard (6 septembre 1933), *ibid.*, p. 132.
29. Lettre à P. Leclerq (7 juin 1933), *ibid.*, p. 127.
30. *Ibid.*, p. 126.
31. Journal (23 mai 1933), *ibid.*, p. 126.

rédacteur en chef à *Esprit* le jour où son mouvement aurait une existence officielle et une vie suffisamment forte pour être autonome. Il le fait par cette déclaration commune [32]. »

Désormais, la revue et le mouvement étaient totalement indépendants. Toutefois, des relations personnelles demeurèrent. Mounier continua de suivre de près les activités de la *Troisième Force* et à faire part à Izard de ses observations critiques sur l'évolution de son mouvement de plus en plus absorbé par l'activité politique au sens le plus restrictif du terme. Les ponts entre *Esprit* et la *Troisième Force* ne furent définitivement coupés qu'en novembre 1934, lorsque celle-ci fusionna avec le *Front commun* de Bergery pour donner naissance au *Front social* qui survécut jusqu'en 1936. Mounier notait alors à propos de ceux qui avaient été ses premiers compagnons et pour qui la revue n'avait été qu'un passage : « Ils se sont rués dans les méthodes politiques habituelles. Ils ont éreinté des dévouements splendides dans une agitation vaine (...) Et puis leur vocation spirituelle était comme une phosphorescence de leur enthousiasme politique, mais l'enthousiasme politique était premier (...) Sans ascèse, sans réflexion sur soi, il ne pouvait conduire qu'à la facilité [33]. »

La méfiance éprouvée par Mounier à l'égard des formes classiques de l'action politique, méfiance renforcée par ce qu'il considéra très vite comme l'échec de la *Troisième Force*, le conduisit à s'interroger sur la possibilité d'employer d'autres moyens d'action dans l'ordre temporel. En effet, si Mounier refusa alors très fermement les « partialités et les simplifications » de l'agitation politique traditionnelle, il était néanmoins convaincu de la nécessité de ne pas se limiter à la confection de la revue, sachant très bien que la seule proclamation des idées d'*Esprit* ne suffirait pas à assurer leur triomphe. Souci de l'efficacité temporelle et souci de la pureté spirituelle et doctrinale, telles étaient les données du problème auquel Mounier s'attacha durant l'année 1933 à apporter une solution, une solution qui, par certains côtés, fut finalement assez proche des techniques préconisées par l'*Ordre Nouveau*.

Assez rapidement en effet, Mounier opposa à Izard, partisan des méthodes d'action de masse, ce que l'on pourrait

32. *Esprit*, n° 10, juillet 1933, p. 456.
33. *Mounier et sa génération*, *op. cit.*, p. 154.

appeler une théorie des « minorités agissantes ». Évoquant le choix possible : « petit noyau explosif (et alors sévérité pour les hommes) ou recrutement politique de masse », il écrivait au chef de la *Troisième Force* : « Je suis de toute ma foi pour le petit noyau, parce que le nombre n'est qu'une illusion. Il faut, une fois pour toutes, discerner et choisir entre les forces réelles et les forces apparentes, entre l'histoire et les prestiges [34]. » Quelques mois plus tard, il revenait sur ce même sujet : « Je ne crois plus aux partis et à la politique qu'ils supposent, écrivait-il, mais à de souples organismes minoritaires [35] » et il ajoutait : « Ce ne sont pas les masses qui font l'histoire, mais les valeurs qui agissent sur elles à partir de minorités inébranlables [36]. »

Ces conceptions amenèrent Mounier à s'intéresser de plus près au développement des groupes organisés en province et à l'étranger pour assurer la diffusion de la revue et aussi pour en nourrir la rédaction. Dès qu'il sentit la rupture avec la *Troisième Force* inévitable, il pensa immédiatement par le biais de ces petits foyers à « regrouper une âme autour d'*Esprit* [37] ». Le numéro de juin 1933 de la revue annonça la création d'une Association des *Amis d'Esprit* destinée à donner une structure institutionnelle aux groupes existants ou en voie de formation. C'est sur ces petites « cellules » d'amis que Mounier comptait désormais pour donner naissance aux « noyaux explosifs » dont il parlait dans ses lettres à Izard.

Au début de 1934, cependant, toujours dans la même perspective, et tout en continuant de s'occuper activement des *Amis d'Esprit*, qui eux regroupaient aussi bien des croyants que des incroyants, Mounier s'intéressa vivement pendant quelques mois au projet d'un jeune catholique belge, Raymond de Becker, qui voulait créer une sorte d'« ordre » destiné à regrouper des laïcs catholiques à la fois engagés dans l'action temporelle et soucieux de cette purification spirituelle qu'avait trop négligée la *Troisième Force*. Mounier s'enthousiasma pour ce projet : « Si le mouvement aboutit, écrivait-il dans son journal, j'aurai enfin quelque chose pour quoi je puisse envisager de mourir sans douter de n'y pas

34. Lettre (6 septembre 1933), *ibid.*, p. 131.
35. Lettre à Izard (18 octobre 1934) *ibid.*, p. 153.
36. Lettre à Izard (16 octobre 1934), *ibid.*, p. 152.
37. *Ibid.*, p. 120.

mettre trop cher... [38]. » Il participa avec Maritain à la rédaction du manifeste du futur mouvement qui devait s'appeler *Communauté*. Mais bientôt l'entreprise tourna court et se perdit dans les sables. Ces nouveaux déboires amenèrent Mounier à reporter tout son effort sur la revue et sur les *Amis d'Esprit*.

Cette brève aventure de *Communauté* coïncida d'ailleurs avec de très nettes modifications dans les orientations de la revue. Comme pour tous les autres jeunes mouvements des années 1930, les premiers mois de 1934 eurent une très grande importance, marquant pour *Esprit* la fin d'une période de son histoire. Mounier lui-même, dans cette évocation des premières années d'*Esprit* dont nous avons déjà parlé, considérera la date de 1934 comme le début d'une seconde étape de l'existence d'*Esprit*, celle de « l'engagement » succédant à la période « doctrinaire [39] ».

38. *Esprit*, décembre 1950, p. 991.
39. *Dieu vivant*, n° 16, p. 43 – Sur ce point, on pourra aussi consulter l'article de P. Andreu : « *Esprit* : 1932-1940 », *Itinéraires*, n° 33, mars 1959.

CHAPITRE TROISIÈME

« Esprit » (1934-1940)

L'évolution d'*Esprit* au cours de l'année 1934 fut due à diverses causes, d'une part à des changements à l'intérieur de la revue, d'autre part aux transformations du climat intellectuel et politique au lendemain des événements sanglants de février.

À l'intérieur de la revue, l'année 1934 vit se produire un véritable renouvellement de l'équipe de rédaction qui entourait Mounier. Celui-ci notera en mai dans son journal personnel : « C'est vraiment une nouvelle période qui commence pour *Esprit*. Depuis un an, depuis la dispersion de la première équipe, j'étais seul à tirer le char, seul à sentir l'amitié qui circulait dans le corps et qui n'avait plus de communications latérales. X. avait raison l'autre jour – pourquoi ai-je protesté ? – de dire que, jusqu'ici, *Esprit*, c'était moi et mon histoire personnelle. Non, c'est l'histoire de beaucoup et de combien qui me surpassent en sainteté et en génie : mais, selon les contingences historiques, il faut bien dire que j'étais le seul à soutenir, à diriger, à centraliser. Il y avait besoin de recréer une communauté. Et voilà que, dès le départ, je la sens renaître comme une floraison précipitée, sans ces éléments impurs qui me donnaient une telle angoisse à Font-Romeu...[1]. »

En 1934, en effet, il ne restait plus beaucoup de participants de la première équipe d'*Esprit*. Les difficultés avec la *Troisième Force* avaient éloigné de la revue – de manière plus ou moins accentuée selon les personnalités – ceux dont la pensée était surtout tournée vers l'action, tels Déléage, Duveau, Galey ou Izard. D'autres se trouvaient requis par d'autres tâches comme, par exemple, Pierre-Henri Simon qui

---

1. *Mounier et sa génération, op. cit.*, p. 142.

allait collaborer activement à l'hebdomadaire des dominicains *Sept*. De ce fait, seul un tout petit nombre des collaborateurs de la première heure demeura autour de Mounier,
ainsi : E. Humeau, J. Lacroix ou P.-A. Touchard. Mais, parallèlement, de nouveaux noms apparurent de plus en plus fréquemment au sommaire d'*Esprit* : Henri Davenson (pseudonyme d'H. Marrou), René Gosset, Roger Leenhardt, Jacques
Lefrancq, Paul-Louis Landsberg, Jacques Madaule, André
Miatlev, Marcel Moré, Bernard Sérampuy (pseudonyme de
François Goguel), puis, un peu plus tard, Maxime Chastaing,
Paul Fraisse, Jacques Perret, François Perroux, Daniel Villey,
etc. Ainsi se reforma peu à peu une nouvelle équipe.

Le début de l'année 1934 avait vu aussi le divorce d'*Esprit*
avec le groupe de l'*Ordre Nouveau*. En janvier, dans un
numéro spécial sur le fascisme, Mounier s'en était pris en
effet à ce mouvement, prononçant un sévère réquisitoire
contre une « Lettre à Hitler » parue dans la revue de l'*Ordre
Nouveau* et accusée de manifester trop d'indulgence pour le
national-socialisme. Cet article passionné se terminait sur
cette violente apostrophe : « Choisirez-vous mes amis ? À
peine votre lettre était-elle parue, *le Figaro, le Temps*, à savoir
le journal des salons et celui des marchands de canons, vous
accablaient d'éloges dont, aux beaux temps de la misère, la
presse conservatrice n'était pas si généreuse envers nous,
presse indépendante (...) Sentez-vous la menace suspendue
sur votre intégrité ? Ne savez-vous pas que l'argent est tout
prêt, qu'il vous attend si vous voulez vous plier à une révolution pas trop méchante et suffisamment aristocratique ? Mais
certaines louanges sont un signe révélateur. Si les mouches
rôdent, il y a pourriture, cherchons[2]. » En fait, il semble que
la « Lettre à Hitler » n'ait été qu'une occasion pour Mounier
d'exprimer ce qu'il avait déjà depuis un certain temps sur le
cœur. D'une part, le ton systématique et quelque peu suffisant
de l'*Ordre Nouveau* l'avait toujours agacé, d'autre part, sur le
plan doctrinal, il avait toujours fait des réserves sur le « personnalisme » du mouvement et sur ce qu'il appelait ses « tendances technocratiques ». Par ailleurs, il ne pouvait admettre
que les membres de l'*Ordre Nouveau* considèrent *Esprit*
comme un instrument au service de leurs visées propres.

2. *Esprit*, n° 16, janvier 1934, p. 540.

La rupture fut consommée en avril lorsqu'*Esprit* publia
une lettre du Comité directeur de l'*Ordre Nouveau* qui n'était
pas moins aigre que l'article de Mounier et qui s'achevait
sur ces mots vengeurs : « L'*Ordre Nouveau* est un mouvement révolutionnaire trop sûr de sa cohérence interne pour
se laisser impressionner par les critiques ou les éloges qui
lui viennent de l'extérieur, souvent, d'ailleurs, à la faveur de
malentendus : *le Figaro, Esprit, le Temps, la République, le
Populaire*, peu importe, pourvu que tous les milieux soient
informés de l'existence d'une doctrine révolutionnaire et
d'un mouvement qui, sans faire de bruit, travaille à réaliser
la Révolution de l'Ordre. Une fois le résultat atteint, nous
n'hésitons pas à rejeter les outils usés. Dernier exemple en
date : *Esprit* [3]. » Un peu plus tard, cependant, ces oppositions
devaient s'atténuer et des contacts personnels se renouer dans
les années 1935-1936 [4].

Cette rupture avec l'*Ordre Nouveau* fut importante à un
autre titre. Elle marqua en effet un tournant dans les orientations idéologiques d'*Esprit*. À la fin de sa réponse à la
lettre du Comité directeur de l'*Ordre Nouveau*, Mounier
déclarait que désormais *Esprit* renonçait à l'emploi de la
formule : « Ni droite, ni gauche », et il énonçait sans ambiguïté, quoique dans un style un peu confus, le choix qui était
le sien : « Nous avons écrit, nous aussi : ni droite, ni gauche,
mais nous pensons seulement qu'aujourd'hui, à gauche, il y
a le peuple – non la masse, mais les millions d'hommes où
vivent encore, le plus généreusement, conscientes ou non,
les valeurs que nous défendons ; qu'à gauche, il y a, par la
défaillance des gens de droite, exploité ou non, masqué ou
non, le grand courant des réformes sociales ; que nous devons
balayer, oui, l'énorme et écœurante pourriture de gauche et
tout un bazar d'idées de pacotille où l'on étouffe le cœur des
simples, où l'on prostitue ses souffrances, ses pénibles
conquêtes, ses somptueuses victoires obscures et déshono-
rées ; – mais qu'à un moment où la moitié du monde de
l'argent qui a échappé à la dernière rafle se couvre en face
de l'autre d'une pureté usurpée, et entraîne d'aveugles et

3. *Esprit*, n° 19, avril 1934, p. 200.
4. Denis de Rougemont continua ainsi de collaborer régulièrement à
Esprit jusqu'à la guerre, y dirigeant notamment la rubrique « Littérature »
dans les années 1936-1937.

héroïques préjugés de classe dans une scission définitive avec le prolétariat des pauvres, il est criminel d'encourager en quelque manière la confusion par une présence même réticente dans leur camp [5]. »

On notera que cet engagement politique d'*Esprit* ne fut pas immédiatement consécutif aux événements de février 1934. Tout au contraire, l'éditorial que Mounier avait écrit dans le numéro de mars, intitulé « La Révolution contre les mythes », tentait de demeurer au-dessus de la mêlée, dénonçant tous les « mythes », de droite comme de gauche, et refusant de prendre parti entre eux : « Fallait-il donc, déclarait-il, se faire tuer avec les justes colères, pour les intérêts économiques, pour la révolution aristocratique et nationaliste, ou avec les gardes républicains, pour la pourriture parlementaire [6] ? » En conclusion, cet article réaffirmait l'urgence du travail de recherche doctrinale d'*Esprit* : « Impossible à la Révolution spirituelle, sans se trahir, de s'engager aujourd'hui dans le jeu des politiques [7]. »

Après la déclaration d'avril citée plus haut, les positions d'*Esprit* perdirent de leur intemporalité et s'infléchirent nettement vers la gauche. Ceci fut d'autant plus sensible que, sous la pression croissante des événements, *Esprit* fut désormais amené à suivre la courbe de l'actualité de beaucoup plus près qu'aux premiers temps de son existence. Devant la guerre d'Éthiopie en 1935, devant le Front populaire et la guerre d'Espagne, ses positions coïncidèrent en gros avec celles des partis de gauche : opposition à l'expédition italienne en Éthiopie (Mounier signa le « manifeste des intellectuels de gauche ») ; sympathie nuancée pour le Front populaire auquel, après « le succès des forces populaires », il adressa un « fraternel salut [8] » ; hostilité immédiate à la « croisade » franquiste. Cette évolution vers la gauche fut aussi favorisée, sur le plan intellectuel, par une certaine atténuation de son intransigeance doctrinale à l'égard du com-

---

5. *Esprit*, n° 19, avril 1934, p. 202.
6. *Esprit*, n° 18, mars 1934, p. 911.
7. *Ibid.*, p. 913.
8. « À travers nos angoisses sur l'avenir, nous n'avons pu nous empêcher de laisser monter en nous, ce matin du 4 mai, une joie venant du fond, rejoignant... la vaste rumeur de la joie populaire. » (*Esprit*, n° 45, juin 1936, p. 444-445.)

munisme et du marxisme. Toutefois, si *Esprit* s'engagea alors très nettement dans l'actualité politique, il conserva néanmoins une grande partie de son originalité, tentant – sans toujours y parvenir – de ne pas céder aux simplifications partisanes et de ne pas abandonner toute lucidité devant le cours des événements, et devant les réactions passionnelles qu'ils suscitaient à droite comme à gauche. C'est ainsi, par exemple, qu'*Esprit* ne dissimula pas le danger que pouvait faire courir au Front populaire la présence des communistes [9], non plus qu'il ne dissimulera son échec au début de 1937.

Cet engagement politique d'*Esprit* n'alla pas parfois sans provoquer quelques remous. Ce fut notamment le cas au moment des accords de Munich, en 1938. Après avoir prôné en juin la négociation, Mounier prit, en octobre, une attitude violemment antimunichoise. Ceci ne fut pas approuvé par tous les lecteurs et rédacteurs d'*Esprit*, dont certains restaient fidèles aux tendances pacifistes qui avaient été celles de la revue auparavant. Dans les années 1932-1938, en effet, *Esprit* s'était souvent prononcé en faveur d'un dialogue franco-allemand, sous-estimant le danger que pouvait faire courir à la France la renaissance du nationalisme allemand. C'est ainsi, par exemple, qu'il avait prêché la conciliation au moment de la remilitarisation de la Rhénanie. Aussi l'article antimunichois de Mounier provoqua-t-il une controverse à l'intérieur de la revue. Le mois suivant, *Esprit* publia une lettre de protestation signée de Maurice de Gandillac, Roger Labrousse, Marcel Moré et Bernard Serampuy (F. Goguel). Finalement, cette crise se résorba sans avoir pour la revue de conséquences trop graves.

Ce nouveau visage d'*Esprit* dans les années 1935-1940 ne doit pas cependant faire oublier que pendant ces mêmes années se poursuivit le travail de réflexion intellectuel et doctrinal entrepris dès 1932. De nombreux numéros spéciaux sont là pour témoigner de cette continuité dans la recherche : « Pour un nouvel humanisme », « la Colonisation », « le Fonctionnaire et l'Homme », « Anarchie et Personnalisme », « l'Émigration », « La femme aussi est une personne », et,

---

9. Il disait sa méfiance à l'égard de « l'élément offensif de ce rassemblement (...) le marxisme, c'est-à-dire une conception totale de l'homme et de l'État à laquelle nous ne pouvons adhérer. » (*Esprit*, n° 45, juin 1936, p. 446.)

surtout, en octobre 1936, le « Manifeste au service du Personnalisme » rédigé par Mounier pour constituer un exposé systématique de la doctrine d'*Esprit*[10]. L'œuvre doctrinale restait première dans l'esprit de Mounier. Ainsi que l'a écrit Pierre Andreu, « si Mounier n'a jamais refusé de prendre sa part des grands combats politiques contemporains, il a toujours refusé les prises de position trop particulières, surtout, quand, revêtant un aspect turbulent ou improvisé, elles risquaient de compromettre sa grande œuvre, la poursuite d'*Esprit*[11] ».

Toutefois, en réaction contre l'extrême intransigeance dont il avait fait preuve dans ses démêlés avec la *Troisième Force*, Mounier fut amené à certains moments au cours de ces années à accepter les risques d'un engagement qui n'était plus seulement au niveau du jugement intellectuel. C'est ainsi qu'en 1935 *Esprit* suscita et soutint à Paris la candidature de Jacques Madaule aux élections du conseil municipal pour l'opposer à celle de l'ancien préfet de police du 6 février, Chiappe. Cette opération coïncida par ailleurs avec une violente polémique qui opposa *Esprit* à plusieurs publications de droite, polémique au cours de laquelle Mounier s'en prit notamment au général de Castelnau, lui lançant l'apostrophe célèbre et malheureuse : « Général, trois fils n'est-ce point assez ? » Ces polémiques devaient se poursuivre en 1936. Elles faillirent alors entraîner contre *Esprit* une condamnation romaine, la revue ayant été englobée dans les attaques que la presse de droite multipliait contre les « rouges-chrétiens ». En 1938, d'autre part – après s'être rapproché pendant un temps, en 1936, du *Front social* –, Mounier envisagea même d'animer directement une action politique, décidant, après le Congrès de Jouy-en-Josas[12], de créer au sein des *Amis d'Esprit* des « cellules d'actions » et de fonder un bimensuel, *le Voltigeur*, destiné à permettre une intervention

10. Malgré sa date, nous serons amené, au cours de la seconde partie de cette étude, à citer en notes certains extraits de ce texte qui constitue un résumé systématique des idées exposées dans *Esprit* entre 1932 et 1936 et qui, à nombre de points de vue, peut être considéré comme encore représentatif de l'*Esprit* des années 1932-1934.

11. *Itinéraires*, n° 33, mars 1959, p. 43.

12. Depuis 1935, se réunissait annuellement un Congrès des *Amis d'Esprit*.

plus rapide et plus directe sur les problèmes d'actualité. Ce bimensuel, dirigé par P.-A. Touchard et par J. Lacroix, parut de septembre 1938 à septembre 1939, date à laquelle sa rédaction fut bouleversée par la déclaration de guerre.

Esprit, quant à lui, malgré le départ de Mounier aux armées, continua à paraître jusqu'en juin 1940. Ainsi, contrairement à l'*Ordre Nouveau* qui avait dû disparaître dès 1937, et, sans doute, parce qu'il sut ne pas reculer devant les risques d'engagements politiques précis, répondant aux vœux de ses lecteurs emportés par le tourbillon de plus en plus pressant des événements, *Esprit* réussit à survivre jusqu'à la débâcle conservant entre 1935 et 1940 une assez large audience puisqu'il réussit durant toute cette période à maintenir son tirage autour de trois mille exemplaires [13].

13. D'après J. Lacroix, *in* « Présence de Mounier », *Frères du Monde*, janvier 1964, p. 16.

4. Un front commun des mouvements non conformistes ?

Surgis entre 1930 et 1934, tous ces groupes – *Jeune Droite, Ordre Nouveau, Esprit* – présentaient un trait assez caractéristique, celui d'être animés par des jeunes hommes dont l'âge moyen se situait entre vingt-cinq et trente ans. Tel était en effet le cas pour la plupart d'entre eux : Daniel-Rops, Jean de Fabrègues, Alexandre Marc, Jean-Pierre Maxence, Emmanuel Mounier, Denis de Rougemont, etc. Thierry Maulnier, né en 1909, était le benjamin de ces « jeunes » tandis que Robert Aron et Arnaud Dandieu, avec leurs trente-cinq ans, en étaient les doyens. Pour l'observateur superficiel, leurs publications en réaction violente contre l'époque n'étaient pas non plus sans présenter quelque parenté. Aussi pouvait-on et peut-on aujourd'hui encore se demander dans quelle mesure ces apparences correspondaient à une réalité profonde, dans quelle mesure ces groupes constituèrent, dans les années 1930-1934, ce que l'on pourrait appeler un « front commun des mouvements de jeunes » ?

La façon dont ces mouvements se jugèrent mutuellement fut d'ailleurs assez ambiguë. En fait, une distinction très nette s'impose entre les rapports de la *Jeune Droite* et d'*Esprit* – rapports empreints de méfiance, sinon d'hostilité – et les rapports plus cordiaux qui furent ceux des deux groupes précédents avec l'*Ordre Nouveau* qui joua de ce fait un rôle de médiateur. Nous verrons aussi l'importance de la césure temporelle constituée par les événements de février 1934 qui compromirent les rapprochements qui avaient pu s'esquisser auparavant.

CHAPITRE PREMIER

Rapports tendus entre
la « Jeune Droite » et « Esprit »

La méfiance réciproque qui caractérisa les relations de la *Jeune Droite* et d'*Esprit* s'exprima dès la parution du premier numéro de cette dernière publication. Dans cette première livraison d'*Esprit*, Georges Izard s'en prenait en effet assez vivement à « de jeunes écrivains plus ou moins directement inspirés par les doctrines de l'*Action française*, M. Thierry Maulnier, M. Jean de Fabrègues, M. Jean Maxence [qui] se recommandent du mot révolution [1] ». Les dénonçant comme de « faux spiritualistes » et mettant en doute leur désintéressement, il affirmait que si, un jour, un choix s'imposait entre les tendances représentées par *Réaction* et la *Revue française*, et les tendances marxisantes symbolisées par *Europe* ou *Monde*, il choisirait sans hésitation les secondes, « pour cette raison, en ce cas suffisante, qu'ils sont du côté de ceux qui souffrent [2] ». Quelques lignes plus loin, il ajoutait : « Il fallait que cela fût dit dès le début, M. Maxence est pour nous Monsieur Maxence, un bourgeois, un conservateur, plus un étranger qu'un adversaire. Et Guéhenno, que nous combattons pourtant sur des questions essentielles, je ne puis l'appeler autrement que Guéhenno à la manière des compagnons... [3]. »

Une attaque aussi directe ne pouvait évidemment rester sans réponse et la *Revue française* – qui était surtout visée dans cet article pour un texte d'A. Redier, d'ailleurs peu représentatif des tendances propres de la *Jeune Droite* [4] – répondit par un écho de la même encre, critiquant « une équipe ivre d'abstractions internationales », et décrivant le premier numéro d'*Esprit* comme « cent soixante pages d'un

1. *Esprit*, n° 1, octobre 1932, p. 137.
2. *Ibid.*, p. 138.
3. *Ibid.*, p. 138.
4. Pour les raisons exposées plus haut, p. 62.

ton volontairement trop haut et d'une insupportable tension »
où « nagent à plaisir l'illogisme et l'essai d'une terminologie
neuve [5] ». Maxence, en particulier, n'était pas tendre pour
Mounier, lui reprochant son style « d'universitaire qui vise à
la littérature [6] ». Jean de Fabrègues pour sa part ne put répondre, *Réaction* ayant disparu en juillet 1932, que lors de la
publication du premier numéro de la *Revue du siècle* en
avril 1933. Évoquant alors les difficultés financières connues
par son groupe, il repoussait avec vigueur les insinuations
d'Izard : « Quant à nous, écrivait-il, il nous semble avoir
fourni d'assez clairs témoignages de notre dévouement à
l'esprit, de notre mépris personnel de la matière, pour que
nous puissions négliger, non sans tristesse, l'accusation du
gendre d'un grand homme du régime [7], lorsqu'il nous traite
de faux spiritualistes [8]. » Toutefois cette réponse de Fabrègues était en même temps soucieuse de ne pas rompre complètement les ponts, déplorant qu'*Esprit* paraisse « dépourvu
de cet esprit de sympathie (et, entre catholiques, de charité)
qu'on pourrait attendre de jeunes hommes attelés à une besogne de sincère défense des âmes (car nous voulons croire
Monsieur Izard sincère) [9] ».

On le voit, ces premiers échanges ne furent pas très cordiaux, c'est le moins que l'on puisse dire. Il est à noter cependant deux faits qui limitent un peu la portée des prises de
position d'*Esprit*. Tout d'abord, les attaques les plus virulentes
contre la *Jeune Droite* figurèrent souvent dans des articles qui
se terminaient par des polémiques avec certaines publications
de gauche. C'est ainsi que le texte d'Izard cité plus haut s'achevait sur une défense de la notion de « révolution spirituelle »
contre un article de Guéhenno paru dans *Europe*. De même,
lorsqu'en 1933 Edmond Humeau écrira qu'« entre les fidèles
de Massis, de Mauriac, de Maurras et les révolutionnaires que
les œuvres de Bloy, de Claudel et même de Péguy ont amenés
à détester la vie bourgeoise, le nationalisme intellectuel, le

5. *Revue française*, décembre 1932, p. 955.
6. *Revue française*, février 1933, p. 306.
7. Allusion à la parenté de G. Izard avec le ministre radical Charles
Daniélou.
8. *Revue du siècle*, n° 1, avril 1933, p. 51.
9. *Ibid.*, p. 47.

cléricalisme routinier, une assimilation me semble stupide » [10], cette déclaration sera une sorte d'introduction à une contestation vigoureuse des positions de la revue communiste *Masses*. Il semble donc que, dans ces attaques contre la *Jeune Droite*, il faille faire la part du souci tactique d'*Esprit* de contrebalancer ainsi ses démêlés avec la gauche plus ou moins marxisante, et de sa volonté de ne pas prêter le flanc à des amalgames susceptibles de rendre la revue plus vulnérable dans un dialogue avec ces milieux.

Un autre point est aussi à remarquer : les attaques d'Izard et d'Humeau furent le fait de militants de la *Troisième Force* dont les préoccupations étaient plus orientées vers la recherche d'alliances pour l'action immédiate que vers la recherche de convergences intellectuelles. De même, du côté de la *Jeune Droite*, les ripostes les plus acerbes vinrent de Thierry Maulnier et de Jean-Pierre Maxence dont l'engagement politique dans les années 1933-1934 fut beaucoup plus prononcé que celui de l'équipe de la *Revue du siècle*. Au contraire, ceux qui étaient les plus « doctrinaires », Mounier pour *Esprit*, Jean de Fabrègues pour la *Jeune Droite*, eurent une attitude plus réservée et dans une certaine mesure plus conciliante.

Incontestablement, c'est du côté de la *Revue du siècle* que se manifesta le plus nettement le sentiment que les positions d'*Esprit* et celles de la *Jeune Droite* n'étaient peut-être pas aussi éloignées qu'il pouvait le paraître après ces polémiques. Malgré l'attitude peu engageante d'*Esprit*, la *Revue du siècle* s'efforça en effet, jusqu'à sa disparition, de maintenir la possibilité d'un dialogue. C'est ainsi que Fabrègues écrivait dans la réponse à Izard dont nous avons déjà cité une partie : « Nous voudrions lui dire que nous signerions des deux mains toute "la Confession pour nous autres chrétiens[11]" que son ami, Monsieur Emmanuel Mounier, a publiée dans le n° 6 d'*Esprit*, et que, sur ce terrain, on nous trouvera toujours prêts à aider, à pousser, à défendre tout ce qui travaille, tout ce qui construit dans le sens d'une résurrection de l'Europe spirituelle, d'une défense de la France contre le matérialisme[12]. » De même, évoquant plus tard les attaques personnelles d'Humeau et

10. *Esprit*, n° 1, juillet 1933, p. 774.
11. Éditorial du numéro sur « Rupture entre l'ordre chrétien et le désordre établi ».
12. *Revue du siècle*, n° 1, avril 1933, p. 47.

d'Izard, il déclarait sa volonté de demeurer sur le terrain des idées : « Refusant, comme nous l'avons toujours fait, de les suivre sur le terrain d'une polémique dont la violence nous apparaît comme toute verbale, c'est-à-dire éminemment faible, c'est à leurs idées que nous voulons nous adresser, tenter de les reconnaître et de nous y reconnaître [13]. » Concrètement, ceci se traduisit, en février 1934, par une série d'articles de la *Revue du siècle* exposant ses points d'accord avec *Esprit* (lutte contre le « désordre établi », l'individualisme, le matérialisme, refus du capitalisme et du règne de l'argent, etc.) et exprimant ensuite ses réticences et ses divergences, notamment sur les problèmes de défense nationale et de régime politique, reprochant aussi à *Esprit* un opportunisme de gauche jugé incompatible avec les principes professés par la revue.

Devant ces avances, Mounier, tout en ne manifestant pas une hostilité absolue, demeura très réticent. En novembre 1933, il protestera même contre certains articles rapprochant *Esprit* de ce qu'il appelait « les revues satellites de l'*Action française* [14] ». Sa position n'était cependant pas sans nuances et il reconnaissait l'originalité de la *Jeune Droite* par rapport à la droite classique, notamment en matière économique : « Depuis quelques années, notait-il, par exemple, nous assistons à un courageux effort d'une certaine jeune droite pour se désolidariser de la droite économique dont elle était, jusqu'à présent, fût-ce implicitement, solidaire [15]. » Il n'ignorait pas non plus les différences existant entre l'équipe de la *Revue du siècle* et celle de la *Revue française*. C'est ainsi qu'il écrivait à propos du numéro de la *Revue du siècle* qui exprimait les divergences de celle-ci avec *Esprit* : « Les rédacteurs de la *Revue du siècle*, qui représentent l'élément le moins dogmatique de la *Jeune Droite*, se montrent évidemment partagés entre une sympathie profonde, du plus profond d'eux-mêmes, pour nos positions, et de violentes réactions contre elles [16]. » Ces distinctions faites, et tout en admettant l'existence de « certaines analogies de principes et de solutions [17] », Mounier n'en concluait pas moins

13. *Revue du siècle*, n° 10, février 1934, p. 4.
14. *Esprit*, n° 25, octobre 1934, p. 152.
15. *Ibid.*, p. 152.
16. *Ibid.*, p. 156.
17. *Révolution personnaliste et communautaire*, *op. cit.*, p. 223.

qu'*Esprit* se trouvait séparé de la *Jeune Droite* par un « faisceau d'idéologies, de préjugés sociaux, d'habitudes sentimentales et d'entêtements doctrinaux [18] ». Il semble que l'attitude de Mounier ait été elle-même, en la matière, tributaire d'un certain nombre de préjugés, les représentants de la *Jeune Droite* ne pouvant, à ses yeux, se laver du péché d'origine d'avoir été influencés par l'*Action française*.

Pour résumer ce que furent ces relations entre *Esprit* et la *Jeune Droite*, on peut dire que les textes publiés par les deux groupes furent caractérisés par une méfiance réciproque due, semble-t-il, surtout aux antécédents idéologiques que se prêtaient les deux mouvements, les uns voyant dans la *Jeune Droite* une résurgence de l'*Action française*, les autres flairant dans *Esprit* des relents de démocratisme et de pacifisme. Nous avons par ailleurs noté que les oppositions furent plus profondes entre ceux qui étaient engagés directement dans l'action politique qu'entre ceux qui étaient surtout soucieux de recherche doctrinale, une place spéciale étant faite à l'attitude très ouverte au dialogue de la *Revue du siècle*.

Toutefois, quelles qu'aient été les discordances, un fait est évident : ces deux groupes ne purent s'ignorer et ne purent éviter d'avoir à se situer l'un par rapport à l'autre. C'est là quelque chose de très significatif, prouvant qu'ils étaient conscients que des confusions étaient possibles entre leurs publications. D'ailleurs, il semble bien que des contacts personnels aient existé entre certains membres des deux mouvements qui suivaient attentivement leurs travaux réciproques. On vit même Pierre-Henri Simon collaborer à un numéro de la *Revue du siècle* consacré aux problèmes de « L'École dans la Nation ». Ainsi, si l'attitude des deux mouvements fut caractérisée par leur volonté explicite – et plus ou moins accentuée suivant les personnalités – de garder leurs distances, il semble bien aussi qu'il y ait eu dans les deux groupes un sentiment plus ou moins implicite de leur parenté et de la convergence de certaines de leurs positions.

18. *Esprit*, n° 25, octobre 1934, p. 156.

CHAPITRE SECOND

Rôle conciliateur
de « l'Ordre Nouveau »

L'*Ordre Nouveau* eut, aussi bien avec la *Jeune Droite* qu'avec *Esprit*, des relations très cordiales qu'il s'attacha systématiquement à cultiver, au moins jusqu'en 1934. Ceci tint, d'une part, à la volonté délibérée de ses dirigeants de trouver des alliés dans toutes les directions, et, d'autre part, au fait qu'il était moins prisonnier que les deux autres mouvements de querelles et d'exclusives antérieures. De ce fait, l'*Ordre Nouveau* joua un rôle de médiateur entre les divers groupes de jeunes des années 1930, ceci d'autant plus qu'il fut le mouvement qui accorda la plus grande place à l'idée d'une solidarité de génération.

Avec la *Jeune Droite*, des rapports de sympathie s'établirent assez rapidement après la publication de *Décadence de la Nation française* et du *Cancer américain*, deux livres que celle-ci avait accueillis avec un grand intérêt malgré quelques réticences. En février 1932, *Réaction* ouvrit ses pages à Robert Aron et Arnaud Dandieu pour un article sur « Révolution et religion [1] » et Jean de Fabrègues notait : « Devant le monde de la machine, ils sont témoins de son insuffisance pour des hommes complets ; ils élèvent, venant de l'autre bout de l'horizon, une protestation spirituelle qui valide et affermit la nôtre [2]. » Cet hommage avait une particulière valeur car, à ce moment, Aron et Dandieu apparaissaient encore comme des auteurs dans la mouvance d'*Europe*. Parallèlement, en avril 1932, Alexandre Marc écrivait dans *Plans :* « Restons lucides et vigilants à l'égard de ceux qui simulent et qui trahissent. Mais sachons accueillir ceux qui, en suivant des voies différentes de la nôtre, s'élèvent peu à

---

1. *Réaction*, nᵒ 8, février 1932.
2. *Réaction*, nᵒ 11, juin 1932, p. 34.

peu à des conclusions identiques. La nécessaire intransi-geance révolutionnaire ne doit jamais dégénérer en secta-risme. Et quand des hommes d'un autre bord, des Jean Maxence ou des Thierry Maulnier consacrent leur méditation à la crise totale que traverse actuellement la civilisation blan-che, sachons retrouver, sous des expressions divergentes, par-fois même contradictoires, la volonté commune d'une géné-ration qui monte[3]. » À partir de ce moment, des contacts personnels existèrent entre les responsables des deux grou-pes, chacun suivant attentivement les réunions et les publi-cations de l'autre.

Au cours de l'année 1933, les liens entre les deux mou-vements furent encore renforcés par la collaboration de plu-sieurs membres de l'*Ordre Nouveau* aux revues de la *Jeune Droite*. Robert Aron, Arnaud Dandieu, Daniel-Rops, René Dupuis, Jean Jardin, Alexandre Marc furent ainsi amenés à participer à un numéro spécial de la *Revue française* d'avril 1933 intitulé « Témoignages sur la jeunesse fran-çaise ». Réciproquement d'ailleurs, Thierry Maulnier, que Daniel-Rops présentait comme « un de nos amis[4] », contri-bua à un numéro de la revue de l'*Ordre Nouveau*, sur le thème « Ni droite ni gauche ». Au cours de la même année, d'autre part, Alexandre Marc donna plusieurs articles à la *Revue du siècle*, qui déclarait en évoquant les activités des animateurs de l'*Ordre Nouveau :* « Ils travaillent avec leurs amis à construire un ordre social humain, c'est un effort trop près du nôtre pour qu'il n'ait pas toutes nos sympathies[5]. » À l'automne 1933, ce rapprochement faillit même aboutir à une association plus institutionnalisée : « Les contacts entre nos groupes et celui de l'*Ordre Nouveau*, écrivait Jean de Fabrègues à Alexandre Marc, devraient être plus réels cet hiver. J'ai donc pensé à demander à quelques-uns de vos amis de venir à un petit groupe d'études sociales qui va fonctionner cette année assez régulièrement sous l'égide de *Réaction* et de la *Revue du siècle*[6]. » Cette proposition ne semble pas avoir eu de suite, sans doute en raison des difficultés que

3. *Plans*, 11ᵉ série, nᵒ 1, p. 7.
4. *Avant-Poste*, février 1934, p. 5.
5. *Revue du siècle*, nᵒ 2, mai 1933, p. 5.
6. Cité par E. Lipiansky, *op. cit.* p. 83.

connut alors sur sa gauche l'*Ordre Nouveau, Esprit* lui reprochant ses « compromissions » avec la *Jeune Droite*.

Avec *Esprit*, les liens de l'*Ordre Nouveau* furent encore
plus étroits puisque certains de ses animateurs furent associés
à la fondation même du mouvement. Nous avons vu plus
haut, en retraçant l'histoire d'*Esprit*, comment Alexandre
Marc et Denis de Rougemont furent amenés à participer à la
naissance de cette revue et comment Alexandre Marc y fut
chargé, durant les premiers mois, d'une rubrique internationale régulière, occupant même, pendant un temps, un bureau
au siège de la revue. Si la collaboration des deux groupes,
dont il fut le pivot, n'alla pas sans réticences réciproques,
notamment de la part de Dandieu et de Mounier, elle n'en
exista pas moins jusqu'au début de l'année 1934, une quinzaine d'articles signés des différents responsables de l'*Ordre
Nouveau* apparaissant durant cette période dans les sommaires d'*Esprit*. À ceci il faut ajouter de nombreux contacts
personnels, par l'intermédiaire notamment d'Alexandre Marc
et de Denis de Rougemont pour lesquels Mounier avait le
plus de sympathie.

Les responsables de l'*Ordre Nouveau* ne se contentèrent
pas de participer ainsi plus ou moins directement aux activités de la *Jeune Droite* ou d'*Esprit*, ils s'attachèrent aussi
dans leurs écrits à souligner ce qu'il pouvait y avoir de commun à tous ces mouvements de jeunes. Daniel-Rops remarquait, par exemple, dans son essai sur *les Années tournantes*,
à propos de la *Jeune Droite* : « Ce mouvement, d'une façon
globale, se manifeste dans trois revues : la *Revue française,
Réaction* et les *Cahiers*. Dans toute la partie critique, c'est-
à-dire dans le jugement porté sur la civilisation contemporaine et sur les formes politiques françaises, ces groupes se
trouvent à peu de choses près d'accord avec l'*Ordre Nouveau*
ou *Esprit*[7]. » Il est intéressant de noter ici, et c'est un autre
signe des relations existant entre tous ces groupes, que cet
essai de Daniel-Rops fut édité, sur la recommandation de
Jean de Fabrègues, par les Éditions du Siècle.

L'*Ordre Nouveau* était d'autant plus enclin à mettre
l'accent sur ces convergences qu'il attachait une très grande
importance à l'idée de solidarité de génération et à l'idée

7. *Les Années tournantes* (Paris, 1932), p. 98.

d'une mission de la jeunesse française. Ceci apparaît très nettement dans un texte de René Dupuis et Alexandre Marc publié par l'hebdomadaire *Mil neuf cent trente-trois*. Après avoir évoqué « les jeunes revues telles que la *Revue française, Réaction*, la *Revue du siècle, Esprit*, l'*Ordre Nouveau*, etc., qui surgissent comme une moisson depuis quelques mois », ils déclaraient : « Les revues que nous venons de citer, des livres comme *le Cancer américain, Décadence de la Nation française, la Révolution nécessaire* de Robert Aron et Arnaud Dandieu, *La crise est dans l'homme* et le *Nietzsche* de Thierry Maulnier, *le Monde sans âme* ou *Éléments de notre destin* de Daniel-Rops, toutes ces manifestations qui se succèdent sans relâche depuis quelques mois montrent clairement que la France retrouve, parfois dans un bouillonnement d'idées un peu confus, et au-delà d'un statisme mortel et d'un "dynamisme" en folie, sa jeunesse éternelle. Pour réaliser cette "révolution de l'Ordre", toutes les forces traditionnelles valables paraissent, depuis quelques mois, converger en un mouvement irrésistible des cœurs et des esprits [8]. » Il n'est pas inutile de remarquer, ici encore, que ce texte fut publié dans un hebdomadaire qui était dirigé par Henri Massis et dont Thierry Maulnier était l'un des principaux collaborateurs.

Ainsi, à la question de savoir s'il existait un « front commun » des mouvements de jeunes, l'*Ordre Nouveau* répondait sans aucune hésitation par l'affirmative. « Nous avons l'impression très nette, écrivaient encore René Dupuis et Alexandre Marc, que, d'une façon générale, l'élan de la jeunesse d'après-guerre ne se porte pas vers les partis constitués, et que les groupes tels que la *Troisième Force, Esprit, Préludes*, et surtout l'*Ordre Nouveau*, et des centres intellectuels tels que *Réaction* ou la *Revue française* expriment dans la diversité de leurs tendances respectives – parfois fort éloignées sur tel ou tel point les uns des autres – l'attitude générale de cette génération. Il est en effet caractéristique, nous semble-t-il, de voir des jeunes gens qui viennent, les uns de l'*Action française*, d'autres des milieux « conservateurs » ou « modérés », d'autres encore des formations de gauche et d'extrême gauche, converger vers une sorte de front

---

8. *Mil neuf cent trente-trois*, 18 octobre 1933.

commun, encore un peu flottant et indéterminé, mais qui se précise un peu plus chaque jour[9]. »

Cette tactique de l'*Ordre Nouveau*, consistant à pousser à la constitution de ce « front commun », n'était d'ailleurs peut-être pas dénuée de toute arrière-pensée. Les responsables de l'*Ordre Nouveau* pouvaient estimer en effet que, grâce à la cohérence de leur doctrine et de leur mouvement, ils pourraient jouer un rôle de fédérateur au sein de ce « front » éventuel, et en être, en quelque sorte, le moteur et l'âme. Quoi qu'il en soit et quelles qu'aient été les raisons profondes de son attitude, il n'en reste pas moins que l'*Ordre Nouveau*, entre 1931 et 1934, eut avec la *Jeune Droite* sur sa droite et *Esprit* sur sa gauche, des relations plus que cordiales, ne répugnant pas à s'associer à leurs activités, et n'hésitant pas à admettre explicitement qu'il avait avec ces groupes des positions communes.

9. *Jeune Europe*, p. 209.

CHAPITRE TROISIÈME

Du « front commun »
à la « diaspora »

Après avoir examiné ce que furent les rapports de la *Jeune Droite*, d'*Esprit* et de l'*Ordre Nouveau*, il faut maintenant s'interroger sur la réalité de ce « front commun » des mouvements de jeunes des années 1930 dont l'*Ordre Nouveau* faisait état avec insistance. Pour lui, en effet, ce « front commun » existait, ou, du moins, était en voie de formation, réunissant tous les groupes de jeunes à la recherche de formules politiques et sociales nouvelles. Dans ce rassemblement, il accordait, on l'a vu, une place privilégiée à *Esprit* et à la *Jeune Droite*. Les positions de ces deux derniers groupes étaient en revanche sur ce sujet nettement plus réservées car, si tous deux acceptaient de collaborer avec l'*Ordre Nouveau*, ils étaient beaucoup plus réticents pour s'admettre l'un et l'autre.

Il semble bien, cependant, que l'on puisse dire qu'entre ces mouvements exista, malgré les divergences, entre 1930 et 1934, une fragile unité. Nés d'une même réaction de refus à l'égard de leur époque, ils eurent le sentiment, pendant un temps, d'aller dans le même sens, un sentiment qui, il faut le souligner, fut plus ou moins profond et plus ou moins sincère suivant les groupes et les personnalités. Par ailleurs, ce sentiment fut aussi, pendant la même période, celui d'un certain nombre d'observateurs attentifs au mouvement des idées.

En décembre 1932, un événement contribua particulièrement à donner quelque consistance à cette idée d'un « front commun » de tous les mouvements de jeunes : ce fut la publication par la *Nouvelle Revue française* d'un épais numéro spécial intitulé « Cahier de Revendications [1] ». Ce « cahier »,

---

1. Dans le même esprit, quoique moins caractéristique parce que réunissant aussi des hommes plus âgés, on peut signaler le recueil *Rajeunissement de la politique* (Paris, 1932), auquel collaborèrent Daniel-Rops, Thierry Maulnier et Jean-Pierre Maxence.

réalisé sous la direction de Denis de Rougemont à l'instigation de Jean Paulhan[2], contenait une douzaine d'articles qui
étaient présentés comme l'expression des revendications de
la jeunesse française. Tout en témoignant d'une même
volonté « révolutionnaire », ces textes se répartissaient en
deux catégories : d'une part, ceux des partisans d'une révolution « matérialiste », d'inspiration plus ou moins marxiste,
signés de Henri Lefebvre, Philippe Lamour et Paul Nizan ;
d'autre part, ceux des tenants d'une révolution « personnaliste », c'est-à-dire des membres des mouvements que nous
étudions : Robert Aron, Arnaud Dandieu, Claude Chevalley,
René Dupuis et Alexandre Marc pour l'*Ordre Nouveau*,
Georges Izard et Emmanuel Mounier pour *Esprit*, Thierry
Maulnier pour la *Jeune Droite*.

Dans la préface et la postface de ce « cahier », Denis de
Rougemont, qui en avait été l'initiateur, s'attachait à souligner
la convergence des témoignages « personnalistes ». Posant la
question : « Est-il possible de définir une cause commune de
la jeunesse française, une communauté d'attitude essentielle ? », il répondait : « Il semble que la solidarité du péril
crée en nous une unité que n'ont su faire naître ni maîtres ni
doctrines, unité de refus devant la consternante misère d'une
époque où tout ce qu'un homme peut aimer et vouloir se
trouve coupé de son origine vivante, flétri, dénaturé, inverti,
saboté. Des groupes tels que l'*Ordre Nouveau, Combat*[3],
Esprit, Plans, Réaction, par leur volonté proclamée de rupture, et, plus encore par leurs revendications constructives,
révèlent peut-être, dans leur diversité, les premières lignes
d'une nouvelle révolution française[4]. » Et il ajoutait : « Déjà
s'affirme, dans l'attitude de tous ces groupes, un véritable acte
de présence à la misère du siècle assez nouveau parmi les
intellectuels, et si violemment accentué qu'il peut paraître
suffisant pour définir un front unique, fût-il provisoire[5]. »

---

2. Paulhan avait eu l'idée de demander ce travail à Denis de Rougemont
à la suite d'un article de celui-ci, intitulé « Cause commune », publié en
juillet 1932 dans la revue *Présences*.
3. Le groupe *Combat* était en réalité un groupe fictif, inventé par Rougemont pour justifier aux yeux de Paulhan la présence dans ce « Cahier »
de cinq collaborateurs de l'*Ordre Nouveau* : A. Dupuis et A. Marc étaient
présentés comme les animateurs de ce mouvement fantôme.
4. *NRF*, décembre 1932, p. 838.
5. *Ibid.*, p 845.

Ces articles, publiés dans une revue dont l'audience intellectuelle était relativement grande, eurent un certain retentissement. Ils furent très commentés et très discutés. Ce numéro de la *NRF* eut même un prolongement sous la forme d'une réunion organisée par l'*Union pour la vérité*[6] en février 1933, et destinée à informer plus largement le public sur « les positions révolutionnaires non marxistes » de la jeunesse. Daniel-Rops ouvrit la séance par un exposé qui tentait de faire une synthèse des tendances communes[7]. Suivirent ensuite des déclarations de Mounier[8], Maxence, Rougemont et Dandieu, au nom d'*Esprit*, de *Réaction*, et de l'*Ordre Nouveau*. Quelles qu'aient été les divergences sous les parentés que firent apparaître à la fin du débat les interventions d'Izard, de Thierry Maulnier et d'André Chamson, il n'en reste pas moins que la présence de ces hommes sur la même estrade était déjà en elle-même très significative.

Une autre manifestation de ces convergences fut, après la réunion de l'*Union pour la Vérité*, le numéro d'avril de la *Revue française* auquel collaborèrent responsables de l'*Ordre Nouveau*, Aron, Dandieu, Daniel-Rops, Dupuis, Jardin, Marc, et leaders de la *Jeune Droite*, M. Blanchot, J. de Fabrègues, T. Maulnier, R. Francis, J.-P. Maxence. Ce fut, malgré l'absence de tout représentant d'*Esprit*, le troisième signe concret des rapprochements qui, à travers réticences et méfiances réciproques, tentèrent de s'opérer au cours de l'année 1933.

Devant ces signes d'un embryon de « front commun », les réactions des groupes intéressés furent celles auxquelles l'on pouvait s'attendre : approbation de l'*Ordre Nouveau* dont l'initiateur du « Cahier de Revendications », Denis de Rougemont, était membre, et qui s'efforça de donner à cet embryon une existence plus réelle tout au long des mois suivants ; réticences d'*Esprit* qui, bien qu'il ait approuvé, sous la plume de Mounier, l'article publié par T. Maulnier dans le « Cahier » de la *NRF*, s'attachait à souligner que si « des ententes partielles ont rapproché quelques collaborateurs de la *Revue française*, de *Réaction* ou de la *Revue du*

6. Association fondée par P. Desjardin, organisant périodiquement des conférences contradictoires sur les sujets les plus divers.
7. Texte reproduit par la *Revue française*, avril 1933. Cf. annexe.
8. Texte reproduit dans *Esprit*, n° 7, avril 1933.

Siècle avec *Esprit*, ils ne forment pas chaînon de continuité[9] » ; réserves enfin de la *Jeune Droite* au nom de
laquelle J.-P. Maxence notait, toujours au sujet du « Cahier
de Revendications » : « Un témoignage comme celui de
T. Maulnier, net, progressif et vigoureux, ou comme celui
d'A. Dandieu explique et porte. On y sent, en même temps
qu'une étude mûrie, une volonté implacable. Les jeunes
essayistes d'*Esprit* enrobent des affirmations pleines de
bonne volonté dans de si étranges métaphores que tout a l'air
de littérature dans un propos qui n'est sûrement pas sans
sincérité[10]. »

Ces discussions un peu byzantines n'empêchèrent pas
qu'un certain nombre d'observateurs accordèrent quelque
réalité à l'existence de ce « front commun » des mouvements
de jeunes. C'est ainsi que Mounier, en novembre 1933, protestera contre l'assimilation d'*Esprit* à la *Jeune Droite*, faite
par « certains organes littéraires de droite[11] ». Une telle assimilation ne fut pas le monopole de la presse de droite. Elle
fut aussi le fait de certaines publications de gauche, et, notamment, celui de la revue *Europe*. Celle-ci ouvrit le feu dès
août 1932 avec un article de Jean Guéhenno intitulé « Contre-
révolution » qui s'en prenait violemment à Daniel-Rops
(pour *le Monde sans âme*) et à T. Maulnier (pour *la Crise
est dans l'homme*), ainsi qu'aux publications *Réaction* et
Mouvements. Il n'hésitait pas à écrire : « On croit voir se
constituer des équipes intellectuelles qui, en se donnant des
airs d'équipes révolutionnaires, ne songent dans la réalité
qu'à prendre la tête de ce dernier mouvement de défense de
la bourgeoisie que serait un mouvement national-socialiste
français[12]. » La même accusation fut reprise en janvier 1933
par Paul Nizan sous le titre « Sur un certain front unique »
dans un texte qui, en se fondant sur le « Cahier de revendications » de la *NRF*, s'attaquait cette fois nommément à la
Jeune Droite, à *Esprit* et à l'*Ordre Nouveau*, tous mouvements dont la position « révolutionnaire et spiritualiste » lui
paraissait n'être qu'un moyen habile « de protéger l'essentiel
de ce monde, en coupant peut-être ses branches les plus

9. E. Humeau, *Esprit*, n° 11, juillet 1933, p. 774.
10. *Revue française*, février 1933, p. 306.
11. *Esprit*, n° 14, novembre 1933, p. 281.
12. *Europe*, août 1932, p. 616.

mortes » et d'esquiver ainsi la nécessité d'une véritable révolution [13]. De même, les quatre premières livraisons de *Commune*, publiées en 1933, comportèrent toutes un ou plusieurs articles attaquant ces groupes [14], et Georges Sadoul y dénonçait « les jeunes gens de la *Revue française*, d'*Esprit*, de l'*Ordre Nouveau*, toute cette bohème des cafés où déjà Louis-Napoléon, ce précurseur, allait chercher les lumières intellectuelles de son 18 Brumaire [15]. »

Malgré toutes les réticences de la *Jeune Droite* et d'*Esprit*, un fait assez significatif semble confirmer que ces impressions des observateurs extérieurs n'étaient pas dénuées de tout fondement : lorsque, dans les années 1934-1935, chacun de ces mouvements sera amené à préciser ses positions, il le fera par rapport à celles des deux autres. C'est ainsi qu'en février 1934, la *Revue du siècle* publiera un numéro spécial intitulé « Nos adversaires et nos voisins » consacré à définir ses points d'accord et de désaccord avec l'*Ordre Nouveau* et avec *Esprit*. De même, lorsque Mounier, au début de 1935, réunira ses premiers articles d'*Esprit* dans un volume publié sous le titre *Révolution personnaliste et communautaire*, il y ajoutera un assez long appendice pour situer *Esprit* par rapport à la *Troisième Force* et à *Communauté*, mais aussi, ce qui nous intéresse ici, par rapport à la *Jeune Droite* et à l'*Ordre Nouveau*. Ceci confirme implicitement que chacun de ces groupes avait conscience que des confusions avaient été et étaient peut-être encore possibles, et donc, qu'à un moment de leur histoire, entre 1931 et 1934, il y avait eu pendant un temps entre eux une phase de relatif accord.

Un autre fait, dont il ne faut évidemment pas surestimer la portée mais que l'on ne saurait non plus passer sous silence, est à signaler : plus tard, en se retournant vers leur passé, la plupart des leaders de ces mouvements ont eu rétrospectivement le sentiment qu'avait bien existé entre eux, durant quelques mois, cette « communauté d'attitude essen-

---

13. *Europe*, janvier 1933, p. 139
14. G. Servèze, « Note sur *Esprit* », nº 1, juillet 1933 ; P. Nizan, « Les Enfants de la Lumière » ; G. Sadoul, « Quelques études objectives du fascisme » ; nº 2, octobre 1933 ; P. Nizan, « Jeune Europe », nº 3, novembre 1933 ; P. Bartoli, « Crise de croissance et révolution de l'esprit », nº 4, décembre 1933.
15. *Commune*, nº 2, octobre 1933, p. 115.

tielle » dont parlait Denis de Rougemont dans le « Cahier de revendications » de la *N.R.F.* En témoin et en historien, Robert Aron a pu écrire, en retraçant les origines du « courant personnaliste » qui, dit-il, s'exprima autour des années 1930 « dans divers mouvements de pensée, dans diverses revues nées à droite ou bien à gauche » : « C'est ainsi qu'il y a eu du personnalisme dans des revues chrétiennes de gauche comme *Esprit* d'Emmanuel Mounier, dans des revues catholiques de droite comme la *Revue française* ou la *Revue du siècle* de Jean de Fabrègues et de Thierry Maulnier ; il s'en est rencontré également dans une revue qui recruta des concours dans tous les milieux, l'*Ordre Nouveau* d'Arnaud Dandieu [16]. » Pour sa part, Jean de Fabrègues notera, après avoir évoqué l'histoire des groupes et des publications ayant constitué la *Jeune Droite :* « De ces groupes à ceux qui font la revue *Plans* avec Philippe Lamour (qui fut naguère au *Nouveau siècle*), ou à l'*Ordre Nouveau* avec Daniel-Rops, Robert Aron, Arnaud Dandieu, Alexandre Marc, ou à la *Lutte des jeunes* avec Bertrand de Jouvenel et Pierre Andreu, ou à l'*Homme nouveau* avec Marion et Roditi, ou même à *Esprit* avec Mounier et Izard, court une sorte de commune réaction. On écrira un jour : "la génération de 1930" et c'est vrai [17]. »

De même, dans une chronique des années 1927-1937, publiée à la veille de la guerre sous le titre *Histoire de dix ans*, Jean-Pierre Maxence devait lui aussi retracer en ces termes les rapprochements qui s'esquissèrent entre 1930 et 1934 : « Il semble alors que pensée et action vont se joindre, au moins chez les jeunes. Presque tous ayant contre la société et la politique présentes porté la même condamnation, on peut espérer qu'ils vont chercher et trouver en commun des voies de salut, des valeurs révolutionnaires fécondes. Entre eux, en dépit des partis, des contacts s'établissent. Les rédacteurs de la *Revue française* venus, les uns des *Cahiers*, les autres de l'*Action française*, prennent langue, discutent, et sur plus d'un point s'accordent avec les fondateurs de l'*Ordre Nouveau* qui, pour la plupart, viennent du marxisme. Des dialogues ont lieu où, sans que nul n'abandonne ses positions propres ou sa dignité, les points de vue se confrontent, s'équi-

16. *Histoire de Vichy* (Paris, 1954), p. 200.
17. *Maurras et son Action française* (Paris, 1968), p. 342.

librent et se rapprochent [18]. » Après avoir évoqué la naissance d'*Esprit* et le « Cahier » de la *NRF*, il ajoutait avec une certaine nostalgie : « On ne pense point sans quelque regret et sans quelque orgueil à ces années où l'on ne discutait point, où l'on ne s'opposait point dans la haine, où tous, ayant le sentiment d'une révolution à opérer, d'une profonde transformation à appliquer à la société, à la politique, à la culture, on essayait de faire ensemble cette révolution, au moins d'en jeter ensemble les bases (...) On se prend à rêver de ce que, aujourd'hui, pourrait être l'atmosphère française, si ce qui fut alors ébauché avait abouti... [19]. »

Mounier lui-même allait dans le même sens et citait en les approuvant ces dernières lignes de Maxence dans le compte rendu qu'il fit, dans *Esprit*, de ce livre dont il écrivait qu'il était « un de ceux où notre génération reconnaîtra son meilleur visage [20]. » On rappellera aussi que c'est dans cette recension que Mounier affirmait : « Les *Cahiers 1928* de Maxence ont été un des essais par lesquels *Esprit* se chercha avant de se réaliser. » Quelques semaines plus tard, revenant sur ce sujet, il ajoutait : « Le segment de génération qui atteignit ses vingt ou vingt-cinq ans dans les premières années trente connut, de 1931 à 1935, une singulière effervescence. Se rappelle-t-on encore ce foisonnement de petites équipes, semblables à ceux qui préludent toujours aux mouvements de quelque puissance ? Une jeune droite en rupture avec le capitalisme et le conservatisme social à *1929*, à *Réaction* et à la *Revue du XXᵉ siècle*, une jeune gauche en froid avec l'orthodoxie socialiste à *Révolution constructive*, et à l'*Homme réel, Esprit*, l'*Ordre Nouveau* et la *Troisième Force* en formation hors cadres, pour ne citer que les plus marquants ; il semblait que la vieille armature rouillée de notre pays cédait à une poussée générale de vie. Quoi qu'il en ait été des événements qui ont suivi, ces équipes entretenaient, même en s'opposant, plus de fraternité réelle et de volontés communes qu'il n'en existait entre chacune d'elles et la droite ou la gauche où l'on a voulu les bloquer [21]. » Ainsi Mounier, lui non plus, n'était pas étranger à ce sentiment

18. *Histoire de dix ans, op. cit.*, p. 161-162.
19. *Ibid.*, p. 165.
20. *Esprit*, avril 1939, p. 129.
21. *Courrier de Paris et de la Province*, juillet 1939, p. 28.

rétrospectif d'une certaine unité des mouvements de jeunes nés entre 1930 et 1934.

On ne saurait cependant dissimuler que cette unité était fragile. On a vu que si l'*Ordre Nouveau* ne faisait pas de difficulté pour l'admettre, il n'en était pas tout à fait de même pour la *Jeune Droite* et pour *Esprit*. Il faut souligner aussi qu'à l'intérieur de chacun des groupes existaient sur cette question des divergences, les fidèles de la *Jeune Droite* ou d'*Esprit* n'étant pas tous disposés à approuver les ouvertures, même réticentes, de Fabrègues ou Mounier. En fait, il semble bien que, si unité il y eut, la manifestation la plus concrète en ait été l'existence dans toutes ces revues d'un ensemble de thèmes plus ou moins communs. En effet, si l'unité « subjective » de ces mouvements peut faire question, il semble, en revanche, que l'on ne puisse guère mettre en doute l'existence « objective » d'un état d'esprit commun dont on essayera d'analyser le contenu dans la seconde partie de cette étude, un état d'esprit assez caractéristique pour que l'on puisse parler à son propos d'un véritable « esprit de 1930 ».

Cette relative unité ne survécut cependant pas aux événements de février 1934. Ces événements provoquèrent en effet ce que Mounier devait appeler la « diaspora » : ces mouvements se reclassèrent alors, tout en gardant une certaine originalité, dans des cadres plus classiques, la *Jeune Droite* se rapprochant de l'extrême droite traditionnelle ou fascisante, et *Esprit* s'engageant résolument dans une politique de gauche. À partir de ce moment, les événements devenant de plus en plus pressants, les passions partisanes allaient transformer ce qui n'était jusque-là que des divergences intellectuelles en affrontements violents rendant impossibles les rapprochements sur « l'essentiel » qui avaient pu s'esquisser dans les années 1930-1934.

L'éclatement de cet embryon de « front commun » se concrétisera en février-mars 1934 par trois événements significatifs et symboliques. Ce fut d'abord, en mars, la publication du numéro-manifeste de l'*Ordre Nouveau*, « Nous Voulons », point de départ de l'évolution de ce mouvement vers un programme de plus en plus dogmatique et systématique. Ce fut, d'autre part, dans la livraison de mars d'*Esprit*, le second et dernier acte de la polémique entre Mounier et l'*Ordre Nouveau* qui aboutit au divorce des deux groupes. Ce fut enfin ce numéro de février de la *Revue du siècle* dont on a déjà parlé, qui exposait ses points d'accord et de désaccord avec *Esprit* et l'*Ordre Nouveau*. Ces trois publications marquèrent la fin de l'éphémère « front commun » qui avait paru se constituer entre 1931 et 1934.

Finalement, Mounier résumera assez fidèlement (malgré quelques traits polémiques) l'histoire de ces mouvements de jeunes lorsqu'il écrira en novembre 1935 dans *Esprit* : « Voici trois ou quatre ans que foisonnent ce qu'on est convenu d'appeler entre vrais adultes les mouvements de jeunes (...) Leur histoire est passée dans ces quatre années par deux phases bien distinctes ; la première, très courte, fut celle de l'accord, purement négatif (au moins semblait-il) dans la révolte. C'est la période où les enquêteurs du mois de juillet confondaient dans un même faisceau les jeunes droites de *Réaction* et les bouillants révolutionnaires de la *Troisième Force*, sans savoir très exactement eux-mêmes s'ils ironisaient sur leur sujet ou s'ils anticipaient génialement l'avenir (...) Puis vint la diaspora : elle ne fut pas sans céder à cette vieille et résistante manie qu'ont les Français d'aligner leurs idées et leurs troupes sur une échelle droite-gauche. Les premiers venus commencèrent à délimiter leurs frontières. Tout au bout à gauche se plaça la *Troisième Force* (...) Les quelques doctrinaires qui se groupèrent autour de la *Revue du siècle* et dans les jardins d'enfants officieux de l'*Action française*, s'ils apparaissaient bien turbulents à leur noble grand-mère, et, de fait, affirmèrent des positions hardies en économie, montrèrent bientôt, par leurs fidélités, par leurs alliances, par leurs méthodes, qu'ils ne tendaient qu'à rendre l'intelligence et la ruse à une droite émoussée et sans foi ; après le 6 février, il n'y eut plus d'ambiguïté possible. Le reste, tout en résistant à ce système de repères, se différenciait cependant. On vit *Esprit* qui, pendant un an, avait travaillé en étroite union avec la *Troisième Force* et l'*Ordre Nouveau* reprocher à la première de s'empresser trop vite vers la gauche, sans en purifier suffisamment les mystiques les plus vieillies, aux seconds de céder aux inclinations inverses. Lui-même se voyait un peu rabroué de part et d'autre...[22] »

22. *Esprit*, nº 32, p. 275-276.

« L'ESPRIT DE 1930 »
ESSAI DE SYNTHÈSE IDÉOLOGIQUE

Dans cette seconde partie, on tentera de faire une synthèse des thèmes essentiels développés dans les revues de jeunes des années 1930-1934, essayant ainsi de préciser le contenu de cet « esprit de 1930 » dont ces revues furent l'expression. Cette description permettra aussi d'évoquer les divergences qui pouvaient exister sous les parentés et de montrer que cet « esprit de 1930 » fut à la fois un et divers, un même vocabulaire recouvrant parfois des oppositions non négligeables sur certains points.

Il faut préciser immédiatement que cet exposé, conçu comme un essai de synthèse sur « l'esprit de 1930 », ne saurait en aucune façon avoir la prétention de présenter une description exhaustive des positions doctrinales de chacun des mouvements, *Jeune Droite, Ordre Nouveau* ou *Esprit*. Il se veut essentiellement une vue d'ensemble des thèmes qui, par leur convergence, permettent de parler de l'existence d'un « esprit de 1930 » et non une analyse détaillée de ses composantes.

Ces thèmes peuvent être regroupés autour de trois grandes directions. On trouvait tout d'abord dans ces revues une critique virulente du monde politique, social, économique, intellectuel et spirituel des années 1930, une critique de ce qu'*Esprit* allait appeler le « désordre établi ». De cette critique du désordre établi, ces mouvements concluaient à la nécessité d'une révolution dont ils s'attachaient à préciser les modalités avant de définir des propositions constructives destinées à permettre de bâtir un ordre nouveau.

1. Rupture
avec le désordre établi

« Il est difficile d'imaginer, quand on ne l'a pas vécu, a écrit Pierre Andreu, la révolte qui soulevait alors la jeunesse intellectuelle – maurrassiens, marxistes, chrétiens – contre un monde d'imposture qui lui faisait horreur[1]. » Ce refus du monde installé des années 1930 constitua l'une des positions les plus caractéristiques de tous les mouvements de jeunes de ces années. Dégoût, rupture, refus, révolte, tels sont les mots qui revenaient le plus souvent dans leurs publications, exprimant la réaction commune qui fut à l'origine de leurs recherches. Comme le constatait l'un d'entre eux en 1934 : « Contre l'égoïsme obtus du monde bourgeois-libéral, contre le matérialisme économique et spirituel, contre l'impuissance d'une politique sans esprit et sans âme, cette génération est en effet tout entière dressée[2]. »

Cette attitude de refus n'était pas seulement celle de jeunes hommes traversant leur crise d'originalité juvénile, elle s'enracinait dans des réactions plus profondes. « Ce refus, dira plus tard Jean-Pierre Maxence, nous ne le cherchions pas. Il n'était pas chez nous une attitude littéraire, un *a priori*, un mouvement de jeunesse. Tout nous l'imposait, la raison comme la dignité (...) Si notre combat a un sens, c'est celui d'une génération qui, pour se trouver une raison de vivre, qui, pour vivre, a dû constamment s'opposer à l'atmosphère et aux atteintes de son temps. Notre expérience a été une

1. *Arts*, n° 561, 28 mars 1956.
2. J. de Fabrègues, *Revue du siècle*, n° 10, février 1934, p. 3.

expérience contre l'époque. C'est vrai pour les plus "révolutionnaires" d'entre nous comme pour les plus "réactionnaires". Nul parmi nous ne s'est satisfait du monde présent,
que les médiocres. Et ce n'était pas là question d'âge mais
d'esprit, procès d'individus mais de valeurs. L'événement est
venu nous chercher. Il nous a forcés à le peser. Le monde
nous a saisis, emportés ; il nous a contraints à le rejeter (...)
Nous n'avions pas le goût du refus. Il nous a fallu pourtant
ou nous renoncer ou refuser[3]... »

Comme le remarquait Maxence, c'est dans cette révolte
contre l'ordre établi que la communion de tous les mouvements de jeunes des années 1930 fut la plus grande. Cet
accord peut sembler à première vue assez négatif. Il n'en fut
pas cependant tout à fait ainsi car, par ce qu'ils refusaient
comme par les raisons qu'ils donnaient à leur refus, ces
groupes présentaient une originalité certaine, esquissant déjà
implicitement des positions plus positives et plus constructives. À un critique qui reprochait à *Esprit* son côté destructeur, Mounier répondait : « Une grande foi commence par
porter le fer et le feu. Elle atteste la pureté : il y aura toujours
assez de volontaires pour les compromis. C'est une position
singulièrement "constructive" en certaines époques de l'histoire où tout le monde accepte et se soumet, que d'amener
les hommes à dire : non avec colère. On croit que nier c'est
nier : mais ce sont les oui, quand ils consentent à la médiocrité, qui sanctionnent la démission de l'homme[4]. »

Dans cette dénonciation passionnée du désordre établi
apparaissait notamment la problématique très caractéristique
de ces publications. Celles-ci ne se bornaient pas, en effet, à
analyser le désordre politique, économique ou social, elles
allaient plus loin diagnostiquant, au-delà de ces symptômes
jugés superficiels, une crise des valeurs essentielles et, plus
généralement encore, une crise de civilisation, une crise de
l'homme du XXᵉ siècle.

3. *Histoire de dix ans*, *op. cit.*, p. 11-12.
4. *Esprit*, n° 7, avril 1933, p. 4.

CHAPITRE PREMIER

Le désordre international

En matière internationale, tous ces mouvements s'accordaient pour dénoncer l'incapacité des pays européens à réaliser un ordre stable, à organiser une paix durable. L'Europe des années 1930 leur apparaissait comme une Europe de la peur qui, « douze ans après la guerre, sent encore la poudre[1] », donnant le spectacle « d'une mêlée confuse où chacun, nerveux, inquiet, interroge ses voisins du regard du peureux[2] ». Pour ces jeunes hommes, la guerre de 1914 et les traités qui avaient suivi n'avaient rien réglé et ils n'étaient pas loin de voir dans la « fausse paix » de l'après-guerre qu'un « armistice prolongé[3] » entre « des peuples dont chacun n'aime que lui-même, qui soufflent plutôt qu'ils ne sont en paix, dont le répit subsiste comme un faisceau de défiances et de haines maintenu par la peur provisoirement plus puissante que la guerre[4] ».

Désarroi, chaos, tels leur semblaient être les mots les plus adéquats pour décrire la situation de l'Europe devenue, selon eux, un « conglomérat de nationalismes[5] ». Sur ce point, de la *Jeune Droite* à *Esprit*, il y avait unanimité et l'*Ordre Nouveau* exprimait un sentiment commun lorsqu'il s'inquiétait de la cristallisation de l'Europe en clans rivaux, constatant : « Les nations sont enfermées dans une autarchie spirituelle, politique, économique de plus en plus absolue. Elles tendent irrésistiblement à se constituer en monades sans porte ni fenêtre, toutes hérissées de crainte et de haine les unes envers les autres[6]. »

1. R. Magniez, *Réaction*, n° 1, avril 1930, p. 21.
2. Daniel-Rops, *les Années tournantes*, *op. cit.*, p. 130.
3. R. Magniez, *Réaction*, n° 1, avril 1930, p. 21.
4. G. Izard, *Esprit*, n° 2, novembre 1932, p. 219.
5. T. Maulnier, *Demain la France*, *op. cit.*, p. 64.
6. R. Dupuis, *Ordre Nouveau*, n° 15, novembre 1934, p. 31.

Cette instabilité de la situation internationale était d'autant plus ressentie par ces mouvements qu'ils représentaient la génération sur laquelle aurait pesé en premier le poids d'une guerre éventuelle. Ils considéraient d'ailleurs la guerre, avec son cortège de deuils et de destructions, comme une menace précise et, en juillet 1931, la revue *Plans* publia un numéro spécial à forte saveur pacifiste intitulé « La guerre est possible ».

Quelles qu'aient été leurs inquiétudes, ces groupes ne se contentaient pas d'un simple constat de l'état de crise qui caractérisait les relations internationales. Ils s'attachaient à en rechercher les causes, faisant, en premier lieu, le procès des deux piliers institutionnels sur lesquels reposait l'Europe de l'après-guerre : le Traité de Versailles et la Société des Nations.

Le Traité de Versailles, œuvre « d'un homme du XIXe siècle, Clemenceau », et « d'un Américain visionnaire et attardé[7] », faisait l'objet de sévères critiques, car il était rendu responsable au premier chef du désordre européen. On reprochait à ses auteurs de n'avoir pas su construire une Europe juste et durable, mais d'avoir « cherché à dissimuler des égoïsmes féroces sous un sentimentalisme de bas étage, le tout enveloppé d'hypocrisie puritaine et de rhétorique démocratique[8] ». Jean-Pierre Maxence parlera, comme les Allemands, de « l'hypocrisie de Versailles », résumant ainsi l'opinion générale de tous les jeunes mouvements. Plus profondément, était aussi mis en cause le vieux principe des nationalités que le Traité de Versailles avait vu resurgir, engendrant l'affrontement de nationalismes exacerbés, notamment par suite de l'émiettement de l'Europe centrale. Daniel-Rops soulignait par ailleurs l'incohérence des principes directeurs qui avaient inspiré le Traité et qui faisaient voisiner le principe désuet des nationalités avec la notion purement juridique de réparation des torts, et l'humanitarisme de l'idéalisme wilsonien avec la reconnaissance peu nette d'une solidarité économique internationale. Pour toutes ces raisons, le Traité, considéré comme une « de ces abstractions inhumaines

7. Daniel-Rops, *les Années tournantes, op. cit.*, p. 142.
8. A. Marc, *Ordre Nouveau*, n° 2, juin 1933, p. 23.

qu'on a pris l'habitude d'appliquer à une réalité irréducti-
blement complexe »[9], était déclaré inadapté au monde
contemporain par tous ces mouvements qui se prononçaient
pour sa révision. Comme l'écrivait Thierry Maulnier, il
fallait construire l'Europe nouvelle « au-delà du Traité de
Versailles[10] ».

L'autre pilier de l'ordre international des années 1930, la
Société des Nations, était encore moins bien traité. Jean de
Fabrègues pouvait constater, en 1933, l'unanimité de tous les
mouvements de jeunes pour « repousser avec ensemble la
fausse paix de la SDN comme un décor truqué[11] », et Alexandre Marc affirmait : « Il y a longtemps que nous ne parlons
plus de Genève qu'avec mépris ou colère[12]. » L'*Ordre Nouveau* allait peut-être le plus loin sur cette voie et, en 1933,
il félicitera Hitler d'avoir rompu avec cette « ombre d'un fantôme » qu'était, à ses yeux, l'organisation genevoise : « Per-
mettez-nous, Monsieur le Chancelier, de vous féliciter. Le
geste que vous venez d'accomplir, en appliquant un soufflet
retentissant sur la joue hypocrite de la SDN, est salutaire. Le
monstre de Genève, né d'un accouplement entre la phraséologie démocratique, l'hypocrisie puritaine et la bêtise pacifiste, d'une part, et, d'autre part, les intérêts des trusts gigantesques, des banques internationales et des étatismes
économiques, est un défi à l'intelligence et à l'honnêteté les
plus élémentaires. En vous retirant de ces doctes assemblées,
qui sont d'autant plus nocives qu'elles sont plus stupides
et plus inutiles, vous avez accompli un acte de salubrité
publique, vous avez servi la vérité.[13] » Ce texte est intéressant car on y trouve exprimés les deux griefs majeurs adressés
à la SDN : d'une part, avoir transposé à l'échelle internationale les mœurs démocratiques et parlementaires, « le droit
du nombre et la somme abstraite des suffrages devant y trancher les conflits de forces[14] » ; d'autre part, avoir dissimu-
lé sous une façade idéaliste des combinaisons « également
funestes aux nations mais profitables aux intérêts de la finance

9. T. Maulnier, *La crise est dans l'homme, op. cit.*, p. 105.
10. *Demain la France, op. cit.*, p. 86.
11. *Revue du siècle*, n° 2, mai 1933, p. 2.
12. *Ordre Nouveau*, n° 5, novembre 1933, p. 23.
13. *Ibid.*
14. T. Maulnier, *Demain la France, op. cit.*, p. 51.

cosmopolite et vagabonde[15] ». L'hostilité à la Société des Nations était ainsi comme une sorte de projection sur le plan international de deux positions très caractéristiques de ces mouvements de jeunes : l'antiparlementarisme et l'anticapitalisme. D'ailleurs, d'un point de vue purement réaliste, les années 1930-1934 allaient mettre en évidence l'impuissance de l'institution à sauvegarder la paix internationale. « Les résultats sont là, constatera Thierry Maulnier au début de 1934, après quinze années d'existence, la SDN n'a plus aucun titre, même matériel, à son appellation. Cinq des plus grandes puissances du monde – Russie, Japon, USA, Allemagne, Italie – lui sont étrangères ou hostiles. Elle ne semble plus aujourd'hui qu'un magma informe de forces et de volontés accessoires[16]... »

Sur cette question, *Esprit* était quelque peu en retrait par rapport à l'*Ordre Nouveau* et à la *Jeune Droite*. Il ne manifestait pas aussi ouvertement son hostilité car le principe d'une institution supranationale n'était pas pour lui déplaire. Il n'en exprimait pas moins de sérieuses réticences à l'égard de l'organisation genevoise qui tendait à devenir, à ses yeux, un consortium des satisfaits du Traité de Versailles surtout soucieux de sauvegarder les situations acquises. La relative discrétion d'*Esprit* peut aussi s'expliquer, d'une part, parce qu'au moment où *Esprit* vit le jour l'impuissance de la SDN était déjà devenue évidente, d'autre part, parce qu'il ne voulait sans doute pas, par de telles attaques, nourrir des préjugés nationalistes qu'il condamnait et qui n'étaient certainement pas étrangers à l'hostilité de la *Jeune Droite*. Les attaques de la *Jeune Droite* contre la Société des Nations étaient en effet, elles, strictement conformes à l'orthodoxie de l'*Action française*, ce qui n'était pas tout à fait le cas pour ses jugements sur le Traité de Versailles dans lesquels, aux critiques d'origine maurrassienne (contre le « mauvais traité », « trop dur dans ce qu'il avait de trop doux ») se mêlaient des critiques suscitées par une prise de position révisionniste plus originale à un moment où l'*Action française* tendait à rester fidèle à la politique de Poincaré. Par ailleurs, si l'on trouvait dans *Esprit* et dans les publications de la *Jeune*

15. R. Dupuis, *Ordre Nouveau*, n° 15, novembre 1934, p. 31.
16. *Demain la France*, *op. cit.*, p. 51.

Droite une même hostilité à l'égard du Traité de Versailles, les motifs étaient cependant un peu différents : les uns *(Esprit)* mettant surtout en avant des exigences de justice, les autres, un souci de réalisme (notamment sous la plume de Thierry Maulnier).

Ainsi, quelles qu'aient été les nuances qui les séparaient, tous ces mouvements de jeunes s'accordaient pour constater la faillite de l'Europe de l'après-guerre. À peu de choses près, leur diagnostic corroborait celui que Thierry Maulnier formulait en ces termes : « Europe divisée, Europe constituée par des nationalismes exacerbés, par une bureaucratie genevoise impuissante, par une France considérée par ses dirigeants eux-mêmes comme une nation secondaire : tels sont les faits (...) Toute la politique officielle française depuis quinze ans a eu deux pivots : Versailles et Genève. Un texte sacré : le Traité. Un oracle : les conférences internationales. Or ces deux pivots sont brisés, ces deux soutiens ne sont plus que des ombres. L'Europe genevoise a échoué. Le Traité de Versailles n'est plus qu'une convention cent fois violée, sollicitée, adultérée [17]. »

Dans la mesure où elle s'était fondée, depuis 1918, sur le Traité de Versailles et la Société des Nations, tous ces groupes, comme Thierry Maulnier, mettaient en accusation la politique étrangère de la France. Poincaré et Briand étaient ainsi renvoyés dos à dos comme les symboles de politiques, peut-être apparemment antagonistes, mais, au fond, aussi erronées l'une que l'autre et aussi funestes pour la France et la paix internationale : « À M. Poincaré, sa nature et son tempérament de juriste imposaient la plus conformiste des positions vis-à-vis du Traité de Versailles. Et il faut avouer que ses exhortations dominicales manifestaient toutes les maladresses nécessaires pour exaspérer nos anciens ennemis sans nous servir. Briand, enfin, n'a jamais eu de politique nette (un pacifisme verbal, en effet, n'est pas une attitude positive). Il n'a jamais su, en outre, quitter le terrain du "respect du Traité", parler d'une "révision nécessaire", et faire de ce mot, non une concession arrachée par les résistances allemandes, mais une exigence de la France. En

17. *Ibid.*, p. 86.

fait l'attitude officielle de tous les gouvernements français a lié jusqu'ici notre sort à celui du Traité. Les nationalistes s'y accrochaient, les pacifistes fondaient sur lui leurs concessions [18]. »

Pour sa part, l'*Ordre Nouveau*, dans une « Lettre à Hitler » qui fit quelque bruit, se désolidarisait lui aussi totalement, dans le style véhément qui était le sien, de la politique française de l'après-guerre. Ni le « poincarisme » ni le « briandisme » ne trouvaient grâce à ses yeux. Reprenant les critiques déjà évoquées contre les Traités de 1919, il prenait ses distances vis-à-vis de « la France de M. Poincaré, celle de Versailles » : « Nous n'avons, ni de près ni de loin, la moindre responsabilité dans la guerre, nous ne nous considérons pas comme liés par le Traité imbécile et meurtrier que nos délégués – et les vôtres – ont conclu. Nous ne consentons point à reconnaître le visage de notre patrie dans l'image glacée d'un système où, sous des apparences juridiques, la justice est trahie. Les combinaisons d'affaires et de basse politique qui sont au fondement du Traité de Versailles, nous les vomissons comme vous. Les Traités de 1919 nous sont aussi étrangers que les Traités de Londres ou d'Unkiar Skelessi dont nous apprenons dans nos manuels les combinaisons et les dates : reliquats du XIXᵉ siècle, ils expriment l'idéologie stupide du principe des nationalités, ils sont pour nous nuls et non avenus. » Dans ce même texte, les critiques de l'*Ordre Nouveau* n'étaient pas moins acerbes pour « la France de Briand, de Locarno, de Genève » : « Elle dure toujours (...) elle existe, somnolente et éplorée au cœur en rond de cuir de maints politiciens et de quelques diplomates. Elle serait bien capable, au nom de la paix, de vous faire la guerre. Cette France-là ne vous sera d'aucun secours, pour la meilleure des raisons : elle ne représente rien. D'ailleurs, l'Allemagne de la même période ne vaut pas mieux (il est vrai qu'elle gît aujourd'hui aux terrasses des cafés de Montparnasse) : nous vous passons votre Streseman qui est sur le même plan que notre Briand. Politique du "finassieren" des deux côtés de la balustrade. Beau résultat : il n'est pas un Français qui ne considère que, par la faute de cette politique, nous avons été roulés ; il n'est pas un Allemand qui ne pense, de son côté,

18. *Ibid.*, p. 72.

que l'Allemagne ait été jouée. C'est ce qu'on appelle de la diplomatie, de la politique [19]. »

On ne trouvait pas dans *Esprit* de jugements aussi catégoriques sur la politique de Briand ou sur celle de Poincaré. Pour ce qui est du « poincarisme » et de ce qu'il avait représenté, il est certain qu'*Esprit* n'avait pour lui aucune sympathie, étant plutôt porté à favoriser une attitude de rapprochement et de dialogue avec l'Allemagne. Quant au « briandisme » qui, en 1932, était déjà un peu passé de mode – Briand lui-même était mort au printemps –, *Esprit* le considérait avec un peu plus d'indulgence, mais il ne pouvait pas ne pas en reconnaître l'échec.

En fait, *Esprit* comme l'*Ordre Nouveau* et la *Jeune Droite* s'attachaient surtout à dénoncer les principes fondamentaux qui avaient inspiré les politiques dont les noms de Poincaré et de Briand étaient les symboles : nationalisme et internationalisme pacifiste. C'est à ce niveau que les positions de ces mouvements étaient le plus longuement explicitées. Cette attitude révélait leur souci primordial qui était bien davantage d'ordre doctrinal que d'ordre politique au sens habituel du terme. Plus exactement, tous ces groupes pensaient que l'élaboration d'un ordre politique européen supposait en premier lieu une révision des principes qui avaient conduit l'Europe au bord du chaos qu'ils avaient sous les yeux, révision qui devait obligatoirement passer, selon eux, par un refus aussi bien du nationalisme que de l'internationalisme. Ainsi que l'écrivaient deux des responsables de l'*Ordre Nouveau*, il fallait « refuser les querelles stériles, périmées et dangereuses des nationalistes exacerbés et de leurs frères jumeaux, les internationalistes, des fidèles du cosmopolitisme et des derviches tourneurs de l'autarchie [20] ».

Le procès du nationalisme, tenu pour l'une des causes essentielles du désordre européen, était fait sans indulgence par *Esprit* et par l'*Ordre Nouveau*. Dès ses premiers numéros, *Esprit* déclarait : « Nous avons vertement *(sic)* et théoriquement condamné la Nation » [21], la nation qu'il définissait

19. *Ordre Nouveau*, n° 5, novembre 1933, p. 25-26.
20. A. Marc et R. Dupuis, *Esprit*, n° 2, novembre 1932, p. 317.
21. G. Izard, *Esprit*, n° 2, novembre 1932, p. 210.

comme la patrie transformée en absolu, « la Patrie faite Dieu [22] ». Pour *Esprit* comme pour l'*Ordre Nouveau*, le nationalisme, identifié à une déification de la collectivité nationale exaltant celle-ci au-dessus de toute autre valeur, apparaissait comme un produit de l'individualisme, comme un individualisme à l'échelle collective. Parlant des nationalistes, le prospectus de présentation d'*Esprit* affirmait ainsi : « Ils poursuivent dans le nationalisme l'orgueil et l'égoïsme que l'individu y déchaîne pour les sauver en leur donnant un plus vaste champ [23]. » Et Georges Izard ajoutait : « La Nation est aujourd'hui la construction de la multitude des amours-propres ; la patrie divinisée est l'aboutissement normal de l'individualisme qui veut se sauver [24]. » On notera ici le souci de ces revues de ne pas se contenter d'une dénonciation superficielle des erreurs qu'ils repoussaient et leur volonté d'en découvrir les racines profondes.

Sur ce terrain, les positions de la *Jeune Droite* étaient évidemment plus nuancées. Elles étaient cependant caractérisées par une certaine révision de la tradition nationaliste à laquelle elles se rattachaient. Tout en restant fidèle à cette tradition, la *Jeune Droite* n'en affirmait pas moins, en effet, la nécessité de distinguer « nationalisme et nationalisme ». Selon elle, les critiques d'*Esprit* et de l'*Ordre Nouveau*, assimilant nationalisme et individualisme, n'étaient pas, par exemple, sans fondement, mais elles lui paraissaient atteindre une forme de nationalisme clos, agressif, « exaltation de la volonté de puissance [25] » qu'elle-même condamnait avec autant de vigueur en le qualifiant de nationalisme « révolutionnaire » (parce que issu, pour une large part, de la Révolution de 1789), ou de « nationalisme impérialiste ». Si ce nationalisme était, selon elle, le fait de certains pays étrangers (Italie, Allemagne), il ne lui semblait pas représenté en France. En revanche, la *Jeune Droite* maintenait son adhésion à un nationalisme français considéré, par opposition au précédent, comme « une réaction de défense de nos compatriotes contre les périls intérieurs et extérieurs trop réels [26] ». La

22. *Ibid.*, p. 205.
23. *Mounier et sa génération*, *op. cit.* p. 83.
24. *Esprit*, n° 2, novembre 1932, p. 208.
25. J. de Fabrègues, *Réaction*, n° 2, mai 1930, p. 39.
26. J. Terral, *Revue du siècle*, n° 10, février 1934, p. 12.

Revue du siècle admettait toutefois que les idées révolutionnaires avaient pu parfois dévier ce nationalisme légitime et
elle n'hésitait pas à reconnaître qu'il pouvait ne pas être
inutile « d'en nettoyer l'idée et de la ramener à ses éléments
essentiels [27] ».

La *Jeune Droite* insistait sur un autre thème : elle soulignait que ce nationalisme de défense ne résultait pas d'un
choix délibéré, mais qu'il était imposé à la France par la
situation de l'Europe, elle-même déchirée par des nationalismes agressifs. Elle évoquait avec quelque nostalgie l'unité
de l'Europe médiévale et Thierry Maulnier écrivait : « Sans
doute y eut-il une Europe tout à la fois culturelle et politique.
Une Europe, autrefois, naguère ; il n'y en a plus aujourd'hui.
Il n'y a plus d'Europe politique, plus d'unité (...) Qu'on nous
comprenne bien. Nous n'affirmons pas qu'il n'eût pas été
souhaitable, excellent, qu'une unité européenne se soit
constituée au lendemain de la guerre. Ce que nous disons
seulement c'est qu'elle ne s'est pas constituée [28]. » La *Jeune
Droite* considérait donc le nationalisme comme un pis-aller
résultant autant d'un état de fait que d'une doctrine. De toute
façon, ce nationalisme devait, à ses yeux, pour garder sa
légitimité, ne pas se transformer en absolu et rester soucieux
de ce que *Réaction* appelait dans son manifeste « l'unité
humaine ».

Par les précisions qu'elle apportait sur son nationalisme,
par son refus d'un nationalisme transformé en mystique collective, par ses réquisitoires contre le principe des nationalités, la *Jeune Droite* ne se différenciait guère finalement de
l'*Ordre Nouveau* ou d'*Esprit*, si ce n'est par une différence
de vocabulaire dans la mesure où, distinguant un nationalisme légitime et un nationalisme condamnable, elle n'adoptait pas le vocabulaire d'*Esprit* et de l'*Ordre Nouveau* qui,
eux, opposaient, avec des définitions très proches, patriotisme
et nationalisme et se refusaient catégoriquement à user de ce
dernier vocable.

La *Jeune Droite* s'accordait aussi avec les autres mouvements – notamment avec l'*Ordre Nouveau* – pour souligner
que des nationalismes clos, repliés en économies autarciques,

27. *Ibid.*, p. 14.
28. *Demain la France*, *op. cit.*, p. 42 et 46.

étaient inadaptés aux solidarités que faisait apparaître l'évolution de l'économie moderne. Daniel-Rops, essayant de
faire une synthèse des vues de tous ces groupes de jeunes,
pouvait constater : « La nation, concept d'histoire, est fortement attaquée. Il apparaît aujourd'hui à beaucoup que l'économie, en établissant, de gré ou de force, une universalité,
rompt les cadres de cette notion abstraite (...) Réintégrer la
nation dans le cadre de la solidarité internationale, où l'économique place aujourd'hui le monde entier, voilà un des
soucis dominants de la jeunesse, même de celle qui se place
à la suite du nationalisme le plus avoué [29]. »

En admettant la nécessité de certaines révisions, en admettant que « l'idée de nation a été barbouillée par la confusion
intellectuelle de notre temps » et que « la Révolution l'a vidée
de son sens traditionnel, soufflée et durcie en une impérieuse
abstraction [30] », la *Revue du siècle* rejoignait l'une des critiques essentielles adressées au nationalisme par *Esprit* et
l'*Ordre Nouveau*, celle de se fonder sur une abstraction, sur
une idée totalement détachée du réel. Dans un chapitre de
Décadence de la Nation française intitulé « La trahison nationaliste », Aron et Dandieu s'en prenaient ainsi à la nation,
« forme idéologique et abstraite », n'ayant pour support que
des « cadres rationnels », sans enracinement charnel et affectif [31]. Ils voyaient dans la dualité nationalisme-patriotisme une
des formes de l'opposition entre l'abstrait et le concret. De
même, Izard opposait dans *Esprit* « l'abstraite Nation à la réalité de la patrie [32] ». Selon eux, le nationalisme substituait donc
une idéologie à un sentiment spontané et naturel.

Si les jugements étaient sévères pour « l'abstraction nationaliste », ils ne l'étaient pas moins pour « l'abstraction inter-
nationaliste », pour ce que l'*Ordre Nouveau* appelait « le
cosmopolitisme révolutionnaire du Café du Commerce [33] ».
Réaction n'avait que sarcasmes, pour ceux qui « se gargarisent des échos de Paneurope [34] », tandis que Mounier mettait

29. *Les Années tournantes*, op. cit., p. 101-102.
30. J. Terral, *Revue du siècle*, n° 10, février 1934, p. 13.
31. *Décadence de la Nation française*, op. cit., p. 79-80.
32. *Esprit*, n° 2, novembre 1932, p. 209.
33. C. Chevalley et A. Marc, *l'Avant-Poste*, février 1934, p. 16.
34. J. de Fabrègues, *Réaction*, n° 5, février 1931, p. 25.

en garde contre un « internationalisme abstrait qui confond l'universel et l'impersonnalité des cimetières logiques[35] ». Pour tous, cet internationalisme était incapable d'apporter une solution aux problèmes contemporains ; pour tous, c'était un leurre tout juste bon à nourrir les rêveries de « cette classe d'hommes particulièrement insouciante et ignorante de la réalité effective que sont les universitaires[36] ». Le même thème revenait sous toutes les plumes : « La réalité profonde de l'être humain, celle qui l'enracine dans le sol, est ignorée : toute différence s'abolit dans la plus morne des uniformités[37]. » D'autre part, beaucoup voyaient dans cet internationalisme un paravent idéaliste à des combinaisons économico-financières qui, elles, étaient bien réelles. Ils soulignaient que si, parmi ses tenants, se trouvaient nombre d'esprits généreux, il n'y manquait pas cependant de « profiteurs et d'hommes d'argent[38] ».

Avec l'internationalisme était aussi mis en accusation son corollaire, le pacifisme. Sur ce point, les attaques les plus virulentes vinrent de la *Jeune Droite* fidèle en cela à ses origines d'*Action française*. Cette virulence s'explique aussi par le fait que la *Jeune Droite* commença à s'exprimer dans les années 1930-1932, c'est-à-dire au moment où, sous l'influence de Briand, la vague pacifiste connut son apogée. C'est ainsi que la *Revue française* de Maxence prit même, en 1931, l'initiative d'un manifeste antipacifiste destiné à s'opposer à un manifeste briandiste publié par la revue de Jean Luchaire *Notre Temps*.

Toutefois, si la *Jeune Droite* critiquait le pacifisme comme une erreur politique, ce n'était pas là l'essentiel de ses griefs. À ses yeux, le pacifisme était surtout un encouragement à la lâcheté et à la veulerie, une faute morale ayant ses racines dans une défaillance spirituelle. La paix, pour les pacifistes, disait la *Jeune Droite*, n'est plus qu'un « oubli », un « lâchez tout[39] ». « Que concluent-ils sous ce mot ? notait Jean de Fabrègues, la tranquillité d'un ordre juste ? Non, mais la veulerie des instincts comblés et de la paresse satisfaite. La

---

35. *Esprit*, n° 18, mars 1934, p. 34.
36. Daniel-Rops, *Éléments de notre destin* (Paris, 1934), p. 137.
37. *Ibid.*, p. 139.
38. T. Maulnier, *Demain la France, op. cit.*, p. 48.
39. J. Maxence, *Cahiers 1930*, IIe série, n° 5, p. 9.

paix, pour ces gens, consiste à ne rien risquer, à ne pas se battre, à jouir en sécurité. C'est leur jouissance qu'ils nomment paix[40]. » Et d'ajouter quelque temps plus tard : « Ce que cherche notre temps, ce qu'on veut qu'il réclame, c'est la Paix, sans plus, le droit de dormir sans souci. L'homme craint le sang versé et la souffrance. C'est ce dégoût naturel que l'on exploite pour lui présenter la paix comme un bien qui se suffit à lui-même. On veut qu'il s'en repaisse comme du plus lâche repos, l'abandon complet au hasard, où vivre n'est plus que se vautrer dans l'herbe sans même tourner les yeux vers le ciel[41]. » Pour *Réaction*, c'était d'ailleurs là la transposition dans l'ordre politique de dispositions qui étaient celles de l'homme de 1930 dans sa vie personnelle : « Qu'importe au monde moderne, il veut qu'on lui f... la paix, il accepte, pour cela, l'esclavage de la bête. Il porte dans la vie internationale le lâche abandon dont il a fait le principe de sa vie personnelle. Il renonce purement et simplement, abandonne toute protestation contre l'ordre des faits, toute défense, toute rébellion de l'esprit[42]. »

Cette attitude très caractéristique, dans laquelle les considérations morales et spirituelles étaient aussi importantes que les raisons proprement politiques, n'était pas le monopole de la *Jeune Droite*. On trouvait exprimés des sentiments analogues dans l'*Ordre Nouveau* qui, avec le goût des formules percutantes qui était le sien, condamnait sans appel « le pacifisme à l'eau de Genève, cette religion de châtrés[43] ». Mounier rejetait lui aussi en termes vigoureux « le pacifisme qui n'est que résistance du tempérament aux vertus de guerre et systématisation de l'indolence des médiocres[44] ». Mettant au ban de sa revue « cette douceur des âmes sensibles pour qui le règne de l'amour, c'est de se sentir aimées de toutes parts, advienne que pourra de la vérité et de la justice[45] », il affirmait sous le titre « Éloge de la Force » : « La paix est l'épanouissement de la force. La vraie paix n'est pas un état faible où l'homme démissionne. Elle

40. *Réaction*, n° 1, avril 1930, p. 31.
41. *Réaction*, n° 6, avril 1931, p. 10.
42. J. de Fabrègues, *ibid.*, p. 12.
43. A. Marc, *Ordre Nouveau*, n° 2, juin 1933, p. 29.
44. *Esprit*, n° 5, février 1933, p. 820.
45. *Ibid.*, p. 820.

n'est pas non plus un réservoir indifférent au bon comme au pire. Elle est la force[46]. »

On notera cependant ici que l'attitude générale d'*Esprit* était moins nette que ne peuvent le laisser penser les textes que nous venons de citer. Certains collaborateurs et lecteurs de la revue n'étaient pas sans conserver des inclinations pour le pacifisme. C'est ainsi qu'on trouvait dans le second numéro d'*Esprit* une chronique qui rendait compte, dans un sens très favorable à l'accusé, du procès d'un objecteur de conscience. De même, dans la livraison suivante, Henri Guillemin présentait – avec des réserves de la rédaction, il est vrai – des extraits d'un journal de guerre qui avait de claires résonances pacifistes. Des phrases ambiguës sur la défense nationale et sur l'héroïsme, un questionnaire sur la guerre diffusé en janvier 1934 furent interprétés dans le même sens par la *Jeune Droite*. En fait, de même que les positions de la *Jeune Droite* gardaient des traces de sympathie pour le nationalisme, celles d'*Esprit* restaient teintées d'une certaine indulgence complice pour le pacifisme[47]. Mais tous, malgré ces nuances, se trouvaient d'accord pour repousser « un nationalisme exaspéré qui juge de tout en fonction d'un égoïsme national et un internationalisme amorphe, traître aux vivantes réalités[48] ».

La faillite des politiques qui avaient prétendu reconstruire l'Europe de l'après-guerre et qui, en France, avaient prétendu représenter les intérêts du pays et de la paix était pour tous ces groupes un fait acquis. Comme l'*Ordre Nouveau*, ils avaient tendance à renvoyer dos à dos « le pacifiste et l'ancien combattant », les jugeant aussi incapables l'un que l'autre de faire face aux véritables problèmes du monde des années

---

46. *Ibid.*, p. 826.
47. Les remous provoqués en 1938 par la prise de position antimunichoise de Mounier devaient prouver la persistance parmi les rédacteurs et lecteurs d'*Esprit* d'un fort courant pacifiste.
48. Daniel-Rops, *Éléments de notre destin, op. cit.*, p. 139. Mounier écrira, en 1936, dans son *Manifeste au service du personnalisme* : « Le pacifisme cosmopolite est la doctrine internationale de l'idéalisme bourgeois, comme le nationalisme agressif est celle de l'individualisme agressif. L'un et l'autre sont deux produits complémentaires du désordre libéral greffés sur deux phases différentes de sa décomposition. Ce sont deux manières d'avilir et d'opprimer la personne. » (*Esprit*, octobre, 1936, p. 195.)

1930. « La politique française, écrivaient Aron et Dandieu, particulièrement la politique électorale, se résume en un interminable dialogue, malheureusement du genre burlesque, entre l'ancien combattant et le pacifiste, honnêtes gens tous deux, mais également bornés (...) Nés tous deux sous le signe de la guerre qui les domine, ils doivent à cette origine la même absence de programme positif et la même incompréhension [49]. » Pour tous, la cause était entendue : il fallait rompre avec les habitudes sclérosées qui avaient cours en Europe et en France, il fallait surtout s'affranchir des principes qui étaient à leur racine. C'était désormais dans des directions nouvelles qu'il fallait chercher le salut pour reconstruire un monde à la mesure des transformations profondes dont l'univers des années 1930 était l'objet.

Par l'accent mis délibérément sur les questions de principe, par la façon dont ces mouvements justifiaient leurs positions, celles-ci, on l'a vu, dépassaient de loin le seul plan de la politique étrangère. Le désordre international n'était selon eux que l'un des symptômes d'une crise plus essentielle. Tous auraient pu faire leur cette déclaration de l'*Ordre Nouveau* : « La politique étrangère n'est pas pour nous ces jeux, ces calculs plus ou moins réussis où s'aventurent les chancelleries. Pour nous, c'est l'homme entier qui, en ce domaine, comme en tous les autres, est engagé. Un pays a la politique étrangère qu'il mérite par la qualité spirituelle de son être [50]... » La même attitude se retrouvait lorsque ces groupes abordaient les problèmes de politique intérieure.

49. *Décadence de la Nation française, op. cit.*, p. 48-49.
50. *Ordre Nouveau*, n° 5, novembre 1933, p. 23.

CHAPITRE SECOND

Le désordre politique intérieur

Des ministères se succédant à une cadence de plus en plus accélérée après la relative stabilité qui avait régné jusqu'en 1931, la vie politique paraissant se réduire tous les jours davantage à des combinaisons électorales et à l'élaboration de solutions bâtardes, fruits de compromis et de marchandages sans fin, une lame de boue submergeant peu à peu sous les scandales une partie du personnel parlementaire, tel était le spectacle que donnait dans les années 1930-1934 – surtout à partir de 1932 – l'évolution de la Troisième République, l'évolution d'un régime qui semblait sombrer dans un discrédit grandissant. Dans ces conditions, nos mouvements de jeunes déjà peu enclins à l'indulgence pour leur époque n'avaient que sarcasmes pour l'ordre politique établi.

« Régime idéal de pourriture[1] », ainsi s'exprimait sur le parlementarisme l'*Ordre Nouveau* qui soulignait « le dégoût instinctif que les illusions parlementaires et pseudo-démocratiques éveillent désormais dans une âme bien née[2] ». Usant d'un vocabulaire analogue, Mounier dira, en mars 1934, son refus de se faire tuer « avec les gardes républicains pour la pourriture parlementaire[3] ». De même, constatant « la situation morale d'un régime chaque jour plus complètement submergé par le dégoût public », la *Jeune Droite* enregistrait le fait en voyant là la confirmation de ce que ses maîtres lui avaient enseigné : « Aux yeux de tous les Français, l'État républicain a cessé de représenter quelque intérêt réel, quelque principe que ce soit, et se trouve considéré partout comme un système périmé d'institutions archaïques

---

1. R. Aron et A. Dandieu, *Décadence de la Nation française, op. cit.*, p. 170.
2. A. Marc, *Esprit*, n° 2, novembre 1932, p. 332.
3. *Esprit*, n° 18, mars 1934, p. 911.

au service d'une coalition d'incapables, d'escrocs et de policiers [4]. »

Pour tous, la démocratie parlementaire était devenue synonyme de mensonge, de veulerie, de médiocrité, de compromission, de bassesse. Jean-Pierre Maxence devait exprimer ce sentiment général en des pages mordantes dans lesquelles il fera de Briand le symbole du régime : « Briand, c'est la démocratie incarnée, la démocratie avec son goût du succès verbal, son optimisme, sa soif de promesses, d'illusions, d'internationale des mots ; la démocratie, avec son laisser-aller, son allure débonnaire, volontiers arsouille, sa surenchère, sa vénalité ; la démocratie, avec ses plaisirs bas, ses joies de pacotille, son oubli ; c'est la démocratie vieillie, épuisée, rongée de vermine, la démocratie qui flatte le commun et vénère l'argent, qui parle au peuple dans les meetings et pelote les marquises dans les boudoirs ; la démocratie, où la grandeur, la force, la lucidité, le génie n'ont qu'une sanction, le vote, qu'une seule apothéose, les applaudissements [5]. »

Dans cet assaut, on rappelait, mais sans trop y insister parce que le régime perdait peu à peu, devant l'évidence croissante du désordre, ses derniers défenseurs, les critiques classiques du parlementarisme : incompétence de nombreux élus ; difficulté d'un véritable contrôle des gouvernants par les gouvernés engendrant l'irresponsabilité ; impossibilité de servir l'intérêt général au milieu des querelles partisanes ; impuissance à définir une politique ayant quelque continuité aussi bien à l'extérieur qu'à l'intérieur. Certains, comme Daniel-Rops, mettaient aussi en cause le mépris dans lequel le Parlement tenait des réalités qui avaient de plus en plus de poids : les réalités économiques. Ces attaques relevaient parfois d'un antiparlementarisme plus grossier, tel ce texte de l'*Ordre Nouveau* qui déclarait : « Il n'y a plus de politique ; il n'y a que des politiciens, six cents bavards soit inconscients, soit trop malins, toujours impuissants. Élire un député signifie trop souvent aujourd'hui donner l'immunité parlementaire à un escroc, un receleur, un dangereux imbécile [6]. »

4. T. Maulnier, *Demain la France, op. cit.*, p. 142.
5. *Histoire de dix ans, op. cit.*, p. 102.
6. *Ordre Nouveau*, n° 9, février 1934, p. 3.

Une critique, qui n'était pas sans quelque résonance maurrassienne, était particulièrement adressée au parlementarisme, celle d'avoir superposé au pays réel un pays légal sans contact avec celui-ci. Le Parlement apparaissait à ces jeunes essayistes comme une institution qui avait perdu le sens de sa finalité – représenter le pays – et qui se considérait comme une fin en soi, se repliant sur les intrigues, les combinaisons, les marchandages qui leur semblaient constituer l'essentiel de la vie parlementaire. « L'État est ramassé sur son propre jeu, déclarait Mounier, combinaisons politiques ou électorales où ne passe plus la sève de la communauté [7]. » L'*Ordre Nouveau*, pour sa part, voyait les parlementaires, surtout soucieux de leurs intérêts les plus personnels, créer au Palais-Bourbon « une sorte d'intergroupe de défense et d'action parlementaires – qui, pour être informulé, n'en est pas moins réel – dont le but est de sauver le Parlement envers et contre tout..., dût la France en périr [8] ».

Dans un article intitulé « Le Parlement contre l'Esprit », Robert Aron résumait ainsi ce point de vue : « Le Parlement est un organisme abstrait, fonctionnant loin du réel, selon ses rites et ses formules, peut-être valables pour lui, mais dépourvus d'efficacité et d'action normale sur les faits [9]. » Selon lui, le Parlement, figé dans un formalisme désuet, n'ayant plus qu'un souci, celui de sauvegarder son existence et les intérêts de ses membres, avait perdu tout contact avec la réalité. Dans un style imagé, il écrivait : « S'il faut éviter la caverne comme l'un de ces mauvais lieux où la vie se fige en formules, où les actes deviennent rituels, où la réalité s'élimine, il est permis, voire salutaire, de pousser jusqu'au passage qui fait communiquer si mal cet endroit clos et l'extérieur. Dans la Chambre des Députés, il est, entrouvert au public, un Salon ou une Salle d'attente qui sert de point de rencontre entre l'électeur et l'élu. L'un, descendant de ses gradins, l'autre, venant de sa province et montant du sol qu'il cultive, se rejoignent à mi-hauteur entre la terre et les nuées (...) Au vrai, c'est un endroit sinistre : d'un côté, du côté du public, on sent que des forces vivantes et des sentiments réels

7. *Esprit*, n° 6, mars 1933, p. 883.
8. R. Dupuis, *Ordre Nouveau*, n° 4, octobre 1933, p. 11.
9. *Ordre Nouveau*, n° 4, octobre 1933, p. 18.

accèdent par un étroit goulet vers ce reposoir solennel : il
arrive que les visiteurs, rebelles au respect de ces lieux, aient
encore les mains calleuses ou la voix qui sonne haut ; de
l'autre côté, s'ouvrant peut-être sur une salle de séances dont
on ignore si elle existe ou si elle n'est pas un trompe-l'œil,
émanent, avec une allure et des gestes de bureaucrates, quelques individus diserts, sachant à point répondre par des formules aux exigences réelles ou aux questions trop précises :
en face de l'homme vivant, qui parfois s'y aventure, l'*homo
politicus* opère avec sa connaissance des usages parlementaires et du jeu électoral. On pense à l'un de ces parcs à
huîtres où les vagues filtrées et brisées ne sont perçues des
habitants que sous forme de flux et de reflux, nourrissants et
anodins [10]. »

Si, par exception, un problème concret, une idée vivante
réussissent à franchir ces obstacles et à venir en discussion
dans l'hémicycle, leur sort n'est guère plus enviable car ils
se trouvent bientôt broyés, dénaturés par un impitoyable
mécanisme que René Dupuis comparait aux chaînes des abattoirs de Chicago : « L'idée, comme le cochon, entre vivante
dans l'usine, le Parlement, amenée sur un palan, le parti, et
ressort de l'autre côté sous forme de lois aussi nombreuses,
diverses et standardisées que le boudin, le jambon et la sau-
cisse, les députés et sénateurs stérilisant les idées et les sentiments de leurs commettants par des méthodes aussi parfaitement taylorisées que le geste des Nègres, chargés à Chicago
de saigner les cochons à leur entrée dans la chaîne [11]. » De
ce fait, le Parlement et la politique parlementaire leur paraissaient avoir totalement divorcé d'avec le réel : « Il est bouffon
de penser, remarquait Daniel-Rops, que notre politique croit
encore jouer des parties sérieuses quand elle se demande si
le cléricalisme est toujours l'ennemi ou si les sous-marins
ou les torpilleurs sont vraiment des armes offensives ou
défensives [12]. »

Dans cette critique du parlementarisme, l'*Ordre Nouveau*
était le mouvement le plus en pointe, le plus virulent. En la
matière, la *Jeune Droite* et *Esprit* étaient, pour des raisons

10. *Ordre Nouveau*, n° 4, octobre 1933, p. 15.
11. *Ibid.*, p. 10.
12. *Revue française*, avril 1933, p. 496.

différentes, moins prolixes. La *Jeune Droite* ne prenait plus en effet la peine de brocarder le parlementarisme. Pour elle, la nocivité du régime était établie de longue date et, en ce domaine, elle n'innovait pas, reprenant purement et simplement à son compte la critique maurrassienne. Par ailleurs, si *Esprit*, quand il s'exprimait sur le sujet, allait dans le même sens que l'*Ordre Nouveau* [13], il le faisait plus rarement, sa réflexion portant davantage sur les problèmes philosophiques et spirituels que sur les questions institutionnelles.

Dans l'inadaptation du régime aux réalités des années 1930, étaient particulièrement soulignées les responsabilités des partis politiques, « appliqués à se battre pour des querelles de boutiques, incapables d'aborder en face les vrais problèmes [14] ». L'*Ordre Nouveau* s'attaquait à eux avec sa vigueur coutumière. Jean Jardin et Denis de Rougemont, après avoir noté que « le procès des partis n'est plus à faire qu'à titre rétrospectif », les décrivaient en des termes peu flatteurs : « Une droite qui gère des actions au lieu d'agir, des radicaux enracinés dans des bas de laine, des socialistes dont le programme se borne à l'étatisation des mêmes bas

---

13. En 1936, dans le *Manifeste au service du personnalisme* (Paris, 1936), Mounier écrira : « Entre l'expression par un vote unique, national et global, de cette "volonté générale", moyenne abstraite d'intérêts généraux et locaux, de sociétés hétérogènes, de croyances divergentes, de doctrines profondes et de jugements hâtifs sur des faits mal connus, et ces intérêts, ces sociétés, ces croyances, ces jugements, quel rapport authentique et vivant ? Quelle part faite à l'engagement responsable ? Voici un pauvre homme qui doit avoir son avis sur tout : paysan, connaître de la diplomatie, intellectuel, connaître du paysan, un représentant interchangeable qui fond sur une circonscription artificielle de l'autre bout du pays et l'apprend en deux mois, comme une matière d'examen ; qui doit ensuite représenter à la fois les intérêts d'une région, la doctrine d'un parti et l'intérêt général de la nation : où la réalité pourrait-elle bien se faire un chemin à travers son pouvoir ? "Représentants du peuple" : cet intellectuel tombé chez les vignerons, cet avocat perdu dans les cultures d'olivier, quel sens précis peuvent-ils donner à cette prétention ? Vient se greffer sur ce malentendu le parlementarisme avec sa vie propre, ses groupes sans attache dans le pays, aux qualificatifs interchangeables, son éloignement des provinces, sa déformation d'optique, ses combinaisons de couloir. Ce régime, dont on a pu dire qu'il n'était pas une démocratie mais une aristocratie d'hommes ambitieux et riches, rongeant d'un côté la volonté électorale, de l'autre envahissant l'exécutif soumis par la combinaison des ministères et par les caprices de l'Assemblée à une instabilité, à une faiblesse, à une incompétence et à une discontinuité congénitales. » (*Esprit*, octobre 1936, p. 183-184.)

14. Daniel-Rops, *Revue française*, avril 1933, p. 496.

de laine, des communistes, enfin, délégués à la Chambre pour attester périodiquement dans l'indifférence générale l'impuissance d'une doctrine périmée [15]. »

Les radicaux et les socialistes faisaient tout spécialement les frais de ces charges. Les radicaux : « Ils ont jeté l'ancre sur le monde de 1905, ils ont assisté sans rien voir, sans rien comprendre, à la guerre, à l'après-guerre, à la crise ; ils remplissent aujourd'hui de leurs plaintes comiques le ciel assombri par des orages qui éclatent partout et ils supplient le temps de revenir en arrière. Ils regrettent le passé, redoutent l'avenir, s'accrochent, faute de mieux, à un présent boiteux [16]... » Quant aux socialistes : « Il y a des gens qui sont nés avant 1850, on ne peut leur en vouloir..., ils se tiennent à égale distance de la participation et de l'action, de l'assiette au beurre et de la révolution [17]. » Les placards publicitaires de l'*Ordre Nouveau* insistaient d'ailleurs sur ce refus des partis. On pouvait y lire : « L'*Ordre Nouveau*, qui constitue, en dehors des partis politiques, un mouvement de doctrine et d'action efficace et cohérent, inquiète et déconcerte les partis existants. »

Ce refus n'était pas seulement un refus « des » partis existants, il était aussi un refus « du » parti en tant que tel, en tant que moyen d'action politique. Les partis présentaient, en effet, aux yeux de ces mouvements, la même tare que le Parlement, celle de consacrer le triomphe des revendications abstraites et politisées sur les problèmes et les intérêts réels : « Ce que l'on appelle programme d'un parti n'est qu'une construction intellectualiste, abstraite, un ensemble arbitraire de revendications démagogiques conçues a priori, ou encore une utopie gratuite sans rapport avec le réel [18]. » Les partis, ajoutait Alexandre Marc, ne s'intéressent pas à l'homme vivant, ils ne veulent connaître que l'individu abstrait, « l'homme public à l'existence artificielle, le représentant anonyme d'une masse indifférenciée [19] ». Par ailleurs, tout parti leur apparaissait comme le lieu privilégié de ce que Mounier appelait, après Péguy, la décomposition de la « mystique » en « politique » : « On pose

15. *Avant-Poste*, février 1934, p. 16.
16. R. Loustau, *Ordre Nouveau*, 1933, n° 4, octobre 1933, p. 4.
17. D. de Rougemont, *ibid.*, p. 5.
18. M. Glady (A. Marc), *Ordre Nouveau*, n° 4, octobre 1933, p. 20.
19. *Ibid.*, p. 19.

des questions morales, notait Robert Aron, et tout se termine en cuisine électorale [20]. »

Cette prise de position se prolongeait dans la pratique par le refus de ces mouvements de s'organiser eux-mêmes en parti politique. L'*Ordre Nouveau* était catégorique : « Il faut qu'on en fasse son deuil, il n'y aura pas de parti *Ordre Nouveau* [21]. » Cette attitude était aussi celle de Mounier qui, dès avant la fondation d'*Esprit*, écrivait à Izard : « J'incline beaucoup à laisser tomber la voie parlementaire pour l'action directe sur les masses [22]. » Dans le même sens, en mars 1934, il donnera pour consigne : « Quant à l'action immédiate : abstention à l'égard des partis politiques [23]. » Cette méfiance fut pour beaucoup, on l'a vu plus haut, dans les difficultés qui naquirent très vite entre Mounier et la *Troisième Force* et qui le conduisirent à réaffirmer en octobre 1934 : « Je ne crois plus aux partis et à la politique qu'ils supposent, mais à de souples organismes minoritaires [24]. » En 1935, dans une note de *Révolution personnaliste et communautaire*, il rappellera même l'article de l'*Ordre Nouveau* cité au paragraphe précédent en disant son total accord avec Alexandre Marc qui y prophétisait « la mort des partis ».

Si la *Jeune Droite* ne pouvait que se réjouir de la condamnation des partis formulée par *Esprit* et par l'*Ordre Nouveau*, elle n'insistait guère sur ce thème car depuis longtemps la cause était pour elle entendue. Elle était en revanche plus explicite dans la dénonciation de la faiblesse de l'État parlementaire jugé incapable d'assumer avec quelque stabilité et continuité ses tâches gouvernementales et, surtout, impuissant à faire face aux « féodalités » qui, selon ses censeurs, usurpaient ses prérogatives avec une audace grandissante. Parmi ces « féodalités » – partis, syndicats, franc-maçonnerie, police [25] –, une catégorie faisait l'objet de dénonciations

20. *Ibid.*, p. 17
21. A. Marc, *ibid.*, p. 19.
22. *Mounier et sa génération*, *op. cit.*, p. 85.
23. *Esprit*, n° 18, mars 1934, p. 914.
24. *Mounier et sa génération*, *op. cit.*, p. 153.
25. La dénonciation de la police comme « État dans l'État » fut un des thèmes favoris de tous ces groupes. Le premier livre de la collection *Esprit* fut ainsi, en 1934, un ouvrage d'André Ulmann consacré à ce sujet, sous le titre *Police, quatrième pouvoir* (Paris, 1934).

particulièrement virulentes, celle des « féodalités » financières, celle de ce que la *Jeune Droite* appelait, avec l'*Ordre
Nouveau*, « les congrégations économiques ». « Nul ne songe
à nier, écrivait Thierry Maulnier, l'influence énorme, illégi-
time, exercée sur ses conseils [de l'État français] par les
congrégations économiques, par de puissantes associations
financières ou patronales – grandes banques d'entreprises,
consortiums métallurgiques ou textiles. Les Français, auxquels on signale pourtant depuis longtemps la force politique
du grand capitalisme anonyme et international, seraient sans
doute surpris s'ils connaissaient la puissance monstrueuse
détenue hors de l'État, sur lui, contre lui, par les moyens de
l'influence et des complaisances, de la corruption et du chantage, par la Standard Oil ou par l'Agence Havas. La grande
finance, souvent entre des mains étrangères ou juives, toujours cosmopolites, et les immenses entreprises qu'elle
détient, qu'elle patronne, détiennent ainsi une part apprécia-
ble du pouvoir [26]. » Plus crûment Jean-Pierre Maxence voyait
dans la démocratie « un tas de scories (les suffrages) masquant un tas d'or (le capitalisme) [27] ».

Dans ce réquisitoire, où l'anticapitalisme rejoignait l'antiparlementarisme, la *Jeune Droite* trouvait à ses côtés aussi
bien l'*Ordre Nouveau* qu'*Esprit*. L'*Ordre Nouveau*, qui proclamait son refus de la « dictature des congrégations économiques », affirmait : « Derrière le rideau des discoureurs professionnels et des policiers qui les protègent, les Puissances
occultes gouvernent : il n'y a plus d'autre pouvoir que celui
de l'Argent [28]. » *Esprit* formulait un diagnostic à peu de choses près analogue : « Il n'y a plus de cité, plus d'État, plus
de gouvernement. Les puissances d'argent ont envahi tout le
système. Un immense parasite est sur les pays, immobilise
leur parlement, leur information, leur volonté et empoisonne
irrésistiblement les cœurs [29]. »

Après avoir critiqué la faiblesse de l'État devant les nouvelles féodalités, Thierry Maulnier notait cependant que
« l'État qu'il faut réformer n'est pas seulement l'État irres-

26. *Demain la France*, *op. cit.*, p. 145-146.
27. *Histoire de dix ans*, *op. cit.*, p. 28.
28. *Ordre Nouveau*, n° 9, février 1934, p. 3.
29. E. Mounier, *Esprit*, n° 6, mars 1933, p. 883.

ponsable et faible, mais l'État envahisseur et tentaculaire »,
car, ajoutait-il, « si l'une des tares de l'État français est sa
faiblesse interne et la puissance des coalitions illégales qui
l'entourent (...), sa tendance centralisatrice et socialisante le
pousse d'autre part à empiéter chaque jour davantage sur les
privilèges naturels des individus [30] ». Et Thierry Maulnier de
conclure : « Réformer, restaurer l'État n'est donc pas accroître indistinctement ses pouvoirs, mais les renforcer dans ses
attributions légitimes et dans celles-là seulement. Ceux qui
s'attelleront à cette tâche ne sauraient oublier que le seul but
n'est pas de défendre l'existence de la collectivité nationale
contre la carence et la déficience de l'État, mais aussi de
protéger l'indépendance individuelle contre les abus et les
usurpations du pouvoir [31]. »

Avec ce procès de l'étatisme et de la centralisation, nous
arrivons au cœur de la révolte politique des mouvements de
jeunes des années 1930. Ce n'est pas un hasard si l'un des
principaux articles du premier numéro de l'*Ordre Nouveau*
avait pour titre : « L'État contre l'Homme ». Ce thème de
l'écrasement de l'homme et des corps sociaux naturels qui
le protègent par un étatisme de plus en plus envahissant et
centralisateur fut, en effet, un des thèmes essentiels de
l'*Ordre Nouveau*. En ce domaine, la tradition proudhonienne
à laquelle il se rattachait directement – et qui ne fut pas non
plus sans influence sur les premiers travaux d'*Esprit* – rejoignait l'enseignement de Maurras (surtout du Maurras décentralisateur des débuts de l'*Action française*) auquel se référait
la *Jeune Droite*. Pour tous, l'État était « le plus froid des
monstres froids » dont parlait Nietzsche et dont il fallait se
méfier. Avec l'étatisme étaient aussi mis en accusation ses
corollaires, la bureaucratie et le fonctionnarisme, considérés
comme stérilisant, au profit de mécanismes artificiels, la vie
sociale réelle et spontanée des communautés naturelles.

L'État et le réseau contraignant de ses administrations, en
se substituant à la société, à la richesse vivante des groupes,
des communautés, des régions, étaient accusés d'opprimer
l'homme, de paralyser toute initiative créatrice. « Tout
aujourd'hui dans l'État, écrivait Daniel-Rops, tend à cette

30. *Demain la France*, *op. cit.*, p. 173.
31. *Ibid.*, p. 155.

uniformisation dans l'abstrait. Une centralisation, qui a paru longtemps nécessité et dont on commence seulement à soupçonner le péril, qui est le gigantisme, aboutit à nier les différences fondamentales, celles que les traditions, les influences régionales, les résurgences ethniques et les fidélités de métier enracinent au cœur de l'homme. L'idéal pour tous les régimes actuels, c'est l'uniformité : le Breton et le Provençal mêlés dans l'anonymat faubourien, fondus peu à peu dans le creuset d'où sort le misérable métal du citoyen prolétaire[32]. » Et d'ajouter : « Un système qui aboutit à subordonner l'homme à l'État, qui ne connaît d'activité que pour l'État, ne peut que conduire à la pire des déchéances. Il est un instrument de plus dans la tâche de destruction de la personne humaine que le monde moderne accomplit[33]. »

À ces progrès croissants de l'étatisme, Daniel-Rops voyait non seulement des causes politiques, mais aussi des causes morales et spirituelles : démission de l'homme devant ses responsabilités, refus du risque. « Cette pente qui conduit une civilisation tout entière à se soumettre aux puissances exclusives de l'État, c'est au cœur même de l'homme moderne qu'il faut en trouver le point d'origine. Inconscient de sa grandeur véritable, d'ailleurs abruti, au sens plein du terme, par le rythme de vie, voué au seul culte de la production, asservi au désir d'argent et de confort, et, pour le reste, encombré d'un vide immense, l'homme moderne ne veut plus de responsabilité, il ne veut plus de risque, il démissionne[34]. »

Avant d'en arriver là, en faisant le procès de la centralisation, de l'écrasement des corps sociaux intermédiaires par l'État, ces mouvements mettaient en accusation cent cinquante ans de vie politique et l'action persévérante de ceux qu'ils appelaient « les continuateurs bureaucratiques de la Révolution française[35] ». Remontant des effets aux causes, ils mettaient en question l'idéologie de 1789, les « grands principes » de la Révolution française considérés comme des abstractions solennelles, sans contact avec le réel et particulièrement inadaptés à l'évolution de la société en ces années 1930. Dans cette perspective, l'étatisme leur apparaissait

32. *Ordre Nouveau*, n° 1, mai 1933, p. 9.
33. *Éléments de notre destin, op. cit.*, p. 85.
34. *Ibid.*, p. 96.
35. *Ibid.*, p. 86.

comme l'envers naturel de l'individualisme révolutionnaire, l'individu abandonné à ses seules forces étant totalement désarmé devant les pressions étatiques et ne pouvant attendre que de l'État ce qu'il ne peut obtenir par son effort solitaire. De ce fait, ces groupes voyaient dans le totalitarisme un fruit logique de l'individualisme [36].

Assez paradoxalement, c'est dans l'*Ordre Nouveau* et dans *Esprit* que l'on trouvait les développements les plus importants consacrés à la critique des principes de 1789, alors que la *Jeune Droite* s'y attardait beaucoup moins. Pour cette dernière, en effet, c'était là un point qui ne faisait plus question. Elle se bornait seulement à constater le discrédit général dans lequel sombrait l'idéologie révolutionnaire et libérale : « En 1934, remarquait Thierry Maulnier, la critique des principes démocratiques, fondement de l'État républicain, est un fait accompli depuis plusieurs décades. Grâce en partie à Georges Sorel, grâce, surtout, à l'analyse maurrassienne, un prodigieux travail de destruction et de subversion intellectuelles a ruiné l'idéologie issue de la révolution de 1789 [37]. » Toutefois, si dans la critique des idées de 1789 conduite par ces mouvements l'influence des idées maurrassienne et sorélienne fut très grande, on ne saurait cependant passer sous silence d'autres influences : l'influence du catholicisme social – notamment dans *Esprit* et chez certains éléments de la *Jeune Droite* – ainsi que l'influence du socialisme, à la fois du socialisme d'inspiration proudhonienne et du socialisme d'inspiration marxiste.

C'est un disciple direct de Georges Sorel – qui n'était plus d'ailleurs un « jeune » –, Hubert Lagardelle, qui orchestra avec le plus de vigueur, dans *Plans*, ce qui fut l'argument essentiel de la réaction antidémocratique de ces mouve-

---

36. Cf. MOUNIER, *Manifeste au service du personnalisme, op. cit.* : « Le cancer de l'État se forme au sein même de nos démocraties. Du jour où elles ont désarmé l'individu de tous ses enracinements vivants, de tous ses pouvoirs prochains, du jour où elles ont proclamé qu'"entre l'État et l'individu, il n'y a rien" (loi Le Chapelier), qu'on ne saurait laisser les individus s'associer selon "leurs prétendus intérêts communs" *(ibid.)*, la voie est ouverte pour les États totalitaires modernes. La centralisation étend peu à peu son pouvoir, la rationalisation aidant, qui répugne à toute diversité vivante : l'étatisme "démocratique" glisse à l'État totalitaire comme le fleuve à la mer. » (*Esprit*, octobre 1936, p. 174-175.)

37. *Demain la France, op. cit.*, p. 156.

ments : l'opposition entre « l'homme abstrait », fondement des dogmes démocratiques, et « l'homme réel » : « L'utopie de la démocratie, affirmait-il, a été de dépouiller l'individu de ses qualités sensibles, de le réduire à l'état abstrait de citoyen. De l'homme concret de chair et d'os, qui a un métier, un milieu, une personnalité, elle a fait un être irréel, un personnage allégorique en dehors du temps et de l'espace, et le même à tous les étages de la société. Ni ouvrier ni paysan, ni industriel ni commerçant, ni du Nord ni du Midi, ni savant ni ignorant : un homme théorique[38]. »

On devait retrouver ce thème dans *Esprit* sous la plume d'Aldo Dami qui était d'ailleurs un transfuge de *Plans*. Dans un article intitulé « Crise de la démocratie et réforme de l'État », il écrivait : « Notre siècle opposera au concept de citoyen celui de producteur, à l'homme abstrait et juridique l'homme réel. La crise actuelle est avant tout une crise d'adaptation. Les institutions ne correspondent plus aux faits[39]. » En conséquence, il évoquait la nécessité de créer des institutions qui « substitueront au citoyen le producteur, à l'individu la collectivité, à l'homme abstrait des Encyclopédistes et de la Révolution française l'homme concret de la Révolution industrielle, en bref, l'homme qui n'a pas seulement une opinion mais aussi et surtout un métier, une région, une patrie[40]. »

Avec sa concision et ses formules lapidaires habituelles, l'*Ordre Nouveau* reprenait le même thème : « Le système démocratique et parlementaire, au lieu de considérer l'homme dans son triple milieu, naturel, natal, familial et professionnel, ne veut voir en lui que "l'individu" défini par le bulletin de vote anonyme, la cote d'impôts et le matricule militaire, c'est-à-dire un être essentiellement abstrait et semblable à tous les autres, un atome social[41]. » Dans un manifeste publié en décembre 1933, l'*Ordre Nouveau* citait donc au premier rang des « institutions à renverser » les institutions démocratiques « auxquelles donne naissance l'individualisme libéral » : « L'individu libéral, tel que l'ont créé les théoriciens du suffrage universel, tout le monde croit

38. *Plans*, n° 1, janvier 1931, p. 25.
39. *Esprit*, n° 22, juillet 1934, p. 545.
40. *Esprit*, n° 21, juin 1934, p. 371.
41. R. Dupuis et A. Marc, *Jeune Europe* (Paris, 1933), p. 205.

aujourd'hui que c'est quelque chose de très simple, une évidence, une sorte de lieu commun. C'est en effet le lieu commun de tous les malentendus actuels. Cet homme, sans lien, réduit à l'unité arithmétique, où l'a-t-on vu ? Qui l'a vu ? Et comment existerait-il ? C'est pourtant sur cet homme abstrait qu'est bâti tout le système démocratique. Et l'erreur initiale, doctrinale, se retrouve à tous les étages du système. C'est à cause d'elle qu'il s'écroulera [42]. »

Si *Esprit* ne formulait pas un verdict aussi catégorique, il est certain cependant que Mounier n'avait pas beaucoup d'indulgence pour la technique et l'idéologie démocratique. Ainsi que le constatera plus tard Étienne Borne : « Emmanuel Mounier n'usait pas volontiers du mot démocratie. Il lui semblait que l'idée avait quelque chose de banal et qu'elle appelait l'image de la "ligne plate" dont il avait horreur, en chevalier ami de l'épopée qu'il a été tout au long de sa vie. Au surplus, la démocratie lui paraissait solidaire, dans ses institutions comme dans son esprit, d'un monde libéral et individualiste qu'il estimait condamnable et donc condamné par la Providence et par l'histoire, et qui se trouvait en fin de compte trop vulnérable à la critique marxiste des libertés formelles [43]. » La critique de Mounier se situait en effet à deux niveaux, au niveau des principes d'une part, au niveau de l'application d'autre part, car, selon lui, la démocratie était « faussée dans ses origines par une idéologie viciée et étranglée dans son exercice par le règne de l'argent [44] ».

Le refus de l'individualisme révolutionnaire était chez lui net, catégorique, sans appel : « L'idéologie que nous combattons, écrivait-il, c'est l'idéologie de 89 (...) Ce que nous combattons c'est ceci : l'individu vidé de toute substance et attaches charnelles et spirituelles, fortifié de ressentiments et de revendications, érigé en absolu ; la liberté considérée comme un but en soi, sans rapport à quoi se donner, jusqu'à juger le choix même et la fidélité comme des impuretés ; l'égalité par le vide entre des individus neutres et interchangeables (auquel sens le prolétaire est le couronnement du citoyen) ; le libéralisme politique et économique qui se dévore lui-même ; l'opti-

42. *Revue des vivants*, décembre 1933, p. 1844.
43. *Forces nouvelles*, 2 avril 1960.
44. « Lettre à P. Archambault », *l'Aube*, 27 février 1934.

misme dévot de la souveraineté nationale[45] ; l'opposition purement négative au socialisme ; l'attachement à un parlementarisme abstrait et mensonger qui, par ailleurs, se déconsidère de jour en jour. Une telle démocratie méconnaît aussi bien la personne originale et pleine que la communauté organique qui doit relier les personnes : l'histoire des cent cinquante dernières années en témoigne[46]. » Après avoir lu ces lignes, on s'étonne moins de trouver dans *Esprit*, sous la plume de Mounier, une sorte d'hommage à l'œuvre de l'*Action française* où, disait-il, « on lutta courageusement contre la démocratie libérale et parlementaire[47] ».

À l'égard de la Révolution de 1789 en tant qu'événement historique, la position d'*Esprit* était plus nuancée, tendant à dissocier la Révolution comme « fait » de la Révolution comme « idéologie ». C'est ainsi que Mounier, après avoir dit son opposition à « l'idéologie de 89 », précisait : « Non, 89 n'est pas Lucifer. Il y a une âme de la Révolution française dont nous vivons encore, et sainement : mais elle est à sa superstructure idéologique ce que le mouvement syndical et ouvrier, par exemple, est aux partis et aux métaphysiques qui l'ont accaparé[48]. » Cette attitude n'était guère éloignée de celle de l'*Ordre Nouveau* qui, s'il critiquait l'individualisme rationaliste et abstrait issu de la Révolution, approuvait en revanche l'esprit de révolte qui avait animé celle-ci contre un monde figé en institutions désuètes et sclérosées[49].

En prenant ses distances à l'égard des principes de 1789, Mounier entendait désolidariser très nettement son entreprise

45. « La doctrine de la souveraineté populaire n'est rien pour nous si elle se réclame du nombre inorganisé ou de l'optimisme naïf de l'infaillibilité populaire. » *(Ibid.)*

46. *L'Aube*, 27 février 1934.

47. « L'*Action française* où on lutta courageusement contre la démocratie libérale et parlementaire, mais au profit d'un conformisme traditionaliste compromis avec une conception païenne de la cité » (*Esprit*, n° 6, mars 1933, p. 1025). Dans le *Manifeste au service du personnalisme*, Mounier écrira dans le même sens : « Toute cette critique utilisée par les mouvements monarchistes et par les ligues fascistes est un acquis définitif du personnalisme, et c'est au nom de la personne qu'elle aurait dû être menée pour ne pas être compromise par d'aussi troubles origines. » (*Esprit*, octobre 1936, p. 184.)

48. « Lettre à P. Archambault », *op. cit.*

49. Nous avons vu que, dans leur premier livre, Aron et Dandieu semblaient même se référer à l'individualisme de 1789. Cette équivoque devait se dissiper dans les travaux postérieurs.

du courant politique de la démocratie chrétienne. Ses jugements sur les démocrates-chrétiens, dont certains voyaient pourtant avec sympathie les efforts d'*Esprit*, furent toujours extrêmement sévères : « À beaucoup de démocrates-chrétiens, nous reprochons précisément de n'avoir pas donné un congé définitif à toutes ces impuretés idéologiques et cherché avec suffisamment de grandeur l'audacieuse tradition qui les eût poussés à l'avant-garde, au lieu de la paralyser dans les fluctuations modérées jusqu'à en faire trop souvent la dernière et malsonnante remorque de la réaction [50]. » Le *Sillon*, ancêtre du mouvement démocrate-chrétien, n'était guère mieux traité : Mounier l'accusait d'avoir dévoyé « des forces généreuses (...) dans de vagues compromissions politiques et une idéologie périmée [51] ».

Cette condamnation par *Esprit* des principes de la démocratie libérale était complétée par la dénonciation de son fonctionnement jugé totalement faussé par le jeu du capitalisme. Par là, Mounier rejoignait et la critique marxiste des libertés formelles et la critique maurrassienne qui voyait dans la démocratie le règne de la ploutocratie. Il écrivait : « On ne dénoncera jamais assez le mensonge démocratique en régime capitaliste. La liberté capitaliste a livré la démocratie, en utilisant ses formules mêmes et les armes qu'elle lui donnait, à l'oligarchie des riches (...) La démocratie capitaliste est une démocratie qui donne à l'homme des libertés dont le capitalisme lui retire l'usage. L'Égalité ? On y proclame l'égalité juridique, et, surtout, ce qui compte pour elle, l'égale chance de tous dans la course à l'argent ; hypocrisie dans un régime où, malgré quelques réussites (souvent nées de la violence et de l'usure), malgré quelques infiltrations avarement ménagées, l'enseignement et les fonctions de commandement sont pour l'ensemble un monopole de caste ; où, en tous domaines, les sanctions frappent différemment les riches et les faibles ; où la souveraineté populaire, enfin, n'est qu'un leurre. L'État politique n'y représente pas des hommes ou des partis, mais des masses de gens "libres", indifférenciés,

---

50. « Lettre à P. Archambault », *op. cit.*
51. *Esprit*, n° 6, mars 1933, p. 1026. Dans le même sens, cette note dans son journal à la date du 8 juin 1934 : « Mardi soir, conférence aux Sillonistes pauvres, pâles, généreux débris épuisés de douceur... » (*Mounier et sa génération*, *op. cit.*, p. 46).

lassés, qui votent n'importe comment en se soumettant d'eux-mêmes sous la domination des puissances capitalistes qui, par la presse et le Parlement, entretiennent le cercle de cet avilissement[52]. »

L'*Ordre Nouveau* n'était pas moins véhément dans la mise en accusation de ce qu'il appelait « le mensonge de la démocratie libérale » : « Nous savons ce qui se cache derrière les grands mots d'égalité, de fraternité, de liberté dont s'adornent les façades de nos mairies. Il n'y a point d'égalité véritable dans une république parlementaire et l'égalité politique du bulletin de vote n'est qu'une façon de leurrer les petits, les désarmés. Qui dira que Civis, l'anonyme, soit l'égal de M. Schneider parce que les bulletins de l'un et de l'autre, tous les quatre ans, s'équivalent ? Il n'y a pas de liberté véritable dans un régime où toutes les forces de suggestion de la presse, mises au service de l'argent et de l'État, privent la personne des fondements mêmes du jugement. Où la police cesse d'être un moyen d'ordre pour devenir un système de gouvernement. Où l'on a désappris à tout un peuple l'usage de la liberté politique en faussant même ce que le régime parlementaire, à son origine, pouvait avoir de valable. Il n'y a pas de fraternité dans un système qui, fondé ouvertement sur une frénésie de profit et de rivalités sordides, n'a plus d'autre moyen de gouverner que de dresser les diverses catégories de citoyens les unes contre les autres et d'exploiter, divisant pour régner, les pires sentiments de haine et d'envie[53]. »

De ce fait, très logiquement, l'*Ordre Nouveau* concluait par la plume d'Alexandre Marc : « Le terme de démocratie est à éviter comme la peste[54]... » Telle n'était pas en revanche l'attitude d'*Esprit*. Celui-ci était enclin à conserver le mot en le précisant et en opposant la démocratie existante – « démocratie libérale et parlementaire » – qu'il fallait combattre et abattre à une démocratie idéale – une « démocratie organique » – qu'il fallait s'efforcer de susciter et de construire. On trouvait notamment cette opposition chez Mounier et chez Jean Lacroix, ce dernier manifestant d'ailleurs de sérieuses

52. « Lettre à Paul Archambault », *op. cit.*
53. *Ordre Nouveau*, n° 5, novembre 1933, p. 8-9.
54. Lettre à C. Chevalley (11 juillet 1935), citée par E. Lipiansky, *op. cit.*, p. 33.

réticences à l'égard de l'antidémocratisme de l'*Ordre Nouveau*. Cette position quelque peu ambiguë devait amener la *Jeune Droite* à reprocher à *Esprit* de ne pas rompre assez nettement avec le « démocratisme ». On notera que, dans la lettre d'Alexandre Marc dont on a cité un extrait plus haut, il y avait aussi une critique implicite de la tactique d'*Esprit* : « Certes, on peut toujours dire : nous sommes démocrates si démocratie signifie amour du peuple, nous sommes démocrates si démocratie signifie personnalisme, bref, nous sommes démocrates si démocratie signifie... *Ordre Nouveau* : astuce verbale ne présentant aucun intérêt, aucune efficacité [55]. »

Ce refus de se situer dans le cadre idéologique de la démocratie libérale, de s'engager dans les querelles parlementaires, d'admettre le jeu corrupteur des partis, l'*Ordre Nouveau* le résumait en une formule qui devait connaître un certain succès : « Ni droite, ni gauche ». Tel fut notamment le titre d'un numéro spécial de sa revue consacré à prouver la faillite des partis et du parlementarisme. De même, après avoir affirmé leur refus de s'intéresser au cléricalisme, au militarisme, au parlementarisme, « questions petites-bourgeoises, héritage du XIXᵉ siècle », Robert Aron et Arnaud Dandieu déclaraient dans la préface de *la Révolution nécessaire* : « Nous ne sommes ni de droite ni de gauche, mais s'il faut absolument nous situer en termes parlementaires, nous répétons que nous sommes à mi-chemin entre l'extrême droite et l'extrême gauche, par-derrière le président tournant le dos à l'assemblée [56]. » La signification de l'image était claire, c'était le rejet d'une « idéologie, voire d'une sensibilité, conditionnée par la démocratie parlementaire [57] ». Et l'*Ordre Nouveau* ajoutait : « Celui-là seul est mûr pour la révolution qui a compris l'absurdité d'une pareille classification [58]. »

Certains représentants de la *Jeune Droite*, malgré quelques réticences, adoptèrent la formule. Thierry Maulnier collabora ainsi au numéro de l'*Ordre Nouveau* publié sous ce titre. Pour sa part, Jean de Fabrègues écrivait : « Voici notre parti.

55. *Ibid.*, p. 33.
56. *La Révolution nécessaire, op. cit.*, p. 12.
57. J. Jardin et D. de Rougemont, *l'Avant-Poste*, février 1934, p. 15.
58. *Ibid.*, p. 15.

Il n'est pas avec les hommes de droite qui pensent (sciemment ou non) à leurs portefeuilles, à leurs Conseils d'administration, à cent choses que le matérialisme corrompt essentiellement. Il n'est pas avec les hommes de gauche soucieux d'autres matérialismes à satisfaire : ceux des électeurs (...) Nous ne sommes ni avec les cadres glacés de la droite, ni avec la haine du christianisme qui siège à gauche. Mais pour autant nous ne sommes pas avec ceux qui se servent de la souffrance humaine comme d'un tremplin politique, ni avec ceux qui agitent le Drapeau et le Crucifix pour couvrir de futurs Panamas et de nouveaux Oustrics [59]. » Au cours de l'année 1934, il se déclarera d'extrême gauche « par [son] exigence de réforme sociale », et d'extrême droite « par [son] souci d'ordre politique [60] ».

Dans un autre style, Mounier récusait lui aussi une certaine façon d'opposer droite et gauche : « Il faudra écrire l'histoire de cette comptabilité universelle et montrer à l'œuvre une opinion diffuse contraignant peu à peu dans ces colonnes toutes les valeurs spirituelles. Il y a des vertus de droite : l'honneur, la mesure, la prudence ; et des vertus de gauche comme l'audace et la paix. La charité est à droite, avec l'Académie, la religion, le ministre de la Guerre, l'âme, M. Bourget, le latin, l'économie libérale, les notaires et les familles. La justice est à gauche avec Picasso, les fonctionnaires, M. Homais, l'hygiène sociale, le féminisme, la liberté et la psychologie expérimentale (...) Ce serait assez bien nous définir, politiquement parlant, que nous considérer comme ceux qui ont senti leur instinct essentiel déchiré par ce partage et ce malentendu. Tout l'effort de notre psychologie politique doit être employé à le briser [61]. » Plus directement, il écrira quelques semaines après : « Tant que nous n'aurons pas arraché de nos chairs, où ils tiennent encore solidement, jusqu'aux derniers sursauts du "réflexe de droite" ou du "réflexe de gauche", tant que nous n'aurons pas laissé très loin en arrière cette irritation spontanée que donnent aux uns les lorgnons de M. Blum, aux autres les moustaches de M. Marin, nous ne serons pas encore à la question [62]. » Aussi,

59. *Revue du siècle*, n° 11, mars 1934, p. 5.
60. *Revue du XXᵉ siècle*, n° 2, décembre 1934. p. 52.
61. *Esprit*, n° 1, octobre 1932, p. 7-9.
62. *Esprit*, n° 6, mars 1933, p. 882.

après avoir dit la nécessité de désolidariser les valeurs spirituelles d'avec les politiques de droite, n'était-il pas disposé
à se ranger parmi « les catholiques de gauche » : « À quoi
bon désolidariser ici les valeurs transcendantes pour les solidariser à nouveau trente mètres plus loin (je parle des travées
de la Chambre) [63] ... »

En fait, *Esprit* ne s'était pas fixé dans cette position – qu'il
conservera jusqu'en mars 1934 – sans hésitation, ainsi qu'en
témoignent les retouches subies par l'article-manifeste de
Mounier « Refaire la Renaissance » entre le Congrès de Font-
Romeu et la publication dans le premier numéro de la revue.
En effet, si, dans la première version de ce texte qui fut lue
au Congrès, Mounier déclarait déjà qu'il ne fallait pas « laisser entendre que nous allons retourner la balance et solidariser systématiquement l'esprit avec tout ce que l'on a
estampillé à gauche », il ajoutait cependant : « Nous nous
laisserons placer à gauche, non parce que notre tempérament
nous y porte, ou la mode, ou l'ambition, mais parce que la
vérité a de ce côté aujourd'hui sa voie royale [64]. » Cette dernière phrase disparut dans le texte définitif. Il semble donc
que ce soient les discussions de Font-Romeu qui aient
conduit à l'adoption de la position « Ni droite, ni gauche ».

Cette formule allait d'ailleurs, il faut le souligner, beaucoup plus loin qu'un simple refus du jeu politique des années
1930. Elle traduisait aussi un certain mépris de la politique,
un « antipolitisme » auquel l'influence de Proudhon et de
Péguy n'était pas étrangère. « Il y a une certaine bassesse,
notait ainsi Daniel-Rops, à toujours attirer son adversaire sur
le terrain politique [65]. » De même, Denis de Rougemont
avouait, dans les premières lignes de *Politique de la personne*, avoir pour la politique « une espèce d'aversion naturelle [66] ». Et, de fait, ces mouvements entendaient replacer
les problèmes politiques dans une perspective beaucoup plus
générale. La *Revue du siècle* constatait ainsi : « Si la plupart
des enquêtes s'entendent à rejeter les phénomènes essentiellement politiques que sont la démocratie et ses dérivés, SDN,
Parlement, etc., ce sont des conceptions plutôt philosophi-

63. *Ibid.*
64. *Bulletin des amis d'E. Mounier*, n° 13, mars 1959, p. 6.
65. *Revue française*, avril 1933, p. 496.
66. *Politique de la personne* (Paris, nouvelle éd. 1946), p. 13.

ques que politiques qu'ils leur opposent [67]. » Le slogan « Ni
droite, ni gauche » était donc aussi l'expression de leur
volonté de « changer de plan », ce qui était une des formules
favorites d'*Esprit* et de l'*Ordre Nouveau*. Sur ce point, Mounier s'expliquera plus tard en ces termes : « Ni droite ni
gauche, ni Grecs ni juifs, nous ne reniions pas nos sangs
divers, mais, les uns par vocation, les autres par décision,
nous prenions notre point de départ et placions notre ligne
de visée sur un plan radicalement transcendant au plan politique, bien que recoupant aussi le plan politique. À notre
manière, nous disions au monde des politiciens : "Notre
royaume n'est pas de votre monde. L'homme, ses problèmes
et sa civilisation, sa vérité métaphysique, aussi bien que son
histoire la plus engagée, l'actualité comme vous dites, tout
cela est à une distance dont vous n'avez pas la moindre idée
de ces idéologies contradictoires, de ces volontés brouillon-
nes et de ces instincts grégaires que vous classez en droite
et en gauche" [68]. »

Les perspectives dans lesquelles ces mouvements avaient
le souci de situer leur contestation de l'ordre politique établi
étaient assez exactement décrites par *Esprit*, lorsque celui-ci
déclarait : « Il n'y a aucune proportion entre la totalité de
notre œuvre et ses coordonnées proprement politiques. Le
politique peut être urgent, il n'est que subordonné. Le dernier
point que nous visons, ce n'est pas le bonheur, le confort et
la prospérité de la cité, mais l'épanouissement spirituel de
l'homme. Si nous poursuivons le bien politique de l'homme,
ce n'est pas dans l'illusion qu'il va lui assurer une vie sans
risque, sans souffrance et sans soif. Ce que nous combattons,
ce n'est pas une cité inconfortable, c'est une cité mauvaise.
Car tout péché vient de l'esprit, tout mal de la liberté. Notre
action politique est donc l'organe de notre action spirituelle
et non l'inverse [69]. » Le même point de vue se retrouvait dans
la critique du désordre économique et social faite par ces
groupes.

67. R. Vincent, *Revue du siècle*, n° 3, juin 1933, p. 15.
68. *Les Certitudes difficiles* (Paris, 1951), p. 91.
69. E. Mounier, *Esprit*, n° 1, octobre 1932, p. 10.

CHAPITRE TROISIÈME

Le désordre économique et social

« L'histoire désignera sans doute l'anticapitalisme comme le lieu commun le plus fortuné des années 1930[1]. » Ainsi s'exprimera Mounier dans son *Manifeste au service du personnalisme* publié en 1936. Cette affirmation, si elle est pour une bonne part exacte, doit être cependant nuancée dans la mesure où, jusqu'aux années 1932-1933, cet anticapitalisme fut surtout le fait des groupes de jeunes dont nous essayons de retracer l'histoire, tandis que l'opinion publique conservait alors sa confiance au régime établi malgré les rumeurs alarmantes venues d'outre-Atlantique et les signes de crise qui commençaient à apparaître en France. Dans les mouvements de jeunes, il y avait en revanche unanimité : « Quant au système économique actuel, pouvait écrire Daniel-Rops, on trouverait difficilement des jeunes hommes pour présenter sa défense[2]. »

Le spectacle de l'incohérence et de l'anarchie économique grandissante – surtout après 1932 – ne pouvait que les confirmer dans leur lutte contre un état de choses aussi choquant pour la raison que pour le sentiment. Alexandre Marc et René Dupuis ont peint en ces termes la stupeur des nouvelles générations devant ce qui ne pouvait pas ne pas leur apparaître comme un scandale difficilement supportable : « C'est au moment même où les progrès de la technique permettent – pour la première fois peut-être depuis le commencement de l'histoire de l'humanité – de produire assez de biens pour qu'il soit possible d'assurer à tous le nécessaire que les jeunes constatent les ravages toujours plus grands de la misère. Ils lisent dans le même journal que l'on va augmenter, dans des

---

1. *Esprit*, octobre 1936, p. 129.
2. *Les Années tournantes*, *op. cit.*, p. 103.

proportions considérables, les droits d'entrée du café en France et que, au Brésil, on alimente les locomotives avec cette denrée ; ils se voient, dans la rue, abordés par des chômeurs qui leur réclament du pain, alors qu'ils viennent de lire qu'on brûle des centaines d'hectares de blé au Canada[3]... » Que, devant de tels faits, la révolte leur soit apparue nécessaire et urgente n'a rien d'étonnant. Comme le remarquait l'un d'entre eux : « Nous avons le sentiment de vivre dans un monde où les richesses sont immenses et où la plupart d'entre elles sont gâchées ; nous sommes las d'un système économique où l'excès des biens aboutit à l'excès des malheurs, où l'abondance des blés dans le Middle West a pour résultat la famine chez les ouvriers allemands[4]. »

Cependant, ce qu'il faut ici particulièrement souligner, c'est que cette opposition au capitalisme fut chez ces jeunes hommes le fruit d'une réflexion critique antérieure à la crise, celle-ci venant simplement donner plus de force à leur diagnostic. Le capitalisme triomphant des années de prospérité n'était pas à leurs yeux moins critiquable que le capitalisme en déconfiture des années 1932-1934. Évoquant la naissance des *Cahiers*, Jean-Pierre Maxence pourra dire ainsi, non sans raison : « Aux belles, aux orgueilleuses années de la prospérité d'après-guerre, nous avons dit "non" au capitalisme[5]. » De même, c'est certainement à ces années-là que pensait Mounier, en dénonçant dans le premier numéro d'*Esprit* « le désordre des périodes étales, le plus pernicieux parce que inapparent, le plus pernicieux parce que masqué[6] ». Selon eux, le régime capitaliste devait être mis en accusation en soi, au-delà de la crise considérée seulement comme « une illustration plus vive, plus mobile[7] » du mal qui rongeait la société. Aussi, tout en dénonçant le désordre économique, ce procès du capitalisme allait-il beaucoup plus loin, mettant en question un régime qui était aussi et surtout source de désordre social et spirituel.

Cet anticapitalisme s'exprimait dans ces revues d'une manière particulièrement agressive et virulente. Pour *Esprit*,

3. *Jeune Europe*, p. 200.
4. Daniel-Rops, *le Monde sans âme*, *op. cit.*, p. 145.
5. *Histoire de dix ans*, *op. cit.*, p. 92.
6. *Esprit*, n° 1, octobre 1932, p. 7.
7. *Ibid.*, p. 7.

il était le fondement de sa dénonciation du désordre établi. Le régime capitaliste lui paraissait en effet répondre à tous les critères que la morale catholique retient pour définir la tyrannie : « Dans ce régime capitaliste, écrivait Mounier, nous savons pourquoi la crise et les guerres, et la corruption et les grèves et les haines. La question ne se pose plus pour nous de savoir si le régime répond à la définition du tyran. Il faut dire plutôt que jamais tyran ne disposa d'un aussi universel pouvoir de broyer les hommes, par la misère ou par la guerre, d'un bout à l'autre de la terre, qu'aucun tyran n'accumula, dans le silence de la normalité, autant de ruines et d'injustices [8]. » Et de conclure, après avoir noté qu'un « régime comme le capitalisme moderne est une sorte de péché social [9] » : « Notre révolte contre le monde de 1932 implique sans aucune réserve la condamnation et le renversement par tous les moyens, surtout par les moyens illégaux, c'est-à-dire efficaces, du régime capitaliste actuel [10]. » On le voit, les positions d'*Esprit* ne laissaient pas place à l'équivoque.

L'*Ordre Nouveau* n'était guère plus tendre, et son manifeste déclarait : « L'organisation économique actuelle est à la fois injuste et absurde. Injuste, car elle ne profite qu'à des parasites, spéculateurs et intermédiaires, qui exploitent en fin de compte l'ouvrier et le paysan, le technicien et l'intellectuel, autant d'ailleurs que l'entrepreneur honnête et indépendant. Absurde, car tous les perfectionnements techniques aboutissent aujourd'hui au chômage, l'abondance à la misère, la fécondité à la crise universelle (...) Nous refusons une civilisation qui affame trente millions d'hommes, prépare les guerres et légitime les désordres [11]. »

En ce domaine, l'attitude de la *Jeune Droite* était peut-être la plus caractéristique dans la mesure où elle rompait très nettement avec un conservatisme social qui pouvait passer pour l'apanage de la tradition à laquelle elle se rattachait. Daniel-Rops constatait ainsi : « Jadis la réaction était ce qui défendait l'héritage, la propriété, les bonnes mœurs et la morale en même temps que le portefeuille : ces jeunes réac-

8. *Esprit*, n° 6, mars 1933, p. 890.
9. *Ibid.*, p. 891.
10. *Esprit*, n° 7, avril 1933, p. 139.
11. *Ordre Nouveau*, n° 9, mars 1934, p. 2.

tionnaires se désolidarisent de tout ce complexe[12]. » À la vérité, la *Jeune Droite* retrouvait là une des inspirations originelles de l'*Action française* qui avait, par exemple, amené Maurras et Bainville, dans les années 1905-1910, à prendre parti pour les mineurs et cheminots en grève. Cette tendance anticapitaliste, qui avait été aussi, avant 1914, à l'origine de la création par Henri Lagrange du *Cercle Proudhon*, avait été ensuite plus ou moins étouffée par un certain embourgeoisement de l'*Action française* qui, autour des années 1930, tendait à se figer dans un conservatisme de fait sinon de doctrine.

Parce qu'elles avaient à dissiper cette équivoque, les déclarations de la *Jeune Droite* étaient, sur ce sujet, particulièrement véhémentes. Dès son manifeste, *Réaction* affirmait ainsi que « l'Ordre » qu'elle entendait servir n'avait rien à voir avec « la protection des coffres-forts » ou « l'union des intérêts économiques », tandis que Jean de Fabrègues s'élevait contre « l'infamie du capitalisme libéral[13] », qualifié par Christian Chenut de « régime antisocial et malhonnête[14] ». Décidée à couper « les trompeuses ficelles qui semblaient la lier à une économie capitaliste où l'esprit et la justice n'avaient pas leur voix[15] », la *Jeune Droite* déclarait très nettement : « Nous dénonçons l'usurpation : l'état de fait aujourd'hui nommé capitalisme, règne de la spéculation gratuite et de la pure jouissance, où l'homme est enfin bien seul et bientôt plus humain, c'est ce que nous combattons. Il n'est pas l'ordre (...), contre lui la révolte de l'esprit, vrai, réel, est nécessaire et justifiée[16]. » Répudiant « l'injustice sociale flagrante », refusant de prêcher « la résignation pour pouvoir jouir plus tranquillement[17] », la *Jeune Droite* mettait en accusation la droite parlementaire, lui reprochant de n'avoir jamais pu proposer un statut du prolétariat « qui eût rendu à la dignité les pauvres troupes livrées à la démagogie par la monstrueuse indifférence d'une bourgeoisie aussi matérialiste que le socialisme stupide qu'on lui oppose[18] ». Cette

12. *Revue française*, avril 1933, p. 490.
13. *Revue du siècle*, n° 7, novembre 1933, p. 5.
14. *Réaction*, n° 8, janvier 1932, p. 47.
15. J. de Fabrègues, Réaction, n° 12, juillet 1932, p. 3.
16. J. de Fabrègues, *Réaction*, n° 10, mars, 1932, p. 6.
17. R. Vincent, *Réaction*, n° 10, mars 1932, p. 19.
18. J. Loisy, *Revue du siècle*, n° 11-12, mars 1934, p. 147.

prise de position fut assez vigoureuse pour que Joseph Folliet ait pu parler dans *l'Aube* du « noble souci du social » de la *Jeune Droite*[19], et que Mounier ait pu noter en 1934 : « Depuis quelques mois, nous assistons à un courageux effort d'une certaine jeune droite pour se désolidariser de la droite économique dont elle était jusque-là, fût-ce implicitement, solidaire. Les positions sont aujourd'hui nettement prises par ce groupe, dégagées des réticences et des timidités que naguère encore nous relevions dans ces revues[20]. »

La critique du capitalisme développée par les mouvements de jeunes des années 1930 n'était pas seulement économique, elle était aussi, on l'a déjà brièvement signalé, une critique d'un désordre social et spirituel. C'est pourquoi, si elle pouvait, par ses aspects économiques et sociaux, se rapprocher, dans une certaine mesure, des critiques marxistes, elle en différait nettement par ses orientations spiritualistes. On tentera ici de séparer les trois plans, tâche délicate car, dans la pratique, jugements techniques et jugements moraux interféraient, ces derniers étant pour leurs auteurs les plus importants.

Du point de vue économique, ces mouvements soulignaient que le bilan du libéralisme était un bilan de faillite, la faillite de sa vision optimiste du jeu des lois économiques créant l'harmonie par la libre concurrence des intérêts particuliers. Pour eux, il était en effet évident que le « laissez faire, laissez passer » aboutissait en réalité au chaos et à l'anarchie, transformant la société en une véritable jungle dans laquelle les exigences du bien commun et de la justice se trouvaient radicalement méconnues. La crise et ses brutales conséquences devaient confirmer à leurs yeux la justesse de leur diagnostic. Selon eux, le libéralisme était non seulement incapable de réaliser un véritable ordre économique, mais encore il menait à une subversion totale en soumettant la consommation aux exigences de la production, elle-même soumise au profit spéculatif. Tels étaient en effet les deux principaux chefs d'accusation contre le fonctionnement du capitalisme libéral : réquisitoire contre ce qu'ils appelaient

19. *L'Aube*, 14-15 août 1933.
20. *Esprit*, nº 25, octobre 1934, p. 152.

le « productivisme » et mise en cause du primat absolu
reconnu au profit et aux spéculations financières.

Sous le nom de « productivisme », ces groupes mettaient
en question une économie tout entière tendue vers le seul
développement de la production, vers la seule croissance des
rendements, le tout dans une perspective essentiellement
quantitative. L'économie devenait ainsi un monde clos, trouvant en lui-même sa finalité : produire toujours plus rapidement, produire toujours davantage, sans que soient pris en
considération ni la situation du marché, ni le volume probable de la consommation, en un mot, les besoins réels des
hommes. Non contente d'ignorer ces besoins, l'économie
capitaliste leur paraissait renverser l'ordre normal des choses
en cherchant à tout prix des débouchés, en se subordonnant
la consommation. Ces mouvements voyaient l'apothéose du
système dans le « fordisme » avec sa politique de hauts
salaires pour accroître le pouvoir d'achat et son recours à la
publicité pour amener les consommateurs à acheter, non
selon leurs goûts, mais selon les impératifs d'une production
de plus en plus standardisée. Il leur était facile de souligner
tout ce qu'un tel mécanisme pouvait avoir d'artificiel et de
fragile : « Comme ces acrobates qui, montés sur motocy-
clette, tournent dans une sphère en grillage d'acier, dans le
cycle productiviste, le monde ne peut s'arrêter un instant
sous peine de s'abattre sur le sol, inanimé [21]. » Dans cette
perspective, la crise apparaissait comme la sanction du réel
à l'égard de cette frénésie productiviste « sans contrôle, sans
frein, sans autre but que l'immédiat [22] », qui s'était trouvée
favorisée par le développement du machinisme et des
méthodes de rationalisation du travail au cours de l'après-
guerre.

Dans la recherche des causes du désordre, l'analyse ne
s'arrêtait pas là. Elle remontait jusqu'à ce que ces groupes
tenaient pour le moteur de ce productivisme : la recherche
sans frein du profit, et d'un profit qui était de moins en moins
la rétribution normale de services rendus et toujours davantage le produit de spéculations financières et bancaires, un

---

21. Daniel-Rops, *Éléments de notre destin*, op. cit., p. 50-51.
22. J.-P. Maxence, *Demain la France*, op. cit., p. 195.

profit trop souvent « sans norme et sans justification[23] ». La domination de la « finance » et des banques sur l'ensemble des producteurs – entrepreneurs comme salariés – était considérée comme l'une des tares majeures du système, l'une des causes prépondérantes du désordre. Le règne de la spéculation, notait ainsi *Esprit*, « plus grand mal encore que le productivisme (...), transforme l'économie en un énorme jeu de hasard aussi étranger qu'une roulette au souci de ses contrecoups économiques et humains[24] ». De ce fait, l'économie se trouvait en effet mise au service de combinaisons tout à fait étrangères à sa finalité normale, « le financier ne voyant dans la naissance d'une entreprise que la possibilité, non pas de produire des objets utiles, c'est-à-dire répondant réellement à un besoin, mais d'ouvrir de nouveaux crédits et de lancer de nouveaux titres sur le marché[25] ». Ce règne du financier symbolisait donc le triomphe de l'artifice et du parasitisme : « C'est le temps du financier, écrivait Jean de Fabrègues, il ne crée pas de richesses, mais profite de celles que les autres créent. Il n'incarne aucune puissance, aucune fonction sociale, mais il les asservit parce qu'il leur fournit les bienfaits du dieu du jour : le crédit. Il ne représente point le passé et se rit de l'avenir, n'hésite pas à détruire ce qui fut et à miner ce qui pourrait naître. Il construit pour l'instant présent, pour la plus immédiate jouissance[26]. »

À cet égard, l'échafaudage financier du crédit leur semblait être le symbole le plus significatif du système, substituant une construction abstraite et artificielle aux mécanismes normaux de l'économie. Le krach de Wall Street était ainsi considéré comme ayant l'une de ses origines principales dans la gigantesque inflation du crédit – crédits à la production, crédits à la consommation – qui avait caractérisé l'économie américaine dans les années 1925-1929 : « La machine économique américaine, notait Thierry Maulnier, se trouvait à un rythme bien au-delà des besoins du pays et du monde, son débit n'était plus réglé par les nécessités de la vie, mais par une énorme puissance d'achat purement fictive et abstraite, par une abondance de signes monétaires à peu près

23. J. de Fabrègues, *Réaction*, n° 10, mars 1932, p. 2.
24. *Esprit*, n° 21, juin 1934, « Lignes de position », p. 3.
25. C. Chenut, *Réaction*, n° 10, mars 1932, p. 29.
26. *Réaction*, n° 10, mars 1932, p. 4.

illimitée. Le premier choc devait faire crouler une économie où les capitaux étaient faits, pour une bonne part, de formules et de signatures et où tant de richesses n'existaient que par convention [27]. »

Plus généralement, avec le crédit, étaient mis en accusation tous les mécanismes qui touchaient peu ou prou à la spéculation et qui mettaient en œuvre ce qu'*Esprit* appelait « le principe contre nature de la fécondité de l'argent [28] ». Ressuscitant un vieux mot tombé quelque peu en désuétude, tous ces mouvements se prononçaient pour la condamnation de « l'usure », en quoi beaucoup voyaient l'essence du capitalisme des années 1930 : « Quelques-uns se sont fatigués à définir le système capitaliste actuel, pouvait-on ainsi lire dans *Esprit*, il n'était pas besoin de tant chercher, c'est l'usure érigée en loi générale [29]. » En ce domaine, les catholiques d'*Esprit* comme ceux de la *Jeune Droite* rappelaient avec insistance les positions de l'Église médiévale sur le prêt à intérêt et se plongeaient avec passion dans l'étude de saint Thomas d'Aquin et des Pères de l'Église : « Les condamnations de l'usure par l'Église, écrivait Maritain dans *Esprit*, demeurent au seuil des temps modernes comme une interrogation brûlante sur la légitimité de l'économie de ce temps [30]. »

À ces mécanismes étaient imputées et l'accumulation d'une énorme puissance économique et financière au profit d'une minorité, et la décomposition corrélative de cet « enracinement de l'homme » qu'était, à leurs yeux, la propriété. Se distinguant en cela très nettement des thèses marxistes, cette critique ne récusait pas la légitimité de la propriété privée. Bien au contraire, c'est en son nom qu'elle s'attaquait au capitalisme, lui reprochant de faire disparaître toutes les formes de propriété personnelle en concentrant la propriété et la direction de l'économie dans un nombre de plus en plus réduit de mains, par le truchement d'organismes impersonnels et abstraits tels que les trusts et les sociétés anonymes qui étaient parmi les cibles favorites de tous ces groupes. Pour cette raison, le capitalisme se voyait dénié tout droit à

27. *Revue universelle*, 1er octobre 1933, p. 97.
28. J. Maritain, *Esprit*, n° 6, mars 1933, p. 904.
29. G. Viance, *Esprit*, n° 13, novembre 1933, p. 29.
30. *Esprit*, n° 6, mars 1933, p. 898.

se présenter comme le défenseur de la propriété : « Ne laissons pas dévier le problème par ceux qui ont intérêt à le faire. Les défenseurs du capitalisme et de son régime actuel de propriété tentent de persuader qu'ils défendent du même coup les valeurs de propriété personnelle, d'initiative et de liberté responsable (...) Ils en sont en fait les ennemis directs et les font reculer chaque jour tout en en maintenant l'illusion [31]. »

Le capitalisme était accusé, d'une part, d'interdire aux salariés d'accéder à la propriété « en prélevant du capital sur le salariat par l'insuffisance des salaires » et, d'autre part, de compromettre le sort des petits épargnants et des moyennes entreprises « par le prélèvement de profit et de puissance du gros capital sur le petit capital épargnant [32] ». Ce processus conduisait, selon cette analyse, à substituer à la propriété concrète et personnelle une propriété abstraite et irresponsable. « La propriété personnelle, garantie pour un grand nombre d'hommes d'un minimum de liberté économique, devient, constatait Jean-Pierre Maxence, propriété anonyme et ne fait plus qu'assurer le pouvoir de quelques banquiers [33]. » On soulignait d'ailleurs qu'entre ce capitalisme anonyme et abstrait et le communisme, l'opposition n'était pas aussi nette qu'il pouvait paraître au premier abord : « Le régime capitaliste, affirmait l'*Ordre Nouveau*, a séparé l'homme de la propriété et de l'enracinement qu'elle constitue, et le communisme prend ensuite en charge cet homme déraciné, prolétarisé, coupé de toutes ses attaches familiales, régionales, nationales [34]. »

Par ailleurs, les catholiques de la *Jeune Droite* et d'*Esprit*, nourris de la doctrine de l'Église sur la destination commune des biens, reprochaient à l'individualisme libéral d'avoir déformé le droit de propriété en en faisant un droit absolu, indifférent aux exigences du bien commun : « La propriété qu'on avait cru libérer s'est détachée du service qui la légitimait et dont elle était le support. Elle n'est plus apparue que comme une source d'enrichissement, une source de profits, une source de bénéfices. L'individu, complètement délié

31. E. Mounier, *Esprit*, n° 19, avril 1934, p. 61.
32. *Esprit*, n° 21, juin 1934, « Lignes de positions », p. 3.
33. *Demain la France*, *op. cit.*, p. 200.
34. D. Ardouint, et A. Marc, *Ordre Nouveau*, n° 16, décembre 1934, p. 10.

de la suite de ses devoirs, même les plus proches, a cru qu'il pouvait légitimement user et abuser du bien qu'il détenait dans un seul but de lucre[35]. » Ce procès du capitalisme au nom de la propriété, le programme d'*Esprit* établi à Font-Romeu le résumait ainsi : « Il faut se débarrasser de ce capitalisme générateur de gaspillage, d'anarchie, d'injustice. Il prétend se défendre au nom de la propriété privée et il l'a pervertie et confisquée. Elle est une condition de la création libre et il en fait une tentation d'égoïsme et de lucre ; elle devrait se répartir entre tous et il en concentre sauvagement les attributs réels entre les mains de quelques privilégiés. C'est quand on croit aux vertus de la propriété privée définie d'un point de vue spirituel, qu'on est contraint, pour en sauvegarder et généraliser les bienfaits, d'en limiter le domaine dans l'état du mal présent, et dans toute la vaste mesure où l'exigent les nécessités du bien commun et la sauvegarde de la personne même[36]. »

Avec ce problème de la propriété, on arrive à un autre chapitre de la critique du capitalisme par les mouvements des jeunes des années de 1930, celui qui s'intéressait plus spécialement aux conséquences sociales du système considéré comme responsable de l'avènement de ce que la *Jeune Droite* appelait une « société diviseuse », dressant une minorité de « pourvus » face à « d'innombrables démunis[37] ». Dans cette perspective était vigoureusement dénoncée l'hypocrisie du libéralisme économique dissimulant, derrière l'exaltation d'une illusoire liberté, « le règne du plus roué et du plus fort[38] » : « Sous son règne, le contrat de travail, en effet, n'est qu'un leurre. Dans un monde où nulle autre puissance sociale ne règne que celle de l'or, comment oserait-on qualifier de contrat, c'est-à-dire de convention conclue librement par les parties, l'engagement d'un homme démuni par rapport à un homme ou à une société anonyme pourvus ? (...) Il faut aujourd'hui parler d'oppression[39]. » Ainsi s'exprimait Jean-Pierre Maxence qui rejoignait par là Mounier,

35. R. Magniez, *Revue du siècle*, n° 11, mars 1934, p. 71.
36. *Esprit*, n° 1, octobre 1932, p. 134.
37. J.-P. Maxence, *Demain la France*, op. cit., p. 207.
38. J. de Fabrègues, *Revue française*, juin 1932, p. 144.
39. *Demain la France*, op. cit., p. 199.

lequel déclarait sans vaine précaution oratoire : « Laissez faire, laissez passer ; laissez faire, laissez passer le plus fort. Dans ce régime sans âme ni contrôle, la liberté c'est le vol (...) Une bonne fois, rompons avec le formalisme ; la liberté ne fait pas la justice, elle la sert[40]. » Le libéralisme apparaissait ainsi comme un instrument d'exploitation au profit de quelques puissants contre une foule d'êtres qui n'avaient pas en fait les moyens de jouer le jeu de cette libre et toute théorique concurrence. Avec des formules diverses, tous reprenaient le mot de La Tour du Pin : « Le libéralisme, c'est le renard libre dans le poulailler libre. »

Conséquence de cette situation d'exploitation, la lutte des classes s'insérait, à leurs yeux, dans la logique d'un système voué à la concurrence. « La lutte des classes, remarquait Maxence, est dès lors un fait nécessaire. Elle découle naturellement d'un monde où l'argent fait la loi. Elle ne correspond pas, comme le pensent certains conservateurs naïfs, aux « mauvais sentiments » de l'homme : à la jalousie, à l'envie, à la haine. Elle est inscrite dans le système libéral lui-même qui est un système de lutte, une sorte d'application d'un darwinisme et d'un scientisme frénétiques au monde humain. » Il ajoutait : « C'est le libéralisme – et nulle autre force mythique – qui a fait du syndicat un instrument de lutte des classes[41]. »

Cette lutte des classes semblait d'autant plus normale que le capitalisme fermait toutes les voies par lesquelles aurait pu s'exprimer une révolte contre son oppression. Ici, ces groupes dénonçaient tout spécialement la mainmise du capitalisme sur les mécanismes démocratiques et sur la presse, asservissant ainsi « par la démocratie, l'État, et, par la presse, l'esprit[42] ». Dans le domaine politique, on a vu plus haut qu'ils reprochaient en effet à la démocratie de n'être qu'une ploutocratie déguisée, « une démocratie donnant à l'homme des libertés dont le capitalisme lui retire l'usage[43] ». De ce fait, l'État, au lieu de contrôler les activités des « congrégations économiques », en devenait la proie et l'instrument. De même était dénoncée la tyrannie occulte de l'argent sur la

40. *Esprit*, n° 1, octobre 1932, p. 35.
41. *Demain la France*, *op. cit.*, p. 201.
42. *Ibid.*, p. 201.
43. E. MOUNIER, « Lettre à P. Archambault », *l'Aube*, 27 février 1934.

presse par le jeu des subventions, des agences de publicité et d'information. Pour illustrer ce fait, *Esprit* consacra plusieurs chroniques à commenter le rachat du *Temps* par le Comité des Forges.

Ces revues de jeunes ne pouvaient pas, par ailleurs, ne pas s'indigner de ce que le monde du libéralisme économique ait pris trop facilement son parti de l'existence, au sein de la nation, de ce reproche vivant qu'était le prolétariat, « le fait politique, le fait social, le fait humain peut-être le plus important de l'histoire de France[44] ». Daniel-Rops n'hésitait pas à écrire : « La condition prolétarienne est à notre civilisation ce que l'esclavage fut au monde antique : chacun de nous en porte une part de déshonneur[45]. » Sur la définition de cette notion de prolétariat, il y avait cependant des divergences. Si certains adoptaient une définition purement économique, désignant par là l'ensemble des travailleurs condamnés par le capitalisme à la misère et à l'incertitude du lendemain, d'autres se référaient à des critères plus complexes qui donnaient à ce concept un champ d'application beaucoup plus large.

Tel était le cas de l'*Ordre Nouveau* dont l'un des fondateurs, Arnaud Dandieu, s'était particulièrement intéressé à ce problème, faisant de sa théorie de la prolétarisation un des éléments essentiels de la doctrine du mouvement. Selon lui, la condition prolétarienne n'avait pas seulement sa source dans le régime économique et social, mais aussi dans le développement du machinisme et des techniques de rationalisation du travail. La définition du prolétariat devait donc dépasser les thèses marxistes sur « l'exploitation », la « plus-value » ou la « propriété privée des moyens de production », pour mettre en question la conception même du travail dans le monde né de la révolution machiniste, conception substituant au travail créateur un travail mécanique et « indifférencié » : « La technique, d'une part, a introduit l'automatisme qui a dévalorisé le facteur humain, paralysé l'initiative immédiate de l'homme, brisé le contact direct entre l'ouvrier et l'ouvrage ; et, d'autre part, elle a fragmenté le travail en soumettant l'homme au rythme de la machine, en mettant

44. R. Francis, *Cahiers*, 2e série, n° 5, p. 51.
45. *Éléments de notre destin, op. cit.*, p. 230.

l'ensemble du processus productiviste (...) hors de la prise matérielle et spirituelle de l'ouvrier[46]. » Mettant ainsi en évidence les conséquences sociales du travail à la chaîne et du « travail en miettes », les analyses de l'*Ordre Nouveau* présentaient une nouveauté certaine anticipant les recherches consacrées depuis à l'étude du travail industriel. Dans cette optique, Daniel-Rops donnait cette définition du prolétaire : « Le véritable prolétaire, c'est le manœuvre anonyme, interchangeable, contraint par l'horrible nécessité de l'incertitude continuelle, de ne connaître dans la vie d'autre but que celui de la satisfaction immédiate des besoins, c'est l'homme du travail indifférencié qui n'est que l'à-peu-près provisoire du robot, de l'homme-machine par qui l'on rêve de le remplacer[47]. » Si les deux critères principaux retenus étaient le critère économique (dépossession – travail réduit à une marchandise – misère) et le critère des conditions de travail, il s'en ajoutait parfois un troisième, plus général, celui du déracinement et du grégarisme, conséquences de la concentration industrielle et urbaine. À la limite, cette description du « prolétaire » coïncidait presque pour l'*Ordre Nouveau* avec celle de la situation de l'homme dans le monde moderne.

Si l'*Ordre Nouveau* – suivi en cela par Thierry Maulnier[48] – mettait au premier plan les causes « techniques » et « machinistes » de la condition prolétarienne, il n'en concluait cependant pas à une mise en accusation générale du développement technique et machiniste. Au contraire, soulignant que ces instruments pouvaient être un moyen de libérer l'homme de nombreuses servitudes, il considérait que leur mise en œuvre avait été dévoyée par le régime capitaliste et, notamment, par une conception purement « productiviste » du fonctionnement de l'économie, qui n'avait vu dans

---

46. A. Marc, *Esprit*, n° 10, juillet 1933, p. 591.
47. *Éléments de notre destin*, *op. cit.*, p. 229.
48. « L'ouvrier n'a rien commencé, et il n'achève rien ; pièce après pièce, du même geste, sur un acier qu'il n'a point façonné, du même geste machinal, il place le même rivet ou le même boulon. Sa vie durant, peut-être, il placera ce rivet, ce boulon, sans que jamais, du plus humble objet, pour le plus humble usage, il puisse dire : "Ceci est mon œuvre", sans que jamais il ait conscience d'avoir mis sa marque sur le monde. Jouant son rôle monotone et servile dans une organisation qu'il ne saurait aimer puisqu'il en est l'esclave, il a perdu toute la dignité de son rôle, il n'y trouve ni joie ni fierté. » (T. Maulnier, *Revue française*, septembre 1932, p. 633.)

les progrès techniques qu'une possibilité d'accroître la production, les rendements et les profits sans souci de leurs répercussions humaines. C'est sur ce point qu'insistait Mounier en reprenant – non sans réticences – les thèses de l'*Ordre Nouveau* : « La dictature capitaliste, partout où elle sévit, écrivait-il, donne à l'ouvrier le sentiment d'exécuter une corvée sur commande dans un régime qui lui est imposé contre son gré ; cette contrainte anonyme, il la sent plus écrasante encore dans les vastes centres inhumains créés par la concentration industrielle. L'automatisme dans le geste et la monotonie dans le produit sont portés à leur limite par la fabrication en série. Enfin, la division du travail a peu à peu éloigné le travailleur manuel du contact avec l'œuvre achevée et de l'intelligence de l'œuvre conduite qui sont le principal excitant du travail normal. Le travail, qui devrait être création personnelle, n'apparaît plus que comme un moyen terme, imparfait, entre la matière et la machine. C'est ainsi que s'est formé, en même temps que le prolétariat économique, et constituant sa misère centrale, un prolétariat humain dépersonnalisé, disqualifié, déchet et condamnation d'un régime. Le machinisme n'est pas responsable, mais l'orientation qui lui a été imprimée par ses dirigeants[49]. » Cependant, tous soulignaient que, si c'était là l'une des tares majeures du capitalisme, le même phénomène pouvait se produire aussi dans des pays ne connaissant pas la propriété privée des moyens de production et le profit.

Le désordre social engendré par le capitalisme ne se limitait donc pas, pour ces mouvements, à la misère économique dans laquelle il plongeait toute une partie de la société. C'est pourquoi la pratique américaine des hauts salaires n'était guère jugée avec plus d'indulgence que la « loi d'airain » à laquelle avait sacrifié le capitalisme du XIXᵉ siècle. Elle consacrait en effet, elle aussi, l'asservissement de l'homme aux exigences de l'économie, cette pratique n'ayant pas pour motif un souci de justice mais des considérations de rendement et de marché : « Ainsi l'ouvrier sert deux fois la machine productrice à laquelle il est deux fois enchaîné : il la sert en tant que main-d'œuvre et en tant que débou-

49. *Esprit*, nº 10, juillet 1933, p. 634.

ché[50]. » Pour cette raison, si une telle politique pouvait masquer les abus les plus criants du capitalisme, elle ne faisait que renforcer le désordre essentiel qui se trouvait à sa racine : « Ce néocapitalisme, affirmait *Esprit*, tout en atténuant certaines misères matérielles, le fait au nom de tels principes qu'il consacre cette totale subversion des valeurs humaines qui reste l'erreur fondamentale de notre univers économique[51]. »

Par là, on touche aux motifs fondamentaux de l'anticapitalisme des jeunes mouvements des années 1930, un anticapitalisme dont les racines étaient philosophiques et morales avant d'être économiques ou politiques. Pour eux, le capitalisme était certes, on vient de le voir, source de désordre économique et de désordre social, mais là n'était pas la raison déterminante de leur protestation, ou, plus exactement, ces désordres n'étaient à leurs yeux que les conséquences superficielles d'un désordre moral et spirituel, d'une conception erronée de la nature de l'homme et de sa destinée. De ce fait, leur critique se référait à un point de vue qui était celui des « valeurs éthiques et spirituelles[52] ». Il faut dire d'ailleurs que c'était là un terrain sur lequel la plupart des responsables de ces mouvements étaient le plus à l'aise, car, si beaucoup avaient une formation littéraire et philosophique, leur compétence en matière économique était nettement plus limitée.

Le symbole le plus éclatant de ce désordre spirituel et moral leur paraissait être le triomphe de l'argent devenu la mesure de toute action et de toute valeur humaine. « Notre misère, écrivait Daniel-Rops[53], je ne la vois ni dans l'abandon des églises, ni dans l'abaissement de notre culture : je vois la preuve de notre carence spirituelle dans ce fait que le héros moderne, le héros-type du XXe siècle, c'est le grand financier, le milliardaire, envisagé évidemment sous les aspects du plus faux romantisme, mais admiré ou haï, envié toujours, pour ses sacs de banknotes et ses carnets de chèques. » Dans ce réquisitoire, on trouvait l'écho des anathèmes de Léon Bloy et, surtout, de Péguy contre un monde jugé sans grâce et sans humanité consacrant « la mort de tous les autres règnes : le

50. R. Aron et A. Dandieu, *le Cancer américain*, *op. cit.*, p. 99.
51. F. Henry, *Esprit*, n° 5, février 1933, p. 813.
52. J. Maritain, *Esprit*, n° 5, février 1933, p. 813.
53. *Le Monde sans âme*, *op. cit.*, p. 130.

règne de l'esprit libre, du travail honnête et joyeux, de l'action désintéressée, de la sainteté[54] ».

Signe unique de la grandeur et de la puissance, l'argent était selon eux le langage d'un monde vidé de toute spiritualité, d'un « monde sans âme », évolution qui traduisait aussi la tendance du monde moderne à sacrifier en tout domaine le réel à l'abstraction, accordant ici plus d'importance aux signes de la richesse qu'à la richesse elle-même : « Ce monde décharné, notait Mounier, s'est cherché un langage. Il lui fallait un signe suffisamment comptable et sensible, qui distribuât en même temps la puissance et le bien-être. Il l'a trouvé : l'argent. Toute la vie de la matière a reflué puis s'est dissoute en lui. L'usurpateur s'est installé à la place des choses ou les a terrorisées de son désir ou de sa peur. Comme elles tentaient de lui échapper encore par cette transparence intelligible qui les tournait à l'esprit, il s'est fait dieu et a imposé son culte (...) Les corps et l'amour, l'art, l'industrie, l'argent a dévoré toute matière. Insaisissable et impersonnel soutien des sociétés anonymes, munitionnaire aveugle d'une guerre permanente, il a réussi ce que n'avaient réalisé ni le pouvoir ni l'aventure : installer au cœur de l'homme le vieux rêve divin de la bête, la possession sauvage, irrésistible et impunie d'une matière esclave et indéfiniment extensible sous le désir[55]. » C'est dans ce refus du règne abstrait de l'argent que s'enracinait la condamnation de l'usure et de la spéculation.

De cette royauté de l'argent, ces revues dénonçaient les conséquences morales, notamment l'encouragement donné à l'égoïsme, à l'esprit de jouissance, à ce que Daniel-Rops appelait « l'exigence de la satisfaction ». Tous s'insurgeaient contre ce qu'ils tenaient pour l'une des tares majeures du régime : « fonder l'activité humaine sur le besoin de l'argent, qui se transforme fatalement en goût et passion de l'argent, exploiter l'instinct de conservation de telle sorte qu'il s'exaspère rapidement jusqu'à l'égoïsme et la rapacité[56] ». Ils reprochaient au capitalisme de souiller ainsi, non seulement le comportement des nantis, mais encore la révolte des frus-

54. E. Mounier, *la Pensée de Charles Péguy* (Paris, 1931), p. 139-140.
55. *Esprit*, n° 1, octobre 1932, p. 29-30.
56. G. Izard, *Esprit*, n° 13, novembre 1933, p. 106.

trés dans la mesure où ceux-ci entraient, eux aussi, dans « les hiérarchies de l'argent » en souhaitant une révolution conçue seulement comme une « généralisation du confort et de la richesse[57] » : « Que l'ouvrier soit esclave du patron me révolte, écrivait ainsi Jean de Fabrègues, mais plus encore l'asservissement qui les lie en commun à une nécessité une fois acceptée. Nous nommons cette nécessité : c'est la soif de l'or qui donne la jouissance. Qu'il soit aujourd'hui le seul motif et qu'il règne sans condition, là est la crise[58]. » René Vincent décrivait pour sa part en ces termes la communion de l'ensemble de la société dans le même univers d'égoïsme et de féroce concurrence : « Il y a des classes sociales, des ouvriers et des bourgeois. Ils se haïssent, s'ignorent, se méprisent, mais se ressemblent. La communion dans l'égoïsme, la dureté, la rapacité, unifie exploiteurs et exploités. Le patron abrutit ou épuise ses hommes pour gagner plus, mais le travailleur sabote le travail. C'est un vaste pénitencier dont aucun ne cherche à s'évader, mais où tous font tout pour devenir ou rester garde-chiourmes, comme ils chercheraient à rester ou à devenir esclaves si le métier rapportait davantage. Car l'or seul leur importe[59]. » Dans cette perspective, *Esprit* consacra un numéro spécial à « l'Argent, misère du pauvre, misère du riche », exprimant par là l'idée que la misère engendrée par le capitalisme n'était pas seulement une misère économique mais aussi une misère morale et spirituelle qui gangrenait la société tout entière.

À la vérité, les griefs essentiels de ces groupes contre la société capitaliste se résumaient en deux mots : matérialisme et abstraction. Matérialisme, parce que le capitalisme était accusé de ne voir dans l'homme qu'un animal économique, qu'un « homo œconomicus », machine à produire et, éventuellement, machine à consommer sans autre destin que celui de participer, mû par son égoïsme, au fonctionnement du système économique. « La crise capitaliste, déclarait *Réaction*, c'est, pour nous, que derrière la surproduction, on ne nous parle plus que de consommer et de produire[60]. » De ce

57. *Esprit*, nº 21, juin 1934, « Lignes de position », p. 2.
58. *Réaction*, nº 10, mars 1932, p. 1.
59. *Réaction*, nº 5, février 1931, p. 3-4.
60. J. de Fabrègues, *Réaction*, nº 10, mars 1933, p. 2.

matérialisme, ces mouvements voyaient en effet l'une des manifestations les plus graves dans le fait que les considérations économiques tendaient à prendre partout la première place, reléguant au second plan ou s'asservissant toutes les autres activités humaines comme si elles étaient la justification suprême de l'existence de l'homme. « Je tiens la soumission à l'économique, écrivait Daniel-Rops, pour une des causes déterminantes du désarroi contemporain[61]. » En même temps, était souligné le caractère abstrait, irréel de ces fondements matérialistes du capitalisme, le caractère mythique de l'« homo œconomicus », base théorique de son fonctionnement. Aussi Jean-Pierre Maxence, résumant ces deux griefs en une même formule, définissait-il le système capitaliste comme « un idéalisme matérialiste », construction idéologique sans rapport avec l'homme réel et concret. Pour tous, c'est dans ce « mythe matérialiste », né d'une fausse conception de l'homme et « d'un démembrement abstrait de la personne[62] », qu'il fallait chercher les racines du désordre capitaliste dans ce qu'il avait de plus fondamental : l'homme mis au service de l'économie et contraint d'y soumettre « son mode et ses principes de vie[63] ».

61. *Le Monde sans âme*, p. 42.
62. J. Saint-Germain, *Revue du siècle*, n° 11, mars 1934, p. 18.
63. E. Mounier, *Esprit*, n° 21, juin 1934, « Lignes de Position », p. 3.

CHAPITRE QUATRIÈME

Le désordre intellectuel
et spirituel

L'accusation majeure portée contre le monde politique, économique et social des années 1930 était, on l'a vu, d'avoir divorcé totalement avec le réel, et, surtout, d'être de moins en moins soucieux des véritables intérêts de l'homme, sacrifiant ceux-ci à des mécanismes artificiels et abstraits. Cette même tare, ces mouvements de jeunes la dénonçaient aussi dans le monde intellectuel, culturel et moral, faisant notamment un sévère procès aux tendances littéraires et artistiques qui avaient illustré les années 1920-1930. Ce procès se concrétisa de manière assez retentissante durant l'été de 1931 par une enquête de Robert Brasillach, dans l'hebdomadaire *Candide*, intitulée : « La Fin de l'après-guerre ». Résumant le fruit de ses investigations, celui-ci constatait : « Ce qui nous a le plus frappé, c'est l'accord unanime des esprits à considérer que ces douze années sont loin derrière nous (...) De quelque façon qu'on la considère, la période de l'après-guerre est une période dont il importe au plus haut point de se délivrer [1]. »

Le premier chef d'accusation contre « l'après-guerre » était, pour employer les termes mêmes de T. Maulnier, d'avoir « érigé l'insignifiant en essentiel [2] », en faisant le succès d'une littérature trop éloignée des véritables problèmes de l'homme, soit qu'elle se soit enlisée dans les subtilités infinies d'analyses psychologiques dissociatrices, soit qu'elle les ait fuies dans l'évasion et l'exotisme. La réaction la plus violente fut peut-être celle qui dressa la génération de 1930 contre ce qu'elle appelait le « psychologisme » qui, dans les

1. *Candide*, 24 septembre 1931.
2. *Réaction*, n° 8, février 1932, p. 13.

années précédentes, avait rempli les catalogues des éditeurs de confessions multiples où le goût de l'introspection s'était souvent fourvoyé dans des directions aberrantes. « Ce fut, notait Marcel Arland dans *Réaction*, une impuissance à sortir de soi, unique horizon, prison sans amour ; une recherche et presque une culture des anomalies sexuelles ou mentales (je sais un jeune écrivain qu'une mode a fait inverti, un autre qui mendiait l'intérêt au nom de sa débilité d'esprit). Ce fut encore la quête des expériences extrêmes, un goût du neuf quel qu'il fût, du pittoresque, de l'avorté, du monstrueux [3]... » Un autre des collaborateurs de *Réaction* s'étonnait : « Sur le domaine de l'esprit, notre siècle a construit la religion de l'âme se suffisant à elle-même (...) L'on risque ainsi de limiter l'homme aux seuls états psychologiques, à un rêve trouble transposant le réel vrai en un réel imaginé, ce qui entraîne, par voie de conséquence, désagrégation des esprits et dévirilisation des caractères. L'introspection, la complexité de la vie intérieure sont choses normales. Ce qui reste inexplicable, c'est l'exploitation abusive de ces états de conscience (...) Nous ne pouvons imaginer sans quelque angoisse le fruit de cette inversion [4]. » Ainsi que devait le constater plus tard Jean-Pierre Maxence, ce fut sur ce terrain que se fit la première rupture avec « l'après-guerre » : « Psychologisme, introspection, adolescence, autant de thèmes ou de méthodes qui, s'ils avaient pu, en d'autres temps, enrichir la littérature romanesque de l'après-guerre, ne constituaient plus guère, en 1930, que des poncifs. C'est contre leur envahissement, leur monotonie, leur incroyable prolifération qu'une jeunesse qui ne s'exprimait encore que dans les "petites revues" *(Cahiers, Réaction, Revue marxiste)* devait réagir [5]. »

Au-delà des épigones se trouvaient aussi dénoncés leurs « maîtres » et leurs inspirateurs, l'influence d'un freudisme mal assimilé et que l'on commençait à découvrir, le succès de Proust et de sa *Recherche du temps perdu*, et, surtout, l'œuvre d'André Gide tenu pour le principal responsable des perversions de « l'après-guerre » car, écrivait René Vincent, « l'homme de Gide, c'est justement cet homme toujours pen-

3. *Réaction*, n° 8, février 1932, p. 2.
4. J.-F. Thomas, *ibid.*, p. 56.
5. *Histoire de dix ans*, *op. cit.*, p. 126.

ché sur lui, qui se dévore lui-même par faim de se connaître. Il nous apporte la révolte systématique de l'esprit qui se croit tout-puissant, et qui, par le raffinement de son jeu, finit par s'effondrer en poussière [6] ». Nombreux furent, dans ces revues des années 1930, les articles consacrés à constater la « faillite » ou à faire le « procès » de Gide. « L'immoralisme pour lequel il avait plaidé, écrira encore Maxence, nous le voyions triompher assez bassement dans les mœurs les plus courantes ! Nous étions gorgés, écœurés de littérature sincère, affranchie, de littérature devenue désespérément conformiste à force d'anticonformisme d'intentions. Ce qui à d'autres avait paru brûlant, nous semblait froid. Ce qu'ils avaient vu comme un printemps, qui le redeviendra peut-être, avait pour nous la fadeur pourrissante d'un automne mouillé. Aux excessives louanges des disciples, comment n'eussions-nous pas dès lors été tentés de répondre par des décris non moins excessifs, mais qui, à travers Gide, en ne prenant trop souvent Gide que pour prétexte – en atteignant plus le gidisme que Gide – étaient une manière de protester contre l'époque, de nous libérer d'une atmosphère où nous respirions mal, d'une convention qui nous ennuyait [7]. » Mounier notera, lui aussi, dans le même sens : « Nous sommes de ceux qui pensons la part essentielle de notre vie intérieure contre l'œuvre de Gide [8]. »

Ce repliement dans le « psychologisme », cette « danse devant le miroir », considérés comme l'expression d'un subjectivisme et d'un individualisme exacerbés, leur apparaissaient, pour reprendre une expression d'Henri Massis, comme « un itinéraire de fuite », une démission devant le réel dont une autre forme leur semblait être la littérature du voyage et de l'exotisme, centrée sur les thèmes du « départ » et de « l'évasion ». Paul Morand se voyait érigé en symbole de cette littérature du dépaysement dissimulant sous les virtuosités du style et des images l'indigence de la pensée. Pour des raisons assez proches, le monde des romans d'André Maurois n'était pas jugé avec plus d'indulgence : Pierre-Henri Simon lui reprochait, par exemple, dans *Esprit*, son immoralité souriante, sa sentimentalité, sa médiocrité satisfaite, tandis que Jean de

6. *Réaction*, n° 12, juillet 1932, p. 8.
7. *Histoire de dix ans*, *op. cit.*, p. 132.
8. *Esprit*, n° 24, septembre 1934, p. 126.

Fabrègues notait à propos de *l'Instinct du bonheur* : « Voilà de la philosophie pour tout l'été, pour les salons, les plages, les thés, les cinq-à-sept [9]. » Tous faisaient donc leur ce jugement de Daniel-Rops sur « l'après-guerre » : « Littérature de jeu, art merveilleusement subtil et réticent, elle décrit les effets, elle peint les aspects du monde et les apparences de l'homme, mais elle ne nous propose ni explication, ni loi [10]. »

Brillante mais superficielle, telle apparaissait donc la littérature des années 20, même quand certains de ses représentants avaient touché à des problèmes essentiels. C'est ainsi que, si la littérature de « l'inquiétude », apparue surtout autour de 1925, était vue avec quelque indulgence dans la mesure où elle avait pu traduire une angoisse profonde, une angoisse métaphysique, elle était aussi mise en accusation, d'une part parce que certains de ses tenants avaient cultivé cette « inquiétude » pour elle-même, sans essayer de trouver une issue, d'autre part parce que beaucoup avaient fait de celle-ci un simple prétexte à des variations littéraires et stylistiques. Aussi, assez paradoxalement, après l'avoir accusée d'ériger l'insignifiant en essentiel, reprochait-on aussi à « l'après-guerre » d'avoir réduit l'essentiel à l'insignifiant : « Désespérés dont un cocktail et le jazz suffisent à noyer le désespoir, inadaptés métaphysiques à qui les affaires fructueuses ou les riches fauteuils du Quai d'Orsay permettaient de supporter une inadaptation chronique sécrétant un fleuve de littérature : à ceux-là, c'est une véritable trahison qu'il faut reprocher. Ils ont fait de l'inquiétude le nouvel excitateur de sensibilités déprimées. Baudelaire et sa progéniture de voyageurs de l'au-delà, souhaitant toujours un ailleurs (mais lequel ?), leur ont fourni le fructueux thème du départ. Bien méprisables hommes ceux qui se sont montrés assez froids de cœur pour ne voir qu'un thème littéraire dans les affres du désespoir. C'est là et non ailleurs que porte notre grief contre l'après-guerre. Nous ne pardonnerons pas un délire de "gratuité" qui fit traiter de jeux aimables les tourments intérieurs des meilleurs de nos aînés, qui sont encore les nôtres parce qu'ils sont de l'éternel domaine de l'humanité [11]. »

9. *Revue du siècle*, n° 13, mai 1934, p. 97.
10. *Le Monde sans âme, op. cit.*, p. 233.
11. J. de Fabrègues, *Réaction*, n° 8, février 1932, p. 28-29.

En fait, c'est essentiellement ce « délire de gratuité » que les jeunes de 1930 condamnaient, notamment en répudiant tous les auteurs qui gravitaient autour de la *Nouvelle Revue française*. Pour eux, la littérature ne pouvait être un simple jeu, elle ne pouvait être séparée de la vie et trouver en elle-même sa propre finalité, d'où le refus de tout dilettantisme et de tout esthétisme. À cet égard, certaines des attitudes de la *Jeune Droite* étaient significatives dans la mesure où ces raisons l'amenaient à rejeter certaines valeurs pourtant solidement établies dans le « panthéon » de l'*Action française*. Jean de Fabrègues disait par exemple son agacement devant certains accès d'esthétisme de Barrès : « Comme il est loin de nous le Barrès des jours où il disait : "Il n'y a plus pour me faire de la musique que la religion." Il n'est pas de place pour l'esthétisme dans un temps où tout est remis en question [12]. » Le « sinistre Anatole France » était encore moins bien traité. De même, *Réaction* exprimait sa méfiance à l'égard de l'hellénisme cher à Charles Maurras, notant au sujet d'un livre sur la Grèce : « Une extase sur les beautés helléniques eût été banale ; bien pis, elle nous eût quelque peu exaspérés, nous qui n'avons pas la superstition des formes [13]... »

Dans tous ces groupes, se retrouvait donc le refus d'une littérature dont un mémorialiste a pu résumer ainsi les traits dominants : « Les années 20 avaient été celles de la facilité, du gaspillage, de l'inconscience, jeux de miroir, cliquetis des mots, acrobaties verbales, cynisme des attitudes masquant mal trop souvent une étrange sécheresse de cœur, une grande pauvreté d'âme ; à tout dire, une somptueuse impuissance créatrice. Verbosité abondante, luxuriante, mais pensée courte, l'artifice semblant l'aliment essentiel de l'art d'un Morand, d'un Drieu, d'un Kessel, d'un Montherlant, d'un Cocteau [14]. » Or ce que réclamaient tout au contraire les jeunes des années 1930, c'était une littérature qui leur permette de retrouver les véritables problèmes de l'homme : « Il faudrait enfin que les romanciers le comprennent, écrivait Pierre-Henri Simon, ils n'ont le droit de nous voler notre temps avec leurs mensonges que s'ils ont à nous apprendre au fond

12. *Réaction*, n° 7, mai 1931, p. 42.
13. R. Vincent, *ibid.*, p. 43.
14. J. Debu-Bridel, *l'Agonie de la IIIᵉ République* (Paris, 1948), p. 23.

quelque vérité, quelque recette de bonheur ou, diront les mystiques, de salut[15]. » Thierry Maulnier proclamait pour sa part : « Il s'agit pour l'homme de retrouver un univers qui soit digne de son inquiétude. Il s'agit pour l'homme de retrouver un univers humain. Puisque voici décelé ce que les tentatives de l'après-guerre avaient de superficiel, d'artificiel et de vain, puisqu'on a reconnu leur doctorale insuffisance et la désolation de leur stérilité, on pourra peut-être tenter un retour à l'essentiel. L'essentiel, ce qui a manqué pendant dix ans, ce qu'il faut retrouver aujourd'hui[16]. » De même, Mounier verra un des motifs majeurs de la fondation d'*Esprit* dans « une réaction contre la littérature trop gratuite des années 1930 et le besoin profond d'une littérature plus engagée dans la condition humaine[17] ».

Ce divorce des intellectuels avec le réel leur semblait avoir trouvé sa charte dans l'essai de Julien Benda paru en 1928, *la Trahison des clercs*, qui pressait les intellectuels de rejoindre le monde des idées pures et de délaisser l'événement afin de mieux être fidèles à leur mission. Cette tentation, ils la retrouvaient aussi chez le Valéry de *Monsieur Teste* et chez l'auteur des *Regards sur le monde actuel* répudiant l'enseignement de l'histoire. Pour la même raison, la *Jeune Droite* critiquait aussi vivement le livre de Maritain *Primauté du spirituel* qui lui paraissait être une invitation à se détourner des problèmes temporels au nom d'un « surnaturalisme » excessif.

Julien Benda était certainement le plus attaqué car on en faisait, à tort ou à raison, le symbole de l'idéalisme et du rationalisme universitaires à l'égard desquels ces jeunes écrivains et philosophes des années 1930 étaient extrêmement critiques. En effet, qu'ils aient été néothomistes et disciples de Maritain, comme Jean de Fabrègues ou Jean-Pierre Maxence, disciples de Bergson et de Chevalier comme Mounier, ou qu'ils aient été influencés par la phénoménologie allemande comme Dandieu, tous étaient en réaction contre l'idéalisme rationaliste réduisant les fonctions de l'intelligence à agencer des concepts s'enchaînant selon une logique

15. *Esprit*, n° 7, avril 1933, p. 69.
16. *Réaction*, n° 8, février 1932, p. 14.
17. *Dieu vivant*, n° 16, p. 39.

abstraite étrangère à tout contact avec la réalité. « La fuite
devant le concret, écrivaient Aron et Dandieu, voilà la véritable trahison des clercs, celle dont la lâcheté idéaliste
menace la France et le monde [18]. » Tous plaidaient donc pour
– selon les vocabulaires – un « retour à l'objet », un « retour
au concret », un « retour au réel ». Ils voyaient d'ailleurs
dans cet idéalisme désincarné l'origine de la séduction que
le matérialisme pouvait exercer en réaction sur certains
esprits : « Terrible erreur de la philosophie idéaliste, écrira
Thierry Maulnier, il semble que chaque jour elle se soit
davantage isolée du monde extérieur, il semble que, chaque
jour plus jalousement close en elle-même, vouée à une sco-
lastique stérile, impuissante à rendre compte des forces nouvelles aux prises avec un monde décharné, bornée à un cri-
ticisme destructeur, elle ait peu à peu oublié ce qui est la
tâche de toute philosophie, lutter corps à corps avec le réel,
justifier leur vie aux yeux des hommes. Ces ingénus philosophiques, voûtés, à bésicles et à pantoufles, qui jouaient à
mettre en doute l'existence du monde extérieur, ne se dou-
taient-ils pas que le monde extérieur pouvait, lui aussi, mettre
en doute les philosophes ? (...) Séparant l'esprit de la réalité
vivante, l'enfermant dans une spéculation impuissante, la
philosophie idéaliste l'a privé de sa puissance créatrice historique et a préparé la réaction matérialiste dont Marx devait
être l'initiateur [19]. » Par ailleurs, même tourné vers « l'objet », le rationalisme leur semblait incapable d'enserrer dans
ses schémas abstraits toute la richesse du réel, toute l'exu-
bérance de la vie et l'on trouvait là, à la fois, l'écho du
bergsonisme et celui des premiers travaux de l'existentialisme allemand.

Cet idéalisme et ce rationalisme étaient considérés comme
des caractéristiques de la culture bourgeoise car, affirmaient
Robert Aron et Arnaud Dandieu, « le bourgeois a le goût
de toutes les idées abstraites et stérilisées ; son activité
s'enferme dans les cadres formels qui l'empêchent d'entrer
en contact avec la réalité des choses et des sentiments [20] ».

18. *Décadence de la Nation française*, *op. cit.*, p. 64.
19. *Mythes socialistes* (Paris, 1936), p. 14-15.
20. *Décadence de la Nation française*, *op. cit.*, p. 63.

D'ailleurs, dans cette philosophie de plus en plus désincarnée, dans cette littérature de plus en plus subjective, artificielle et gratuite, ces mouvements de jeunes voyaient des signes de la décomposition de l'humanisme libéral et bourgeois, mélange de moralisme idéaliste et de matérialisme pratique qui était dénoncé avec une grande vigueur aussi bien par *Esprit* et par l'*Ordre Nouveau* que par la *Jeune Droite*. Sans en reprendre les conclusions teintées de sympathies marxistes, tous approuvaient plus ou moins les critiques qu'Emmanuel Berl venait de prodiguer à la bourgeoisie dans *Mort de la pensée bourgeoise* et *Mort de la morale bourgeoise*, deux pamphlets qui, dans les années 1928-1929, avaient fait quelque bruit et provoqué nombre de polémiques.

Évoquant cette « pensée bourgeoise », Mounier déclarait : « Nous l'exécrons. Au nom du spirituel, nous nous dressons dès aujourd'hui en tête de ses accusateurs marxistes, plus loin qu'eux, parce que, pour nous, elle n'est pas seulement un jeu qui opprime notre vie, mais un poison qui stérilise nos âmes : pas seulement un danger, mais un péché [21]. » La *Jeune Droite* n'était pas moins catégorique : « Nous voulons servir ce qui doit être servi. Il faudra bien qu'on sache que les bourgeois n'ont rien à faire avec nous (...) C'est l'homme que nous cherchons (...) L'humanité est une et veut d'autres fins que celles de l'égoïsme bourgeois [22]. » Ce refus de l'esprit bourgeois fut un des leitmotive de toutes ces revues.

Réaction était tout particulièrement soucieuse de préciser que « l'ordre » qu'elle entendait rechercher et défendre n'avait rien de commun avec « l'ordre bourgeois », jugé par elle incapable d'apporter à l'homme « une vérité vivante, une vérité humaine », car, disait-elle, « derrière le conformisme bourgeois, moyen de durer d'un monde vide, il n'y a plus d'être [23] ». Jean de Fabrègues décrivait d'ailleurs en des termes particulièrement acides les cadres de la vie bourgeoise, ensemble de conventions, de faux-semblants et de règles sans vie, figé dans un formalisme désuet : « Voici ce qu'on nous montre pour la vérité. Familles bardées de principes, réunies sous la lumière de la table commune. Maisons domaniales

21. *Nouvelle Revue française*, décembre 1933, p. 825.
22. J. de Fabrègues, *Réaction*, n° 3, juillet 1930, p. 98.
23. *Ibid.*, p. 95-98.

passées de siècle en siècle, ou, du moins, on tâche de le faire croire. Messes du dimanche, aux fins de matinées d'été, admirables petites gazettes de la plage. L'hiver, on est plus pieux peut-être ; on hante les messes matinales. C'est que les soirées finissent si tard qu'il vaut mieux aller à la messe avant d'aller coucher. L'ordre des mœurs, l'ordre social, l'ordre divin, tout y a sa place marquée, bien limitée et bien bornée. Rien ne dépasse et tout reste en ordre. Les paroisses bourgeoises sont admirables où les retardataires font douce-ment pour n'éveiller pas l'attention : c'est toute l'image de leur vie. Après le repas du soir, on ne retient pas les enfants qui ont atteint dix-sept ans. Car il faut bien que jeunesse se passe, et lorsqu'ils seront tombés aux mains de quelque reine de mi-carême, on les enverra à Saint-Maixent retrouver l'hon-neur sous l'uniforme. Après quoi ils seront mariés grasse-ment. Et l'ordre sera respecté : car on va à la messe le diman-che, et Monsieur n'a jamais donné publiquement le mauvais exemple à ses bonnes (...) Tel est leur ordre et dont ils se suffisent [24]. »

Mounier, lui aussi, dénonçait ce pharisaïsme moralisant : « Le bourgeois est un être moral. Il n'est même que cela. Seulement, détachées de leur vie invisible, les vertus sont devenues en lui des dispositifs. Amour, perfection, héroïsme, aventure, toute la hiérarchie a basculé et, maintenant, comme ces ridicules petits autels élevés à quelque dieu commun sur les champs des grandes batailles, il a établi son petit univers à lui, disposé en coussinets les commandements de la loi [25]. » Aussi Jean de Fabrègues estimait-il justifiée « la révolte contre une morale et un ordre qui étouffent la vie, brisent l'homme, l'asservissent à une loi étrangère. Oui, formes sans vie, peaux vides de leur chair, théorèmes séparés de leur contexte, interprétés à l'envers, tourmentés au gré des jours et des maîtres du jour, l'ordre et le monde d'aujourd'hui ne sont plus qu'une obséquieuse hypocrisie, à chaque instant plus périlleuse et plus lourde (...) Les règles qu'on nous impose aujourd'hui apparaissent vides de tout sens. Elles sont l'ordre bourgeois, l'ordre moral, l'union pour l'action morale, elles sont puritanisme, un code de conventions, un

24. *Ibid.*, p. 95-96.
25. *Esprit*, n° 6, mars 1933, p. 894.

accord tacite pour dissimuler ce qui gêne et continuer un équilibre profitable qui fait bien[26]... »

Mais, surtout, ce qui était mis en question, c'était un univers confortable et matelassé, fuyant le risque, l'imprévu, l'aventure, dont la valeur première était « l'ordre » : « non pas un ordre en marche, une étoile des vicissitudes, non l'ordre, c'est-à-dire la tranquillité », car, ajoutait *Esprit*, « le bourgeois est dans l'âme un homme qui a peur. Peur des luttes, peur de ce jour imprévisible qui viendra demain à la rencontre de ses prévisions, peur du visage changeant des hommes, peur de tout ce qu'il ne possède pas[27] ». Même dans la jouissance, cet idéal bourgeois apparaissait encore à ces jeunes révoltés comme un conformisme dans la médiocrité : « La vie bourgeoise est ordonnée au bonheur. Le bonheur, c'est-à-dire l'installation, la jouissance à portée de la main comme la sonnette du domestique, reposante, non sauvage, assurée. *Aurea mediocritas*. Une médiocrité tout en or[28]. »

Le reproche majeur qui était ainsi fait à l'esprit bourgeois était de construire un monde ignorant les aspects tragiques de la condition humaine, un monde que les jeunes écrivains des années 1930 jugeaient incompatibles soit, pour les uns (Fabrègues, Maxence, Mounier, Rougemont), avec leur vision chrétienne de la vie – « le bourgeois ignore la Croix que le moindre miséreux, le moindre révolté, expérimente chaque jour[29] » – soit, pour les autres, avec leur conception nietzschéenne et sorélienne du destin de l'homme. Dans cette dernière perspective, Thierry Maulnier écrivait par exemple dans l'*Ordre Nouveau*, en faisant le portrait du bourgeois conservateur : « Il défend ses habitudes, la tranquillité de son quartier et celle de sa conscience, un emploi du temps où l'Idéal a, quoi qu'on en dise, une place légitime et sincère auprès de la pendule Louis XV et des parties de cartes hebdomadaires qu'une révolution mettrait en péril (...) L'Honneur, la Discipline, la Famille, la Patrie doivent garder leur place dans des vitrines intangibles, avec des majuscules bien astiquées (...) Reste à savoir si « l'ordre » consiste à n'avoir

---

26. *Réaction*, n° 12, juillet 1932, p. 32-33.
27. E. Mounier, *Esprit*, n° 6, mars 1933, p. 894.
28. *Ibid.*, p. 895.
29. *Ibid.*

le sommeil troublé ni par les gémissements de la faim, ni par les coups de feu de la colère, ni par ses propres scrupules. Reste à savoir si toute la tâche de l'homme consiste à s'éviter et à éviter aux autres l'invention, l'inquiétude, la gloire et la douleur de créer et de vivre [30]... »

Dans ce réquisitoire, les jeunes chrétiens étaient particulièrement véhéments et s'indignaient de ce que le monde bourgeois prétende se faire le représentant et le défenseur des valeurs spirituelles en général, et du christianisme en particulier. « Ils se pensent les colonnes de l'ordre, pouvait-on lire dans *Réaction*, ils ne se sont jamais aperçus, chrétiens, du peu de place que le Christ tient dans leur vie ; Français, du peu de souci qu'ils ont de la France. Que voulez-vous ? Ils ont le banc d'œuvre (...) Ils ne savent plus ce qu'ils font. Ils ont perdu la notion du bien et du mal, il n'y a plus pour eux que de plus ou moins anciennes conventions (...) Comment voulez-vous qu'il y ait place dans leur échelle de valeurs pour une chose aussi grande, aussi embarrassante qu'une vérité qui commande ? Ils n'ont plus à être commandés parce qu'ils sont les maîtres. La règle c'est eux qui la font et l'enfer punira ceux qui leur auront désobéi (...) Le bourgeois professe qu'il peut se suffire à lui-même. Les intérêts sont bien gérés et il n'a pas besoin que Dieu s'en mêle. Comment se convaincrait-il que la volonté de Dieu règle tout, quand c'est la confiance en ses propres forces et la prévision raisonnée qui forment les motifs dont s'inspire toute son activité ? À la grande rigueur, Dieu sera le pouvoir exécutif de la conscience bourgeoise. » Et *Réaction* de conclure : « L'ordre et le catholicisme leur sont utiles pour se protéger. Ils prétendent servir Dieu, et ils s'en servent [31]. »

On soulignait d'ailleurs que la bourgeoisie était née au XVIe siècle contre l'esprit chrétien, « de la morale des financiers et commerçants hollandais et florentins », et qu'elle avait trouvé pendant longtemps « sa métaphysique naturelle dans le voltairianisme [32] », avant de se « convertir » assez

30. *Ordre Nouveau*, n° 4, octobre 1933, p. 3.
31. J. de Fabrègues, *Réaction*, n° 3, juillet 1930, p. 97-98.
32. E. Mounier, *Esprit*, n° 6, mars 1933, p. 880.

brusquement, dans la seconde moitié du XIXᵉ siècle, sous l'influence de l'intérêt et de la peur : « Le bourgeois qui est maître du jeu, remarquait Mounier, ne change de camp que pour assurer la permanence médiocre de ses visées : hier, avec le peuple contre la religion, aujourd'hui, avec la religion contre le peuple, parce que l'ouvrier risque de faire sauter son usine. Mais le Calvaire dans tout cela[33] ? » Et il ironisait sur la « croyance » bourgeoise « distinguée, dominicale et raisonnable », le plus souvent réduite à l'assistance hebdomadaire à une messe « serrée, quand le soleil est déjà haut pour les hommes, entre un bâillement et un bon repas[34] ».

Tous les catholiques, tous les chrétiens de la *Jeune Droite* et d'*Esprit*, comme aussi ceux de l'*Ordre Nouveau*[35], se trouvaient donc d'accord pour affirmer la nécessité de ce qu'*Esprit* devait appeler, dans une formule percutante, « la rupture de l'ordre chrétien avec le désordre établi ». C'est ainsi que Jean de Fabrègues, au nom de la *Jeune Droite*, disait sa totale approbation de l'article de Mounier dans lequel celui-ci développait la formule citée plus haut, article qui se terminait ainsi : « Voilà l'homme qui est né avec l'âge du confort. Qu'il soit apparu dans l'histoire un pareil contresens de l'homme, qu'il envahisse le monde chrétien, nous aurions déjà à nous en affliger. Qu'il soit en train de faire sauter le monde, nous crions gare et passons à la défensive. Qu'il fasse passer ses valeurs pour des valeurs chrétiennes, cette fois, il peut nous "avoir" partout ailleurs, il ne nous empêchera pas de témoigner contre son hypocrisie. Il est grave que les hommes qui ont le monde dans leur main et qui se disent parfois chrétiens trahissent leur mission d'homme. Mais qu'ils essaient de rapetisser à leur mesure des valeurs éternelles, qu'ils les posent en enseigne à leur boutique pour attirer la clientèle, qu'ils arrivent à les rendre odieuses à la masse des hommes, par l'emploi qu'ils en font et le visage qu'ils leur donnent, c'est ce que nous ne per-

---

33. *Ibid.*
34. *Ibid.*
35. Les chrétiens de l'*Ordre Nouveau* n'exprimaient cependant pas ces idées dans la revue du groupe, ils le faisaient dans des publications où ils n'engageaient qu'eux-mêmes.

mettrons plus (...) Il est grand temps que le scandale arrive [36]... »

Dans ces attaques contre le monde bourgeois, contre « le bourgeois qui se drape de religion [37] », transparaissait l'influence des maîtres que beaucoup de ces jeunes hommes s'étaient choisis, Léon Bloy et Charles Péguy pour à peu près tous, auxquels s'ajoutaient Bernanos et Drumont pour la *Jeune Droite*. Tous s'accordaient notamment avec Péguy pour affirmer que ce qu'ils critiquaient ainsi était plus un « esprit » qu'une classe sociale : « Entendons-nous, notait Mounier, on ne passe pas la frontière du bourgeois avec un certain chiffre de revenus. Le bourgeois fréquente toutes les latitudes, tous les milieux. Si sa morale est née d'une classe, elle a glissé, comme un gaz lourd, sur les basses régions de la société [38]. » C'est donc avec une inquiétude croissante que tous faisaient leur le mot de l'auteur de *l'Argent* : « Tout le monde devient bourgeois : les seigneurs sont devenus bourgeois, le peuple est en train de devenir bourgeois. »

On l'a vu, les chrétiens et les catholiques ne pardonnaient pas à l'ordre bourgeois de se prétendre l'incarnation des valeurs religieuses et chrétiennes. Mais ils n'en restaient pas là. Ils reprochaient aussi aux représentants officiels des Églises, en particulier à ceux de l'Église catholique, d'avoir accepté trop facilement cette usurpation et de s'en être même fait complices. De ce fait, ils faisaient le procès d'une autre « trahison des clercs », cette fois au sens religieux du terme. La *Jeune Droite* n'était pas spécialement tendre, dénonçant « la singulière bassesse des catholiques de France, leur complaisance officielle si aveugle, si servile envers les pouvoirs établis quels qu'ils soient [39] » et mettant en accusation « un clergé rouge : celui pour qui la pourpre cardinalice reflète aussi celle du drapeau de l'Internationale (...) sans toutefois exclure le rouge officiel des décorations du régime [40] ». De son côté, Pierre-Henri Simon, dans *Esprit*, s'indignait de la place prise par l'argent dans la vie religieuse et des accom-

36. *Esprit*, n° 6, mars 1933, p. 896.
37. *Ibid.*, p. 896.
38. *Esprit*, n° 6, mars 1933, p. 820.
39. R. Vincent, *Revue du siècle*, n° 7, novembre 1933, p. 20.
40. *Ibid.*, p. 20.

modements concédés par l'Église et ses représentants à la bourgeoisie conduisant « l'éthique du catholicisme vers un accord avec l'éthique du capitalisme [41] ». Dans le même sens, citant Pierre-Henri Simon, Jean de Fabrègues notait : « À nos yeux comme aux siens, le règne moderne de l'argent tend à altérer les sources de la spiritualité, à abaisser le niveau de la vie religieuse (...) Les contacts équivoques de l'or et de la religion, un certain accaparement de celle-ci par la classe bourgeoise, dont le matérialisme étroit en fausse l'esprit, nous blessent aux profondeurs de l'âme [42]. »

Plus profondément encore, les compromissions de l'Église officielle leur semblaient trahir l'essence de la vie religieuse en réduisant celle-ci à ses aspects les plus extérieurs, soit à un moralisme pharisaïque et desséchant – faisant une place excessive et disproportionnée aux « péchés de la chair » – soit à une action sociale trop souvent envisagée comme une fin en soi, « assimilant la religion à une association philanthropique [43] ». C'est contre cette adultération du message chrétien que, dans *Réaction*, protestait Bernanos en tonnant contre « un certain nombre de pauvres types qu'une providence incompréhensible a chargé, pour une part du moins, de la défense du spirituel et qui trouvent infiniment roublard (et aussi moins périlleux) de mettre le spirituel en lieu sûr, de l'enfermer à double tour dans la cave, comme ils voyaient jadis leur papa serrer les écus au retour du marché. Ces misérables ont toujours le nom de Dieu à la bouche, mais dans une telle bouche qui n'est que l'orifice supérieur de leurs entrailles. Dieu, c'est révolution, démocratie, assurances sociales, que sais-je ? Au front de l'église, ils écriront un jour : "On est mieux nourri ici qu'en face" et s'étonneront de ne recueillir que des ventres [44] ». Pour sa part, René Vincent voyait dans cette évolution le signe « d'une absence presque totale de vie intérieure [45] ».

À cet égard, le zèle déployé par les milieux officiels du catholicisme pour paraître le plus « moderne » possible, leur paraissait être le symbole le plus évident de la dégradation

41. *Esprit*, n° 13, novembre 1933, p. 41.
42. *Revue du siècle*, n° 10, février 1934, p. 25.
43. Daniel-Rops, *le Monde sans âme, op. cit.*
44. *Réaction*, n° 1, avril 1930, p. 7.
45. *Revue du siècle*, n° 7, novembre 1933, p. 26.

intellectuelle et spirituelle des milieux chrétiens installés. Cette attitude était à leurs yeux, non seulement navrante, mais encore ridicule à l'heure où les partisans les plus résolus de ce « monde moderne » commençaient au contraire à douter de lui. « Être moderne, tel est le poncif, éculé partout ailleurs, qui vient choir dans ces bouches affadies. Quelle splendide opération fait-on en s'efforçant de ramener l'éternel au moderne ! Et quel moderne ! Ce que la civilisation nous apporte de plus matériel : ce machinisme, ce confort, que déjà des gens qui n'ont pas la foi, mais à qui le bien-être temporel ne suffit pas, critiquent avec amertume. Nous pensons à un G. Duhamel. Et à tous ces chrétiens inavoués, tourmentés et inassouvis qui souffrent de n'avoir pas trouvé leur Dieu, nos bien-pensants affirment aujourd'hui avec un semblant de courage comique, qu'ils osent le regarder en face et que l'Église n'en a pas peur. Comme si la question se posait [46]. » Pour sa part, après avoir constaté que « si le problème social a pu dresser les classes populaires contre le catholicisme, c'est que celle-ci a fait mine de se solidariser avec l'infamie du capitalisme libéral [47] », Jean de Fabrègues pouvait souligner l'échec subi par l'Église chaque fois qu'elle oublie le message dont elle est dépositaire pour se mettre au goût du jour. Aussi stigmatisait-il « ces chiens qui galvaudent dans la boue d'un régime et d'un monde qui s'écroulent nos espoirs de renaissance, de survie, de salut [48] ». Plus laconiquement, mais dans le même sens, Mounier remarquait : « Non, le christianisme ne se rapièce pas avec des morceaux d'actualité [49]. »

Les jeunes chrétiens de ces mouvements se considéraient, de ce fait, comme en marge des milieux catholiques officiels qui leur paraissaient participer à la crise d'un monde qu'ils voyaient se défaire sous leurs yeux. Robert Francis, au nom de la *Jeune Droite* catholique, en arrivait à écrire devant cette religion vidée de toute sa sève et de toute sa substance : « Je me sens plus proche de M. Romain Rolland ou de M. Guéhenno que du général de Castelnau ou des rédacteurs de *la Croix* (...) J'ai le regret de le dire, nous n'avons absolument

46. *Revue du siècle*, n° 7, novembre 1933, p. 24.
47. *Ibid.*, p. 16.
48. *Ibid.*, p. 3.
49. *Esprit*, n° 6, mars 1933, p. 875.

plus aucun point commun avec la plus grande partie de l'Église administrative [50]. »

Plus généralement, cette crise du christianisme officiel leur apparaissait comme l'une des expressions de la décadence spirituelle du « monde sans âme » des années 1930. Daniel-Rops résumait des sentiments communs à tous lorsqu'il écrivait : « S'il n'existait encore des hommes comme Péguy et le Père de Foucauld pour accorder la plus grande "violence" à la plus haute charité, s'il n'existait plus, dans quelques monastères, des esprits voués à cette forme supérieure de la violence qu'est le renoncement, on douterait de la force que pourrait conserver encore une doctrine qui n'aurait pour se manifester que la messe de onze heures et demie dans les paroisses élégantes. Décadence du spirituel aussi cet affadissement du tragique : on dirait que les lettres de feu gravées par les prophètes et les apôtres n'ont plus de sens et que la détresse vue par l'Apocalypse ne doit être qu'un mythe littéraire (...) La diminution du tragique dans la foi, l'enchaînement à l'habitude et à la routine – si l'on veut la déperdition de la teneur proprement révolutionnaire d'une doctrine qui proclame : "Mon royaume n'est pas de ce monde" – Voilà des signes qui prouvent aussi cette décadence du spirituel [51]... »

Ainsi, dans le domaine de l'esprit comme dans celui de la vie matérielle, les mouvements de jeunes des années 1930 concluaient à la faillite : faillite intellectuelle d'une littérature ivre de gratuité et de virtuosité et d'une philosophie de plus en plus exsangue ; faillite morale d'un monde bourgeois voué au pharisaïsme et à une médiocrité chaque jour plus étouffante ; faillite spirituelle, enfin, d'une certaine forme de christianisme de plus en plus enlisé dans les conformismes mondains. Ce diagnostic, s'ajoutant aux jugements très critiques portés sur le fonctionnement des structures politiques, économiques et sociales des années 1930, donnait au verdict de ces mouvements un caractère très global qui exprimait ce qui était leur conviction la plus profonde et la plus originale, à savoir qu'ils étaient en train d'assister à une crise totale de civilisation.

---

50. *Cahiers 1931*, IIe série, n° 6, p. 17.
51. *Le Monde sans âme, op. cit.*, p. 181.

CHAPITRE CINQUIÈME

Une crise totale de civilisation

Par là, on en arrive à ce qui fut l'intuition centrale de ces mouvements de jeunes des années 1930, l'intuition que les symptômes de crise qu'ils énuméraient et analysaient – instabilité internationale, difficultés intérieures, désordre économique et social, décadence intellectuelle et spirituelle – n'étaient que les signes d'une crise beaucoup plus générale et beaucoup plus profonde, d'une crise de civilisation.

Les premières lignes du manifeste de *Réaction* étaient, à cet égard, très explicites : « Jamais, déclaraient-elles, l'homme n'avait atteint une telle perfection dans la connaissance des phénomènes, ni une telle puissance dans l'utilisation des forces naturelles et l'accumulation des richesses. Et pourtant, il y a une crise du monde moderne [1]. » Thierry Maulnier constatait de son côté : « Chacun sent que la civilisation est parvenue à un moment crucial [2] (...) Il ne fait de doute pour personne que nous soyons dans une des phases critiques de la civilisation et peut-être de l'espèce [3]. » Diagnostiquant une « crise totale de civilisation [4] », Mounier notait pour sa part : « Nous sommes, à n'en plus douter, à un point de bascule de l'histoire : une civilisation s'incline, une autre se lève [5]. » L'*Ordre Nouveau* affirmait de même que la crise contemporaine était celle « d'une civilisation qui, tout entière, pèche par la base [6] » et Daniel-Rops situait dans toute leur ampleur les perspectives du mouvement en précisant qu'il s'engageait

---

1. *Réaction*, n° 1, avril 1930, p. 1.
2. *La crise est dans l'homme*, *op. cit.*, p. 196.
3. *Réaction*, n° 8, février 1932, p. 14.
4. *Mounier et sa génération*, *op. cit.*, p. 70.
5. *Esprit*, n° 6, mars 1933, p. 886.
6. R. Aron et A. Dandieu, *Décadence de la Nation française*, *op. cit.*, p. 12.

dans « un combat dont l'enjeu est notre civilisation même », car, ajoutait-il, » les destins dont les fils en ce moment se nouent sont ceux de l'humanité entière, ceux de tout un ensemble de données, de traditions, de croyances sur lesquelles le monde a longtemps vécu[7] ».

Cette problématique originale permet de mieux comprendre ce qu'on a déjà noté plus haut, à savoir l'aspect général, souvent plus philosophique que technique, des critiques formulées par ces mouvements sur le désordre politique ou économique. Ils avaient en effet la conviction que, comme l'écrivait l'*Ordre Nouveau*, « il serait entièrement vain de s'imaginer que nous nous trouvons en présence de problèmes strictement isolés et susceptibles de solutions fragmentaires[8] ». Pour eux, c'est dans la perspective d'une crise globale qu'il fallait se placer, d'une part, pour ne pas sous-estimer la gravité des conséquences du désordre contemporain, d'autre part, pour ne pas passer à côté de ses causes profondes. Ils avaient en effet le sentiment d'être engagés dans une aventure grandiose dont ils déploraient que la véritable dimension échappe à beaucoup : « Nous sommes nés à la vie, au sortir de la première enfance ou de l'adolescence, dans le Mensonge et la Mort, déclarait ainsi Mounier aux lecteurs de *l'Aube*, nous ne sommes pas sortis depuis de la grandeur. Des millions de misères ont succédé aux millions de morts et aux millions de mensonges. Des peuples montent d'une ombre de plusieurs siècles. Des civilisations s'affaissent, d'autres surgissent. Des barbaries apparaissent. Nous ne sommes pas nés en une de ces périodes où l'homme glisse sur une tradition qui l'assure. Nous nous faisons nous-mêmes dans un monde en pleine démiurgie. Ce n'est pas le moment de regarder en arrière[9]. »

Ces groupes étaient donc très soucieux que l'on ne s'égarât pas sur ce qui était en question et que l'on ne prît pas l'accidentel pour l'essentiel. Au-delà du désordre matériel évident, le monde de ces années leur apparaissait surtout comme un monde qui n'était plus à la mesure de l'homme, un monde qui condamnait celui-ci à vivre dans un univers « inhumain ».

7. *Les Années tournantes*, *op. cit.*, p. 12.
8. *Plans*, nº 9, novembre 1931, p. 150.
9. « Lettre à P. Archambault », *l'Aube*, 27 février 1934.

Cet adjectif était d'ailleurs l'un des mots qui revenait le plus souvent dans le vocabulaire de ces publications. Tel était bien, en effet, le mobile fondamental de leur révolte. Ainsi que le soulignait Thierry Maulnier, « ce dont il est question, c'est ceci : l'état actuel du monde et l'état auquel tend le monde ne constituent pas des phénomènes normaux de son évolution ; ils sont des états maladifs, ou, si l'on veut, monstrueux ; les faits économiques ou sociaux qui les manifestent ne doivent pas être estimés en tant que tels, mais dans leurs rapports aux valeurs supérieures d'une civilisation précieuse qu'ils tendent à compromettre ; les changements en cours ne sont pas des changements d'institutions que l'intellectuel désintéressé peut contempler avec détachement (...) L'objet de la lutte n'est pas seulement l'objet de la production, la répartition des biens, la pauvreté ou la richesse, le chaos ou la prospérité. L'objet de la lutte est l'essentiel de nous-même [10]... » Daniel-Rops allait dans le même sens en constatant : « La crise n'est pas seulement une crise économique et financière, elle n'est même pas une simple crise politique : elle est davantage, une crise de conscience. Ce qui est en jeu, dans le douloureux débat qui est celui du monde moderne, c'est bien davantage qu'un régime de possession et de distribution des richesses, c'est l'homme, c'est-à-dire la personne [11]. » Dans un livre paru en 1932, Thierry Maulnier revenait à la charge et résumait en une phrase un point de vue qui était, non seulement le sien, mais celui de tous ces groupes : « Ce qui est engagé dans les conflits actuels, ce sont les quelques valeurs par lesquelles notre existence reçoit un prix et une grandeur possible [12]. »

Cette dernière citation figurait dans l'introduction d'un recueil d'articles intitulé *La crise est dans l'homme*. Ce titre était lui aussi très caractéristique d'un état d'esprit général. Il traduisait la volonté de ces mouvements de ne pas se borner à une analyse superficielle du désordre contemporain et leur volonté d'en mettre à nu les racines profondes, racines qui, selon eux, résidaient, non dans les choses, mais dans les principes au nom desquels l'homme avait prétendu régenter

10. *Action française*, 13 octobre 1932.
11. *Avant-Poste*, février 1934, p. 5.
12. *La crise est dans l'homme, op. cit.*, p. 16.

le monde, car, comme l'écrivait Mounier, « l'esprit seul est cause de tout ordre et de tout désordre, par son initiative ou son abandonnement...[13] ». Telle était la signification de la formule de Thierry Maulnier dont Aron et Dandieu développaient, eux aussi, le contenu en affirmant : « Il faut bien comprendre qu'à l'heure actuelle l'homme, ayant de plus en plus de moyens pour maîtriser l'univers, asservissant de plus en plus la matière et les êtres aux cadres de son esprit, prolongeant en dehors de lui et sur toutes les plaines du monde l'exécution de ses méthodes de pensée et l'application de ses concepts, l'origine des maux qui l'entourent et le tourmentent ne doit plus être cherchée hors de lui : mais, sous peine de ne rencontrer que des faux-semblants ou des solutions de détail, de négliger l'essentiel au profit d'anecdotes éphémères et sans portée, c'est au centre psychique de l'univers qu'il faut porter le diagnostic, à ce centre clos et limité, foyer pourtant d'une perpétuelle irradiation de forces et de pensées qui constitue la conscience humaine[14]. »

Une telle position les amenait à dénoncer ceux qui ne voyaient à la crise contemporaine que des causes extérieures ou ceux qui s'en prenaient aux seuls effets sans remonter aux causes fondamentales. Pour eux, c'est, sans nul doute possible, dans « un humus de doctrines périmées » que se trouvaient « les racines du malheur[15] », et, au premier chef, dans l'idée que l'homme s'était fait de sa nature et de sa destinée : « Tout le désordre dont l'homme offre aujourd'hui maints exemples ne s'explique que si l'on considère la conception que l'homme a de lui-même, de sa mission, de son destin. C'est en lui qu'il faut rechercher l'origine commune des troubles divers dont l'humanité souffre (...) Le vrai problème est dans l'homme à l'intérieur de l'être[16]. »

Estimant donc qu'à la source du désordre, il y avait une « méprise sur la notion d'homme[17] », tous les représentants de ces groupes s'accordaient pour penser que cette méprise

---

13. *Esprit*, n° 1, octobre 1932, p. 15.
14. *Le Cancer américain*, *op. cit.*, p. 234.
15. « Positions d'attaque pour l'ordre nouveau », *Revue des vivants*, décembre 1933, p. 1821.
16. Daniel-Rops, *le Monde sans âme*, *op. cit.*, p. 61-63.
17. J.-P. Maxence, *Revue française*, 22 mars 1931, p. 266.

s'enracinait essentiellement dans l'individualisme libéral. Daniel-Rops affirmait ainsi sans ambages que l'individualisme était « à la base de la crise contemporaine [18] », et il en donnait cette description : « Toute doctrine qui définit l'individu comme limité en soi, qui nie par cela même la soumission à tout principe supérieur et qui fait reposer l'accomplissement de sa destinée uniquement sur les forces qu'il enferme en lui [19]. » L'homme libéré de toute vérité, de toute loi, de toute religion qui s'imposent à lui, l'homme se voulant parfaitement autonome et souverain de lui-même et devant trouver sa perfection et son bonheur par les seuls moyens de sa raison et de sa liberté, tel était le « credo » de l'individualisme que dénonçait aussi *Réaction* dont le manifeste déclarait : « Une fois encore, l'homme a écouté l'éternel tentateur qui guette inlassablement sa proie : "Si tu fais de ta volonté la règle de ton action et de ta raison la mesure des choses, tu seras comme un dieu" [20]. » De même, dans le très long article qui ouvrait le premier numéro *d'Esprit*, Mounier prononçait un sévère réquisitoire contre l'individualisme, « métaphysique de la solitude intégrale, la seule qui nous reste quand nous avons perdu la vérité, le monde, la communauté des hommes [21] ». La position de l'*Ordre Nouveau* fut, à ses débuts, plus ambiguë. Dans leurs premiers ouvrages, Aron et Dandieu semblaient se situer dans une certaine tradition individualiste en prônant un « individualisme révolutionnaire ». Cette équivoque devait se dissiper assez rapidement, l'*Ordre Nouveau* adoptant le terme de « personnalisme » pour désigner cet « individualisme révolutionnaire » et répudiant sans indulgence l'individualisme libéral.

C'est à cet individualisme libéral que ces publications attribuaient l'inadaptation des structures politiques et économiques au monde des années 1930 en particulier et à un véritable ordre humain en général. Désordre politique – international ou intérieur –, désordre économique et social trouvaient ainsi à leurs yeux leur commun dénominateur dans la conception individualiste d'un homme abstrait, ignorant « ces ensembles, ces enracinements, ces rapports, ces

18. *Le Monde sans âme, op. cit.*, p. 54.
19. *Ibid.*, p. 55.
20. *Réaction*, n° 1, avril 1930, p. 2.
21. *Esprit*, n° 1, octobre 1932, p. 32.

liens innombrables par lesquels chacun de nous se rattache
à l'univers matériel et au monde des vivants et des morts [22] ».
De même, c'est dans l'individualisme qu'ils voyaient la
source des perversions de la littérature de l'après-guerre
murée dans un subjectivisme exacerbé et l'explication des
aberrations d'une intelligentsia ivre d'abstractions, détachée
de tout contact avec la réalité. Enfin l'esprit bourgeois leur
apparaissait comme l'expression, sur le plan moral, d'un
individualisme qui, aventureux et conquérant à ses débuts,
s'était peu à peu dégradé en un « humanisme revendica-
teur [23] », déguisement civilisé de l'instinct de puissance chez
certains et, plus médiocrement, chez beaucoup, de l'égoïsme
le plus plat.

Avec l'individualisme se trouvaient aussi mises en question toutes les valeurs qui avaient dominé la civilisation européenne depuis le XVIII siècle. Tel était le cas du libéralisme
dont les méfaits étaient dénoncés aussi bien dans l'ordre
intellectuel (dégradation de la notion de vérité favorisant un
subjectivisme idéaliste) que dans l'ordre économique et
social (anarchie économique engendrant l'injustice sociale).
Le rationalisme n'était pas lui non plus épargné : on lui reprochait, d'une part, d'avoir prétendu à tort enfermer dans ses
schémas, d'une manière exhaustive, tous les aspects de la
réalité et, d'autre part, d'avoir contribué à asservir l'homme
à un ensemble de mécanismes abstraits, destructeurs de sa
véritable personnalité. Les grands mythes de la Raison, de
la Science, du Progrès, auxquels, de Hugo à Renan, le
XIX siècle avait donné sa foi étaient eux aussi considérés
comme faisant partie de cet « humus de doctrines périmées »
dont parlait l'*Ordre Nouveau*. Dans une enquête publiée en
juin 1933 sur « La jeunesse devant la crise », Marcel Prévost
pouvait ainsi constater « une régression marquée des mystiques du XIX siècle : positivisme, infaillibilité de la science,
croyance au progrès indéfini de l'humanité, etc. ». Il ajoutait :
« Tout cela, osons le dire, pour ces jeunes cerveaux, rejoint
les vieilles lunes. Ils ont même tendance à y voir la cause
idéologique lointaine du gâchis actuel [24]. »

22. C. Chevalley et A. Marc, *Avant-Poste*, février 1932, p. 18.
23. E. Mounier, *Esprit*, n° 1, octobre 1932, p. 33.
24. *Le Journal*, 23 juin 1933.

Ces mouvements s'attachaient donc à faire l'autopsie de ce qu'ils considéraient comme une civilisation en état de décomposition. À cet égard, si leurs analyses s'attardaient sur les problèmes évoqués plus haut, ils insistaient aussi tout spécialement sur deux symptômes considérés comme particulièrement significatifs de l'évolution du monde en ces années 1930 : d'une part, l'apparition d'une conception de la civilisation dont l'Amérique – c'est-à-dire ici les États-Unis – était le symbole, d'autre part, les premières manifestations de ce que Mounier devait appeler plus tard, après Nietzsche, le « nihilisme européen ». C'étaient là en effet à leurs yeux deux phénomènes qui traduisaient dans leurs conséquences extrêmes l'inhumanité des principes sur lesquels se fondaient la société et la culture contemporaines.

Les années 1928-1930 virent se produire, selon le titre même d'un livre de Waldo Franck paru à cette époque, une « nouvelle découverte de l'Amérique ». En quelques mois se multiplièrent sur les États-Unis articles, essais, témoignages, recueils de souvenirs. Consacrant aux « images de l'Amérique », en juin 1930, son feuilleton littéraire de la *Revue des deux mondes*, André Chaumeix ne dénombrait pas moins d'une douzaine d'ouvrages parus sur ce sujet dans les semaines précédentes. En général, dans cette littérature, coexistaient deux courants : celui de l'admiration – plutôt minoritaire – représenté, par exemple, par *Standards* de Hyacinthe Dubreuilh, et celui de la méfiance dont l'expression la plus caractéristique fut l'essai de Georges Duhamel, *Scènes de la vie future*. C'est à ce courant critique que se rattachaient les positions de ces mouvements de jeunes telles qu'elles furent exposées notamment dans *le Cancer américain* de Robert Aron et Arnaud Dandieu ou dans le numéro spécial de *Réaction* intitulé « Procès de l'Amérique ».

Ces groupes jugeaient en effet sans indulgence le monde américain, connu d'ailleurs à travers des témoignages et non par une expérience directe. Ils faisaient volontiers leur le mot de Baudelaire sur « cette grande barbarie éclairée au gaz ». C'est ainsi que Jean de Fabrègues n'hésitait pas à parler, en rendant compte du livre de Duhamel, « de la bestialité de la civilisation des États-Unis [25] », tandis que l'*Ordre Nouveau*

_____

25. *Réaction*, n° 3, juillet 1930, p. 108.

déclarait : « Le cancer du monde moderne a pris naissance bien loin des charniers de la guerre, en un terrain bien abrité, mieux même qu'on ne le croit souvent, c'est le cancer américain [26]. »

Cependant, s'ils rejoignaient ainsi les critiques de Duhamel et s'ils lui rendaient hommage pour avoir attiré l'attention sur ce problème, ils se refusaient à lui emboîter totalement le pas, jugeant qu'il s'attaquait souvent aux formes les plus secondaires et les plus extérieures du mal et que « son livre n'était qu'une œuvre de vulgarisation, avec tout ce que cela comporte de démagogie et d'inexactitude [27] ». Ils pensaient que son réquisitoire contre le seul machinisme était quelque peu puéril et même dangereux dans la mesure où il dépouillait l'homme de la maîtrise de son destin : « Ennemi personnel de la machine, notait Maurice Blanchot, il lui réserve tous ses traits qui sont redoutables (...) Devant son jugement impitoyable, il n'y a pas un engin mécanique, un moteur, un boulon qui ne se trouve un peu coupable. Il penche à donner à la technique, à ses progrès, à la prédominance qu'ils lui ont value une grande part de la responsabilité de nos désordres (...) Mais, par cet excès de violence, il lui fait le même honneur que les matérialistes par leurs dithyrambes. Il consent à l'idole une puissance inouïe, celle de pervertir la civilisation. Dans la critique qu'il dirige contre notre monde, il n'envisage pas d'autres erreurs, d'autres perversions que celles du machinisme. Si l'on y réfléchit, on s'aperçoit qu'il y est fort peu question de l'homme. M. Duhamel prétend le défendre contre des périls qui n'ont pas en lui leur origine [28]. » Aussi, tout en accordant une grande place dans leur réflexion aux problèmes posés par les développements récents du machinisme (notamment aux problèmes du travail industriel), ces revues se refusaient à faire de celui-ci un bouc émissaire et à voir en lui la cause déterminante des troubles contemporains. Ils soulignaient au contraire que ces progrès témoignaient du pouvoir créateur de l'homme et que, mieux utilisés, ils pourraient être la source de nombreux bienfaits en épargnant à l'homme les travaux physiques les plus pénibles, en le dispensant des automatismes les plus

---

26. *Le Cancer américain*, *op. cit.*, p. 15.
27. *Ibid.*, p. 17.
28. *Réaction*, n° 11, avril 1932, p. 14.

fastidieux et en multipliant sa puissance. Aussi, si mise en accusation de l'Amérique il devait y avoir, ne devait-elle pas se réduire à un réquisitoire contre le machinisme.

À leurs yeux, ce « procès de l'Amérique » devait être essentiellement celui d'une société où « l'homme paraît être une machine à consommer et à produire et où on ne lui connaît pas d'autre raison d'être, d'autre bonheur, d'autre destin[29] ». L'Amérique leur apparaissait ainsi comme une gigantesque machine à broyer les hommes, les asservissant à des conduites de plus en plus standardisées et socialisées, aussi bien dans leur travail que dans leurs loisirs, ceci pour satisfaire aux impératifs d'un économisme totalitaire qui, après avoir développé un productivisme sans cesse plus frénétique, favorisé par le progrès du machinisme et des techniques de rationalisation du travail, imposait aussi ses exigences dans le domaine de la consommation afin de trouver des débouchés à une production accrue sans mesure.

Le texte suivant de Thierry Maulnier, publié sous le titre « Position contre l'Amérique », est assez significatif de l'image que ces mouvements se faisaient de la société américaine des années 1920-1930, c'est-à-dire, il importe de le souligner, des États-Unis de la prospérité, des États-Unis d'avant la crise : « L'idéal humain le plus haut n'étant plus de réaliser sa personne, mais de réaliser des richesses, chacun doit abandonner à la société une moitié de sa vie, il y est forcé s'il veut vivre et, bien plus, une morale nouvelle vient appeler devoir cette contrainte abominable. Mais une équivoque persiste : car on lui a laissé cette autre moitié de sa vie qu'il gagne en sacrifiant la première ; il achète assez cher, mais il achète enfin les loisirs où il peut oublier la société, réagir, être lui-même. Cela ne pouvait pas durer : l'individu américain peut se rendre compte aujourd'hui que l'on ne contente pas le Léviathan avec tant de facilité (...) La production n'étant richesse positive que lorsqu'elle se vend, l'homme asservi à l'économique ne doit pas à la société de produire mais aussi de consommer (...) La richesse que l'homme a créée et multipliée sans mesure doit trouver et trouve des débouchés. Voici qu'on reconnaît que le devoir social de produire est incomplet, qu'il est, s'il est seul, source

---

29. T. Maulnier, *La crise est dans l'homme, op. cit.*, p. 14.

de ruine, et que l'homme n'est pas quitte après le travail. La société étend son prodigieux pouvoir, car le produit du travail doit être consommé et ce sont les loisirs qui en ont la charge [30]... » Et Thierry Maulnier de brosser ce tableau de l'Amérique : « Chacun étant dévoué à l'effort acharné de consommer et de produire, on peut assister au spectacle inouï d'une société prenant entièrement possession de l'homme, le conduisant en troupeau dans son travail et dans ses loisirs, le menant pieds et poings liés de ses cinémas à ses casernes, de ses usines à ses terrains de sport, à travers tous les mornes abattoirs hygiéniques où elle n'en veut qu'à son âme. Spectacle réconfortant : l'effort des hommes consacré tout entier à maintenir régulièrement, selon un rythme toujours implacablement plus rapide, cet équilibre où l'on tend à produire plus qu'on ne consomme et à consommer tout ce que l'on produit. Le terme du progrès moderne est là [31]. »

Par là, on retrouve certains thèmes de la critique du capitalisme qui a été évoquée plus haut. Mais, pour ces mouvements, l'Amérique incarnait beaucoup plus qu'un système économique. Elle était pour eux un type de civilisation, comportant certes un certain mode d'organisation de l'économie, mais proposant aussi une certaine interprétation de la vie. C'est pourquoi Thierry Maulnier pouvait écrire : « La menace n'est pas tant que la production abolisse l'esprit, mais qu'elle crée un esprit à son image, que la machine efface l'homme, mais qu'elle le forme selon ses besoins, que l'économique vainqueur renverse des principes, mais qu'il édifie les siens. Le risque est d'ordre spirituel : nous sommes devant une barbarie qui cherche sa justification [32]. » Cette « justification », ils la voyaient se dessiner dans un progressisme scientiste et matérialiste qu'ils tenaient pour le moteur de l'américanisme : « Cette croyance, notait *Réaction*, est faite d'optimisme radical, c'est-à-dire de recherche comme suprême récompense des joies terrestres acquises par la soumission à la règle sociale, aux lois du monde matériel, de travail et de légitimation du

30. *Ibid.*, p. 58-59.
31. *Ibid.*, p. 59-60.
32. *Ibid.*, p. 57.

succès. Aussi les idées philosophiques n'ont plus cours, la pensée libre et sans profit, les joies intellectuelles désintéressées n'ont plus de place, les choses ne se jugent qu'en fonction de leur valeur marchande et de leur quantité, le sens de la qualité se perd, la recherche instinctive de la force, grâce à la masse, s'impose. Les conquêtes mécaniques font figure de miracles et les grands inventeurs, pourvu que leurs découvertes soient utiles, font office de grands seigneurs et presque de prêtres [33]. » Plus laconiquement, un autre des collaborateurs de *Réaction* affirmait : « L'américanisme, c'est un optimisme matérialiste, le bonheur dépendant du progrès scientifique, le Paradis se résumant dans le bien-être et la richesse [34]. »

On aura remarqué que l'on a beaucoup cité jusqu'ici la *Jeune Droite*. Ceci ne signifie pas qu'elle avait le monopole des attaques contre la civilisation américaine, bien au contraire. L'*Ordre Nouveau* n'était pas moins véhément que *Réaction*. Ses positions rejoignaient celles de la *Jeune Droite* dans la dénonciation d'un « économisme » enfermant l'homme dans le cycle production-consommation aussi bien que dans l'opposition à un matérialisme qui se traduisait, selon lui, par le fait « qu'en pays yankee, l'esprit trouve sa première raison d'être et sa principale application dans la production industrielle, issue elle-même de la croyance que le bonheur peut s'obtenir par la technique [35] ». Toutefois, certaines perspectives différaient quelque peu de celles de la *Jeune Droite* dans la mesure où la critique principale de l'*Ordre Nouveau* portait sur la civilisation américaine considérée comme l'apothéose d'un rationalisme dévastateur ayant provoqué « l'hégémonie des mécanismes rationnels sur les réalités concrètes et sentimentales, ressorts profonds du véritable progrès de l'homme [36] ». Un monde standardisé, mécanisé, construit sur des abstractions, ayant divorcé d'avec le réel, tel apparaissait aux responsables de l'*Ordre Nouveau* l'univers américain avec « son culte de la raison aveugle et des constructions rationnelles (...) qui, proposant à l'adoration des masses, les dieux abstraits du crédit, la mystique de

33. Roger Magniez, *Réaction*, n° 3, juillet 1930, p. 83.
34. C. Chenut, *Réaction*, n° 7, mai 1931, p. 59.
35. R. Aron et A. Dandieu, *le Cancer américain*, *op. cit.*, p. 97.
36. *Ibid.*, p. 17.

la production, la mobilisation de l'intelligence, la stérilisation
ou la dérivation méthodique des instincts, impose aux sensibilités et aux chairs l'oppression de catégories rationnelles
implacables et inhumaines [37]. »

La plupart de ces textes sur l'Amérique datent des années
1930-1931. En 1931, la gravité devenue évidente de la crise
économique enlèvera beaucoup de leur prestige aux États-
Unis et à ce qui avait été considéré par certains comme l'idéal
de la société future. Ceci explique sans doute pourquoi ce
thème sera assez peu développé par *Esprit*. On peut penser
qu'il n'en eût pas été de même si *Esprit* était né deux ans
plus tôt. En effet, en 1930, Mounier avait publié dans la revue
des *Davidées* une recension de *Scènes de la vie future* dont
le ton n'était guère différent de celui des articles de la *Jeune
Droite* ou de l'*Ordre Nouveau*. Il s'y félicitait de la mise en
garde de Duhamel contre « une barbarie qui menace tout
l'édifice humain sous le nom de civilisation de l'avenir :
l'américanisme ». Dénonçant « l'anéantissement de l'individu et de sa vie propre », il voyait « l'essence de la civilisation nouvelle » dans « le développement idolâtrique du
mécanisme qui, de partout, étouffe la vie, la spontanéité,
l'initiative, la grâce et cet équilibre inachevé, gros de promesses, qui est la marque de l'humain ». On remarquera la
parenté de ce point de vue avec celui d'Aron et Dandieu,
parenté tenant sans doute à une commune filiation bergso-
nienne. Comme eux, Mounier concluait : « Devant ce danger
pressant (...) notre devoir est de répondre à l'alerte. Non par
souci des traditions mortes et par méfiance du nouveau, mais
pour sauvegarder, quel qu'il soit, l'avenir de l'homme [38]. »
Les allusions sur ce thème que l'on peut trouver dans *Esprit*
devaient traduire les mêmes inquiétudes que celles exprimées
dans cet article de Mounier. *Esprit* se trouvait aussi en accord
avec les autres mouvements pour considérer que, si « cette
civilisation américaine est effrayante (...), elle n'est autre que
notre civilisation du XXᵉ siècle. Elle nous effraie simplement
comme notre ombre nous effraie quand elle se projette – très
grande – devant nous [39] ».

37. R. Aron et A. Dandieu, *Décadence de la Nation française*, *op. cit.*,
p. 19.
38. *Revue de culture générale*, octobre 1930, p. 14-21.
39. E. Garnier, *Esprit*, n° 8, mai 1933, p. 179.

C'était là en effet le fond du problème. Ce qui était ainsi mis en accusation par ces groupes, ce n'était pas un pays en tant que tel, les États-Unis, c'était ce qui leur apparaissait comme le terme ultime d'une certaine évolution du monde moderne. Ceci explique que finalement ces publications aient été peu sensibles à la critique qu'on pouvait leur faire de s'attaquer à l'Amérique sans la connaître directement. À travers les États-Unis, la cible de leurs flèches était ce que *Réaction* appelait « l'Amérique intérieure » : « L'Amérique est déjà chez nous, remarquait Jean de Fabrègues, les scènes de la vie américaine, selon le mot de Duhamel, sont des scènes de la vie future. À bon droit, nous devons nous demander la valeur de cette vie (...) L'Amérique est le monde où la chose a tué l'homme. Sur la même pente, l'Europe est engagée déjà [40]... » Dans le même numéro, Maxence renchérissait : « L'Amérique s'est installée dans nos institutions sociales, dans la mentalité ambiante, dans le cœur même d'une majorité de Français (...) L'Amérique nous assiège, nous tient, nous possède [41]. » De même, l'*Ordre Nouveau* précisait : « L'Amérique, si elle est un cadre, n'est pas un cadre territorial, mais bien un cadre de pensée et d'action. L'Amérique, c'est une méthode, une technique, une maladie de l'esprit (...) C'est donc, hélas ! non seulement outre-Atlantique, mais ici, sur notre sol, dans nos villes, et même dans nos universités, qu'il faut apprendre à connaître la nature profonde du danger qui nous menace [42]. »

Ceci n'était pas seulement un jugement dans l'abstrait. C'était aussi une réaction à l'égard d'une vague d'américanisme qui avait déferlé sur la France dans les années 1928-1930 et qui s'était incarnée dans la personne de Tardieu qui, disait Thierry Maulnier, « considérait la France comme une société anonyme et voulait tout résoudre par la formule de la prospérité [43] ». Cette « tentation de l'Amérique » était aussi représentée par l'équipe de jeunes intellectuels réunis autour de Jean Luchaire dans la revue radicale et briandiste *Notre Temps* qui se présentait comme l'organe des « nouvelles

40. *Réaction*, n° 3, juillet 1930, p. 72.
41. *Ibid.*, p. 77.
42. *Le Cancer américain*, op. cit., p. 80.
43. *La crise est dans l'homme*, op. cit., p. 55.

générations réalistes » et avec laquelle la *Jeune Droite* engagea à plusieurs reprises des discussions polémiques assez
acerbes. En effet, les mouvements de jeunes des années 1930
refusaient de voir dans l'Amérique – même et surtout dans
celle de la prospérité – l'exemple à suivre pour trouver une
solution aux problèmes européens. Ils considéraient au
contraire qu'elle était – pour reprendre une expression de
Daniel-Rops – « l'ilote de l'Europe », le fruit de ses erreurs :
« L'Amérique, pouvait-on ainsi lire dans *Réaction*, n'est que
la dernière expression de la décomposition dont l'Europe fut
victime depuis qu'elle cessa de former un ensemble chrétien.
Ce qu'on nous propose pour nous régénérer n'est au fond
que le mal dont nous souffrons, poussé à ses dernières extré-
mités dans un milieu où il pouvait se développer librement.
Cette société, qui ne voit qu'elle, n'est qu'un produit des
vieilles hérésies occidentales libérées depuis trois cents ans :
nationalisme, scientisme, positivisme. Loin de nous apparaître comme un monde nouveau et jeune, l'Amérique ne serait
donc qu'un de nos enfants qui aurait grandi plus vite que
nous et qui aurait oublié toutes les contraintes salutaires dont
vingt siècles de christianisme nous ont empreints [44]. »

Ainsi, dans l'Amérique, où confluaient, selon eux, « les
résidus abstraits et matériels du progrès des deux derniers
siècles [45] », ils voyaient le symbole des menaces pesant sur
l'homme moderne, l'image effrayante « d'une société future
où l'homme, monstrueusement asservi aux forces productri-
ces, dévoué corps et âme au fonctionnement social, vivra
d'une vie d'automate [46] ». Cette société inhumaine en gestation, les responsables de l'*Ordre Nouveau* la voyaient à la
fois comme une société « matérialiste et abstraite » : « Elle
donne la primauté à l'avoir sur l'être, à l'anonyme sur le
personnel, à l'irresponsable sur le responsable, à la masse et
à l'individu abstrait sur la personne concrète. Machiniste et
productiviste, elle consacre la pire dégradation qu'une "civilisation" ait imposée à l'homme [47]. » Pour eux, c'était là
qu'inexorablement tendait à aboutir le « progrès » d'un

44. R. Magniez, *Réaction*, nº 3, juillet 1930, p. 85.
45. R. Aron et A. Dandieu, *le Cancer américain, op. cit.*, p. 75.
46. T. Maulnier, *La crise est dans l'homme, op. cit.*, p. 195.
47. Daniel-Rops et D. de Rougemont, *Ordre Nouveau*, nº 3, juillet 1933,
p. 13.

monde voué au culte de la raison abstraite, de la science, de la technique et dont l'individualisme orgueilleux qui était à son origine sombrait dans le matérialisme le plus médiocre. « Les fils de 89, écrivait Jean de Fabrègues, exaltaient hier le droit de l'homme à disposer de soi, la noblesse de la liberté, le fondement de notre dignité. Aujourd'hui, ils proposent le plus honteux des esclavages, l'asservissement aux choses. L'effort qu'ils demandent au cerveau et aux bras des hommes, c'est pour accroître le confort, le bien-être, la production et la consommation. Des buildings plus hauts, des voitures plus rapides, des spectacles plus brillants (...) Est-ce l'homme qui domine le monde ? Non, ce sont les choses qui mènent l'homme à l'esclavage (...) Bel aboutissement d'un humanisme qui prétendait trouver ses maîtres en Platon, Montaigne et Spinoza ! Beau progrès de la "conscience occidentale" ! Tel est l'humanisme nouveau : il a conduit les hommes à ne plus savoir s'ils ont quelque chose à faire dans le monde. Mieux même, à croire, écrasés par les choses, qu'ils n'ont plus rien à y faire [48]. »

Ces thèmes furent surtout orchestrés par la *Jeune Droite* et par l'*Ordre Nouveau*. *Esprit* était sur cette question un peu en retrait en raison du fait qu'en 1932 la crise économique était venue mettre une sourdine aux enthousiasmes des chantres de l'américanisme. On pouvait cependant trouver dans *Esprit*, sous la plume de Maritain, une analyse de la décomposition du monde de l'individualisme qui rejoignait les vues de *Réaction* évoquées plus haut. Décrivant le processus qui, depuis quatre siècles, avait engendré le monde moderne, Maritain distinguait trois étapes : « On peut caractériser, écrivait-il, la première comme un renversement de l'ordre des fins. Au lieu que la culture oriente son bien propre, qui est bien terrestre, vers la vie éternelle, elle cherche sa fin suprême en elle-même, et cette fin c'est la domination de l'homme sur la matière. Dieu devient le garant de cette domination. Le second moment est comme un impérialisme démiurgique à l'égard des forces de la matière. Au lieu de subir les conditions de la nature pour dominer celle-ci par un processus lui-même naturel et qualifiant intrinsèquement l'être humain, c'est-à-dire tendant avant tout à la perfection

48. *Réaction*, n° 8, février 1932, p. 24.

intérieure d'une certaine sagesse de connaissance et de vie,
la culture se propose de changer les conditions de la nature
pour régner sur celle-ci par un processus technique ou artificiel créant, grâce à la science physico-mathématique, un
monde matériel adapté à la félicité de notre vie terrestre. Le
troisième moment consiste en un refoulement progressif de
l'humain par la matière. Pour régner en démiurge sur la
nature, l'homme, dans son intelligence et dans sa vie, doit
en réalité se subordonner à des nécessités non pas humaines
mais techniques et aux énergies d'ordre matériel qu'il met
en œuvre et qui envahissent le monde humain [49]. » Dans le
premier numéro d'*Esprit*, Mounier voyait de même dans
l'individualisme l'origine d'un mésusage de la matière et des
conquêtes techniques enlisant l'homme dans leur matérialité.

Ainsi, pour ces mouvements de jeunes, le monde qui était
à la fois en train de se construire et de se disloquer n'était plus
à la mesure de l'homme. Il n'était plus, selon eux, qu'un
ensemble de mécanismes aveugles opprimant l'homme réel.
Cependant la crise de civilisation qu'ils diagnostiquaient leur
semblait ne pas se borner là, car, si l'homme leur paraissait
nié dans ses exigences essentielles par l'évolution des structures de la société, ils soulignaient aussi que l'homme contemporain devenait de plus en plus étranger à lui-même, ne pouvant plus se satisfaire de la vision rationaliste et individualiste
de sa destinée et de sa personnalité que lui avait léguée le
XIXᵉ siècle. Aussi, dans leur perspective, à une crise des rapports de l'homme et du monde se superposait-il une crise de
l'homme lui-même de plus en plus menacé par le nihilisme et
le désespoir. Divorce de l'homme avec le monde, divorce de
l'homme avec lui-même, tels étaient donc, selon eux, les fruits
empoisonnés de quatre siècles d'individualisme.

L'image de « l'homo rationalis » classique, toujours plus
fidèle à la raison et à ses lumières, qui avait été déjà violemment secouée par la guerre, s'était trouvée, dans les années
1920-1930, sérieusement remise en question, aussi bien par
l'audience croissante du bergsonisme montrant l'impuissance
de la raison à pénétrer toute la richesse du réel que par l'influence naissante du freudisme révélant les ressorts cachés

49. *Esprit*, nᵒ 4, janvier 1933, p. 507.

et inconscients des conduites apparemment les plus rationnelles. Des œuvres littéraires comme celles de Proust ou de Pirandello étaient allées dans le même sens, minant la confiance que l'homme des deux siècles précédents avait mise dans la puissance et les capacités de la raison logique pour gouverner à la fois le comportement individuel et la vie sociale. « Le siècle de la Raison, constatait Pierre-Aimé Touchard dans *Esprit*, s'est effondré en un chaos où s'accumulent les ruines de la Foi que la nouvelle idole avait voulu abattre et ses propres ruines à elle, qui n'a pas su résister à son autocritique. Jamais l'homme n'a été tant privé de soutien. Il ne sait plus [50]. »

C'est cette dissolution de « l'homo rationalis » qu'avaient enregistrée de nombreux écrivains de l'après-guerre et qui les avait amenés à se pencher sur les ressorts profonds de l'homme et à se perdre dans ce « psychologisme » contre lequel s'insurgeait la génération de 1930. Si celle-ci dénonçait vigoureusement – on l'a vu – les abus de la génération de « l'inquiétude », elle considérait cependant que ses œuvres, lorsqu'elles étaient sincères, n'avaient pas été sans signification dans la mesure où elles avaient témoigné de « la tragédie de l'homme moderne [51] » et de son impuissance à trouver en lui-même et dans un individualisme exacerbé une justification à son existence. Le désespoir qui avait habité nombre de représentants de cette génération leur apparaissait comme l'aboutissement tragique mais logique de cette « métaphysique de la solitude intégrale » en quoi ils voyaient l'essence de l'individualisme : « Le sentiment du néant qui double toute vie repliée sur soi, écrivait Mounier, n'est autre que la conscience de sa séparation, de son hérésie spirituelle [52]. »

Pour certains de ces jeunes écrivains, le drame de Nietzsche était particulièrement exemplaire de l'impasse à laquelle menait un individualisme vécu jusqu'au bout. « À l'aube du monde moderne, notait Jean de Fabrègues, Nietzsche nous apparaît vraiment comme l'homme solitaire (...) Et c'est le drame de notre temps, nous ne cesserons de le répéter. Nietzsche est le vivant exemple de cette phrase de notre manifeste :

50. *Esprit*, n° 18, avril 1934, p. 203.
51. Daniel-Rops, *les Années tournantes*, *op. cit.*, p. 58.
52. *Esprit*, n° 1, octobre 1932, p. 46.

"Tu n'es que toi, et ce ne t'est point assez" (...) Cette solitude
ne peut être supportée par un homme d'esprit élevé. Nietzsche en est mort[53]. » Un collaborateur des *Cahiers* écrivait
de son côté : « Au-delà du bien et du mal, dans l'exaltation
perpétuelle de la minute présente, l'attente et l'essai de réalisation du surhomme fait un effort pour rompre les dernières
racines qui retenaient l'homme à l'être ; un effort pour en
poser l'existence, cause et fin d'elle-même, dans une aséité
qui eût fait effectivement de l'homme l'égal de Dieu. Nous
connaissons l'issue de l'entreprise : l'esprit humain voulant
dépasser sa propre réalité tomba dans le non-être, la béatitude
recherchée ne fut qu'une angoisse sans cesse renaissante et
la liberté déifique de l'intelligence l'emprisonnement atroce
d'une vision démentielle du monde. Désirer la sagesse
suprême de l'être dont l'existence se suffise entièrement à
soi-même et n'arriver qu'à la solitude désespérante du fou !
La corde de Zarathoustra, tendue par trop de confusions, de
contradictions et d'erreurs, à la fin s'est brisée. Ce qui en
reste n'a pu servir qu'à de puérils amusements. La dernière
figure de cette joie qui se voulait surhumaine n'est que le
désespoir et le dernier éclair de ce prétendu triomphe de
l'individu n'est qu'une négation sans cesse plus extrême de
l'homme[54]. » La faillite de l'individualisme culminait donc
ainsi dans ce que *Réaction* appelait l'apparition des « royaumes du Néant[55] ».

Dans cette perspective, tous ces mouvements accordaient
une grande importance au surréalisme dans la mesure où, par
sa révolte anarchique devant un monde organisé de manière
trop étroitement rationnelle et utilitaire, par son refus des
contraintes de la raison logique, par son nihilisme désespéré
débouchant sur l'absurde et le néant, il avait témoigné du
désarroi des esprits. Niant tout en bloc, la société, la raison,
l'homme, le réel, le surréalisme ne leur apparaissait pas

---

53. *Réaction*, n° 8, février 1932, p. 49.
54. A. Harlaire, *Cahiers 1929*, Ire série, n° 5, p. 105-106.
55. *Réaction* citait ainsi, en l'approuvant, le constat fait par l'interlocuteur
chinois de *La Tentation de l'Occident* d'A. Malraux : « La réalité absolue
a été pour vous Dieu puis l'homme ; mais l'homme est mort, après Dieu,
et vous cherchez avec angoisse celui à qui vous pourriez confier son héritage.
Vos petits essais de structure pour des nihilismes modérés ne me semblent
plus destinés à une longue existence... » (p. 175).

comme un phénomène isolé mais comme l'expression la plus achevée des tendances de toute une partie de l'époque qui traduisait la faillite d'un monde, « la conscience d'un écroulement[56] ». Évoquant les années 1925-1930, Jean de Fabrègues écrivait ainsi : « C'est le moment où des esprits qui furent grands chantaient des chants complices de nos déceptions cruelles. "Famille, je vous hais", disait M. Gide. Et M. Valéry : "Tout ordre est factice." Combien était grande la tentation, regardant "l'ordre" qu'on nous proposait dans les cités où nous vivions, de consentir aux tentateurs, de dire avec eux : tout ordre est mauvais pour l'homme. Poussant à cette conséquence dernière la logique de leur attitude, nous avons vu des aînés sombrer dans le désespoir. Quelle justification offrir encore en effet au sacrifice, au don de soi, à ce quotidien dépassement de soi par soi qui avait été jusqu'alors le propre de l'homme ? Sur la scène, si l'on nous présentait des héros d'Ibsen pour nobles, c'est qu'ils étaient contre l'ordre reçu. Et Proust et Pirandello ou Freud nous le montraient enfin : c'est à peine si l'homme existe, poussière de sensations, de désirs fugaces, de bestiales et matérielles réactions. Une seule issue restait ouverte, celle des surréalistes sincères : "On a tué la personne humaine..., peut-être rien n'existe." Rien : ni ce pourquoi on nous demandait de vivre, ni cette vie même qui n'était pas plus, après tout, que celle des mollusques ou des porcs. Si j'aime à invoquer le témoignage du surréalisme, c'est que, dans ce mouvement littéraire et philosophique – dont certains ont fait une réussite ou un jeu –, je vois le signe profond du désespoir de notre âge[57]. » *Réaction* devait notamment rappeler à plusieurs reprises le témoignage tragique de ceux que « leur sincérité surréaliste a conduit jusqu'au bout » et qui, de Jacques Vaché à Jacques Rigaud, poussèrent leur révolte jusqu'au suicide : « Ce monde les a poussés à l'écœurement. C'est beaucoup plus que la révolte qui meut un Vaché ou un Rigaud, c'est la brusque apparition des royaumes du Néant. Sevrés des

56. J.-P. Maxence, *Histoire de dix ans, op. cit.*, p. 28.
57. *Revue du XXᵉ siècle*, nº 2, décembre 1934, p. 48. Dans le même sens, notant que « la rage du néant elle-même est parfois la prière la plus nue », Mounier interprétera le surréalisme comme l'expression du « besoin passionné d'un ordre qui soit plus ordre que les ordres combattus, d'un ordre nouveau et vivant » (*Révolution personnaliste et communautaire*, p. 10).

parties hautes du réel, ils ont vomi ce qu'on nomme ainsi. De là le tombeau, ce témoignage ne cessera pas : le jour est venu où, refusant son humanité, l'homme a touché le néant [58]. »

Crise du monde, crise de l'homme, tels étaient donc pour ces mouvements de jeunes des années 1930 les symptômes de la crise totale qu'ils diagnostiquaient. « La jeunesse, constatait Daniel-Rops, reproche à la civilisation dans laquelle elle vit de ne lui proposer ni explication satisfaisante de son rôle sur la terre, ni grand dessein d'avenir ; d'ignorer l'homme réel au bénéfice d'une abstraction, quelque chose comme l'homme économique ; de laisser l'individu sans connaissance sûre, sans espoir irréfutable, dans un désert où errent les fantômes des vérités traditionnelles que la "raison" a tuées [59]. » Il faut noter ici que l'analyse de ces symptômes n'était pas chez tous identique. Les accentuations étaient variables, suivant les mouvements et même les personnalités, certains, comme *Réaction*, étant portés à insister sur la crise de l'homme, tandis que d'autres, comme l'*Ordre Nouveau*, soulignant plutôt le désordre des rapports de l'homme avec le monde. Ceci s'explique, non seulement par des divergences de point de vue et de tempéraments, mais aussi par l'évolution des événements. Alors que, dans les années 1929-1930, le problème du destin de l'homme était au centre des préoccupations, à partir de 1931-1932, c'est le sort de l'homme dans la société qui devint le thème prédominant. Ainsi, si la problématique de ces mouvements fut centrée sur deux questions : « Pourquoi vivre ? » et « Comment vivre ? », l'importance relative de la seconde tendit à s'accroître à mesure que le désordre devint de plus en plus évident dans les faits.

Quoi qu'il en soit de ces nuances, le problème fondamental des années 1930 était bien pour tous ces mouvements le drame conjugué d'une civilisation qui se bâtissait contre l'homme et d'un homme qui avait perdu jusqu'au sens de sa destinée, jusqu'à la justification même de son existence. Ces deux crises, qui se nourrissaient l'une l'autre, leur semblaient

58. J. de Fabrègues, *Réaction*, n° 5, février 1931, p. 31.
59. *Les Années tournantes*, *op. cit.*, p. 106.

avoir une cause identique que Denis de Rougemont résumait ainsi : « L'homme moderne a perdu la mesure de l'humain[60]. » Dans la recherche des racines de ce désordre essentiel, les représentants de ces groupes n'hésitaient pas à remonter très loin dans le passé. Pour beaucoup, ces années 1930 consacraient l'effondrement d'une civilisation née au XVIe siècle avec la Renaissance, la civilisation de l'individualisme, la civilisation de ce que Maritain appelait « l'humanisme anthropocentrique ». Daniel-Rops, Jean de Fabrègues, Jean-Pierre Maxence étaient les plus enclins à cette vision des choses qui devait beaucoup aux analyses de Berdiaeff et de Maritain. La position de Mounier était aussi très proche de cette perspective et son article-manifeste publié dans le premier numéro d'*Esprit* s'intitulait assez significativement « Refaire la Renaissance ». L'*Ordre Nouveau*, lui, mû par son implacable hostilité à l'égard du rationalisme, avait plutôt tendance à aller chercher les sources du désordre moderne du côté du XVIIe siècle et du cartésianisme. Toutefois, quelles qu'aient été leurs divergences, tous s'accordaient sur l'idée que ce qu'ils étaient en train de vivre était « la fin d'un monde », que toute une période de l'histoire de la civilisation occidentale s'achevait sous leurs yeux.

Ce diagnostic de « crise de la civilisation » ne présentait pas une originalité absolue, car, depuis la fin de la Première Guerre mondiale, des voix isolées, plus ou moins écoutées, s'étaient fait entendre qui formulaient des jugements analogues. Dès 1919, l'après-guerre s'était ouverte sur les paroles célèbres de Valéry : « Nous autres, civilisations, nous savons maintenant que nous sommes mortelles (...) Nous sentons qu'une civilisation a la même fragilité qu'une vie. » Depuis, nombre d'ouvrages, dont certains avaient nourri la réflexion des jeunes intellectuels des années 1930, étaient allés dans le même sens. Il suffit de rappeler quelques titres pour noter leur parenté avec l'esprit des groupes dont on retrace ici l'histoire : *le Chaos européen* de Norman Angel (1920), *le Déclin de l'Europe* d'Albert Demangeon (1920), *le Déclin de l'Occident* d'Oswald Spengler (1922), *Un nouveau Moyen Âge* de Nicolas Berdiaeff (1924), *Défense de l'Occident* d'Henri Massis (1925), *l'Éclipse de l'Europe* d'Arnold Toynbee (1926), *la*

---

60. *Politique de la personne, op. cit.*, p. 20.

Tentation de l'Occident d'André Malraux (1926), *la Crise du monde moderne* de René Guénon (1927), *Situation spirituelle de notre époque* de Karl Jaspers (1930), *le Déclin de la liberté* de Daniel Halévy (1931), *la Fin d'un temps* de Gaston Gaillard (1932), *la Révolution mondiale et la responsabilité de l'esprit* d'Hermann Keyserling (1933). Le fait nouveau, dans les années 1930, c'est que cette idée de crise de civilisation débouchait avec ces mouvements sur le forum.

S'ils plaçaient cette idée au centre de leur réflexion, ces mouvements avaient cependant l'ambition de ne pas se borner à un simple constat du désordre et de « l'impossibilité de vivre [61] ». Ils avaient la ferme volonté de réagir et de reconstruire un « ordre ». Jean-Pierre Maxence a évoqué plus tard en ces termes ce que fut la prise de conscience de leurs responsabilités par les jeunes écrivains et essayistes des années 1930 : « Nous savions qu'il ne suffisait plus, qu'il ne suffirait plus d'être écrivain. Ou, plutôt, qu'à l'écrivain, ses rêves, ses pensées, la technique, les sources de son art ne suffisaient plus, ne suffiraient plus. L'événement venait nous chercher. Nous le sentions approcher, courir vers nous, tendre la main, toucher nos fronts. Ce qu'il fallait tenter désormais – et pour pouvoir rester fidèle à soi-même –, c'était tenter de rendre à l'homme son sens. L'action comme l'art, nous les sentions subordonnés à une reconstruction, à une recomposition intérieure, doctrinale, non point une reconstruction qui ne tînt compte que de l'homme seul mais qui embrassât le domaine de ses relations comme celui de son être propre, qui fût valable pour la société comme pour la personne, pour une société de personnes. Ceux de notre âge alors, de notre promotion, s'appliquèrent d'abord à ce travail de reconstruction. Leurs premières œuvres sont des essais qui les engageaient tout ensemble et par rapport à l'éternel et par rapport à l'événement, des essais où l'homme était considéré, non en lui-même, mais en fonction de son destin, du destin de l'époque [62]. » C'est dans cette perspective que ces mouvements devaient s'attacher à préciser les lignes de force de ce qu'ils appelaient, avec l'*Ordre Nouveau*, la « Révolution nécessaire ».

---

61. *Esprit*, nº 1, octobre 1932, p. 129.
62. *Histoire de dix ans, op. cit.*, p. 158.

2. La révolution nécessaire

La Révolution nécessaire fut le titre que Robert Aron et Arnaud Dandieu donnèrent à un de leurs livres édité en 1933. Ce titre résumait ce qui était l'une des convictions essentielles de tous ces mouvements de jeunes des années 1930 qui se voulaient des mouvements « révolutionnaires ». Cette conclusion était la conséquence logique de leur refus du « désordre établi ». « Cette nécessité d'une révolution totale, écrira plus tard Emmanuel Mounier, elle n'était pas pour nous une opinion parmi d'autres, elle était le sens et la vocation de nos vingt-cinq ans [1]. »

Cette prise de position amena ces groupes à préciser leurs conceptions dans la mesure où ils furent obligés de se définir par rapport à ce qu'ils appelaient « les révolutions établies » : communisme, fascisme, national-socialisme. En face de ces expériences, ils furent contraints, pour éviter les confusions et pour dissiper les équivoques possibles, de s'expliquer sur leurs divergences avec celles-ci et, pour ce faire, de formuler plus explicitement leur conception de la « révolution spirituelle » dont la France devait, selon eux, se faire le champion dans le monde en crise des années 1930.

1. *Esprit*, novembre 1940, p. 2.

CHAPITRE PREMIER

De la révolte à la révolution

« Quand l'ordre n'est plus dans l'ordre, il est dans la révolution. » Cette phrase qui concluait l'introduction de *la Révolution nécessaire* aurait pu être placée en exergue de toutes les publications des mouvements de jeunes des années 1930 qui communiaient dans la même volonté « révolutionnaire ». Refusant le monde qu'ils avaient sous les yeux, ils avaient en effet le souci de dépasser cette attitude purement négative de même qu'ils repoussaient la fausse solution d'une « évasion » qui avait tenté certains de leurs aînés. Ils s'affirmaient décidés à affronter le désordre et à changer ce monde qu'ils condamnaient. Évoquant plus tard ces années, Jean-Pierre Maxence devait écrire : « Devant un monde politique avili, impuissant, devant une société créatrice d'injustices par ses institutions mêmes, devant un capitalisme au bord de la crise, devant un art, une littérature perdus par dissociation dans des analyses sans issue ou dans de vains gestes, devant la perte quasi générale du sens de l'homme et de son destin, au seuil de 1931, sur le double plan de la doctrine et de l'action, naissaient une conscience, une volonté révolutionnaires. Les voies diverses, les révolutions opposées, les combats engagés, les injures échangées, ne doivent point le faire oublier : à la fin de 1930, pas un esprit non prévenu, pas un homme libre qui acceptât le monde tel qu'il était, pas un qui ne voulût, par une "révolution efficace et profonde", le changer[1]. » Aussi Philippe Lamour pouvait-il noter en octobre 1931 : « La seule question désormais posée est, non de savoir si la révolution se fera, mais comment elle se fera[2]. »

---

1. *Histoire de dix ans, op. cit.*, p. 159.
2. *Plans*, n° 8, octobre 1931, p. 26.

Ce terme de « révolution », qui allait devenir le mot de passe de toute une génération et qui, autour de 1934, allait se transformer en une sorte de lieu commun, avait dans les années 1930 une signification beaucoup plus précise et beaucoup plus provocante. En effet, dans ces années-là, il était encore le monopole des partis de gauche et, plus précisément encore, le monopole des marxistes et des communistes. L'employer, c'était donc prendre le risque d'une équivoque, c'était aussi prendre le risque de choquer et de s'aliéner une partie du public. Pourtant ce mot paraissait à ces mouvements le plus adéquat pour traduire leur attitude fondamentale devant la société dans laquelle ils vivaient. Décidés à « le libérer du marxisme », ils ne se privèrent pas d'en user et même parfois d'en abuser.

Robert Aron et Arnaud Dandieu ne craignaient pas, on l'a vu, de donner au plus important de leurs ouvrages le titre de *la Révolution nécessaire*. Quant au programme de l'*Ordre Nouveau*, il s'ouvrait sur cette déclaration : « Un monde croule. Rien ne semble naître. Contre les pouvoirs défaillants, contre les régimes économiques absurdes et criminels, les protestations nécessaires ne suffisent plus. Une volonté constructive s'impose. Les révolutions sont sanglantes dans la mesure où elles sont mal préparées. Nous voulons la Révolution de l'ordre. Des régimes insuffisants proposent des solutions improvisées. Le désespoir saisit des peuples hantés du désir d'abdiquer. Nous voulons que l'homme se redresse en face de tous les régimes qui le nient. Nous voulons la Révolution de l'homme[3]. » De même, dès le premier numéro d'*Esprit*, Mounier expliquait « pourquoi nous sommes révolutionnaires ». Un peu plus tard, répondant à Robert Garric et à François Mauriac qu'avait irrités cette profession de foi, il notait : « Une révolution doit-elle se faire ? Oui, elle est notre exigence spirituelle profonde[4]. » La *Jeune Droite* était, elle, un peu plus prudente. Si les rédacteurs des *Cahiers* n'hésitaient pas à se définir comme des « catholiques révolutionnaires », ceux de *Réaction* se montrèrent plus circonspects préférant au début le mot de « réaction » qui, dans leur esprit, était cependant synonyme de « révolution » au sens que lui donnait Thierry Maulnier en écrivant : « Est révolu-

---

3. *Ordre Nouveau*, n° 9, mars 1934, p. 1.
4. *Les Certitudes difficiles*, p. 17.

tionnaire qui travaille à un bouleversement de l'ordre établi[5]. » À partir de 1932, le terme de révolution devint d'ailleurs d'un usage habituel dans les revues de la *Jeune Droite*.

C'est donc à juste titre que Jean Guéhenno, consacrant à
ces mouvements une de ses chroniques d'*Europe*, pouvait
constater : « Ils ne se recommandent d'aucun mot davantage
que du mot Révolution[6]. » Ce constat, il ne le faisait pas
sans aigreur car il s'indignait de ce qu'il tenait pour une
usurpation, voyant dans ce « chantage à la Révolution » une
sorte d'hommage rendu par le vice à la vertu car, écrivait-il,
« tel est le prestige de la Révolution que, pour réussir, la
Contre-Révolution doit parler son langage[7] ».

En se proclamant révolutionnaires, ces groupes entendaient particulièrement répudier toute forme de réformisme
fondé sur l'illusion d'une possibilité d'amélioration de la
société contemporaine par un habile dosage « de compromissions, de demi-mesures, de palliatifs et d'entreprises partielles[8] ». « Les réformes dispersées, pouvait-on lire dans un
prospectus de présentation d'*Esprit*, ne sont que des médecines ; elles n'atteignent, ni dans les institutions ni dans
l'homme, la racine du mal moderne. » Face à un monde qu'ils
jugeaient miné dans ses fondements mêmes, toute idée de
réforme leur semblait donc vaine et même dangereuse :
« Quelques aveugles, quelques roublards croient pouvoir
"améliorer" la société actuelle : mais on n'améliore pas la
peste. La crise est totale, sociale et politique, administrative
et économique. Les remèdes particuliers ne suffisent plus. À
quoi bon dépenser nos forces à vouloir rendre la jeunesse à
un moribond ? Prolonger son agonie, c'est préparer la nôtre.
Pactiser avec lui, c'est se laisser contaminer. La tentation
réformiste mène aux complicités avouées ou tacites. Les
mesures partielles ne sont que des leurres ou chantages. Un
changement de plan total est nécessaire[9]. »

La révolution à laquelle ils entendaient travailler, René
Dupuis et Alexandre Marc en définissaient ainsi les caractères généraux : « Pour la génération qui oscille en ce moment

5. *L'Action française*, 18 janvier 1934.
6. *Europe*, août 1932, p. 614.
7. *Europe*, décembre 1933, p. 572.
8. A. Marc, *Ordre Nouveau*, n° 3, juillet 1933, p. 20.
9. *Ordre Nouveau*, n° 9, mars 1934, p. 5.

autour de la trentaine, la révolution (...) c'est la volonté de
mettre fin au désordre politique, économique et social de
notre temps, c'est la volonté de rompre avec le régime actuel
dans lequel la tricherie est devenue la règle du jeu mais où
personne n'a le courage ni le simple instinct de conservation
suffisant pour dénoncer les mœurs qui ne peuvent mener
qu'à la catastrophe, c'est la volonté de réaliser un ordre
nouveau [10]. » Une telle définition restait cependant assez
vague. Ces groupes furent amenés à la préciser en confron-
tant leurs positions avec celles des mouvements communiste, fasciste et national-socialiste qui, eux aussi, se qualifiaient de « révolutionnaires ».

Ce fut l'une des caractéristiques originales des publications de jeunes des années 1930 que d'accorder une grande
importance et une grande attention aux expériences étrangères, russe, italienne et allemande. Dans toutes ces revues,
nombreux étaient les articles consacrés à étudier et à apprécier l'évolution de ces pays qui leur semblaient être sortis de
l'immobilisme pour prendre à bras le corps les problèmes du
siècle, les problèmes engendrés par l'évolution du monde
moderne et par la crise des structures et des valeurs libérales
et individualistes. Dans cette perspective, ils avaient tendance, tout en n'ignorant pas leurs différences, à mettre sur
le même plan communisme, fascisme et national-socialisme :
« Bolchevisme, fascisme et, dans son esprit, socialisme national hitlérien, écrivait ainsi Philippe Lamour dans *Plans*, sont
surtout les trois aspects différents, en raison des origines
historiques aussi bien que des climats, de la rupture avec le
monde ancien et de la recherche d'un ordre [11]. »
Dans leur livre *Jeune Europe*, Alexandre Marc et René
Dupuis développaient un point de vue analogue en distinguant deux Europes, « la vieille, démocratique et parlementaire », incarnée par la Grande-Bretagne et la France, et « la
nouvelle, celle de Lénine et de Staline, de Mussolini et de
Hitler [12] ». Montrant que, dans cette « Jeune Europe », la jeunesse faisait corps avec le régime, soulignant sa vitalité, ils

10. *Jeune Europe*, *op. cit.*, p. 203.
11. *Plans*, n° 3, mars 1931, p. 31.
12. *Jeune Europe*, *op. cit.*, p. XVI.

ajoutaient que ces pays étaient certainement beaucoup plus engagés sur les chemins de l'avenir que les « pâles démocraties occidentales » prisonnières d'institutions et de doctrines périmées [13]. Cette opposition entre les régimes du passé inspirés par le libéralisme et les formes politiques nouvelles était aussi reprise par Aldo Dami qui écrivait dans *Esprit* : « L'histoire ne retiendra de cette première moitié du XXᵉ siècle, outre la guerre, que ces deux grandes révolutions : la communiste et la fasciste (...) La naissance du fascisme, d'une part, l'application, d'autre part, du communisme, système ancien et théorique, à un grand État comme la Russie sont des phénomènes gigantesques d'une importance au moins égale à celle de la Révolution française et dont devra tenir compte, non seulement l'histoire, mais déjà la politique actuelle à l'intérieur de tous les pays [14]. »

Ce point de vue donna en général à ces groupes une lucidité supérieure à celle de la plupart de leurs contemporains qui, souvent, ne voulaient voir dans le communisme ou le fascisme que des phénomènes accidentels et passagers, promis à un écroulement prochain. Ils étaient notamment beaucoup plus conscients que ceux-ci du fait que ces expériences dépassaient largement le seul plan politique, le seul plan d'une réaction antiparlementaire. « Il faut remarquer, notait Thierry Maulnier, que, dans le cas du socialisme russe, comme dans le cas des révolutions "nationalistes", ces mouvements ont immédiatement brisé le cadre politique et social, prétendu créer une humanité nouvelle, enseigner une attitude totale en face de la vie [15]. » Ils insistaient en effet, avec Thierry Maulnier, sur le caractère « total » de ces tentatives qui leur paraissaient des essais plus ou moins réussis pour affronter la crise de civilisation qu'ils diagnostiquaient. Aussi tout en prenant leurs distances – on le verra – à l'égard de ces régimes nouveaux, ne pouvaient-ils s'empêcher de regarder avec une certaine sympathie les efforts des jeunes hommes engagés dans ces entreprises, avec « le souci de servir

---

13. Philippe Lamour annonçait même dans *Plans* – prophétie que les événements devaient pendant un temps vérifier – qu'une nouvelle guerre mondiale verrait l'Italie, l'Allemagne et l'URSS alliées contre les démocraties occidentales, parlementaires et capitalistes.
14. *Esprit*, n° 22, juillet 1934, p. 553-557.
15. *Revue française*, avril 1933, p. 540.

un idéal » et « prêts à accepter pour lui des sacrifices personnels [16] ». Soulignant qu'il y avait chez les militants de ces
mouvements « une foi, une énergie, un esprit de sacrifice, un
enthousiasme, une dépense de qualité humaine que nous pouvons à bon droit envier [17] », c'est avec une certaine nostalgie
qu'ils constataient, comme la *Revue du siècle*, qu'« à l'ouest
de l'Europe, on n'a pas vu surgir encore cette ardente jeunesse nouvelle que, dans des sens différents mais pas si éloignés qu'on le pense, ont vu naître successivement la Russie
des Soviets, l'Italie fasciste, l'Allemagne hitlérienne [18] ».
    La première réaction de ces groupes de jeunes devant le
communisme, le fascisme ou le national-socialisme était
donc un mouvement de sympathie, d'admiration et d'envie
dans la mesure aussi où ils consacraient la faillite de tout ce
qu'eux-mêmes détestaient : le libéralisme, la démocratie parlementaire, le capitalisme, l'individualisme, le rationalisme.
Pourtant, dépassant ce premier mouvement, tous ces groupes
refusaient de considérer les « révolutions » communistes et
fascistes comme des modèles à imiter. Ils ne voyaient en
elles, avec Daniel-Rops, que « des trahisons, des caricatures,
ironiques ou tragiques, de la vraie révolution où s'engagera
l'essentiel [19] ». Ce qu'il faut remarquer ici, c'est que, s'ils
adoptaient finalement une attitude critique à l'égard de ces
expériences, ils prenaient grand soin de se désolidariser des
réactions « bourgeoises » et « bien-pensantes » : « On comprend, notait Robert Aron, que l'optimisme libéral ne soit
plus valable aujourd'hui et, en particulier, que toute objection
libérale porte à faux dès qu'il s'agit d'apprécier un de ces
régimes nés du désespoir, de la défaite ou de la crise que
sont fascisme, stalinisme, hitlérisme [20]. »

    Ces mouvements de jeunes furent donc ainsi amenés à défi-
nir leurs positions, à la fois contre le « désordre établi » et
contre les « révolutions établies ». Parce que, on l'a remarqué
plus haut, l'emploi du mot « révolution » favorisait quasi automatiquement une assimilation avec le communisme, c'est tout

16. J. de Fabrègues, *Revue du siècle*, n° 2, mai 1933, p. 3.
17. T. Maulnier, *Revue française*, avril 1933, p. 534.
18. J. de Fabrègues, *Revue du siècle*, n° 6, octobre 1933, p. 111.
19. *Avant-Poste*, février 1934, p. 6.
20. *Ordre Nouveau*, n° 21, juin 1935, p. 13.

d'abord par rapport au marxisme que ces groupes tendirent à se situer. C'est en grande partie contre la conception marxiste de la révolution qu'ils élaborèrent leur théorie d'une « révolution spirituelle ». Mais, cette terminologie ayant, elle aussi, provoqué des confusions avec le vocabulaire de certains théoriciens du fascisme ou du national-socialisme, ils furent ensuite obligés d'en souligner l'originalité au regard des constructions italiennes et allemandes. En examinant tour à tour ces problèmes, on verra donc se dessiner la conception de la révolution qui était celle de ces groupes, révolution que la France se devait, selon eux, de réaliser, non seulement pour elle-même et dans son intérêt propre, mais pour servir d'exemple au monde entier.

CHAPITRE SECOND

Une révolution « non marxiste »

En février 1933, l'*Union pour la vérité* suscita une confrontation des mouvements « non conformistes » sous le titre : « La jeunesse révolutionnaire non marxiste ». Cette dénomination, plusieurs fois utilisée au cours de l'année 1933, était très significative de cette confusion habituelle entre marxisme et révolution que l'on a déjà signalée, ainsi que de la volonté de ces groupes de se distinguer très nettement du communisme.

Cependant, si ces mouvements refusaient de faire leur les solutions proposées par le communisme, ils avaient le souci d'être équitables et de dépasser les préjugés et les descriptions sommaires qui avaient alors cours dans la plupart des journaux afin de ne pas négliger ce qu'il pouvait y avoir en lui de positif. Étudiant l'attitude commune de tous ces groupes, Daniel-Rops, après avoir noté que « philosophiquement ils sont opposés au communisme de toutes leurs forces », constatait : « Certes, le communisme ne leur apparaît pas sous les aspects qu'on lui donne dans la grande presse où tantôt on nous annonce que les Soviets sont prêts à s'écrouler et tantôt qu'ils sont l'ogre qui dévorera l'Europe. Devant le terrible désordre de l'Occident, l'effort d'ordre du communisme, si incomplet qu'il soit, mérite considération. Et, enfin, il y a dans le communisme russe une ascèse authentique, des vertus de renoncement et de courage qui doivent être admirées [1]. »

On trouve exprimées là les raisons pour lesquelles ces mouvements refusaient de limiter leur critique du communisme aux anathèmes du monde bourgeois. Ils étaient en effet sensibles à ses efforts pour sortir le monde des ornières indi-

---

1. *Revue française*, avril 1933, p. 489 et 493.

vidualistes et libérales. L'article de Nicolas Berdiaeff, publié dans la première livraison d'*Esprit* sous le titre « Vérité et mensonge du communisme », résumait assez bien ce qui pouvait leur apparaître, dans l'expérience russe, comme des apports positifs : « Où réside la vérité du communisme ? Elle a, nous l'avons vu, des aspects divers. Avant tout, une vérité négative, la critique de la civilisation bourgeoise et capitaliste, de ses contradictions, de ses malaises. La dénonciation d'une fausse société chrétienne décadente et dégénérée, adaptée aux intérêts de la période capitaliste. Ensuite, une vérité positive qui se manifeste dans l'organisation et l'aménagement de l'économie dont dépend la vie des individus et qui ne peut plus être considérée comme le jeu des intérêts et des arbitraires. L'idée d'une économie organisée d'après un plan est une idée heureuse (...) Le communisme dit vrai quand il dit qu'il ne doit pas exister d'exploitation d'homme à homme, de classe à classe (...) Il est vrai encore que la division de la société en classes, qui n'amène que la lutte, doit mourir et que les classes doivent être remplacées par des professions. Il est vrai que la structure politique doit représenter les besoins et les intérêts économiques réels. Toute la critique de la démocratie formelle est là (...) Enfin l'égoïsme national et l'isolement qui provoquent les inimitiés et les guerres doivent être définitivement vaincus par une organisation supranationale de l'humanité. Le communisme a placé le monde entier devant le problème immense d'une transformation complète de l'ordre social. Le monde entier s'enflamme, a soif de réformes, recherche une vie nouvelle et meilleure. C'est la force du communisme d'avoir posé le problème dans toute son ampleur [2]. » Dans son collectivisme même, certains, comme Mounier, voyaient, en opposition à l'individualisme, une « lutte confuse (...) pour retrouver l'universalité perdue [3] », tandis que son matérialisme leur apparaissait, dans une certaine mesure, comme une réaction justifiée à l'égard des mystifications de l'idéalisme bourgeois. Ces vues, à quelques nuances près – la *Jeune Droite*, par exemple, insistait moins qu'*Esprit* sur les « vérités » du communisme –, se retrouvaient dans la plupart des publications de ces mouvements.

2. *Esprit*, n° 1, octobre 1932, p. 118-119.
3. *Ibid.*, p. 35.

Sur un autre plan, plus existentiel que doctrinal, ils ne pouvaient pas aussi s'empêcher de rendre hommage au caractère grandiose de l'entreprise soviétique – « l'une des plus grandioses que l'humanité ait connues », affirmait l'*Ordre Nouveau*[4]. Ils ne pouvaient non plus refuser leur admiration à « l'élan mystique[5] », à la « force vitale[6] », à « la réelle tension spirituelle[7] » qui leur paraissaient soulever la jeunesse russe, engendrant chez celle-ci dévouement, esprit d'abnégation, héroïsme. Dans cette perspective, certains en arrivaient à parler d'une « spiritualité » du communisme, influencés d'ailleurs dans ce sens par l'article de Berdiaeff déjà évoqué qui soulignait très fortement le côté « religion séculière » du marxisme soviétique tendu vers la création messianique d'un « homme nouveau » et dont « le matérialisme lui-même, notait-il, revêt un caractère mystique et spirituel[8] ».

Il y avait donc dans ces groupes un effort très réel de compréhension et de sympathie qui, plus ou moins accentué selon les mouvements, n'allait pas parfois sans quelque naïveté car ils étaient finalement assez mal informés de ce qui pouvait se passer en Union soviétique. Cette attitude, qui différenciait assez nettement leurs publications de ce qui s'écrivait dans la plupart des journaux ou revues de l'époque, n'enlevait cependant rien ni à la fermeté de leurs positions doctrinales ni à la vigueur de leurs jugements. Ainsi que l'écrivait Mounier, « nous nous sommes désolidarisés dès le début de l'ignorance arrogante qu'affectent envers le communisme ceux qui le combattent par intérêt ou par peur. Nous n'en serons que plus libres pour conduire une critique doctrinale et technique[9] ».

La première critique doctrinale adressée au marxisme reposait sur la contestation du matérialisme historique et sur la contestation de la « révolution » conçue comme le produit inévitable du mouvement de l'histoire, comme le fruit de l'évolution de « l'infrastructure » économique et sociale. Cette conception leur apparaissait comme une négation de la

4. R. Dupuis et A. Marc, *Jeune Europe*, *op. cit.*, p. 32.
5. *Jeune Europe*, *op. cit.*, p. 17.
6. N. Berdiaeff, *Esprit*, n° 1, octobre 1932, p. 120.
7. Daniel-Rops, *le Monde sans âme*, *op. cit.*, p. 158.
8. N. Berdiaeff, *Esprit*, n° 1, octobre 1932, p. 124.
9. *Esprit*, n° 3, décembre 1932, p. 367.

liberté créatrice de l'homme réduit par le marxisme à n'avoir qu'un rôle purement passif dans le processus historique, jouet des événements, sans prise sur eux. Dans cette perspective, Georges Izard contestait en ces termes les positions de Jean Guéhenno hésitant entre un humanisme idéaliste et le matérialisme marxiste : « Il faudrait tout de même savoir si le socialisme reste marxiste, comme il le prétend, ou s'il est redevenu le "socialisme utopique" contre lequel Marx a dirigé ses critiques les plus acerbes. Il est incontestable que le socialisme a des aspects d'une réelle beauté morale. Mais qu'il ne fasse pas de sa révolution une création de l'idéal ! Il adhère à une loi rigide de l'évolution, subit la contrainte absolue des faits et sa liberté consiste à l'accepter en pleine conscience. Mais il ne préside pas aux transformations : ce n'est pas l'esprit qui fait la révolution [10]. » Soulignant cette négation du rôle de l'homme dans l'histoire, Mounier voyait dans le matérialisme historique la philosophie des « époques inhumaines ».

Dans le même sens, Denis de Rougemont reprochait au marxisme d'encourager une sorte de fatalisme historique. Parodiant le mot célèbre de Marx sur la religion, il écrivait au nom de l'*Ordre Nouveau* : « Le matérialisme, c'est l'opium de la révolution [11]. » À la théorie marxiste, ces mouvements avaient tendance à opposer en démenti l'histoire même du communisme en Union soviétique : « Le dogme marxiste traditionnel, pouvait-on ainsi lire dans *Esprit*, est pratiquement démenti. L'expérience de la Russie montre que les idées ne sont pas déterminées par l'économie, mais l'économie par les idées. Des hommes armés de ces idées ont rompu l'évolution naturelle capitaliste du pays et sont en train de façonner son économie en lui faisant adopter des formes socialistes. C'est là un véritable processus idéocratique. À l'inverse de la théorie marxiste : une idéologie a formé la base de la vie sociale, alors que l'économie est devenue un reflet [12]. » Il faut noter que l'école marxiste française des années 1930 avait en ce domaine une conception très « mécanique » et unilatérale des rapports entre économie et idéolo-

10. *Esprit*, n° 1, octobre 1932, p. 140.
11. *Politique de la personne*, *op. cit.*, p. 149.
12. N. Alexeieff, *Esprit*, n° 7, avril 1933, p. 51.

gie qui la rendait très vulnérable à ce genre de critique. Cette situation devait se modifier à partir de 1935, notamment avec le livre de Gutterman et Lefebvre, *la Conscience mystifiée*, qui devait mettre l'accent sur les interactions réciproques entre « infrastructure » et « superstructure ». À cette évolution, il semble bien que les critiques des publications ici étudiées n'aient pas été étrangères.

Selon tous, une révolution liée à cette conception matérialiste de l'histoire était inéluctablement condamnée à l'échec et considérée comme incapable de rompre avec le désordre établi. « Quand une révolution est dans la dépendance des faits, remarquait Daniel-Rops en visant explicitement le marxisme, on peut être sûr qu'elle aboutit à une trahison ; elle n'atteint pas les racines du mal et elle se contente d'être un compromis entre le vieil état de choses et celui qu'elle prétend créer (...) On ne subit pas la révolution, on la fait [13]. »

Esprit poussait plus loin que les autres revues l'analyse des conceptions marxistes de la révolution car il avait le souci – sans doute sous l'influence de Maritain – d'éviter toute équivoque sur ce terme. C'est ainsi qu'avec le matérialisme historique, il répudiait aussi toute vision dialectique de l'histoire conçue comme une succession inévitable de bouleversements révolutionnaires. Précisant les sens « dans lesquels nous ne sommes pas, nous ne pouvons être révolutionnaires », Mounier notait : « Si la révolution, cela consiste à bouleverser périodiquement, par nécessité dialectique ou par humeur romantique, non seulement l'ordre établi mais l'histoire la plus essentielle ; si la révolution consiste à prendre l'homme, ses institutions, son univers intérieur et à les renverser de la tête aux pieds, nous dirons : conception matérielle, sensible et facile de la révolution ; et si vous affirmez que la contrainte de l'histoire est par-dessous, nous répondrons que la liberté de l'homme, c'est d'établir une histoire continue entre les secousses et les discontinuités de son histoire naturelle [14]. » Mounier rejetait en outre la conception d'un progrès fatal et continu vers une sorte de parousie terrestre que pouvait recouvrir dans certaines perspectives – non uniquement marxistes d'ailleurs – le terme de « révolution » :

13. *Éléments de notre destin*, op. cit., p. 120.
14. *Esprit*, n° 7, avril 1933, p. 138.

« Si la révolution c'est ce mythe, cette foi idéologique d'un nœud de la durée, d'un point culminant de l'humanité, duquel daterait une ère inébranlable de liberté (et je fais allusion aussi bien à l'eschatologie de Marx qu'à l'idéologie de 89 et des années Renan), nous répondrons : la liberté est dans l'homme... mais le mal est aussi en lui [15]. » Et d'ajouter : « L'histoire n'est pas une géométrie en noir et blanc – montée de la nuit jusqu'à la délivrance humaine et à l'établissement d'un âge d'or immuable – mais une perpétuelle vicissitude de lumière et d'ombre et l'ombre s'étend jusqu'au bout de l'histoire [16]. » Prolongeant cette analyse, Maritain mettait enfin en garde contre la signification métaphysique et religieuse qu'avait eue et qu'avait encore pour certains le mot « révolution », synonyme ici de l'autodéification de l'homme et du triomphe de ce qu'il appelait « l'humanisme anthropocentrique » fondamentalement hostile à toute réalité transcendante : « Ce mot, remarquait-il, se trouve chargé d'un sens historique bien défini et il fait partie de l'héritage d'une certaine famille d'hommes, de ceux qui ont voulu le plus ardemment instaurer le règne de l'humanisme anthropocentrique et dont actuellement les communistes sont les représentants les plus typiques [17]. » Ainsi, *Esprit* tenait avec insistance à limiter la portée de sa position révolutionnaire à la situation des années 1930 et à la distinguer soigneusement de celle des communistes.

Les griefs que l'on vient d'examiner étaient surtout développés dans *Esprit* et l'*Ordre Nouveau*, la *Jeune Droite* ne construisant pas pour sa part de doctrine de la révolution. En revanche, elle se trouvait en total accord avec les deux autres groupes pour affirmer que la révolution communiste ne pouvait être tenue pour une véritable révolution dans la mesure où elle ne rompait pas vraiment avec les fondements du monde industrialiste et libéral. Voyant « dans le grand capitalisme et dans le collectivisme deux formes de la même erreur [18] », tous considéraient en effet que marxisme et libéralisme, communisme et fordisme n'étaient que « les faces

---

15. *Ibid.*, p. 138.
16. *Esprit*, n° 6, mars 1933, p. 884.
17. *Esprit*, n° 6, mars 1933, p. 807.
18. T. Maulnier, *Nouvelle Revue française*, décembre 1932, p. 818.

ennemies d'un Janus désastreux[19] ». « Le communisme,
notait l'un des responsables de l'*Ordre Nouveau*, n'est pas
en dehors du système de notre civilisation : il est en dedans,
il en est une expression surprenante, mais une expression
néanmoins[20]. » Cette idée fut le motif essentiel, cent fois
répété, au nom duquel ces mouvements justifiaient leur hostilité à l'égard du communisme. « Nous reprochions au
marxisme de n'être, dira Jean-Pierre Maxence, que l'héritier
légitime du matérialisme et du productivisme capitalistes,
d'être, comme le capitalisme, un système contre l'homme[21]. »
Résumant les positions communes de tous ces groupes,
Daniel-Rops pouvait lui aussi remarquer en 1933 : « Leur
attitude est celle d'un refus total à la fois contre le capitalisme
et contre le stalinisme. Entre les deux forces qui, aujourd'hui,
s'affrontent, ils ne font aucune différence fondamentale[22]. »

Ils insistaient avec une particulière vigueur sur la communion du marxisme et du capitalisme dans le même matérialisme : « L'un et l'autre, écrivait encore Daniel-Rops, ne sont
que des manifestations opposées d'un même système qui est
le matérialisme, lequel a abouti au primat de l'économique
aujourd'hui vénéré aussi bien dans le monde capitaliste que
dans le monde marxiste[23]. » C'est aussi cette convergence
que mettait en accusation René Vincent dans *Réaction* :
« Sous deux masques divers, le même visage grimace. Capitalisme..., Socialisme... La main droite et la main gauche
d'un même bonhomme. "On parle Marx et on pense Ford",
écrit M. Drieu La Rochelle. Phosphore blanc et phosphore
rouge, mais tous deux ont le même corps : le matérialisme.
L'un sourit aux possédants et l'autre aux déshérités. L'un dit
"Conserve" et l'autre "Prends", mais c'est la même volupté
que proposent les deux sourires. L'un et l'autre prétendent
faire de la société économique une fin absolue et la constituer
selon les seuls appétits de la jouissance matérielle de
l'homme. L'un et l'autre ne connaissent rien d'autre dans
leurs calculs que ce qui se voit, se compte, se produit, se
consomme, s'achète et se vend. Le bonheur de l'homme,

19. Daniel-Rops, *Éléments de notre destin*, op. cit., p. 114.
20. Daniel-Rops, *le Monde sans âme*, op. cit., p. 158.
21. *Histoire de dix ans*, op. cit., p. 138.
22. *Revue française*, avril 1933, p. 489.
23. *Ibid.*

selon eux, c'est la possession de ces biens matériels tangibles : "Boire, manger, dormir, déclare Emmanuel Berl, cela suffit." Et c'est à ces seules fins que capitalisme comme socialisme s'efforcent d'ordonner le monde. L'expérience américaine, l'expérience russe sont les premiers témoins vivants d'un prochain univers livré à la production et asservi à la nouvelle trinité : Matière, Or, Machine [24]. »

Dans cette perspective, le communisme apparaissait davantage comme « une modification, une extension du capitalisme que comme l'élaboration d'une conscience nouvelle [25] ». « La révolution communiste, affirmait Maritain dans *Esprit*, est une crise par où la tragédie d'une civilisation ordonnée avant tout à la jouissance des biens terrestres et au primat de la matière atteint son dénouement logique : les principes radicaux du désordre capitaliste sont exaspérés, non pas changés [26]. » Dans une formule imagée, Georges Izard reprenait le même thème : « Il s'est dressé contre les effets pour en immortaliser les causes (...) Le communisme a, dans les veines, le sang le plus abject du capitalisme. Que nous importe alors son parricide ! C'est le fils du tyran qui tue son père pour lui succéder dans ses crimes [27]. » Berdiaeff, dans l'article dont l'on a déjà cité des extraits, évoquait lui aussi les antécédents libéraux du marxisme : « Le matérialisme, il l'a emprunté à la philosophie de la bourgeoisie éclairée du XVIIIe siècle. L'économisme, il l'a pris à la société capitaliste du XIXe siècle (...) La notion de la toute-puissante technicité est un produit de l'Amérique [28]. » Aussi, Denis de Rougemont pouvait-il écrire : « Du bourgeois positiviste au marxiste orthodoxe, on passe sans heurt ni saut par une simple accélération de chute. La trahison de l'esprit date peut-être de l'invention des lois économiques ; assurément de leur divinisation. Le marxisme a simplement tiré toutes les conséquences pratiques de cette idéologie typiquement bourgeoise. C'est là ce qu'on appelle sa révolution [29] ! » Les analyses de tous ces mouvements débouchaient donc sur des conclusions

24. *Réaction*, n° 10, mars 1932, p. 8.
25. R. Francis, *Revue française*, 11 janvier 1931, p. 63.
26. *Esprit*, n° 6, mars 1933, p. 906.
27. *Esprit*, n° 2, novembre 1932, p. 225-226.
28. *Esprit*, n° 1, octobre 1932, p. 123.
29. *Ordre Nouveau*, n° 2, juin 1933, p. 22.

analogues à celles que Robert Aron formulait en ces termes :
« La révolte marxiste, qui se voudrait audacieuse et novatrice,
apparaît comme une reprise plus conséquente des thèmes
fondamentaux de la société actuelle, comme un rigoureux
achèvement réformiste des erreurs les plus monstrueuses du
capitalisme [30]. »

Ces refus – refus de la conception marxiste de la révolution, d'une part, refus de son matérialisme, d'autre part –
furent à la racine de la critique du communisme conduite par
les mouvements de jeunes des années 1930. Pour eux, la
révolution à faire devait être le fruit d'une revendication spirituelle et elle ne devait pas se limiter à une simple « redis-
tribution des biens ». Ce sont ces deux griefs majeurs que
résumait Thierry Maulnier en remarquant : « Aussi bien, dans
l'acte révolutionnaire, conçu comme la résultante de fatalités
inéluctables, que dans l'idéal révolutionnaire conçu comme
une répartition nouvelle des profits, le marxisme renonce à
l'essentielle dignité de la révolution qui est l'héroïsme révolutionnaire, une exigence de grandeur et de désintéressement [31]. » Et de conclure : « En face des exigences fondamentales de l'homme, collectivisme et capitalisme sont
identiques [32]. »

Ces critiques étaient les critiques doctrinales, les critiques
les plus fondamentales. C'étaient les plus importantes, mais
ce n'étaient pas les seules, car certains autres aspects du
marxisme et des réalisations soviétiques faisaient aussi
l'objet de jugements sévères.

La planification russe était ainsi considérée, avec son culte
du rendement et de la productivité, comme l'expression d'un
productivisme qui ne différait pas essentiellement du productivisme capitaliste. « Le plan quinquennal, pouvait-on lire
dans l'*Ordre Nouveau*, apparaît beaucoup plus comme une
tentative d'intensification forcenée de la production industrielle que comme un essai d'harmonisation de la consommation et de la production [33]. » Voyant dans le régime économique soviétique une nouvelle forme de « l'exploitation

30. *Ordre Nouveau*, n° 3, juillet 1933, p. 21-22.
31. *Action française*, 5 janvier 1933.
32. *Nouvelle Revue française*, décembre 1932, p. 819.
33. R. Dupuis, *Ordre Nouveau*, n° 1, mai 1933, p. 29.

productiviste de l'homme », René Dupuis et Alexandre Marc dénonçaient dans *Esprit* « l'impitoyable rigueur, qui va croissant, des conditions d'application du salariat, l'interdiction des grèves, la répression sans merci des tentatives de résistance ouvrière et les inégalités matérielles et sociales » ». Ainsi, à leurs yeux, la révolution soviétique, ayant changé les maîtres de l'économie sans en transformer les principes et les méthodes, n'avait pas fait avancer d'un pas le problème de la libération de l'homme. C'est ce que constatait l'*Ordre Nouveau* qui déclarait : « En ne donnant pas d'autre but au travail que la production massive au service d'un État industriel et publicitaire, il [le communisme] assure la permanence du prolétariat [35]. » Et René Dupuis n'hésitait pas à écrire : « C'est en Russie soviétique que l'exploitation du prolétariat est la plus intense, la plus cynique, la plus étendue [36]. »

Dans ces attaques contre le productivisme soviétique, on retrouvait le leimotiv : le communisme ne rompt pas avec le capitalisme, il en prolonge les tares. Ce même thème soustendait la dénonciation de l'étatisme totalitaire engendré par le communisme. Tous ces groupes – dont on a déjà noté la méfiance à l'égard de l'État – s'accordaient en effet pour voir l'un des défauts majeurs du régime russe dans « l'évolution qui tend de plus en plus à faire de l'État, supercapitaliste, une sorte d'idole pompant et absorbant toutes les énergies et toutes les richesses de la communauté [37] ».

Ce procès de l'étatisme visait à la fois l'étatisme économique et l'étatisme politique. C'est ainsi que si l'idée d'organiser l'économie apparaissait à ces mouvements comme une idée juste, ils contestaient en revanche la valeur d'une solution tendant à faire de l'État le seul régulateur de la vie économique et aboutissant à une simple transformation du capitalisme libéral en capitalisme d'État. Sur le seul plan technique, il leur était déjà assez facile de mettre en relief la fragilité d'un tel système. « Théoriquement, remarquait Émile Hambresin dans *Esprit*, celui-ci assure une organisation parfaite, mais elle est d'une telle fragilité qu'il semble téméraire de la recommander. Des charges immenses incom-

34. *Esprit*, n° 7, avril 1933, p. 88.
35. A. Dandieu, *Ordre Nouveau*, n° 13, juin 1934, p. 11.
36. Cité par E. Lipiansky, *op. cit.*, p. 38.
37. R. Dupuis et A. Marc, *Esprit*, n° 7, avril 1933, p. 88.

bent au pouvoir central. Il doit rechercher les besoins de la
population, déterminer la production et diriger les échanges
de produits bruts, semi-œuvrés ou finis entre les diverses
usines ou coopératives. Cela suppose un appareil bureaucratique formidable et la moindre erreur peut avoir des répercussions désastreuses. L'organisation socialiste, théoriquement parfaite, se révèle tellement compliquée, les chances
d'erreurs y sont tellement nombreuses que, pratiquement, elle
risque de mener au désordre [38]. » Mais, surtout, ils soulignaient que cette « dictature de l'État », seul maître de la vie
économique comme de la vie politique et sociale, conduisait
à faire de l'homme un robot privé de toute responsabilité et
de toute liberté, noyé dans « une masse amorphe d'individus
indifférenciés [39] », être « désincarné, déspiritualisé, réduit à
n'être plus qu'une expression particulière de lois générales
et numériques [40] ». La société communiste leur apparaissait,
de ce fait, comme « un troupeau d'êtres opprimés et irresponsables [41] », soumis à la dictature d'une caste dirigeante
bureaucratique : « Le capitalisme s'est écroulé, constatait
Esprit, l'exploitation a survécu. Le communisme a déplacé
la spoliation d'une classe possédante à une classe dirigeante.
Pousser à une révolution qui livrera la "plus-value" à la
société et, en même temps, le pouvoir à un parti, c'est commettre un abus de confiance. Il est fatal que la gestion soit
donnée à une clientèle grossissante de fonctionnaires impro-
ductifs et irresponsables. La bureaucratie naît de toute organisation communiste [42]. » Parce que la Révolution de 1917
n'avait pas su être une révolution contre l'étatisme, parce
qu'elle s'était réduite à « un changement de personnel, à une
sorte de pronunciamiento », elle s'était, selon eux, condamnée à un échec inévitable car, écrivaient Robert Aron et
Arnaud Dandieu, « si le prolétariat au pouvoir constitue un
État, aussi centralisé, aussi rigide, que les autres États,
monarchiste, fasciste ou bourgeois, son vice profond sera le
même et il aboutira fatalement aux mêmes abus ; ceux-ci ne
sont pas le fait de telle ou telle classe, mais résultent d'une

38. *Esprit*, n° 7, avril 1933, p. 131.
39. Daniel-Rops, *Éléments de notre destin*, *op. cit.*, p. 117.
40. R. Aron et A. Dandieu, *la Révolution nécessaire*, *op. cit.*, p. 155.
41. A. Dandieu, *Ordre Nouveau*, n° 13, juin 1934, p. 11.
42. *Esprit*, n° 1, octobre 1932, p. 133.

erreur spirituelle commune à toutes les classes, qui consiste à brimer l'individu au nom de cadres abstraits [43] ».

Dans cette critique de l'étatisme, l'*Ordre Nouveau*, surtout par la plume d'Aron et Dandieu, avait tendance à opposer le communisme soviétique au marxisme authentique et le marxisme lui-même à Marx ou du moins au « jeune Marx ». Ils s'attachaient en effet à montrer que l'intuition initiale de Marx avait été, comme chez Proudhon ou comme chez Bakounine, le souci de « l'émancipation de la personnalité humaine », en opposant l'individu aux « diverses formes de tyrannie étatiste [44] ». Ce qu'ils reprochaient à Marx, c'est d'avoir cru ensuite, au niveau des moyens, que la création d'un État prolétarien pourrait être l'instrument de cette libération et ils accusaient le communisme soviétique et stalinien d'avoir poussé au paroxysme les tares qui se trouvaient déjà en germe dans les théories marxistes. Dans cette perspective, Robert Aron et Arnaud Dandieu citaient avec insistance un texte de Bakounine qui leur semblait avoir exactement prophétisé les déviations du marxisme : « Cette révolution consistera, écrivait celui-ci, dans l'expropriation, soit successive soit violente, des propriétaires et des capitalistes actuels, et dans l'expropriation des terres et de tout le capital par l'État qui, pour pouvoir remplir sa grande mission économique aussi bien que politique, devra être nécessairement très puissant et très fortement concentré. L'État administrera et dirigera la culture de la terre au moyen de ses ingénieurs appointés et en commandant des armées de travailleurs ruraux, organisés et disciplinés pour cette culture. En même temps, sur la ruine de toutes les banques existantes, il établira une banque unique commanditaire de tout le travail et de tout le commerce national. » Bakounine définissait ensuite les conséquences d'une telle révolution : « Pour le prolétariat, un régime de casernes où la masse uniformisée des travailleurs et des travailleuses s'éveillera, s'endormira, travaillera et vivra au tambour ; pour les habiles, un privilège de gouvernement (...) À l'intérieur, ce sera l'esclavage ; à l'extérieur la guerre sans trêve à moins que tous les peuples ne se résignent à subir le joug d'une nation essentiellement bour-

---

43. *La Révolution nécessaire*, *op. cit.*, p. 26.
44. *Ibid.*, p. 14-15.

geoise et d'un État d'autant plus despotique qu'il s'appellera l'État populaire[45]. »

Quoi qu'il en soit de ces nuances sur les rapports de Marx, du marxisme et du communisme stalinien l'*Ordre Nouveau* n'en affirmait pas moins sans équivoque son hostilité au communisme marxiste : « Sous prétexte de corriger le désordre du libéralisme décadent, les bolcheviks ont voulu établir une société d'insectes (...) Matérialisme bolchevik, matérialisme libéral, pour nous, il n'y a pas de différence. Le bolchevisme n'est qu'un capitalisme aggravé[46]. » Cette position de refus vigoureux était aussi celle de la *Jeune Droite* qui s'inquiétait un peu, cependant, de ce qu'elle considérait comme une certaine indulgence de Robert Aron et Arnaud Dandieu pour Marx.

La *Jeune Droite* était aussi réticente devant ce qu'elle estimait être en ce domaine les hésitations d'*Esprit*. L'attitude d'*Esprit* à l'égard du communisme et du marxisme n'était pas en effet sans ambiguïté, surtout lorsqu'il s'agissait de tirer les conséquences pratiques de ses affirmations doctrinales. *Esprit* se trouvait partagé entre, d'une part, son hostilité théorique aux principes fondamentaux et à nombre des réalisations du communisme et, d'autre part, une tendance à l'indulgence motivée par le fait que, comme l'écrivait Edmond Humeau, « les Soviets sont les seuls à avoir commencé réellement la révolution anticapitaliste, les seuls à avoir éveillé une immense espérance au cœur des opprimés de tous pays[47] ». Par ailleurs, au niveau de l'action, il est certain que les lecteurs et les rédacteurs d'*Esprit* proches de la *Troisième Force* étaient enclins à minimiser les divergences doctrinales et à considérer même qu'elles ne touchaient pas à l'essentiel du marxisme. Si ces tendances provoquèrent quelques flottements, la ligne générale d'*Esprit* n'en fut pas moins celle d'un refus de toute compromission. C'est ainsi que Mounier écrivait à Georges Izard : « Faisons sentir par tous les moyens (...) que si nous combattons le communisme, ce n'est pas par peur ni par volonté préétablie. Mais ne cédons pas à l'erreur : "Il n'y a

---

45. Cité dans *la Révolution nécessaire* (Paris, 1932), p. 34-35.
46. *Ordre Nouveau*, n° 9, mars 1934, p. 4.
47. *Esprit*, n° 11, septembre 1933, p. 513.

d'avancé, de courageux, de totalitaire que le communisme parce qu'il va jusqu'au bout. Prenons-le donc avec quelques petites castrations secondaires : son athéisme, son matérialisme, son gigantisme, etc." Non ! Il faut être convaincu qu'une philosophie de la personne est aux antipodes des philosophies communistes (...) De deux philosophies radicalement opposées ne peuvent sortir des structures sociales identiques [48]. » Plaidant pour « un certain sang-froid spirituel », il mettait aussi en garde contre une attitude sentimentale qui pouvait pousser certains à escamoter leurs divergences avec les marxistes en se laissant intimider par leur prétention à être « les représentants officiels de la misère [49] ». Aussi, si, à la suite de Berdiaeff, *Esprit* fut amené, peut-être plus que les autres revues, à rechercher dans ses analyses les « vérités » du communisme, s'il fut peut-être plus enclin que les autres mouvements à accepter des contacts avec des militants marxistes (souvent en rupture d'orthodoxie), il n'en reste pas moins que son orientation générale fut caractérisée par un refus très clairement motivé [50]. Dans les années 1932-1934, *Esprit* resta donc fidèle au double refus du capitalisme et du communisme, de l'individualisme et du collectivisme que Mounier avait résumé dès le premier numéro de la revue dans cette formule : « Nous refusons le mal de l'Orient et le mal de l'Occident [51]. »

Quelles qu'aient été leurs divergences secondaires, tous ces mouvements de jeunes des années 1930 étaient donc bien des mouvements « révolutionnaires non marxistes » qui estimaient que le communisme ne pouvait ni fournir les arguments décisifs pour une critique de la société contemporaine, ni constituer le modèle de la société nouvelle à construire.

48. *Mounier et sa génération, op. cit.*, p. 131-132.
49. *Esprit*, n° 21, juin 1934, p. 418. On remarquera cependant que Mounier lui-même cédera plus tard à ce « chantage » et qu'il ne sera pas étranger à son indulgence pour le communisme après 1945.
50. Il faut noter ici, qu'à la différence d'Arnaud Dandieu ou de Thierry Maulnier, Mounier n'eut de l'œuvre de Marx, jusqu'en 1935, qu'une connaissance de seconde main ainsi qu'en témoigne notamment la lettre qu'il adressa à Izard après la mort de Dandieu : « Très bien de mettre le nez dans Marx. La mort de Dandieu nous crée une responsabilité de plus de ce côté. Je m'y mettrai bien aussi un jour » (20 août 1933). Cf. *Mounier et sa génération, op. cit.*, p. 130.
51. *Esprit*, n° 1, octobre 1932, p. 36.

Selon eux, le communisme avait trop de liens avec le monde
moribond qu'ils voyaient agoniser pour pouvoir prétendre
porter en lui les germes de l'avenir. C'est, en partie, pour
concrétiser ce refus « révolutionnaire » du marxisme que ces
groupes furent amenés à élaborer la notion de « révolution
spirituelle ».

CHAPITRE TROISIÈME

Pour une « révolution spirituelle »

L'un des maîtres de la génération de 1930 fut Charles Péguy que l'on trouvait fréquemment cité dans la plupart de ces revues. Une phrase de Péguy revenait en particulier très souvent sous la plume des rédacteurs d'*Esprit*, de la *Revue du siècle* ou de *l'Ordre Nouveau* : « La révolution sera morale ou elle ne sera pas. » C'était là l'une des convictions les plus fermes de tous ces mouvements, conviction qui, on vient de le voir, avait contribué à les éloigner du marxisme dont certains aspects auraient peut-être pu les séduire. Selon eux, la révolution à faire devait être « une révolution, pardessus tout, essentiellement, profondément spirituelle [1] ». Tel était l'un des points de convergence les plus évidents entre tous ces groupes de jeunes des années 1930. Toutefois, sous ce vocable commun, des significations parfois diverses se dissimulaient.

La notion de « révolution spirituelle » était tout d'abord la conséquence du diagnostic formulé sur les origines de la crise du monde des années 1930. En effet, la crise étant, selon ces mouvements, « dans l'homme », et ses sources étant intellectuelles et spirituelles, la révolution qui devait y porter remède ne pouvait que se situer sur le même plan pour être efficace. Elle ne pouvait se limiter aux aspects extérieurs du désordre, elle devait remonter à ses causes essentielles et réaliser, ainsi que l'écrivait Maritain, « des transformations substantielles, atteignant les principes mêmes de l'actuel régime de civilisation [2] ». L'*Ordre Nouveau* traduisait ce point de vue en ces termes dans l'un de ses manifestes : « Le commencement du désordre n'est pas dans les faits matériels

---

1. Mounier, *Esprit*, n° 7, avril 1933, p. 139.
2. *Esprit*, n° 6, mars 1933, p. 907.

dont nous souffrons, n'est pas dans les machines par exemple, mais bien dans les doctrines qui ont assuré le développement actuel du machinisme. C'est dans cet humus de doctrines périmées que plongent les racines du malheur, c'est lui d'abord qu'il faut détruire si l'on veut tuer ces racines et surtout empêcher qu'elles se reforment. La nécessité d'un travail doctrinal radical nous apparaît être la tâche la plus concrète et la plus immédiate de l'heure, la seule tâche efficacement révolutionnaire [3]. » Daniel-Rops pouvait constater que cette perspective était commune à tous ces groupes : « Refuser le monde tel qu'il va, ce n'est pas souhaiter d'en modifier quelques aspects (substituer une domination de classe à une autre domination de classe, un égoïsme à un autre égoïsme), c'est remonter des effets aux causes et travailler à détruire les causes qui produisent ces effets. Attaquer les résultats actuels du matérialisme, du rationalisme et du déterminisme, tout en se déclarant partisan en doctrine de ce matérialisme, de ce rationalisme, de ce déterminisme, cela paraît absolument contradictoire. C'est pourquoi, aujourd'hui, on entend de jeunes hommes, dont le nombre va grandissant, réclamer la création d'un ordre, mais refuser de fonder cet ordre sur les principes du monde actuel et, par conséquent, exiger d'abord une révolution spirituelle [4]. »

Le premier sens de la notion de « révolution spirituelle » était donc clair : ceci signifiait que la rupture avec le monde contemporain devait porter sur les principes fondamentaux qui l'inspiraient, qu'elle devait être une rupture doctrinale, qu'elle devait être, pour reprendre un mot de Thierry Maulnier, une « subversion des valeurs ». Celui-ci voyait en effet dans cette idée l'affirmation que « dans le désordre actuel, c'est le destin de l'homme tout entier qui est engagé, qu'il est impossible de parvenir à une transformation assez complète et assez durable de nos conditions de vie sans transformer en même temps nos valeurs, sans rompre avec certaines idéologies désastreuses [5] ». Sa position personnelle, comme celle de la *Jeune Droite* en général, était tout à fait dans ce sens. Il déclarait encore : « Il s'agit, avant de faire une révolu-

---

3. *Revue des vivants*, décembre 1933, p. 1821.
4. *Les Années tournantes*, *op. cit.*, p. 28.
5. *Mythes socialistes*, *op. cit.*, p. 45.

tion, de savoir quelle révolution l'on fait. Si cette révolution n'est rien d'autre que ce qu'on pourrait appeler une insurrection conformiste, c'est-à-dire une insurrection respectant les traits fondamentaux du monde actuel et n'en modifiant qu'un aspect dérisoire, cette révolution est inutile. Nous n'admettons la révolution que comme une subversion complète, comme une subversion des valeurs [6]. » De même, pour *Esprit* et pour l'*Ordre Nouveau*, cette révolution spirituelle, ou, comme ils disaient aussi, cette « révolution en esprit », devait être une révision de « la table des valeurs [7] », une définition d'une « échelle nouvelle des valeurs et des sentiments [8] ».

Par là se précisait aussi l'ampleur des ambitions qui étaient celles de ces mouvements car, ainsi que le remarquaient certains des responsables de l'*Ordre Nouveau*, « réviser la table des valeurs », c'était « prendre une autre attitude devant les problèmes de la vie et de la destinée humaine [9] ». « La révolution future restera forcément partielle, notaient Robert Aron et Arnaud Dandieu, si elle ne renoue les mécanismes de pensée en même temps que ceux de gouvernement. Les rapports de l'individu avec la société ne seront qu'un cas particulier de ses rapports avec le monde, de ses rapports avec lui-même. Malgré son extension politique inévitable, la révolution future sera à base psychologique, voire même métaphysique [10]. » Aussi ces mouvements insistaient-ils, avec Alexandre Marc, sur le caractère « total » de la révolution dont ils voulaient être le fer de lance : « La révolution, telle que nous l'entendons, ne peut être que totale, c'est-à-dire qu'elle englobe nécessairement le domaine dit "philosophique" (...) Le caractère totalitaire – que l'on excuse ce barbarisme – de la révolution implique une révision de toutes les valeurs, y compris les valeurs philosophiques. Tout se tient : pas d'ordre nouveau sans homme nouveau, pas d'homme nouveau sans sagesse nouvelle [11]. »

« Il n'y a qu'une manière de faire une révolution, écrivait en 1931 Robert Francis dans les *Cahiers* : construire un nou-

6. *Revue française*, avril 1933, p. 545.
7. R. Dupuis et A. Marc, *Jeune Europe*, *op. cit.*, p. 205.
8. E. Dolléans, *Esprit*, n° 5, février 1933, p. 831.
9. R. Dupuis et A. Marc, *Jeune Europe*, *op. cit.*, p. 205.
10. *Le Cancer américain*, *op. cit.*, p. 38.
11. *Esprit*, n° 15, décembre 1933, p. 475.

vel humanisme[12]. » Cette déclaration résumait assez bien
l'essentiel des préoccupations des mouvements de jeunes des
années 1930. Selon eux, en effet, il fallait reconstruire sur
de nouvelles bases non seulement les rapports de l'homme
avec le monde, mais aussi les relations de l'homme avec
lui-même et avec sa destinée, car, remarquait Thierry Maulnier, « avant de dresser quoi que ce soit contre une société
inhumaine, il faudrait peut-être trouver ou retrouver ce qu'est
l'homme et ce qu'il veut... [13] ».

Dans cette recherche d'un « nouvel humanisme », les publications de ces groupes mettaient au premier plan la nécessité
de rompre avec le matérialisme qu'ils tenaient, on l'a vu, pour
une des causes déterminantes du désordre contemporain.
« Nous avons dit et nous redirons chaque fois qu'il en sera
besoin, affirmait Jean de Fabrègues, qu'une révolution matérielle ne suffira point à changer l'orientation du monde où nous
vivons. Il est un monde orienté vers l'immédiate jouissance,
vers la consommation seule, un monde qui renferme l'homme
sur lui-même. Ce que nous ne lui pardonnons pas, c'est de
rabattre la vie de l'homme tout entière sur le plan de la matière.
Ce que nous voulons, c'est autre chose et c'est plus que cela.
Nous voulons qu'une orientation nouvelle soit donnée à la vie
de l'homme, nous voulons qu'il s'élève au-dessus de cette
matière qui le retient comme une gangue, le borne et le
limite[14]... » Et de conclure : « Contre l'ère des satisfactions
matérielles, c'est donc bien une révolution spirituelle qu'il faut
faire. Elle doit tendre au profond des cœurs, ordonner une nouvelle vision de la vie, une reconnaissance de notre humanité,
une reconnaissance que nous sommes âme d'abord[15]. »

Par là on rencontre un second sens de l'expression « révolution spirituelle », signifiant cette fois le refus du matérialisme et l'affirmation de la réalité spirituelle de l'homme,
seule susceptible de « rendre à l'homme le sens des fins de
sa vie[16] ». Ce fut là un souci commun à tous ces jeunes
hommes. Jean-Pierre Maxence répondait ainsi à l'enquête de

12. *Cahiers 1931*, IIIe série, n° 6.
13. *La crise est dans l'homme, op. cit.*, p. 6.
14. *Revue du siècle*, n° 1, avril 1933, p. 48.
15. *L'Aube*, 13-14 août 1933.
16. J. de Fabrègues, *Revue du siècle*, n° 1, avril 1933, p. 50.

Brasillach sur « l'après-guerre » : « Nous voulons et devons retrouver notre âme profonde (...) Il faut rejoindre la plus authentique tradition, retrouver les valeurs spirituelles que le monde moderne attaque et avilit à chaque instant [17]. » De même, *Esprit*, dont le titre était déjà tout un programme, proclamait : « Le dernier point que nous visons, ce n'est pas le bonheur, le confort, la prospérité de la cité, mais l'épanouissement spirituel de l'homme [18] » et Mounier, s'adressant aux marxistes, s'écriait : « Qu'ils acceptent aussi que la vie spirituelle ne soit pour nous ni une justification, ni un brillant oriflamme, ni une chaleur passagère des mots, mais une dimension intérieure, inaltérable, qui est notre raison d'être et notre raison d'agir [19]. »

Aussi, analysant les réactions de ces groupes devant le marxisme, Daniel-Rops pouvait-il constater : « À la doctrine marxiste, qui fait tout reposer lourdement sur le fait révolutionnaire, sur la subversion matérielle, ils opposent une exigence plus haute, celle de l'Esprit, celle de l'âme [20]. » Il faut noter dès maintenant que, si tous étaient d'accord pour considérer que les valeurs d'esprit devaient être rétablies d'abord, leur communion était loin d'être aussi totale – on le verra plus loin – lorsqu'il s'agissait de s'entendre sur la définition des notions d'« esprit » et de « spirituel ».

Cette référence à une « révolution spirituelle », à une « révolution des valeurs », soucieuse de rétablir les droits de l'esprit, entraîna une violente réaction de certains milieux marxistes ou marxisants. Ceux-ci reprochèrent tout d'abord à ces mouvements de retomber ainsi dans les vieilles mystifications de l'idéalisme bourgeois : « Nous retrouvons, écrivait Nizan à propos du "Cahier de Revendications" de la *NRF*, cette vieille femme des carrefours, qui a traîné dans tous les coins, l'Âme [21] ! » Cette révolution spirituelle leur apparaissait, d'autre part, comme un itinéraire d'évasion permettant à ces groupes d'esquiver la nécessité d'une révolution dans les faits, d'une révolution des structures politiques et

17. *Candide*, 10 septembre 1931.
18. E. Mounier, *Esprit*, n° 1, octobre 1932, p. 10.
19. *Nouvelle Revue française*, décembre 1932, p. 826.
20. *Revue française*, avril 1933, p. 493.
21. *Europe*, janvier 1933, p. 140.

économiques. À cette « évasion », Jean Guéhenno donnait, dans *Europe*, une explication très polémique en accusant ces mouvements « d'avoir partie liée avec les puissances temporelles » et de vouloir, par ce biais, « éviter les sacrifices que la révolution vraie, la révolution matérielle, la révolution dans la possession des biens, exigerait d'eux[22] ».

À cette attaque directe, toutes les publications de ces groupes ripostèrent soit directement soit implicitement. Ce fut pour elles l'occasion de préciser leur conception de la révolution spirituelle et, notamment, de souligner que cette révolution n'était pas un moyen astucieux d'éluder une nécessaire réforme des institutions, mais qu'elle signifiait seulement leur volonté d'aller au-delà de cette réforme en mettant en question, à la fois, les institutions et leurs principes fondamentaux, parmi lesquels, au premier rang, le matérialisme. « Elle n'est pas, comme les marxistes le pensent, écrivait Daniel-Rops, un moyen plus subtil que les autres d'échapper aux responsabilités matérielles. Dire "spirituel d'abord", ce n'est pas laisser pour compte le charnel. Mais, c'est affirmer qu'il ne sert à rien de faire une soi-disant révolution pour aboutir à faire peser sur la personne humaine la même loi inhumaine de dégradation (...) La révolution spirituelle doit être conduite, non seulement dans le principe, mais dans toutes les conséquences que le principe peut comporter dans ses rapports avec le fait (c'est-à-dire dans les institutions)[23]. » Il résumait ensuite sa pensée en se prononçant pour « une réforme de l'homme simultanée à une réforme des institutions[24] » et en insistant sur l'impossibilité de dissocier ces deux aspects complémentaires.

On retrouvait la même attitude chez Thierry Maulnier : « Que M. Guéhenno se rassure : la révolution que nous demandons et qui n'est pas la sienne, ne dédaigne pas plus que la sienne les réalités de la terre. Les biens spirituels pour lesquels nous sommes prêts à lutter et que M. Guéhenno compte pour rien parce qu'on ne les voit ni ne les touche, ne seront assurés, nous le savons, que si l'on aménage, si l'on construit aussi les institutions qui se voient et qui se

22. *Europe*, août 1932, p. 614-615.
23. *Éléments de notre destin, op. cit.*, p. 123.
24. *Ibid.*, p. 124.

touchent. Une civilisation dépend de conditions de fait que nous ne dédaignons pas de créer[25]. » Mounier, de son côté, prenait très nettement ses distances à l'égard de ceux qui pouvaient être tentés de se servir de la formule « révolution spirituelle » comme « d'une justification à leur passivité à l'égard du monde » et qui « dans la chimérique attente d'une conversion universelle qui serait, selon eux, la condition indispensable d'une transformation des institutions laissent envahir le monde progressivement par les forces du mal[26] ».

L'assaut devait donc être mené sur les deux plans, simultanément, sans sacrifier l'un à l'autre. Cette position, affirmant la double nécessité d'une révolution des institutions et d'une révolution spirituelle, fut l'une des attitudes les plus caractéristiques et les plus originales de ces mouvements des années 1930. Évoquant la naissance du personnalisme, Mounier remarquera plus tard : « Cette réflexion est née de la crise de 1929, qui a sonné le glas du bonheur européen et dirigé l'attention sur les révolutions en cours. Aux inquiétudes et aux malheurs qui commençaient alors, les uns donnaient une explication purement technique, d'autres purement morale. Quelques jeunes hommes pensèrent que le mal était à la fois économique et moral, dans les structures et dans les cœurs, que le remède ne pouvait donc éluder ni la révolution économique ni la révolution spirituelle. Et que l'homme étant fait comme il est, on devait trouver des nœuds étroits de l'une à l'autre. Il fallait d'abord analyser les deux crises afin de déblayer les deux voies[27]. »

Dans un troisième sens, la notion de « révolution spirituelle » était le corollaire de leur refus du matérialisme historique. Selon ces groupes, la révolution à venir devait être, en effet, le fruit d'une libre décision de l'esprit rompant avec le désordre établi et non « l'aboutissement inéluctable d'un processus de déterminismes et de faits économiques et sociaux[28] ». « Ils croient, disait *Esprit* à propos des marxistes, que l'homme reçoit de l'événement la libération comme il y a rencontré l'idéal, alors que seule la liberté peut créer le

25. *Action française*, 13 janvier 1932.
26. *Esprit*, nº 16, janvier 1934, p. 677.
27. *Le Personnalisme* (Paris, 1950), p. 116.
28. R. Dupuis, *Ordre Nouveau*, nº 8, janvier 1934, p. 20.

monde conforme aux principes auxquels elle s'est donnée[29]. » Cet acte de foi dans la révolution spirituelle était
donc un acte de foi dans la puissance créatrice de l'homme
et de l'esprit « cause de tout ordre ou de tout désordre par
son initiative ou son abandonnement[30] ». Aussi la définition
que l'*Ordre Nouveau* donnait de la révolution était-elle très
« volontariste » : « La révolution n'est pas, contrairement à
ce que pense le grand public, le résultat d'un déterminisme
économique et social. Elle est d'abord l'acte qui crée de
nouvelles déterminations, qui, par suite, bouleverse les
anciennes déterminations, en un mot l'acte qui libère[31]. » De
même, la *Jeune Droite* mettait l'accent, avec Thierry Maulnier, sur « l'héroïsme révolutionnaire » de l'homme dressé
face au destin qu'elle opposait au fatalisme passif que lui
paraissait encourager le marxisme.

Cette idée d'une révolution spirituelle conçue comme une
rupture créatrice de l'homme avec le désordre établi pour
susciter un « ordre nouveau » fondé sur la primauté des
« valeurs spirituelles » posait un autre délicat problème au
niveau des moyens à mettre en œuvre pour faire passer dans
les faits cette révolution. Comment donner une efficacité
politique à des idées aussi étrangères aux idées habituelles ?
Tel était le problème qui se posait à ces mouvements, enfer-
més dans un dilemme qu'*Esprit* résumait en ces termes :
« Toute action n'est-elle pas condamnée à être inefficace dans
la mesure où elle sera pure, impure dans la mesure où elle
sera efficace[32] ? »

Sur cette question, la *Revue française* se distinguait très
nettement d'*Esprit*, de l'*Ordre Nouveau* et même du courant
de la *Jeune Droite* représenté par *Réaction* et la *Revue du
siècle*. Adoptant une position assez cynique, Thierry Maulnier et Robert Francis firent leur – surtout à partir de 1933 –
la formule : « La fin justifie les moyens. » Thierry Maulnier
posait d'abord le problème en des termes proches de ceux
d'*Esprit* en notant que la révolution spirituelle risquait de se
trouver paralysée par l'alternative : « Ou se condamner à

29. *Esprit*, n° 1, octobre 1932, p. 132.
30. E. Mounier, *ibid.*, p. 15.
31. Daniel-Rops et D. de Rougemont, *Ordre Nouveau*, n° 3, juillet 1933,
p. 13.
32. *Esprit*, n° 16, janvier 1934, p. 680.

susciter la défiance et l'hostilité de ceux-là mêmes au profit de qui elle s'exerce, ou dégénérer elle-même et, pour être comprise et soutenue, s'asservir aux valeurs vulgaires que sa raison d'être est précisément de combattre ; ou sacrifier son efficacité, ou sacrifier ses principes [33]. » Sa réponse était qu'il fallait distinguer de façon radicale le point de vue de la valeur et celui de l'efficacité. « Il faut, écrivait-il, que le visage de la doctrine que l'on présente au public soit différent de son visage réel ; il faut que, sur l'affiche et dans l'émeute, elle soit différente de ce qu'elle est dans les traités des sociologues. Une doctrine révolutionnaire comme celle dont il s'agit ici se doit de posséder un double visage, un visage doctrinal et un visage tactique. Que ces deux visages soient contraires, il n'importe : ceux qui trompent le peuple pour le perdre sont détestables, non ceux qui le trompent pour le sauver... » Et de conclure : « Aucune grande entreprise n'est possible pour ceux qui manquent totalement de duplicité [34]. » « Prolongeant ces perspectives théoriques, Robert Francis définissait ainsi les éléments d'une « technique révolutionnaire » : « La Révolution fait feu de tout bois. La convoitise, la haine, la peur flambent mieux que l'amour. Une bonne technique révolutionnaire oriente les passions les plus basses vers le bien public (...) Une bonne technique révolutionnaire fédère les intérêts privés sous le couvert d'une idéologie, elle ne s'occupe pas des idées (...) Une bonne technique de révolution commence par désigner les victimes afin d'encourager les profiteurs [35]... »

Selon Thierry Maulnier et Robert Francis, la révolution devait donc être le fait d'une élite usant de tous les moyens pour venir à bout du désordre établi. Cette position fut tout à fait conforme à cette évolution vers « l'activisme » qui caractérisa les dernières livraisons de la *Revue française* à partir de 1933, évolution que l'on a déjà signalée en retraçant l'histoire de cette publication. Par là, la *Revue française* se distinguait assez radicalement des autres mouvements qui répudiaient, eux, tout machiavélisme. « Le bien, notait Daniel-Rops, ne naît pas des œuvres du mal et ce n'est point

33. *Revue française*, juin 1933, p. 877.
34. *Ibid.*
35. *Revue française*, avril 1933, p. 564.

par la violence qu'on impose l'amour et la paix (...) ce n'est pas avec le désordre qu'on affirme l'ordre, et la ruse, la connivence, la trahison ne sauraient faire naître une civilisation d'honneur[36]. » De même Mounier, tout en reconnaissant qu'il y a « des vérités rigoureuses et leur transposition en formules monnayables », n'en affirmait pas moins : « Il n'y a pas une vérité pour l'élite et une autre pour la propagande[37]. » Cet « aristocratisme » et ce machiavélisme de la *Revue française*, traduisant une méfiance certaine à l'égard des « masses », furent parmi les causes principales des réticences de Mounier à l'égard de la *Jeune Droite*. Celui-ci, fortement marqué par une sorte de « mystique du peuple », en grande partie héritée de Péguy, ne pouvait que réagir vivement à ce « hautain mépris de l'âme populaire », voyant là la manifestation d'un « secret instinct de classe[38] ». Il est à remarquer ici que Mounier se livrait à une extrapolation quelque peu abusive en étendant ses griefs contre la *Revue française* à l'ensemble de la *Jeune Droite*. Les conceptions de la *Revue du siècle* étaient, en effet, sur ce point, beaucoup plus proches de celles d'*Esprit* et de l'*Ordre Nouveau* que de celles de la revue de Maxence.

La notion d'« élite » n'était pourtant pas absente des vues de l'*Ordre Nouveau* ou d'*Esprit*, mais ces groupes ne reconnaissaient pas à cette « élite » le droit d'employer au service de ses fins n'importe quel moyen. Ils mettaient surtout l'accent sur la nécessité de la « conversion » personnelle des membres de cette « élite » et sur la valeur du « témoignage » qu'ils pouvaient ainsi rendre des idées qu'ils prétendaient incarner. On a vu, en effet, en étudiant les moyens d'action envisagés par chacun de ces mouvements, qu'ils avaient une grande confiance dans l'efficacité de petits groupes disséminés au sein du corps social et chargés de le régénérer de l'intérieur par leur rayonnement. Daniel-Rops évoquait ainsi dans l'*Ordre Nouveau* l'idée d'« ordre », de « corps franc » et, même, de « chevalerie ». « Un petit groupe, écrivait-il, peut plus qu'une foule anonyme ; s'adressant à ceux qui le

---

36. *Ordre Nouveau*, nᵒ 17, janvier 1935, p. 1.
37. *Esprit*, nᵒ 1, octobre 1932, p. 17.
38. *Esprit*, nᵒ 25, octobre 1934, p. 154.

composent, on a affaire à des hommes, non à des numéros
matricules. Nous n'avons jamais compté sur les vastes pro-
pagandes simplistes, ni sur les mots d'ordre qui mettent
en branle les sentiments violents. La vraie violence que
nous attendons est intérieure (...) En face des pourritures
que nous connaissons, en face des désordres et des misères
que nous dénonçons, nul moyen n'est plus efficace que cette
adhésion entière, personnelle à une action qui prime en vertu
toute autre : celle de ferment dans la pâte [39]. » Il insistait aussi
sur l'idée que l'action à mener devait reposer sur une véritable « conversion » intérieure de chacun : « La révolution
doit d'abord s'opérer en nous par un approfondissement de
notre vie morale et spirituelle, par un dépouillement croissant
de tout ce qui, en nous, gêne l'avènement de l'esprit. La
tâche de rénovation sociale ne sera possible que par des
hommes qui l'auront accomplie en eux-mêmes jusque dans
les racines de leur être. Le conflit créateur est d'abord en
nous. Contre les forces de désagrégation et de paresse, contre
nos faiblesses et nos dégoûts, contre notre tacite complicité.
Voilà qui dépasse, en dessein comme en portée, la soi-disant
"action" des mouvements politiques et des partis... » Et de
conclure : « Ce qui meurt, c'est l'homme ancien en chacun
de vous, ce qui naît naît d'abord en vous [40]. » Denis de Rougemont, qui définissait la révolution comme « une manière
de vivre qui conduira nécessairement à changer les institutions [41] », affirmait de même : « On ne refait un monde
qu'avec des responsables [42]. »

---

39. *Ordre Nouveau*, n° 8, janvier 1933, p. 28.
40. *Ibid.* Dans le même texte, Daniel-Rops écrivait encore : « À ceux qui
nous suivent, nous disons : "Nous ne vous offrons aucune des satisfactions
vaniteuses dont tels partis vous promettent les joies ; ni les défilés en chemises vertes ou bleues ; ni l'ivresse des meetings démagogiques. Lors même
que nous serons au pouvoir nous ne vous promettons aucun autre bénéfice
que celui de rigueurs nouvelles – contre vous-mêmes – de responsabilités
sans cesse accrues. La révolution que nous vous proposons, c'est contre
vous de l'opérer tout d'abord. À l'aveulissement où nous entraîne la facilité,
nous opposons, rendant à ce mot toute sa signification de risque et de liberté,
cette formule où nous voulons exprimer toute notre loi spirituelle : vivre
difficilement. Nous sommes dans un monde qui croule (...) Il ne suffit pas
de jeter bas cet organisme aux plaies purulentes. Il faut achever de détruire
en vous les dernières complicités que le régime peut encore trouver." »
41. *Ordre Nouveau*, n° 17, janvier 1935, p. 12.
42. *Ordre Nouveau*, n° 7, décembre 1933, p. 18.

Avec cette idée d'une « révolution personnelle qui engage d'un bloc le comportement et la méditation intérieure [43] », on touche à une quatrième signification de l'expression « révolution spirituelle ». Dans cette perspective, l'accent était mis sur l'idée que tout bouleversement des structures serait vain s'il ne s'accompagnait pas d'une transformation morale et spirituelle de l'homme, en commençant par celle des partisans de cette révolution à venir. On vient de voir comment cette dernière interprétation était explicitée par l'*Ordre Nouveau*. On la retrouvait dans la *Revue du siècle*, mais c'est surtout *Esprit* qui lui accordait les plus longs développements en affirmant : « Il ne saurait y avoir de révolution institutionnelle viable et pure qui ne se nourrisse à une transfiguration intérieure de ceux qui la portent [44]. » Mounier devait définir plus tard en ces termes ce qu'il entendait par là : « Nous appelons révolution personnelle cette démarche qui naît à chaque instant d'une prise de mauvaise conscience révolutionnaire, d'une révolte d'abord dirigée par chacun contre soi, sur sa propre participation ou sa propre complaisance au désordre établi, sur l'écart qu'il tolère entre ce qu'il sert et ce qu'il dit servir – et qui s'épanouit en second temps en une conversion continuée, de toute la personne solidaire, paroles, gestes, principes, dans l'unité d'un même engagement [45]. » Il était cependant assez lucide pour savoir que cet idéal ne pouvait être le fait que d'une minorité, aussi notait-il : « En un moment de crise aussi grave, on ne peut attendre pour agir que les masses se pénètrent de ces vérités. C'est pourquoi j'ai spécifié que "révolution spirituelle d'abord" est le mot d'ordre indispensable aux chefs de demain, mais qu'ils ne sauraient exiger une milice de saints sans se condamner, s'ils se font des chefs temporels, à l'inaction. Indispensable aux chefs : c'est la grande responsabilité de tous ceux qui livrent bataille pour une révolution spirituelle, qu'ils ne sauraient être assez rigoureux sur la pureté de leur vie, ni trop impitoyable sur celle de leur entourage. S'ils répondent à cette exigence, leur seule présence saura transformer bien des impuretés [46]. » Ce souci de « pureté » fut la cause détermi-

43. E. Mounier, *Esprit*, n° 27, décembre 1934, p. 402.
44. E. Mounier, *Esprit*, n° 16, janvier 1934, p. 676.
45. *Esprit*, n° 27, décembre 1934, p. 402.
46. *Esprit*, n° 16, janvier 1934, p. 677.

nante des réticences de Mounier à l'égard de la *Troisième Force* qui lui parut très rapidement s'avilir dans une conception purement « extérieure » de l'action révolutionnaire. Au contraire, cette préoccupation devait l'amener, en 1934-1935, d'une part, à s'intéresser aux tentatives de groupes comme *Communauté* de Raymond de Becker ou *la Croisade* de Galey qui avaient le souci de l'enracinement spirituel de leur action sociale et, d'autre part, sur le plan tactique, à mettre l'accent sur l'efficacité des minorités et la valeur du « témoignage ». « Ce ne sont pas les masses qui font l'histoire, écrira-t-il alors à Izard, mais les valeurs qui agissent sur elles à partir de minorités inébranlables [47]. » On notera que, dans les années suivantes, Mounier fut amené à revoir sa position sur ce problème et à considérer qu'il avait péché, dans les années 1932-1935, par excès d'intransigeance.

Ce souci d'une conversion personnelle était moins systématiquement exposé dans les publications de la *Jeune Droite*. On a vu qu'il était assez éloigné des préoccupations de l'équipe de la *Revue française* dans les années 1932-1943 alors que, pourtant, il avait été au centre de la pensée de Robert Francis et de Jean-Pierre Maxence dans les *Cahiers* entre 1928 et 1931. En revanche, c'était un thème familier pour les responsables de la *Revue du siècle*, encore que cette publication ne se soit guère attachée à définir de manière précise les moyens de la révolution qu'elle souhaitait voir se réaliser.

Ainsi, au terme de notre analyse de l'expression « révolution spirituelle », quatre sens se dégagent. Cette expression signifiait tout d'abord que la révolution à faire devrait être une « subversion des valeurs », une rupture doctrinale avec les principes fondamentaux responsables du désordre contemporain ; elle soulignait ensuite que, face au matérialisme grandissant, le seul changement vraiment substantiel devrait être une restauration des droits de l'esprit ; en troisième lieu, elle mettait en relief l'idée que cette révolution ne pouvait être que le fruit de la liberté créatrice de l'homme et non le résultat d'un quelconque déterminisme économique ou social ; enfin, par ce terme de « révolution spirituelle », ces mouvements enten-

---

47. Lettre du 16 octobre 1934, *Mounier et sa génération, op. cit.*, p. 152.

daient exiger de leurs adhérents une « conversion » de leur vie personnelle aux principes dont ils prétendaient se réclamer, car la révolution qu'ils voulaient réaliser devait, dans leur esprit, donner naissance à un homme transformé, à un homme « transfiguré », à un « homme nouveau ».

Ces précisions, plus ou moins développées suivant les publications, ne levèrent cependant pas toute équivoque. C'est ainsi que certains rapprochèrent cette position à la fois « révolutionnaire » et « non marxiste » des théories fascistes. De ce fait, ces mouvements furent conduits à s'expliquer sur leurs sentiments à l'égard du fascisme italien et du national-socialisme allemand.

CHAPITRE QUATRIÈME

Contre les « révolutions fascistes »

Ces mouvements de jeunes des années 1930 se voulaient des mouvements révolutionnaires. Ils étaient résolument anticommunistes. Ils se réclamaient des « valeurs spirituelles » pour repousser le matérialisme capitaliste et le matérialisme marxiste. Ces formules étaient assez proches, par leur lettre, de quelques-uns des slogans sur lesquels se fondaient et la propagande fasciste en Italie et la propagande nationalsocialiste en Allemagne. Aussi leurs adversaires ne manquèrent-ils pas, pour tenter de les discréditer, d'assimiler ces groupes aux chemises noires et aux chemises brunes. « Plusieurs jeunes écoliers marxistes, constatait Mounier, plus assidus à justifier les manuels qu'à comprendre leur temps, ont trouvé contre nous, après des embarras divers, la lourde tactique que leur suggérait l'éloquence fasciste. Il leur a suffi de lancer ce théorème : tout mouvement anticapitaliste qui n'est pas marxiste est, par définition, fasciste, et de le faire rendre avec la fatuité doctrinaire et le superbe aveuglement des partisans [1]. »

Dès août 1932, Jean Guéhenno affirmait ainsi dans *Europe* : « On croit voir se constituer les équipes intellectuelles qui, en se donnant les airs d'équipes révolutionnaires, ne songent dans la réalité qu'à prendre la tête de ce dernier mouvement de défense de la bourgeoisie que serait un mouvement national-socialiste français [2]. » Ce thème devait être repris, dans les années 1933-1934, par plusieurs publications marxistes. Commentant le « Cahier de Revendications » de la *NRF,* Paul Nizan écrivait lui aussi : « Cette série d'offensives encore modestes, encore contradictoires, superficielles

1. *Esprit*, n° 16, janvier 1934, p. 553.
2. *Europe*, août 1932, p. 616.

et, en somme, d'une qualité assez médiocre, annonce précisément l'avènement d'une position philosophique fasciste en
France (...) Nos nazis naissent à peine dans les revues littéraires (...) Qu'on ne nous dise pas que ces groupes ne sont
rien, qu'on perd son temps à les combattre : petit fasciste
peut grandir. Ils manquent de base sociale, ils ne sont pas
accordés au retard de l'économie française, mais les événements marchent d'un pas assez vif pour que les troupes les
suivent demain [3]. » Le livre de Denis de Rougemont *Politique
de la personne* suscita même un article des *Iszvestia* présentant son auteur comme « un des chefs de l'avant-garde du
fascisme français ». Ainsi, pour ces revues communistes ou
communisantes, les mouvements de jeunes des années 1930
apparurent comme une des incarnations du « péril fasciste ».
    Afin de répondre à ces accusations, ces mouvements furent
donc amenés à se définir par rapport aux expériences italiennes et allemandes. On étudiera leur attitude en analysant
d'abord ce que furent leurs jugements sur les « fascismes »
en général avant de s'intéresser ensuite, plus précisément, à
leurs réactions devant le fascisme italien et devant la montée
du national-socialisme.

    Devant le phénomène fasciste – entendu ici comme un
terme collectif englobant le fascisme italien et le nazisme –,
la première réaction était une réaction de curiosité et de
sympathie se refusant aux « polémiques faciles [4] » dirigées
par la presse française contre ces régimes. Le fascisme leur
apparaissait en effet, à l'image du communisme, comme
l'une des formes de la fermentation révolutionnaire qui
secouait l'Europe des années 1930. « Jamais on ne nous fera
croire, notait Aldo Dami dans *Esprit*, que le fascisme lui-
même, avec tous ses défauts, ne représente que la survivance
et la dernière tentative des régimes morts du passé (...) Le
fascisme, l'hitlérisme et les mouvements analogues sont des
formations nouvelles, des régimes modernes, un commencement et non une fin [5]. » Réveil national, rejet de la démocratie
et du parlementarisme, procès du libéralisme, refus des hié-

3. *Europe*, janvier 1933, p. 140 et 145.
4. A. Dami, *Esprit*, n° 22, juillet 1934, p. 562.
5. *Ibid.*

rarchies de l'argent, rejet du matérialisme marxiste, anticapitalisme, exaltation de la jeunesse, c'étaient là autant de
thèmes dans lesquels, au premier abord, ces mouvements
pouvaient se reconnaître. Ils ne se dissimulaient pas d'autre
part, avec Mounier, que « les fascismes apportent au regard
des régimes qu'ils remplacent, un élément de santé et une
hauteur de ton qui ne sont pas des énergies méprisables [6] ».
De même, Thierry Maulnier soulignait la « grandeur indéniable [7] » des entreprises italiennes et allemandes. Aussi tous
étaient-ils d'accord pour admettre l'existence de ce que Mounier appelait une « tentation fasciste ».

Cependant, si tous s'accordaient sur ce point, ils s'accordaient aussi pour considérer qu'il fallait résister à cette séduction et refuser très fermement de voir dans les fascismes des
modèles à imiter. « Il faut accueillir avec la plus grande
défiance, avertissait Thierry Maulnier, les révolutions dites
"de droite", telles que le fascisme italien ou le national-
socialisme allemand [8]. » Selon eux, ce n'était pas de Rome
ou de Berlin que pouvait venir le salut et *Esprit* dénonçait
dans le fascisme une « tentation de facilité (...) la plus dangereuse démission qui nous soit aujourd'hui proposée [9] ». Il
précisait : « Pseudo-humanisme, pseudo-spiritualisme qui
courbe l'homme sous la tyrannie des "spiritualités" les plus
lourdes et des "mystiques" les plus ambiguës : culte de la
race, de la nation, de l'État, de la volonté de puissance, de
la discipline anonyme, du chef, des réussites sportives et des
conquêtes économiques. Nouveau matérialisme, en fin de
compte, si le matérialisme c'est réduire et asservir sur tous
les plans le supérieur à l'inférieur [10]. » Robert Aron soulignait
pour sa part qu'« entre la mentalité fasciste et l'esprit "Ordre
Nouveau" il y avait quelque chose d'irréductible [11] ». C'est
donc à juste titre que Jean de Fabrègues pouvait constater
dans la *Revue du siècle* que « l'hitlérisme ou le fascisme ne
charment aucun des hommes de notre génération [12] ».

6. *Esprit*, n° 16, janvier 1934, p. 535.
7. *Demain la France*, *op. cit.*, p. 59.
8. *Nouvelle Revue française*, décembre 1932, p. 820.
9. E. Mounier, *Esprit*, n° 16, janvier 1934, p. 535.
10. *Ibid.*
11. *Ordre Nouveau*, n° 18, février 1935, p. 21.
12. *Revue du siècle*, n° 2, mai 1933, p. 2.

Cette hostilité à l'égard des expériences italienne et allemande se fondait sur la mise en accusation d'un étatisme et d'un collectivisme totalitaires qui leur paraissaient être la systématisation, dans leurs conséquences les plus extrêmes, des tares fondamentales de la société contemporaine dont ils faisaient le procès. C'est cette raison que mettait ainsi en avant Thierry Maulnier en exprimant là une opinion commune aussi bien à la *Jeune Droite* qu'à *Esprit* ou à l'*Ordre Nouveau* : « La réforme de l'État français, écrivait-il, ne saurait être demandée à un fascisme ou à un national-socialisme, non seulement parce que notre rénovation révolutionnaire doit être appropriée aux caractères propres de la France, à nos mœurs, à notre culture, à nos conditions de vie et ne peut être une imitation servile des révolutions étrangères ; mais encore parce que ces révolutions ne peuvent être, loin de là, approuvées sans réserves. Fascisme et national-socialisme ont renforcé dans des proportions considérables les attributions de l'État (...) Ils ont été étatistes et centralisateurs dans l'ordre de l'économie comme dans l'ordre de la politique. Sur ce point tout au moins, nous devons nous séparer d'eux. À aucun prix, les Français ne doivent se laisser séduire par le mythe barbare de l'État totalitaire. L'État véritablement fort est celui qui sait supporter le plus de libertés possible. La force ne doit pas être rendue à la nation au prix des privilèges essentiels de l'individu [13]. » Pour lui, il n'y avait donc pas de conciliation possible entre « ce collectivisme autoritaire, religieux, total et dévorant » et les traditions de la « civilisation française [14] ».

Cette position générale précisée, il n'est cependant pas inintéressant d'étudier séparément les jugements de ces mouvements sur le fascisme italien, d'une part, et sur le national-socialisme allemand, d'autre part. En effet, si ces deux régimes présentaient nombre de points communs, ils n'étaient pas malgré tout identiques comme n'étaient pas identiques non plus les réactions à leur égard de ces groupes « non conformistes ».

Devant l'expérience italienne, ceux-ci étaient partagés entre l'admiration, la curiosité et la réprobation. Admiration

13. *Demain la France, op. cit.*, p. 175.
14. *Action française*, 13 juillet 1933.

pour la « pureté vitale [15] » des jeunes fascistes qui, constataient René Dupuis et Alexandre Marc, « ont rêvé d'une régénération du monde et, donnant l'exemple, ont, sous la conduite de Mussolini, donné à leur pays figure nouvelle, lui ont rendu la force, la dignité, la grandeur [16] ». Curiosité pour une doctrine dont certains des buts (anti-individualisme, antidémocratisme, anticapitalisme) étaient proches des leurs et qui, en 1930, se cherchait encore, plus empirique que dogmatique, n'ignorant pas les contradictions (« Ce qui à Rome est dogme, notait Robert Aron, à Milan est hérésie [17] »). C'est cette curiosité qui amena, par exemple, la *Revue du siècle* à publier un texte de Mussolini sur « les idées fondamentales du fascisme » que la revue fit précéder d'un « chapeau » déclarant : « La *Revue du siècle* est heureuse de pouvoir donner à ses lecteurs la primeur des pages du Duce qu'on va lire (...) Quelles que puissent être les réserves de l'équipe de la *Revue du siècle* sur la doctrine fasciste, un document comme celui qu'on va lire est essentiel [18]. » Mais, finalement, la réprobation l'emportait car ces mouvements jugeaient sans indulgence la « statolatrie » qui se trouvait au cœur des conceptions fascistes et qui leur paraissait vicier essentiellement ce que celles-ci pouvaient avoir parfois de sain.

Si la volonté du fascisme de réagir contre l'individualisme était ainsi considérée favorablement, la voie dans laquelle il s'engageait, réduisant l'homme à son seul destin social et national, l'était beaucoup moins : « Prendre position contre l'individualisme libéral qui fait l'homme isolé sur le plan de la vie, non protégé dans son travail et, par conséquent, sans véritable liberté, nous paraît, remarquait l'*Ordre Nouveau*, la base même de tout sentiment révolutionnaire, mais si c'est pour faire de l'homme une unité enrégimentée nous disons qu'il y a maldonne (...) Le danger de cette construction politique cohérente et complexe est qu'elle soumet l'homme à l'État [19]. » De même, le nationalisme italien, qualifié par la

15. G. Duveau, *Esprit*, n° 16, janvier 1934, p. 586.
16. *Jeune Europe*, *op. cit.*, p. 37.
17. *Ordre Nouveau*, n° 18, février 1935, p. 22.
18. *Revue du siècle*, n° 3, juin 1933, p. 19.
19. J. Jardin, *Ordre Nouveau*, n° 1, mai 1933, p. 28.

Jeune Droite de « nationalisme étroit[20] », était dénoncé par *Esprit* qui mettait en accusation « cette nation abstraite qui se fortifie de sa souveraineté comme un bourgeois de sa vie privée et ne sait pas comprendre que le plus beau visage est le plus ouvert[21] ». Aussi le fascisme se voyait-il dénier tout droit à se présenter comme une révolution « spiritualiste » par opposition aux matérialismes bourgeois ou marxiste : « Le fascisme a prétendu libérer l'homme de l'esclavage du matérialisme, mais en faisant de l'État l'expression suprême de la vie matérielle et spirituelle de la nation, il réduit en fin de compte le spiritualisme qu'il prétendait incarner à un matérialisme détourné car la statolatrie, sous la forme absolue qu'il lui donne, n'est autre que la transposition politique du matérialisme[22]. »

Sur le plan économique, le fascisme était aussi critiqué pour son corporatisme étatiste créant, selon ces mouvements, un capitalisme d'État « sans réviser foncièrement les assises mêmes du capitalisme : primauté du profit, fécondité de l'argent, puissance de l'oligarchie économique[23] ». Tout en reconnaissant une certaine sincérité à ses professions de foi anticapitalistes, on soulignait que le fascisme avait été amené dans la pratique à ménager les féodalités industrielles et qu'il n'avait pas encore élaboré des institutions capables de transformer substantiellement la vie économique et ses implications sociales : « Ayant sans doute amélioré le sort des prolétaires, il n'a pas encore trouvé les institutions capables d'abolir la condition prolétarienne. Ayant combattu certains abus du système bancaire, il n'a pas encore trouvé les institutions susceptibles de substituer au crédit bancaire une nouvelle forme de crédit plus consciente, mieux liée à l'activité professionnelle. Ayant combattu certains excès des sociétés anonymes, il n'a pas encore défini la forme nouvelle d'association susceptible de supprimer les oppositions fréquentes entre l'intérêt de l'affaire et l'intérêt de ses membres[24]. » Allant le plus loin dans ce sens, *Esprit* voyait même dans certains aspects du fascisme une simple « réaction de

20. *Réaction*, n° 3, juillet 1930, p. 111.
21. E. Mounier, *Esprit*, n° 16, janvier 1934, p. 536.
22. R. Dupuis et A. Marc, *Jeune Europe*, *op. cit.*, p. xx.
23. E. Mounier, *Esprit*, n° 16, janvier 1934, p. 535.
24. R. Aron, *Ordre Nouveau*, n° 18, février 1935, p. 25.

défense » du capitalisme inquiet[25] et une « sauvegarde des intérêts économiques menacés[26] ».

La position de tous ces mouvements était, à quelques nuances près, celle que Robert Aron devait définir un peu plus tard comme le refus « d'une attitude d'adhésion » et le refus « d'une attitude purement critique et dédaigneuse[27] ». Rejetant fermement la doctrine fasciste, ils avaient cependant, en effet, le souci de rester attentifs à son évolution. Cet état d'esprit se concrétisa particulièrement en mai 1935 par un voyage qui amena à Rome, pour un congrès sur les institutions corporatives organisé par le parti fasciste, des représentants de l'*Ordre Nouveau*, R. Aron, C. Chevalley, R. Dupuis, d'*Esprit*, E. Mounier et A. Ulmann et du *Groupe XXᵉ siècle*, J. de Fabrègues et T. Maulnier. Au cours de ces débats, auxquels participèrent aussi des représentants d'autres mouvements français, les porte-parole d'*Esprit*, de l'*Ordre Nouveau* et de la *Jeune Droite* furent les seuls à refuser de « céder au mirage fasciste » et à exprimer des réserves. Bien que légèrement postérieur au cadre chronologique de cette étude, ce comportement, caractérisé a la fois par l'acceptation du dialogue et la fermeté doctrinale, fut tout à fait dans la ligne de ce qu'avait été l'attitude de ces groupes dans les années 1930-1934.

Les réactions devant la montée du nazisme furent quelque peu différentes du fait notamment qu'aux considérations purement doctrinales vinrent se mêler des problèmes de relations internationales et de rapports de pays à pays qui ne se posaient pas lorsqu'il s'agissait de l'Italie. Étant donné les particularités de l'attitude de chacun des mouvements, il paraît utile d'analyser successivement leurs positions respectives. Toutefois, on remarquera que ces groupes – à l'exception d'*Esprit*, pour des raisons que l'on verra plus bas – furent, dès 1930-1931, beaucoup plus lucides que la majorité de leurs contemporains sur la véritable force et la véritable nature du national-socialisme. Sensibles à son dynamisme, ils jugèrent très tôt que l'Allemagne de Weimar ne résisterait pas longtemps à l'assaut des chemises brunes. C'est ainsi

---

25. E. Mounier, *Esprit*, n° 16, janvier 1934, p. 535.
26. Prospectus d'*Esprit* (1933).
27. *Ordre Nouveau*, n° 28, octobre 1935, p. 21.

que, dès décembre 1931, Philippe Lamour constatait dans *Plans* : « La révolution allemande est commencée. Hitler est virtuellement chef du pouvoir en Allemagne[28]. » Tel fut aussi, dès ce moment, le jugement de l'*Ordre Nouveau* dont on évoquera d'abord les positions.

L'*Ordre Nouveau* s'expliqua assez longuement sur le nazisme dans un numéro spécial de sa revue publié, en novembre 1933, après le retrait de l'Allemagne de la Société des Nations. Ce texte, intitulé « Lettre à Hitler », fit quelque bruit et fut l'origine de la rupture avec *Esprit* qui lui reprocha d'être trop indulgent pour le national-socialisme. En fait, si ce texte reconnaissait quelques mérites au nazisme naissant, son sens général ne laissait guère de place à l'équivoque que dénonçait *Esprit*.

Dans l'introduction de cette « Lettre », l'*Ordre Nouveau* précisait tout d'abord qu'il entendait ne pas confondre le national-socialisme avec la « caricature » qu'en dessinait, selon lui, la presse française : « Votre arrivée au pouvoir, Monsieur le Chancelier, ne nous a pas surpris (...) Nous ne sommes pas de ceux qui, dans l'immense aspiration national-socialiste, ne voient qu'un déchaînement d'instincts barbares et un exhibitionnisme puéril. Nous savons quelles responsabilités profondes porte l'Europe entière, le monde entier, du sursaut de révolte qui jette entre vos mains des millions d'hommes, jeunes, disciplinés et résolus. Nous refusons de jouer le jeu déshonorant des chancelleries et des rédactions de journaux. Notre jugement se situe sur un autre plan[29]. »

Les auteurs anonymes de ce texte énuméraient ensuite ce qu'ils appelaient les « victoires du national-socialisme » : avoir « mis fin à un mensonge, celui de la démocratie libérale (...) ce régime malfaisant qui ne correspond plus à rien » ; avoir « détruit les partis parlementaires » ; avoir lutté contre « la dictature occulte de l'économique », contre les méfaits « de la haute finance et de la haute banque, des trusts de production et de consommation » ; avoir « dénoncé avec force le monde d'abstraction et d'irréalité qui est celui de l'homme moderne » et qui isole de plus en plus « la personne

28. *Plans*, n° 10, décembre 1931, p. 15.
29. *Ordre Nouveau*, n° 5, novembre 1933, p. 6.

des réalités véritables et fécondes » ; avoir opposé à un individualisme desséchant « le sentiment de la collectivité organique, riche de fraternité et d'amour » ; avoir lutté enfin contre
le scandale et l'immoralité. Cette première partie se terminait
en reconnaissant que le national-socialisme possédait « dans
son fondement, une authentique grandeur » : « La grandeur
authentique de votre mouvement est d'être par l'héroïsme, le
sacrifice et l'abnégation qu'il enseigne, une protestation contre
le matérialisme contemporain » dans la mesure où il refuse un
monde « qui ne vit que pour la satisfaction frénétique des instincts et qui ne propose pour dessein aux hommes (capitalisme
et communisme se valent) que la conquête plus ou moins chimérique d'un paradis aux immeubles standardisés [30]. »

Dans sa seconde partie, cette « Lettre », sous le titre
« Défaites du national-socialisme », exposait les raisons de
l'hostilité de l'*Ordre Nouveau* au nazisme : fausse référence
à une primauté du spirituel dont « vous ne connaissez que
les reflets, les imitations, les ersatz » ; erreur fondamentale
sur la véritable nature de l'homme et impuissance à sortir de
l'alternative matérialisme-idéalisme par défaut « d'une
conception de l'homme intégral, de la Personne » ; fidélité
« démocratique » au règne du nombre et des masses avec
« son cortège de meetings démagogiques, de réunions publiques à grand spectacle, de manifestations populaires colos-
sales » (« Vous avez liquidé un régime d'oligarchie parlementaire pour le remplacer par une démocratie césarienne.
Vous êtes un démocrate, monsieur Hitler, le dernier des
démocrates ») ; matérialisme « en instituant une nouvelle
religion, celle du travail » et, par là, impossibilité d'apporter
une véritable solution au problème du prolétariat ; confusion
entre « nationalisme et patriotisme », entre « la nation et
l'État » ; absurdité du racisme qui, s'il contient quelque vérité
lorsqu'il souligne l'importance des « puissances du sang
[qui] possèdent une réalité indiscutable », n'a aucun sens
lorsqu'il se fonde sur « cette idole pseudo-scientifique qui
éveille à la fois l'horreur et le rire : la race telle que la
conçoivent vos sous-Gobineau en chemises brunes » ; enfin,
caractère destructeur d'un étatisme centralisateur et totalitaire : « Vous vous réclamez du germanisme et voilà que vous

30. *Ordre Nouveau*, n° 5, novembre 1933, p. 8-14, *passim*.

l'appauvrissez en détruisant la diversité des provinces et des coutumes (...) Vous sacrifiez sur l'autel de l'État la véritable grandeur des destinées germaniques [31]. »

Si le ton de cette « Lettre », dans laquelle l'*Ordre Nouveau* s'adressait à Hitler comme les « philosophes » du XVIIIᵉ siècle s'adressaient aux « despotes éclairés », était quelque peu étrange, le pronostic qui contenait sa conclusion ne manquait pas de lucidité : « Vous ne pouviez vous sauver, ni sauver vos idées qu'en rompant avec le capitalisme, avec tous les capitalismes – Manchester, Washington, Moscou – c'est-à-dire en vous dressant contre la statolatrie qui n'est et ne peut être en fin de compte qu'une incarnation nouvelle et plus dangereuse des erreurs capitalistes. Vous avez préféré vous soumettre. Vous avez choisi la voie la plus facile : vous voilà désormais condamné à descendre la pente qui mène du nationalisme à l'étatisme, de l'étatisme à l'autarchie, de l'autarchie à la guerre (...) La guerre qui vient, et qu'il serait plus exact d'appeler à l'avance boucherie, éclatera peut-être pour des raisons épisodiques, mais ses causes seront ailleurs. Elles sont inscrites dans la fatalité même d'un régime inhumain et absurde qu'encombrent aujourd'hui trente millions de chômeurs. Elles sont inscrites dans la ligne d'un étatisme en délire. Demain, si cette tuerie éclate, nous vous tiendrons pour responsable, monsieur le Chancelier, parce que vous n'avez pas su, à la faveur des enthousiasmes que vous avez soulevés, rompre avec toutes ces sanglantes erreurs, changer de plan [32]. »

Tel était donc le verdict de l'*Ordre Nouveau* sur l'évolution de l'Allemagne. Au point de vue strictement doctrinal, son jugement n'était pas moins sévère. S'il prenait grand soin de se placer en dehors « des œillères de l'orthodoxie démocratique et parlementaire [33] », son attitude n'en était pas moins celle d'une hostilité sans faille. « Nous ne sommes pas des vôtres, déclarait encore la "Lettre à Hitler", un abîme nous sépare [34]. » Et elle ajoutait : « Chaque pays, chaque nation doit trouver en soi, en soi seul, la force de son propre sauvetage. Nous laissons à quelques-uns de vos pâles imitateurs

31. *Ordre Nouveau*, n° 5, novembre 1933, p. 17-21, *passim*.
32. *Ibid.*, p. 22.
33. Daniel-Rops, *le Correspondant*, 25 juillet 1933, p. 267.
34. *Ordre Nouveau*, n° 5, novembre 1933, p. 14.

le ridicule de prétendre instaurer en France un national-socialisme français calqué sur le vôtre [35]. » On rappellera aussi que l'*Ordre Nouveau* eut des contacts assez étroits avec le groupe allemand des *Gegner* dont le chef, Harro Schulze-Boysen, fut un peu plus tard le fondateur du plus important des réseaux allemands de résistance à l'hitlérisme.

On a analysé en premier la position de l'*Ordre Nouveau* parce qu'elle était la plus représentative et la plus originale. Sur ce terrain, les jugements de la *Jeune Droite* et d'*Esprit* se trouvaient, eux, davantage tributaires d'influences extérieures, celle de l'*Action française* pour l'une et, dans une certaine mesure, celle de la gauche pacifiste pour l'autre.

Il est certain, en effet, que, si la *Jeune Droite* fut amenée à suivre de très près la montée du nazisme dès les années 1931-1932, ce fut, en partie, la conséquence d'une méfiance à l'égard du nationalisme allemand héritée de *l'Action française*. Toutefois, elle discerna très tôt que le national-socialisme échappait au jugement d'une droite qui ne voulait voir en lui qu'une résurgence de l'Allemagne éternelle « revancharde et pangermaniste » comme aux anathèmes d'une gauche qui le considérait seulement comme une des formes de la « réaction [36] ». Soulignant les dangers de cette incompréhension, Maxence écrivait : « Il faudrait peut-être que, sans devenir hitlériens, les intellectuels français se décident à tenir Hitler et ses lieutenants pour autre chose que des imbéciles et la nouvelle génération allemande pour une réalité sociale [37]. » Selon la *Jeune Droite*, il fallait regarder le national-socialisme en face et ne pas méconnaître, même si on le condamnait, ce qu'il pouvait y avoir en lui d'héroïque et de grandiose. « Le régime hitlérien, notait Thierry Maulnier, n'est ni plus absurde, ni plus odieux, ni plus ridicule que notre propre régime. Il possède assurément plus de dignité, de spiritualité, de grandeur [38]. » Dans un autre texte, qui servait de préface à l'édition française du *Troisième Reich* de Moeller Van den Bruck, il ajoutait : « Le visage de tels adversaires doit être étudié sans mépris et sans crainte comme on

---

35. *Ordre Nouveau*, n° 5, novembre 1933, p. 8.
36. J.-P. Maxence, *Revue française*, mars 1933, p. 419-420.
37. *Ibid.*
38. *Revue du siècle*, n° 2, mai 1933, p. 11.

mesure l'adversaire, sur le terrain, virilement (...) Même si nous devons être séparés de la nouvelle Allemagne par un conflit contre lequel aucune fraternité ne saurait prévaloir, il nous paraît opportun de dire avec tranquillité que nous nous sentons plus proches et plus aisément compris d'un national-socialiste allemand que d'un pacifiste français[39]. »

Cette sorte de fraternité existentielle étant posée, la *Jeune Droite* n'en mettait pas moins vigoureusement en garde contre la séduction doctrinale du national-socialisme allemand : « Il serait dangereux et absurde, avertissait Jean-Pierre Maxence, de convier la jeunesse française à un pseudo-hitlérisme (...) Le racisme répugne à l'esprit français. Il y a dans le nationalisme français des valeurs universelles et assurées qui se refusent à toute attitude agressive et impérialiste[40]. » Quant à Thierry Maulnier, il affirmait catégoriquement : « Le racisme et le collectivisme qu'il propose nous paraissent contradictoires avec la forme de civilisation qui constitue la structure de la France et le sens de sa mission éternelle[41]. »

L'analyse que faisait Thierry Maulnier du national-socialisme était particulièrement intéressante car elle insistait sur son caractère de « mystique collective », de « religion séculière ». « Il est, soulignait-il, beaucoup plus qu'un phénomène social et politique (...), il se rattache à un certain changement éthique et religieux du monde[42]. » Il notait encore : « La révolution allemande est *surtout* l'avènement d'une nouvelle culture[43]. » Comme l'*Ordre Nouveau*, Thierry Maulnier considérait que, par certains de ses aspects, le national-socialisme était un avatar de la « démocratie » dans la mesure où il était une « religion de masse » au service du nombre et de la collectivité nationale, hostile à toute valeur et à toute existence personnelle : « Il a beau aborder et résoudre certains problèmes actuels d'une manière analogue à la nôtre, sa défiance à l'égard de l'esprit, son culte d'une sentimentalité instinctive, la primauté qu'il donne aux valeurs et aux intérêts collectifs sur les plus hautes conquêtes de l'humanité civilisée, sa grossière démagogie nous paraissent

39. *Le Troisième Reich* (Paris, 1933), p. 16.
40. *Revue du siècle*, n° 2, mai 1933, p. 10.
41. *Ibid.*, p. 11.
42. *Revue française*, avril 1933, p. 533.
43. *Revue universelle*, 15 avril 1933, p. 197.

les signes de ces religions plébéiennes telles que le collectivisme russe ou le fascisme italien, faites pour la masse, sinon par elle, et fatales à tout ce que la masse ne comprend pas et ne respecte pas. Le national-socialisme constitue de toute évidence un triomphe grégaire et vulgaire devant lequel tout ce qui est noble et raffiné, délicat, luxueux, désintéressé, personnel doit s'effacer. Son but est le service collectif et son type idéal moins le héros que le serviteur [44]. » Aussi Thierry Maulnier concluait-il : « Quelle que soit la considération, quelle que soit – j'insiste – la toute particulière estime dans laquelle il convient de tenir une attitude comme celle de la jeunesse hitlérienne, il ne faut pas perdre une seconde de vue que cette jeunesse met de très enviables vertus au service d'une notion inacceptable de l'homme et de l'univers [45]. »

Aussi, envisageant l'éventualité d'une guerre pour s'opposer aux ambitions nazies, soulignait-il que celle-ci serait non seulement une opposition « de nation à nation », mais aussi une opposition « de mission à mission [46] ». Allant plus loin, il prophétisait le caractère de guerre « idéologique », de guerre « totale » qui devait être celui de la Seconde Guerre mondiale : « On peut affirmer une chose : c'est que, si le parti national-socialiste réussit en Allemagne la métamorphose d'ordre éthique et intellectuel qu'il prétend opérer, les conflits extérieurs qui pourraient suivre seront ce qu'ils n'ont jamais été depuis les Croisades : des confrontations totales de peuple à peuple où les philosophies, les croyances, les formes d'art et de pensée, les théories adverses de l'honneur et de l'amour seront opposées en même temps que les armées. Une guerre de la France et de l'Allemagne serait dès lors ce qu'elle n'a pas été absolument en 1914 : la mise en question d'une civilisation par l'autre. Il importe, non seulement à notre sécurité mais à notre dignité, que, pour une éventualité semblable, nous ne soyons pas seulement prêts sur le terrain matériel, mais aussi en mesure de répondre à une foi par une foi, à une mission par une mission, à un orgueil par un orgueil [47]. »

44. Préface au *Troisième Reich*, *op. cit.*, p. 14-15.
45. *Revue française*, avril 1933, p. 535.
46. *Revue du siècle*, n° 2, mai 1933, p. 10.
47. *Revue universelle*, 15 avril 1933, p. 200.

Si la *Jeune Droite* fut en partie influencée dans sa vigilance
à l'égard du nazisme par l'héritage de l'*Action française*, les
positions d'*Esprit*, elles, furent en ce domaine quelque peu
tributaires de l'attitude des milieux pacifistes de gauche, pour
lesquels certains de ses rédacteurs et de ses lecteurs avaient
des sympathies. Ceci conduisit *Esprit* à sous-estimer jusqu'au
début de 1933 la force du national-socialisme qui ternissait
le visage de la « bonne Allemagne » chère aux milieux pacifistes. C'est ainsi qu'en février 1933, au moment même où
Hitler entrait à la Chancellerie, on pouvait lire dans *Esprit*
ces lignes surprenantes : « On ne sait guère que Hitler, parfait
condottiere moderne, vit sur l'un des plus formidables bluffs
du siècle. Il n'a jamais eu l'intention de prendre le pouvoir,
il craint pour sa personne, couchant très rarement deux fois
au même endroit. Son programme paradoxal et plein de
contradictions est inapplicable, son armée de chômeurs, gars
imberbes, à peine nés à la vie sociale, est noyautée par les
communistes, ses lieutenants, jaloux les uns des autres, lui
montent la tête, ses mœurs décadentes désavouent ses théories de la race pure, ses caisses désormais vides ne contien-
nent plus que la clé des catastrophes, des "saxonnades" de
demain (...) Rares sont les localités où ne flotte avec osten-
tation au moins un énorme pavillon à croix gammée sur fond
rouge. Pénétrez carrément dans le local qu'il annonce. Vous
y trouverez de braves gens, polis, complaisants et... scepti-
ques sur la victoire finale[48]. »

Après l'arrivée au pouvoir du national-socialisme, les jugements d'*Esprit* à son égard furent assez proches de ceux qu'il
portait sur le fascisme italien, reconnaissant, d'une part, ce
qu'il pouvait y avoir d'estimable dans l'enthousiasme des
jeunesses hitlériennes et dans la volonté du nazisme de réagir
contre le rationalisme, l'individualisme, la démocratie et le
capitalisme et critiquant, d'autre part, son nationalisme exacerbé, son étatisme, son collectivisme totalitaire, son caractère dictatorial. À ces considérations s'ajoutait un élément
plus caractéristique, le procès d'un matérialisme biologique
et raciste qui, s'il pouvait avoir quelque signification en mettant l'accent sur l'existence des communautés charnelles
dans lesquelles s'enracine la vie humaine, n'était, transformé

---

48. F. Dorola, *Esprit*, nᵒ 5, février 1933, p. 701.

en système idéologique, qu'une idole monstrueuse et anti-scientifique. Dès mai 1933, *Esprit*, dans une livraison spéciale sur la question juive, fit d'ailleurs un large écho aux premières persécutions antisémites, dénonçant « une nouvelle et foudroyante invasion de la tyrannie de l'État, de la barbarie toute proche de l'homme civilisé, si proche qu'elle semble gagner comme le feu [49] ». Il faut remarquer ici qu'*Esprit* n'en continua pas moins à sous-estimer la menace constituée pour ses voisins européens par le national-socialisme allemand. Contrairement à certains autres milieux de gauche, *Esprit* continua à prôner, sur le plan des relations internationales, une politique de conciliation et de rapprochement à l'égard de l'Allemagne. Cette orientation ne devait se modifier, non sans remous intérieurs, qu'au moment de la crise de Munich en 1938.

En résumé, à l'égard des expériences « fascistes », les mouvements de jeunes des années 1930 se trouvaient partagés entre, d'une part, le refus doctrinal, sans équivoque, des idéologies et des réalisations italiennes et allemandes et, d'autre part, une certaine fascination devant le dynamisme de ces pays et de leurs jeunesses. En face de ces mouvements qui, comme le communisme, leur semblaient lancés à la conquête de l'avenir, ils éprouvaient le sentiment douloureux que la France, enlisée dans sa médiocrité bourgeoise, « semblait décidée à se retirer discrètement des chemins de l'Histoire [50] ». « En face de deux pays gouvernés par des hommes de quarante ans, c'est-à-dire par les chefs de la jeunesse révolutionnaire, constatait Denis de Rougemont, en face d'une Russie dont le dynamisme juvénil est assez puissant pour animer la plus sclérosée des doctrines étatiques, la France offre le spectacle de sa gérontocratie bavarde, de ses petites niaiseries parlementaires, de son ballet désuet : droite-gauche, gauche-droite (...) En face des jeunesses bottées, nu-tête, chemise ouverte dont notre presse aime à railler les uniformes, qu'avons-nous à aligner ? Un attirail de faux-cols durs, de rosettes, de gros ventres et de chapeaux melons. La

---

49. *Esprit*, n° 8, mai 1933, p. 153.
50. P. Andreu, *Revue des travaux de l'Académie des sciences morales et politiques*, IIe semestre 1957, p. 17.

France n'est plus contemporaine des nations qui l'entourent et qui la menacent. Tel est le fait[51]. »

Aux yeux de ces groupes, la France officielle n'offrait aucune possibilité de résistance à une menace fasciste éventuelle, extérieure ou intérieure. La seule chance de la France était qu'elle fasse elle-même sa propre révolution[52]. C'est ce que soulignait Mounier en dénonçant les « pseudo-valeurs spirituelles fascistes » : « Il faudrait, écrivait-il que nos optimistes libéraux se le tiennent une fois pour dit : on ne combat pas une mystique avec une mystique de rang inférieur, on ne combat pas l'explosion fasciste avec de larmoyantes fidélités démocratiques, avec des élections qui n'ont même pas la force de déplacer une des puissances réelles du régime, avec des indignations de sédentaires. Il y a une tentation fasciste aujourd'hui sur le monde entier. Tentation de facilité : quand on n'y voit plus clair du tout, quand on n'en peut plus, quand le monde devient si obscur et si lourd, ah ! qu'il est commode de mettre tout le paquet dans les mains d'un homme, d'attendre les mots d'ordre et d'y obéir aveuglément sous l'alcool des discours héroïques ! Mais tentation de grandeur aussi : le désordre en tout, le désordre partout – vivement de la propreté, de l'énergie, quelque hauteur, de l'ordre. Notre rôle n'est pas seulement de détourner de la facilité, mais de satisfaire cet âpre désir de grandeur qui va s'engouffrant dans des chemins mortels[53]. »

Si ces mouvements vomissaient la France officielle, ils ne désespéraient cependant pas des ressources de leur pays. Ils croyaient à la capacité de la France de sortir de son « sommeil mortel » et de faire la « révolution spirituelle » qu'ils souhaitaient, révolution qui, selon eux, serait non seulement le salut de la France, mais encore le modèle attendu par le monde entier encore tâtonnant dans la recherche des voies de la Révolution du XXᵉ siècle. Tous étaient persuadés que, dans l'univers des années 1930, la France avait une mission à accomplir, une mission qu'elle était la seule à pouvoir remplir.

---

51. *Revue du siècle*, n° 2, mai 1933, p. 7.
52. Cette idée sera inlassablement reprise par tous ces groupes entre 1934 et 1940.
53. *Esprit*, n° 16, janvier 1934, p. 536.

CHAPITRE CINQUIÈME

La mission de la France

Ainsi, aussi séduits qu'ils aient pu l'être par certains aspects des expériences russe, italienne ou allemande, les mouvements de jeunes des années 1930 considéraient, sans équivoque possible, que ces « révolutions manquées » ne pouvaient indiquer à la France les voies du salut. « La désastreuse inertie des nôtres, notait Thierry Maulnier, ne doit pas pourtant suffire à nous faire applaudir le désastreux enthousiasme des autres peuples : il serait souhaitable que les jeunes Français, le jour où ils se réveilleront, prissent d'autres chemins que les chemins qui leur sont indiqués par l'Europe d'aujourd'hui (...) Une attitude révolutionnaire doit essentiellement comporter, non seulement la défiance, mais encore l'hostilité directe à l'égard de la plupart des doctrines sociales contemporaines[1]. »

Ces tendances révolutionnaires à l'œuvre dans l'Europe entière leur semblaient bien souvent plus exacerber les défauts du monde qu'ils rejetaient qu'apporter des solutions neuves aux problèmes de leur temps. Basculant de l'individualisme au collectivisme, de l'idéalisme au matérialisme, du rationalisme à un vitalisme sans frein, elles leur apparaissaient aussi destructrices de l'homme réel que la civilisation moribonde à laquelle elles prétendaient se substituer. Ici comme là, l'homme ne trouvait pas son compte : « Les trois grandes révolutions, nationales, socialistes : la révolution bolchevik (nationale, socialiste, économique), la révolution fasciste (nationale, socialiste, étatiste), la révolution hitlérienne (nationale, socialiste et raciste), ont, constatait Alexandre Marc, trop sacrifié à la révolte et à la réforme, trop souvent asservi et mutilé l'homme au lieu de l'enrichir et de le libérer[2]. »

1. *Revue française*, avril 1933, p. 541 et 543.
2. *Ordre Nouveau*, n° 3, juillet 1933, p. 21.

L'homme sacrifié à la masse, l'homme identifié à son seul destin social, l'homme ignoré dans sa personnalité unique et irremplaçable, l'homme méconnu dans sa liberté et sa spontanéité créatrice, l'homme englouti par le Léviathan collectif, telle était la tare fondamentale, essentielle, sans rémission, de toutes ces « révolutions ». C'est peut-être sous la plume de Thierry Maulnier que l'on trouvait l'expression la plus éloquente de cette protestation de l'homme dressé contre les idoles collectives dont le prestige allait grandissant en ces années 1930 : « Mythe de la cité socialiste, mythe de l'impérium fasciste, mythe de la germanité, les buts proposés à l'action la plus énergique et au dévouement absolu des hommes européens consistent, somme toute, dans l'organisation de la vie collective ; on ne propose rien à l'homme qu'une certaine forme de société comme seul objet de son action et comme seul espoir possible d'une vie supérieure : *rien au-delà*. L'idée de l'homme disparaît comme valeur éternelle et irréductible : les cultes du socialisme et du néonationalisme sont des cultes vulgaires parce qu'ils se fondent implicitement sur cette appréciation de la foule qui ne définit l'homme que par sa place dans la société et son rôle dans la communauté (...) Dans le national-socialisme et dans le fascisme, tout autant que dans le collectivisme russe, c'est le bien-être ou les cultes de la masse qui réclament à leur bénéfice les démarches suprêmes de la sainteté, de l'héroïsme et de la méditation. La cité socialiste, la race, l'État, redoutables idoles apprêtées pour les communions collectives, valeurs pour le grand nombre et faites à la mesure du grand nombre, sont ainsi érigées en cultes absolus (...) Ces nouvelles disciplines exigent le dévouement total de la foi et de l'action à des notions abstraites, vides, grossières, privées de tout contenu éthique et spirituel. Le fascisme italien et, plus encore, les mouvements allemands et russes prétendent créer leur propre éthique et leur propre mystique sur l'infériorité essentielle de l'individu en face de la communauté[3]. »

Ce diagnostic établi, Thierry Maulnier concluait : « Socialisme, étatisme, racisme renoncent à jouer un rôle dans l'œuvre d'une civilisation désintéressée : entre eux et l'huma-

3. *Revue française*, avril 1933, p. 536, 538 et 541, *passim*.

nisme il faut choisir[4]. » La France était à ses yeux le lieu privilégié de ce choix décisif entre les révolutions de masse et ce qu'il appelait la « révolution spirituelle » ou la « révolution aristocratique ». « Nous sommes, écrivait-il, à un carrefour, et à l'un des plus importants de l'histoire du monde. Saurons-nous choisir ? Il s'agit de décider si la jeunesse française, imitant aveuglément ses voisins, suivant la voie tracée par deux siècles d'erreurs, cherchera dans la démocratie, dans le collectivisme, dans les mythes d'un capitalisme ou d'un nationalisme vulgaire, de grossières communions ou si, seule dans le monde, elle restituera à leur place les plus hautes créations de la personne humaine (...) De l'Italie à l'Allemagne, du fordisme au stalinisme, l'univers semble tout entier conquis par les masses. La civilisation française, dans son principe, est une civilisation aristocratique : la vocation de la France est une vocation aristocratique. Il n'y a rien à espérer pour l'homme du culte de la production, ni du culte de la société, ni du culte du travail (...) La France jusqu'ici s'est tenue dans le monde moderne sur la réserve. Elle n'a pas joué sa partie. Il serait bon qu'elle y songeât avant que les jeux soient faits[5]. »

L'analyse de Thierry Maulnier se terminait donc par un appel à la France pour qu'elle retrouve sa plus authentique tradition et qu'elle soit, par là, le « dernier modèle de l'Occident[6] » : « Elle occupe entre les nations une certaine place qu'aucune autre nation n'est en mesure de tenir. Ses ennemis la condamnent en affirmant que notre civilisation se fonde sur des principes contraires à l'évolution des peuples modernes : c'est précisément parce que notre civilisation peut fournir aux peuples modernes des principes contraires à leur évolution présente qu'elle peut éviter à ces peuples de se perdre. La France ne doit plus être aujourd'hui seulement la France, mais la meilleure part des espoirs présents du monde. La révolution nécessaire est la révolution aristocratique. La France est-elle capable de se réveiller pour la faire ? Elle a devant elle la plus belle phase de son destin[7]. »

---

4. *Ibid.*, p. 538.
5. *Revue universelle*, 15 mars 1933, p. 715.
6. *Ibid.*, p. 715.
7. *Revue française*, avril 1933, p. 548.

Cette idée d'une mission de la France n'était pas la résurgence dans la seule *Jeune Droite* d'un nationalisme hérité de la tradition à laquelle elle se rattachait. C'était un thème que l'on retrouvait dans tous les groupes de jeunes de ces années. L'*Ordre Nouveau*, par exemple, considérait, lui aussi, que la France avait une sorte de vocation universelle et que le désordre contemporain était en partie le fruit de la « décadence de la nation française » et de sa démission devant les exigences de son destin : « Si la décadence de la nation française, écrivaient Robert Aron et Arnaud Dandieu, n'intéressait qu'elle et ses nationaux, il ne s'agirait que d'une de ces anecdotes historiques sans portée, sans prolongement, qui occupent les contemporains et qui, n'ayant aucune importance spirituelle ou morale, n'attirent pas plus l'attention des historiens futurs qu'une révolution de palais ou un partage de petit État. Mais, quoi que l'on dise, quoi que l'on fasse, quoi qu'elle ait dit ou fait elle-même, c'est peut-être la seule raison d'être et le seul espoir de salut de la France que toute question qui se pose pour elle la dépasse immédiatement et intéresse l'humanité. À tort ou à raison, malgré ses dirigeants et ses représentants actuels, l'existence de la France se trouve encore liée à une certaine conception du rôle de l'individu dans la société et le monde, à certaines préoccupations morales et métaphysiques (...) Ainsi toute question qui se pose à son propos devient, au sens le plus précis et le plus implacable du mot, une question d'humanité. Et le malaise dont souffre en ce moment la nation française nous intéresse à déceler et, le cas échéant, à réduire dans la mesure où il condense et précise un malaise plus général et plus profond[8]. »

En face de ce qu'il tenait pour l'échec des tentatives russe, italienne et allemande, l'*Ordre Nouveau* considérait, comme Thierry Maulnier, que ce qui était apparemment la faiblesse de la France en était peut-être aussi la chance. Il pensait, en effet, que le fait pour la France d'avoir été jusque-là épargnée par les bouleversements violents qui secouaient l'Europe était une sorte de répit providentiel lui permettant de mûrir une véritable révolution « à la mesure de l'homme ». « La révolution qui se prépare, déclaraient Aron et Dandieu, et dont les mouvements russe, italien et allemand ne sont que les

---

8. *Décadence de la Nation française, op. cit.*, p. 8.

prodromes imparfaits sera réalisée par la France[9]. » Se référant à la vocation permanente de la France à « proposer
infatigablement au monde des valeurs neuves de portée universelle[10] », l'*Ordre Nouveau* définissait ainsi sa mission
dans les années 1930 : « En face des révolutions manquées,
se hâter de dresser la véritable doctrine révolutionnaire que
notre époque réclame[11]. » Dans un univers en crise, la France
restait donc, pour l'*Ordre Nouveau*, malgré la médiocrité de
ses représentants officiels, la « terre décisive ». C'est ce
qu'Aron et Dandieu proclamaient à la fin de leur livre *la
Révolution nécessaire* : « Ce qui est beau, c'est la lutte contre
la mort. Ce qui est grandiose, c'est la victoire de l'homme.
Le long des côtes de la Méditerranée et de la mer du Nord,
remontant le Danube ou le Rhin, s'avance l'antique ennemi
de l'homme. On l'appellera l'État, matérialisme, racisme ou
tyrannie ; mais son essence est plus profonde et n'a de nom
en aucune langue, surtout pas en français. Ce n'est pas notre
faute si la France est en effet, aujourd'hui comme hier, la
dernière écluse. Ce n'est pas notre faute si le pays des petits
rentiers du Traité de Versailles est tout de même aussi le
dernier refuge continental des hommes libres. Ce n'est pas
notre faute si, pour sauver l'Occident et l'Europe, nous
devons d'abord, aujourd'hui, nous appuyer sur la France. Il
ne s'agit pas de défendre une cité ou une idée. Il ne s'agit
pas de défense, mais de choix, d'affirmation, de création, de
Révolution. Nous sommes sur la terre décisive. L'heure est
venue, allons-y[12]. »

La notion d'une mission de la France, si caractéristique de
ces mouvements, se retrouvait enfin dans *Esprit*, pourtant
méfiant à l'égard de tout ce qui pouvait ressembler à une
quelconque exaltation nationaliste. Pour lui aussi, en face des
expériences étrangères, la France devait être la gardienne de
certaines valeurs essentielles et trouver dans sa propre tradition les racines de la révolution à réaliser, une révolution qui
lui paraissait devoir présenter un caractère exemplaire et universel. Après avoir analysé les conceptions fascistes, Mounier notait ainsi : « Ce n'est pas dans de semblables carica-

9. *La Révolution nécessaire*, op. cit., p. XIII.
10. Daniel-Rops, *le Correspondant*, 25 juillet 1933, p. 270.
11. *La Révolution nécessaire*, op. cit., p. I.
12. *Ibid.*, p. 277.

tures que nous irons, nous Français, interroger la mission de
la France, mais dans une résurrection de sa très ancienne
vocation qui est de purifier les instincts du monde [13]. » Tout
en mettant en garde contre « la canonisation des raideurs
nationales », il rappelait aussi : « Il y a une manière d'intelligence et de culture et de vision française du monde. Ceux-là
mêmes qui le nient y participent. Il doit donc y avoir un
aspect singulier de la révolution spirituelle où ressortiront
des intuitions, des manières plus proprement françaises : sens
de la liberté individuelle, de la responsabilité, de la résistance
aux pesanteurs sociales, aux mystiques irrationnelles [14]. » Dès
le premier numéro d'*Esprit*, Jean Lacroix voyait lui aussi
« l'apport propre de notre pays aux constructions sociales de
demain » dans « le sens de l'éminente dignité de la personne
humaine [15] ». Sur le même thème, Georges Izard lançait un
vibrant appel à la France pour « qu'elle redevienne elle-
même (...), qu'elle rappelle au monde écrasé sous l'affreuse
discipline des théories quelques-unes des revendications de
notre nature ; qu'elle s'identifie de nouveau avec la liberté
dans une Europe qui en a perdu le souvenir ! Liberté de
l'homme contre la dictature de la nation et d'une classe,
contre les puissances économiques, liberté dans l'épanouissement de la personne, toute une reconstruction de la société
tient en ces quelques mots. Ainsi la tâche de la France ne
sera pas finie tant que celle de l'homme durera [16] ».

Cet appel à la France se prolongeait par un appel à la
jeunesse française. Pour tous ces mouvements, la notion de
génération était très importante. En 1934, à l'initiative de
Bertrand de Jouvenel, devait se créer un hebdomadaire intitulé *la Lutte des jeunes* dont le programme un peu simpliste
était de susciter un front des « jeunes » contre les « vieux ».
Si elle fut poussée dans cette tentative à son paroxysme, cette
idée était déjà « dans l'air » auparavant. Selon ces groupes,
le bilan de leurs aînés était un bilan de faillite. Aussi esti-
maient-ils que seule la jeunesse était capable de « réveiller »
la France pour la rendre à son destin historique, que seule

13. *Esprit*, n° 16, janvier 1934, p. 536.
14. *Esprit*, n° 18, mars 1934, p. 915.
15. *Esprit*, n° 1, octobre 1932, p. 157.
16. *Esprit*, n° 5, février 1933, p. 767.

elle était susceptible de réaliser la révolution qu'ils appelaient de leurs vœux. Au thème d'une mission de la France se superposait donc le thème d'une mission de la jeunesse. « Une des obligations de notre jeunesse, écrivait Izard, est de redonner son sens traditionnel à notre pays (...) L'instinct de la France est celui de la Liberté (...) Une révolution est nécessaire, mais une révolution par des hommes jeunes et probes qui veulent bien vivre et, s'il le faut, bien mourir [17]. » De même, la *Revue du siècle* proclamait : « La jeunesse française doit passer à l'action [18]. »

Ce souhait général, qui fera dire à Mounier qu'il est arrivé à la jeunesse des années 1930 de parler « comme une sorte de classe nouvelle [19] », s'accompagnait d'un secret sentiment d'infériorité devant le spectacle des révolutions étrangères dans lesquelles la jeunesse jouait un rôle capital alors qu'une grande partie de la jeunesse française leur semblait parfois s'installer trop facilement dans le désordre établi. « À l'heure où la jeunesse hitlérienne, interrogeait Jean de Fabrègues, semblant considérer notre jeunesse française comme le dernier et négligeable reste d'un pays qui s'en va, dresse en face d'elle comme un défi son enthousiasme et ses volontés d'avenir, acceptons-nous notre déchéance [20] ? » La réponse à cette question était évidemment négative et tous ces mouvements, qui se considéraient comme les porte-parole de ce qu'*Esprit* appelait la « génération nouvelle », se donnaient pour tâche de soulever et de rendre toute sa vitalité à la jeunesse française : « Il s'agit, notaient Robert Aron et Arnaud Dandieu, de redonner à la jeunesse française une vocation héroïque qui sera au service de buts spirituels nouveaux et à la recherche de formules neuves [21]... » De même, *Esprit*, dans un de ses prospectus, définissait en ces termes sa vocation : « Pour qu'une jeunesse se construise, neuve et hardie, qui sauve notre pays d'être le plus réactionnaire d'Europe. »

Ce thème d'une mission de la jeunesse française était sous-tendu – d'une manière plus discrète – par celui d'une mission

17. *Ibid.*, p. 768.
18. *Revue du siècle*, n° 1, avril 1933, p. 46.
19. *Révolution personnaliste et communautaire*, *op. cit.*, p. 12.
20. *Revue du siècle*, n° 2, mai 1933, p. 1.
21. *La Révolution nécessaire*, *op. cit.*, p. 111.

de la jeunesse intellectuelle. Ces jeunes hommes, qui étaient tous des intellectuels (avec, ceci est à signaler, une forte proportion de philosophes) et qui ne s'en cachaient pas, estimaient en effet que ceux-ci avaient un rôle important à jouer dans la révolution à faire. En opposition aux thèses défendues par Julien Benda dans *la Trahison des clercs*, ils considéraient que l'écrivain ne pouvait s'isoler dans sa « tour d'ivoire » et qu'il n'avait pas le droit de se désintéresser de l'évolution du monde et de la politique. Selon eux, l'écrivain, l'intellectuel était « responsable ». « Ce pourquoi il avait notre gratitude et notre confiance, écrira plus tard T. Maulnier à propos de Maurras, c'était pour la certitude que l'homme qui écrit est responsable, responsable devant tous les hommes certes, mais responsable surtout devant ceux qui sont liés à lui par le destin historique, par les conséquences de l'imprévoyance et de la faiblesse, par les périls communs, responsable d'abord devant ceux de sa race, de sa terre, de son langage, responsable devant les siens [22]. »

Tous pensaient donc qu'il y avait une « mission temporelle » de l'écrivain et ils dénonçaient, avec Jean-Pierre Maxence, « la lâcheté des intellectuels qui fuient dans la solitude un monde qu'ils devraient éclairer [23] ». Tel était, on l'a vu, l'un des motifs essentiels de leur hostilité à l'égard de la littérature de l'après-guerre jugée trop « gratuite », trop détachée des problèmes réels des hommes. Daniel-Rops voyait, pour sa part, dans ce désintéressement « l'une des causes essentielles de l'abaissement de la politique contemporaine [24] », car il considérait que la fonction temporelle de l'écrivain devait être de porter sur le monde un regard plus lucide et plus large que celui de l'homme politique souvent prisonnier de luttes mesquines et d'intérêts à courte vue. Dans cette perspective, ces groupes accueillirent avec une grande sympathie toutes les œuvres qui, dans ces années 1930, témoignèrent du souci de ne pas déserter les drames de l'histoire, depuis *Regards sur le monde actuel* de Valéry jusqu'à *la Condition humaine* de Malraux, en passant par *la Grande Peur des bien-pensants* de Bernanos ou *Vol de nuit*

---

22. Préface de *Au long d'une vie* d'H. Massis, *op. cit.*, p. 12.
23. *Cahiers 1929*, 1re série, n° 6, p. 18.
24. *Rajeunissement de la politique*, *op. cit.*, p. 63.

de Saint-Exupéry. D'où, aussi, leur admiration rétrospective et unanime pour Charles Péguy.

Cette idée d'une mission des intellectuels fut surtout exprimée par le biais d'articles consacrés au livre de Benda et traitant des rapports de l'intelligence et de la politique, de la pensée et de l'action. Dans ces textes se développa un thème qui, plus ou moins déformé, devait connaître une grande fortune, celui de « l'engagement ». Il fit notamment l'objet de l'introduction du livre de Denis de Rougemont *Politique de la personne*. Conscients de ce qu'ils estimaient être leurs responsabilités, ces jeunes intellectuels pensaient qu'ils devaient doublement « s'engager » : d'une part, en pensant et repensant un univers de plus en plus inhumain et en posant les problèmes fondamentaux de la condition humaine afin de « rechercher l'homme perdu [25] » ; d'autre part, en portant témoignage et en agissant pour faire passer leurs idées dans l'histoire. Ainsi que l'écrivaient Claude Chevalley et Arnaud Dandieu, l'intelligence ne devait être « ni un miroir ni un outil, mais une épée [26] ». Plus généralement, tous ces groupes avaient tendance à considérer que les intellectuels étaient les mieux placés pour éclairer leurs contemporains, étant donné l'ampleur de la crise traversée par le monde moderne. Cette idée était explicite dans le manifeste de *Réaction* qui déclarait : « Il faut rendre le nécessaire possible. Nous y convions tous ceux que tourmente l'inquiétude et, tous les premiers, les clercs. Leurs méditations exigent la sécurité de la Cité : jusqu'au rétablissement de l'ordre, leur abstention est trahison [27]. » De même, dans la première livraison d'*Esprit*, Mounier insistait aussi sur l'impossibilité pour les intellectuels de se désintéresser du cours des événements : « C'est la rigueur de notre époque que les problèmes temporels s'y posent au premier plan. Peut-être y a-t-il eu des temps pour une contemplation plus légère. La lourdeur du nôtre est telle que l'esprit n'y est plus libre de soi. Il est comme un voyageur qui doit mettre la main à la roue et au cambouis. Le monde est en panne. L'esprit peut seul remettre en marche la machine, il se trahit s'il s'en désintéresse. C'est pourquoi notre volonté s'étend jusqu'à l'action [28]. »

25. *Politique de la personne*, *op. cit.*, p. 20.
26. *Nouvelle Revue française*, décembre 1932, p. 821.
27. *Réaction*, n° 1, avril 1930, p. 3.
28. *Esprit*, n° 1, octobre 1932, p. 21.

On notera que, sur ce sujet, une certaine évolution se produisit entre 1930 et 1934. Jusqu'en 1933, ces revues s'attachèrent surtout à réagir contre la tentation de l'isolement et
du désengagement. Au contraire, à partir de 1933, ces publications furent amenées à mettre en garde contre la tentation
inverse, celle de l'embrigadement pur et simple de l'intelligence au service des partis politiques. « Après s'être refusé
aux faits, notait, dès 1932, Jean-Pierre Maxence, il ne faudrait
pas que l'écrivain devienne leur complaisant jouet et cesse
tout à coup de penser pour pouvoir plus aisément agir [29]. »
Selon eux, l'intellectuel devait s'intéresser aux batailles des
hommes, mais sans renoncer pour cela à toute indépendance
d'esprit en acceptant les œillères d'une pensée caporalisée.
À cet égard, l'exemple de Gide, basculant de l'esthétisme et
du culte de la « gratuité » à une adhésion sans réticences,
semblait-il, au communisme, leur paraissait l'exemple type
des deux erreurs symétriques à ne pas commettre, deux
erreurs que Thierry Maulnier définissait comme « la castra-
tion de la pensée et sa prostitution [30] ».

En ces années 1930, la mission que les jeunes intellectuels
de ces mouvements s'assignaient était donc de redonner à
la France et à la jeunesse française le sens de leur destin
qui était, selon eux, de réaliser la « révolution spirituelle »
nécessaire pour bâtir un monde neuf à la mesure de l'homme.
C'est ce programme commun que résumait l'*Ordre Nouveau* en proclamant : « Il faudrait que la France prît mieux
conscience de sa force et de son rôle ; qu'elle abandonnât
cette attitude passive et résignée ; qu'elle cessât de situer son
destin à la remorque des mouvements insuffisants et rudi-
mentaires qui sévissent partout ; qu'elle comprît enfin
qu'aucune étiquette étrangère ne peut convenir à sa jeunesse,
mais que celle-ci, par-delà hitlérisme, fascisme ou communisme, devra retrouver sa mission créatrice et instaurer sur
le désordre d'un monde en désarroi un ordre nouveau [31]. »

29. *Revue française*, juillet 1932, p. 89.
30. *Mythes socialistes, op. cit.*, p. 18.
31. *Ordre Nouveau*, n° 5, novembre 1933, p. 2.

3. Propositions
pour un ordre nouveau

Tout en accordant une très grande place à la critique du « désordre établi » et à la critique des « révolutions manquées », ces groupes n'en avaient pas moins la ferme volonté de ne pas en rester là et de définir les bases sur lesquelles devait se faire la révolution qu'ils souhaitaient. Tous s'attachaient donc à préciser, d'une manière plus ou moins complète, les principes de « l'ordre nouveau » à la construction duquel ils entendaient travailler, principes qui intéressaient aussi bien le domaine philosophique que les structures politiques et économiques.

Jusqu'ici l'on a pu remarquer que la parenté des thèmes développés dans les diverses publications des mouvements de jeunes des années 1930 avait été assez grande. En abordant leurs propositions constructives, cette situation va se modifier quelque peu, car, ainsi qu'on l'a constaté [1], « s'il est relativement facile de retrouver l'unité des mouvements étudiés dans la négation, cette unité apparaît bien moins clairement lorsqu'on s'efforce d'analyser leur apport ». À ce niveau, on peut voir se dessiner en effet des divergences qui auront tendance à aller en s'accentuant à mesure que l'on s'éloignera de la définition des principes fondamentaux pour se rapprocher de l'exposé de solutions concrètes, politiques ou économiques.

---

1. A. Marc, dans l'ouvrage collectif *le Fédéralisme* (Paris, 1989), p. 133.

CHAPITRE PREMIER

Une révolution constructive

Si tous ces mouvements manifestent une volonté intransigeante de rupture avec le désordre contemporain, ils avaient donc le souci de ne pas limiter là leur action. Aussi exprimaient-ils leur méfiance pour toutes les révoltes qui n'étaient que pur refus et pure contestation. Jean de Fabrègues critiquait ainsi Emmanuel Berl, le prophète de *la Mort de la culture bourgeoise*, car, disait-il, « la révolte d'un Berl serait belle si elle était la révolte de l'être. Mais elle n'est qu'un jeu et il y a des choses avec lesquelles on ne joue pas [1] ». De même, si ces groupes n'étaient pas sans sympathie pour le surréalisme, ils ne lui reprochaient pas moins de n'avoir été que révolte nue. Pour eux, la révolte, le refus, la rupture n'étaient qu'une étape, une étape absolument nécessaire, indispensable, mais une étape seulement. Après avoir détruit, il fallait construire.

Évoquant l'action « révolutionnaire » de ces mouvements dans leur livre *Jeune Europe*, René Dupuis et Alexandre Marc pouvaient remarquer : « La révolution dont il s'agit est tout le contraire de la subversion ou de la destruction, c'est pourquoi ceux qui en font profession la qualifient de révolution constructive [2]. » Alexandre Marc notait encore comme un trait caractéristique de ces groupes « le goût de la construction et de l'ordre qui creuse un abîme entre nous et ceux qui viennent à la Révolution par un désir équivoque de chambardement et d'aventures sanglantes [3] ». Il y avait donc chez tous la volonté de dépasser la critique du présent pour proposer les solutions de l'avenir. À leurs yeux, le refus ne pouvait être qu'un point

---

1. *Réaction*, n° 3, juillet 1930, p. 98.
2. *Jeune Europe*, *op. cit.*, p. 205.
3. *Esprit*, n° 2, novembre 1932, p. 332.

de départ : « Il n'y aurait eu là, devait écrire plus tard Jean-Pierre Maxence, qu'un anarchisme assez noble peut-être, mais stérile, si nous nous étions arrêtés en chemin (...) Il eût été vain par volonté de conscience de nous borner à la critique, fût-elle la plus lucide, et d'assister en spectateurs à l'agonie d'un monde que nous avions le droit de mépriser. Il fallait, fût-ce à coup d'erreurs, à force d'approximations, tenter d'opérer une synthèse qui fût valable pour demain [4]. »

Très significatif de cette commune volonté « constructive » fut l'emploi extrêmement fréquent par toutes ces revues du mot « ordre » qui fut un des mots de passe de cette génération [5]. « Réaction pour l'Ordre », « l'Ordre Nouveau », « Rupture avec le désordre établi », ce terme se retrouvait dans les titres ou les manifestes de toutes les publications de jeunes des années 1930. Il signifiait, tout d'abord, que celles-ci se dressaient contre le monde contemporain, non par un sursaut instinctif et irraisonné, mais au nom d'une certaine idée de l'homme et de sa destinée qu'elles estimaient radicalement méconnue : « Le mot "désordre" appliqué au monde contemporain ne signifie pas seulement mauvaise organisation et incohérence matérielle, écrivait Daniel-Rops, mais, dans un sens métaphysique, il implique trahison de la véritable nature humaine [6]. » Il traduisait, d'autre part, l'ampleur de la reconstruction que ces jeunes essayistes estimaient nécessaire car cet « ordre » à retrouver devait être « un ordre qui accordât les volontés de la conscience au cadre matériel de l'existence, un ordre qui fût à la fois extérieur et intérieur, social, économique et psychologique, qui, pour tout dire, fût la manifestation de ce que le mot d'ordre signifie dans son sens métaphysique [7] ». Ainsi, c'est au nom de cet « ordre » bafoué qu'était condamné le monde présent et c'est à cet « ordre » que devait tendre la révolution à faire.

Si tous ces mouvements s'accordaient sur le vocabulaire, la situation était moins claire lorsqu'il s'agissait de préciser le contenu de cette notion d'ordre.

4. *Histoire de dix ans*, *op. cit.*, p. 13.
5. À noter que ce terme avait été utilisé, entre 1926 et 1930, par P. Bourget : *Au service de l'ordre*, et par M. Arland : *l'Ordre*.
6. *Le Monde sans âme*, *op. cit.*, p. 34.
7. Daniel-Rops, *les Années tournantes*, *op. cit.*, p. 79.

La *Jeune Droite* était peut-être en la matière la plus explicite. En posant « l'immense question de l'ordre [8] », elle prenait d'abord grand soin d'éviter toute confusion avec l'ordre établi : « Il ne s'agit pas, précisait le manifeste de *Réaction*, d'un de ces petits arrangements formels et contingents que l'homme ou les sociétés se donnent à eux-mêmes. L'ordre, ce n'est pas la protection des coffres-forts, ni l'union des intérêts économiques, ce n'est pas la défense des hommes en place, mais subordination à ce qui peut les légitimer... s'ils le servent [9]. » Et Jean de Fabrègues ajoutait : « L'ordre que nous voulons voir s'établir, dont le monde nous paraît avoir besoin, il nous importe qu'il ne soit pas seulement l'ordre dans la rue, une habitude, mais un ordre fondé en vérité, qui corresponde à un jugement de l'esprit : ceci est selon l'ordre des choses et doit se faire, ceci n'est pas tolérable [10]. » Cet « ordre » n'était donc pas une création de l'homme ou du temps mais un ensemble de vérités permanentes correspondant à l'existence d'une nature humaine immuable : « L'homme, déclarait encore *Réaction* dans le questionnaire de son "Enquête sur l'ordre", doit s'incliner devant un ordre éternel qui ne dépend pas de sa volonté mais est postulé par sa propre nature, par la condition de l'humanité [11]. » Cette proposition avait pour corollaire l'idée qu'il existait « des institutions stables, organes de cet ordre permanent [12] ». Dans cette conception se rejoignaient et l'influence philosophique du thomisme et l'influence politique du maurrassisme.

Les leçons de Maurras et de son « empirisme organisateur » réapparaissaient aussi dans la place faite au témoignage de l'histoire pour connaître cet « ordre » : « Il y a une voix de la réalité, affirmait encore le manifeste de *Réaction*, c'est le passé qui nous conte la grande aventure humaine [13]. » Définissant une « méthode réaliste » de recherches sociales, Roger Magniez précisait : « Expérimentale et objective, elle analyse les phénomènes sociaux de façon à découvrir les lois qui président à leur développement et qui, quoi que nous en

---

8. *Réaction*, n° 1, avril 1930, p. 2.
9. *Ibid.*
10. *Ibid.*, p. 10.
11. *Ibid.*, p. 8.
12. *Ibid.*, p. 8.
13. *Ibid.*, p. 2.

ayons, s'imposent à notre activité si nous voulons éviter les désastres, les ruines et les catastrophes (...) Sous la multiplicité diverse des figures, il y a quelque chose de permanent, des lois éternelles dérivant de la nature des choses et des rapports que ces choses ont entre elles et qui s'imposent à nous quelles que soient les modalités des circonstances et de temps qui nuancent notre action [14]. » Roger Magniez terminait en soulignant que l'homme reste libre, à ses risques et périls, de se conformer ou de refuser cet enseignement, car « le jeu des lois sociales est libre, seules leurs conséquences sont fatales [15] ». On notera que sur la valeur des « leçons de l'histoire » les positions de Thierry Maulnier étaient beaucoup plus circonspectes. Remarquant que, depuis cinquante ans, l'histoire servait « d'alibi à tous les partis », il mettait en garde, dans *Demain la France*, contre une « hypertrophie de l'histoire » dont, ajoutait-il, « est résultée dans l'esprit public une immense confusion du vrai et du faux, de l'assuré et de l'incertain, du démontrable et de l'impondérable [16] ».

Si la *Jeune Droite* reconnaissait explicitement que cet « ordre essentiel », cet « ordre éternel » s'était incarné dans le passé et devrait s'incarner dans l'avenir sous des formes changeantes, elle avait cependant tendance, en insistant sur sa permanence, à lui donner un caractère quelque peu statique. C'était là la racine des divergences existant sur ce point entre la *Jeune Droite* et *Esprit* qui, pourtant, partaient d'une base philosophique identique, à savoir l'affirmation de « valeurs éternelles » liées à l'existence d'une nature humaine. Mounier proclamait en effet : « Nous croyons, nous, aux vérités éternelles (...) nous croyons à ce filet solide et nuancé tendu par-dessus les temps et les lieux. C'est lui qui éclaire à chaque moment le plan de l'histoire [17]. » Mais *Esprit* – et l'on retrouvait là l'héritage bergsonien – insistait plus que la *Jeune Droite* sur la nécessité de tenir compte des exigences de renouvellement impliquées par les changements de l'histoire : « Nous sommes attentifs à ne pas les confondre [les vérités éternelles] avec nos vieilles habitudes et sensibles au paysage où chaque

14. *Revue du siècle*, n° 11, mars 1934, p. 62-63.
15. *Ibid.*, p. 64.
16. *Demain la France*, *op. cit.*, p. 37.
17. *Esprit*, n° 1, octobre 1932, p. 15.

époque les replace [18]. » À cet égard, les années 1930 apparaissaient à Mounier comme des années particulièrement critiques : « Nous sommes, écrivait-il, dans une de ces époques, crucifiantes pour ceux qui la vivent, mais vraiment divines, où la lettre est à départager de l'esprit et de la lettre même ; chaque valeur éternelle à reprendre dans sa pureté pour assurer sans précipitation son entrée dans une nouvelle chair [19]. » Aussi *Esprit* se donnait-il une double mission : dissocier ces valeurs des formes transitoires qu'elles avaient pu prendre dans le passé, rechercher les formes nouvelles de leur incarnation. Double tâche qu'un de ses prospectus résumait ainsi : « Transposer leur puissance d'initiative sur les formes nouvelles voulues par la justice ou par le développement de la vie ; les sauver ainsi d'un attachement mortel à des incarnations caduques et même monstrueuses. »

Cette divergence intellectuelle entre la *Jeune Droite* et *Esprit* s'accusait lorsqu'il s'agissait de tirer les conséquences pratiques de ces principes. À ce moment, *Esprit* avait tendance à reprocher à la *Jeune Droite* de donner une valeur permanente à des institutions périssables et périmées tandis que la *Jeune Droite* accusait *Esprit* d'en arriver, à force de purification et de renouvellement, à mettre en péril les « valeurs éternelles » qu'il prétendait servir. C'est ce débat qu'évoquait implicitement Jacques Maritain dans sa réponse à l'enquête de *Réaction* sur « l'Ordre » : « C'est un désordre qui coûte cher de mépriser l'ordre éternel pour attendre un ordre nouveau du seul jaillissement du devenir et du seul mouvement de l'histoire, accompli et précipité par les confidents de cette même histoire, les lévites de son processus révolutionnaire, les élus du dieu de l'immanence en qui le "Weltgeist" a pris conscience de soi ; mais c'est un désordre également grave d'oublier que l'ordre humain se fait avec l'histoire et, pour être ce qu'il doit, exige d'être continuellement créé par un effort de raison et de volonté, d'imagination et de vertu, arrachant à la malice du temps et forgeant avec les ressources du temps ce qui convient au bien temporel et au bien éternel de l'être humain (...) Nous ne devons pas nous faire de l'ordre une image déficiente et univoque, qui

18. *Ibid.*
19. *Esprit*, n° 6, mars 1933, p. 885.

impliquerait elle-même un désordre intrinsèque, si elle prétendait replier toute l'histoire sur un seul de ses moments [20]. »

Malgré cette opposition sur ce qui était immuable et sur ce qui devait changer, la notion de « l'ordre » à laquelle se référaient *Esprit* et la *Jeune Droite* leur était en grande partie commune. La situation était loin d'être aussi claire pour l'*Ordre Nouveau* dont les vues en la matière n'étaient pas d'une absolue netteté.

L'équivoque, que soulignait tout particulièrement la *Revue du siècle*, venait de l'adjectif « nouveau » accolé au mot « ordre ». En effet, si la *Jeune Droite* était disposée à admettre qu'il fallait construire un ordre « nouveau » par opposition au monde contemporain en train de s'écrouler, elle considérait, en revanche, que, dans ses lignes directrices, cet « ordre » ne serait pas totalement nouveau puisqu'il devrait s'inspirer, selon elle, de cet « ordre éternel » dont elle se réclamait. Or certains textes des animateurs de l'*Ordre Nouveau* paraissaient aller dans un sens tout différent en affirmant qu'à chaque étape de l'histoire l'homme doit créer des « ordres » successifs afin de se libérer sans cesse de ses créations toujours menacées de se durcir en doctrines et en institutions oppressives. « Considérant que la société humaine est une tension, notaient Robert Aron et Arnaud Dandieu, nous observons que, par son activité créatrice, l'homme lutte sans cesse contre un danger de cristallisation, contre le poids inerte d'institutions inventées par lui et toujours dépassées par lui [21]. » Dans cette perspective, René Dupuis parlait même de « révolution permanente ». La question que posait la *Jeune Droite* était alors de savoir si ces changements toujours renouvelés étaient des changements substantiels ou de simples changements de formes, les principes fondamentaux restant saufs. La première hypothèse, que semblaient impliquer certaines formules du groupe – telle celle qui annonçait l'avènement d'un « homme nouveau » –, lui paraissait se rattacher à une conception « mobiliste » de l'homme qu'elle rejetait. En revanche, elle était d'accord si la seconde hypothèse était la bonne. C'est ainsi que la *Revue*

20. *Réaction*, nᵒ 7, mai 1931, p. 31.
21. *La Révolution nécessaire, op. cit.*, p. 273.

du siècle approuvait le livre de Daniel-Rops *Éléments de notre destin* dont la seconde partie tentait de définir ce que l'auteur appelait « les bases éternelles de l'homme » : « Dès lors qu'on reconnaît l'existence de bases éternelles à la personnalité humaine et à sa vie, nous voici très proches. Dès lors aussi, ne sommes-nous pas fondés à remarquer qu'un ordre, pour être nouveau dans ses formes, ne le sera guère dans son essence[22]. » Un fait est certain : il y avait au cœur de la doctrine de l'*Ordre Nouveau* une conception stable et permanente de l'homme, une définition « essentielle » de la personne. Ceci établi, l'*Ordre Nouveau* insistait tellement sur les renouvellements nécessaires, sur le pouvoir créateur de l'homme, que certaines expressions en devenaient ambiguës, ambiguïté qui d'ailleurs était plus ou moins accentuée selon les auteurs, des nuances semblant différencier sur ce point Arnaud Dandieu, Daniel-Rops ou Denis de Rougemont.

On remarquera qu'en définitive les réticences de la *Jeune Droite* à l'égard de l'*Ordre Nouveau* étaient assez proches de celles qu'elle nourrissait à l'égard d'*Esprit*. Le débat était plus ou moins le même portant sur ce qui, dans « l'ordre », avait valeur de principe permanent et ce qui n'en était que l'incarnation soumise à une loi de changement et de transformation tout au long du temps. Plus « fixiste » que les deux autres mouvements, la *Jeune Droite* avait tendance à établir un lien rigoureux entre les « valeurs éternelles » dont elle se réclamait et un certain type d'institutions alors qu'en ce domaine *Esprit* et l'*Ordre Nouveau* étaient plus prudents, laissant un plus large champ à l'initiative créatrice de l'homme à l'œuvre dans l'histoire[23].

On notera aussi que, si *Esprit* et l'*Ordre Nouveau* insistaient tous deux sur le fait que des institutions établies sont toujours menacées de se scléroser et de trahir leur vocation originelle, ils divergeaient sur la façon de remédier à ce

22. J. de Fabrègues, *Revue du siècle*, n° 13, mai 1934, p. 93.
23. Cf. P. Ricœur : « En gros, Mounier est dans la ligne d'un thomisme essentiel dont l'humanisme lui apparaît comme une ligne de crête entre le pessimisme luthérien et l'optimisme des Lumières. Mais sa fonction propre par rapport à ce thomisme essentiel est d'avoir étiré à l'extrême la notion de "nature" dans le sens de l'invention historique, de l'audace et du risque ; c'est pourquoi, finalement, il préfère parler de "condition humaine" plutôt que de "nature humaine." » (*Esprit*, décembre 1950, p. 869.)

danger, divergence qui révélait des philosophies de l'histoire quelque peu différentes. *Esprit* se prononçait ici pour ce qu'on pourrait appeler un « réformisme permanent », recommandant une lutte incessante contre « l'inertie toujours menaçante ». Le recours à la révolution ne pouvait être selon lui qu'un recours ultime – impossible à éviter en 1930 –, non une sorte de constante dans le déroulement normal de l'histoire. Au contraire, la philosophie de l'histoire développée par l'*Ordre Nouveau* était une philosophie assez « dialectique ». Pour lui, la Révolution était une loi du développement historique, des explosions « révolutionnaires » lui paraissant nécessaires pour transformer périodiquement l'ordre établi toujours porté à se transformer et à se dégrader en « désordre établi » : « Dans l'histoire sociale, comme dans l'histoire naturelle, déclarait-il, il n'est pas d'évolution sans révolutions [24]. » Sur ce terrain, la *Jeune Droite*, qui n'était pas non plus insensible à ce risque, adoptait une position proche de celle d'*Esprit*.

Quoi qu'il en soit de ces divergences intellectuelles, ces mouvements s'accordaient sur un point : le désordre des années 1930 était tel qu'il exigeait une reconstruction totale renouvelant aussi bien les fondements philosophiques du monde contemporain que l'ensemble des institutions politiques et économiques.

La *Jeune Droite* et *Esprit* s'attachèrent surtout à l'aspect doctrinal et tendirent à laisser au second plan les questions institutionnelles en considérant qu'il fallait attaquer le désordre à sa racine. Lorsqu'ils s'aventuraient sur le terrain institutionnel, ils se montraient très prudents, préférant définir « l'esprit » des institutions qu'en préciser le contenu. Mounier déclarait ainsi qu'en ce domaine la tâche d'*Esprit* devait être « un travail d'élaboration technique [qui], sur la précision des formules directrices, recherche sans esprit de système, le plus près possible de l'expérience vécue et assouplie par elle, les solutions pratiques qui les incarnent [25] ». Cette attitude devait amener des malentendus avec l'*Ordre Nouveau* qui, tout en poursuivant un travail doctrinal analogue à

24. *Plans*, nº 10, décembre 1931, p. 154.
25. E. Mounier, *Esprit*, nº 18, mars 1934, p. 913.

celui des groupes précédents, élaborait aussi des constructions institutionnelles et techniques plus précises. *Esprit* comme la *Jeune Droite* reprochèrent d'ailleurs à l'*Ordre Nouveau* de se livrer ainsi à une systématisation hâtive et dangereuse, menacée, à force de déductions abstraites, de tourner à un « irréalisme inhumain [26] ». Ainsi, assez paradoxalement, le mouvement qui prêchait avec le plus de véhémence le « retour au concret » en vint à se voir accusé de pécher par excès d'abstraction. Ce reproche lui fut fait notamment après son numéro manifeste de février 1934, *Nous Voulons*. Dans les livraisons suivantes, il s'attacha d'ailleurs à réfuter ces critiques. « Il n'est pas vrai que nous ayons une confiance excessive dans la déduction, dont, pour ainsi dire, nous n'avons jamais usé, convaincus que nous sommes de conserver le contact permanent avec le concret, le réel. Il est vrai que notre numéro-manifeste constitue la base de nos constructions futures, il n'est pas vrai que ce soit une bible ou un coran, sorti définitif et intangible de nos cerveaux [27]. » Une chose cependant est certaine : dans l'exposé de leurs thèses, *Esprit* et la *Jeune Droite* étaient assez nettement moins systématiques et moins dogmatiques que l'*Ordre Nouveau*.

Les propositions pour un « ordre nouveau » présentées par tous ces mouvements de jeunes s'ordonnaient autour de deux pôles : d'une part, la définition de leur conception de l'homme et de son destin qui se résumait en un mot : « personnalisme » ; d'autre part, l'exposé des prolongements de cette définition dans l'ordre politique, social et économique.

26. J. de Fabrègues, *Revue du siècle*, n° 10, février 1934, p. 52.
27. Feuillet encarté dans le n° 11 de l'*Ordre Nouveau*, mai 1934.

CHAPITRE SECOND

Une révolution « personnaliste »

« Le personnalisme ne fut jamais qu'une étiquette commode et comme un cri de ralliement.[1] » Si cette remarque d'Henri Marrou peut faire question lorsque l'on considère l'histoire postérieure du personnalisme, elle apparaît en revanche assez juste pour qualifier le « personnalisme » dont se réclamaient les mouvements de jeunes des années 1930. En effet, les expressions « personne » et « personnalisme » dont faisaient usage aussi bien l'*Ordre Nouveau* et *Esprit* que les publications de la *Jeune Droite* furent d'abord essentiellement pour ces groupes un moyen de traduire dans le vocabulaire leur originalité par rapport aux tendances idéologiques contemporaines qu'ils refusaient. Ils n'entendaient pas par là se référer à un système philosophique achevé, mais exprimer un certain nombre d'intuitions communes[2].

C'est d'ailleurs ce que Mounier lui-même devait préciser un peu plus tard dans l'introduction de son *Manifeste au service du personnalisme* publié en octobre 1936 : « En ralliant sous l'idée de personnalisme des aspirations convergentes qui cherchent aujourd'hui leur voie, par-delà le fascisme, le communisme et le monde bourgeois décadent, nous ne nous cachons pas l'usage paresseux ou brillant que beaucoup feront de cette étiquette pour masquer le vide ou l'incertitude de leur pensée (...) C'est pourquoi nous précisons sans

1. *Cahiers de la République*, 1956, n° 2, p. 90.
2. « Le mot "personnalisme" est d'un usage récent. Utilisé en 1903 par Renouvier pour qualifier sa philosophie, il est tombé depuis en désuétude. Plusieurs Américains l'ont employé après Walt Whitman, dans ses *Democratic Vistas* (1867). Il a reparu en France vers 1930 pour désigner, dans un tout autre climat, les premières recherches de la revue *Esprit* et de quelques groupes voisins (*Ordre Nouveau*, etc.) autour de la crise politique et spirituelle qui éclatait alors en Europe. » (E. Mounier, *le Personnalisme, op. cit.*, p. 5.)

retard : personnalisme n'est pour nous qu'un mot de passe significatif, une désignation collective commode pour des doctrines diverses, mais qui, dans la situation historique où nous sommes placés, peuvent tomber d'accord sur les conditions élémentaires, physiques et métaphysiques, d'une civilisation nouvelle. Personnalisme n'annonce donc pas la constitution d'une école, l'ouverture d'une chapelle, l'invention d'un système clos. Il témoigne d'une convergence de volontés (...) C'est donc, au pluriel, de personnalismes que nous devrions parler[3]. »

C'est à juste titre, semble-t-il, que Mounier parlait dans ce texte « des » personnalismes. En effet, si les positions de ces mouvements coïncidaient sur un certain nombre de thèmes, ils n'étaient pas en total accord sur la définition qu'ils donnaient de la « personne », définition qui était pourtant au centre de toutes leurs conceptions. Dans l'analyse de ces personnalismes des années 1930, on examinera d'abord ce qui leur était commun avant de nous intéresser ensuite à leurs divergences.

La notion de personne fut tout d'abord un moyen pour ces groupes d'élaborer une définition des rapports de l'homme et de la société leur permettant d'écarter comme deux erreurs symétriques l'individualisme et le totalitarisme. Tel fut le point de départ de toutes les constructions personnalistes des années 1930. Évoquant la naissance du personnalisme, Jacques Maritain notera plus tard : « Le XIXᵉ siècle a fait l'expérience des erreurs de l'individualisme. Nous avons vu se développer par réaction une conception totalitaire ou exclusivement communautaire de la société. Pour réagir à la fois contre les erreurs totalitaristes et les erreurs individualistes, il était naturel que l'on opposât la notion de personne humaine engagée comme telle dans la société à la fois à l'idée de l'État totalitaire et à l'idée de la souveraineté de l'individu. Ainsi des esprits qui relevaient d'écoles philosophiques et de tendances très diverses, et dont le goût pour l'exactitude et la précision intellectuelle était également fort varié, ont semblablement senti que l'idée et le mot de personne offraient la réponse attendue. De là le courant

3. *Esprit*, octobre 1936, p. 7.

368 « L'esprit de 1930 »

"personnaliste" qui a surgi de nos jours. » Dans ce même texte, Maritain soulignera aussi la variété des tendances nées de cette réaction commune : « Rien ne serait plus faux que de parler du "personnalisme" comme d'une école ou d'une doctrine. C'est un phénomène de réaction contre deux erreurs opposées et c'est un phénomène inévitablement très mélangé. Il n'y a pas de doctrine personnaliste, mais des aspirations personnalistes et une bonne douzaine de doctrines personnalistes qui n'ont parfois de commun que le mot de personne et dont certaines penchent plus ou moins vers l'une des erreurs contraires entre lesquelles elles se situent. Il y a des personnalismes à tendance proudhonienne, des personnalismes qui penchent vers la dictature et des personnalismes qui penchent vers l'anarchie[4]. »

De manière positive, ce personnalisme se traduisait par une double affirmation : d'une part, que l'homme est par nature un être social et qu'il ne peut sans la société atteindre son plein épanouissement ; d'autre part, qu'être spirituel et libre, l'homme ne saurait cependant être réduit à son seul destin social, qu'il est appelé à se réaliser dans une vocation originale et personnelle. Dans cette perspective, c'était mutiler la « personne » que de l'isoler totalement de la société comme le faisait l'individualisme aussi bien que de l'immerger complètement dans la collectivité comme le faisaient les systèmes totalitaires. « Il n'y a de société qu'entre membres distincts, remarquait Mounier, les deux hérésies possibles sont la confusion et la séparation. L'homme qui s'évade de la matière rejoint l'homme qui s'y perd. Ainsi de la société que les hommes font entre eux. Chacun y croît verticalement vers sa liberté, sa personnalité, sa maîtrise ; mais il est appelé aussi à un échange horizontal de dévouements (...) La communauté n'est pas tout, la personne isolée n'est rien[5]. » Dans son livre *La crise est dans l'homme,* Thierry Maulnier, qui affirmait, dès l'introduction, que « le problème de la personne efface aujourd'hui tous les autres[6] », développait des vues analogues : « L'idée essentielle, qu'il faut avant tout maintenir : que nulle défense du social ne vaut qui méprise

4. *La Personne et le bien commun* (Paris, 1948), p. 8-9.
5. *Esprit*, n° 1, octobre 1932, p. 31 et 41.
6. *La crise est dans l'homme, op. cit.*, p. 17.

l'humain, que nulle défense de l'humain ne vaut qui dédaigne le social. Le même idéal apparaît apte en même temps à défendre l'homme contre la société et à construire la société. L'homme est reconnu comme fin et comme raison d'être de la défense sociale poursuivie depuis tant d'années ; la société apparaît comme élément essentiel, comme point de départ nécessaire dont toute définition humaniste doit tenir compte (...) Il s'agit d'imposer une notion de l'homme complète, non défigurée, de reconnaître à l'individu et à la société leur juste place dans le réel et, pour les restituer idéalement dans leur ordre, de les restituer positivement dans leur unité[7]. »

La même idée se retrouvait aussi sous la plume des responsables de l'*Ordre Nouveau* : « Entre l'homme et la société, entre les individus et les institutions, nous savons, écrivait Daniel-Rops, quel est le lien de dépendance réciproque, la mutuelle responsabilité. Chacun de nous n'avance pas seul vers le but ; autour de lui, unis à lui, des millions d'autres êtres vont leur chemin, progressent ou reculent : notre perfectionnement, dans une certaine mesure, dépend du leur, participe au leur et leur misère est nouée à notre misère. Entre le destin de la personne humaine et celui des cadres sociaux, des réalités fondamentales qui l'étayent, le jeu d'une réaction constante crée une union dramatique[8]. » En évoquant « l'union dramatique » de l'homme et de la société, Daniel-Rops insistait sur un point qui était caractéristique des positions de l'*Ordre Nouveau*. Alors que pour la *Jeune Droite* les rapports de l'homme et de la collectivité semblaient pouvoir s'établir dans la complémentarité et se stabiliser dans une relative harmonie, l'*Ordre Nouveau* considérait, lui, que si personne et société sont deux réalités indissociables, il existe néanmoins entre elles une tension permanente, tension qui, à ses yeux, était bénéfique et créatrice[9]. Tel était le point

---

7. *Ibid.*, p. 189 et 194.
8. *Éléments de notre destin, op. cit.*, p. 130.
9. Ces vues s'enracinaient dans une conception « dialectique » du réel dont l'*Ordre Nouveau* s'attachait à mettre en évidence, dans tous les domaines, la structure bipolaire. La dialectique de l'*Ordre Nouveau* n'était pas en effet une dialectique ternaire de type hégélien ou marxiste, mais une dialectique binaire d'inspiration proudhonienne. Dans cette perspective, au lieu d'éliminer les conflits en forgeant des synthèses stérilisatrices, l'*Ordre Nouveau* avait le souci de libérer les éléments antinomiques de la réalité afin de leur permettre de s'épanouir parallèlement, de se développer l'un par

de vue exprimé par Robert Aron et Arnaud Dandieu dans *la Révolution nécessaire* : « Il y a deux réalités : l'individu et la société. Réalités non pas distantes, séparées par le no man's land qui règne entre les idées pures, mais, au contraire, à ce point teintées et contaminées l'une par l'autre que tout effort pour les disjoindre taille dans les tissus les plus vivants et les plus essentiels de la conscience humaine. De l'une à l'autre, c'est un échange perpétuel d'appels désespérés et de haines. La violence qui présida à leurs naissances ne les abandonne jamais. Violence ouverte en période de crise ou larvée en temps de repos. Mais violence dont l'humanité a peur comme d'un démon qui l'habite, dont elle a aussi besoin, puisqu'elle est le ressort de tout progrès individuel et, partant, la cause première de la forme humaine de la société [10]. »

Cette conception personnaliste des rapports de l'homme et de la société s'accompagnait de l'affirmation que si la société constitue une réalité indéniable, elle n'a pas cependant d'existence en soi et doit s'ordonner au bien de ses membres. « Le but de la société, écrivait Denis de Rougemont, c'est la personne [11]. » La société ne saurait donc trouver dans son développement propre sa finalité, elle n'a de sens que par et pour l'homme, sinon elle perd toute justification, toute légitimité. Reprenant une terminologie proudhonienne, l'*Ordre Nouveau* baptisait « d'an-archiste » cette idée : « En opposition à ces sociétés animales purement grégaires, où l'individu ne vaut que par rapport à l'ensemble, la société humaine offre ce paradoxe qu'elle est avant tout an-archiste. An-archie n'est pas nihilisme selon une confusion grossière et trop fréquente : la société humaine ne tend pas à se détruire, mais bien à se subordonner aux intérêts spirituels de ceux qui la composent [12]. » « Il n'y a point d'autre justification à la société,

l'autre dans une tension créatrice. L'important, pour l'*Ordre Nouveau*, était donc de sauvegarder, dans tout problème, l'existence de ces tensions entre pôles opposés en évitant, d'une part, que ceux-ci se développent dans une indépendance absolue l'un par rapport à l'autre et, d'autre part, qu'ils ne se résorbent l'un dans l'autre ou dans un troisième terme.

10. *La Révolution nécessaire*, op. cit., p. 10.
11. *Politique de la personne*, op. cit., p. 26.
12. R. Aron, A. Dandieu, *la Révolution nécessaire*, op. cit., p. 8.

notait de son côté Thierry Maulnier, que les services qu'elle rend à l'homme, tandis qu'il est une autre justification à l'homme que les services qu'il rend à la société. Il doit donc beaucoup, non la totalité de lui-même. L'homme ne saurait se dispenser de servir la société parce qu'elle n'est point par son consentement. Mais il ne doit pas lui sacrifier son essence, sans quoi la société n'a plus de sens [13]. »

Dans *Demain la France*, Jean-Pierre Maxence donnait une forme théorique et un peu verbeuse à cette vision de la société dans un exposé où l'on trouvait l'influence du vocabulaire de l'*Ordre Nouveau* : « Faire de la personne le fondement de toute société n'implique pas qu'on nie tout contenu, tout "être" à la société, qu'on en fasse, tel Rousseau, le résultat d'un contrat (...) La société – les sociétés – constituent des êtres de relation qui, d'une part, tirent leur existence des éléments qui les composent mais, d'autre part, ajoutent quelque chose à ces éléments qui est la "relation". Considérée comme un "être de relation", la société ne perd pas toute existence personnelle ; elle reste bien un être concret, un fait, mais cet être, ce fait trouvent dans les personnes qui les "supportent", tout à la fois, leur source et leur justification. "Être de relation", la société doit rester au service de l'homme. Elle est moins proche que lui du concret. Elle lui est en quelque sorte soumise par son origine et par sa fin. Néanmoins, parce qu'elle est un "être de relation" (et non point un conglomérat arbitraire), la société ajoute quelque chose à l'homme, le protège, le soutient, l'exalte. Ainsi la société organisée – de par son être propre – devra tout ensemble assurer un "ordre" indispensable à l'équilibre des forces personnelles dans ce qu'elles ont d'antagoniste et préserver les "anarchies nécessaires" à l'indépendance des personnes. Dans sa fin donc, la société, "être de relation", demeure tout entière au service de l'homme. Dans son mode d'existence, dans ses moyens d'action, elle doit se révéler assez cohérente pour être protectrice, assez contrôlée pour ne point devenir tyrannique [14]. »

Afin d'exprimer l'originalité de leur position, les représentants de ces mouvements furent amenés à utiliser l'oppo-

---

13. *La crise est dans l'homme, op. cit.*, p. 184.
14. *Demain la France, op. cit.*, p. 243-244.

sition individu-personne. Toutefois, ils usèrent de cette opposition en lui donnant des significations assez différentes. Dans une première acception, ils entendaient par là distinguer ce qu'il y a en l'homme de matériel, de corporel et, ici, de social (l'homme-individu) et l'aspect raisonnable, spirituel et supérieur de son être (l'homme-personne). L'homme était alors considéré comme totalement immergé dans la collectivité en tant qu'individu, mais irréductible à celle-ci en tant que personne. Telle était l'idée que développait dans *Réaction* Roger Magniez en critiquant le « collectivisme matérialiste » de l'Amérique : « Elle a commis la vieille erreur qui dissocie la nature humaine et n'en fait considérer qu'une face. Pour l'Amérique, ce fut la face matérielle, par laquelle l'homme, participant à la multiplicité et au nombre, est un individu qui doit s'ordonner aux autres individus pour former une société aux lois de laquelle il doit se soumettre. Elle a oublié sa face spirituelle par laquelle l'homme devient une personne possédant une valeur éternelle au service de laquelle la société doit se mettre[15]. » De cette distinction, on déduisait donc, comme ici Roger Magniez, une hiérarchie individu-société-personne, l'individu devant se soumettre à la société et la société s'ordonner à la personne. « L'individu n'est rien, écrivait ainsi Jean de Fabrègues, la personne est tout, et, s'il est vrai que l'individu pur, tel que nous l'avons défini, est condamné à se soumettre parce qu'il n'est que la bête humaine, l'homme, la personne humaine, est vrai maître de la cité[16]. »

En usant de cette terminologie, on reprochait à l'individualisme d'avoir méconnu la base « individuelle » et matérielle de la vie personnelle en déracinant l'homme de la société, tandis que les collectivismes se voyaient au contraire accusés de ne connaître de l'homme que « l'individu » et son destin social en ignorant sa vocation « personnelle ». Ce vocabulaire – avec cette signification – se retrouvait surtout dans les publications de la *Jeune Droite* et, plus précisément encore, dans *Réaction* et la *Revue du siècle*. Ce groupe l'avait emprunté à Maritain qui l'avait utilisé dans son livre, publié en 1925, *Trois Réformateurs*. Il y écrivait en effet : « Selon

15. *Réaction*, n° 3, juillet 1930, p. 85.
16. *Réaction*, n° 5, février 1931, p. 43.

l'enseignement de saint Thomas, au contraire, l'homme tout entier, comme "individu", est bien "ut pars" dans la cité et il est ordonné au bien de la cité comme la partie est ordonnée au bien du tout, au bien commun qui est plus divin et qui mérite à ce titre d'être aimé de chacun plus que sa propre vie. Mais, s'il s'agit de la "personne" comme telle, le rapport est inverse et c'est la cité qui est ordonnée aux intérêts éternels de la personne et à son bien propre (...) Disons que la Cité chrétienne est aussi foncièrement "anti-individualiste" que foncièrement "personnaliste" [17]... » Maritain devait d'ailleurs faire par la suite un fréquent usage de cette distinction dans ses ouvrages de philosophie politique, la développant notamment, en 1933, dans le livre *Du régime temporel et de la liberté.*

Cette terminologie distinguait donc en l'homme deux aspects : l'individu et la personne. Ce germe de dualisme écarta de ce vocabulaire *Esprit* et l'*Ordre Nouveau* qui préféraient employer le mot « personne » seul pour définir l'homme dans sa totalité par opposition à l'homme abstrait de l'individualisme et à l'homme collectif des totalitarismes. La « personne » était alors pour eux l'expression de la réalité intégrale de l'homme envisagé à la fois dans sa vocation spirituelle et singulière et dans son enracinement social et charnel. Se référer à la « personne » était, de ce fait, un moyen pour eux d'affirmer l'irréductible complexité de l'homme dans son existence concrète [18]. Sur ce point, Thierry Maulnier et Jean-Pierre Maxence étaient assez proches

---

17. *Trois Réformateurs* (Paris, 1925), p. 31 et 33.
18. Évoquant le « personnalisme » d'*Esprit*, Pierre-Henri Simon écrit ainsi : « L'individu, c'est l'homme en tant qu'unité abstraite de la totalité sociale et en tant que « moi » fermé sur son vouloir-vivre et ses intérêts : ce qui suspend l'individualisme entre l'anarchie, si l'homme se barricade dans son égoïsme, et l'ordre totalitaire si, par réaction vitale, il se perd dans la société où il n'est qu'un nom, une fonction, un numéro. Au contraire, la personne, c'est l'homme en tant qu'unité concrète, vivante, organiquement liée à ses communautés naturelles, mais autonome dans sa conscience d'être raisonnable et libre. Le personnalisme correspond ainsi à un mouvement dialectique, d'une part pour rattacher normalement l'individu, en tant qu'être historique, à une solidarité économique, sociale et politique hors de laquelle il ne saurait vivre, et d'autre part pour sauvegarder en chacun ce qui le fait homme : l'orientation de sa pensée sur des valeurs morales transcendantes et, pour la servir, une liberté spirituelle protégée contre la pression des lois. » (*Histoire de notre temps*, n° 5, printemps 1968, p. 29.)

d'*Esprit* et de l'*Ordre Nouveau*. Jean-Pierre Maxence écrivait ainsi : « L'individu vote, la personne travaille, pense, aime, a faim. L'individu est le souverain imaginaire d'un monde fondé sur le nombre, la personne est l'être réel qui souffre des oppressions du nombre. L'individu n'est que le millionième d'un État, le participant numérique à la communauté nationale, la pauvre unité sans espérance et sans ardeur qui attend le salut des autres. La personne est nantie d'une famille, elle exerce un métier, elle paie des impôts, elle se bat, elle a des besoins précis, des ardeurs sacrées – justes ou injustes –, elle est soumise concrètement, charnellement, à tous les maux qui menacent l'homme : à la faim, à l'angoisse, à la mort, au désespoir qu'aucune parole ne peut traduire[19]. » Dans cette perspective, envisager l'homme comme « personne », c'était l'envisager dans toutes les dimensions de sa réalité existentielle au-delà des schémas auxquels le réduisaient individualisme comme collectivismes totalitaires.

Quelles qu'aient été ces divergences de vocabulaire, tous ces mouvements s'accordaient cependant pour considérer que l'homme est indissociablement un être social et un être personnel et que l'on ne peut sans le mutiler ignorer un de ces deux aspects de son être. C'est ce que Mounier devait résumer en affirmant que la révolution à venir devrait être « personnaliste et communautaire[20] ».

Ce personnalisme allait plus loin qu'une simple réaction politique et sociale contre l'individualisme et le collectivisme. Il était aussi une réaction philosophique contre le rationalisme idéaliste d'une part et contre le matérialisme marxiste de l'autre. Il se voulait une philosophie de « l'homme concret », de « l'homme réel », de « l'homme total », par opposition à « l'angélisme » des uns et au soi-disant « réalisme » des autres.

Contre l'individualisme et l'idéalisme faisant de l'homme un « être séparé », séparé de la société, séparé de la matière, séparé de l'histoire, tous ces groupes affirmaient se référer à un « réalisme intégral ». Selon eux, l'homme était un être

---

19. *Demain la France*, *op. cit.*, p. 240.
20. Dans *le Paysan de la Garonne*, *op. cit.* (p. 82), Maritain revendique la paternité de la formule.

« incarné » et, fidèles en cela aux leçons de Péguy, ils avaient le souci de rappeler sans cesse que le spirituel s'enracine dans le charnel. La pensée sociale analysée plus haut se rattachait donc à une conception plus générale tendant à mettre en relief les liens unissant l'homme à autre chose que lui-même, liens qui à la fois le limitent, le protègent et l'aident à développer sa personnalité. Dès la première livraison d'*Esprit*, Mounier soulignait que l'homme, pour assumer pleinement sa condition, ne saurait ignorer ni « la société de la matière où il doit porter l'étincelle divine », ni « à côté de lui, la société des hommes que son amour doit traverser pour rejoindre son destin [21] ». Il ajoutait, récusant toute forme de mépris de la matière : « Sans la matière, notre élan spirituel s'égarerait dans le rêve ou l'angoisse : elle le courbe et l'entrave, mais il lui doit sa verdeur et son bondissement (...) Réapprenons le sens charnel du monde, le compagnonnage avec les choses [22]. » Ce personnalisme s'opposait donc à toute tendance cartésienne séparant l'esprit de la matière et il se refusait à méconnaître, au nom d'un spiritualisme évanescent, l'enracinement charnel de l'homme, ses servitudes et ses grandeurs. Dans cette perspective, le matérialisme marxiste en arrivait même à apparaître comme une réaction, dans une certaine mesure justifiée, contre un idéalisme désincarné. Ceci dit, ces mouvements n'en repoussaient pas moins le matérialisme comme mutilant la personne humaine dans sa dignité essentielle, dans sa réalité spirituelle.

Ce souci de « l'incarnation » de l'homme, ce souci de ne rien ignorer de l'humanité concrète, de la plus humble condition matérielle à la plus haute possibilité spirituelle se retrouvait dans les publications de la *Jeune Droite* et de l'*Ordre Nouveau* comme dans *Esprit*. Entendant tenir les deux bouts de la chaîne, le manifeste de *Réaction* affirmait ainsi que « reconnaître l'ordre, c'est reconnaître notre double mystère, chair et esprit [23] ». De même, l'*Ordre Nouveau* définissait la personne comme « l'union indissoluble du charnel et du spirituel », Robert Aron récusant toute dissociation, comme aussi toute confusion, entre le spirituel et le matériel, entre la per-

21. *Esprit*, nº 1, octobre 1932, p. 24.
22. *Ibid.*, p. 30-31.
23. *Réaction*, nº 1, avril 1930, p. 2.

sonne et le monde : « La personne n'est pas une entité close, ni une sorte d'autarchie spirituelle qui tire d'elle-même ses satisfactions, ses aliments ou ses peines. Certains, dans la méconnaissance ou l'oubli du monde extérieur, croient pouvoir faire leur salut par le culte solitaire de leurs vertus intimes ou de leurs mécanismes intérieurs (...) Leur crainte du monde extérieur, leur refus des contacts nécessaires se marquent par l'oubli des faits réels, par le culte exaspéré des idées et des sentiments vains. Chez d'autres, la même crainte, le même refus, au lieu de se traduire par le faux orgueil de qui se replie sur soi-même, aboutit à la fausse humilité de ceux qui transfèrent à la matière inerte et régie par des lois immuables, l'initiative jusqu'alors détenue par l'esprit et l'âme humaine (...) Corps sans âme des matérialistes, âmes sans corps des spiritualistes, autant de fantômes, moins romantiques peut-être que les vampires, mais aussi dangereux pour la personne humaine qui ne vaut qu'en s'appuyant sur la matière, en la modelant, la pensant et la dominant, en y trouvant les bases nécessaires pour ses forces de création et d'adhésion [24]. »

Condamnant avec autant de vigueur l'idéalisme que le matérialisme, l'individualisme que le collectivisme, tous ces mouvements de jeunes des années 1930 s'accordaient donc pour voir dans l'homme, à la fois, un être immergé dans la nature, dans la matière, dans la société, et un être absolument irréductible à tous ces soubassements nécessaires de son existence. La caractéristique de ce réalisme personnaliste était donc de se refuser à ignorer les racines que l'existence humaine plonge dans la nature et la société tout en affirmant la « transcendance » et la primauté de la personne par rapport à ces enracinements et à leurs servitudes. C'est ce point de vue que devait résumer Mounier dans les premières lignes de son *Manifeste au service du personnalisme* en donnant de celui-ci une définition très extensive qui pouvait s'appliquer aux conceptions d'*Esprit* comme à celles de l'*Ordre Nouveau* ou de la *Jeune Droite* : « Nous appelons personnaliste, écrira-t-il, toute civilisation affirmant le primat de la personne humaine sur les nécessités matérielles et sur les appareils collectifs qui soutiennent son développement [25]. »

24. *Dictature de la liberté* (Paris, 1935), p. 151 et 157.
25. *Esprit*, octobre 1936, p. 7.

Cette affirmation de la « primauté de la personne humaine » sur tous les conditionnements matériels et sociaux inhérents à sa nature se fondait sur le fait que tout homme, toute personne est un être spirituel appelé à s'accomplir dans un destin singulier, dans une « vocation » originale. C'est à ce niveau que des divergences apparaissaient entre les groupes personnalistes des années 1930. S'ils étaient tous d'accord pour proclamer, avec l'*Ordre Nouveau*, « Spirituel d'abord », il n'en était plus de même lorsqu'il s'agissait de préciser le contenu de cette notion. C'est ce que constatait Daniel-Rops dans son livre *les Années tournantes* : « S'il fallait définir d'un mot les aspirations de notre jeunesse, dans ce qu'elles ont de plus profond, je dirais qu'elles sont d'ordre spirituel. Il existe dans ces générations nouvelles une grande aspiration qui est un recours à l'Esprit. Ce mot, on le trouve dans tous les manifestes, dans toutes les proclamations, dans toutes les théories plus ou moins sûres, plus ou moins précises (...) Il n'y a pas à se dissimuler que cette unité de vues est, dans une large mesure, trompeuse. Nous sommes tous d'accord pour réclamer la suprématie du spirituel. Mais qu'entendons-nous par ce terme ? (...) Les discussions entre les représentants des divers groupes de jeunes auxquelles j'ai eu l'occasion d'assister aboutissent toutes sans aucune exception à ce cul-de-sac : qu'entendez-vous par activité spirituelle [26] ? »

Le premier clivage s'établissait, en ce domaine, entre ceux qui donnaient une définition religieuse du spirituel et ceux qui se référaient à une conception seulement « naturelle » de la destinée humaine et donc de l'esprit. Le groupe *Réaction-Revue du siècle* et l'*Ordre Nouveau* symbolisaient assez bien les deux positions extrêmes de cet éventail tandis qu'*Esprit* occupait au centre une situation quelque peu ambiguë. On verra aussi que le clivage religieux n'était pas le seul et que les valeurs qu'*Esprit* et l'*Ordre Nouveau*, par exemple, mettaient au premier rang n'étaient pas les mêmes.

La position du groupe *Réaction-Revue du siècle* était l'une des plus nettes. Il se référait sans équivoque à un « personnalisme chrétien [27] » et voyait dans l'esprit « plus que l'intel-

26. *Les Années tournantes*, *op. cit.*, p. 107-108.
27. J. de Fabrègues, *Revue du siècle*, nº 1, avril 1933, p. 49.

ligence (...) l'âme éternelle fille de Dieu [28] ». Dans la *Revue du siècle*, Marcel Desrois affirmait : « La Cité est ordonnée au bien propre de la personne, lequel, en fin de compte, n'est autre que Dieu lui-même [29]. » Pour ce groupe, s'il pouvait y avoir une approche « naturelle » de la réalité spirituelle de l'homme, elle ne pouvait être, ignorant son origine et sa fin, qu'imparfaite. Par ailleurs les responsables de *Réaction* et de la *Revue du siècle* insistaient particulièrement sur le combat intérieur que l'homme doit affronter pour se « personnaliser », pour se libérer de ses égoïsmes et du poids de la matière. Ils avaient tendance à considérer que l'homme laissé à ses seules forces et à ces seules lumières « naturelles » est toujours menacé de mésuser de sa liberté et de retomber dans le matérialisme. À cet égard, leur attitude était nettement plus pessimiste que celle de l'*Ordre Nouveau* ou d'*Esprit* qui faisaient une confiance plus grande à la liberté de l'homme.

Ces conceptions n'étaient pas celles de tous les représentants de la *Jeune Droite*. Si les vues exposées dans les *Cahiers* n'étaient guère différentes, il n'en était plus de même dans la *Revue française*. Dans celle-ci, Maxence tendit progressivement à s'écarter de toute référence religieuse tandis que Thierry Maulnier, qui était agnostique, y exposait une notion du « spirituel » assez différente de celle de *Réaction*. Était « spirituelle » à ses yeux toute activité libre, désintéressée, gratuite, indépendante de tout impératif économique ou social. Dans cette perspective, l'un des buts essentiels de la révolution « spirituelle », de la révolution « aristocratique » qu'il prônait devait être, face aux idolâtries du politique ou de l'économique, de rétablir un « droit au loisir » : « Dans la situation présente, la véritable tâche est celle qui consiste dans l'aménagement du loisir, dans la sanctification du loisir, dans la création d'un héroïsme du loisir. Les valeurs luxueuses et désintéressées sont les valeurs les plus précieuses : rien ne peut être sauvé qu'avec elles. Elles seules peuvent être les fondements d'un humanisme nouveau [30]. » Ainsi, chez Thierry Maulnier, activité spirituelle et activité désintéressée semblaient être synonymes. Défendre « l'esprit », c'était,

---

28. Manifeste, *Réaction*, n° 1, avril 1930, p. 2.
29. *Revue du siècle*, n° 10, février 1934, p. 43.
30. *Revue française*, avril 1933, p. 543.

pour lui, sauvegarder la liberté intérieure de l'homme, sa « faculté de dire oui ou non », son « pouvoir de créer des valeurs [31] ». Dans une perspective, où l'on retrouvait la trace de l'influence de Nietzsche, l'esprit apparaissait aussi comme le pouvoir de l'homme de construire son destin et de se surmonter lui-même dans « la tentative d'une forme de vie supérieure et totale », dans « l'aspiration à une épreuve complète de la vie [32] ». Cette attitude, tendue vers « le perfectionnement de soi-même [33] », débouchait finalement sur une sorte d'égotisme spirituel, sur une forme de « culte du moi » qui n'allait pas sans un certain esthétisme. Si, dans cette vision quelque peu imprécise, la vie religieuse pouvait prendre place à côté de la création esthétique ou de la recherche philosophique, elle n'y avait pas le rôle fondamental que lui réservaient *Réaction* et la *Revue du siècle*. Si Thierry Maulnier s'éloignait ainsi de la *Jeune Droite* catholique, il se rapprochait en revanche par là des conceptions de l'*Ordre Nouveau* qui partageait aussi son admiration pour Nietzsche.

L'*Ordre Nouveau* se situait délibérément en dehors du terrain religieux et entendait rester sur le « plan humain » : « Aucune confusion non plus, déclarait-il, entre le spirituel chrétien et notre personnalisme. Le spirituel de l'*Ordre Nouveau* veut être humain et rien qu'humain [34]. » Pour l'*Ordre Nouveau*, le spirituel se confondait avec la liberté créatrice de l'homme, avec sa capacité de s'extérioriser et d'imposer sa volonté au monde. La personne étant « l'individu engagé dans un conflit créateur », le spirituel était alors défini comme le pouvoir de dénouer ce conflit par un acte libre : « le spirituel, c'est le mouvement, c'est le pouvoir de renverser, de bouleverser pour ordonner à nouveau [35] ». Action et affirmation, lutte et expansion, agressivité et violence, telles étaient pour l'*Ordre Nouveau* les caractéristiques de toute activité spirituelle : « L'esprit, comme la révolution, écrivaient Robert Aron et Arnaud Dandieu, s'exprime par la violence (...), c'est essentiellement la faculté qui, dressant l'homme contre l'univers, le faisant résister et survivre, atta-

---

31. *Revue française*, août 1932, p. 458.
32. *La crise est dans l'homme, op. cit.*, p. 19.
33. *Revue française*, avril 1933, p. 538.
34. *Ordre Nouveau*, n° 3, juillet 1933, p. 15.
35. *Ibid.*, p. 16.

quer et étendre son pouvoir, lui permet de rallier toutes ses
forces psychologiques et physiques dans un souci de conservation et d'expansion (...) L'esprit est à la fois ce qui anime
et ce qui rassemble l'homme. Mouvement, amour, violence,
création, tous les actes d'expansion et de conquête sont de
ses émanations directes (...) Il est le dynamisme spécifique
de la personne humaine[36]. » L'idéal de ce personnalisme à
forte saveur nietzschéenne (dans son cinquième numéro,
l'*Ordre Nouveau* publia d'ailleurs un texte du maître de Sils-
Maria sur « l'individu-souverain ») s'incarnait dans le héros
affirmant son originalité et sa liberté face au monde et au
destin : « L'héroïsme véritable, déclarait Denis de Rougemont, c'est le point extrême de la vocation ; c'est-à-dire de
la tendance profonde de l'homme à persévérer dans son être
particulier, en dépit de toutes les dégradations que le milieu
inerte lui propose ou que l'État veut lui imposer[37]. »
    Ces positions de l'*Ordre Nouveau* suscitèrent des réserves
de la part de la *Revue du siècle* en raison de leur volonté de
se placer en dehors de toute perspective religieuse, et de la
réduction de l'esprit à une spontanéité créatrice, au pouvoir
d'affrontement de la personne avec le monde. Si la *Revue du
siècle* admettait que l'un des caractères de l'esprit est d'être
constamment dressé contre l'environnement pour s'affirmer,
elle regrettait que Robert Aron et Arnaud Dandieu aient semblé ignorer que cette lutte est aussi une lutte intérieure de
l'homme contre lui-même, contre « un égoïsme dont le
monde n'est que le complice[38] ». Cette attitude lui paraissait
s'enraciner dans « un optimisme de l'humanité » traduisant
une excessive et trop confiante « foi dans l'homme[39] ». En
revanche, elle se félicitait de constater que certains textes de
Daniel-Rops et d'Alexandre Marc aillent dans un sens différent. Commentant un article de Daniel-Rops, Jean de
Fabrègues notait : « Enfin il écrit ces lignes : "Le conflit
créateur existe entre notre conscience et tout ce qui, au plus
profond de nous, s'abandonne aux routines, à la pente de la
matière...", et d'appeler à cette révolution intérieure contre
nous-mêmes pour laquelle nous savons bien que M. Alexan-

36. *La Révolution nécessaire*, *op. cit.*, p. 149 et 152.
37. *Ordre Nouveau*, n° 7, décembre 1933, p. 18.
38. Jean de Fabrègues, *Revue du siècle*, n° 10, février 1934, p. 49.
39. *Ibid.*, p. 51-52.

dre Marc fait la plus chaude et la plus constante propagande orale. À tout ceci va notre accord et notre sympathie. » Mais, dubitatif, il ajoutait : « Est-ce là une position générale de l'*Ordre Nouveau*[40] ? »

Les vues de l'*Ordre Nouveau* définissant l'esprit comme « agressivité » et « expansion créatrice » entraînèrent aussi des divergences avec *Esprit*. Celui-ci se référait pourtant à ses débuts à une conception de l'esprit pour le moins assez imprécise. « Il serait vain et naïf, déclarait Mounier au début de son troisième numéro, parce que nous rassemblons des hommes, de vouloir définir une abstraction qui leur tient lieu de commun multiple. Ni nos cœurs ne seraient satisfaits, ni nos esprits convaincus ; nous sommes tous par ailleurs trop avides de sincérité et de solidité. Aucun de nous ne confond l'esprit avec la simple ardeur du tempérament ou les fabrications de la pensée. Pour nous tous, il est un absolu, une réalité vivante. Mais elle se révèle diversement à chacun. Celui-ci le reconnaît dans l'appel du héros ou bien dans une pureté anonyme, une générosité infaillible qu'il sent en lui, plus grande que lui, ou encore dans la justice qui monte du cœur du peuple. Beaucoup d'autres voient la source et le but de toute vie spirituelle dans un Dieu personnel. À leurs côtés, nous sommes un certain nombre à confesser le Christ et à trouver en lui le sens même et la force de notre rassemblement[41]. » Si ce texte faisait place à « l'appel du héros » parmi les manifestations de l'esprit, Mounier devait cependant assez rapidement exprimer ses réticences à l'égard des conceptions de l'*Ordre Nouveau*. C'est ainsi que, publiant dans sa revue un des chapitres de la *Révolution nécessaire,* il le fit précéder d'un « chapeau » déclarant : « La personne est acte, nous en sommes d'accord, et, souvent, "explosion créatrice", mais son acte suprême est le don, comme l'acte suprême de l'intelligence est l'accueil[42]. »

Ce désaccord fut mis particulièrement en relief par *Esprit* au moment de son divorce avec l'*Ordre Nouveau,* au début de 1934, reprochant à celui-ci de « drainer un nietzschéisme

40. *Ibid.*, p. 51.
41. *Esprit*, n° 3, décembre 1932, p. 365.
42. *Esprit*, n° 14, novembre 1933, p. 180.

trop souvent scolaire [43] ». Ce grief fut assez longuement développé par Jean Lacroix dans sa recension de *la Révolution nécessaire* : « La Révolution est conçue comme la liberté bergsonnienne : c'est un saut, une rupture créatrice, un commencement imprévisible qu'on peut rattacher à des antécédents seulement après coup et par des abstractions. L'esprit, c'est essentiellement le pouvoir de poser des actes premiers, la faculté de se dépasser soi-même. C'est donc en quelque sorte par définition même que la révolution est spirituelle puisque révolution et esprit ne font qu'un (...) Et lorsqu'il s'agit de préciser, on nous dit que l'esprit est la faculté d'expansion et de lutte, que "l'homo agens" se définit par son agressivité (...) Ici nous ne sommes plus du tout d'accord. S'il nous fallait définir l'esprit, c'est par-delà la passivité et l'activité que nous le caractériserions : l'homme est grand par ses inventions, c'est-à-dire par ses découvertes, par ce qu'il reçoit plus que par ce qu'il fait ou crée. Et, surtout, toute activité, chez lui, est ordonnée à une réceptivité plus fondamentale. La contemplation est supérieure à l'action. Sans doute *homo faber, homo sapiens* et même *homo agens* sont réels : ils constituent tous trois des vues partielles – et donc abstraites quoique parfaitement légitimes – sur l'homme concret et réel, ils n'épuisent pas l'homme. Plus profondément que tout, l'esprit véritable est à notre sens une valeur de communion universelle qui ne va pas sans amour : c'est dire qu'il n'est essentiellement ni dépassement de soi-même, ni même contemplation mais charité. Pour définir l'homme dans sa totalité et sa profondeur, il faut le définir comme *homo spiritualis*. Et que cela puisse parfois s'accompagner d'une certaine agressivité – bien que nous n'aimions guère ce terme –, ce n'est pas nous qui le nierons ! Mais ce n'est pas là l'essentiel et l'on risque ainsi de se tromper sur la signification fondamentale du spirituel [44]. »

Décrivant un peu plus tard les voies de la « personnalisation », Mounier évoquera ce conflit avec l'*Ordre Nouveau* en distinguant deux chemins possibles : « L'un aboutirait à l'apothéose de la personnalité, c'est-à-dire des valeurs de tension, "d'agressivité", de maîtrise, d'héroïsme. Le héros

43. *Esprit*, n° 19, avril 1934, p. 202.
44. *Esprit*, n° 17, février 1934, p. 808-809.

serait l'idéal. Embranchement stoïcien, embranchement nietzschéen (...) L'autre voie serait ouverte sur les abîmes de la Personne authentique. Nous ne pourrons y mettre un nom, puisque nous ne saurons jamais nommer que les approximations de la personne, immédiatement dupes et rejetés sur la première route dès que nous voudrons circonscrire l'ineffable. Mais l'expérience commune de toute vie intérieure nous apprend que cette personne-là ne se trouve qu'en s'oubliant, en se donnant – le chrétien ira jusqu'au bout – en s'abandonnant (...) Le saint serait à l'issue de cette voie comme le héros à l'issue de la première[45]. » Dans cette perspective, l'*Ordre Nouveau* et aussi Thierry Maulnier se rattachaient à la voie du « héros », tandis que les responsables du groupe *Réaction-Revue du siècle* étaient plus proches de la seconde. Quant aux conceptions d'*Esprit*, elles étaient telles, nous l'avons vu, qu'elles s'ouvraient pour beaucoup sur le christianisme, mais elles ne se présentaient pas comme exclusivement chrétiennes. On remarquera cependant qu'en janvier 1934 *Esprit* publia une lettre de Raymond de Becker à l'*Ordre Nouveau* affirmant l'insuffisance d'une conception purement « naturelle » de la personne humaine.

L'*Ordre Nouveau* répondit aux critiques qui lui furent ainsi adressées en tentant de corriger le caractère abrupt des vues exposées par Robert Aron et Arnaud Dandieu. Un feuillet encarté dans le n° 11 de sa revue précisait ainsi : « Il n'est pas vrai que cette conception de l'action exclue le moins du monde la connaissance et l'amour. Il est vrai que la personne est appelée à nos yeux à agir sur le monde et à le changer. Il n'est pas vrai que ce soit, pour nous, le seul rôle que la personne ait à remplir. » Par ailleurs, les responsables de l'*Ordre Nouveau* qui se réclamaient d'une confession chrétienne, comme Daniel-Rops, Alexandre Marc et Denis de Rougemont, s'attachaient dans leurs travaux personnels à intégrer les positions du mouvement dans une perspective religieuse[46]. C'est ainsi que, dans son livre *Politique de la*

---

45. *Esprit*, n° 27, décembre 1934, p. 364-365.
46. Ceci n'allait pas d'ailleurs sans difficultés ainsi que le prouve le premier entretien de Dandieu avec Mounier tel qu'il a été rapporté par ce dernier : « Il résiste à tout ce que je dis du don de soi, de la distance et de l'extériorité. Son personnalisme (...) est une affirmation fondamentale de la puissance de création de la personne, nietzschéenne en un sens, il l'admet.

personne, Denis de Rougemont écrivait : « Je ne saurais croire pourtant en l'efficacité d'une foi en l'homme fondée sur l'homme seul [47]. » De même, Daniel-Rops s'efforçait de replacer les conceptions de l'*Ordre Nouveau* dans le contexte de la doctrine catholique. Il terminait ainsi son ouvrage *Éléments de notre destin* sur ces mots : « Notre espoir suprême ne plonge pas ses racines dans les terres infécondes dont nous savons les limites mortelles, mais ailleurs, au sein d'une miséricorde, au cœur d'une rédemption [48]. »

« Personnalisme héroïque » de l'*Ordre Nouveau*, « personnalisme spiritualiste » d'*Esprit*, « personnalisme aristocratique » de Thierry Maulnier, « personnalisme chrétien et traditionaliste » de *Réaction*, ces personnalismes débouchaient, on le voit, sur des horizons assez divers. Pourtant ils s'accordaient sur deux propositions essentielles. Tout d'abord, contre tout monisme matérialiste et collectiviste, ils affirmaient la réalité irréductible de la vocation spirituelle et singulière de chaque homme, la transcendance et la liberté de la personne par rapport aux conditionnements biologiques, économiques ou sociaux dans lesquels s'enracine l'existence humaine. Simultanément, refusant le dualisme des philosophies issues du cartésianisme ainsi qu'un spiritualisme qui bien souvent s'épuise en idéalisme, ces personnalismes se caractérisaient par le souci de ne pas séparer la transcendance spirituelle de la personne de son « existence incorporée » dans la nature, dans le monde et dans l'histoire. Résolus à

Tout le langage de renoncement, de don, toute allusion même à une extériorité lui apparaît comme un sacrifice à cette passivité, un recul de l'homme. Nous serrons la position chrétienne. En Dieu, il voit littéralement une opposition à la création humaine, celui qui brimerait la personne parce qu'il est toujours le premier créateur (...) A. Marc sauve les choses par sa vision catholique de l'univers où Dieu est personne vivante dans le Christ et par son Corps Mystique en nous-mêmes. Si bien que notre personne n'est que surélevée au sein de la personnalité par la motion divine du Médiateur. Il croit à la fois rejoindre Dieu et Dandieu. Dandieu admet que le catholicisme de A. Marc traduise sa pensée, mais lui refuse l'orthodoxie. J'admets l'orthodoxie, mais refuse la fidélité de l'interprétation marciste à la pensée de Dandieu. Car il reste toujours pour le chrétien un "face à face" entre Dieu et la créature, même dans le surnaturel et la béatitude. Or Dandieu voit l'homme créateur, il ne l'admet pas créature » (*Mounier et sa génération, op. cit.*, p. 101).

47. *Politique de la personne, op. cit.*, p. 26.
48. *Éléments de notre destin, op. cit.*, p. 253.

tenir les deux bouts de la chaîne, ils rappelaient, d'une part, que le progrès spirituel de l'homme doit demeurer au premier rang dans l'échelle des valeurs à sauvegarder contre tous les matérialismes et, d'autre part, que ce progrès ne saurait être dissocié de l'aménagement de structures politiques, sociales et économiques inspirées de ce principe essentiel : la primauté de la personne humaine. Aussi leur défense du « spirituel » ne dédaignait pas, bien au contraire, de définir les bases sociales et économiques de la civilisation personnaliste à construire.

CHAPITRE TROISIÈME

Vers un ordre politique
et social nouveau

Une « politique à hauteur d'homme » ordonnée à « la défense et à l'affirmation de la personne[1] », tel était le principe essentiel sur lequel tous ces mouvements entendaient fonder leurs conceptions politiques et sociales. C'est au nom de ce principe qu'ils récusaient aussi bien l'individualisme démocratique faisant de l'homme un atome social, isolé et impuissant, que les régimes collectivistes noyant celui-ci dans des sociétés grégaires et étouffantes. Ces deux erreurs symétriques leur apparaissaient reposer sur une même méconnaissance de la nature profonde de la « personne ». Dans leur livre *Jeune Europe*, René Dupuis et Alexandre Marc pouvaient ainsi constater : « À la conception sociale actuelle qui vise à supprimer tout intermédiaire entre l'individu et l'État et à faire de la nation une poussière d'individus en face d'un État-providence tout-puissant et anonyme, la jeunesse oppose un système dans lequel le pouvoir politique sera profondément décentralisé, qui mettra les gouvernés et les gouvernants en contact permanent et qui favorisera la formation de "petites sociétés" spontanées dont Bergson écrit dans son dernier livre qu'elles sont seules à la mesure de l'homme[2]. » Pour échapper aux deux périls de l'individualisme et du collectivisme, la solution était donc recherchée dans une conception de la société accordant une très grande importance aux communautés intermédiaires naturelles existant entre l'État et l'individu, conception que les uns qualifiaient de « corporative » (la *Jeune Droite*) et que les autres baptisaient « fédéraliste » (l'*Ordre Nouveau*).

---

1. D. de Rougemont, *Politique de la personne, op. cit.*, p. 25.
2. *Jeune Europe, op. cit.*, p. 207.

La *Jeune Droite* se réclamait en ce domaine de l'enseignement du catholicisme social (principalement représenté à ses yeux par l'œuvre de La Tour du Pin) et de la doctrine maurrassienne, avec une préférence marquée pour les thèses décentralisatrices du « jeune Maurras » des années 1900-1910, car ce thème était un peu laissé en sommeil par l'*Action française* des années 30. Constatant que c'est, enraciné dans sa famille, dans sa bourgade, dans sa région, que « l'homme est le plus lui-même », *Réaction* se prononçait ainsi, dès son manifeste, pour un ordre social qui permette « le développement de la personne humaine libre dans ses cadres sociaux naturels[3] ». De son côté, Jean-Pierre Maxence écrivait : « Le libéralisme nie ces groupes et les condamne pratiquement à végéter sans pouvoir et sans influence. Le marxisme n'en a pas besoin, il les absorbe dans l'État. Le corporatisme affirme violemment leur existence, leur force, leurs droits. Il leur fait une place essentielle. Il les considère comme l'intermédiaire nécessaire entre la personne et la société. Il décèle, intègre, consolide leur réalité[4]. » Ces communautés naturelles, la *Jeune Droite* les énumérait : famille, village ou ville, région, métier ou profession. C'était sur ces « corps intermédiaires » que devait se construire, selon elle, la « société organisée », la « société pour les libertés[5] » qu'elle souhaitait voir se bâtir : « Une société n'est véritablement organisée que lorsque les groupes les plus intimes, les plus unis qui la constituent sont représentés dans le gouvernement des groupes plus généraux, plus vastes, moins homogènes. Ordonnés de telle manière que l'un n'absorbe jamais, ne paralyse jamais l'autre, chacun de ces groupes doit, à l'intérieur, laisser aux personnes qui le fondent le maximum d'indépendance, le plus grand nombre possible de libertés[6]. »

L'*Ordre Nouveau*, où l'influence de Proudhon était sur ces problèmes prédominante, proclamait son adhésion au « fédéralisme, expression vivante de la diversité des hommes[7] ». Considérant que « la vocation de la personne humaine ne

3. *Réaction*, n° 1, avril 1930, p. 2.
4. *Demain la France*, *op. cit.*, p. 147.
5. Titres de chapitres de *Demain la France*.
6. J.-P. Maxence, *Demain la France*, *op. cit.*, p. 259.
7. *Ordre Nouveau*, n° 9, mars 1934, p. 12.

trouve son accomplissement que dans les cadres naturels où s'élargit sa responsabilité, où sa réalité profonde s'engage[8] », l'*Ordre Nouveau* affirmait la nécessité de « revenir à ces réalités humbles, saines et fécondes sans lesquelles (...) il ne peut y avoir de personne, à cette base concrète, à ce particulier charnel qui seuls permettent à l'universel d'échapper à la tentation de l'abstrait[9] ». Dans cette perspective, il définissait ainsi les « bases éternelles » de l'homme : la « famille », véhicule d'une « tradition vivante » qui est « une des expressions fondamentales et permanentes de la personne[10] » ; la « commune », caractérisée, « en dehors de toute activité professionnelle et de tous cadres administratifs rigides, par une localisation territoriale et une communauté de vie, de coutume et d'esprit particulariste[11] » ; la « profession » à laquelle l'*Ordre Nouveau* accordait une grande place dans ses projets d'organisation économique ; et, enfin, la « région » ou, plus exactement, la « patrie régionale ».

L'*Ordre Nouveau* estimait en effet que c'était à la région, au sens commun de ce terme, que devait s'appliquer la désignation de « patrie » car il pensait que c'est dans ce cadre privilégié que s'expriment avec le plus de force « le sentiment irréductible d'attachement à la terre » et « le rapport qui existe entre tout être humain et les puissances du sang et du sol[12] ». « Tout homme, écrivaient Claude Chevalley et Alexandre Marc, naît dans une ambiance concrète que de nombreux facteurs, géographiques, historiques, sociaux, etc., contribuent à déterminer. L'organisme psycho-physiologique baigne dans cette ambiance et le modèle. La patrie est donc l'expression d'un contact charnel, sentimental entre l'homme et le milieu dans lequel il vit : c'est dire son caractère spatialement limité. L'être humain ne peut se sentir réellement rattaché par des liens d'ordre sensible qu'à des unités géopolitiques d'importance régionale. En d'autres termes, la patrie se rapproche de la famille : comme cette dernière, elle est une donnée ; comme cette dernière, elle est déterminée par les puissances vitales ; comme cette dernière, elle ne peut

---

8. *Ibid.*, p. 8.
9. C. Chevalley, A. Marc, *Avant-Poste*, février 1934, p. 18.
10. *Ordre Nouveau*, n° 9, mars 1934, p. 9.
11. *Ibid.*, p. 111.
12. C. Chevalley et A. Marc, *Avant-Poste*, février 1934, p. 18.

comporter que des limites rigoureusement restreintes. Quand nous disons "patrie", c'est donc la patrie régionale que nous entendons [13]. » Aussi la région devait-elle être, selon l'*Ordre Nouveau*, l'un des axes essentiels de la reconstruction de l'ordre politique et social.

Ce souci de redonner vie aux « corps intermédiaires » laminés par la Révolution de 1789 n'était pas étranger à *Esprit* où l'on retrouvait des influences proudhoniennes très nettes et où l'on était extrêmement méfiant à l'égard de tout risque d'étatisme. C'est ainsi que l'on pouvait lire sous la plume de Georges Izard une fervente et quelque peu sentimentale apologie du régionalisme : « Nous avons trouvé un instinct sec et rude : l'amour du pays natal. Longtemps je l'ai méconnu. J'ai quitté ma province avec joie. Mais la nature parle de nouveau dès qu'on a passé l'âge où l'on sacrifie à tous les songes. J'aime : un mot de patois me prend aux entrailles ; jamais à l'âme, je le veux bien, mais je suis un être de chair et de sang. J'ai vu des Bretons soudain pâlir et se taire en plein Paris parce qu'un fin brouillard commençait à tomber (...) Amour de la petite patrie, instinct indéracinable, centre de vie [14]. » Comme l'*Ordre Nouveau*, Izard insistait sur le caractère charnel et affectif de cet amour de la « petite patrie », un « amour de bête », fruit de ces « élans irrésistibles de la chair seule où se retrouve la camaraderie perdue entre les vivants et la terre [15] ». Cette déclaration s'accompagnait d'une profession de foi décentralisatrice : « Nous voulons que la cité soit une projection de la personne. Que le pouvoir soit proche des administrés, que la servitude à l'égard du centre soit inconnue, que l'essentiel de la vie politique se limite à ces lieux qu'on aime, que les citoyens n'aient à se prononcer que sur les intérêts qu'ils connaissent mieux que quiconque. Nous éviterons ainsi les dangers du gigantisme, erreur que le communisme et le capitalisme se disputent la honte de répandre [16]. » Dès sa première livraison, *Esprit* affirmait d'ailleurs : « La décentralisation, qui permet de connaître les besoins des personnes et les fait participer

---

13. *Ibid.*, p. 19.
14. *Nouvelle Revue française*, décembre 1932, p. 828.
15. *Esprit*, n° 4, janvier 1933, p. 549.
16. *Nouvelle Revue française*, décembre 1932, p. 829.

à un pouvoir toujours proche, est donc à la fois la garantie et l'exercice de la liberté [17]. »

Ainsi, que leur inspiration ait été maurrassienne ou proudhonienne, les positions de ces mouvements convergeaient dans l'idée que seul un ordre social fondé sur le respect des sociétés « prochaines » dans lesquelles s'enracine l'existence humaine permettait d'échapper aux impasses de l'individualisme et du collectivisme : « L'équilibre de ces communautés décentralisées, notait encore *Esprit*, garantira contre le retour à l'anarchie en même temps qu'il sauvegardera la personne, valeur première, contre l'oppression d'un appareil social trop centralisé [18]. » En faveur de cette solution militaient particulièrement, d'une part, le souci de ces groupes de freiner le développement d'un étatisme jugé de plus en plus envahissant et, d'autre part, leur volonté de « retour au concret », leur tendance à substituer à des groupements administratifs artificiels et abstraits les « cadres naturels » spontanés dans lesquels chacun est susceptible d'avoir un contact personnel avec les détenteurs du pouvoir et une connaissance directe des intérêts et des problèmes discutés.

En faveur de cet « ordre corporatif », la *Jeune Droite* avançait un autre argument en se fondant sur le fait que l'amour de ces communautés naturelles est pour l'homme un moyen de sortir de lui-même, un chemin pour s'ouvrir à l'universel : « Infiniment grand, infiniment petit, borné par ses contours physiques, remarquait René Vincent dans *Réaction*, l'homme ne peut manifester un immense sentiment qu'au maigre objet que ses bras peuvent étreindre, mais ce seul baiser sera le signe de son grand amour. Qu'on lui permettre de saisir ce qui est proche et ce qui est proche répercutera son geste jusqu'à ce qui est lointain. Ce qui est proche, c'est sa famille, son village, sa patrie. S'il aime sa famille, il n'aura plus de

---

17. *Esprit*, n° 1, octobre 1932, p. 135. Cf. aussi *le Manifeste au service du personnalisme :* « Le personnalisme doit se garder de conclure hâtivement à on ne sait quelle conception granulaire de la société qui ne serait qu'une expression tout extérieur de ses exigences. Il n'en reste pas moins que les pouvoirs locaux et régionaux, proches de leurs objets et proches du contrôle, doivent être largement développés par une décongestion de l'État. La personne y trouvera de nouvelles possibilités et une nouvelle protection. » (*Esprit*, octobre 1936, p. 189-190.)

18. E. MOUNIER, « Lignes de position », *Esprit*, n° 21, juin 1934.

peine à pratiquer la charité qui est amour de tous les autres. Au travers de son village, de sa patrie, c'est à l'Univers qu'ira son amour, puis de l'Univers terrestre au Paradis où il n'est pas de frontière [19]. »

Cette vision des choses n'était pas partagée par *Esprit*, tant s'en faut. Aux yeux d'*Esprit*, qui employait là certains concepts bergsoniens, ces petites sociétés sont toujours menacées de donner naissance à des égoïsmes collectifs et de se transformer en sociétés « closes ». Aussi Georges Izard considérait-il que l'on ne pouvait voir dans l'amour du pays natal et de la province une préparation à l'amour de la patrie au sens habituel de ce terme : « L'amour du pays natal ne s'épanouit jamais en amour de la patrie. Au contraire, s'il se développe, il en devient un furieux adversaire ; il commence dans le particularisme pour finir dans la revendication de l'autonomie [20]. » Dans cette perspective, le patriotisme, loin d'être le prolongement de l'attachement à la province, apparaissait au contraire comme un contrepoids nécessaire pour éviter que ce dernier ne se perde dans un provincialisme stérile et sans issue. De ce fait, malgré les doutes formulés par la *Jeune Droite* sur le patriotisme d'*Esprit*, celui-ci était cependant bien réel : *Esprit* se défendait de méconnaître la réalité de la patrie, prétendant ne dénoncer que son durcissement en égoïsme chauvin. « Nous sommes des hommes incarnés, notait Mounier, nous tenons à une patrie, nous savons son visage, son expérience, ses dons et, par conséquent, sa mission propre [21]. » Toutefois, la définition qu'en donnait Izard était assez floue et abstraite car il semblait voir essentiellement dans la patrie une unité culturelle, un « même tour d'esprit », une « affinité spirituelle » : « une façon spéciale de voir les choses, de les exprimer, de les sentir. » « Cela n'est rien ou presque, ajoutait-il, mais se glisse partout dans la façon de marcher, de s'habiller, de parler, d'aimer, de mourir [22]. » Le texte élaboré au Congrès de Font-Romeu complétait cette définition par un élément historique : « Un groupe d'hommes a cherché, lutté, souffert et le résultat de son histoire commune c'est une vision particulière du

19. *Réaction*, n° 6, avril 1931, p. 22.
20. *Esprit*, n° 4, janvier 1933, p. 550.
21. *Esprit*, n° 16, janvier 1934, p. 536.
22. *Esprit*, n° 4, janvier 1933, p. 553-554.

monde. » Cette conception n'était pas tout à fait du goût de la *Revue du siècle* qui lui reprochait d'être imprécise et de négliger l'assise géographique et territoriale de la patrie. Par ailleurs, la *Jeune Droite* n'appréciait que très modérément les mises en garde répétées d'*Esprit* contre la tentation de faire du patriotisme un culte idolâtre.

Ces vues d'*Esprit* – surtout développées par G. Izard d'une manière parfois un peu confuse – avaient un certain nombre de points communs avec celles de l'*Ordre Nouveau*. Celui-ci répudiait, comme *Esprit*, ce qu'il appelait le « fédéralisme pyramidal ». Exprimant ses craintes de voir se développer des « chauvinismes locaux », il considérait en effet qu'il devait s'établir entre la « patrie » (synonyme, rappelons-le, de région dans le vocabulaire de l'*Ordre Nouveau*) et la « nation » une tension permanente et féconde [23] permettant aux « patries » de ne pas s'étioler en se refermant sur elle-même et à la « nation » de ne pas s'évanouir dans l'abstrait : « La nation et la patrie, loin de pouvoir s'opposer, se soutiennent et se complètent. La vocation nationale empêche les unités locales, les "patries" dans le sens précis du terme, de tomber dans la stagnation d'un provincialisme sans large horizon. L'enracinement concret, charnel pourrait-on dire, empêche une culture nationale de se dessécher, de perdre contact avec le réel et de succomber à la tentation de l'abstrait [24]. » De la « nation », l'*Ordre Nouveau* – qui avait le goût de bouleverser les définitions les mieux établies, ce qui n'était pas toujours un élément de clarté – avait une conception assez particulière, proche d'ailleurs de ce qu'Izard appelait dans sa terminologie personnelle la patrie [25]. L'*Ordre Nouveau* définissait en effet en ces termes la « nation » dans le lexique qui accompagnait son programme : « La nation est une tradition historique et un nœud de culture ; elle correspond aux facteurs spirituels communs à diverses patries

23. C'était là une des applications particulières de la philosophie « dialectique » de l'*Ordre Nouveau* évoquée plus haut. De même, alors que la *Jeune Droite* insistait sur l'harmonie à réaliser entre tous les groupes constituant le corps social, l'*Ordre Nouveau* soulignait, lui, la nécessité de sauvegarder, tout en évitant l'anarchie, l'existence de tensions entre ces groupes.

24. C. Chevalley, A. Marc, *Avant-Poste*, février 1934, p. 22.

25. Dans le *Manifeste au service du personnalisme*, Mounier adoptera la terminologie et les définitions de l'*Ordre Nouveau*.

régionales : en elle s'incarne, sous une forme concrète, l'esprit d'universalité qui règne sur des terres particuliè- res [26]. » Ainsi la « nation » s'identifiait avec une certaine aire culturelle, mais ne coïncidait pas nécessairement avec un État ni avec des frontières administratives : « Exemple : la France, l'Italie ou l'Espagne sont des nations ; mais non la Russie, la Tchécoslovaquie ou les États-Unis [27]. » À travers ces dis- tinctions, le but recherché par l'*Ordre Nouveau* était de dis- loquer le cadre classique de « l'État-Nation » en dispersant à des niveaux et dans des domaines différents les éléments le constituant : « patrie », « nation », « État ».

Cet échafaudage n'allait pas sans quelque artifice, aussi la *Jeune Droite* ne ménageait-elle pas ses critiques à ces conceptions de l'*Ordre Nouveau* et, notamment, à sa défini- tion de la nation : « On peut s'étonner, remarquait Maxence, de voir des hommes qui critiquent dans le monde moderne la prédominance tyrannique de l'abstraction nous proposer une patrie sans frontière, réduite à un pur sentiment racique, quelque chose comme la "patrie juive" qui subsiste sous tous les climats [28]. » La *Jeune Droite* restait pour sa part nationa- liste au sens traditionnel du terme et considérait que l'atta- chement à la famille et à la province trouve son plein épa- nouissement dans l'amour de la patrie et de la nation. Tout en insistant, on l'a vu, sur l'importance des sociétés inter- médiaires constituant la collectivité nationale, elle n'en conti- nuait pas moins à voir en celle-ci le cadre privilégié dans lequel peut s'accomplir de la manière la plus enrichissante le destin de l'homme : « Dans l'état présent du monde, la nation est la condition première des autres biens, tant spiri- tuels que matériels. C'est elle qui soutient, élève nos virtua- lités d'êtres vivants jusqu'à l'acte d'une nature humaine, elle qui nous fait homme. C'est elle qui, à un degré et sous des formes variables, nous transmet le capital de la civilisa- tion [29]. » La définition qu'elle donnait de la nation synthétisait les trois termes que l'*Ordre Nouveau* voulait dissocier. Elle en résumait en effet ainsi les composantes : « L'origine d'abord, la "nation", l'alliance de familles rapprochées par

26. *Ordre Nouveau*, n° 9, mars 1934, p. 11.
27. *Ibid.*
28. *Réaction*, n° 8, janvier 1932, p. 48.
29. J. Terral, *Revue du siècle*, n° 10, février 1934, p. 14.

des liens de sang : de là sortent la continuité, le lest de la tradition, l'éducation commune, la poussée vers l'avenir. Le milieu ensuite : le cadre naturel, le territoire qui provoque l'adaptation, qui stabilise. Enfin le ciment qui achève la synergie des deux autres : l'organisation politique, l'État ; il assume la protection, la direction, l'ordre, le progrès[30]. » Si la *Jeune Droite* admettait que les critiques d'*Esprit* attaquant le nationalisme comme la transposition à l'échelle collective d'un individualisme honteux pouvaient avoir quelque fondement contre une forme de nationalisme qu'elle qualifiait de « révolutionnaire », elle n'en affirmait pas moins la légitimité d'un nationalisme français « raisonnable, nécessaire, mais réaction limitée de défense et de vie ».

Il est à remarquer que la *Jeune Droite* insistait sur les limites de son nationalisme. Elle soulignait qu'il ne s'agissait pas pour elle d'en faire un absolu, qu'il ne devait pas conduire au mépris des autres nations, qu'il ne devait pas faire perdre de vue ce que le manifeste de *Réaction* appelait « l'unité humaine ». Elle mettait l'accent sur son caractère de « mal nécessaire » imposé par l'histoire et la situation de l'Europe des années 1930. Il y avait d'ailleurs chez la *Jeune Droite* comme une nostalgie de l'Europe chrétienne et à plusieurs reprises elle citera un texte ancien de Maurras qui *exprimait ce caractère relatif du nationalisme :* « *C'est le* malheur des siècles et la suite funeste de nos révolutions qui ont voulu que de nos jours les nations deviennent les intermédiaires inévitables pour ces rapports lointains qui sans elles s'effondrent. Il n'en a pas toujours été ainsi. Il fut un temps où l'Internationale ne dépendait pas des nations mais les présidait et les commandait. Avant d'être Français, Italien, Anglais ou Germain, l'homme du Moyen Âge fut citoyen d'une civilisation générale qui avait sa langue, son esprit, ses mœurs, sa foi, sa science, son art, ses façons de sentir sans aucun souci de la base des États. La vraie frontière, la frontière religieuse, s'étendait jusqu'à la rencontre de la barbarie. Il ne faut pas craindre de le redire : cela était, cela n'est plus. Nous avons eu mais nous avons perdu l'unité humaine. »

30. *Ibid.*, p. 14.

Si la *Jeune Droite* considérait *hic et nunc* le nationalisme – limité – « comme la seule issue laissée par l'événement [31] », elle n'estimait donc pas que la nation fût fatalement le dernier stade de l'évolution des sociétés. Aussi ne manifestait-elle pas une hostilité absolument systématique à l'idée d'une union européenne. Cependant, ses jugements étaient sévères pour « ceux qui se gargarisent des échos de Paneurope [32] ». C'est qu'en effet la voie empruntée par Briand et le briandisme lui paraissait sans issue : une Europe fondée seulement sur une union d'intérêts économiques ou sur de fragiles textes juridiques lui semblait promise à l'échec. « Sous prétexte de réalisme positif, notait Roger Magniez dans *Réaction*, elle *pense* [l'Europe] à *remplacer ce qui lui manque par des* conventions sur le fer et sur le charbon, par l'unification des tarifs douaniers, par l'accroissement des échanges commerciaux, par les chemins de fer, par la TSF. Elle s'étourdit de discours, de palabres, de conférences, de statistiques. Ou bien encore, elle se satisfait du verbalisme des pactes où l'on s'interdit solennellement de se servir dorénavant de la guerre comme instrument de la politique. Pauvres moyens qui ne servent qu'à mesurer notre abaissement moral et spirituel et à masquer la peur qui nous étreint [33]. » Toutefois, ce qui était ainsi mis en question, c'était plus les moyens mis en œuvre que le but poursuivi. Pour la *Jeune Droite*, l'unité à faire devait reposer tout d'abord – et l'on retrouvait là sa nostalgie de l'Europe chrétienne – sur l'existence d'une communauté spirituelle. Jean de Fabrègues prophétisait : « L'Europe sera quand elle aura retrouvé un esprit commun et ce ne sont pas les rites européens qui suffiront à le lui rendre [34]. » C'est pourquoi, la création des conditions véritables d'un ordre européen supposait, selon Roger Magniez, « un formidable mouvement de réaction spirituelle [35] ». Ce thème de l'Europe fut surtout développé par *Réaction* dans les années 1930-1931, c'est-à-dire au moment où le projet Briand était au premier plan de l'actualité. Par la suite, il n'en fut plus guère question. Malgré tout, il était intéressant de noter cette atti-

31. T. Maulnier, *Demain la France*, *op. cit.*, p. 33.
32. J. de Fabrègues, *Réaction*, n° 5, février 1931, p. 25.
33. *Réaction*, n° 1, avril 1930, p. 22.
34. *Réaction*, n° 3-4, juillet 1930, p. 112.
35. *Réaction*, n° 1, avril 1930, p. 22.

tude qui ne rejetait pas absolument l'idée d'un dépassement du cadre national et allait même jusqu'à envisager favorablement l'idée d'un « fédéralisme mondial[36] ».

Cette éventualité d'un dépassement possible des frontières nationales traditionnelles se retrouvait dans *Esprit* et, surtout, dans l'*Ordre Nouveau*. Dans *Esprit*, Georges Izard insistait sur les hasards de l'histoire qui faisaient selon lui du patriotisme « un sentiment naturel pour une création fortuite, sinon artificielle[37] ». Soulignant que l'objet du patriotisme était quelque chose de fluent, fruit de circonstances contingentes, il se refusait à le considérer comme fixé une fois pour toutes, réservant pour l'avenir la possibilité d'une extension du sentiment patriotique avec l'extension de la notion de société. Plus explicitement, le programme élaboré à Font-Romeu déclarait à propos de la patrie : « Elle ne se dresse pas contre les autres, elle leur apporte et elle reçoit d'elles ; et peut-être cet échange se transformera-t-il un jour en une communauté morale qui élargira un jour la patrie[38]. » Ce texte envisageait aussi la formation d'une « fédération mondiale » destinée à « assurer la paix entre les États et, plus encore, à organiser un échange des valeurs morales qu'ils représentent[39] ». Cependant, ces thèmes n'étaient guère développés par *Esprit* dont la position la plus claire était négative : le souci de brider toute forme de nationalisme et le refus de faire de la patrie ou de la nation un absolu.

Comme de coutume, l'*Ordre Nouveau* était plus dogmatique. Ses conceptions, toutefois, restaient sur nombre de points imprécises du fait, notamment, du caractère parfois contradictoire des programmes successifs qu'il élabora. Il s'affirmait, nous l'avons vu, « fédéraliste » et il mettait l'accent sur la nécessité de tenir compte des exigences de la « solidarité internationale ». Mais, de même qu'il refusait, à l'intérieur, de confondre son « fédéralisme » avec une simple politique décentralisatrice ou régionaliste au sein de l'État-Nation, il refusait, à l'extérieur, de fonder son « fédéralisme » sur une simple association de ces mêmes États-Nation, ceux-ci étant, selon lui, condamnés à une rivalité incessante

36. J. Loisy, *Revue du siècle*, n° 13, juin 1934, p. 69.
37. *Esprit*, n° 4, janvier 1933, p. 554.
38. *Esprit*, n° 1, octobre 1932, p. 136.
39. *Ibid.*

et stérile. Tel était, à ses yeux, une des tares majeures de la Société des Nations et des projets briandistes. Son « fédéralisme » supposait donc l'éclatement préalable des États-Nation. On retrouvait ici la condamnation déjà évoquée d'un « fédéralisme pyramidal » prétendant « grouper les communes en régions, les régions en patries, les patries en nations et les nations en Esdéenne... [40] ». La « Fédération O.N. » devrait donc rassembler dans un ordre toutes ces « sociétés » et ces « communautés » considérées comme des réalités hétérogènes, mais sans les détruire et sans les intégrer dans une hiérarchie homogène qui stériliserait les tensions nécessaires entre les différents pôles de cette « fédération ».

Plus concrètement, un des textes-programme publié en décembre 1933 par l'*Ordre Nouveau* se prononçait pour une « organisation régionaliste de l'Europe » reprenant d'ailleurs là un vocabulaire qui avait été celui de *Plans*, lequel avait donné en 1931 à l'un de ses numéros spéciaux ce titre significatif : « Faites l'Europe, sinon faites la guerre. » Dans une livraison de l'*Ordre Nouveau* intitulée « Par-dessus les frontières... vers le fédéralisme », René Dupuis s'attachait à montrer que l'Europe présentait d'ailleurs de nombreuses pierres d'attente pour une organisation fédéraliste : par l'existence d'une unité organique de civilisation ; par la référence commune à une échelle de valeurs héritée du christianisme et fondée sur le primat de la personne humaine ; et, en même temps, par la multiplicité et la diversité des foyers particuliers de vie sociale et de culture. René Dupuis concluait cet article en souhaitant, pour « le salut de l'Europe », que les peuples européens s'acheminent vers une révolution fédéraliste de façon à permettre l'épanouissement de ce « pluralisme cohérent » brimé par le développement, depuis le XVIe siècle, d'une politique de « clans » aboutissant au « morcellement de l'Europe en unités politiques de plus en plus étanches et fermées [41] ». On notera aussi que, à l'image de la *Jeune Droite*, ce texte traduisait une certaine nostalgie de l'Europe médiévale : « Saint Louis, écrivait-il ainsi, réussit presque à résoudre le problème de l'Europe, en s'appuyant sur l'organisation économique et les règles sociales du féodalisme

---

40. A. Marc, *Ordre Nouveau*, n° 15, novembre 1934, p. 14.
41. *Ibid.*, p. 27.

– lesquelles assuraient et l'unité organique et la diversité locale et culturelle – et en élevant le monde féodal au-dessus de lui-même par le libre recours des suzerains à l'arbitrage d'équité chrétienne et à la direction spirituelle que son prestige moral lui valut d'exercer – arbitrage et direction qui étaient l'expression et le symbole vivant du principe de personnalisme et d'universalisme[42]. »

Sur la voie à emprunter pour parvenir à cet ordre européen, l'*Ordre Nouveau* se séparait de la *Jeune Droite* en accordant une assez grande importance à la possibilité d'une coopération économique européenne qui lui apparaissait comme un moyen de faire naître une solidarité de l'Europe autour de ses besoins vitaux. L'*Ordre Nouveau* proposait ainsi d'instituer entre les peuples européens une « zone d'échanges planés » et de créer, pour ce faire, un « organisme supranational » ayant pour tâche de coordonner la production et la répartition des « produits nécessaires à la vie[43] ». Assurant à chaque Européen une sorte de minimum vital, ce projet devait être, selon ses auteurs, un gage de paix pour le continent, un moyen de sortir des impasses de l'internationalisme et de l'autarcie : « Reposer sur ces bases les questions supranationales, notait Robert Aron, assurer par une solidarité réelle entre les peuples aussi bien une production planée des denrées essentielles qu'une production libre des denrées de luxe, c'est montrer qu'il y a aux problèmes politiques extérieurs d'autres solutions que l'impérialisme, d'une part, et l'internationalisme, d'autre part[44]. »

Ainsi, si l'on retrouvait dans tous ces groupes des thèmes communs, leur accord n'était pas total. Ces divergences s'accusaient sur un sujet qui, par certains côtés, était connexe des précédents, celui de la colonisation. La *Jeune Droite* s'en désintéressait le plus souvent. Toutefois, un chapitre lui fut consacré par Thierry Maulnier dans *Demain la France*, chapitre qui célébrait « la France, nation colonisatrice par tradition, par héritage, par culture, par sa civilisation même et la forme d'esprit de ses citoyens[45] ». Considérant les colonies comme « des instruments de puissance et de prestige, des

42. *Ordre Nouveau*, n° 15, novembre 1934, p. 26.
43. Cf. R. Aron, *ibid.*, p. 3-7.
44. *Ibid.*, p. 7.
45. *Demain la France*, *op. cit.*, p. 121.

réserves de forces, des vassaux utiles, non des terres à prendre », il soulignait que l'Empire était la grande chance de la France, une chance trop ignorée par ses propres dirigeants : « Ou elle [la France] sera impériale et coloniale, écrivait-il, ou elle devra renoncer à sa place au rang de grande nation [46]. » Montrant que la colonisation française n'était pas motivée par la recherche de terres à occuper pour y déverser un excès de population, il insistait sur le fait qu'elle était l'expression d'une « fonction civilisatrice ». Aussi souhaitait-il que l'on fasse « comprendre aux populations assujetties à la France qu'elles ont, seules dans le monde, la chance de n'être pas menacées par les peuples avides d'air libre et qu'elles sont protégées contre eux, que nous n'aspirons qu'à un empire politique, administratif, économique, militaire et spirituel de forme romaine où les nationalités sont respectées, qu'en un mot, la domination française est la seule chance pour les peuples soumis de parvenir un jour à une existence d'hommes libres [47] ». Ainsi, même s'il était jugé regrettable que les colonies soient trop souvent considérées par la métropole comme « de vagues dépendances où le régime n'envoie guère, aux côtés d'une élite militaire, que ses hommes d'affaires les plus rapaces, ses bagnards et ses fonctionnaires compromis [48] », le principe de la colonisation n'était pas mis en question par la *Jeune Droite*.

Telle n'était pas la position d'*Esprit* qui fut notamment exposée par Olivier Lacombe sous le titre « La colonisation devant la conscience chrétienne ». Celui-ci faisait d'abord dans cet article un examen très critique des divers arguments avancés par les défenseurs de la colonisation. C'est ainsi que, tout en admettant l'existence d'une « mission civilisatrice de l'Occident », il formulait de sérieuses réserves sur cette « mission » en soulignant que, dans la pratique, elle se trouvait souvent trahie par ceux qui s'en réclamaient et en déplorant que cette idée conduise trop souvent les colonisateurs à « manquer de sympathie et de compréhension à l'égard des cultures étrangères à la tradition européenne [49] ». Il ne niait pas d'autre part que la colonisation ait pu être dans certains

---

46. *Ibid.*, p. 121.
47. *Demain la France*, *op. cit.*, p. 122.
48. *Ibid.*, p. 120.
49. *Esprit*, nᵒ 6, mars 1933, p. 1023.

cas bénéfiques : « Il n'est pas douteux que le fait actuel de
la colonisation, si précaires qu'en soient les fondements de
droit, peut encore apporter à certains peuples colonisés des
bienfaits appréciables et qu'en nombre de cas une retraite
précipitée de l'autorité métropolitaine serait un désastre pour
la colonie. Il n'est pas douteux que du bien a été fait, des
abus criants redressés, des coutumes désuètes ou ankylosées
abolies, le désordre chronique réduit [50]. » Ceci admis, il mettait l'accent sur le caractère provisoire de la colonisation dont
le but final ne pouvait être, à ses yeux, que l'émancipation
des peuples en tutelle : « Les puissances colonisatrices doivent se montrer particulièrement soucieuses de préparer le
retour, aussi prompt que possible, de leurs colonies – sans
bien entendu pécher pour cela par imprudence et précipitation, mais ce n'est pas à craindre – à un statut politique
normal. Ce qui ne se fera pas ainsi dans la paix et une amitié
au moins relative, se fera tôt ou tard par la violence et le mal
n'en sera que plus grand [51]. » Dans cette perspective, afin de
ménager les transitions, Olivier Lacombe se prononçait pour
le développement des mandats internationaux de la Société
des Nations se substituant aux protectorats étatiques.

Plus directement, *Esprit* s'engagea dans une campagne
contre ce qu'il considérait comme les abus et les tares de la
colonisation. Il publia ainsi un numéro spécial intitulé « Pour
la vérité en Extrême-Orient », consacré à la guerre sino-
japonaise et aux problèmes de l'Indochine française. Dans
l'avant-propos, Mounier déclarait : « Ceux mêmes qui croi-
raient à un "juste colonialisme" doivent exiger l'enquête sur
des faits qui minent à grande vitesse l'œuvre chère à leur
cœur. Ceux qui pensent qu'un apport spirituel peut être offert
à des peuples mineurs ou différemment évolués à condition
que l'on soit respectueux des civilisations, sans suffisance de
caste, prêts à recevoir autant qu'à donner, à proposer et non
pas à imposer, ceux-là ont, les premiers, le devoir de se
désolidariser avec éclat des marchands et des policiers qui
couvrent d'un langage spirituel des mœurs de corsaires petits-
bourgeois [52]. » Suivait notamment un reportage d'Andrée

---

50. *Ibid.*
51. *Esprit*, n° 6, mars 1933, p. 1024.
52. *Esprit*, n° 15, décembre 1933, p. 350.

Viollis dénonçant l'exploitation mercantile de l'Indochine, l'aveuglement des fonctionnaires coloniaux et la brutalité de la répression policière contre les menées nationalistes. Elle terminait son article en citant un propos d'un haut fonctionnaire : « Dans quinze ans, nous autres, Français d'Indochine, nous ne serons plus ici et ce sera notre faute. »

L'*Ordre Nouveau* était sur cette question proche d'*Esprit*. Il était en effet assez critique à l'égard de l'œuvre colonisatrice à l'intérieur de laquelle il soulignait l'influence pernicieuse du capitalisme : « La question est de savoir, interrogeait Jacques Dalbon, si la colonisation est un jeu à fins capitalistes et belliqueuses ou si c'est une œuvre à fins humaines [53]. » Sur le plan doctrinal, la colonisation lui paraissait être une forme d'impérialisme qu'il répudiait très nettement : « Nous condamnons et rejetons le colonialisme sous toutes ses formes : ne sont légitimes que les groupements spontanés – historiques, géographiques, économiques et humains – des régions naturelles [54]. »

On le voit, les perspectives de tous ces mouvements étaient assez loin d'être absolument identiques. Malgré tout, au-delà des divergences, il y avait entre eux quelques principes communs. Tout d'abord – et cela découlait de leur « personnalisme » – l'affirmation que la société est une réalité naturelle dans laquelle s'enracine nécessairement l'existence humaine et non le fruit d'un hypothétique contrat social. En second lieu, ces mouvements insistaient tous, on l'a noté, sur le fait que la « société » n'est pas un être homogène et monolithique mais un ensemble complexe de groupes sociaux divers qui doivent être articulés et fédérés de telle façon que l'homme échappe aussi bien à l'anarchie d'un individualisme abstrait qu'à l'oppression d'un collectivisme dépersonnalisant. Une multitude organisée de communautés s'étageant entre l'individu et l'État et correspondant aux diverses exigences de la vie humaine leur apparaissait comme la meilleure garantie des libertés personnelles et du progrès social. Ils soulignaient par ailleurs que si chacun de ces groupes, auquel l'homme est amené à s'agréger au cours de son existence, doit être reconnu

53. *Ordre Nouveau*, n° 2, juin 1933, p. 27.
54. *Ordre Nouveau*, n° 9, mars 1934, p. 27.

dans sa réalité autonome, il ne doit pas pour cela se refermer sur lui-même et donner naissance à un particularisme agressif mais, au contraire, s'intégrer dans une harmonie globale. C'est cette idée qui amenait ces mouvements à mettre, avec plus ou moins de vigueur, l'accent sur les limites du patriotisme et sur les exigences de la solidarité internationale. Telles étaient donc – schématiquement résumées – quelques-unes des notions clés qui inspiraient aussi bien le « corporatisme nationaliste » de la *Jeune Droite* que le « fédéralisme intégral » de l'*Ordre Nouveau* en passant par les tendances régionalistes et décentralisatrices d'*Esprit*. Une telle unité d'inspiration n'empêchait pas tout désaccord et il est bien évident que les vues de la *Jeune Droite* qui tendaient surtout à un nouvel aménagement social du cadre de l'État-Nation n'étaient pas exactement celles de l'*Ordre Nouveau* qui considérait que la dislocation de ce cadre était la condition première d'une telle réorganisation.

Sur le rôle et la structure de l'État, on retrouvait dans ces groupes la même unité d'inspiration et la même diversité dans les conséquences tirées de principes communs. Ils s'accordaient tout d'abord, d'une manière négative, pour dénoncer toutes les formes d'étatisme. Celui-ci leur semblait être en effet une des tares majeures de l'époque, fruit des conceptions individualistes et libérales laissant l'État face à une multitude d'individus atomisés, désarmés et impuissants. De façon plus positive, ces mouvements affirmaient la nécessité de distinguer avec la plus grande netteté la société et l'État. Pour eux, l'État ne devait pas être le moteur unique de la vie sociale : sa fonction est simplement de coordonner celle-ci afin d'éviter l'anarchie qu'engendrerait le libre jeu des groupes sociaux laissés à eux-mêmes. Ainsi, si l'État permet et favorise l'épanouissement de la société et des sociétés intermédiaires, il ne saurait, autant que cela est possible, se substituer à elles : « Les organes de l'État, écrivait Jean de Fabrègues, ne sont qu'instruments au service de ces cadres humains : familles, métiers, provinces. Là l'homme vit comme sa nature le veut. C'est à ces moyens de vivre que l'État s'ordonne [55]. » C'est aussi cette subordination de l'État à la société que rappelait Thierry Maulnier en s'attaquant de

---

55. *Réaction*, n° 11, juin 1932, p. 22.

plein fouet aux conceptions fascistes : « L'État n'est point le fondement réel de la nation ni son fondement idéal. La nation n'en dérive pas comme d'un archétype, elle n'en est pas extraite comme d'un moule. Les systèmes d'institutions ne sont au contraire que des cadres approchés, relativement grossiers et rigides ; ils défendent, soutiennent, continuent une réalité infiniment plus riche et plus complexe. Au-delà des institutions, comme au-delà de la race, l'analyse découvre l'homme et l'effort de l'homme, l'invention de l'individu et la solidarité du groupe, la nation [56]. »

L'*Ordre Nouveau*, qui définissait l'État comme « l'organisme chargé de la contrainte », poussait à l'extrême la méfiance à son égard et tentait de réduire au maximum son rôle : « Sans l'état [57], notait Alexandre Marc, quelles que soient la forme ou l'expression qu'il assume, les groupements humains succomberaient à l'émiettement et au désordre ; mais il apparaît avec évidence que l'existence de l'état représente une menace constante dirigée contre l'indépendance de ces groupements et la liberté des personnes qui les composent : l'état est donc un moindre mal [58]. » Aussi l'*Ordre Nouveau* insistait-il très fortement sur « l'indépendance intrinsèque » des communautés intermédiaires et sur la subordination de l'État à leur égard : « L'état O.N. sera donc au service des sociétés : l'initiative appartiendra aux communes, aux corporations et aux différents groupements intermédiaires [59]. » Le lexique qui accompagnait le manifeste de l'*Ordre Nouveau* publié en mars 1934 précisait au mot « état » : « L'état n'est ni au-dessus des patries, ni des nations : il est à leur service. Exécuteur des basses œuvres, il a sous sa compétence des fonctions de statistique, de sécurité, de classification, d'arbitrage administratif et économique. Ses initiatives sont rigoureusement limitées. L'initiative appartient en effet aux groupements locaux (communes et corporations) et aux divers organismes qui représentent les groupements locaux et les individus (cellules O.N., Syndicats, Groupements corporatifs...) [60]. » Moins

---

56. *Action française*, 30 mars 1933.
57. Cette suppression de la majuscule au début du mot « État » était une manifestation typographique de l'antiétatisme de l'*Ordre Nouveau*.
58. *Ordre Nouveau*, n° 14, octobre 1934, p. 31.
59. *Ibid.*
60. *Ordre Nouveau*, n° 9, mars 1934, p. 11.

dogmatique, davantage tourné vers les questions philosophiques, *Esprit* était sur ce chapitre nettement moins prolixe que l'*Ordre Nouveau*. On y trouvait cependant exprimés la même méfiance à l'égard de l'État et le même souci d'empêcher celui-ci de s'identifier avec l'ensemble de la vie sociale : « L'État, écrivait Mounier, n'est pas une personne collective, mais un arbitre entre les personnes collectives et individuelles. Il n'a pas à posséder. Le domaine même dont il s'est alourdi, même en régime libéral, il serait souhaitable qu'il le rétrocède à des collectivités corporatives, pour ne conserver à sa charge que des services publics automatiques du genre de la distribution postale. Son rôle normal est de stimuler, diriger, surveiller, contenir, arbitrer, son rôle exceptionnel de relever l'individu ou la collectivité défaillante, mais pour s'effacer au plus tôt et préparer un ordre qui prévienne les défaillances [61]. »

Tout en participant à cette réaction antiétatiste, la *Jeune Droite* avait parfois tendance à considérer qu'*Esprit* et l'*Ordre Nouveau* exagéraient un peu dans ce sens. Elle accordait une plus grande importance qu'eux à l'État et à l'autorité en insistant particulièrement sur leur fonction éducatrice, protégeant l'homme de lui-même et guidant sa liberté. On retrouvait là le débat que l'on a déjà signalé plus haut entre le « pessimisme » de la *Jeune Droite* (surtout de l'équipe de la *Revue du siècle*) et « l'optimisme » de l'*Ordre Nouveau* et d'*Esprit* plus enclins à faire confiance à la liberté de l'homme.

L'antiétatisme de ces groupes ne les conduisait cependant pas à souhaiter l'affaiblissement de l'État. La garantie des libertés personnelles et sociales ne résidait pas essentiellement à leurs yeux dans des mécanismes institutionnels internes d'équilibre des pouvoirs mais dans une limitation externe du domaine d'intervention de l'État. Ces groupes, dans une perspective qui, par certains côtés, était proche de l'enseignement maurrassien, se prononçaient donc pour un État fort,

---

61. *Esprit*, n° 19, avril 1934, p. 65. Cf. aussi *Manifeste au service du personnalisme, op. cit.* : « L'État n'est pas une communauté spirituelle, une personne collective au sens propre du mot. Il n'est au-dessus ni de la patrie ni de la nation, ni, à plus forte raison, des personnes. Il est un instrument au service des sociétés et, à travers elles, contre elles s'il le faut, au service des personnes. Instrument artificiel et subordonné mais nécessaire » (*Esprit*, octobre 1936, p. 177.)

mais limité. « Restreindre les attributions pour accroître l'autorité », tel était le programme que se proposait la *Jeune Droite* : « La définition de l'État et des tâches qui lui reviennent de droit, écrivait Thierry Maulnier, est donc la base nécessaire de tout effort de reconstruction (...) L'antiétatisme et la décentralisation, dépouillant les organes centraux du gouvernement de toute activité parasite, diminuant en nombre et en complexité les inutiles soucis qui les grèvent actuellement, doivent leur restituer toute leur vigueur et toute leur efficacité dans les tâches qui intéressent directement la vie nationale et ne peuvent être assumées que par les suprêmes pouvoirs nationaux. L'État nouveau doit voir ses attributions restreintes et son pouvoir réel fortifié dans l'ordre politique. Il importe qu'il exerce une autorité accrue dans son domaine restreint. Il importe qu'il soit en même temps déchargé et renforcé [62]. »

L'*Ordre Nouveau* avait une position analogue. C'est elle qu'il développait notamment en répondant aux critiques de la *Jeune Droite* qui lui reprochait d'exagérer dans la minimisation du rôle de l'État et de par trop méconnaître la fonction irremplaçable qu'il assume dans l'organisation de la société : « Il est vrai, déclarait-il, que l'état – c'est-à-dire l'organisme administratif et bureaucratique – doit être dans un régime O.N. rigoureusement subordonné aux formations naturelles et spontanées. Il n'est pas vrai que cette primauté des formations naturelles sur l'état entraîne le moins du monde la négation du pouvoir civil, de ses attributions propres, de son rôle particulier : un pouvoir sain ne peut être que fort et limité [63]. » Rejoignant le texte plus haut cité de Thierry Maulnier, Alexandre Marc précisait : « L'état O.N. sera donc un état fort dans la mesure même où il sera maintenu dans les limites légitimes de sa compétence au lieu de proliférer aux dépens de l'organisme vivant [64]. » Cette tendance était aussi celle d'*Esprit* où l'on n'avait guère d'indulgence pour la faiblesse des institutions parlementaires et où l'on était favorable à la fois à une politique décentralisatrice et à l'existence d'un exécutif fort : « Antiétatistes, nous le

62. *Demain la France*, *op. cit.*, p. 176-178.
63. Feuillet encarté dans le n° 11 de l'*Ordre Nouveau* (mai 1934).
64. *Ordre Nouveau*, n° 14, novembre 1934.

sommes dans la mesure où doit être réduit, au profit des personnes et des collectivités naturelles, l'espace occupé par l'État ; nous pensons cependant que là où est sa fonction, dans la juridiction du bien commun, l'autorité de l'État est aujourd'hui défaillante[65]. »

Si ces principes très généraux sur la structure de la société et le rôle de l'État faisaient l'objet de développements assez substantiels, ces mouvements étaient beaucoup moins diserts lorsqu'il s'agissait de préciser leurs conséquences institutionnelles. C'était là un domaine dans lequel ils s'aventuraient avec réticence. C'est aussi à ce niveau qu'apparaissaient entre eux les différences les plus nettes. Leurs programmes institutionnels – plus ou moins élaborés suivant les groupes – divergeaient en effet assez profondément. Pourtant il y avait chez tous un point commun découlant de leur commune inspiration décentralisatrice et régionaliste, « corporative » et « fédéraliste » : c'était l'idée d'une représentation au niveau de l'État des corps sociaux intermédiaires en général et des intérêts économiques en particulier. Pour reprendre un vocabulaire utilisé par Lagardelle dans *Plans*, tous ces mouvements avaient le souci de construire leurs projets institutionnels en fonction de « l'homme réel » considéré dans sa réalité géographique, historique, sociale et économique et non sur l'individu abstrait et purement « politique », fondement de la démocratie libérale.

Sur ce terrain, la *Jeune Droite* n'innovait guère et restait dans la ligne de l'*Action française*. Le manifeste de *Réaction* dénonçait « la décadence démocratique, fille du nombre et de la quantité[66] » et Thierry Maulnier, dans *Demain la France*, se prononçait en faveur de la création d'un « État indépendant du suffrage[67] ». Dans cet ouvrage, Thierry Maulnier reprenait les grands thèmes de la critique maurrassienne de la démocra-

---

65. « Lignes de position », *Esprit*, n° 18, mars 1934. Cf. *Manifeste au service du personnalisme* : « On voit maintenant de quelle façon nous sommes antiétatistes. Nous réduisons considérablement l'espace et la puissance de l'État, mais là où il est compétent, son pouvoir de juridiction, chargé par la mission que nous lui donnons d'une autorité augmentée, doit disposer au contraire de tous les recours de la loi, contrainte comprise. » (*Esprit*, octobre 1936, p. 180.)
66. *Réaction*, n° 1, avril 1930, p. 2.
67. *Demain la France*, *op. cit.*, p. 178.

tie : « Le suffrage universel, maître du gouvernement, ruine l'autorité dans le gouvernement, puisque les chefs politiques ne sont que les représentants toujours timides, toujours révocables, toujours liés de la volonté générale ; il ruine la personnalité dans le gouvernement puisque les membres n'agissent point en leur nom propre mais en vertu de mandats impératifs et de délégations provisoires au nom de la foule anonyme. Il détruit la responsabilité par de continuels changements de personnel politique qui fait que ceux qui prennent les décisions ne sont pas ceux qui en subissent les conséquences ; et, par cette instabilité constante, il rend de même toute continuité impossible [68]. » Ce pouvoir indépendant du suffrage, sauvegardant les principes d'autorité, de responsabilité, de personnalité et de continuité indispensables à l'efficacité de l'activité gouvernementale, quelle forme devait-il prendre ? Dans *Demain la France*, des considérations d'opportunité amenèrent les auteurs à ne pas préciser la nature du « Chef de l'État » qui devait l'incarner. En fait, c'est à la monarchie qu'allaient les préférences de la *Jeune Droite*. C'est ainsi que l'on pouvait lire dans la *Revue du siècle*, sous la plume de René Vincent, une assez curieuse démonstration de l'actualité de la monarchie : « On a prononcé le mot de "personnalisme" qui nous séduit puisqu'il tend à la restauration de personne humaine, c'est-à-dire à sa remise en place. À cette abstraction, la monarchie, telle que nous la concevons, nous semble correspondre très heureusement dans le concret. Quel meilleur moyen de restaurer la personne que de placer au sommet de l'État, non plus les entités filles du nombre, mais une personne, c'est-à-dire un homme encadré dans sa famille, première cellule sociale, dans son métier, son métier de roi [69]. » On remarquera que ce monarchisme de la *Jeune Droite* était assez discret. Il semblait que, sa conviction étant faite, elle n'éprouvât pas le besoin de revenir sur le sujet en jugeant que sa tâche principale était ailleurs. Les professions de foi royalistes tendirent cependant à se faire un peu plus fréquentes à partir de la fin de 1933. Elles coïncidèrent avec les débuts politiques du comte de Paris qui entretint des relations avec certains des représentants de la *Jeune Droite*.

68. *Demain la France*, op. cit., p. 170.
69. *Revue du siècle*, n° 3, juin 1933, p. 17.

Reprenant la théorie du « roi en ses conseils », la *Jeune Droite* insistait sur la nécessité de prévoir dans la structure de l'État nouveau des organes représentatifs : « Les citoyens ne gouvernent pas. Il importe cependant qu'ils soient représentés auprès du gouvernement qui pourrait être tenté d'abuser de ses pouvoirs, d'ignorer leurs besoins [70]. » Cette représentation devait être, non une représentation politique, mais une représentation économique et sociale traduisant « des intérêts, non des opinions » : « La société n'étant plus fondée sur des volontés formelles, mais sur des intérêts et des besoins, ce sont, non les volontés, mais les intérêts et les besoins qui sont représentés et ils ne peuvent l'être que dans le cadre local et corporatif. Par communes et par régions, les différentes formes de l'activité sociale, les différents métiers chargent leurs représentants de leurs intérêts particuliers [71]. » *Demain la France* prévoyait l'existence auprès du gouvernement d'un Conseil composé de délégués élus par les groupements locaux et corporatifs jouant auprès des organes de l'État un rôle d'information et de contrôle, « procédant par vœux d'une part, par objections ou représentations de l'autre, selon qu'il s'agit de faire décider ou au contraire d'écarter une mesure quelconque [72] ». Le suffrage se trouvait ainsi en partie rétabli mais dans le cadre des groupements locaux et corporatifs qui, en le spécialisant, lui enlevait, selon la *Jeune Droite*, son caractère abstrait et nocif.

Les proclamations antidémocratiques de la *Jeune Droite* suscitèrent des réactions hostiles dans *Esprit*. Si celui-ci reconnaissait que les critiques de la démocratie existante formulées par *Réaction* et la *Revue française* n'étaient pas sans fondement, il considérait qu'elles n'atteignaient pas la substance profonde de la démocratie. C'est ce que soulignait Mounier dans sa recension de *Demain la France* : « La critique de nos docteurs a beau jeu contre un certain nombre de ses aspects publics [de la démocratie]. Mais où entre en action cette improbité des gens sincères dont nous parlions plus haut, c'est dans la désarmante tranquillité avec laquelle ils conduisent cette critique comme s'ils en avaient atteint

70. T. Maulnier, *Demain la France*, *op. cit.*, p. 181.
71. *Ibid.*
72. *Ibid.*

l'essence et l'aveu : alors que la démocratie peut être envisagée essentiellement comme une revendication spirituelle de la personne, à la fois contre l'oppression par l'anarchie et contre son oppression par la tyrannie personnelle et collective. Que la démocratie individualiste, sociologique et parlementaire, ne soit qu'une odieuse caricature de la vraie démocratie, il ne faut pas beaucoup d'intelligence ni beaucoup d'héroïsme pour en convenir aujourd'hui : mais elle s'est précisément établie sur le régime de la parole anonyme, non pas de la personne responsable qui délivre son œuvre dans une communauté organique [73]. » À travers ce texte, une chose apparaît avec évidence : le refus de Mounier et d'*Esprit* d'abandonner le mot « démocratie » tout en critiquant les formes qu'elle revêtait en 1930 et en rejetant une partie de ses fondements idéologiques [74]. Mais, par ailleurs, *Esprit* était assez imprécis sur la « démocratie » idéale à laquelle il se référait car la définir comme « le régime qui repose sur la responsabilité et l'organisation fonctionnelle de toutes les personnes constituant la communauté sociale [75] » n'apportait pas dans le débat une clarté aveuglante. En fait, ceci signifiait surtout le refus de faire du citoyen un « gouverné passif » en précisant que « gouverné passif, on peut l'être par un abandon à l'infaillibilité de la masse aussi bien que par l'abandon à l'infaillibilité d'un homme [76] ». On était par là assez loin de la signification habituelle du terme « démocratie ».

Une autre explication de l'attachement à ce vocabulaire prêtant pourtant à équivoque peut être trouvée dans un article de Jean Lacroix publié en mars 1935. Dans ce texte, Lacroix, refusant d'identifier la « démocratie » avec les notions de gouvernement majoritaire, de souveraineté du peuple, de loi du nombre ou de parlementarisme, définissait celle-ci comme l'affirmation de « l'égalité de droit de toutes les personnes humaines [77] » : « Tous les hommes, écrivait-il, ont une même fin à atteindre et un droit égal à la poursuivre librement, voilà la source ultime de la démocratie, d'ailleurs conciliable avec

73. *Esprit*, n° 25, octobre 1934, p. 153.
74. Cf. la « Lettre à P. Archambault » et *supra*, p. 227-229.
75. E. Mounier, *les Certitudes difficiles*, *op. cit.*, p. 33.
76. E. Mounier, « Lettre à P. Archambault », *l'Aube*, 27 février 1934.
77. *Esprit*, n° 30, mars 1935, p. 883.

diverses formes de gouvernement[78]. » Dans un autre texte, il précisait : « Dès que l'on abandonne la démocratie, entendue en ce sens, on retombe dans la notion d'élite et d'aristocratie, qu'il s'agisse de l'aristocratie du sang, de l'argent, de l'intelligence ou de toute autre. Ce qui nous paraît essentiellement antipersonnaliste[79]. » Nous touchons sans doute ici à l'une des différences les plus profondes entre *Esprit* et les autres groupes de jeunes des années 1930, différence dont les racines étaient autant (sinon plus) affectives qu'intellectuelles. Il y avait chez Mounier et dans *Esprit*, on l'a déjà signalé, une sorte de confiance mystique dans le peuple que l'on ne retrouvait pas dans l'*Ordre Nouveau* ni, évidemment, dans la *Jeune Droite*. On peut penser que si, malgré les confusions possibles, *Esprit* resta fidèle à cette référence « démocratique », l'une des raisons essentielles en fut le souci de ne pas paraître renier cette confiance et de se garder de toute forme d'« aristocratisme ». Il est significatif de constater que lorsque, en 1934, *Esprit* précisera ses divergences avec la *Jeune Droite* et avec l'*Ordre Nouveau*, il reprochera à celle-là son « pessimisme fondamental sur l'homme », son « aristocratisme de bonne famille[80] » et à celui-ci son « aristocratisme diffus », son « aristocratisme doctrinaire[81] ». Il est à remarquer que ce procès fut surtout un procès de tendance car si certains textes de la *Jeune Droite* (notamment de Thierry Maulnier) pouvaient prêter le flanc à ces critiques, il semble bien que les griefs d'*Esprit* contre l'*Ordre Nouveau* aient eu des fondements assez fragiles car, si la confiance placée par l'*Ordre Nouveau* dans l'efficacité des minorités agissantes pouvait être taxée, dans une certaine mesure, d'aristocratisme, Mounier lui-même tombait aussi sous le coup de cette accusation.

Ceci dit, cette fidélité « démocratique » n'entraînait pas la définition d'un type déterminé d'institutions, celle-ci pouvant s'accommoder de formes diverses de gouvernement de l'aveu même de Jean Lacroix. La caractéristique d'*Esprit* fut d'ailleurs de minimiser l'importance de ce genre de problèmes.

78. *Ibid.*
79. *Esprit*, n° 17, février 1934, p. 812.
80. E. Mounier, *Révolution personnaliste et communautaire*, *op. cit.*, p. 391.
81. *Ibid.*, p. 389.

En 1940, faisant le bilan de l'action d'*Esprit*, Mounier devait se reprocher sa relative indifférence à cet égard : « Nous n'avons pas cessé depuis notre départ de dénoncer la démocratie libérale et parlementaire. Mais c'était une sorte de politesse rendue à une vérité de seconde ligne, sinon de second ordre. Nous croyions qu'elle parasitait la France comme une poussière ou un lichen ; nous ne réalisions pas qu'elle la rongeait comme une vermine aussi sûrement que le mal spirituel ou le désordre social [82]. » Aussi ne trouvait-on dans *Esprit* que des développements très limités sur les institutions politiques à créer. Le texte le plus important fut un long essai d'Aldo Dami (un ancien collaborateur de *Plans*) qui fut publié, sous le titre « Crise de la démocratie et réforme de l'État », de juin 1934 à février 1935. Bien que cette étude soit légèrement postérieure à la période ici étudiée, il n'est pas inutile d'en rappeler les grandes lignes, d'autant plus que les propositions formulées par celle-ci furent en grande partie reprises par Mounier dans son *Manifeste au service du personnalisme*.

L'essai d'Aldo Dami s'ouvrait sur le constat de l'inadaptation des institutions démocratiques à l'évolution des faits : « Le phénomène essentiel de notre temps est donc le décri du régime d'opinion, la désaffection vis-à-vis d'une démocratie purement politique, le déclin de l'individualisme sous la poussée des faits, la remise en question de la plupart des idées de 89 [83]. » Afin de tenir compte de ces exigences, il se prononçait tout d'abord en faveur d'une large décentralisation avec la création au niveau des régions d'assemblées recrutées corporativement par l'intermédiaire des professions et élisant un Conseil exécutif. Sur le plan étatique, il affirmait la nécessité d'une double représentation, des opinions et des intérêts, par le truchement de deux Chambres : l'une économique, l'autre politique, la première recrutée comme les Assemblées régionales, la seconde composée de délégués élus au suffrage universel et à la représentation proportionnelle dans le cadre régional. Cette étude était très hostile au parlementarisme et favorable à l'existence, à la tête de l'État, d'un exécutif fort non soumis aux « caprices » du Parlement. Dans cet esprit,

---

82. *Esprit*, novembre 1940, p. 5.
83. *Esprit*, n° 22, juillet 1934, p. 557.

l'auteur faisait l'éloge du système constitutionnel suisse « où le pouvoir est entre les mains de l'exécutif et du peuple » et où, « coincé entre les deux, le Parlement est la plus faible de ces trois autorités[84] ». En conséquence, il proposait que les ministres et le Président du Conseil-Chef de l'État soient élus pour une période fixe (de deux ans au moins) par les Chambres réunies sans être responsables devant elles, leur approbation étant cependant nécessaire pour toute mesure législative[85]. Par ailleurs, Aldo Dami était favorable à l'institution du référendum et de l'initiative populaire en matière législative.

Quant à l'*Ordre Nouveau*, ses projets institutionnels pour « recréer les cadres de l'État et de la Société afin de les adapter aux exigences de la personne[86] » furent exposés dans le numéro-manifeste de sa revue publié en mars 1934, sous le titre « Schéma politique et administratif ». Les principes fondamentaux de ce projet étaient les suivants : « L'initiative est exercée à la base par les organismes régionaux et professionnels, Communes et Corporations[87]. Au sommet, le Conseil Suprême est un organisme d'appel et de vigilance doctrinale. Au centre, le Conseil Administratif fédéral et le Conseil Économique Fédéral sont des organismes de liaison et d'élaboration législative sous le contrôle du Conseil Suprême et sous l'initiative des Communes et des Corporations[88]. » Ce programme traduisait le souci de l'*Ordre Nouveau* de donner aux corps sociaux naturels, moteurs de la vie sociale, le maximum d'autonomie et sa volonté de faire de l'État un simple « instrument économique et administratif[89] ».

---

84. *Esprit*, n° 21, juin 1934, p. 392.
85. Dans le *Manifeste au service du personnalisme*, *op. cit.*, Mounier écrira : « Le pouvoir parlementaire doit être limité dans l'État même du côté de l'exécutif qu'il tend aujourd'hui à résorber. L'exécutif doit rester contrôlé par la démocratie directe, mais échapper aux intrigues et aux caprices du Parlement : on voit, par exemple, un gouvernement élu par le Parlement, poste par poste (afin d'éviter les dosages et l'incompétence) pour une période fixe. Irresponsable devant les Chambres, il le serait devant le pays qui pourrait juger par référendum des décisions importantes de sa politique et trancherait en dernier ressort des conflits avec le Parlement. » (*Esprit*, octobre 1936, p. 191.)
86. *Ordre Nouveau*, n° 9, mars 1934, p. 25.
87. Synonyme dans le langage O.N. d'entreprise (cf. *infra*, p. 422).
88. *Ordre Nouveau*, n° 9, mars 1934, p. VII.
89. *Ibid.*, p. 26.

Les institutions de l'État proprement dit étaient constituées par les organismes dits « centraux ». Le premier de ceux-ci était le Conseil Administratif fédéral composé de membres a) élus par les Communes ; b) choisis par cooptation ; c) nommés par le Conseil Suprême. Ses compétences étaient ainsi définies : « Formule, sur l'initiative des organismes locaux et sous le contrôle du Conseil Suprême, les décrets et les lois qui constituent la base minimale imposée aux organismes administratifs locaux, ceux-ci étant libres, chacun à l'intérieur de sa compétence, d'édicter ses coutumes particulières qui précisent et enrichissent la législation commune [90]. » Ce Conseil Administratif devait être flanqué d'un Conseil Économique Fédéral recruté selon la même procédure que lui avec cette différence que les Corporations et les Syndicats [91] devaient ici remplacer les Communes. La tâche de ce Conseil Économique était d'édicter les règlements et les lois économiques s'imposant aux organismes locaux selon une procédure analogue à celle prévue pour le fonctionnement du Conseil Administratif. Telles étaient donc les institutions étatiques prévues par l'*Ordre Nouveau* qui, on l'aura remarqué, ne comportaient pas d'organe exécutif spécial. Au-dessus de ces organes étatiques et destiné à les contrôler, l'*Ordre Nouveau* prévoyait la création d'un Conseil Suprême, « centre d'initiative spirituelle », dont la fonction devait être d'assurer le respect des principes essentiels de « l'Ordre Nouveau » en fonctionnant un peu à la manière de la Cour Suprême d'un État fédéral : « Garantit le statut de la personne et veille à son développement. Organisme d'appel permanent, de compétence directe et souveraine pour tous les conflits touchant les principes essentiels et les nécessités vitales de la Fédération [92] ». Son recrutement était un recrutement par cooptation, le premier Conseil Suprême devant être, au sortir de la Révolution, composé par les artisans de celle-ci. Il faut

90. *Ibid.*, p. VII.
91. Pour la définition du « Syndicat » dans le langage O.N., voir *infra*, p. 432.
92. *Ordre Nouveau*, n° 9, mars 1934, p. VII. Dans son *Manifeste au service du personnalisme*, Mounier prévoira lui aussi l'existence d'un Conseil suprême chargé d'assurer la soumission de l'État à « la souveraineté suprême du droit personnaliste » et de trancher les conflits pouvant s'élever entre l'État et l'individu ou les corps intermédiaires. (*Esprit*, octobre 1936, p. 178.)

bien dire que ce schéma restait bien vague et bien imprécis donnant l'impression d'une construction très artificielle.

On l'a déjà noté, la caractéristique commune de tous ces projets institutionnels était de prévoir à côté d'organes proprement politiques des institutions économiques. C'est qu'en effet, les problèmes économiques tinrent une grande place dans les préoccupations de tous ces mouvements.

CHAPITRE QUATRIÈME

Pour une économie
au service de l'homme

On retrouvait sur le plan économique la même difficulté qu'avaient ces mouvements à passer du domaine des principes généraux à celui de leurs conséquences institutionnelles concrètes. C'est aussi sur ce terrain que les divergences entre ces groupes étaient les plus nettes. Ils s'accordaient cependant sur quelques idées essentielles, notamment sur cette proposition que « l'économie devait être au service de l'homme » : « Le dogme du productivisme quantitatif, notaient René Dupuis et Alexandre Marc, fait de l'économique la raison d'être même de l'homme et de la société ; à ce dogme, la jeunesse oppose celui de la primauté du spirituel, mettant l'économique à sa place, qui est secondaire et nécessaire, d'instrument au service de l'homme, destiné à libérer celui-ci de la servitude de la faim et de la misère. » Ils poursuivaient : « Ajoutons que la jeunesse, dans son ensemble, considère que l'économie doit être organisée de telle sorte que, d'une part, tous les hommes puissent s'assurer par leur travail le minimum indispensable à une vie dans laquelle les préoccupations spirituelles puissent trouver leur place et que, d'autre part, les dons et l'initiative personnelle de chacun soient en mesure de s'épanouir et de permettre l'acquisition de richesses proportionnées à la valeur personnelle de chacun [1]. » Mais, ceci étant admis, les programmes inspirés de ces notions générales étaient assez profondément discordants. Ceci apparaissait notamment lorsque ces mouvements définissaient leurs positions sur quelques problèmes clés : la propriété, le salariat, la gestion des entreprises, l'organisation générale de l'économie.

---

1. *Jeune Europe, op. cit.*, p. 206.

Sur la question de la propriété privée des moyens de production, ces groupes étaient d'accord – négativement – pour en dénoncer la conception libérale et pour déplorer la disparition de ses formes personnelles et concrètes dévorées par la multiplication de grandes sociétés aux mains d'actionnaires anonymes et irresponsables. Si ce diagnostic était à peu de choses près chez tous identique, les remèdes proposés différaient, eux, assez notablement.

La *Jeune Droite* était sans doute la plus timide dans ses projets de réforme. Elle posait d'abord en principe la légitimité de la propriété personnelle, nécessaire à l'homme « pour s'épanouir véritablement[2] ». Elle ne remettait pas en cause le droit à l'*appropriation individuelle des biens de production*. Son originalité était, en ce domaine, de condamner très vigoureusement le libéralisme et son « *jus utendi et abutendi* » et de rappeler la doctrine catholique de la destination commune des biens en mettant l'accent sur les devoirs sociaux impliqués par le droit de propriété. Se référant à l'enseignement de La Tour du Pin et à l'encyclique *Quadragesimo Anno*, Robert Magniez écrivait ainsi : « La propriété, si elle est un privilège, c'est-à-dire une somme de bénéfices et de droits particuliers pour un homme, a, comme tout privilège, une double face. Au bénéfice qu'elle procure s'attache aussi une charge, aux droits qu'elle donne s'attachent aussi des devoirs qui légitiment ces droits[3]. » La propriété ne pouvait donc être ce droit intangible et sacré invoqué par les libéraux qu'à condition de se soumettre aux exigences du bien commun, bien commun spécial : celui de l'entreprise (salariés compris) et de la profession ; bien commun général : celui de l'ensemble de l'économie.

En partant de ce point de vue, Jean de Fabrègues opposait, dans son analyse des structures du capitalisme, le capital comme « somme de biens déjà possédés et réunis pour avancer dans l'ordre humain » et la notion d'appropriation privée de celui-ci, à l'idée que « ce capital est libre de croître sans fin aux dépens du reste des hommes » et que la vie économique doit être « abandonnée aux pires lois de la bataille des hommes[4] ». Le premier aspect du capitalisme devait, selon lui, être

---

2. R. Magniez, *Revue du siècle*, n° 11, mars 1934, p. 69.
3. *Ibid.*, p. 70.
4. *Revue française*, juin 1932, p. 144.

sauvegardé tandis qu'il fallait transformer radicalement le second. En réponse à une enquête de Joseph Folliet, il déclarait : « Nous considérons comme manifeste la faillite du libéralisme économique, c'est-à-dire du régime capitalistique (j'emploie cet adjectif pour bien marquer que ce qui est rejeté par nous, ce n'est pas le fait élémentaire et nécessaire du capital, mais la liberté qui lui est laissée de s'accroître sans limite et sans justice [5]. » Ceci amenait la *Jeune Droite* à manifester une très grande méfiance à l'égard du grand capitalisme financier ; aussi se prononçait-elle pour une sévère réglementation de toutes les formes de spéculation considérées comme parasitant l'activité économique sans en être directement solidaire. « L'anticapitalisme, remarquait Jean Loisy dans la *Revue du siècle*, sera populaire et la difficulté sera, pour un mouvement antimarxiste, de ne pas l'escamoter, après avoir établi la distinction entre le capitalisme à encourager, personnel et productif, et le capitalisme condamnable, impersonnel, anonyme, intrigant, hasardeux, plus propre aux combinaisons qu'aux entreprises, confus dans ses réalisations, trouble dans ses résultats, immoral dans son principe même [6]. »

À côté de la propriété individuelle qu'elle souhaitait voir s'étendre, la *Jeune Droite* préconisait la multiplication de propriétés collectives non étatiques, allant jusqu'à affirmer que, si toute propriété impliquait une fonction sociale, toute fonction sociale devrait impliquer l'existence d'un patrimoine collectif correspondant. C'est ainsi que la *Revue du siècle* se prononçait pour l'existence de « biens de famille », *dont le chef de famille ne serait que le dispensateur et l'usufruitier*, et pour la création de « patrimoines de toutes sortes nécessaires à la satisfaction d'un bien commun spécial : patrimoines de corps sociaux tels que les universités, les églises, les communes, les régions, patrimoines de corps charitables et scientifiques, etc. [7] ». La fin de ces patrimoines collectifs devait être d'assurer aux membres des collectivités intéressées, et notamment aux plus démunis, une sorte de propriété indirecte leur apportant un certain nombre de garanties et de

5. *L'Aube*, 13-14 août 1933.
6. *Revue du siècle*, n° 13, mai 1934, p. 68.
7. R. Magniez, *Revue du siècle*, n° 11, mars 1934, p. 72.

secours en cas de besoin. Telle était tout particulièrement la fonction des « patrimoines corporatifs[8] ».

De même qu'elle ne mettait pas en question la propriété, la *Jeune Droite* ne remettait pas en cause le principe du salariat. Malgré tout, elle ne s'accommodait pas totalement de l'ordre établi et souhaitait sa réforme. Elle répudiait en particulier la conception libérale du travail-marchandise et s'opposait à ce que le salaire soit le seul fruit d'un marchandage inégal entre employeurs et employés. Plus généralement, il y avait chez elle la préoccupation d'accorder au « travail » une place plus importante dans l'organisation de l'économie : « Une société sera d'autant plus progressive que le travail y sera plus honoré, qu'on lui reconnaîtra un droit et qu'il sera organisé[9]. » Quelle que soit la situation de l'économie, les salaires ne devaient pas, selon elle, être inférieurs à un minimum vital permettant au travailleur et à sa famille de subsister. Ce minimum garanti, elle admettait la différenciation des salaires, mais une différenciation fondée plus sur la diversité des compétences et des aptitudes que sur les lois de l'offre et de la demande[10].

Par ailleurs, la *Jeune Droite* considérait que chaque travailleur avait un « droit au travail » et devait être indemnisé en cas de chômage. Cette idée était liée à la notion de « propriété de métier ». Tenant le travailleur pour « propriétaire » de sa compétence professionnelle (reconnue par les organismes corporatifs de sa profession), elle en déduisait que cette « propriété » devait se traduire concrètement par diverses garanties et, notamment, par une garantie de l'emploi. La *Jeune Droite* accordait à cette « propriété de métier » nombre de vertus, tout particulièrement celle de faire disparaître la condition prolétarienne : « Même à la rue, même affamé, même victime de circonstances inéluctables, la personne doit – dans une société organisée – posséder encore quelque chose, rester elle-même, n'être point réduite à la condition de prolétaire. Ici la "propriété de métier" s'impose. On le voit, si le corporatisme sauve la notion de "propriété", il n'y introduit presque rien de ce que contient la notion capitaliste

8. Cf. *infra*, p. 428.
9. R. Magniez, *Revue du siècle*, n° 11, mars 1933, p. 73.
10. Cf. *Demain la France*, *op. cit.*, IVᵉ partie, chapitre III.

de propriété. Pour lui, la propriété est une garantie de la personne. Elle reste humaine et secourable. Elle n'est point fondée sur l'argent mais sur le travail créateur. Elle ne se chiffre pas, mais elle s'inscrit au cœur même de la vie, au plus profond de l'être humain. Un "sans le sou", un chômeur reste "propriétaire" (et ce fait théorique doit devenir un fait pratique). Ainsi l'allocation de chômage n'est plus, en régime corporatif, la sportule par laquelle la société s'asservit des hommes, le "secours de chômage" pour lequel on vote des "lois d'assistance", mais l'intérêt légitime du bien propre que possède tout homme, du capital qu'il ne cesse de détenir : son métier, sa compétence professionnelle [11]. »

Si *Esprit* approuvait les déclarations anticapitalistes de la *Jeune Droite*, il déplorait la timidité des solutions positives que nous venons d'évoquer. Ses propres positions étaient beaucoup plus « révolutionnaires ». Il partait cependant d'un point de vue proche de celui de la *Jeune Droite* en affirmant la légitimité de la propriété privée personnelle et en regrettant sa progressive disparition dans le capitalisme moderne. De même, il posait en principe que « le droit personnaliste exige une certaine appropriation personnelle » et que, pour toute forme de propriété, « l'usage est commun de droit naturel [12] ».

De ces principes, *Esprit* tirait des conséquences assez différentes de celles développées par la *Jeune Droite* en se prononçant en faveur « d'une organisation partiellement collective de la propriété » comme « moyen historiquement nécessaire et inévitable » pour restaurer les caractéristiques essentielles de la propriété personnelle [13]. Le but ainsi poursuivi par *Esprit* était de rendre le travail obligatoire pour tous et de « ramener le capital à coïncider avec le travail et la responsabilité » en identifiant travailleurs et propriétaires [14]. Pour ce faire, étant donné l'impossibilité d'un retour au stade artisanal de l'économie, *Esprit* préconisait un système transférant aux travailleurs la propriété des biens de production par l'intermédiaire de « personnes collectives », celles-ci devant être le plus souvent des entreprises. Il suggérait ainsi :

11. J.-P. Maxence, *Demain la France*, op. cit., p. 252.
12. *Esprit*, « Lignes de position », n° 18, mars 1934.
13. *Ibid.*
14. E. Mounier, *Esprit*, n° 11, septembre 1933, p. 720.

« Le capital peut être détenu par les travailleurs et anciens travailleurs des entreprises, par exemple, sous la forme de parts de jouissance personnelles et viagères, les associés non travailleurs, provisoirement tolérés, étant, sous une forme ou sous une autre, bloqués à l'entreprise (suppression des sociétés anonymes de capitaux) ou bien par les groupements de consommateurs (coopératisme de Gide) [15]. » Dans cette perspective, Émile Hambresin proposait comme étape transitoire la transformation de toutes les actions en obligations à rémunération fixe et l'institution au profit des salariés d'une participation aux bénéfices. Ces mesures devaient, à plus forte raison, s'accompagner de « la suppression légale de toutes les formes d'usure et de spéculation » afin de rendre impossibles « les formes les plus artificielles de la propriété [16] ». D'autre part, Esprit prévoyait que les opérations de crédit, enlevées aux banques privées, seraient confiées à des banques organisées et contrôlées par les organismes professionnels ou par les groupements de consommateurs.

Ces réformes devaient avoir aussi pour conséquences la disparition du « salariat capitaliste » au profit d'un type nouveau de rémunération dont Esprit résumait ainsi les principes fondamentaux : « Il faut tenir pour règle que le "salaire" ne peut pas se mesurer essentiellement sur la quantité de travail, le travail n'étant pas mesurable, mais qualitatif et personnel, et le salaire, même lorsqu'il rémunère un travail automatique, n'étant pas orienté au rendement mais à l'homme [17]. » Plus concrètement, il estimait que tout salaire devait être calculé de manière : « 1°) à assurer la subsistance du travailleur et des personnes légitimement à sa charge, fonction première du travail (« salaire vital »). Ce minimum ne peut être en aucun cas transgressé et doit être rapporté à l'indice de vie (« salaire réel ») ; 2°) à assurer au travailleur le degré d'aisance et de formation qui lui permettra de mener une vie pleinement humaine (ce qu'on appelle, d'un terme trop étroit, « salaire culturel », et qu'il faudrait plutôt nommer « salaire humain ») ; 3°) à répondre aux nécessités de l'entreprise et de l'économie générale [18]. » Ce texte ajoutait : « La considé-

15. Esprit, « Lignes de position », n° 21, juin 1934.
16. E. Mounier, Esprit, n° 19, avril 1934, p. 65.
17. E. Mounier, « Lignes de position », Esprit, n° 9, juin 1933.
18. Ibid.

ration du produit brut, quand la quantité en sera facilement estimable, n'interviendra que de manière secondaire et comme catalyseur de l'intérêt (système de primes). » *Esprit* souhaitait d'ailleurs que peu à peu la notion de profit soit remplacée comme moteur de la vie économique et du travail par celle de service social. De toute façon, ce système de salariat devait être selon *Esprit* transitoire. Il était en effet prévu que dans les « entreprises collectives », dont il préconisait la création, la rémunération se ferait par un prélèvement direct sur les bénéfices fait à quatre titres : « salaire uniforme ; échelle mobile ; participation aux bénéfices proportionnelle au coefficient de salaire et d'ancienneté ; parts de jouissance viagère s'accumulant pour la retraite et revenant à l'entreprise à la mort des intéressés [19] ».

Les projets de la *Jeune Droite* ou d'*Esprit* que l'on vient d'évoquer ne brillaient pas par leur extrême précision. L'*Ordre Nouveau* n'échappait pas à ce travers, bien au contraire. Ses vues étaient en ce domaine souvent confuses. Elles reprenaient tout d'abord des thèmes proches de ceux des autres groupes. C'est ainsi qu'il voyait dans la propriété « un des fondements naturels de l'homme à condition d'être concrète et de faire participer la personne à un risque spirituel fécond [20] ». La propriété, définie comme un lien « vivant et concret », contribuait, aux yeux de l'*Ordre Nouveau*, à enraciner l'homme dans le réel et à accroître ses responsabilités et, par là, sa vigueur créatrice. Mais, pour être féconde, elle devait selon lui être étroitement liée à l'activité économique et entraîner une participation réelle aux risques de celle-ci. Ce point de vue entraînait la condamnation des mécanismes du crédit bancaire et du prêt à intérêt fixe ainsi que celle des sociétés anonymes. Ce souci de mettre un terme aux spéculations « parasitaires » et de rétablir une étroite unité entre activité financière et activité économique était, on le voit, un trait commun à tous ces mouvements de jeunes des années 1930.

Insistant sur son caractère « concret », l'*Ordre Nouveau* considérait que la propriété ne pouvait être qu'individuelle.

19. E. Mounier, « Lignes de position », *Esprit*, n° 18, mars 1934.
20. *Ordre Nouveau*, n° 9, mars 1934, p. 23.

Il répudiait donc aussi bien l'idée d'une propriété étatique que celle de propriétés collectives, refusant toute existence à la notion de personne morale qui lui apparaissait comme une dangereuse abstraction. La propriété paysanne, avec son double caractère individuel et charnel, lui semblait être le type privilégié de la propriété personnelle, aussi se prononçait-il pour une large diffusion de la propriété terrienne. Dans les autres domaines de l'activité économique, il était cependant obligé d'atténuer la rigueur de ses principes. C'est ainsi que dans les entreprises, baptisées par lui « corporations », il admettait l'existence d'une « quasi-propriété » collective qu'il dénommait, pour la distinguer de la propriété personnelle, « propriété économique ». Dans cette hypothèse, les moyens de production étaient considérés comme constituant une propriété commune des associés de la « corporation », chacun possédant une quote-part indivise sans avoir la jouissance effective des biens considérés.

La cellule de base de l'économie « Ordre Nouveau » était la « corporation », synonyme ici, rappelons-le, d'entreprise. Elle était définie comme la réunion de trois éléments : 1°) une assise territoriale ; 2°) une association comprenant tous les hommes de métiers divers nécessaires à l'entreprise ; 3°) une activité économique ayant un but précis. L'*Ordre Nouveau* insistait sur le caractère spontané de ces « corporations » qui ne pouvaient être que le fruit d'une association libre de toutes les personnes intéressées : inventeurs, entrepreneurs, ingénieurs, porteurs de capitaux, ouvriers spécialisés, etc. Dans la rémunération de ces associés, l'*Ordre Nouveau* distinguait deux éléments : d'une part, une sorte de « minimum vital », égal pour tous et distribué par la collectivité, d'autre part, une participation aux bénéfices de la « corporation ».

Il faut s'arrêter à cette double rémunération car elle était caractéristique des projets du mouvement. Elle se fondait sur deux idées : d'une part, la volonté de garantir à tous les membres de la société un revenu minimal destiné à assurer leur subsistance et, d'autre part, le souci de maintenir le profit comme aiguillon nécessaire du progrès économique. Pour satisfaire à la première de ces exigences, l'*Ordre Nouveau* prévoyait que la collectivité devrait assurer la sécurité matérielle de tous par la satisfaction des besoins vitaux (nourriture, habillement, logement) et le versement d'un « bonus social » : « L'*Ordre Nouveau*, déclarait un de ses manifestes, assure à tous le niveau de vie moyen convenable en voie d'amélioration constante. Ce niveau de vie correspond à la satisfaction des nécessités vitales de l'homme. Les moyens de production actuels permettent facilement d'arracher tout le monde à la misère. Il ne s'agit pas de faire bénéficier quelques-uns d'une aumône humiliante, d'un secours de chômage philanthropique et démoralisant : il s'agit de faire que tous bénéficient des avantages du machinisme [21]. » Ce minimum étant garanti par l'ensemble de la collectivité – sa répartition étant une des fonctions des organes « étatiques » –, la rémunération dans le cadre de la « corporation » devait être pour tous (entrepreneurs, porteurs de capitaux ou ouvriers spécialisés) une participation aux bénéfices de façon que chacun soit réellement et étroitement intéressé au sort de l'entreprise. Les modalités de cette répartition devaient être fixées par le contrat de formation de la « corporation », étant souligné que l'existence d'un « minimum vital garanti » assurait l'égalité de tous les partenaires dans la négociation de ce contrat.

L'existence de ce « minimum vital » devait supprimer, selon ses auteurs, l'un des éléments de la condition prolétarienne, la misère et l'incertitude du lendemain. Mais ce n'était pas une institution suffisante et elle s'articulait dans le programme de l'*Ordre Nouveau* avec un projet qui était l'élément le plus singulier et le plus original de la doctrine de ce mouvement. Pour l'*Ordre Nouveau*, on l'a vu, ce qui était la caractéristique essentielle de la « prolétarisation », c'était asservissement de l'homme à un travail mécanique et non qualifié : « Le prolétaire est l'homme de la besogne, astreint au travail abrutissant et infâme, l'homme de la chaîne, du type standard [22]. » L'*Ordre Nouveau* distinguait en effet deux formes de travail : le travail « qualifié », créateur, impliquant la recherche et le risque, moyen pour la personne de s'exprimer et de s'épanouir, et le travail « indifférencié », « parcellaire », fondé sur la répétition routinière

21. *Ordre Nouveau*, n° 9, mars 1934, p. 20.
22. *Ibid.*, p. 18.

de quelques gestes élémentaires sans que le travailleur ait le
sentiment de collaborer à une œuvre. Cette distinction se
rattachait à une analyse générale fondée sur ce qu'Arnaud
Dandieu appelait la « méthode dichotomique » qui consistait
« à distinguer entre les parties de l'activité humaine qui peuvent être accomplies ou facilitées par des automatismes, des
machines et des plans et celles où les forces de création,
d'invention et de risque doivent se développer librement [23] ».
C'est donc pour remédier à l'asservissement créé par les
activités « indifférenciées » pour un certain nombre d'hommes que l'*Ordre Nouveau* proposait la création d'un « service
civil ».

Ce « service civil » était destiné à répartir sur l'ensemble
de la société la charge des travaux « indifférenciés » jusque-là
réservés à une minorité défavorisée. L'*Ordre Nouveau* en
résumait ainsi le mécanisme fondamental : « Le travail indifférencié, quantitatif, sera accompli par un service civil obligatoire qui, même ajouté ou intégré au service militaire, ne
dépassera pas dix-huit mois. Cette masse de travail sera mise
à la disposition des organismes corporatifs pour accomplir
toutes les besognes où l'activité proprement créatrice n'inter-
vient pas [24]. » Tel était pour l'*Ordre Nouveau* l'institution
essentielle qui devait permettre de faire disparaître la condition prolétarienne et de faire de la machine et du machinisme
un instrument de libération pour l'homme.

Sans lui accorder le rôle fondamental qu'il avait dans les
perspectives de l'*Ordre Nouveau*, *Esprit* reprenait cependant
à son compte l'idée d'une « répartition entre tous des tâches
serviles » en ajoutant : « Difficile sous le règne de la main,
alors qu'elles occupaient un énorme volume de l'effort
humain et exigeaient une formation ouvrière ou un entraîne-
ment physique spéciaux, elle devient de plus en plus facile
à mesure que le machinisme les rend plus courtes, plus indifférenciées, plus aisées [25]. » On remarquera toutefois qu'*Esprit*
ne faisait pas tout à fait siennes les vues de l'*Ordre Nouveau*
sur le travail « qualifié » et le travail « indifférencié », car il
subodorait dans cette distinction un « aristocratisme de la

23. R. Aron, *Ordre Nouveau*, n° 7, janvier 1934, p. 13.
24. *Ordre Nouveau*, n° 9, mars 1934, p. 18.
25. E. Mounier, « Lignes de position », *Esprit*, n° 9, juin 1933.

compétence » : « On sent percer ici, notait Jean Lacroix à propos du chapitre de *la Révolution nécessaire* consacré à ce sujet, je ne sais quelle attitude aristocratique, souverainement déplaisante, je ne sais quel mépris pour le manœuvre qui révèle une incompréhension essentielle de la grandeur du travail même purement quantitatif[26]. » Il était facile à l'*Ordre Nouveau* de répondre à cette critique : « Il est vrai que nous considérons comme infamant et servile le travail automatique et machinal dont toute initiative humaine est exclue et qui – en échange d'un salaire minimal – soumet l'homme à une condition d'esclave, l'abrutit, le mutile. Il n'est pas vrai que cette infamie retombe sur l'ouvrier qui travaille pour ne pas mourir de faim[27]. » Ce différend aux fondements fragiles est assez caractéristique de ce qu'étaient les arrière-pensées d'*Esprit* à l'égard de l'*Ordre Nouveau*.

Partant d'une définition différente du prolétariat, la *Jeune Droite* considérait comme vaines et utopiques « les dissertations "techniques" et "réalistes" sur le pourcentage de travail qualifié et non qualifié dans la production ». « Aucune de ces utopies, déclaraient les auteurs de *Demain la France*, n'a de chance d'aboutir. Il ne s'agit pas en effet, par une mesure arbitraire, asservissante et vaine, de faire, quelques années dans sa vie, un terrassier de l'ingénieur, un "gâcheur de plâtre" de l'avocat, mais d'*intégrer*, par le patrimoine corporatif, par le contrôle des contrats de travail, le terrassier et le "gâcheur de plâtre" à une région, à un corps de métier défini et stable[28]. »

S'il y avait dans tous les projets de ces groupes des fils directeurs communs, les discordances n'en étaient pas moins assez prononcées. La situation était analogue lorsqu'il s'agissait de préciser le fonctionnement des entreprises et leur structure interne.

Esprit, très soucieux de renforcer la place du « travail » dans l'ensemble de l'édifice économique, était favorable à de profondes réformes destinées à faire participer étroitement les travailleurs aux activités et à la gestion des entreprises.

26. *Esprit*, n° 17, février 1934, p. 808.
27. Feuillet encarté dans le n° 11 de l'*Ordre Nouveau*, mai 1934.
28. J.-P. Maxence, *Demain la France, op. cit.*, p. 270.

Dès son premier numéro, il posait en principe : « La gestion
des entreprises doit être aux travailleurs à quelque degré de
la technique ou dans quelque mode du travail qu'ils se situent.
Aucune classe possédante ou bureaucratique ne doit se créer,
à l'occasion de cette gestion, pour les en frustrer. Ainsi sera
répandue sur tous la dignité d'être libre en même temps que
responsable [29]. » De ce fait, il préconisait, en des termes assez
vagues, la création d'une « démocratie industrielle, non pas
parlementaire et quantitative, mais fonctionnelle et organique, la responsabilité personnelle étant toujours, à tous les
degrés, la contrepartie de l'autorité ». Sans donner de précisions plus concrètes, il ajoutait : « Comme but lointain, le
régime nouveau doit donc se proposer, sous des formes à
déterminer, la participation à la propriété et à la gestion des
entreprises et de l'économie générale de tous les travailleurs
organisés unis aux consommateurs [30]. »

Sur ce terrain, l'*Ordre Nouveau* avait des positions qui
n'étaient guère compromettantes, laissant au contrat de formation des « corporations » le soin d'organiser leur fonctionnement interne : « La Corporation est dirigée, déclarait-il, par
un chef ou une commission de responsables désignés dans
le contrat de formation de la Corporation et ne peuvent être
destitués en général que d'un commun accord ou par voie
de dissolution et reconstitution de la Corporation, sauf cas
de faute grave [31]. »

La *Jeune Droite* ne touchait guère à cette question. Dans
la *Revue du siècle*, Roger Magniez affirmait qu'« il est juste
que le pouvoir économique appartienne à ceux qui possèdent
quand responsabilité et finance se sont rejoints [32] ». Toutefois,
la *Revue du siècle* ne faisait pas sienne cette proposition et
soulignait dans une note qu'il s'agissait là d'un « avis personnel » de l'auteur de l'article. Dans *Demain la France*,
certains développements pouvaient être interprétés dans un
sens assez audacieux. C'est ainsi que Maxence déniait, dans
ce livre, « tout droit propre à l'argent » en considérant que
celui-ci ne pouvait pas fonder automatiquement le pouvoir
de son possesseur au sein de l'entreprise : « On n'est point

---

29. E. Mounier, « Lignes de position », *Esprit*, n° 21, juin 1934.
30. *Ibid.*
31. *Ordre Nouveau*, n° 10, avril 1934, p. 18.
32. *Revue du siècle*, n° 11, mars 1934, p. 78.

chef, patron, administrateur – en régime corporatif – parce qu'on possède ou représente de l'argent, mais parce que la corporation elle-même (et pratiquement : son Conseil régional) vous reconnaît la compétence, les aptitudes, la valeur personnelle de chef[33]. » Ceci était présenté comme un des aspects de la « propriété de métier » ou de la « propriété de fonction » que l'on a déjà évoquée. Par ailleurs, soulignant que l'entreprise est l'« œuvre commune de tous ceux qui y collaborent », ce livre semblait ouvrir la voie à une participation des salariés à la gestion : « Entrepreneurs et employés, pouvait-on y lire, doivent, dans la mesure de leur compétence et de leur fonction, exercer un contrôle réciproque les uns sur les autres. Toute mesure qui, dans la vie de l'entreprise, est une mesure qui engage entrepreneurs et employés ne peut être qu'une mesure d'accord, dût-on imposer cet accord par un arbitrage[34]. » Toutefois, quelques lignes plus loin, l'auteur apportait à cette proposition de sérieuses restrictions en précisant : « Ce régime corporatif laisse à chacun sa fonction : aux chefs responsables devant la corporation l'initiative commerciale, financière, les mesures de gestion. Aux employés, l'organisation de leurs conditions de travail[35]. »

Quoi qu'il en soit de la diversité des positions de ces mouvements de jeunes, elles traduisaient sur des points importants une rupture profonde avec l'ordre libéral établi. Le refus du libéralisme économique se traduisait aussi, au niveau du fonctionnement général de l'économie, par une volonté délibérée de rompre avec le « laissez faire, laissez passer » du siècle précédent et par le souci de susciter la naissance d'une « économie organisée », une économie respectueuse des exigences du bien commun et de ses finalités humaines. Ce principe posé, ces mouvements divergeaient de nouveau sur les modalités de cette « organisation ».

La *Jeune Droite* était « corporatiste ». Elle se référait en la matière aux travaux du catholicisme social et à l'œuvre de La Tour du Pin, rejetant très fermement tout corporatisme d'État de type fasciste ou hitlérien. Dans cette perspective, il s'agissait

33. *Demain la France, op. cit.*, p. 260.
34. *Ibid.*, p. 262.
35. *Ibid.*

de créer des organisations réunissant des représentants du « capital » et du « travail » et dotées d'un pouvoir régulateur en matière économique et sociale dans le cadre de chaque profession. Chaque métier devait ainsi donner naissance à une Corporation professionnelle, autonome et décentralisée, comportant à chaque niveau – local, régional, national, – des « Conseils corporatifs » composés en nombre égal de représentants des employeurs et des employés. Les tâches prévues pour ces conseils étaient de deux types : 1°) économiques : organisation de la production, réglementation économique, contrôle de l'exercice loyal de la profession, création de services communs, etc. ; 2°) sociales : réglementation des conditions de travail, contrôle de l'application de la législation ouvrière, pouvoir juridictionnel pour arbitrer et trancher les conflits du travail, organisation de services sociaux (hygiène, prévoyance, assurances, habitations à loyer modéré, allocations familiales, etc.). Ceci supposait que serait reconnue à ces Corporations la personnalité juridique avec, dans leur domaine, des pouvoirs de réglementation et de juridiction. Afin de donner à ces organismes des moyens de pression, il était prévu que chaque Corporation disposerait d'un patrimoine corporatif constitué par le prélèvement d'une taxe sur la production. Ces diverses Corporations devaient être par ailleurs représentées, toujours d'une manière paritaire (employeurs-employés), au sein d'un organisme commun à l'ensemble des branches de l'économie nationale : une « Chambre Nationale des Métiers » comportant un « Conseil Économique » permanent. À cette Chambre étaient attribués : un pouvoir de décision pour toutes les questions économiques et sociales d'intérêt national et un pouvoir consultatif auprès du gouvernement en matière politique. Dans ce système, l'État se voyait enfin chargé, d'une part, de veiller au respect par les Corporations des règles définies plus haut, d'autre part, de trancher éventuellement les conflits généralisés entre employeurs et employés ou entre Corporations aux intérêts antagonistes. Tels étaient donc pour la *Jeune Droite* les institutions qui devaient permettre d'échapper aux ornières symétriques du libéralisme et du collectivisme en organisant l'économie sans pour autant l'étatiser.

Tout en reconnaissant que « le mot de corporation a cet avantage de cristalliser l'idée d'une socialisation qui ne serait pas étatiste et respecterait le jeu des groupes naturels intermédiaires entre l'individu et l'État [36] », *Esprit*, par la plume de Mounier, n'en dénonçait pas moins les « duplicités du corporatisme » qu'il avait tendance à considérer comme la dernière métamorphose d'un « capitalisme aux abois [37] ». Sa tare essentielle était, selon lui, de ne pas rompre assez nettement avec « le régime capitaliste du capital et du travail [38] » en prétendant instaurer entre eux une illusoire collaboration. L'égalité du capital et du travail au sein de corporations autonomes gérées par les intéressés lui paraissait en effet un projet tout à fait vain, condamné soit à la résurrection sous une forme déguisée de la tyrannie de l'argent, soit à l'impuissance en cas de conflit entre employeurs et employés réellement placés à égalité. Finalement, *Esprit* en arrivait à considérer que le corporatisme autoritaire de type fasciste, tranchant les conflits d'intérêt par un recours à l'autorité de l'État, était plus réaliste tout en retombant dans les travers de l'étatisme. Par ailleurs, *Esprit* tenait pour « antispirituelle » une solution aboutissant à mettre sur pied d'égalité travail et capital, l'homme et l'argent : « Les corporatistes, notait Émile Hambresin, ne se dégagent du matérialisme que pour y retomber plus lourdement [39]. »

Toutefois, *Esprit* ne repoussait pas totalement l'idée de faire une place dans l'organisation de l'économie à des corporations professionnelles : leur institution supposait seulement l'éclatement préalable du système capitaliste et la suppression de l'opposition capital-travail par les réformes profondes de la propriété exposées plus haut. Ces corporations, dites « postrévolutionnaires » (pour les distinguer des Corporations préconisées par les « corporatistes »), lui paraissaient en effet pouvoir être des instruments utiles pour réaliser la participation des travailleurs à la gestion de la profession et à celle de l'ensemble de l'économie nationale. Cette participation, sur laquelle *Esprit* insistait particulièrement, devait tout spécialement intervenir dans l'élaboration du « Plan ». *Esprit* était en effet favorable à une politique de planification. Le texte-programme élaboré au Congrès de

---

36. *Esprit*, n° 17, février 1934, p. 711.
37. *Ibid.*, p. 718.
38. *Ibid.*, p. 227.
39. *Esprit*, n° 23-24, août-septembre 1934, p. 727.

Font-Romeu déclarait ainsi : « La concurrence, qui semble
d'abord être l'expression de la liberté, en est en réalité la
négation. Le plus fort écrase le plus faible. Ainsi, l'institution
d'un plan économique est-elle la garantie nécessaire des
droits privés. Le plan créé pour les travailleurs est d'ailleurs
l'émanation de leur pensée : c'est eux-mêmes, en effet, qui
assurent par leurs représentants, comme la gestion et la répartition des bénéfices, la tâche d'élaborer le plan [40]. » *Esprit* ne
développait pas les modalités concrètes de celui-ci, se bornant
à préciser que cette planification ne serait pas une planification rigide et autoritaire, mais une planification souple associant les intéressés à sa gestation, décentralisé dans son exécution et laissant place à des activités économiques libres. On
notera que la *Troisième Force*, dont on a vu les rapports ambi-
gus avec *Esprit*, y lança une idée qui devait faire son chemin,
celle d'assurer le contrôle de l'État en nationalisant le crédit
et en confiant à l'État ou à des sociétés dans lesquelles il aurait
une part prépondérante un nombre relativement réduit
d'industries clés. Ces projets de la *Troisième Force, Esprit* les
publia à titre documentaire et indicatif sans les prendre à son
compte, car il restait très méfiant à l'égard de tout ce qui
pouvait receler quelque menace d'étatisme.

Cette idée d'une planification de l'économie avait été
auparavant défendue par la revue que Philippe Lamour avait
fondée en 1931 et qui s'intitulait précisément *Plans* [41]. Dans
le manifeste qui ouvrait le premier numéro de cette publication, on pouvait lire en effet : « À l'économie anarchique,
l'ordre fédéral et syndical substituera l'économie logique,
donc humaine. Informée d'une façon permanente par les institutions issues des groupes sociaux organisés, l'autorité qui
en émane pourra dresser avec souplesse le plan des besoins
et lui adapter le régime de la production. Elle évitera le
rythme brisé dont les producteurs sont victimes et adaptera
les formes nouvelles aux éléments permanents [42]. » Cette
notion fut reprise, sous des formes différentes, par l'*Ordre*

---

40. *Esprit*, n° 1, octobre 1932, p. 134.
41. Ce terme de « Plan » deviendra un mot à la mode en 1933-1934 :
« Plan de Man », « Plan du 9 juillet », « Plan des néosocialistes », « Plan
des Frontistes », « Plan de la CGT », etc.
42. *Plans*, n° 1, janvier 1931, p. 5.

Nouveau. Celui-ci, repoussant toute conception étatique et centralisée de type soviétique, qui lui paraissait traduire un étatisme et un productivisme grossiers, considérait que l'économie devait être organisée à partir des besoins réels des hommes et fondait sur leur analyse une théorie « dichotomique » de l'économie qui le conduisait à préconiser la création d'une économie mixte comportant un « secteur plané » et un « secteur libre ».

Le « secteur plané » devait correspondre aux besoins vitaux, à la production des biens « de première nécessité » (nourriture, logement, habillement) qui, soumise à des variations limitées et s'appréciant de manière quantitative, était par nature la plus aisée à planifier. D'autre part, l'organisation de ce secteur de la production était le moyen de garantir à chacun le « minimum vital » évoqué plus haut. Au contraire, devait demeurer libre, domaine de l'initiative et du risque, la production des biens d'importance secondaire, objet d'une demande plus mobile et plus capricieuse. Robert Loustau et Robert Gibrat – les économistes de l'*Ordre Nouveau* – résumaient ainsi cette distinction : « Zone d'économie planée, celle qui correspond à l'égalité de tous les hommes devant la mort, celle où la création et l'initiative doivent s'incliner devant le droit de vivre, où le risque doit s'arrêter devant la personne. Zone d'économie libre, celle qui correspond à l'infinie diversité des attitudes humaines, à l'immense inégalité des goûts et des désirs, celle où l'invention seule a droit de cité [43]. » René Dupuis et Alexandre Marc développaient ce point de vue en ajoutant : « L'économie a deux buts : 1°) assurer à tout être humain un minimum d'existence ; 2°) satisfaire aux besoins qualifiés et personnels, variables à l'infini des hommes. Pour réaliser la première fin de l'économie, il faut établir un plan de production, dressé tant en fonction des besoins vitaux des membres du corps social en objets de caractère nécessaire, dans une certaine mesure indifférenciés, qu'en fonction des possibilités de production de la fédération. La seconde fin de l'économie exige une organisation permettant, tant au producteur qu'au consommateur, d'exercer en pleine liberté leurs dons d'initiative, de choix et de création à leurs risques et périls, mais

43. *Ordre Nouveau*, n° 10, avril 1934, p. 7.

à l'abri de toutes pressions extérieures artificielles telles que celles qui existent actuellement[44]. »

La charge de l'élaboration de ce Plan revenait dans les projets de l'*Ordre Nouveau* au Conseil Économique fédéral[45] collaborant pour ce faire avec les « corporations » (au sens *Ordre Nouveau*) et avec les communes. On notera aussi que c'est cet organisme qui devait répartir entre les entreprises les contingents de travailleurs fournis par le « service civil ». Quant à l'exécution du Plan, elle était confiée aux « corporations » qui, rappelons-le, restaient des entreprises privées, autonomes et libres. Amener ces « corporations » à travailler pour le secteur plané devait être le fait non d'une contrainte, mais de l'assurance d'un certain nombre de garanties telle qu'une garantie de débouchés et de rémunération : « Le plan apparaît ainsi, pour les corporations chargées de son exécution, comme une servitude sociale susceptible de leur valoir des avantages dont l'attrait est suffisant pour les pousser à s'intéresser activement au secteur plané, de leur propre volonté, sans y être contraintes[46]. »

L'élaboration et l'exécution du Plan mettaient surtout en cause les « corporations » d'une part, le Conseil Économique fédéral de l'autre. Ces organismes n'étaient pas les seuls prévus dans le « Fédéralisme économique » de l'*Ordre Nouveau* qui préconisait aussi la création de « Groupements corporatifs », de « Syndicats » et de « Groupements professionnels ». Le « Groupement corporatif » était une association libre de « corporations » dont les activités, tout en étant différentes, convergeaient et collaboraient dans un même processus de production. Il devait jouer un rôle important dans le financement des entreprises. Le « Syndicat » groupait, lui, toutes les « corporations » produisant la même matière ou fabriquant le même produit et était conçu comme un organe de liaison, de coordination et de transmission. « Groupements corporatifs » et « Syndicats » se voyaient attribués trois types de fonctions : 1°) l'étude des conditions de travail dans la profession considérée (sécurité du travail, possibilités de rationalisation, emploi du service civil, coordination des

---

44. *Ibid.*, p. 9.
45. Sur la composition de ce Conseil, cf. *supra*, p. 413.
46. R. Dupuis, A. Marc, *Ordre Nouveau*, n° 10, avril 1934, p. 20.

achats de machines et de matières premières ou de la vente) ; 2°) le jugement en appel des conflits professionnels réglés par les « corporations » en première instance et jugement en première instance des conflits entre individus et « corporations » ou entre « corporations » ; 3°) l'enseignement technique supérieur. À ces deux types d'organismes devaient enfin s'ajouter des « Groupements professionnels » réunissant les techniciens d'une même profession et destinés à défendre les intérêts de leurs membres.

Tels étaient donc, dans leur diversité, les projets économiques de ces mouvements de jeunes des années 1930, projets plus ou moins obscurs, plus ou moins élaborés, qui présentaient, malgré leurs divergences, un caractère commun essentiel : la volonté bien arrêtée de réformer profondément l'ordre établi en se gardant des tares de l'anarchie libérale comme des dangers de tout collectivisme étatique, en organisant une économie ayant retrouvé sa véritable finalité : être « au service de l'homme ».

CONCLUSION

« UNE INFLUENCE EN POINTILLÉ »

Au terme de cette étude, l'originalité de ces groupes non conformistes des années 30 [1] apparaît avec une assez grande netteté. *Impossible de les confondre avec les partis politiques* traditionnels ; impossible de les assimiler aux « nouvelles équipes » engendrées par l'après-guerre ; impossible, enfin, de ne pas les distinguer des mouvements et des ligues qui se développèrent après 1934. D'autre part, malgré les divergences que l'on a notées au passage, malgré leurs réticences réciproques, il est difficile de ne pas être frappé par l'unité de ces groupes, par l'identité de leur vocabulaire, par la parenté des thèmes exposés, par la similitude de leurs univers intellectuels. La naissance de ce courant – nouveau même quand il intégrait dans sa synthèse des éléments préexistants – fut, en France, l'événement idéologique le plus caractéristique de ces « années tournantes » que furent les années 1930-1934. Aussi peut-il paraître justifié de parler à son propos d'un « esprit de 1930 » [2].

Si l'existence de cet « esprit de 1930 » semble difficilement contestable, il est non moins incontestable que sa portée fut – au moins apparemment – assez limitée. Dans le temps,

1. Si l'expression figurait dans le texte de cet ouvrage, elle doit au conseil éditorial de Bruno Flamand d'être devenue le titre de ce livre.
2. Le texte principal de cet ouvrage n'a pas été modifié par rapport à sa version initiale, en dehors de quelques corrections de détail et de l'ajout de quelques références importantes. Seule cette conclusion a fait l'objet d'une actualisation en prenant en compte l'évolution historique au-delà des années 70 et les nombreux travaux publiés depuis sa parution sur les questions qui y sont abordées. En revanche, on a pris le parti de ne pas traiter des controverses intellectuelles et médiatiques qui se sont développées à propos de l'interprétation à donner de ce non-conformisme des années 30, en laissant à chaque lecteur le soin de se forger une opinion par lui-même.

tout d'abord, l'année 1934 vit se disloquer la fragile convergence qui s'était produite dans les mois précédents. À partir
de cette date, les relations entre ces mouvements se distendirent et chacun de ceux-ci, tout en gardant une certaine
spécificité, fut plus ou moins conduit à atténuer les arêtes de
ses positions en acceptant des alliances parfois compromettantes. Par ailleurs, dans les années 1930-1934, l'audience
de ces groupes fut assez réduite. Si l'on additionne les tirages
respectifs de leurs publications, on atteint péniblement la
douzaine de milliers et encore ce chiffre doit-il être corrigé
en tenant compte du fait que les mêmes lecteurs lisaient
souvent plusieurs de ces revues.

Géographiquement, d'autre part, lecteurs et militants se
recrutèrent surtout dans les milieux intellectuels parisiens,
Esprit étant le seul groupe, semble-t-il, à avoir une implan-
tation provinciale de quelque importance. Enfin, souvent animés par des hommes dégoûtés de la sclérose des partis établis, ces mouvements n'eurent qu'une influence des plus
réduite sur les formations politiques en place et il paraît
douteux que l'apparition des « néosocialistes » ou les tentatives de rajeunissement des « jeunes radicaux » leur doivent
quelque chose. Ainsi, si un premier bilan permet de mettre
en évidence l'originalité de l'effort de réflexion accompli par
ces groupes de jeunes, il conduit aussi à constater l'inefficaci-
cité immédiate de leur action, leur impuissance à cristalliser
leurs idées en une idéologie.

Les raisons de ce qui peut apparaître comme l'échec de
cet « esprit de 1930 » sont extrêmement diverses. Certaines
résident sans doute dans la doctrine même de ces mouvements et dans leur méfiance à l'égard de tout système trop
dogmatique et simplificateur. Or, il est de fait qu'une idéologie ne se constitue le plus souvent que sur une schématisation de ses thèmes originels. D'autre part, s'il y avait entre
tous ces groupes une communauté d'inspiration, l'accord sur
un certain nombre de principes très généraux, et souvent
négatifs, pouvait s'accommoder d'une assez grande latitude
dans la définition des conséquences concrètes à en tirer, d'où
la difficulté de constituer un programme idéologique précis.
Enfin, l'exigence d'une « révolution spirituelle », d'un engagement total, d'une conversion non seulement idéologique
mais personnelle, n'était pas pour favoriser un succès spec-

taculaire et massif de ces idées. Tous ces facteurs contribuèrent à empêcher « l'esprit de 1930 » de déboucher sur le forum en idéologie structurée et vulgarisée. Ces difficultés furent renforcées par la rigueur doctrinaire de ces groupements toujours très soucieux – au moins jusqu'en 1934 – de sauvegarder de toutes les compromissions le tranchant de leurs idées et facilement enclins à se laisser aller à un « esprit de chapelle » d'une grande intransigeance sur les questions d'orthodoxie doctrinale. Ce travers, assez fréquent dans ce genre de mouvement, fut accentué par la formation intellectuelle qui était celle de la plupart de leurs animateurs et qui était bien davantage celle de philosophes que d'hommes d'action.

Cet échec eut aussi des causes extérieures, dans la mesure où ces idées ne trouvèrent pas un terrain favorable à leur germination. Si la France des années 1930-1934 vit se produire des changements profonds en maints domaines, ces changements furent loin cependant d'être aussi brutaux que dans d'autres pays européens et ils ne provoquèrent pas un effondrement analogue à celui que connut, par exemple, l'Allemagne préhitlérienne. De ce fait, en dépit des attaques, les habitudes traditionnelles conservèrent assez de vitalité pour étouffer ce qui pouvait les remettre en question. À cet égard, la situation de ces groupes fut assez différente de celle des mouvements communiste, fasciste ou national-socialiste avec lesquels ils mettaient volontiers en parallèle leur volonté de renouvellement. Cette stabilité intérieure, malgré une crise larvée, fut aussi favorisée par le fait que, dans la France des années 30, éprouvée par la saignée de la guerre 14-18, la jeunesse restait une minorité, non susceptible de fournir à elle seule une force capable de bouleverser l'ordre établi et c'était là aussi une différence sensible au regard de la poussée démographique qui soulevait l'Italie ou l'Allemagne.

Enfin, l'éclatement prématuré, en 1934, de l'embryon de « Front commun » qui avait paru se constituer auparavant fut pour beaucoup dans l'avortement de « l'esprit de 1930 ». Ces mouvements de jeunes firent là l'expérience de la difficulté de se débarrasser des habitudes classiques. La « diaspora » de 1934 résulta en effet, pour une large part, de la résurgence en leur sein des anciens réflexes de « droite » et de « gauche » qu'ils avaient pourtant voulu éliminer. Cette dislocation ne fut pas, en effet, due pour l'essentiel à des dissentiments doctrinaux, elle fut surtout la conséquence de la pression des événements – 6 février et ses suites – entraînant des recherches d'alliance et des prises de position sur l'actualité qui les reclassèrent dans les vieux cadres de « droite » et de « gauche », bientôt rajeunis en « fascistes » et « antifascistes ». Évoquant, en 1935 dans *Esprit*, ce phénomène, Roger Leenhardt soulignera avec raison : « Ce qu'il est important de marquer, c'est que la "diaspora" (...) eut lieu, moins à la suite de divergences dans les constructions doctrinales que dans la recherche d'alliances politiques concrètes[3]. » Cette évolution fut aggravée par la pression des événements postérieurs : invasion de l'Éthiopie, Front populaire, guerre d'Espagne, crise de Munich.

Par la suite, ces groupes eurent d'ailleurs le sentiment d'avoir ainsi lâché la proie pour l'ombre et d'avoir joué un jeu de dupes en se laissant prendre aux apparences de ces divisions partisanes. « On cherchait à se reconnaître, écrira Maxence dans son *Histoire de dix ans*, et l'événement vous a opposés ! On cherchait à s'accorder et il vous a séparés, dressés les uns contre les autres. On mesurait l'étendue de la crise ("crise de civilisation et peut-être de l'espèce"), il vous a jetés dans le combat, sinon sans directions, du moins hâtivement, prématurément, sans que l'on eût pu ni mesurer ni juger les forces en présence, ni mesurer ni juger des théories proposées, des thèses que l'action partisane allait bientôt réduire à l'état de slogans[4]. » Exprimant, lui aussi, ce sentiment, commun à beaucoup d'anciens d'*Esprit*, de l'*Ordre Nouveau* ou de la *Jeune Droite*, Mounier verra, pour cette raison, dans le 6 février 1934 une « sale petite émeute néfaste », car, dira-t-il, « il a crispé les forces vivantes apparentées à la droite sur l'aventure décevante des Ligues (...) il a enlisé les forces vivantes apparentées à la gauche dans le marais du Front populaire, parlementaire et politicien. Il a ainsi neutralisé les deux réserves dont aurait pu sortir, non pas certes une unanimité truquée, mais une formation d'équipes sans préjugés qui eût brisé les inerties héréditaires[5] ».

---

3. *Esprit*, n° 34, p. 535.
4. *Histoire de dix ans, op. cit.*, p. 165.
5. *Le Correspondant de Paris et de la province*, juillet 1939, p. 30.

Outre les raisons internes poussant dans le même sens,
« l'esprit de 1930 » fut donc ainsi victime, pour une grande
part, des événements, qui ne lui laissèrent pas un répit suffisant pour devenir autre chose qu'une éphémère école intellectuelle. Ainsi que l'a noté Raoul Girardet, on se trouve là
en présence « d'une idéologie qui, pratiquement, n'a pas
trouvé de milieu, qui n'a pas eu le temps de fonder une
tradition, d'une idéologie qui n'a pas trouvé un cadre social
pour l'accueillir (...) une tradition idéologique française qui,
en quelque sorte, a avorté et n'a pas connu la vie indépendante du libéralisme ou du radicalisme [6] ».

Au premier abord, le bilan de cet « esprit de 1930 » paraît
donc déboucher sur un constat d'échec. La réalité est cependant quelque peu différente. Le non-conformisme des années
1930 n'est pas mort sans laisser de traces, loin de là, très
loin de là. Nombre d'aspects de l'histoire postérieure du
XXᵉ siècle trouvent en effet en lui leurs racines et une partie
de leur explication. Finalement, un regard plus attentif permet
de constater que l'influence de ces mouvements de jeunes
des années 1930 a été beaucoup plus profonde qu'un examen
superficiel pourrait le laisser supposer. Ce qui fausse ici
l'appréciation, c'est que cette influence s'est rarement mani-
festée d'une manière directe ; elle a été le plus souvent, pour
reprendre un mot de Gabriel Marcel qui semble très juste,
une « influence en pointillé [7] ».

C'est ainsi qu'entre 1934 et 1940, la dispersion de ces
groupes ne réduisit pas totalement à néant les fruits de leurs
efforts, car ils conservèrent une originalité certaine et une
influence non négligeable. De manière générale, cette
période de l'avant-guerre fut caractérisée par la diffusion
dans des secteurs divers de l'opinion de certaines des formules par lesquelles s'était exprimé ce « non-conformisme des
années 30 ». Essayant de dresser un bilan de son influence,
Mounier le résumera en 1939 en ces termes : « Quelques
mots nouveaux que l'on voit maintenant traîner un peu partout [8]. » La défense de « l'éminente dignité de la personne

---

6. *Tendances politiques dans la vie française depuis 1789, op. cit.*, p. 131.
7. Entretien avec l'auteur.
8. *Le Correspondant de Paris et de la province*, juillet 1939, p. 31.

humaine », le combat pour « les valeurs spirituelles » devinrent quelques-uns des mots d'ordre de l'antifascisme tandis que les Ligues et le Parti populaire français s'annexèrent des slogans comme « Ni droite, ni gauche », « Ni communisme, ni capitalisme ».

Ce phénomène fut, d'une part, le résultat d'emprunts à un vocabulaire tombé dans le domaine commun et, aussi, la conséquence de l'action d'hommes venus de ces mouvements des années 1930, comme Robert Loustau, ancien de l'*Ordre Nouveau* faisant un rapide passage dans les groupes d'étude des Croix de Feu puis du PPF ou comme les militants de *La Flèche* et du Frontisme influencés par *Esprit*. Cette diffusion du vocabulaire n'alla d'ailleurs pas sans une certaine déformation du contenu que les groupes des années 1930 avaient voulu lui donner [9]. Par ailleurs, si les équipes intellectuelles qui se constituèrent de 1934 à 1936, puis au-delà, furent à un certain nombre de points de vue assez différentes, elles n'en reprirent pas moins certains des thèmes que leurs prédécesseurs avaient développés. Ainsi en fut-il pour toute une série de groupes de réflexion qui continueront à surgir, de manière plus ou moins éphémère et avec des identités idéologiques plus ou moins floues, jusqu'à la guerre : *La Lutte des jeunes, L'Homme réel, L'Homme nouveau, L'Assaut, Le Front national-syndicaliste, La Justice sociale, Travail et Nation, La Croisade, Communauté, Le Pays réel, Préludes, Les Nouveaux Cahiers*, etc. [10].

Par ailleurs, cette influence s'est aussi particulièrement exercée dans ces années sur les orientations sociales et spirituelles du catholicisme français. Le personnalisme vint confluer là avec les enseignements de la doctrine sociale de l'Église [11]. La Semaine sociale de 1937 eut ainsi pour thème

---

9. C'est ainsi que, selon D. de Rougemont, le terme « ordre nouveau » utilisé par la propagande nazie aurait été emprunté au mouvement du même nom par l'intermédiaire de Ribbentrop et d'Abbetz qui auraient été des lecteurs assidus des revues françaises de jeunes (cf. *Politique de la personne, op. cit.*, p. 8).

10. Sur ces groupes, on pourra se reporter à Michel Bergès, *Vichy contre Mounier* (Paris, 1998) et à P. Andreu, *Révoltes de l'esprit* (Paris, 1991).

11. Daniel-Rops a pu ainsi noter dans son *Histoire de l'Église* : « On peut même observer que le "personnalisme" dont se réclament à partir des années 1930 des mouvements de jeunes comme l'*Ordre Nouveau* et *Esprit* doivent plus qu'ils ne pensent à la doctrine sociale de l'Église » (*Un combat pour Dieu*, Paris, 1963, p. 432).

« La personne humaine en péril » et elle compta parmi ses conférenciers des collaborateurs d'*Esprit* comme Jean Lacroix et François Perroux. Par ailleurs, Alexandre Marc et Daniel-Rops, deux des principaux animateurs de l'*Ordre Nouveau*, jouèrent un rôle très important dans les hebdomadaires catholiques *Sept* puis *Temps présent*[12], où ils retrouvèrent des collaborateurs d'*Esprit* comme, parfois, Emmanuel Mounier, et, plus souvent, Étienne Borne, Jean Lacroix ou Pierre-Henri Simon.

Si, après 1935, l'influence de « l'esprit de 1930 » s'estompa, malgré le succès de son vocabulaire du fait de la pression des événements et des engagements partisans, l'effondrement de 1940, le vide politique et intellectuel qui s'ensuivit provoquèrent sa résurrection. L'événement vint confirmer les analyses de ces groupes, prouvant à leurs yeux leur clairvoyance et montrant que leurs inquiétudes devant ce qu'ils avaient jugé être une décadence de la France n'avaient pas été sans fondement. Pour cette raison, la défaite ne leur apparut pas seulement comme une défaite militaire mais comme la défaite de toute une société, comme l'aboutissement d'une dégradation déjà ancienne. Or ce diagnostic fut aussi celui que portèrent beaucoup de représentants de la Révolution nationale de Vichy comme les éléments les plus dynamiques et les plus précoces de la Résistance. De ce fait, Vichy comme la Résistance, se rejoignant dans la même volonté de briser les moules de la pensée politique française traditionnelle, qui leur paraissaient avoir fait faillite, virent resurgir les thèmes et les hommes des années 1930[13]. Malgré des accentuations différentes en raison du caractère autoritaire et nationaliste de Vichy et des influences démocratiques et socialistes dans les mouvements clandestins, l'idéologie de la Révolution nationale et celle de la Résistance intégrèrent nombre des idées qui avaient vu le jour dix ans plus tôt. À cet égard, le culte de Péguy célébré avec autant de chaleur

12. Alexandre Marc fut le secrétaire de rédaction de *Sept*, dont il rédigeait aussi la chronique politique sous le pseudonyme de Scrutator.
13. Ce point a été particulièrement souligné par Stanley Hoffmann dans sa contribution au livre collectif *À la recherche de la France* (Paris, 1963) : « Vichy et la Résistance, l'un et l'autre composés dans une large mesure des mécontents des années 1930 (...) convergèrent sur un nombre de points fort importants » (*op. cit.*, p. 48 et s.).

d'un côté que de l'autre est assez symbolique car il trouvait ses racines dans le « péguysme » des années 1930. L'emploi général du mot « Révolution » – « Révolution nationale » ; « De la Résistance à la Révolution » – fut aussi un héritage des « années tournantes ».

Dans les premiers mois de l'existence du régime de Vichy, nombreux furent ceux qui, avec des motivations très variées, mirent en lui leurs espoirs de rénovation. La défaite et l'armistice avaient laissé le pays violemment traumatisé, matériellement comme moralement. Si cette situation était à maints égards dramatique, elle semblait aussi par un côté stimulante, dans la mesure où tout paraissait à refaire et où l'écroulement de l'ordre ancien laissait le champ libre à la possibilité d'une profonde reconstruction de l'ordre politique, économique et social. C'est cette tâche que déclara se proposer la Révolution nationale, en croyant pouvoir agir dans ce sens malgré la situation précaire du pays, malgré les conséquences de la guerre et de l'armistice. Cet état d'esprit, partagé par beaucoup – qui n'étaient pas seulement les survivants d'une droite soucieuse de venger son échec politique et social de 1936 [14] – entraîna, en 1940 et 1941, un foisonnement d'initiatives d'inspiration et d'orientation diverses [15], dans lesquelles les jeunes hommes qui avaient participé aux activités des mouvements étudiés jouèrent un rôle non négligeable, en espérant à la faveur des circonstances traduire en réalisations concrètes les idées qu'ils avaient développées dans les années 30 [16]. Certes cette

14. « Il n'y a pas que Maurras pour découvrir avec une "divine surprise" ce que Vichy peut apporter de nouveau (...) Il n'y a plus de frontières politiques puisque des hommes venant de La Flèche de Bergery se mêlent aux Camelots du Roi » (P. Bauchard, *Les Technocrates et le Pouvoir, op. cit.*, p. 114 et s.).
15. « L'été 1940, dans le désarroi général qui succéda à l'effondrement militaire de la France, fut riche en initiatives de toutes sortes. Sans le désastre, elles n'auraient sans doute jamais vu le jour et elles peuvent apparaître ainsi comme les fruits de l'improvisation. Mais on peut penser qu'elles furent, au moins en partie, l'aboutissement d'idées, de réflexions, de cheminements qui purent, grâce aux circonstances exceptionnelles nées de l'événement, passer au stade de la réalisation concrète ou, du moins de la tentative » (R. Josse, *Revue d'histoire de la Seconde Guerre mondiale*, juillet 1967, p. 54-55).
16. Jeunes gens ayant animé ces mouvements ou ayant été influencés doctrinalement par eux au long des années 30.

influence de « l'esprit de 1930 » se composa dans l'idéologie et les réalisations de l'État français avec d'autres courants d'idées : celui de l'Action française et de l'école contre-révolutionnaire, représenté à Vichy par des hommes comme Raphaël Alibert, l'amiral Fernet ou Henri Massis ; celui du catholicisme social avec l'amiral Auphan, Pierre Caziot ou Louis Salleron ; celui d'un « planisme » technocratique avec Barnaud, Bichelonne, Lafond ou François Lehideux. Malgré tout, si l'on considère la doctrine, d'ailleurs assez imprécise, de la Révolution nationale proprement dite, il semble bien que l'on puisse dire, avec Raoul Girardet, que « Vichy s'explique beaucoup plus en fonction des thèmes développés dans les petites revues des années 1930 qu'en fonction des thèmes développés par les mouvements de la droite traditionnelle [17] ».

C'est ainsi que de la Révolution nationale définie, dans sa perspective globale, comme « la volonté de promouvoir le réel, le vivant, l'organique, l'évolutif, l'individuel, contre l'abstrait, le géométrique, l'immuable mis en fiches, le déclamatoire, le général et le totalitaire », on ne peut pas ne pas rapprocher la réaction antirationaliste des années 1930 en général, et de l'*Ordre Nouveau* en particulier, l'*Ordre Nouveau* que Peyrouton, auteur de cette définition, citera, dans ses mémoires, comme une des sources d'inspiration de la doctrine de l'État français [18]. De même, c'est tout autant l'écho des campagnes pour « l'homme réel » que l'influence directe de l'école contre-révolutionnaire que l'on trouvait dans les messages du Maréchal déclarant : « Un peuple n'est pas un nombre déterminé d'individus arbitrairement comptés. Un peuple est une hiérarchie de familles, de professions, de communautés, de responsabilités administratives, de familles spirituelles, articulées et fédérées pour faire une patrie (...) La solution consiste à rétablir le citoyen dans la réalité familiale, professionnelle, communale, provinciale et nationale [19]... »

Le même rapprochement s'impose lorsque René Gillouin, qui fut, dans les premiers mois de Vichy, l'un des principaux inspirateurs du Maréchal, précise en ces termes le caractère « autoritaire » et « social » que voulut se donner le nouveau

---

17. *Tendances politiques dans la vie française depuis 1789*, *op. cit.*, p. 131.
18. *Du service public à la prison commune* (Paris, 1952), p. 122.
19. Message du 8 juillet 1941.

régime : « Autoritaire, et même, dans un certain sens, absolu, c'est-à-dire indépendant des chaînes du nombre et de l'argent. *Et différent à la fois du pouvoir démo-libéral et du pouvoir* totalitaire en ceci que, au lieu d'être relatif et limité comme le premier, absolu et illimité comme le second, il serait à la fois absolu et limité. Pouvoir fort donc, mais borné à la fois sur ses frontières spirituelles par le respect des valeurs religieuses et par celui de la personne humaine, et, sur ses frontières temporelles, par la reconnaissance des droits des groupes naturels, tels que la famille, la région, la profession, les corps, compagnies et communautés de tous genres. Social, enfin, et c'est sur [cet] aspect qu'il nous semblait qu'il faudrait innover largement et, d'abord, sans opprimer aucunement l'individu mais au contraire en servant son intérêt véritable, le réintégrer dans ces entités plus vastes et plus profondes, la famille et la société. Donc refaire de la famille hier dédaignée ou brimée ce qu'elle n'aurait jamais dû cesser d'être, la cellule sociale par excellence, la pierre angulaire de l'édifice national (...) sans oublier jamais que ce dont la patrie a besoin ce n'est pas d'enfants mais d'hommes et qu'il ne suffit pas de nourrir une florissante jeunesse, mais qu'il faut encore et surtout l'instruire et l'éduquer. Ensuite, dans une société qui tend tous les jours davantage à s'industrialiser, abjurer les erreurs mortelles du vieux capitalisme libéral, cesser de considérer l'ouvrier comme un outil animé et son labeur comme une marchandise, rendre au travail toute sa signification non seulement matérielle mais morale et spirituelle, mettre un terme au règne de l'économique et à son immorale autonomie en subordonnant le facteur argent et même le facteur travail au facteur humain sans tomber pour autant dans les erreurs inverses du collectivisme qui, partout où il s'est établi sur les ruines du capitalisme, n'a réussi qu'à universaliser la servitude qu'il prétendait briser, à diminuer la production qu'il prétendait accroître et à obtenir, au lieu de l'abondance pour tous, la pénurie et la médiocrité pour tous ; et, pour parer aux désastreuses conséquences de ce remède pire que le mal, respecter la liberté individuelle et conserver en le limitant le puissant moteur du profit individuel ; enfin, en dernière analyse, tendre par toutes les voies, dans un effort puissant et opiniâtre, non pas tant à adoucir la condition prolétarienne qu'à l'abolir, non seulement par une *juste répartition des fruits du travail, mais par une restauration* de ce qu'il y avait de vigoureusement organique et de généreusement humain dans "l'esprit" des corporations d'autrefois [20]. »

Ces idées, comme le souci d'une profonde réforme intellectuelle et morale, qui était particulièrement vivace dans les milieux proches du Secrétariat général à la Jeunesse, présentaient une incontestable parenté avec « l'esprit de 1930 ». Tout en tenant compte de la place d'autres courants de pensée dans les origines de l'idéologie vichyssoise, et en remarquant que les réalisations de l'État français s'écartèrent bien souvent des principes proclamés [21], il paraît cependant possible de dire, avec Robert Aron [22], que la doctrine de la Révolution nationale eut une de ses sources dans le « personnalisme » des années 30, dont elle retint particulièrement la définition « communautaire [23] » et non totalitaire des rapports de l'homme et de la société. Cette influence personnaliste tint, d'une part, au fait que ces idées étaient « dans l'air » et, d'autre part, à l'action de certains hommes dans les avenues du pouvoir.

C'est ainsi que René Gillouin, tout en ayant des sympathies maurrassiennes, avait suivi, avant la guerre, avec intérêt les travaux d'*Esprit*, ayant même quelques contacts avec des milieux proches de cette revue [24]. Robert Aron pense par ailleurs qu'il n'est pas exclu que des ministres du Maréchal comme Paul Baudoin et Yves Bouthillier [25] se soient faits les

---

20. *J'étais l'ami du maréchal Pétain* (Paris, 1966), p. 201-203. Cet exposé reprend en grande partie un texte publié en 1941 dans l'ouvrage collectif : *La Révolution nationale, un bilan, un programme* (Lyon, 1941).

21. R. Gillouin note ainsi après l'exposé des principes que l'on vient de citer : « Je n'ai aucune raison de cacher l'immense déception qui fut la mienne lorsque je constatai que, tout en les professant de la bouche avec une conviction apparente, le régime, dans la pratique, en prenait sur la plupart des points le contre-pied » (*op. cit.*, p. 203). Cette distance se traduisit par exemple par une pratique étatisante et technocratique de la régionalisation et du corporatisme.

22. *Histoire de Vichy*, *op. cit.*, p. 200-201.

23. Ce mot fut un des mots clés du vocabulaire de la Révolution nationale. Sur ce point, voir par exemple : M. Bergès, *op. cit.* ; Antonin Cohen, *Histoire d'un groupe dans l'institution d'une* communauté *européenne (1940-1950)*, thèse science politique, Paris I, 1999.

24. Au début de 1941, à la suite de l'envoi d'un rapport de Mounier, il intervint pour faciliter les rapports d'*Esprit* avec la censure de Vichy (cf. *Mounier et sa génération*, *op. cit.*, p. 284).

25. Respectivement ministre des Affaires étrangères et ministre des Finances du gouvernement de Vichy en 1940-1941.

porte-parole officieux de certaines idées personnalistes. Ceci est d'autant plus plausible qu'ils eurent à leurs côtés deux anciens de l'*Ordre Nouveau* : Jean Jardin [26] au cabinet de Bouthillier et Robert Loustau, chef de cabinet de Baudoin. Robert Loustau, qui, en 1941, se retrouva dans l'entourage de Pucheu, rédigea d'ailleurs le brouillon du message de Saint-Étienne que le Maréchal consacra, en mars 1941, aux problèmes sociaux [27] et il participa aux travaux préparatoires de la Charte du Travail. D'autre part, René Belin, ministre de la Production industrielle et du Travail, et Gaston Bergery, qui fut à l'origine du message du 10 octobre 1940 sur les principes de la Révolution nationale, n'étaient pas sans avoir eu, au cours de l'avant-guerre, des relations avec les groupes personnalistes des années 1930. Enfin, il n'est pas indifférent de constater que l'on a pu qualifier de « personnalisme traditionaliste [28] » la pensée de Gustave Thibon en qui d'aucuns ont voulu voir « le philosophe » de la Révolution nationale.

---

26. Il sera chef de cabinet de Laval en 1942-1943 avant d'être nommé chargé de mission à Berne en 1943. Cf. P. Assouline, *Une éminence grise : Jean Jardin (1904-1970)*, Paris, 1986.

27. Ce message, qui annonçait la Charte du Travail, commençait en des termes rappelant les idées de l'*Ordre Nouveau* sur la « prolétarisation » : « Dans mon message du 1er octobre dernier, je vous ai dit que l'on ne peut faire disparaître la lutte des classes qu'en faisant disparaître les causes qui ont dressé les classes les unes contre les autres. Ces causes c'est la menace du chômage et l'angoisse de la misère qu'elle fait peser sur les foyers. C'est le travail sans joie de l'ouvrier sans métier. C'est le taudis dans la cité laide où il passe des hivers sans lumière et sans feu. C'est la vie de nomade sans terre et sans toit. Telle est la condition prolétarienne. Il n'y aura pas de paix sociale tant que durera cette injustice. » Quelques semaines plus tard, le 1er mai à Commentry, le Maréchal devait revenir sur ce sujet : « Que veulent donc au juste les ouvriers ?... Ils veulent d'abord : s'évader de l'anonymat où ils ont été jusqu'ici trop souvent confinés, ne pas vendre leur travail comme une marchandise, ne pas être traités comme des machines, mais comme des êtres vivants, pensants, souffrants ; avoir avec leurs chefs des relations d'homme à homme. Ils veulent ensuite : échapper à l'incertitude du lendemain ; être protégés contre les aléas du chômage, trouver dans leur métier une sécurité ou, pour mieux dire, une propriété ; avoir la possibilité d'y avancer jusqu'à la limite de leurs aptitudes. Ils veulent en outre : participer dans une mesure raisonnable aux progrès de l'entreprise à laquelle ils sont associés, avoir une sauvegarde efficace contre les misères qui les guettent lorsque survient la maladie ou lorsque arrive la vieillesse ; pouvoir élever leurs enfants et les mettre en état, selon leurs capacités, de gagner honorablement leur vie. Toutes ces aspirations sont légitimes et, dans l'ordre nouveau que nous préparons, elles devront être satisfaites. »

28. Prélot, *Histoire des idées politiques*, Paris, 1967, p. 661.

Le sentiment que la Révolution nationale donnait peut-être leur chance à certaines des idées développées dans les années 1930 fut partagé par les intéressés eux-mêmes, c'est-à-dire par les anciens responsables ou militants de ces mouvements de jeunes. Si quelques-uns de ceux-ci manifestèrent d'emblée une opposition déclarée au régime de Vichy, la plupart suivirent avec un certain intérêt ses premiers efforts de reconstruction. Les anciens de la *Jeune Droite*[29] furent les plus nombreux dans ce cas. C'est ainsi que Thierry Maulnier s'attacha, dans une série d'articles parus en 1941 dans la *Revue universelle*, à proposer un programme doctrinal pour la Révolution nationale qui reprenait nombre des thèses qu'il avait développées dans ses écrits des années 1932-1934. René Vincent, l'un des fondateurs de *Réaction*, qui avait été rédacteur en chef de *Combat* jusqu'en 1939, constatait pour sa part : « Dans l'enfantement des idées de la Révolution nationale, diverses petites revues indépendantes ont joué un rôle dont l'importance apparaît dès maintenant[30]. » De même, les cahiers de *Renaître*, fondés par François Perroux (un ancien d'*Esprit*) et Yves Urvoy pour donner une « interprétation doctrinale, homogène et cohérente » des principes de la Révolution nationale, soulignaient l'importance des « jeunes écoles » de l'avant-guerre, mettant l'accent sur l'apport d'*Esprit* et de l'*Ordre Nouveau* : « Dans toutes, il y a eu des vues intéressantes et neuves, elles ont proposé sur des points particuliers des solutions doctrinales ou pratiques aux problèmes de demain[31]. »

L'attitude la plus caractéristique fut à cet égard celle de Mounier et d'*Esprit* qui reparut en zone libre en novembre 1940. L'éditorial de Mounier qui ouvrait ce premier numéro était très loin d'être hostile aux idées qui circulaient depuis l'armistice : « Toutes les formules lancées aujourd'hui en gage d'espérance à la jeunesse de France (...) nous les approfondissons et les répandons depuis des années. » Et il ajoutait : « Parmi la poussière soulevée par l'effondrement d'un

---

29. Cf. N. Kessler, *Histoire politique de la Jeune Droite (1929-1942). Une révolution conservatrice à la française*, Paris, 2001.
30. *Idées*, mars 1942, p. 65.
31. *Renaître*, nº 13, p. 13. Parmi les titres de ces fascicules, on trouvait : « Le sens de la Révolution du XXᵉ siècle » (2) ; « Mission de la France » (4) ; « Le concret et l'abstrait », etc.

monde, dans la confusion inextricable de ce qui naît déjà et de ce qui meurt encore, quelques formules de vie ressortent où nous reconnaissons les traits dominants de notre héritage : lutte contre l'individualisme, sens de la responsabilité, sens de la communauté, restauration de la fonction de chef, sens rénové de la nation et sens réaliste des solidarités internationales, restauration du sens de l'État liée à la déflation de l'État, sens de l'homme total, chair et esprit, personne et membre de corps vivants. Que toutes ces formules soient encore enchevêtrées ici ou là de contresens ou noyées d'à-peu-près, est-ce une raison pour nous écarter, nous qui les avons lancées parmi les premiers, de l'aventure vivante qu'elles vont maintenant inaugurer ? Certes non [32]. »

Même en tenant compte des précautions imposées par l'existence de la censure de Vichy [33], ce texte n'en était pas moins une reconnaissance de la parenté de certains des thèmes de la Révolution nationale avec ceux qu'*Esprit* avait contribué à diffuser avant la guerre [34]. En janvier 1941, Mounier considérera d'ailleurs comme l'un des « événements » des mois précédents la reconstitution d'une sorte de front commun de la « jeune droite » et de la « jeune gauche » des années 30 [35] : « Ils ont fait les uns par rapport aux autres, remarquait-il, une sorte d'évolution en tenaille : partant vers 1930 de prémisses communes, entraînés sur des voies divergentes par des courants étrangers à leur jeune inspiration, cherchant à en retrouver dans les données de l'époque les traces disjointes, les parentés éparses, déçus, non de liaisons qu'ils n'avaient jamais nouées, mais de voisinages trop pesants pour la révolution qu'ils poursuivaient, se recourbant en fin de compte sur le seul héritage qui ne pouvait les trahir, celui de leur jeunesse alourdie de l'expérience (...) Ce labo-

32. *Esprit*, novembre 1940, p. 10.
33. Dans son journal *privé*, il notait de même, le 4 août 1940, les similitudes existant « entre nos valeurs et les valeurs publiquement proclamées » en affirmant sa volonté « d'y introduire, à la faveur de cette coïncidence, le contenu désirable » (*Mounier et sa génération, op. cit.*, p. 260).
34. Mounier se vit même proposer de participer au « comité de rassemblement pour la Révolution nationale » (cf. *Mounier et sa génération, op. cit.*, p. 288).
35. À vrai dire, ce rapprochement s'était esquissé avant l'armistice, J.-P. Maxence ayant accepté de collaborer au numéro de juin 40 d'*Esprit* avec G. Izard, J. Maze, etc.

ratoire que nous montions hier pour nos vingt ans, nous voulons aujourd'hui en offrir les installations à tous les jeunes de France[36]. »

Et, de fait, en 1940 et 1941, dans un certain nombre d'organismes d'obédience vichyssoise, on vit travailler côte à côte des militants de la *Jeune Droite* d'avant-guerre et des jeunes venus des milieux proches d'*Esprit* et de l'*Ordre Nouveau*. Ce fut surtout le cas au sein des activités dépendant du Secrétariat général à la Jeunesse[37] : celles des Chantiers de Jeunesse, et, plus encore, celles du mouvement des Compagnons de France, dans lesquels des hommes comme Mounier et Louis-Émile Galey, fondateurs d'*Esprit*, ou Jean Maze, ancien de la Troisième Force et de *La Flèche*, retrouvèrent des anciens de *Combat* comme Jean-François Gravier, Klébert Haedens, André Monconduit ou Claude Roy[38]. Il en fut de même dans les services administratifs du Secrétariat à la Jeunesse où des anciens de *La Flèche* comme Maurice Gaït ou Jean Maze (ce dernier, après qu'il eut quitté la direction de l'hebdomadaire *Compagnons*) vinrent rejoindre des transfuges de la *Jeune Droite* tels que J.-F. Gravier, Jean Le Marchand, André Mattei, Charles Mauban, André Monconduit ou René Vincent. Ce dernier, tout en occupant des fonctions administratives au Secrétariat à l'Information, fonda même une revue doctrinale, *Idées*, destinée à réunir « quelques-uns de ceux qui, avant la guerre déjà, exprimèrent dans divers organes le souci d'une renaissance française[39] ».

36. *Esprit*, janvier 1941, p. 129.
37. Cf. Mounier : « À Vichy, la "jeunesse" (Ministère et Compagnons) est certainement ce qu'il y a de mieux là-bas, bien que peu lourde d'idées ; mais avec des volontés nettes et saines. Nous allons y travailler... » (Lettre du 15/10/1940, *Mounier et sa génération, op. cit.*, p. 265).
38. On a pu résumer ainsi la « doctrine » que se constitua peu à peu ce mouvement : « La Révolution nationale, pour eux, signifie d'abord le refus du capitalisme et de la démocratie libérale. Ils rejettent celle-ci parce que son image est liée à celle de la défaite de juin quarante et que son individualisme leur paraît destructeur. Ils rejettent du même mouvement le gaullisme qui leur paraît être une tentative de résurrection de la démocratie libérale. Parce qu'ils croient en la valeur de la personne, ils repoussent aussi la tentation fasciste et totalitaire. Ils accrochent au passage le mot "communauté" très utilisé par le nouveau régime, d'autant plus facilement qu'Emmanuel Mounier est, dans les premiers mois, leur conseiller et l'un des collaborateurs du journal » (J. Duquesne, *Les Catholiques français sous l'Occupation*, Paris, 1966, p. 283).
39. *Idées*, nº 1, novembre 1941, p. 2.

Cette publication, qui s'était donné pour tâche « d'aider la Révolution nationale à se réaliser dans les esprits aussi bien que dans les institutions », vit voisiner les signatures de Jean Maze, Armand Petitjean ou François Perroux avec celles de Jean de Fabrègues[40], Louis Salleron ou Jean-Pierre Maxence[41].

Un autre terrain de rencontre fut le groupe *Jeune France*. Cette association culturelle, subventionnée par le Secrétariat à la Jeunesse pour travailler à « promouvoir les arts et à refaire des hommes », compta dans ses instances dirigeantes, à côté de Pierre Barbier, de Paul Flamand, de Pierre Schaeffer, sympathisants d'*Esprit*, et d'Emmanuel Mounier lui-même, des anciens de l'*Ordre Nouveau* comme Albert Ollivier ou Xavier de Lignac et des hommes proches de la *Jeune Droite* comme Jean de Fabrègues, Claude Roy, Maurice Blanchot ou Klebert Haedens. L'histoire de ce groupe, telle que l'a reconstituée Michel Bergès[42], montre que la présence de ces « anciens » des années 30, aux références intellectuelles voisines, n'empêcha pas le développement de violents conflits internes, liés à des rivalités d'hommes et d'équipes comme à l'évolution des événements, mais provoqués aussi par des divergences sur l'interprétation des références personnalistes qui leur étaient plus ou moins communes, avec une interprétation « pluraliste » et libérale de celles-ci chez Mounier et ses amis[43], tandis que d'autres en donnaient une interprétation « communautaire » et « réaliste » plus favorable aux perspectives autoritaires du régime vichyssois.

---

40. Celui-ci y assura régulièrement la « Chronique des Idées » jusqu'en mai 1942 avant de prendre la direction d'un hebdomadaire catholique : *Demain*.

41. Collaborèrent aussi à *Idées* : P. Andreu, F. Bauer, Y. Christ, P. Dominique, Drieu la Rochelle, H. Favart, A. Fraigneau, M. Gaït, J.-F. Gravier, J. Grenier, K. Haedens, J. Laurent-Cély, La Varende, M. Martin du Gard.

42. *Vichy contre Mounier, op. cit.*

43. À *Jeune France*, les tensions autour de Mounier se produiront particulièrement à partir de juillet 1941, après le retour de captivité de Jean de Fabrègues, et alors que, depuis février 1941, avait commencé à se dessiner un mouvement l'écartant des Compagnons de France et de l'École d'Uriage, un mouvement qui devait aboutir à l'interdiction d'*Esprit* en août et à son arrestation en janvier 42, en raison de ses relations avec le mouvement de résistance « Combat ». Pour éclairer les controverses qu'a suscitées cet itinéraire, voir l'ouvrage de M. Bergès déjà cité.

Enfin, la préparation de la Charte du Travail, présentée comme un instrument de réorganisation de l'économie pour ouvrir une « troisième voie, au-delà du libéralisme et du collectivisme [44] », préparation à laquelle participèrent des hommes comme Émile Girard [45], Robert Loustau ou François Perroux, vit se produire un phénomène analogue. Sur le terrain économique et social, cette orientation devait se retrouver à l'Institut d'études corporatives qui joua un rôle particulièrement important. D'une part comme centre de réflexion animé par François Perroux, que du Moulin de Labarthète, chef de cabinet du chef de l'État français, désignera comme l'un des inspirateurs, avec R. Gillouin, des idées économiques et sociales du Maréchal [46]. D'autre part, parce que autour de ces activités, qui conflueront pour partie avec celles du groupe *Économie et Humanisme*, fondé en 1941 par le R.P. Lebret, se constituera un réseau dont l'influence s'est prolongée au-delà de la fin de la guerre, en passant d'une perspective « communautaire » à une perspective « fédéraliste » s'investissant dans le processus de construction de l'unité européenne [47].

Cette effervescence inspirée d'un personnalisme faisant l'objet d'interprétations diverses et parfois divergentes, au-delà de la parenté du vocabulaire, caractérisa surtout, il faut le souligner, la première année du régime de Vichy, la situation se modifiant sensiblement par la suite en raison des décisions concrètes du régime et en raison de l'évolution de la guerre, qui amenèrent nombre de ces hommes à se tourner

44. Annonçant l'esprit de la Charte, un texte du chef de l'État français avait déclaré en septembre 1940 : « La nouvelle organisation sociale ne sera pas "Libéralisme" puisqu'elle n'hésitera pas à combattre la violence qui se cache sous certaines libertés apparentes, et à chercher dans certaines contraintes légales un indispensable instrument de libération. Elle ne sera pas "Communisme" puisqu'elle respectera dans une large mesure la liberté individuelle et qu'elle conservera le puissant moteur du profit individuel. Elle ne sera pas "Capitalisme" puisqu'elle mettra fin au règne de l'économique et à son immorale autonomie et qu'elle subordonnera le facteur argent, et même le facteur travail, au facteur humain » (« Politique sociale de l'avenir », *Revue des deux mondes*, 15 septembre 1940).
45. Juriste, signataire du manifeste de *Réaction*.
46. *Le Temps des illusions* (Genève, 1946), p. 161.
47. Cf. Antonin Cohen, *Histoire d'un groupe dans l'institution d'une* communauté *européenne (1940-1950)*, thèse science politique, Paris I, 1999.

vers la Résistance. Particulièrement symptomatique de cette évolution fut l'aventure de l'École des cadres d'Uriage fondée en juillet 1940 par le capitaine Dunoyer de Segonzac. Cette école qui reçut d'abord les cadres des Chantiers puis ceux des mouvements de jeunesse de Vichy, accueillit ensuite des volontaires de tous horizons et de toutes conditions menant là, pendant quelques semaines chargées, une vie rude et studieuse faite de sport, de cercles d'études, de travaux manuels, de conférences et de corvées. À ces jeunes cadres confusément à la recherche d'une idéologie, l'École d'Uriage allait fournir peu à peu les éléments d'une doctrine orientée vers un « idéal humaniste et communautaire [48] » en accord avec l'esprit originel de la Révolution nationale et pour laquelle « le personnalisme devint la doctrine de référence la plus fréquente [49] », en partie sous l'influence de l'abbé de Naurois, aumônier de l'École, qui fit appel à des conférenciers de l'équipe d'*Esprit* comme Bertrand d'Astorg, Jean Lacroix ou Emmanuel Mounier [50].

L'influence de « l'esprit de 1930 » fut ici particulièrement sensible. Ainsi qu'on l'a constaté, « l'analyse de la crise du XXᵉ siècle faite par Uriage et les solutions proposées sont dans la ligne directe des réflexions de nombreux intellectuels dans les années 1930 et l'on relève dans les publications d'Uriage beaucoup de thèmes qui étaient répandus une dizaine d'années auparavant parmi des groupes et dans des publications de tendances politiques ou idéologiques fort diverses [51] ». Il est très significatif de voir d'ailleurs qu'à côté de « Maurras, nationaliste français », Uriage se référait à deux des « maîtres » des années 1930 : « Proudhon, socialiste français », et « Péguy, socialiste, patriote et chrétien [52] ». De même y était très en hon-

48. J. Bourdin, *op. cit.*, p. 1043.

49. R. Josse, « L'École des cadres d'Uriage », *Revue d'histoire de la Seconde Guerre mondiale*, janvier 1966, p. 60.

50. Le 22 février 1941, Mounier écrivait à É. Borne : « Enfin je vois le danger du "tout ou rien" dans le discrédit total que tu jettes sur tout ce qui se fait aujourd'hui. Nous avons connu, parce que nous ne nous sommes pas retirés sous notre tente, des îlots réels de santé, des coins de France vraiment libres, l'École d'Uriage, Jeune France » (*Mounier et sa génération*, *op. cit.*, p. 286).

51. J. Bourdin, *op. cit.*, p. 1043.

52. « Au nom de la philosophie personnaliste, écrit J. Duquesne, Uriage condamne le fascisme, le nazisme, le communisme. Parce que la IIIᵉ République s'est effondrée, Uriage rejette la démocratie libérale, dont la liberté

neur l'idée d'une « révolution spirituelle [53] ». Cette expérience devait marquer nombre de futurs responsables de la IVe et de la Ve République, comme, parmi bien d'autres, Hubert Beuve-Méry, fondateur du journal *Le Monde*, J.-M. Jeanneney, futur ministre de l'Économie du général de Gaulle, ou Paul Delouvrier, éminent représentant de la haute administration gaullienne [54]. Dans le contexte de la guerre, tout en restant longtemps fidèle à la personne du Maréchal, l'École s'orienta progressivement à partir de la fin de 1941 vers la Résistance, recevant dès cette époque Henri Frenay, fondateur du mouvement Combat. Après la dissolution de l'établissement par Laval en décembre 1942, le « Vieux Chef » et la plupart de ses cadres passèrent dans la clandestinité, créant dans le Vercors, sous le commandement de Gilbert Gadoffre, des groupes d'encadrement pour les maquis voisins, tout en poursuivant des recherches sur la société d'après-guerre. Ces travaux, fortement imprégnés par « l'esprit » de l'École, furent publiés en 1945 sous le titre *Vers le style du xxe siècle*.

Ce phénomène du passage dans la clandestinité de transfuges de la Révolution nationale [55] fut un des canaux par

_____

fait la grandeur, mais l'individualisme la faiblesse. Il faut donc chercher ailleurs, édifier – par l'éducation populaire, les écoles de cadres, les Maisons de la culture, la réforme de l'Université – un type d'homme nouveau vivant dans des communautés. Les hommes d'Uriage parviennent à la vision – quelque peu idéale et irréelle par certains de ses aspects – d'un État démocratique fondé sur des communautés, socialisé, planifiant l'économie, faisant participer les ouvriers à la gestion des entreprises et à leurs bénéfices » (*Les Catholiques français sous l'Occupation, op. cit.*, p. 208). Cf. aussi B. Comte, *Une utopie combattante. L'École des cadres d'Uriage* (Paris, 1991).

53. Cf. l'article de J.-M. Domenach, ancien stagiaire d'Uriage, lors de la mort du général Dunoyer de Segonzac : « En insistant sur la pratique d'un "style de vie", il nous enseignait ce que les révolutionnaires découvrent aujourd'hui à leurs dépens : que tout changement des structures qui ne s'accompagne pas d'une renaissance spirituelle débouche dans l'impasse et qu'il faut former des hommes si l'on veut résister à l'avilissement du pouvoir » (*Le Monde*, 14 mars 1968).

54. Bernard Comte, l'historien d'Uriage, peut écrire dans cette perspective : « Dans le temps long (celui du demi-siècle, de 1925 à 1975), Uriage a été un des relais majeurs entre les recherches très minoritaires des non-conformistes des années trente et l'esprit nouveau qui imprègne après 1945 une partie des milieux dirigeants de l'administration et de la vie économique, sociale et culturelle » (*Une utopie combattante. L'École des cadres d'Uriage, op. cit.*, p. 559). Cf. aussi P. Bitoun, *Les Hommes d'Uriage* (Paris, 1988).

55. Dans le même sens, on peut aussi citer la situation ambiguë du Commissariat au reclassement des prisonniers de guerre fondé par Maurice

lesquels « l'esprit de 1930 » contribua aussi pour une part à inspirer l'idéologie de la Résistance[56]. Celle-ci, comme celle de la Révolution nationale, fut fondée, au moins à ses débuts, sur l'idée que la défaite de 1940 consacrait l'effondrement de tout un monde, de tout un ensemble de mœurs et d'institutions périmés. De ce fait, la Résistance déboucha sur des perspectives révolutionnaires et à l'idée-force de la libération du territoire se mêla celle d'une transformation profonde du pays après la victoire. Dans ces recherches doctrinales, la préoccupation de dépasser l'individualisme et le totalitarisme, le souci d'échapper à l'alternative capitalisme-communisme amenèrent les théoriciens des mouvements clandestins – soit spontanément, soit sous l'influence de militants personnalistes de l'avant-guerre – à utiliser nombre des formules lancées par les mouvements de jeunes des années 1930 : « Les thèmes et le vocabulaire des mouvements de Résistance, a noté Jean Touchard, sont ceux des années 1930 bien plus que ceux de 1936 : même anticapitalisme, même aversion pour les partis politiques, même culte de l'esprit, de la personne et de l'humain, même volonté révolutionnaire. C'est exactement le même univers intellectuel qui reparaît dix ans après[57]. » Pour cette raison, tous les mouvements de Résistance ne furent pas radicalement opposés à l'inspiration originelle de la Révolution nationale *qui avait puisé dans le même fond qu'eux*. Ainsi que l'a constaté Henri Michel, « au début, la Résistance n'est pas entièrement hostile au nouveau régime[58] ». Toutefois, de même que, dans la Révolution

---

Pinot en 1941, au sein duquel Jean de Fabrègues créa au début de 1942 un Centre d'action des prisonniers, qui était d'esprit très Révolution nationale mais se trouvait aussi aux marges de la Résistance et constitua un des viviers de recrutement de ce qui deviendra le Mouvement de Résistance des prisonniers de guerre et déportés autour de François Mitterrand, qui, dans les années 42-43, fut proche de Fabrègues (cf. P. Péan, *Une jeunesse française. François Mitterrand (1934-1947)* (Paris, 1994).

56. J.-M. Domenach a pu remarquer : « L'influence d'Uriage a été décisive sur de nombreux chefs de la Résistance et sur certains maquis » (*Esprit*, novembre 1963, p. 727). De même, dans son *Dossier de Vichy*, J. de Launay note à propos des travaux d'Uriage : « Ils permirent de former bien des chefs qui, par l'Armée secrète, se retrouvèrent dans le maquis et, plus tard, parmi les cadres de la IVe et de la Ve République » (p. 282).

57. *Tendances politiques dans la vie française depuis 1789, op. cit.*, p. 110.

58. *Les Courants de pensée de la Résistance* (Paris, 1965), p. 122.

nationale, ces thèmes subirent des modifications du fait d'un contexte nationaliste et autoritaire, ici ces thèmes se colorèrent de références à la tradition révolutionnaire de 1789 et d'orientations socialistes. Quoi qu'il en soit, cette influence fut assez évidente pour que Jean-Paul Sartre ait pu déclarer, non sans quelque exagération, à Denis de Rougemont stupéfait, lors d'un voyage à New York à la fin de 1944 : « Vous, les personnalistes, vous avez gagné. Tout le monde en France se dit personnaliste. »

Il suffit de parcourir quelques-uns des programmes idéologiques des mouvements clandestins réunis par Henri Michel et Mirkine Guetzevitch dans leur livre sur les idées politiques et sociales de la Résistance pour constater la parenté des idées exposées avec celles qui étaient développées dans les publications de jeunes des années 1930. À titre d'exemple, on peut citer quelques extraits de textes diffusés par le mouvement Défense de la France.

Au début de 1944, les *Cahiers de Défense de la France* définissaient ainsi le sens de la Révolution sur laquelle devait déboucher la Résistance : « La Révolution qui vient aurait manqué son but si elle devait apparaître aux historiens de l'avenir comme un simple coup d'État (...) Le sens de la Révolution montante est d'être la fin d'une société et la naissance d'une société nouvelle. C'est une crise de civilisation et non pas seulement une crise politique que nous traversons et le monde avec nous (...) Ce n'est pas seulement un agencement nouveau des rouages de l'État qu'il faut établir, c'est la situation du citoyen dans l'État qu'il faut définir selon des principes nouveaux ; ce n'est pas seulement l'octroi de quelques réformes "généreuses" qui doit être l'objet de cette lutte, c'est une conception nouvelle de l'homme qu'il faut bâtir ; ce n'est pas seulement l'ordre d'urgence des questions à résoudre qu'il faut déterminer, c'est l'échelle des valeurs qui doit être revue et élargie. La Révolution sera totale ou elle échouera [59]. » Dans ce même texte, son auteur, Robert Salmon, dénonçait le primat de l'économique en des termes que n'auraient pas désavoués, dix ans plus tôt, les jeunes essayistes d'*Esprit* ou de l'*Ordre Nouveau* : « La primauté de l'économique postule un déterminisme rigoureux

---

59. *Les Idées politiques et sociales de la Résistance* (Paris, 1954), p. 155.

éminemment conservateur et antirévolutionnaire. C'est pourquoi il ne peut y avoir de véritable révolution que si l'on
admet, non la primauté de l'Économique, mais du Spirituel,
car seul l'esprit est capable de spontanéité, de renouvellement, de création. Pas de révolution sans liberté créatrice (...)
L'esprit seul peut trier les matériaux et bâtir un monde neuf.
La primauté de l'Économique, c'est la démission de l'homme
devant la machine. La Révolution du XXᵉ siècle doit faire de
la machine un moyen d'assurer la liberté spirituelle de
l'homme et non d'alourdir son asservissement. Elle doit
refaire un type d'homme nouveau qui domine ses créations
au lieu de s'y perdre (...) La Révolution du XXᵉ siècle doit
être l'effort pour retrouver le sens de l'homme et créer un
climat moral nouveau où chacun puisse découvrir sa vocation
propre et cesser de se perdre dans les mythes collectifs, ces
nouvelles chaînes que l'humanité s'est forgées elle-même.
Toutes les dictatures, tous les asservissements naissent d'un
fléchissement du sens de la responsabilité humaine devant le
déroulement impersonnel de l'Histoire et de l'abdication
dans une totalité abstraite, la classe, la race, où l'homme
cesse d'être une personne pour n'être qu'un pantin, un pauvre
jouet aux mains des ambitieux. La Révolution doit redonner
à l'homme son autonomie d'être libre [60]. » Philippe Vianney
précisait par ailleurs les principes de base de la « cité libre »
à créer : « Le fondement en est l'affirmation que la valeur
suprême de l'univers est l'Esprit et que cet esprit réside en
l'homme, en chaque homme en particulier. Rien, dès lors,
n'est plus grand que la conscience humaine, rien n'est plus
digne de respect que la voie qu'elle veut poursuivre.
L'homme sur la terre n'est pas un élément, une partie d'un
tout, un instrument dans une symphonie. Il est une fin, un
monde complet en lui-même. La cité libre devra être orientée
tout entière, non pas vers la défense d'une humanité abstraite,
mais vers la défense de l'homme (...) Le principal but de la
cité libre devra être de permettre à l'homme de réaliser ses

---

60. Cité par M. Granet in *Défense de la France. Histoire d'un mouvement
de résistance* (Paris, 1960), p. 226. Ce mouvement est, par ailleurs, assez
caractéristique d'une certaine osmose entre la Révolution nationale et la
Résistance car ses conceptions doctrinales furent pour une part influencées
par les recherches idéologiques de la revue *Renaître* déjà évoquée plus haut
(témoignage de Robert Salmon).

aspirations. Les droits qu'elle donnera, les lois qu'elle édictera, les décisions qu'elle prendra, devront reposer sur cette base unique : la défense de la personne humaine[61]. »

S'il n'est guère difficile d'établir un parallèle entre « l'esprit de 1930 » et « l'esprit » de la Résistance, il est moins aisé de préciser les relais grâce auxquels a pu s'exercer l'influence du premier sur le second. D'une part, ces mouvements furent par définition des mouvements clandestins, d'autre part, ils se constituèrent bien davantage en fonction de relations personnelles et de facteurs géographiques qu'en fonction d'affinités idéologiques. Cependant, dans deux des réseaux les plus importants, il est assez facile de découvrir des liens directs avec « l'esprit de 1930 ». Tel est le cas d'abord, en zone occupée, de l'Organisation civile et militaire, l'OCM, dont le fondateur, Jacques Arthuys, avait eu avant la guerre des relations avec certains des groupes des années 1930, créant même, en 1934, avec l'*Ordre Nouveau*, le Club de Février. Par ailleurs, le premier rédacteur en chef d'*Esprit*, Georges Izard, qui devait devenir en 1945 secrétaire général de l'OCM, joua un rôle important dans les groupes d'études de l'organisation[62]. En zone Sud, c'est au sein du mouvement Combat que l'influence des militants personnalistes fut la plus évidente, Mounier ayant, dès 1941, des contacts avec son fondateur, Henri Frenay, et se voyant confier par celui-ci, après son emprisonnement et sa libération, la création d'un comité d'études doctrinales. De même, Claude Bourdet, collaborateur d'*Esprit* à la fin des années 30, sera membre du Comité directeur du mouvement avant d'appartenir au Conseil national de la Résistance. Combat

---

61. *Les Idées politiques et sociales de la Résistance, op. cit.*, p. 211. P. Vianney, qui était de formation et de culture catholique, eut pour adjoint J.-W. Lapierre qui était proche d'*Esprit*. Après avoir noté que n'était pas contesté le principe de « la politique de rénovation » entreprise par le gouvernement de Vichy, l'historien du mouvement O. Wieviorka écrit : « Le projet du mouvement accueille ainsi les héritages des années trente. Il assume la filiation républicaine puisqu'il préserve les grandes conquêtes du régime. Il s'inspire des "non-conformistes des années 30" dont il reprend les thèses économiques et politiques. En refusant le matérialisme, en faisant primer l'individu sur le groupe, en ouvrant une troisième voie entre communisme et libéralisme, il se rattache enfin au personnalisme de Mounier » (*Une certaine idée de la Résistance. Défense de la France (1940-1949)*, Paris, 1995, p. 266).

62. Avec aussi G. Rebeyrol, un avocat ancien collaborateur de *La Flèche*.

bénéficia en outre des recherches de l'École d'Uriage si bien
que ses historiens ont pu parler de « la tonalité vichyste » de
son programme[63]. Diffusés par les réseaux de Combat, les
Cahiers du Témoignage chrétien, à la fondation desquels
participa Alexandre Marc, véhiculèrent eux aussi des thèmes
personnalistes[64]. De manière plus générale, beaucoup de
catholiques engagés dans la Résistance se réclamèrent du
personnalisme, soit pour avoir été directement influencés par
Esprit, l'*Ordre Nouveau* ou les écrits de Maritain, soit pour
avoir été des lecteurs de *Sept* et de *Temps présent*. Du fait
de la dispersion de ces militants chrétiens dans des mouvements divers, au hasard des lieux et des circonstances, les
idées personnalistes, plus ou moins diluées, se diffusèrent
dans la majorité des réseaux de résistance non communistes.

Ce phénomène dépassa d'ailleurs les frontières de la
France et caractérisa, par des voies diverses, l'évolution
d'une partie de la Résistance européenne. Après avoir
regretté que Vichy ait usé « surtout aux premiers jours, de
quelques-uns de nos slogans personnalistes », Denis de Rougemont constatait en 1946 : « La Résistance, dans plusieurs
pays d'Europe, absorba le mouvement personnaliste, son
esprit, ses mots d'ordre et ses hommes. Soit qu'il s'agît, dans
quelques cas précis, d'influences personnelles exercées par
nos militants, soit que la situation dictât des réactions fort
analogues à celles dont étaient nés nos groupes, il est certain
que la Résistance européenne redécouvrit bon nombre de nos
positions, mit au point nos principes de tactique et leur donna
le baptême du feu[65]. » Tel fut le cas dans divers mouvements,
en Pologne, en Italie, en Yougoslavie, au Danemark, en
Suisse, en Allemagne[66]. L'exemple le plus spectaculaire fut
certainement celui des Pays-Bas où le mouvement socialiste
personnaliste donna à la Libération hollandaise son Premier
ministre et plusieurs de ses ministres. Dans cette expérience,

---

63. M. Granet et H. Michel, *Combat* (Paris, 1957), p. 124.
64. Signalons aussi que Georges Zérapha, dont nous avons vu les liens
avec *Esprit*, fut parmi les fondateurs du réseau Libération.
65. *Politique de la personne, op. cit.*, p. 8-9.
66. Rappelons que le chef du plus important des réseaux de résistance
allemands, Harro Schulze-Boysen, avait eu des contacts assez étroits avec
l'*Ordre Nouveau* avant la guerre. Cf. Christian Roy, *Alexandre Marc et la
jeune Europe (1904-1934) : l'Ordre Nouveau aux origines du personnalisme*
(Paris, 2000).

la filiation avec les groupes français des années 1930 est indéniable. « Le mouvement personnaliste néerlandais est né, a raconté Henri Brugmans, dans un camp d'otages, dans un séminaire transformé en prison, à Saint-Michel-Gestel. Nous nous y trouvions avec quelques centaines de camarades, internés par les Allemands sans forme de procès, sous la menace de la fusillade (...) Mais un souffle étrange animait les jeunes et les rassemblait autour d'une table (...) Pendant des mois ils travaillèrent (...) La doctrine était là "invisible et présente". Il fallait la préciser. À ce moment-là nous avons fait la connaissance du personnalisme français. *Esprit* passait la censure allemande qui, heureusement, n'y comprenait rien. Puis Denis de Rougemont et Maritain. Enfin Aron et Dandieu et leur *Révolution nécessaire* (...) Avant la guerre, le mot personnalisme n'était connu en Hollande que d'une petite minorité d'intellectuels francophiles. À présent, on retrouve le mot, sinon la chose, dans tous les journaux, dans à peu près toutes les discussions publiques [67]. »

Si la Résistance fut ainsi une seconde occasion pour « l'esprit de 1930 » de se manifester, elle fut aussi l'occasion d'un second avortement. Après la Libération en effet, l'élan révolutionnaire de la Résistance retomba rapidement. Il ne put réaliser les transformations profondes des institutions et des mœurs qu'il s'était proposées dans la clandestinité. Il s'enlisa dans « le retour des habitudes, des querelles, des chamailleries [68] ». La résurrection des anciens partis, que l'on avait cru disparus, l'hypothèque que faisait peser sur lui l'omniprésence des communistes, les prémices de la « guerre froide » lui furent fatales. Les institutions de la IVe République, peu novatrices, concrétisèrent cet échec, la création du Conseil économique et social traduisant seule l'influence lointaine des campagnes d'avant-guerre pour la représentation politique de « l'homme réel ». Si cet insuccès de la Résistance fut un peu celui de « l'esprit de 1930 », cette expérience comme aussi celle de la Révolution nationale ne furent pas pour lui totalement inutiles car elles eurent pour effet d'élargir l'audience de ses thèmes et de son vocabulaire.

67. Cité par D. de Rougemont, *Politique de la personne, op. cit.*, p. 11.
68. Étienne Borne, *France-Forum*, juillet-août 1964, p. 34.

C'est ainsi que les plus importants partis politiques que vit naître la IVe République ne furent pas sans hériter de certaines des idées que les mouvements de jeunes des années 1930 avaient contribué à mettre en circulation. Tel fut d'abord le cas de l'Union démocratique et socialiste de la Résistance (UDSR), directement issue en 1945 de mouvements de résistance comme l'OCM, Combat, Défense de la France ou le Mouvement de Résistance des prisonniers de guerre et déportés, et dont l'un des fondateurs fut Georges Izard. Ce parti, dont la spécificité idéologique s'estompera assez rapidement, constituera cependant un parti-charnière qui donnera plusieurs ministres aux gouvernements de la IVe République et dont les membres se disperseront après 1958 du parti socialiste aux groupes centristes[69]. Plus profondément, ce sera aussi le cas du Mouvement républicain populaire. Le texte doctrinal rédigé par Gilbert Dru qui fut pour partie à l'origine de la fondation du MRP se prononçait en effet pour l'avènement d'une « République personnaliste et communautaire » fondée sur « la primauté naturelle du spirituel[70] » et évoquait explicitement les recherches d'*Esprit*[71] et de l'*Ordre Nouveau*[72]. De ce fait, le MRP devait se référer à une philosophie d'inspiration personnaliste amalgamée à la tradition démocrate-chrétienne[73] et il devait trouver l'un de ses principaux théoriciens dans un collaborateur des premières années d'*Esprit*, Étienne Borne[74]. Enfin, dans un contexte assez différent, le Rassemblement du peuple français, créé en 1947 par le général de Gaulle, ne fut pas lui non plus,

---

69. L'UDSR sera un des tremplins de la carrière de F. Mitterrand.

70. Cité par *France-Forum*, juillet-août 1964, p. 20-27.

71. G. Dru avait connu *Esprit*, *Révolution personnaliste et communautaire*, *Manifeste au service du personnalisme* dès 1938. J.-M. Domenach cite ainsi, dans les influences qui furent déterminantes pour son ami, « les écrits si souvent relus et médités d'Emmanuel Mounier » (*ibid.*, p. 16).

72. Un autre texte doctrinal, qui ne fut pas non plus sans influence sur les origines du MRP, fut rédigé par Alexandre Marc et Joseph Voyant (cf. E. Lipiansky, *Ordre Nouveau (1930-1938)*, *op. cit.*, p. 92).

73. Cf., par exemple, le rapport doctrinal d'A. Gortais au IIIe Congrès du MRP publié sous le titre *Démocratie et Libération* (Paris, 1947). Cf. aussi F.-G. Dreyfus, *Histoire de la démocratie chrétienne en France* (Paris, 1988).

74. En 1950, F. Goguel remarquera : « La création du MRP avait sans doute initialement correspondu, dans l'esprit de ses fondateurs, à la volonté d'incarner politiquement de manière efficace beaucoup des idées de Mounier » (*Esprit*, décembre 1950, p. 816).

quoique d'une manière plus vague et plus imprécise, sans emprunter à certaines des thèses des années 1930, notamment dans ses orientations sociales. Le RPF compta dans ses cercles dirigeants deux anciens collaborateurs de l'*Ordre Nouveau* : Jean Chauveau (Xavier de Lignac)[75] et Albert Ollivier[76]. Par ailleurs, le général de Gaulle lui-même semble avoir eu avant guerre des contacts avec l'*Ordre Nouveau*[77], fréquentant notamment Daniel-Rops, qui fut l'éditeur de *La France et son armée*, et appartenant aux « Amis de *Temps présent* ». Par ces voies, c'est donc aussi une partie du personnel politique de la Ve République gaullienne qui a été, peu ou prou, tributaire de « l'esprit de 1930[78] » et il semble que Raoul Girardet[79] n'ait pas tout à fait tort de dire qu'« une partie de l'idéologie assez floue de la Ve République se nourrit d'un certain nombre de [ses] thèmes »[80].

Il faut noter aussi que les milieux chrétiens, particulièrement les milieux catholiques, furent profondément influencés après la guerre par les recherches personnalistes[81], dont on retrouvera des traces dans les encycliques sociales des années 60 comme dans les documents conciliaires de Vatican II[82]. On remarquera que, là aussi, cette influence s'est

75. Il sera après 1958 chef du service de presse de l'Élysée.
76. A. Ollivier fut le directeur politique de l'hebdomadaire du mouvement, *Rassemblement*.
77. Selon le témoignage d'A. Marc et celui de Robert Aron (*Charles de Gaulle*, Paris, 1964), le Général, qui fréquentait alors le cercle du colonel Mayer, aurait participé à deux réunions de l'*Ordre Nouveau* fin 34-début 35, après avoir rencontré R. Aron et A. Ollivier chez Daniel Halévy. Cf. P. Sigoda, « Le général de Gaulle, la "révolution conservatrice" et le personnalisme de l'*Ordre Nouveau* », *Espoir*, n° 46, mars 1984, et, aussi, F.-G. Dreyfus, *De Gaulle et le gaullisme* (Paris, 1982).
78. E. Michelet, pour qui le gaullisme était un « péguysme », est assez représentatif de cette tendance. Il fut avant la guerre abonné à *Esprit* et il a souligné l'influence « péguyste » exercée avant 1939 par Daniel-Rops (cf. *Le Gaullisme, passionnate aventure,* Paris, 1962).
79. *Tendances politiques dans la vie française depuis 1789, op. cit.*, p. 131.
80. On peut signaler aussi qu'*Esprit* se montrera très favorable en 1948 à la création par J.-P. Sartre, David Rousset et Jean Rous d'un éphémère Rassemblement démocratique révolutionnaire (RDR).
81. J. Maritain remarquera dans un livre publié en 1966 : « Grâce surtout, je pense, à E. Mounier, l'expression "personnaliste et communautaire" est devenue une tarte à la crème pour la pensée catholique et la rhétorique catholique française » (*Le Paysan de la Garonne, op. cit.*, p. 82).
82. Ainsi un des participants français au concile, le cardinal Renard,

pour une part exercée à travers des mouvements et des hommes souvent passés, entre 1940 et 1944, de la mouvance de la Révolution nationale à celle de la Résistance, tels, par exemple, le groupe *Économie et Humanisme*, créé en 1941 par le R.P. Lebret, entouré de R. Moreux, F. Perroux, J.-M. Gautheron, G. Thibon, etc., ou le mouvement *Vie nouvelle* fondé, après la guerre, par un ancien animateur des Compagnons de France, André Cruiziat. Cet héritage « communautaire » se traduira aussi dans l'après-guerre par une présence dans certaines tendances du « progressisme chrétien » ou dans certains courants tiers-mondistes (avec F. Perroux ou le R.P Lebret[83]). On notera en outre que cette influence a touché aussi bien le catholicisme de sensibilité traditionnelle avec l'hebdomadaire *La France catholique*, dont Jean de Fabrègues assurera la rédaction en chef puis la direction après la Libération, jusqu'en 1969, ou le catholicisme « de gauche » avec *Vie nouvelle* déjà cité, *Esprit* ou *Témoignage chrétien*.

Plus largement, d'ailleurs, les années 1950-1970 ont vu se produire une diffusion assez générale, mais accompagnée d'une certaine dilution, des idées et du vocabulaire qui avaient vu le jour dans ces groupes des années 30 et ceci dans des directions et selon des modalités très diverses[84]. Ainsi, Pierre-Henri Simon, ancien d'*Esprit* et responsable de la critique littéraire au journal *Le Monde* de 1961 à 1972, pouvait écrire en 1968 en s'interrogeant sur l'influence de Mounier[85] : « Dans les milieux catholiques, l'influence est considérable : nombre d'évêques d'aujourd'hui avaient lu, il y a vingt ou trente ans, au cours de leurs études de séminaire et d'université, Mounier et ses amis ; une certaine ouverture intellectuelle, partout reconnue, du clergé français d'aujour-

---

pourra écrire à propos de *Gaudium et Spes* : « La Constitution, d'esprit si communautaire, est résolument personnaliste » (*L'Esprit du concile et l'ouverture de l'Église au monde*, Paris, 1967, p. 61).

83. Cf. Denis Pelletier, *Économie et Humanisme. De l'utopie communautaire au combat pour le tiers monde (1941-1966)* (Paris, 1993).

84. Ainsi, dans l'expérience « communautaire » de la coopérative « Boimondau », fondée en 1940 par un Compagnon de France, M. Barbu, qui bénéficiera après la guerre de la sympathie d'A. Camus, et dont le fondateur connaîtra son heure de notoriété en étant candidat à l'élection présidentielle de 1965.

85. *Histoire de notre temps*, n° 5, printemps 1968, p. 41.

d'hui en reçoit une explication certaine. Je ne crois pas contestable d'ailleurs qu'une sensibilité plus grande de la pensée de gauche, socialiste et même communiste, à l'importance des valeurs spirituelles et un respect mieux fondé de l'autonomie des consciences personnelles ne soient aussi des fruits d'*Esprit*. Oserais-je dire que le libéralisme éclairé d'un journal comme *Le Monde* et sa très large audience dans les milieux bourgeois, spécialement dans la jeunesse intellectuelle, est dans la lancée du personnalisme. » Certains thèmes se sont ainsi transformés au cours de ces années en véritables lieux communs que l'on rencontrera un peu partout : dans les discours et les programmes politiques comme dans les mandements épiscopaux, sous la plume des journalistes comme dans le langage des mouvements d'Action catholique, dans les revendications des syndicats ouvriers comme dans les déclarations du patronat. Tel a été le sort de formules comme « cité personnaliste et communautaire », « défense de l'éminente dignité de la personne humaine », « une économie au service de l'homme », etc.[86].

Durant cette période, il faut aussi souligner le poids de l'héritage du non-conformisme des années 30 dans l'histoire du fédéralisme et des institutions européennes. Les mouvements fédéralistes nés après 1945 ont vu en effet réapparaître les idées et les hommes autour desquels s'étaient constitués les groupes personnalistes des années 1930. C'est ainsi que deux des fondateurs de l'*Ordre Nouveau*, Robert Aron et Alexandre Marc[87], s'associèrent dès 1945 aux activités du Centre d'études institutionnelles de la société française, qui venait d'être créé par d'anciens « corporatistes » du groupe de *La Justice sociale*[88], Jacques Bassot, Max Richard et

86. En 1966, J. Ellul, lui-même proche d'*Esprit* et de l'*Ordre Nouveau* dans les années 30, a pu ainsi prendre pour cible une partie du vocabulaire « personnaliste » dans un des chapitres de son *Exégèse des nouveaux lieux communs* (Paris, 1965).
87. Sur la personnalité intellectuelle et le « personnalisme » d'A. Marc, cf. Christian Roy, *op. cit.* Sur l'histoire des mouvements fédéralistes, cf. A. Greilsammer, « Les Mouvements fédéralistes en France de 1945 à 1974 » (Nice, 1974).
88. Ce groupe, créé en 1935 plus ou moins en marge de l'*Action française*, se réclamait de l'enseignement de La Tour du Pin et se proposait d'intégrer le syndicalisme dans l'organisation professionnelle.

André Voisin. Celui-ci, sous le nom de *La Fédération*, allait devenir, sur le plan doctrinal, le plus actif des mouvements fédéralistes européens. Robert Aron et Alexandre Marc y furent rapidement rejoints par des anciens de la *Jeune Droite* d'avant la guerre, dont Jean de Fabrègues et Thierry Maulnier[89], l'ensemble de ces hommes se retrouvant en accord sur l'idée de travailler à la création d'une union des pays européens afin de « sauver » la civilisation européenne des menaces soviétiques et de l'affrontement des nationalismes ayant conduit au désastre de la Seconde Guerre mondiale. Ce groupe, qui, en 1953, donnera naissance au Mouvement fédéraliste français, tandis qu'Alexandre Marc fondera le Mouvement fédéraliste européen, s'attachera à préciser les bases doctrinales du fédéralisme qui, pour lui, n'était pas seulement un mode particulier d'organisation des relations internationales, mais « une doctrine complète, née précisément de la philosophie personnaliste et essayant de réaliser concrètement une certaine conception de l'homme et de la société[90] ». « On peut définir la pensée fédéraliste, a noté Bernard Voyenne, comme étant celle qui s'efforce de substituer un personnalisme concret à l'individualisme abstrait de la philosophie des "lumières", une conception pluraliste de l'État à la conception unitaire, une organisation "ascendante" des sociétés à l'organisation de type centralisé et, enfin, de provoquer des regroupements régionaux, continentaux ou même planétaires fondés sur les mêmes principes, c'est-à-dire également éloignés de ces frères ennemis que sont le nationalisme et l'impérialisme[91]. » La parenté est évidente avec « l'esprit de 1930 » et elle a été reconnue et soulignée dans de nombreux textes du mouvement. Ainsi, en 1967, dans un article intitulé « Trente ans après », Robert Aron pouvait noter : « Le fédéralisme a aussi une base doctrinale, qui est la croyance en la valeur primordiale de la personne humaine, il a aussi ses précurseurs, socialisme français ou La Tour du Pin ; il a aussi sa dialec-

89. Dans les sommaires de *La Fédération* et du *Vingtième Siècle fédéraliste*, on retrouve nombre de noms déjà cités au long des pages précédentes : P. Andreu, H. Brugmans, Daniel-Rops, J. Daujat, H. Frenay, J.-F. Gravier, D. Halévy, B. de Jouvenel, J. Loisy, G. Marcel, J. Maze, F. Perroux, D. de Rougemont, L. Salleron, G. Thibon, G. Vedel.
90. H. Brugmans, *Esprit*, novembre 1948, p. 625.
91. *La Fédération*, avril 1955, p. 230.

tique, héritée de Proudhon et renouvelée par A. Dandieu (...)
La pensée fédéraliste, ainsi formulée en ces années décisives
qui s'étendent de 1933 à la guerre et qui furent essentielles
pour l'évolution des idées et des institutions en France, a été
reprise, souvent avec le concours des mêmes hommes, par *La
Fédération* au lendemain des hostilités (...) [Elle] procède de
la doctrine qui fut élaborée il y a trente ans avec le concours
d'Alexandre Marc, Denis de Rougemont, Daniel-Rops (...) et
continuée souvent avec les mêmes hommes par l'équipe grou-
pée autour d'André Voisin [92]. »

À travers ces mouvements fédéralistes, « l'esprit de 1930 »
a par ailleurs dépassé le seul plan de l'influence idéologique
pour participer à la construction de l'Europe institutionnelle
de la fin du XXᵉ siècle. Ces mouvements, et tout particulièrement le groupe de *La Fédération*, ont eu en effet une
influence déterminante dans ce que Denis de Rougemont a
appelé « la campagne des congrès [93] » qui, de Montreux à La
Haye, fut à l'origine des diverses institutions européennes.
La Fédération fut ainsi l'une des chevilles ouvrières de
l'Union européenne des fédéralistes (UEF) qui naquit, en
Suisse, en 1946, de la réunion de groupes fédéralistes de
diverses nationalités issus souvent de ces mouvements de
résistance influencés par le personnalisme évoqué précédem-
ment. Le secrétariat général de l'UEF fut confié à Alexandre
Marc qui organisa les congrès de Lausanne (octobre 1946),
d'Amsterdam (avril 1947) et, surtout, celui de Montreux qui,
en août 1947, vit confluer le courant du « fédéralisme intégral », représenté par les fondateurs de l'UEF, avec le courant
« unioniste » né des projets européens exposés par Churchill
en septembre 1946 à Zurich [94].

---

92. Robert Aron, *Le Vingtième Siècle fédéraliste*, juin 1967.
93. *Government and Opposition*, avril-juillet 1967.
94. B. Voyenne a décrit ainsi ces deux tendances : « D'une part, les
"unionistes" demeuraient aussi résolument opposés que par le passé à tout
ce qui pourrait limiter la souveraineté des États. Ils consentaient à des
contacts, des échanges, des comités, des alliances, mais désiraient procéder
lentement, par étapes, et entendaient ne pas aller trop loin. D'autre part, les
"fédéralistes" réclamaient une fédération effective, dotée de pouvoirs propres, ils voulaient aussi faire vite. Parmi eux, les partisans de la thèse
proudhonienne, ou "intégrale", préconisaient la modification de la structure
intérieure des États membres comme condition indispensable à toute fédération » (*Histoire de l'idée européenne*, Paris, 1964, p. 189).

Le rapport doctrinal du Congrès de Montreux fut présenté, à la demande d'Alexandre Marc, par un autre ancien de l'*Ordre Nouveau*, Denis de Rougemont qui, en 1948, fut aussi, au Congrès de La Haye, le rédacteur du « Message aux Européens » que l'on peut considérer comme le véritable acte de naissance de l'idée européenne après la Seconde Guerre mondiale. De l'action directe ou indirecte [95] du *Mouvement européen*, qui regroupa, après le Congrès de La Haye, l'ensemble des mouvements favorables à l'avènement d'une Europe unie (aussi bien « unionistes » que « fédéralistes »), devaient naître le Conseil de l'Europe en 1949, la Communauté européenne du charbon et de l'acier en 1951, le projet de Communauté européenne de défense en 1952 et, finalement, la Communauté économique européenne et l'Union européenne. Les « fédéralistes intégraux » eurent par ailleurs un rôle prépondérant dans la rédaction de la Déclaration européenne des droits de l'homme et dans la création de la Cour européenne de justice. Parallèlement, ils ont favorisé la fondation de divers organismes destinés à accélérer la cristallisation d'une « conscience européenne », tels que le Centre européen de la culture dont le premier directeur fut Denis de Rougemont, le Collège de l'Europe dont l'initiateur sera Henri Brugmans, le Centre international de formation européenne animé par Alexandre Marc [96].

Ainsi, même si les « fédéralistes intégraux » n'ont pas vu tous leurs souhaits se réaliser – notamment du fait de la prééminence des « politiques » sur les « doctrinaires » après 1950 [97] –, ils n'en ont pas moins eu une influence certaine sur la naissance des institutions et de l'esprit européens. Cette influence du non-conformisme des années 30 n'a pas été d'ailleurs qu'une influence idéologique, car se sont aussi retrouvés

---

95. Notamment en France à travers l'action du mouvement démocrate-chrétien, le MRP.

96. Comme indiqué plus haut, Alexandre Marc sera l'animateur après 1953 du Mouvement fédéraliste européen et de la revue *L'Europe en formation*, nés d'une scission avec le groupe de *La Fédération*, scission due à des divergences sur les moyens à mettre en œuvre pour créer une Europe unie.

97. « À partir de 1949, le mouvement fédéraliste, dans son ensemble, tourne le dos à la problématique spirituelle, culturelle et sociale pour se consacrer à une forme plus étriquée d'action qu'il qualifie volontiers de politique » (A. Marc, *Civilisation en sursis*, Paris, 1955, p. 295).

après la guerre dans l'entourage des artisans français de l'unité européenne, Jean Monnet et Robert Schuman, un certain nombre d'hommes passés entre 1940 et 1950 de la mouvance d'Uriage ou des milieux influencés par le « corporatisme » et le « communautarisme » de François Perroux à des fonctions de conseillers techniques dans les milieux du Commissariat au Plan et de l'Aménagement du territoire, comme François Perroux lui-même, P. Delouvrier, J.-F. Gravier, J.-R. Rabier, P. Reuter, ou P. Uri [98]. Par là le non-conformisme des années 30 a contribué à modeler, dans certains de ses traits les plus importants, le visage de l'Europe de la fin du XXe siècle.

On peut remarquer que si la *Jeune Droite* et l'*Ordre Nouveau* furent amplement représentés dans les mouvements fédéralistes, il n'en a pas été de même pour *Esprit*. Seuls François Perroux (dont la signature a parfois figuré au sommaire de *La Fédération*), Daniel Villey (animateur des *Équipes européennes*) et, surtout, Jean Maze (collaborateur habituel du *Vingtième Siècle fédéraliste*) peuvent être rattachés directement au courant d'*Esprit* pour avoir, avant 1939, collaboré à la revue ou participé aux activités de la Troisième Force. De fait, après 1945, si *Esprit* s'emploiera à favoriser le rapprochement franco-allemand, il manifestera une grande méfiance à l'égard de l'action des fédéralistes, alors que ses positions d'avant-guerre auraient dû le disposer favorablement à leur égard. En 1948, Bernard Voyenne, un ancien de l'*Ordre Nouveau*, reprochera d'ailleurs avec véhémence à *Esprit*, dans les pages mêmes de la revue, de renier ainsi sa doctrine : « Les fédéralistes s'étonnent qu'une doctrine, si exactement conforme à celle d'*Esprit* – lorsque, du moins, *Esprit* se souciait davantage de l'intransigeance de sa doctrine –, ne suscite de la part du même *Esprit* qu'une curiosité mêlée d'un peu de crainte (...) Les fédéralistes sont gens naïfs. Ils relisent, en 1948, le *Manifeste au service du personnalisme* et *Révolution personnaliste et communautaire*. Ils trouvent que c'est bien. On leur dit ici que ce n'est plus la mode, qu'on parle maintenant un langage politique infi-

98. Cf. Antonin Cohen, *op. cit.* Cet ouvrage présente l'intérêt de mettre en évidence la diversité des itinéraires ayant conduit à l'engagement européen après la Seconde Guerre mondiale. Il néglige cependant le fait que beaucoup de militants fédéralistes étaient chrétiens ou de culture chrétienne et souvent de confession catholique.

niment plus "démystifié", tandis que ce pauvre Mounier, n'est-ce pas[99]... »

En fait, cette attitude d'*Esprit* pose le problème de la continuité ou de la non-continuité entre l'*Esprit* des années 1932-1939 et l'*Esprit* d'après-guerre. En effet, *Esprit* modifia assez sensiblement certaines de ses orientations après 1945. S'il continua, à travers les travaux de Mounier, à approfondir l'originalité philosophique du personnalisme, il revint sur une partie des conclusions politiques qu'il en avait tirées dans les années 30. C'est ainsi que Mounier s'attacha, dans une perspective plus « réaliste », à modérer le souci de « pureté » qui avait été le sien avant la guerre, en réévaluant l'importance du politique et en acceptant les ambiguïtés que pouvait impliquer la recherche d'une efficacité historique de « l'engagement[100] ». De ce fait s'atténua par exemple d'une manière assez nette l'antiétatisme qui avait été un des grands thèmes des premières années de la revue[101], tandis que le nationalisme n'était plus aussi vigoureusement pourchassé[102]. La clé de cette évolution réside sans doute, pour une grande part, dans l'attitude de la revue à l'égard du marxisme et du communisme, qui provoqua une évolution à la fois tactique et doctrinale[103].

Persuadé tout d'abord que toute révolution devait avoir l'appui des masses ouvrières, dont le communisme lui semblait mobiliser les éléments les plus dynamiques, *Esprit* fut amené, afin de ne pas « se couper » de ces masses[104], à

---

99. *Esprit*, novembre 1948, p. 629.

100. Mounier lui-même opposera « le personnalisme de la pureté » caractérisant l'*Esprit* d'avant-guerre à un personnalisme du témoignage et de l'efficacité, en notant en décembre 1944 : « Il est impossible aujourd'hui de prendre n'importe quel chemin sans reconnaître d'abord les dimensions politiques d'une situation dont la politique commande toutes les issues » (*Esprit*, nouvelle série, décembre 1944).

101. L'auteur d'une étude sur *Esprit et le communisme* constate ainsi : « *Esprit* désavoue après la guerre cet antiétatisme des années 1930 » (M. Hau, *Esprit et le communisme*, p. 48).

102. Dans un numéro de novembre 1948 consacré au fédéralisme, J.-M. Domenach en viendra à prendre la défense des souverainetés nationales « qui peuvent redevenir un refuge de la liberté et une arme de combat contre l'oppression, l'histoire de 1940 à 1945 nous le prouve » (*Esprit*, novembre 1948, p. 654).

103. Sur cette évolution d'*Esprit*, cf. Goulven Boudic, *Les Métamorphoses d'une revue : Esprit (1932-1982)*, thèse science politique, Rennes I, 2000, et « *Esprit* de l'intérieur », *Esprit*, mai 2000.

104. Cf. E. Mounier : « La flèche dirigée sur le parti atteint dans sa chair

souligner ce qui le rapprochait du communisme plus que ce qui l'en éloignait [105]. Telle fut l'une des raisons de ses réticences à l'égard du courant fédéraliste, qui lui apparut comme « une pâte très mêlée d'odeurs suspectes [106] », dissimulant une coalition hétérogène fondée surtout sur l'anticommunisme. Par ailleurs, *Esprit* eut tendance à considérer que les fédéralistes étaient des utopistes et que c'était par le communisme que passait désormais le « sens de l'histoire ». Sur le plan doctrinal d'autre part, *Esprit* emprunta à Marx et au marxisme plus qu'il ne l'avait fait avant la guerre et tendit de ce fait à s'éloigner des tendances proudhoniennes qui avaient été les siennes dans les années 1930 [107]. Pour ces raisons, si les positions philosophiques d'*Esprit* gardèrent leur spécificité, l'originalité de ses thèses économiques et politiques tendit à s'estomper [108] et, malgré ses nettes mises en garde à l'égard des courants chrétiens dits « progressistes », Mounier ne fut pas par exemple sans responsabilité dans leurs orientations. Par ailleurs, l'historien Michel Winock considère que cette dérive « philocommuniste [109] » des années d'après-guerre explique qu'*Esprit* ait été amené à minimiser, au moins jusqu'en 1949, les informations sur la nature policière et concentrationnaire du stalinisme [110]. Cette évolution, tendant à affaiblir l'identité per-

---

l'espoir des désespérés et dans sa force leur silencieuse armée » (*Esprit*, février 1946, p. 167). Dans cette évolution, il faut aussi tenir compte de l'estime personnelle pour les militants communistes née du coude à coude dans la clandestinité.

105. « Avant la guerre, l'accent est mis sur ce qui sépare *Esprit* des marxistes. Mais la revue se montre toujours soucieuse d'éviter des condamnations excessives (...) Après la guerre, la revue met l'accent sur les thèmes qui la rapprochent du communisme, mais elle se montre toujours soucieuse d'éviter tout compromis qui remettrait en cause ses options fondamentales » (M. Hau, *Esprit et le communisme*, p. 51).

106. E. Mounier, *Esprit*, novembre 1948, p. 601.

107. Non sans excès, Marcel Moré, qui contribua à cette évolution, remarquera, en 1950 : « La figure de Proudhon disparut assez rapidement de la revue qui sembla s'orienter peu à peu de façon définitive vers les conceptions marxistes du monde économique et social » (*Dieu vivant*, 1950, n° 16, p. 9).

108. Il est significatif que J.-M. Domenach ait noté à la mort de Mounier : « Les brèves parties de son œuvre où il a cru nécessaire d'ébaucher les structures de l'avenir sont certainement les moins durables » (*Esprit*, décembre 1950, p. 820).

109. M. Winock, *Histoire politique de la revue Esprit*, Seuil, 1975, p. 290 et s.

110. Ce qui provoqua par exemple la rupture de Mounier avec V. Serge qui le mettait en garde contre cet aveuglement.

sonnaliste de la revue, sera ultérieurement facilitée par un changement de son style, dans la mesure où elle a peu à peu perdu son caractère d'école pour devenir surtout un « carrefour » intellectuel. En conséquence, le courant idéologique représenté après la guerre par *Esprit* apparaît comme un héritier ambigu du non-conformisme des années 30, encore qu'il ait conservé quelques-unes de ses intuitions essentielles et qu'il ait continué à jouer un rôle important et spécifique dans les débats ultérieurs et récurrents tendant à favoriser l'apparition d'une « nouvelle gauche »[111].

Si les anciens non-conformistes des années 30 pouvaient, à la fin des années 60, avoir le sentiment d'avoir eu une certaine influence sur leur temps à travers la construction des institutions européennes, ils ne pouvaient pas ne pas constater que leur problématique initiale des années 30 était quelque peu décalée par rapport à l'évolution sociale des « trente glorieuses », et à la priorité qui était accordée au développement technique et économique, sur un fond d'optimisme progressiste qui était loin d'avoir été le leur concernant notamment les aspects spirituels de la « crise du XXᵉ siècle ». En revanche, nombre d'entre eux auront le sentiment de retrouver avec les événements de mai 1968 des interrogations proches de celles qu'ils avaient exprimées à l'orée des années 30 et ils ne se sont pas étonnés de voir réapparaître des idées qui leur avaient été familières. C'est ainsi qu'en acteur de ces événements et en historien des idées, Daniel Lindenberg, évoquant « l'aisance » avec laquelle un certain nombre d'intellectuels de la génération des années 30 vont rapidement diagnostiquer « une crise de civilisation », a pu écrire : « Mai 1968 n'eut pas de "pensée" qui lui appartint en propre, mais on vit en revanche défiler nombre de figurines des musées des années trente et de la "troisième voie", saluées avec émotion par les vétérans. Il ne serait pas inintéressant de relire dans cet esprit Fabre-Luce, Rougemont, Domenach, Andreu, Lamour ou Alexandre Marc, qui comprirent immédiatement que c'était leur "imagination" qui était, sinon au pouvoir, du moins dans la rue et dans les

111. Par exemple, en s'associant à la réflexion du Club Jean Moulin dans les années 60.

amphis survoltés [112]. » À travers la mise en cause de la « société
de consommation » et de ses orientations « unidimension-
nelles » et « productivistes », à travers l'idée de « crise des
valeurs », de « crise spirituelle », de « révolution culturelle »,
ce sont quelques-unes des questions qui étaient les leurs quarante ans plus tôt que les anciens des années 30 vont retrouver,
même si les réponses qu'apportait l'actualité ne leur semblaient pas toujours celles qu'ils auraient souhaitées [113].

C'est pourquoi, par exemple, certains de ces anciens
« non-conformistes » vont être rapidement attentifs aux
interrogations écologiques. Cette postérité écologique du
non-conformisme des années 30 passera notamment par l'héritage de ce que l'on a pu appeler le courant du « personnalisme
gascon », constitué à Bordeaux après 1934 par Bernard Charbonneau et Jacques Ellul, à la charnière de l'*Ordre Nouveau*
et d'*Esprit* [114]. Avec ce courant s'est développée une réflexion
sur les transformations technico-scientifiques des sociétés
modernes et leurs conséquences, dont l'influence a d'ailleurs
dépassé les frontières de la France, notamment à travers
l'audience internationale, particulièrement aux États-Unis, de
l'œuvre de Jacques Ellul. Ainsi Ivan Illich pourra très clairement se définir comme un disciple d'Ellul [115], tandis qu'on
trouve, par exemple, des références à Mounier et au personnalisme dans les travaux du théoricien de l'écologie et de la
contre-culture américaines Theodor Roszack [116]. Denis de
Rougemont et Jacques Ellul seront d'ailleurs à l'origine de la
création dans les années 70 de l'association *Ecoreupa*, qui se

112. *Les Années souterraines (1937-1947)* (Paris, 1990), p. 12.
113. Cf. par exemple le débat « Non-conformistes des années 30 et problèmes d'aujourd'hui : R. Aron, H. Brugmans, J. de Fabrègues, J.-L. Loubet
del Bayle, J.-J. Guillet, T. Maulnier, H. de Muller, T. Pfister, P. Poivre
d'Arvor », *Le Vingtième Siècle fédéraliste*, octobre 1971. Cf. aussi les interrogations d'*Esprit* après 1968 sur la société de consommation et la place
accordée aux thèses d'Ivan Illich, alors que ce type de questionnement avait
été mis en sommeil dans *Esprit* après la publication par Mounier en 1946
de *La Petite Peur du xxᵉ siècle*, dont J.-M. Domenach déclarera en 1974
qu'il était le seul ouvrage de Mounier à ses yeux « obsolète » (M. Winock,
op. cit., p. 355).
114. La référence essentielle est ici celle de l'article de Christian Roy,
« Aux sources de l'écologie politique : le personnalisme "gascon" de Bernard Charbonneau et Jacques Ellul », *Canadian Journal of History/Annales
canadiennes d'histoire*, XXVII, avril 1992, p. 67-100.
115. Cf. sa préface à l'ouvrage *Sur Jacques Ellul* (Paris, 1994).
116. Cf. son ouvrage *L'Homme-planète* (Paris, 1980).

définira comme un « réseau européen de réflexion écologique », ayant le projet de contribuer à la construction d'« une démocratie écologique dans une Europe fédérale et régionale [117] ». De même, dans les années 70-75, le mathématicien et ancien de l'*Ordre Nouveau* Claude Chevalley, après avoir été un sympathisant du mouvement étudiant de mai 68, animera la revue *Survivre et vivre*, qui se donnait pour mission de travailler à la « sauvegarde de la planète et de l'espèce ». Pour cette raison, les travaux qui tentent de reconstituer l'histoire de la réflexion écologique sont amenés à faire figurer dans le recensement de ses origines l'existence d'une source « personnaliste », en soulignant, comme le fait l'un d'eux, la parenté « stupéfiante » entre certaines des idées des non-conformistes des années 30 et « les thèses alternatives et écologistes [118] ».

Avec ce développement de la réflexion et du questionnement écologiques, le non-conformisme des années 30 n'a pas été étranger au mouvement des idées du dernier quart du XXᵉ siècle. Il ne l'a pas été non plus en raison du fait qu'à partir des années 70 vont commencer à accéder aux responsabilités des hommes formés dans les groupes de réflexion politique ou spirituelle de la guerre ou de l'après-guerre, plus ou moins influencés par ces mouvements. De ce fait, leur influence va essaimer de façon diffuse dans des secteurs divers de l'opinion. Il est ainsi possible de rencontrer des traces de l'héritage personnaliste, d'une part, dans certaines composantes du gaullisme, avec par exemple le thème de la « participation [119] », comme dans les partis politiques centristes, qui, de manière plus ou moins explicite, ont perpétué la tradition démocrate-chrétienne alliée à des formes de libéralisme social. C'est ainsi qu'en 1990 un des leaders de ce dernier courant pouvait déclarer : « Je suis un enfant de cette famille [personnaliste] et je crois que c'est d'autant plus la voie à suivre que notre société est aujourd'hui à la dérive [120]. »

117. Cité *in* J. Jacob, *Le Retour de l'Ordre Nouveau* (Genève, 2000).
118. J. Jacob, *op. cit.*, p. 118. Cf. aussi : J. Jacob, *Les Sources de l'écologie politique* (Paris, 1995), Alphandery, P. Bitoun, Y. Dupont, *La Sensibilité écologique* (Paris, 1993).
119. C'est ainsi qu'au début des années 70 on trouvera dans l'entourage du Premier ministre gaulliste Jacques Chaban-Delmas un proche de l'ancienne *Jeune Droite* comme André Voisin ou un proche d'*Esprit* comme Jacques Delors.
120. C. Millon, *Le Monde*, 19 novembre 1990.

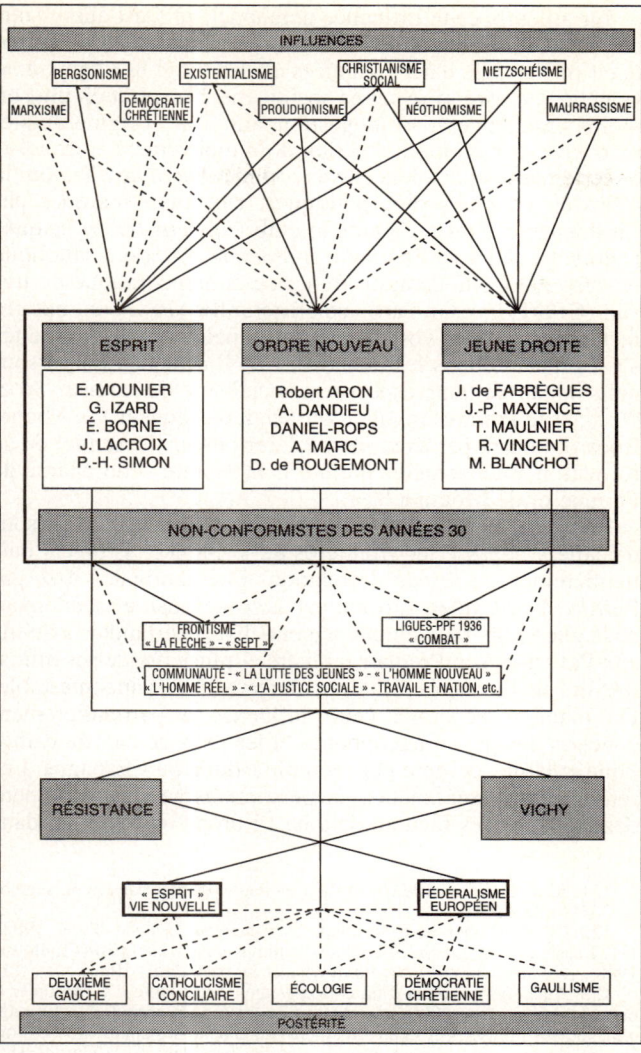

Par ailleurs, cette influence personnaliste s'est aussi exercée sur certains courants de la gauche et, notamment, sur ce
que l'on a appelé dans les années quatre-vingt la « Deuxième
Gauche », c'est-à-dire sur ce socialisme d'inspiration plus ou
moins chrétienne et « autogestionnaire », à l'origine duquel
on trouve, par exemple, l'action d'un mouvement spirituel et
ouvertement « personnaliste » comme *Vie nouvelle*, ou la
réflexion de clubs plus politiques, eux aussi marqués par
l'influence d'*Esprit*, comme le club *Citoyens 60* de Jacques
Delors. La Jeunesse étudiante chrétienne, l'Action catholique
ouvrière, la Confédération française et démocratique du travail (CFDT)[121] et le Parti socialiste unifié (PSU) ont notamment constitué les voies organisationnelles[122] par lesquelles
s'est préparée dans les années 60-70 l'influence du personnalisme sur certains aspects du socialisme des années 80 et
90[123], et le Premier ministre du début des années 90, Michel
Rocard, pourra par exemple déclarer devoir l'essentiel de sa
formation intellectuelle initiale à la lecture « de Marx, de
Pirenne et de Mounier[124] ».

Plus largement, il faut souligner que l'audience du personnalisme a dépassé les frontières de la France, à travers particulièrement le réseau de relations internationales tissé par
l'*Ordre Nouveau* et, surtout, par *Esprit*. Ainsi, au lendemain
de la guerre, le mouvement personnaliste néerlandais a donné
aux Pays-Bas son Premier ministre et plusieurs de ses ministres et, on l'a vu, la filiation française est là incontestable.
De manière générale, cette influence a particulièrement
concerné les pays francophones et les pays de culture catholique et latine, comme par exemple l'Italie ou l'Espagne. Les
références internationales au personnalisme se sont cependant manifestées bien au-delà de l'Europe occidentale, dans

---

121. Avec notamment le rôle qu'a joué Paul Vignaux dans le passage de
la CFTC à la CFDT.
122. Cf. H. Hamon et P. Rotman, *La Deuxième Gauche* (Paris, 1982),
J.-F. Kessler, *De la gauche dissidente au nouveau parti socialiste* (Toulouse,
1990), B. Maris, *Jacques Delors, artiste et martyr* (Paris, 1993).
123. Ainsi, à l'occasion d'un colloque sur « L'actualité d'E. Mounier »,
organisé à l'automne 2000, on pouvait trouver dans le comité de patronage
cinq anciens ministres des gouvernements de gauche des années 80-90, dont
Jacques Delors qui a été en outre le premier président de la Commission
européenne. On y rencontrait aussi un ancien ministre centriste.
124. Entretien avec J.-F. Kessler, *op. cit.*, p. 437.

des contextes parfois surprenants, depuis le régime Diem dans le Sud-Viêt-nam des années 60, jusqu'au parti Baas au Moyen-Orient [125], en passant par les Phalanges libanaises de Pierre Gemayel au Liban, où le personnalisme a trouvé aussi une expression philosophique à travers l'œuvre de René Habachi. De même, *Esprit* n'a pas été sans influence en Afrique noire, avec la fondation de la revue *Présence africaine*, et dans le développement en Europe de l'Est de certains courants d'intellectuels « dissidents » d'inspiration chrétienne. Le premier chef de gouvernement de la Pologne postcommuniste, ami personnel du cardinal Wojtila, Tadeusz Mazowiecki, sera ainsi un « personnaliste » déclaré, dont il a contribué à diffuser les idées avec sa revue *Wiercz*, avant de devenir dans les années 80 le conseiller de *Solidarité* [126]. Par là se trouve aussi posée la question de la place du personnalisme dans l'évolution de ce que l'on peut appeler le catholicisme conciliaire issu du concile Vatican II, à travers à la fois son rôle dans l'histoire intellectuelle du catholicisme français, du fait de l'action de certains des groupes déjà rencontrés, et du fait aussi des prolongements internationaux qui viennent d'être évoqués [127]. C'est ainsi que l'on a pu considérer que la pensée sociale et politique du pape Jean-Paul II n'a pas été sans relation avec le courant de pensée dont les groupes personnalistes des années 30 furent plus ou moins les initiateurs [128].

Cette influence personnaliste – à travers notamment son rôle dans l'évolution de la pensée catholique – a particulièrement été forte outre-Atlantique, en Amérique latine [129] et en Amérique du Nord, où l'influence d'*Esprit* viendra confluer avec celle de Jacques Maritain. Ainsi, au Québec,

---

125. Notamment à travers l'influence de l'un des fondateurs du parti Baas, le Syrien de confession chrétienne Michel Aflak.

126. Cf. J.-M. Domenach, « L'internationale personnaliste », in *Le Personnalisme d'Emmanuel Mounier, hier et demain* (Paris, 1985).

127. Dans le colloque déjà cité sur « L'actualité de Mounier » (octobre 2000), on trouvait dans le comité de patronage deux cardinaux, dont le cardinal Poupard, responsable des questions culturelles au Vatican.

128. Cf. John Hellman, in *Le Personnalisme d'Emmanuel Mounier, hier et demain, op. cit.*, p. 129. Cf. aussi le témoignage de J.-M. Domenach : « L'influence d'*Esprit* a touché le cardinal Wojtila, il me l'a dit lui-même » (*ibid.*, p. 176).

129. Notamment au Brésil.

Esprit ne sera pas étranger aux orientations de revues comme
La Relève et *La Nouvelle Relève*[130], de même que se récla-
meront d'*Esprit*, dans les années 50, les fondateurs de *Cité
libre*, P. E. Trudeau[131] et G. Pelletier. Si bien que les historiens québécois qui s'attachent à rechercher le « chaînon
manquant[132] » permettant de rendre compte de la « révolution
tranquille » des années 1960 et de la transition du Québec
clérical de l'avant-guerre au Québec moderne ont été amenés
à voir dans le personnalisme français un des facteurs décisifs
de ces changements, par l'influence qu'il a exercée sur l'évolution des milieux catholiques. De manière sans doute un peu
abrupte mais significative, un de ces historiens peut écrire :
« Dans le Canada français catholique des années 1930, tout
le monde pensait avec *L'Action française* ; vingt ans plus
tard, tout le monde pensait avec *Esprit*[133]. » Par ailleurs,
l'historien québécois Christian Roy a montré que l'*Ordre
Nouveau*, de son côté, n'a pas été sans lien avec le courant
d'études historiques dont Guy Frégault a été l'initiateur, qui
contribuera au développement après 1945 du néonationalisme québécois[134].

L'influence du « non-conformisme des années 30 » a donc
été beaucoup plus considérable qu'un examen superficiel
pourrait le laisser supposer, en France et hors de France, et
ceci même s'il est vrai que ces idées ont sans doute perdu
au cours de ce cheminement une partie de leur vigueur et de
leur cohérence, notamment du fait de la diversité des interprétations dont elles ont pu faire l'objet, dans des contextes,
on l'a vu, assez sensiblement différents. Cette influence du
personnalisme a donc bien été une influence réelle, mais en
même temps une influence *diffuse*, diluée à travers la coexis-
tence avec d'autres courants d'idées. Cette influence a été

130. Cf. A.-J. Bélanger, *L'Apolitisme des idéologies québécoises. Le
grand tournant de 1934-1936* (Québec, 1974).
    131. Plusieurs fois Premier ministre du gouvernement canadien.
    132. *Société*, « Le chaînon manquant », n° 1-2, été 1999.
    133. J.-P. Warren, « Gérard Pelletier et *Cité libre* : la mystique person-
naliste de la révolution tranquille », in *Société*, « Le chaînon manquant »,
n° 1-2, été 1999, p. 339.
    134. Cf. sur ce point : Christian Roy, « Le personnalisme de *L'Ordre
Nouveau* et le Québec (1930-1947) », *Revue d'histoire de l'Amérique française*, vol. 46, n° 3, hiver 1993, p. 463-484.

aussi une influence *discrète*, dans la mesure notamment où, après la Seconde Guerre mondiale et pendant plusieurs décennies, l'engagement des intellectuels les plus en vue s'est organisé autour de la question des rapports avec le communisme et avec le marxisme [135], en rejetant dans l'ombre les interrogations qui ne se situaient pas dans le cadre de cette problématique et qui ne commenceront à réapparaître au niveau du débat public qu'après 1968 [136]. On a vu que, sur ce point, l'exemple d'*Esprit* est assez significatif, dans la mesure où il devra à l'infléchissement d'un certain nombre de ses positions d'être resté présent dans le champ des débats intellectuels de l'après-guerre. Ceci étant, si cette influence a bien été diffuse et discrète, elle n'en a pas moins existé et il n'est pas sans intérêt de s'interroger sur les raisons qui l'ont favorisée, en notant sans doute leur ambivalence, dans la mesure où ces raisons expliquent peut-être à la fois la séduction que le personnalisme a pu exercer et les limites de son audience.

C'est ainsi qu'on peut voir à l'attrait exercé par le personnalisme une première cause, tenant à ce que l'on peut appeler la tentation de la *troisième voie*, en entendant par là la préoccupation d'échapper aux contraintes de choix alternatifs, vécus comme mutilants, qu'ont souvent semblé imposer les réalités du XXᵉ siècle : alternative droite / gauche sur le plan politique ; capitalisme / communisme sur le plan économique ; individualisme / collectivisme au niveau social ; idéalisme / matérialisme au niveau philosophique. Les *dépassements* synthétiques ou dialectiques que permettait la référence au personnalisme ont sans doute contribué à son audience, dans la mesure où elle a pu sembler constituer le moyen de concilier des aspirations au premier abord en partie contradictoires, en tenant compte de la complexité du réel et en échappant à des abstractions idéologiques perçues comme exagérément simplificatrices. Mais ce qui a fait sa force d'attraction, notamment dans le contexte des situations his-

---

135. Cf. Tony Judt, *Un passé imparfait*, Paris, 1992.

136. Il est significatif de constater que, en 1968 et dans les années 70, ces interrogations s'exprimeront souvent dans des organisations et avec une phraséologie faisant toujours référence au marxisme, à travers différentes formes de « marxisme imaginaire » pour reprendre l'expression de Raymond Aron.

toriques que le XXᵉ siècle a connues après les années 30, a pu aussi, aux yeux de certains, en constituer la faiblesse. On a pu en effet se demander si cette dimension synthétique n'a pas été parfois qu'une dimension *syncrétique*, traduisant un certain éclectisme et la tendance à croire arriver à exorciser de façon verbale, par l'utilisation d'un vocabulaire séduisant, les tensions et les contradictions imposées par la réalité des choses[137].

Cette interrogation peut d'autant plus se justifier que l'on a vu aussi se manifester dans les développements précédents ce que l'on peut appeler la *plasticité* ou le *polymorphisme* du personnalisme et son aptitude à s'accommoder de contextes aux caractéristiques et aux orientations parfois assez sensiblement divergentes. Ce qui conduira certains à se demander si, pour le dénommer, il convient d'employer le singulier ou le pluriel, et de parler « du » personnalisme ou « des » personnalismes. C'est une question que posait par exemple le philosophe Jacques Maritain au lendemain de la guerre, et dont l'histoire postérieure n'a pas infirmé la pertinence : « Rien ne serait plus faux que de parler du "personnalisme" comme d'une école ou d'une doctrine. C'est un phénomène de réaction contre des erreurs opposées et c'est un phénomène inévitablement très mélangé. Il n'y a pas de doctrine personnaliste, mais des aspirations personnalistes et une bonne douzaine de doctrines personnalistes, qui n'ont parfois de commun que le mot de personne, et dont certaines penchent vers l'une des erreurs contraires entre lesquelles elles se situent. Il y a des personnalismes à tendance proudhonienne, des personnalismes qui penchent vers la dictature et des personnalismes qui penchent vers l'anarchie[138]. » De son

---

137. Telle est la thèse défendue par exemple par un historien critique d'*Esprit*, qui écrit à propos du personnalisme de Mounier comme projet de civilisation : « Cette idée inexprimable, évanescente et désincarnée exprime aussi son impérissable besoin de pureté et son refus concomitant d'appréhender le monde réel (...) En fait, la confusion de ses aspirations conscientes, son verbalisme impénitent vont de pair avec une incapacité d'engagement authentique, car la crainte mêlée de répulsion à l'égard de la réalité désintègre sa pensée en une succession de réactions affectives et irrationnelles » (P. de Sénarclens, *Le Mouvement « Esprit », 1932-1941. Essai critique*, Lausanne, 1974, p. 208).

138. *La Personne et le Bien commun* (Paris, 1946), p. 8-9. Ce texte a déjà été cité, mais il mérite d'être ici rappelé.

côté, Mounier pouvait constater en 1946, en insistant sur le fait que le personnalisme constituait surtout une « inspiration », pouvant conduire à des « incarnations » diverses et parfois opposées : « Le personnalisme, si chargé d'épreuve soit-il déjà, ne commande pas nécessairement telle ou telle forme historique (...) il va sans dire que, selon que sera comprise et construite cette insertion, l'inspiration personnaliste pourra frayer des voies assez diverses, dont certaines pourront être reniées par d'autres personnalistes, tant il est aisé d'incliner n'importe quelle inspiration en lui donnant corps à des fins ambiguës [139]. »

Une autre caractéristique aux conséquences ambiguës de la réflexion de ces non-conformistes des années 30, qui a sans doute favorisé son audience, particulièrement dans les milieux catholiques, a été la relativisation de l'importance accordée au politique, dans la mesure où leur attention a eu tendance à se porter sur les transformations sociales et culturelles des sociétés modernes, bien plus que sur les questions directement politiques, touchant par exemple au régime ou aux institutions politiques. Leur antiétatisme et leur rejet des partis politiques ont été, négativement, les conséquences de cette orientation, alors que, positivement, elle explique l'intérêt que beaucoup de ces non-conformistes porteront au syndicalisme, au mouvement coopératif, aux activités associatives, au corporatisme et au fédéralisme, à l'action culturelle, à l'éducation populaire. Ce décentrement de la réflexion politique, mettant l'accent sur la responsabilité et l'autonomie des « personnes » et des groupes sociaux, sur l'importance, face à l'État, de ce que l'on n'appelait pas encore la « société civile », n'a sans doute pas été sans influence sur l'attrait que cette approche des réalités du XXᵉ siècle a pu exercer de manière récurrente sur ceux que peuvent rebuter les routines, les pesanteurs, les compromissions de la vie politique et des engagements partisans. Cette orientation « sociétale » de leur réflexion explique aussi la lucidité qui fut la leur concernant la véritable nature des expériences communistes et fascistes, dans la mesure où ils perçurent, beaucoup plus clairement que leurs contemporains, ce qu'impliquait le caractère « tota-

---

139. E. Mounier, *Qu'est-ce que le personnalisme ?* in *Œuvres*, t. III (Paris, 1963), p. 194.

litaire » de ces régimes et leur ambition « totale » de reconstruire l'homme et la société. L'absoption de la société par
l'État qui en était la conséquence ne pouvait que susciter
chez eux des réactions hostiles, en entraînant une condamnation doctrinale sans équivoque de tous ces systèmes, et du
« totalitarisme » dans son principe même.

Mais, en même temps, cette méfiance à l'égard du politique laissait pour partie sans réponse la question des moyens
susceptibles d'être mis en œuvre pour réaliser la « révolution » qu'ils appelaient de leurs vœux. Leur réflexion sur
l'importance de l'engagement personnel ou sur l'action de
minorités exemplaires agissant au cœur du tissu social était
loin de résoudre le problème. Cette lacune permet sans doute
de comprendre pourquoi certains de ces non-conformistes
ont pu être tentés, à certains moments, par un « retour au
politique », en recherchant dans une sorte de « dictature
de transition » les moyens politiques de réaliser la « révolution personnaliste » destinée à terme à promouvoir l'autonomie des personnes et des groupes sociaux. Ainsi en sera-
t-il pour les « non-conformistes » qui furent amenés, pendant
un temps, à croire trouver dans un « État français », « restaurant l'autorité » l'instrument « communautaire » permettant de redonner vie à des « personnes » et à des « structures organique » moribondes [140], en aboutissant ainsi au
paradoxe de vouloir réaliser une « révolution communautaire » et non-étatiste par des moyens étatiques. Il en sera de
même pour ceux qui, dans l'immédiat après-guerre, cherche-
ront dans l'alliance avec le parti communiste la possibilité
de susciter « un pouvoir fort disposant de moyens très éten-
dus » [141] pour satisfaire aux exigences de la « lutte révolutionnaire », afin de réaliser la « révolution sociale » néces-

---

140. Cf. J. de Fabrègues, « On attend tout de ces "personnes humaines"
de ces "structures organiques" qui, au pied de la lettre, n'existent plus en
France et que l'autorité doit reconstruire ». Lettre de juillet 1941. Cité par
M. Bergès, *op. cit.*, p. 109.
141. D. Olivier, *Esprit*, décembre 1946, cité par M. Winock, qui note :
« Le démon de l'efficacité avait décidément altéré les cœurs libertaires »,
op. cit., p. 278. Évoquant cette période, A. Béguin, le successeur de Mounier,
écrira en 1956 : « Nous faisions effort pour croire que, si l'établissement de
la démocratie économique et l'équipement des peuples arriérés n'étaient pas
imaginables sans le recours à la contrainte, celle-ci serait temporaire ». Cf.
M. Winock, *op. cit.*, p. 390 et chapitres VIII et IX.

saire à la « révolution de l'homme » à laquelle ils restaient fondamentalement attachés. Ainsi, dans un certain nombre de cas, la logique qui conduisait les non-conformistes des années 30 à privilégier doctrinalement une « révolution par le bas » ne les a pas empêchés, pour certains et à certains moments, de se laisser tenter par l'efficacité d'une « révolution par le haut », en posant le problème des moyens d'action adaptés aux ambitions qui étaient les leurs.

Cette question n'est pas sans rapport avec la *problématique de civilisation* qui a sans doute constitué l'une de ses spécificités les plus fortes [142] du « non-conformisme des années 30 », et qui a tenu au fait que le personnalisme n'était pas seulement une attitude politique ou sociale, mais « un effort total pour comprendre et dépasser l'ensemble de la crise de l'homme au XXᵉ siècle [143] ». Cette approche globalisante a tendu à considérer que c'est l'homme, dans tous les aspects de sa vie, qui est mis en question par l'évolution des sociétés modernes, dans la mesure où celle-ci a mis en cause aussi bien ses rapports avec la nature et la société que ses rapports avec lui-même et avec sa destinée. C'est l'idée que, si crise de la modernité il y a, cette crise concerne l'homme dans toutes les dimensions de son existence. Par là, le non-conformisme des années 30 s'est trouvé en consonance avec ces interrogations que l'histoire postérieure du XXᵉ siècle n'a cessé de faire resurgir de manière plus ou moins récurrente, mais avec une acuité qui a cependant varié au fil des événements plus ou moins dramatiques que le siècle a connus depuis les années 30.

Ici encore, cette approche globalisante a certainement, de manière consciente ou inconsciente, contribué à l'intérêt porté au non-conformisme des années 30, soit qu'il y ait eu filiation directe, soit que les réalités du XXᵉ siècle aient conduit à retrouver spontanément un certain nombre d'interrogations des années 30. En même temps, cette approche « totaliste », selon le mot de Stanley Hoffmann [144], a pu appa-

---

142. Cette problématique constitue par exemple, avec l'anticommunisme, une des clés permettant de comprendre comment nombre de militants de la *Jeune Droite* des années 30 sont passés d'une mouvance « nationaliste » à un engagement « fédéraliste » et « européen » après 1945.

143. *Ibid.*, p. 204.

144. Qui voit dans celle-ci un des travers de l'engagement politique des intellectuels français, *Essais sur la France* (Paris, 1974), p. 160 et s.

raître parfois comme une facilité irritante, en escamotant des questions plus immédiates et plus prosaïques et en permettant notamment de s'affranchir des contraintes et des limites d'une réflexion plus réaliste et plus étroitement politique [145]. Ainsi, dans les années 70, un sociologue disait son agacement, en évoquant « l'idée de crise de civilisation, devenue une formule d'exorcisme, aussi soporifique que l'était l'idée de société industrielle, potion magique...[146] ». Pourtant, quinze ans plus tard, le même observateur, s'interrogeant sur la fin du siècle et le début du IIIe millénaire, pourra considérer que « tous les processus nous conduisent vers une grande crise de civilisation[147] », en retrouvant ainsi un diagnostic qu'il formulait dès les années 60 lorsqu'il notait : « Des ferments de métamorphose ou de désintégration, des forces de chaos sont à l'œuvre sur toute la planète... C'est la crise de toutes les sociétés, les unes arrachées à leur léthargie et à leur autarcie, les autres accélérant vertigineusement leur mouvement, toutes emportées dans le devenir, devenir aveugle mû par les développements et les jaillissements proliférants de la science. Cette grande crise du XXe siècle, c'est, dans son approfondissement et dans sa lancée, finalement, crise de l'homme en arrachement placentaire, crise de l'espèce en tourments de mutation. (...) Tôt ou tard se posera le problème même de la civilisation. C'est nécessairement que toute civilisation qui veut arracher l'humanité au Destin pose le problème du destin de l'homme[148]. »

En tout cas, au regard de l'ampleur des perspectives qu'il implique, on peut être tenté de penser que ce diagnostic comportait peut-être en lui-même, à la fois, les raisons de son succès et les raisons de la relative impuissance de ceux qui l'ont adopté et des ambiguïtés qu'ont pu comporter leurs

145. Ici encore, le critique d'*Esprit* déjà cité remarque à ce propos : « En formulant des exigences révolutionnaires vagues et impalpables, toujours détachées des contingences de l'action (...) ce dessein sublime exprime toujours le même besoin de fuir la réalité angoissante du monde » (P. de Sénarclens, *op. cit.*, p. 251-252).
146. Edgar Morin, *Magazine littéraire*, mars 1976.
147. *Le Monde*, 19 mars 1991.
148. *Introduction à une politique de l'homme*, Paris, 1965, p. 77 et 12.

engagements à partir d'une même « inspiration » initiale, dans la mesure où ils ont buté, implicitement ou explicitement, sur une question à la réponse bien incertaine, s'il en est une : « Que peut-on – ou que doit-on – faire pour reconstruire (ou construire) une civilisation ? »

Documents

I. « *LA JEUNE DROITE* »

A. MANIFESTE DE « RÉACTION » (AVRIL 1930)

Jamais l'homme n'avait atteint une telle perfection dans la connaissance des phénomènes, ni une telle puissance dans l'utilisation des forces naturelles et l'accumulation des richesses.

Et pourtant il y a une crise du monde moderne.

« Crépuscule des nations blanches », « déclin de l'Occident », approche des « derniers jours », avènement d'un « Nouveau Moyen Âge », de toutes parts s'élèvent des cris annonciateurs de la fin d'un monde.

Les races, les nationalités, les classes sociales possédées d'ambitions sans bornes ont enrôlé les peuples entiers dans les guerres d'enfer.

L'industrialisme, faisant du rendement la norme de toute chose, a jeté l'humanité moderne sous l'écrasante loi de la quantité et de la matière : or et machine. La liturgie de l'Homme-Dieu cède à la liturgie de la machine. Courbé sur l'horizon borné de son travail et de son plaisir, sous le prétexte de se libérer de tout autre maître que lui-même, l'homme s'est jeté sous le joug de l'État démocratique, despotique et tentaculaire. L'homme n'est plus que le rouage standardisé d'une gigantesque mécanique qui le broie. Outil à faire des outils, il n'a plus de quiétude où se retrouver dans l'oraison.

Les âmes sont incertaines et tout se sent périr. Découvrant avec stupeur notre dénuement spirituel à côté du raffinement extrême de nos sensations et de nos raisonnements, nous nous trouvons saisis d'une tragique inquiétude devant l'indigence de ce que nous offre le monde moderne. Croyant gagner sa vie, l'homme a perdu la part éternelle de lui-même. Immense misère de l'homme sans Dieu ! Tu n'es plus rien que toi, et ce ne t'est point assez.

C'est qu'une fois encore l'homme a écouté l'éternel tentateur qui guette inlassablement sa proie : « Si tu fais de ta volonté la règle

de ton action, de ta raison la mesure des choses, tu seras comme
un Dieu. »

Alors l'homme agit « gratuitement », comme Dieu. Il oublie
qu'évadé des lois de la vie et de la pensée, il n'était plus qu'un peu
de chair et de terre. Il est entré dans l'esclavage du désir, de l'utile,
de l'événement.

Pour combler le vide immense de notre âme, on nous propose
l'ascétisme équivoque de l'Orient ou l'on nous convie à nous régénérer par la Révolution sociale. Mais cette poésie mystérieuse, ce
mythe de l'humanité ne cachent que la vieille hérésie du moi divi-
nisé dont nous mourons.

Faut-il donc nous résigner à n'être que les spectateurs impuissants de ce déclin ? Ou faut-il s'évader, se refuser, comme le mur-
murent, gidiennes, les Sirènes ?

Non ! Ce serait renoncer à notre humanité ! Seules meurent les
civilisations qui s'abandonnent et les hommes font leur destin. Ils
peuvent se sauver aujourd'hui s'ils retrouvent le principe de l'ordre
qui les a écrasés lorsqu'ils ont voulu l'ignorer.

Immense question de l'ordre.

Il ne s'agit pas ici d'un de ces petits arrangements formels et
contingents que l'homme ou les sociétés se donnent à eux-mêmes.
L'ordre, ce n'est pas la protection des coffres-forts ni l'union des
intérêts économiques, ce n'est pas la défense des hommes en place,
mais subordination à ce qui peut les légitimer..., s'ils le servent.

L'ordre, c'est la loi de l'être. Reconnaître l'ordre, c'est reconnaître notre double mystère : chair et esprit. Chair, solidarité de la
nature et des autres hommes, esprit qui est plus que l'intelligence,
qui est âme éternelle, fille de Dieu. C'est reconnaître notre double
dépendance : de nos morts et du créateur. C'est reconnaître que
nous sommes orientés à des fins plus hautes que nous-mêmes.

Tel est le véritable réalisme : perception de la chaîne des causes
et de la hiérarchie des désirs et des vouloirs. Il y a une voix de la
réalité : c'est le passé qui nous conte la grande aventure humaine.
Apprenons à son école à vivre humainement. Retournons aux sources de la vie pour nous guérir. Cela s'appelle réagir.

Réaction en politique contre la décadence démocratique, fille du
nombre et de la quantité. C'est sur la base certaine de la patrie, à
partir de l'élément naturel de la nation, que nous voulons édifier le
concert spirituel où l'univers entier aura sa part.

Réaction sociale : contre l'individualisme, l'étatisme et la lutte
des classes, pour permettre le développement de la personne
humaine libre dans ses cadres sociaux naturels.

C'est au moment où l'homme est le plus lui-même : dans sa
famille, dans sa bourgade, dans son pays, qu'il est le plus universel,
car il se trouve alors en correspondance avec tous les autres hommes

de la terre dans la reconnaissance de ce qui fonde toute vie : l'ordre humain.

« Nous avons eu, nous avons perdu l'unité humaine », dit Charles Maurras. L'accord ne peut renaître si une base n'existe au départ : seul l'esprit peut la fournir, c'est la leçon du XIIIe siècle chrétien. Nous réveillerons cette entente en reprenant le fil de la raison : soumission à l'objet. L'intelligence est réactionnaire. Pesant, critiquant les idées et les faits, elle poursuivra chez tous les erreurs funestes. Mais elle dira aussi les conditions nécessaires d'une renaissance : politique, c'est, en France, la monarchie ; sociale, c'est la soumission de notre vie économique au bien commun ; spirituelle, c'est l'ordre chrétien.

Il faut rendre le nécessaire possible. Nous y convions tous ceux que tourmente l'inquiétude et, tous les premiers, les clercs. Leurs méditations exigent la sécurité de la Cité : jusqu'au rétablissement de l'ordre, leur abstention est trahison.

Nous ne venons pas pour écrire, mais pour servir ; servir la vérité, nous révolter pour l'ordre, réagir. Ceux qui ont des places, une renommée à sauvegarder, n'ont rien à faire avec nous.

La force est une vertu. Le Christ a chassé les vendeurs du Temple. Au service d'une pensée juste, nous voulons agir puissamment.

JEAN DE FABRÈGUES, ROGER MAGNIEZ, RAYMOND DAMIEN, JEAN LE MARCHAND, JACQUES-FRANÇOIS THOMAS, RENÉ VINCENT, PIERRE BURGOS, ROBERT BURON, CHRISTIAN CHENUT, MAURICE CHUZEL, ÉMILE GIRARD, BERNARD DU HALDA, LOUIS LEMIELS, FÉLICIEN MAUDET, MARCEL NOËL, ANDRÉ PIETTRE, J. STE FARE-GARNOT, CH. DE LA TAILLE, CHARLES VERGNAUD.

(*Réaction*, n° 1.)

B. MANIFESTE DU GROUPE « XXe SIÈCLE » (MAI 1934)

Nous ne croyons pas qu'un monde nouveau ait commencé le 6 février ; mais ce jour-là ont éclaté les conséquences d'un état de fait depuis longtemps établi. Ceux qui signent ces lignes le dénoncent depuis qu'ils tiennent une plume. Aussi est-ce avec joie qu'ils voient s'écrouler sous leurs yeux les idéologies démocratique, individualiste et matérialiste.

ANTIDÉMOCRATES, nous dénonçons l'absurdité d'un régime fondé sur le nombre, dont la nature exclut toute liberté d'esprit et toute opinion délibérée.

Gardiens des véritables libertés, nous savons qu'elles exigent d'être protégées par l'ordre politique.

Délibérer, pour éclairer, est le fait de tous. Prévoir, pour gouverner, est celui d'un seul ; mais c'est dans le respect des libertés d'en bas que l'autorité trouve sa justification.

ANTICAPITALISTES, nous constatons l'immense misère de l'homme d'aujourd'hui. Jamais, cependant, il n'avait atteint une telle perfection dans la connaissance des phénomènes, ni une telle puissance dans l'utilisation des forces matérielles. Pareille contradiction rend évidente la faillite du régime capitaliste : fondé sur le lucre, il meurt de son mépris des hommes, qu'il voulait asservir par la haute banque, la spéculation, les sociétés anonymes, le prêt à intérêt, la rationalisation.

Nous proposons le seul remède : une économie disciplinée par la corporation et rendant leur place légitime au travail créateur et à la responsabilité sociale.

SPIRITUALISTES, nous voyons dans l'universalité de la crise présente le signe qu'il lui faut un remède essentiel : rendre à l'homme son véritable destin qui est spirituel.

C'est dans la mesure où il a perdu conscience de sa double nature que l'homme a souffert. C'est elle que nous retrouvons aujourd'hui : chair, solidarité de la nature et des autres hommes ; esprit, qui, plus que l'intelligence, est l'âme éternelle.

L'homme a besoin d'un ordre qui, répondant à cette double condition, puisse être servi avec joie.

Nous désignons les conditions d'une telle renaissance :

POLITIQUE, c'est, en France, la Monarchie ;

SOCIALE, c'est la soumission de la vie économique au bien commun ;

SPIRITUELLE, c'est un ordre qui, étant humain, est vrai pour tout homme, étant vrai est chrétien pour le chrétien.

(*Revue du siècle*, nº 13.)

II. « *L'ORDRE NOUVEAU* »

A. MANIFESTE DE « L'ORDRE NOUVEAU » (1931)

L'Ordre Nouveau est essentiellement un groupe d'esprits non conformistes et révolutionnaires. Ce dernier mot a tellement été galvaudé que nous croyons devoir définir en quoi et pourquoi nous sommes révolutionnaires.

Pour des raisons actuelles et pour des raisons éternelles, pour des raisons pratiques et des raisons philosophiques ; à cause des nécessités extérieures imposées aux hommes d'aujourd'hui par l'état actuel du monde ; à cause des nécessités intérieures de la personne humaine. Et d'autre part parce que, dans l'histoire sociale comme dans l'histoire naturelle, il n'est pas d'évolution sans révolutions.

1°) Causes pratiques de notre attitude :

La crise mondiale actuelle est sans issue autre que révolutionnaire, quelle que soit sa vitesse d'évolution. Du capitalisme libéral au capitalisme d'État, aucune solution conformiste, libérale ou marxiste, ne résiste à une analyse méthodique. D'autre part, l'évolution de l'ordre présent des choses, même sans la crise catastrophique actuelle, comporte nécessairement la guerre (nationale ou coloniale), pièce essentielle de tout système uniquement matérialiste.

Est-il possible, pour un esprit clairvoyant, d'accepter ce fatal processus qui va du désordre économique aux misères du chômage, de la stupide guerre économique à la stupide guerre nationale ?

2°) Causes spirituelles de notre attitude :

a) Le caractère spécifique de l'humanité est la violence active et créatrice, résultant de l'expansion normale de l'homme.

b) Tous les réformistes aboutissent à la négation des valeurs supérieures de la personnalité humaine.

c) Les cadres rationnels et abstraits (frontières nationales, système bancaire) ne peuvent être brisés que par une volonté de rupture avec l'ordre social actuel.

La révolution que nous préconisons est avant tout psychologique.

Elle devra être constructive d'un ordre nouveau auquel l'humanité accédera par un changement global de plan. Elle doit donc, dès à présent et avant de préciser ses moyens, préciser ses buts.

1) Dans le domaine philosophique et moral :

Établir une hiérarchie des valeurs qui rende à la personne humaine le rang qui lui revient : le premier. La machine économique et sociale doit exister pour la personne et non la personne pour la machine économique et sociale. Les économies de forces permises par les découvertes scientifiques doivent être enfin « réalisées » au profit de la personnalité créatrice, ressort dynamique indispensable à toute société qui veut garder la faculté de se dépasser elle-même pour le plus grand bien de l'homme.

Ce « personnalisme » implique la rupture aussi bien avec l'individualisme abstrait des libéraux qu'avec toute doctrine plaçant l'État, quelle que soit sa forme, au rang de valeur suprême.

2) Dans le domaine économique :

Remplacer une société qui ne peut fonctionner qu'en subordonnant la consommation à la production, le travail qualitatif et créateur de valeurs nouvelles au travail quantitatif, parcellaire et indifférencié par une société contraire.

La mise en commun des moyens de production et la répartition égalitaire du travail quantitatif indispensable ne peuvent avoir de raison d'être qu'au profit d'une libération toujours croissante de la personnalité créatrice : spirituel d'abord, économique ensuite. Ceci ne peut être obtenu que par l'abolition du mythe de la production et de la religion du crédit dans toutes leurs manifestations.

3) Dans le domaine politique :

Établir, d'une part, une concentration mondiale des forces révolutionnaires spirituelles, telles que nous les avons définies, auxquelles seront subordonnés les organismes de la production et de la distribution économique, placés sous leur contrôle permanent.

D'autre part, tout en brisant les cadres nationaux abstraits, promouvoir une décentralisation assez parfaite pour assurer la libération de toutes les tendances profondément patriotiques par lesquelles se manifeste le rapport indispensable et fécond de l'homme à la terre, à la race, à la tradition affective et culturelle.

L'Ordre Nouveau, celui de l'homme concret, devra donc s'édifier sur les trois assises suivantes :

a) Personnalisme : primauté de l'homme sur la société.

b) Communisme antiproductiviste : subordination de la production à la consommation.

c) Régionalisme terrien, racial et culturel.

Jusqu'à présent toutes les publications de l'Ordre Nouveau ont été les manifestations des préoccupations suivantes :

a) constater, devant les divers problèmes du monde actuel, la nécessité d'une attitude non conformiste absolue.

b) affirmer, dans leurs différentes modalités, les principes spirituels et les bases théoriques de la doctrine qui s'en inspire.

(*Plans*, n° 10.)

B. « POSITIONS D'ATTAQUE POUR L'ORDRE NOUVEAU » (1933)

Le groupe de « l'Ordre Nouveau » n'a pas fait jusqu'ici beaucoup de bruit sur les places. C'est que nous sommes et voulons être avant tout des *doctrinaires*. Cette volonté a scandalisé certains de nos adversaires qui prétendent partir des faits concrets et matériels. L'un d'entre eux revendiquait récemment, à la suite de Marx, disait-il, « la précédence du matériel, l'antériorité de l'être par rapport à la pensée ». En d'autres termes moins obscurs, il affirmait qu'il faut « commencer par le commencement ». Nous acceptons volontiers cette formule qui a le mérite de la simplicité. Nous, nous disons que le commencement du désordre n'est pas dans les faits matériels dont nous souffrons, n'est pas dans le machinisme, par exemple, mais bien dans les doctrines qui ont assuré le développement actuel du machinisme. C'est dans cet humus de doctrines périmées que plongent les « racines du malheur ». C'est lui d'abord qu'il faut détruire si on veut tuer ces racines et, surtout, empêcher qu'elles ne se reforment. La nécessité d'un travail doctrinal *radical* nous apparaît être la tâche la plus concrète et la plus immédiate de l'heure, la seule tâche efficacement révolutionnaire.

Quels sont les caractères spécifiques de notre effort de doctrine ? C'est d'abord une volonté de considérer les problèmes économiques et sociaux dans leur *totalité ;* c'est aussi une volonté constante de *changer de plan.*

Ces deux expressions méritent un commentaire.

Notre volonté *totaliste* s'exprime ainsi : nous suspendons toutes nos constructions à un fait humain central, la *personne* – telle que nous la définirons tout à l'heure – ou, mieux encore, le *conflit personnel* et nous prenons pour norme ce conflit étendu à tous les ordres de l'activité humaine : politique, économique, culturel. Telle est la base de notre ordre.

Cet ordre est *nouveau* en ce qu'il ne peut être établi que par *un changement de plan.* Changer de plan, pour nous, c'est porter l'effort constructif sur un terrain que le désordre actuel néglige ou tente de stériliser. La plupart des questions qui divisent capitalistes et marxistes sont insolubles sur le terrain positiviste où ils les placent. Elles ne prennent leur vrai sens que dans le plan de la personne où nous les reposons. (...)

Nous avons ainsi défini, par la double volonté de totalisme et de changement de plan, la forme générale de notre doctrine.

Nous nous excusons de l'aspect théorique que prend forcément cet exposé et qu'il perdrait si nous avions la place nécessaire pour développer. Nous nous excusons plus encore de la façon trop rapide dont nous allons être obligés de décrire le contenu de nos constructions et la méthode personnaliste qui les anime. Cette méthode constitue la partie la plus élaborée de notre effort et l'on ne peut songer à en donner ici qu'une formule nécessairement simplifiée.

Nous définissons la personne comme un *acte* et non pas comme un donné physique ou moral, matériel ou abstrait.

La personne, c'est l'individu engagé dans un conflit créateur avec lui-même d'abord, avec la nature ensuite, avec l'ambiance sociale enfin. Ce conflit comporte un choix permanent, donc un risque permanent, c'est-à-dire une tension permanente qui mesure la valeur même de l'homme.

Tension, risque, choix, acte, tels sont les éléments de toute liberté réelle et créatrice, partant de toute dignité humaine.

Pour faire sentir tout de suite le concret d'une telle doctrine, voyons d'abord quelles institutions elle nous oblige à combattre et à renverser.

Ce sont, en premier lieu, les institutions démocratiques auxquelles donne naissance l'individualisme libéral.

L'individu libéral, tel que l'ont créé les théoriciens du suffrage universel, tout le monde croit aujourd'hui que c'est quelque chose de très simple, une évidence, une sorte de lieu commun. C'est en effet le lieu commun de tous les malentendus actuels.

Cet homme sans liens, réduit à l'unité arithmétique, où l'a-t-on vu ? et comment existerait-il ? C'est pourtant sur cet homme abstrait qu'est bâti tout le système démocratique. Et l'erreur initiale, doctrinale, se retrouve à tous les étages du système. C'est à cause d'elle qu'il s'écroulera.

Il suffira sans doute d'indiquer ici notre opposition au parlementarisme. Nous ne combattons pas le parlement avec des discours, mais bien en créant un monde où il apparaîtra sous son vrai jour comme le conservatoire de la culture bourgeoise, avec ses monarchistes et ses communistes, figurants indispensables et inoffensifs.

Il suffira de rappeler d'autre part que l'individualisme libéral est responsable de l'essor anarchique d'une économie devenue inhumaine, et cela, non pas à cause de la machine, mais parce qu'aucun contrôle humain, aucune doctrine totale et transcendante ne pouvait intervenir au XIXᵉ siècle, ne pouvait orienter et humaniser son développement.

En second lieu, la doctrine de la personne nous oppose à tout soviétisme stalinien. Il est trop facile en effet de distinguer dans le stalinisme un retournement pur et simple de l'individualisme libéral, procédant par ailleurs de conceptions positives et pseudo-scientifiques qui étaient déjà contenues dans la définition de l'individu libéral.

Il nous est possible de désigner maintenant d'un seul mot l'objectif de nos attaques.

Le processus concret dans lequel Marx a inséré sa philosophie, c'était la lutte des classes provoquée par le premier épanouissement de l'industrie. Le processus concret dans lequel s'insère aujourd'hui le personnalisme, c'est la lutte contre l'étatisme moderne tel qu'il s'est constitué depuis Marx, phénomène beaucoup plus concret, plus universel et mieux défini que la lutte des classes.

Quelles sont les institutions qui nous permettront de rompre avec tout étatisme, de changer de plan, de réaliser une révolution effective ? Ici encore il nous faut nous borner à deux indications très générales :

Dans le domaine politique, nous revendiquons une organisation régionaliste de l'Europe. Cela suppose la suppression du cadre national, carcan de frontières douanières, et du centre administratif, politique, financier et policier où viennent se congestionner les énergies du pays. Ce que nous voulons, c'est rétablir sur le plan politique la tension nécessaire et créatrice entre la petite patrie décentralisée, d'une part, et, d'autre part, l'universalisme issu directement des personnes et qui pourrait se concrétiser dans un organe central d'autorité purement doctrinal et révolutionnaire, sorte de Komintern, mais dépourvu de pouvoir économique.

Dans le domaine économique, nous revendiquons parallèlement un statut du travail impliquant une distinction profonde entre le travail créateur et libre d'une part et le travail parcellaire et indifférencié de l'autre. Ce qui se traduit par une sorte de corporatisme ou syndicalisme – pôle décentralisateur – et par une institution centrale de service industriel collectivisé, soumis à un organe de répartition tout à fait distinct du pouvoir politique. Ainsi se trouve sauvegardée la tension nécessaire et assurée, en fonction cette fois d'une mesure humaine, le minimum de vie matérielle qui permet à la personne de courir sa chance.

Nous ne pouvons songer à développer ici ces thèmes constructifs et, encore moins, à indiquer les moyens techniques que nous envisageons pour les réaliser. Deux mots toutefois sur notre attitude révolutionnaire. Il sévit actuellement parmi certains groupes intellectuels un véritable romantisme du chambardement, de l'émeute et du sang versé. Contre lui nous maintiendrons la primauté de la doctrine avec tout ce que cela comporte, en apparence, de sécheresse technique. Nous savons que le romantisme du désordre prépare simplement les dictatures policières de demain. (...)

Peut-être ne serait-il pas inutile, pour conclure, de dégager clairement les thèses impliquées par notre exposé. Voici en quelques mots nos positions de combat :

1°) Sans théorie révolutionnaire pas d'action révolutionnaire.

2°) Dans l'état actuel des choses, il n'y a pas d'ordre concevable sur le plan du capitalisme au déterminisme duquel les soviets n'échappent pas.

3°) La dialectique historique ne peut rendre compte que du passé – mais seul l'acte créateur opère le changement de plan et permet d'instituer un ordre nouveau.

4°) Cet acte créateur dont nous faisons dépendre tout l'ordre nouveau, cette « source d'énergie » permanente de la révolution, c'est la personne telle que nous l'avons définie.

5°) Dans l'ordre nouveau, les institutions reproduisent à tous les degrés le conflit et la tension qui définissent la personne en acte ;

6°) Ces institutions sont :

– dans le domaine politique : la petite patrie décentralisée et le centre de contrôle doctrinal et juridique.

– dans le domaine économique : les syndicats libres de production et d'instruction professionnelle, d'une part, et de l'autre le service prolétarien collectif soumis directement à un centre de contrôle économique et statistique.

7°) Ce régime doit entraîner par son jeu normal la disparition des cadres de l'État et du statut des classes, c'est-à-dire : l'élimination des facteurs décisifs de l'inflation, du chômage et de la guerre moderne économique et militaire.

8°) C'est au nom d'antagonismes naturels féconds et créateurs que nous voulons éliminer les antagonismes artificiels et destructeurs que fait naître le capitalisme matérialiste.

9°) Nous sommes avec le prolétariat, par-dessus la tête de ses meneurs, contre la condition prolétarienne.

> POUR « L'ORDRE NOUVEAU » : ARNAUD DANDIEU, DENIS DE ROUGEMONT, DANIEL-ROPS, ROBERT ARON, ALEXANDRE MARC, CLAUDE CHEVALLEY, RENÉ DUPUIS, JEAN JARDIN.

(*La Revue des vivants*, décembre 1933.)

C. PRINCIPES POUR UN ORDRE NOUVEAU (FÉVRIER 1934)

Nulle civilisation véritable ne peut être fondée que sur le respect de la personne humaine et de sa valeur éternelle. Toute organisation économique et sociale qui tend à limiter la personne dans sa réalité, sa responsabilité, sa liberté, est mauvaise. Tout système qui, fondé sur le matérialisme, mutile l'homme de ses aspirations spirituelles, trahit et mérite de périr. Une civilisation véritable affirme le primat de la personne sur toute autre valeur, sur toute nécessité.

La tâche de l'homme sur la terre n'est pas de produire des biens. Le productivisme, d'où découlent désordre, misère et peine, exprime sous sa forme la plus dégradée le matérialisme contemporain. Une civilisation véritable est antiproductiviste.

À la base la plus humble d'une civilisation personnaliste se place le droit de l'homme, quel qu'il soit, de satisfaire ses besoins vitaux et de n'être soumis, dans leurs satisfactions, ni à l'esclavage de la suggestion productiviste ni à celui des déterminismes économiques désordonnés. Le régime économique doit se fonder sur les besoins réels de l'homme, non sur le désir égoïste et incohérent du profit.

La personne humaine s'affirme dans la liberté : l'oppression, quelle qu'elle soit, est illicite. L'étatisme, sous toutes ses formes, est à condamner. Une civilisation véritable doit être antiétatiste et décentralisée.

La personne humaine ne trouve les conditions de son accomplissement que dans les cadres naturels où s'élargit sa responsabilité. Une « civilisation » qui aboutit à détruire la famille, la patrie, le métier, ou à n'en présenter qu'une image déformée et odieuse trahit les valeurs éternelles.

La propriété est un des fondements naturels de l'homme à condition d'être concrète et de faire participer la personne à une réalité féconde. Elle ne doit pas être viciée et correspondre à une frénésie de profit. La société doit non seulement permettre mais favoriser l'accession de tous à la propriété.

La personne humaine étant une réalité, tout système est mauvais qui aboutit à l'identifier au fantôme anonyme et standardisé de l'enfer productiviste. La condition prolétarienne choque en notre conscience l'honneur et la charité. Nous considérons aujourd'hui qu'une civilisation véritable ne peut s'accommoder de l'esclavage ; la condition prolétarienne, forme moderne de l'esclavage, doit être supprimée.

Une civilisation véritable ne se soumet pas aux déterminismes froids de l'évolution technique. Mais une « civilisation » qui les laisse se répandre en malfaisance et qui, du formidable pouvoir de libération mis à sa disposition par la machine, n'a tiré que désordre et misère, a trahi l'esprit. Prise dans le dilemme de laisser croître l'anarchie meurtrière ou de démissionner de son rôle, elle n'a plus droit à vivre. Une civilisation véritable mettra la machine, comme elle mettra les institutions, au service de l'homme, corps et âme, chair et esprit.

(*L'Avant-Poste*, janvier-février 1934.)

III. « ESPRIT »

A. PROSPECTUS ANNONÇANT LA FONDATION D'« ESPRIT » (FÉVRIER 1932)

(...) Comment ne pas être en révolution permanente contre toutes les tyrannies de cette époque ? Nous y détestons : une science trop souvent détachée de la sagesse, bloquée dans les soucis utilitaires ;

une philosophie honteuse, ignorante de son rôle et des problèmes qui nous importent, mendiant à la science une vérité qu'elle annonce par avance relative, et tout juste capable de démontrer que la science n'y peut atteindre ; des sociétés gouvernées comme des maisons de commerce ; des économies qui s'épuisent pour adapter l'homme à la machine et ne tirer de l'effort humain que de l'or ; une vie privée déchirée par les appétits, désaxée, conduite à toutes les formes d'homicide et de suicide ; une littérature que ses complications et ses artifices séparent de notre nature ou qui s'enlise dans le siècle qu'elle devrait inspirer ; l'indifférence, jusqu'à nos côtés, de ceux qui ont la charge du monde et l'avilissent, le gaspillent, le méprisent. Il n'est pas de forme de la pensée ou de l'activité qui ne soit asservie à un matérialisme propre. Partout s'imposent à l'homme des systèmes et des institutions qui le négligent ; il se détruit en s'y pliant.

Nous voulons le sauver en lui rendant la conscience de ce qu'il est. Notre tâche capitale est de retrouver la vraie notion d'homme... Nous nous trouvons d'accord pour l'établir sur la suprématie de l'esprit. Notre premier regard sera celui de l'homme, un regard d'amour. Rien n'est plus contraire à la complaisance comme au dur pessimisme : il est temps d'affranchir l'héroïsme de l'amertume et la joie de la médiocrité.

À cette lumière, nous quêterons notre parenté dans tout l'univers. Car nous sommes fidèles au destin permanent de l'esprit, sans aucun attachement aux manifestations temporelles qui, pour leur profit, ont cru un jour se l'asservir. Ainsi, libres de porter une franchise absolue en face du réel, chérissant dans le monde ses inversions imprévisibles comme ses destinées éternelles, nous entreprenons une œuvre pour un monde neuf.

Certains d'entre nous ont une foi religieuse. Ils insèrent nos convictions communes dans une vision de l'univers qui les transfigure sans les détruire. Ils l'apportent sans restriction. Ils pensent que leur foi n'autorise pas l'abstention mais leur crée au contraire des devoirs spéciaux quant à l'organisation de la terre ; mais ils n'entendent pas la lier à aucune des solutions provisoires qu'ils pourront apporter.

Vie sociale. Notre hostilité est aussi vive à l'égard du capitalisme, de sa pratique actuelle et de la doctrine qui s'en dégage, qu'à l'égard du marxisme et du bolchevisme. Le capitalisme réduit une foule croissante, par la misère ou par le bien-être, à un état de servitude inconciliable avec la dignité de l'homme ; il oriente toutes les classes de la société et la personnalité tout entière vers la possession de l'argent ; tel est le seul désir dont est gavée l'âme moderne. Le marxisme est un fils rebelle du capitalisme dont il a reçu la foi en la matière. Insurgé contre une société mauvaise, il porte en lui quelque justice, mais seulement jusqu'à ce qu'il triomphe. Quant au bolchevisme, seul parmi les entreprises nées dans le monde moderne, il atteint à une ampleur de doctrine et à un héroïsme qui ne sont pas inférieurs à l'événement. Mais il établit sa grandeur sur une simplification des données humaines, dans un règne et avec des moyens qui ne relèvent que de la tyrannie de la matière.

Il nous appartient de découvrir ce qu'est une société attentive à ses intérêts temporels, mais qui les subordonne au souci d'assurer le développement de l'homme. Nous étudierons les régimes boursiers, la finance, ses rapports avec la production...

Vie publique et internationale. Ignorants des besoins profonds des sociétés, cherchant leur mission dans leurs rivalités, les États servent des intérêts généraux souvent contraires au bien commun. Les hommes de tous les pays qui s'unissent dans *Esprit* sentent l'urgence particulière d'éprouver la valeur de la structure des États et, dans leurs rapports, les obligations qui commandent leur service. Ils poursuivent dans le nationalisme l'orgueil et l'égoïsme que l'individu y déchaîne pour les sauver en leur donnant un plus vaste champ. Aucun de nous ne renie la fidélité naturelle qui l'attache à son pays, mais nous ne saurions y confondre la part de l'âme avec la part de l'instinct, ni diviniser un instinct parce qu'il est indéracinable...

La vie privée. Elle est le grand mystère d'une époque et souvent elle en renferme le secret. La littérature moderne nous en donne une image rarement exacte... Nous montrerons quels retentissements ont dans la vie privée une vie publique ou des états sociaux malsains. Drames d'amour, drames d'argent, drames de parti nous fourniront les éléments de nos commentaires.

La connaissance. Les tâches prochaines ne nous détourneront pas des activités spirituelles et désintéressées dont nous savons l'importance première. La métaphysique commande la vie humaine, la science l'encadre. L'histoire la pousse. Nous serons attentifs à leurs synthèses. De notre côté, nous avons à réviser les conceptions de la science et de la philosophie que l'on proclame encore définitives et à construire un nouveau réalisme.

L'art. L'artiste a un rôle important dans l'œuvre que nous venons d'exposer. Pour faire éclater les formes de la vie moderne et les préparer à une germination, il lui appartient d'y faire surgir la vision complète de l'homme, première étape d'un élargissement de lui-même qui l'ouvrira à tout l'univers. L'art, s'il se donne sa vérité, ne se forge pas sa matière. Que l'artiste ne croie pas parfaire son instrument en se bornant à de simples retouches sur des formules ou à de pures recherches d'expression : seule la force de l'inspiration peut créer de nouveaux langages. (...)

(Texte reproduit dans *Mounier et sa génération*, p. 82.)

B. PROSPECTUS DE PRÉSENTATION D' « ESPRIT » (FIN 1933)

Esprit a été fondé, en octobre 1932, par un groupe de jeunes hommes décidés à liquider la faillite du monde moderne et à réaliser un ordre nouveau sur la primauté des valeurs spirituelles.

Une double tâche s'offrait à eux :

délier ces valeurs de leurs compromissions avec le désordre établi ;

les engager dans les révolutions qu'elles commandent.

Une œuvre d'épuration

Dénoncer la trahison ou l'exploitation des valeurs spirituelles : par le monde de l'Argent, dans le régime social, les gouvernements, la presse, etc.

Dissocier par un approfondissement de ces valeurs leur réalité durable des déviations qui en ont faussé jusqu'à la notion courante.

Transporter leur puissance d'initiative sur les formes nouvelles voulues par la justice ou par le développement de la vie ; les sauver ainsi d'un attachement mortel à des incarnations caduques ou même monstrueuses.

Une œuvre de création

Les réformes dispersées ne sont guère que des médecines ; elles n'atteignent, ni dans les institutions ni dans l'homme, la racine du mal moderne. Une révision générale des valeurs, une reconstruction par la base de l'édifice social : tel est le but que nous devons nous assigner dans toute son ampleur tout en aménageant les étapes.

Nos adversaires

Le matérialisme individualiste. – Depuis la Renaissance, il étouffe la personne sous les avarices de l'individu. Donnant une liberté sans but à des hommes sans âme, il a légiféré le règne du plus fort, à savoir, aujourd'hui, le règne du plus riche. La jungle capitaliste est son dernier produit.

Le matérialisme collectiviste. – Il étouffe la communauté sociale et, par elle, la personne humaine sous les servitudes mécaniques de la masse. Réalisé au profit d'une minorité dans la dernière période du capitalisme, menaçant dans les premières manifestations du communisme, il lie l'un et l'autre, malgré leurs oppositions, au sein d'une même métaphysique.

Le faux spiritualisme fasciste. – Il semble avoir les deux mêmes adversaires, mais il se sépare radicalement de nous car il détourne la vraie vocation de l'homme dans l'idolâtrie tyrannique de spiritualités inférieures : exaltation raciste, passion nationale, discipline anonyme, dévotion de l'État ou du chef, quand ce n'est pas seulement dans la sauvegarde des intérêts économiques associés.

Nos positions

Renaissance solidaire de la personnalité et de la communauté humaine qui est, à tous degrés, une communauté de personnalités : tel est notre but dernier.

Une personne, ce n'est pas seulement un rouage économique bien adapté, ou bien une vie bien tendue : c'est un centre de liberté, de méditation, de création, d'amour. C'est une vocation originale que la société doit développer dans son originalité. Tout en l'arrachant à l'égoïsme et à l'isolement, la société doit lui permettre la vie intérieure et la vie privée qui constituent son climat propre et la préparent, mieux que toute contrainte externe, à sa vocation sociale. Tout homme, sans exception, a le droit et le devoir de développer toute sa personnalité. Cette exigence condamne à la racine un régime social qui rejette les uns dans la misère et la lutte des classes et les autres dans la médiocrité et l'envie de classe, abolit la propriété qu'il prétend défendre et asservit tous les esprits, depuis leur première éducation, aux valeurs d'argent.

La recherche d'une communauté nouvelle par un monde en déroute est le signe le plus noble de ce temps. Après l'échec dans la Société des Nations du parlementarisme international, les forces neuves se sont tournées vers les mystiques collectives ou nationales. Elles échouent, ici encore, car on ne saurait unir que des personnes. C'est à nous de rallier le grand courant collectif qui naît au cœur de nos contemporains et de l'utiliser contre les dernières résistances de l'individualisme. C'est à nous de montrer, au surplus, que toute communauté doit être polarisée, non pas vers la masse, mais vers la personne et être décentralisée jusqu'à la personne.

Tout un programme concret est commandé par ces directions générales.

Dans la conception de l'homme et de sa vie privée, nous avons à rétablir l'ordre normal des valeurs : primauté du vital sur l'économique, de la culture sur les valeurs vitales, et, au sommet, du don de soi et du service. Une psychologie, une pédagogie, une économie privée sont à refaire sur ces bases.

L'art doit être arraché au snobisme fermé d'une minorité d'argent, pénétré d'humanité, rendu aux créateurs, et par eux ouvert au plus grand nombre.

Sur les ruines prochaines du désordre capitaliste, un régime économique et social doit être défini et réalisé. Il donnera à la personne toutes ses possibilités au sein d'organismes collectifs décentralisés qui rendent impossibles ses libertés meurtrières, mais servent son épanouissement.

Nous entreprenons une œuvre de longue haleine et de portée universelle. Le temps en précisera les étapes...

IV. FRONT COMMUN ?

« POSITIONS GÉNÉRALES » PAR DANIEL-ROPS (FÉVRIER 1933)

« L'Union pour la Vérité » m'ayant demandé de définir en quoi consistait l'attitude révolutionnaire non marxiste de la jeunesse française d'aujourd'hui, une réunion fut organisée le 18 février où les divers groupes étaient représentés. Les notes qui suivent constituent un fragment de mon exposé d'introduction. Elles ne visent qu'à indiquer sur quels points ces groupes se trouvent d'accord même lorsque des réactions de sensibilité ou des sursauts polémiques les opposent. Il ne s'agit pas d'un bréviaire de « front unique » mais d'un exposé des thèmes essentiels tels que les observateurs qui jugent sans parti pris peuvent les distinguer.

Le premier caractère de ces groupes est d'être *révolutionnaires*. Ce mot a été si souvent détourné de son sens, on lui a donné des acceptions si utilitaires ou si romantiques, qu'il faut d'abord préciser. Ces groupes peuvent mettre plus ou moins l'accent sur le phénomène matériel de la révolution, il n'en est pas moins évident qu'ils sont révolutionnaires parce qu'ils sont contre l'ordre établi. Mais ici il importe de noter une différence essentielle. Quand on dit « révolutionnaire », on entend communiste et aussitôt se profilent la faucille et le marteau. Il n'est pas douteux qu'il y ait dans tels de ces groupes des sympathies pour certaines réalisations du communisme russe, mais philosophiquement ils sont opposés au communisme de toutes leurs forces.

Leur attitude est celle d'un refus total, à la fois contre le capitalisme et contre le stalinisme. Entre les deux forces qui aujourd'hui s'affrontent, ils ne font aucune différence fondamentale. L'une et l'autre ne sont que des manifestations oppressives d'un même système qui est le matérialisme, lequel a abouti au primat de l'économique aujourd'hui vénéré aussi bien dans le monde capitaliste que dans le monde marxiste. Nous assistons aujourd'hui à deux grandes tentatives : l'une est la rationalisation machiniste américaine menacée par la crise économique, mais sans cesse prête à renaître de ses cendres ; l'autre la tentative russe pour identifier à la mécanique l'homme et le monde. Contre ces deux manifestations du matérialisme se dresse une protestation.

L'attitude anticapitaliste est particulièrement significative de la part des jeunes théoriciens d'extrême droite. Jadis la Réaction était ce qui défendait l'héritage, la propriété, les bonnes mœurs et la morale en même temps que le portefeuille. Ces jeunes réactionnaires se désolidarisent de tout ce complexe. De façon plus vaste, l'ensemble de ces groupes entend séparer nettement l'activité spirituelle de certaines formations de classe dont elle paraît être le privilège. Mais ce n'est pas pour se placer sur un autre terrain de classe, pour aboutir à d'autres privilèges tout aussi inadmissibles.

Si nous parlons de « révolution », il faut encore donner une précision quant à la forme matérielle que pourrait prendre celle-ci. Un adversaire a reproché à ces groupes de ne préconiser une révolution spirituelle que pour éviter la révolution matérielle, la seule véritable à ses yeux. Eh bien non ! Cette surenchère démagogique est hors saison. Quand on dit que la révolution spirituelle est la seule qui soit nécessaire, on ne dit pas qu'elle est suffisante. Une attitude mentale qui condamne le monde enferme l'être dans une tour d'ivoire si elle ne cherche pas à se manifester en acte. Dans la contrainte matérielle qui pèse sur l'homme moderne, l'esprit est en jeu ; c'est donc dans l'ordre du fait qu'il faudra agir. Ce qui veut dire qu'un jour ou l'autre, tôt ou tard, il faudra, pour faire régner les valeurs qu'on prétend servir, être prêt à tout, même à la force. Il ne s'agit pas de faire la révolution par n'importe quels moyens en n'importe quelles circonstances : il s'agit d'être prêt à jeter bas tout obstacle qui pourrait s'opposer à l'accomplissement des possibilités de l'esprit. Ai-je besoin de dire que dans la conception unanime de ces jeunes doctrinaires la révolution ne se pare pas des couleurs romantiques dont les partis de gauche font un si bel usage. Il ne s'agit pas de prêcher le « grand soir ». La violence matérielle est le signe d'une révolution mal préparée. Il y a des cas où elle est nécessaire, mais ces cas doivent être aussi peu nombreux que possible.

La base commune de tous ces groupes est de vouloir travailler pour l'esprit. On pourrait dire qu'ils sont spiritualistes si le mot n'avait pris un sens bien particulier. Eux-mêmes emploient plus volontiers le terme de *personnalistes*.

Les deux sociétés actuelles, c'est-à-dire la civilisation capitaliste rationalisée sous le signe de la grande industrie et de la publicité, la civilisation marxiste plus jeune mais non moins vouée au culte industriel, aboutissent à nier l'individualité profonde de l'homme, sa personne. Chacun est défini par sa fonction, par une utilité collective, non pas librement consentie, mais imposée sous la sanction de la dure nécessité. En dehors de sa fonction sociale de producteur et d'acheteur, l'homme cesse de compter, cesse d'exister. Toute indépendance, toute complexité lui sont refusées. On s'efforce vers une uniformisation, une production en série des individus qui, déjà, aux États-Unis et en URSS, a donné de beaux résultats. Les groupes dont nous parlons considèrent comme inadmissible de réduire le destin de l'homme à un rôle technique. Culte de la matière, négation de la personne sont deux aspects de la même tendance, dont le capitalisme accuse son adversaire d'être le symbole, mais dont, il faut l'avouer, il est aussi responsable que lui.

Contre cette tendance, qui fait de l'homme une abstraction, un simple élément de calcul des prix de revient et de statistiques, la protestation de tous ces jeunes groupes est unanime. Il faut dire nettement que cette spiritualité qu'ils préconisent ne s'inscrit pas forcément sous l'étiquette des dogmes religieux. S'il y a parmi ces groupes des fidèles des religions établies, un grand nombre sont agnostiques. Les données qu'ils préconisent sont telles que la foi religieuse peut s'accorder à elles sans en être une condition « sine qua non ».

C'est en fonction de cette tendance qu'il faut situer les conceptions de ces groupes sur la patrie et sur le métier. Contre les formes de civilisation qui, séparant l'homme de ses bases charnelles, comme eût dit Péguy, conçoivent sa patrie sous sa forme la plus abstraite et la plus centralisée, on envisage un enracinement plus grand de l'homme dans la région, c'est-à-dire dans le cadre sensible de son expérience humaine. De même, au lieu d'envisager l'action laborieuse de l'homme dans la seule dépendance du rendement, on voudrait restituer à la personnalité sa valeur créatrice, c'est-à-dire rendre au métier sa noblesse et sa grandeur.

On voit nettement à quel point ces groupes révolutionnaires se séparent du communisme russe, autant d'ailleurs que du socialisme. Ce ne sont pas des individualistes à qui nous avons affaire. Mais, s'ils veulent une interdépendance de l'homme, s'ils veulent enraciner la personne en son milieu, sa région, ses croyances, sa profession, ses intérêts, ce n'est pas pour tendre à cette schématisation à laquelle aboutit le marxisme.

Certes, le communisme ne leur apparaît pas sous les aspects qu'on lui donne dans la grande presse où tantôt on nous annonce que les Soviets sont prêts à s'écrouler et tantôt qu'ils sont l'ogre qui dévorera l'Europe. Devant le terrible désordre de l'Occident, l'effort d'ordre du communisme, si incomplet qu'il soit, mérite considération. Et, enfin, il y a dans le communisme russe une ascèse authentique, des vertus de renoncement et de courage qui doivent être admirées.

Mais le marxisme, selon nos groupes, ne sort pas du cercle infernal dans lequel l'humanité, angoissée, inquiète, rôde depuis des années. Révolutionnaires contre l'ordre établi, ils n'en sont pas moins révolutionnaires contre les révolutions établies. En particulier le stalinisme, bien éloigné du marxisme véritable, leur paraît aussi vain et aussi malfaisant à la fois que le fordisme américain.

Bien davantage, les révolutionnaires de stricte orthodoxie tirent argument des approbations que semblent leur donner les circonstances actuelles pour prouver que leurs doctrines entrent, en somme, dans une évolution normale du monde. Cet argument est assez étrange de la part de prétendus révolutionnaires, mais les groupes dont nous parlons vont au-delà ; ils s'insurgent contre un désordre qui trahit l'esprit autant et peut-être plus que le soi-disant « ordre » qui l'a précédé et provoqué. En somme, dans un certain sens, qui n'est pas celui de M. Henri de Man, ces jeunes se placeraient « au-delà du marxisme ». En dehors des catégories où se placent aussi bien les simples politiques que les zélateurs des révolutions cataloguées, ils se placent, suivant le mot de l'un d'entre eux, « à l'origine de quelque chose d'autre dont la réalité échappe encore à ceux qui récitent Marx ».

À la doctrine marxiste qui fait tout reposer lourdement sur le fait révolutionnaire, sur la subversion matérielle, ils opposent une exigence plus haute, celle de l'âme, celle de l'Esprit. La misère matérielle leur apparaît détestable autant et plus qu'aux communistes, la condition prolétarienne autant et plus douloureuse, parce qu'ils distinguent en quoi elles portent atteinte à ce qu'il y a de plus essentiel dans l'être. Le matérialisme marxiste n'est pas leur fait. Je sais bien qu'un de leurs adversaires a récemment prétendu que Marx, en affirmant la précédence du matériel, n'avait jamais voulu impliquer la préférence, qu'en somme il avait seulement voulu dire que le corps existe avant la pensée. Cette position est intenable et d'ailleurs absolument contradictoire au marxisme pur. Toute la morale soviétique, acceptant la préférence du travail quantitatif, la soumission de la liberté à la productivité, repose sur l'affirmation de la précédence méthodique de la matière. Cette argumentation aux yeux des marxistes serait gravement entachée d'idéalisme et bien suspecte. En tout cas, pour ces jeunes hommes, la pensée n'est ni postérieure à la matière, ni dans sa dépendance : elle lui est unie, mais elle la transfigure et l'accomplit.

Il serait d'une perspective absolument faussée de ne voir dans ces tendances nouvelles que des ennemis du marxisme. Le communisme est un obstacle, mais ni plus ni moins que le capitalisme. Ce qui importe d'abord, ce qui importe seul, c'est un changement de plan. Une révolution ne sera jamais qu'illusoire si elle ne restitue pas l'homme au sens de sa véritable mission. Placer dans les cadres où s'enferme la politique de nos journaux quels qu'ils soient l'action de ces jeunes gens, c'est trahir leur pensée. Devant la critique totale qu'ils proposent, on ne sait que leur répondre, comme il est d'usage dans les réunions électorales, qu'ils favorisent tel ou tel parti, qu'ils ne sont que d'affreux conservateurs. C'est assez drôle pour des hommes qui ne professent à l'égard de la politique que le plus absolu des mépris.

Évidemment ces jeunes groupes révolutionnaires l'étant contre l'ordre établi le sont contre le système démocratique qui fonctionne encore ces temps-ci en France. Antidémocratiques, d'abord en tant qu'anticapitalistes, puisque la démocratie qui, de temps en temps, gémit contre le système capitaliste n'a pas encore été capable de le soumettre à elle et, au contraire, s'est soumise à lui. Mais aussi pour des raisons plus profondes.

La démocratie, pour eux, est liée philosophiquement au système d'oppression mécanique dont souffre l'homme moderne. Au moment de l'exposition de 1889, un journaliste écrivait dans un grand quotidien : « La tour Eiffel était en puissance dans la Déclaration des Droits de l'Homme. » Cela voulait être un éloge ; on pourrait aujourd'hui retourner le compliment et dire avec un des membres de nos groupes : « L'évolution est logique, normale, nécessaire de l'individu abstrait, théorique et simple de la Déclaration des Droits de l'Homme à l'esclave économique des usines taylorisées. »

Bien entendu ces jeunes groupes ne professent à l'égard du système parlementaire que l'hostilité la plus active et la plus motivée. Non seulement en raison du désordre et de l'incohérence dans lesquels ce régime aujourd'hui se débat, désordre et incohérence qui sont au premier chef des valeurs antispirituelles, mais aussi et surtout pour des raisons philosophiques. Le parlementarisme ne représente qu'un élément abstrait de l'homme, l'électeur, défini, en principe, par son idéologie, en fait, par ses intérêts immédiats et néglige totalement les grandes réalités où le spirituel s'unit au charnel, la région, la famille, le métier. Nous assistons depuis quelques mois à une vague d'antiparlementarisme spontanée due aux fautes et aux atermoiements des politiciens, incapables de se placer devant des événements d'une terrible gravité sur un autre plan que le plan parlementaire. Mais il y a longtemps que dans ces jeunes groupes l'anti-parlementarisme s'étaie sur des arguments qui n'empruntent pas leur force aux seules circonstances.

Il y a une certaine bassesse à toujours attirer son adversaire sur le terrain politique. On dirait, dans notre malheureux pays, qu'il faille être catalogué, droite ou gauche, pour avoir le droit d'être un homme. Les jeunes groupes répondent qu'ils ne sont ni de droite ni de gauche, ni socialistes ni conservateurs, ni radicaux ni républicains du centre ; ils rejettent du même coup d'épaule ces éphémères formations politiques appliquées à se battre pour des querelles de boutique, incapables d'aborder les vrais problèmes. Pour eux, il y a des questions qui ne se posent plus : le cléricalisme, le parlementarisme, le militarisme, de même qu'ils considèrent comme vain de s'intéresser à l'organisation de la production pour la production en dehors de toutes questions spirituelles. Il est bouffon de penser que notre politique croit encore jouer des parties sérieuses quand elle se demande si le cléricalisme est toujours l'ennemi ou si les sous-marins ou les torpilleurs sont vraiment des armes défensives ou offensives.

Changer de place, ne pas rester dans l'orbite de la politique, voilà le but : « S'il faut absolument nous situer en termes parlementaires, dit l'un des membres de ces groupes, nous dirons que nous sommes à mi-chemin entre l'extrême droite et l'extrême gauche, par-derrière le président, tournant le dos à l'assemblée. »

Ces positions critiques exposées d'une façon schématique auraient à être complétées d'éléments doctrinaux constructifs. C'est dans ce sens qu'il est souhaitable que se poursuive le travail de ces groupes, pour grandes que puissent être leurs divergences.

(*Revue française*, avril 1933.)

(*Esprit* rendit compte de la réunion où fut lu cet exposé en ces termes : « *L'Union pour la Vérité* avait organisé le samedi 18 février une confrontation entre divers mouvements de jeunesse pour documenter son public sur les positions révolutionnaires non marxistes de la jeunesse française. Daniel-Rops se chargea d'un exposé des tendances communes. Puis Emmanuel Mounier, Jean Maxence, Denis de Rougemont et Arnaud Dandieu lurent des déclarations au nom d'*Esprit*, de *Réaction*, de l'*Ordre Nouveau*. Les interventions de Georges Izard, Thierry Maulnier, André Chamson soulignèrent les oppositions sous les parentés, notamment des deux autres groupes avec *Réaction*. »)

Biographies

ROBERT ARON : Né en 1898 au Vésinet, fils du fondé de pouvoir d'un agent de change, Robert Aron est issu d'une vieille famille de la bourgeoisie juive originaire de l'est de la France. Mobilisé à la fin de la Première Guerre mondiale, il part pour le front où, officier, il est blessé en 1918. Agrégé de lettres, il n'enseigne pas et entre aux Éditions Gallimard. Secrétaire pendant un temps de Gaston Gallimard, il se lance aussi dans le journalisme cinématographique, à *La Revue du cinéma*, et dans le journalisme politique, au service étranger de *La Revue des Deux Mondes*. Sa fréquentation des milieux surréalistes, la création, avec Antonin Artaud et Roger Vitrac, du théâtre Alfred-Jarry comme son intérêt pour le cinéma traduisent sa curiosité pour les expressions les plus modernistes et les plus provocantes de l'avant-garde littéraire et artistique de l'après-guerre. Toutefois, quelque peu déçu par ses premières expériences, sa vie va prendre un nouveau cours lorsqu'une rencontre fortuite l'amène, en 1927, à retrouver un ancien condisciple du lycée Condorcet, Arnaud Dandieu. Il entreprend avec celui-ci le travail systématique de recherches philosophiques et politiques qui se traduira au début des années 30 par la publication des trois ouvrages *Décadence de la nation française* (1931), *Le Cancer américain* (1931) et *La Révolution nécessaire* (1933), qui constitueront une des principales bases théoriques du groupe l'*Ordre Nouveau*. En collaboration étroite avec Arnaud Dandieu, puis seul, après le décès brutal de celui-ci en 1933, Robert Aron prend une part très active à toutes ses activités jusqu'à la disparition du mouvement en 1938, tandis qu'il se rapproche de *La Flèche* à la veille de la guerre. En 1940, la mobilisation interrompt ses activités éditoriales à la NRF. En 1941, il est victime d'une des premières opérations d'arrestations collectives dirigées contre les juifs et est interné au camp de Mérignac près de Bordeaux. Relâché, il est interdit de séjour à Paris et s'installe à Lyon, où il est mêlé, par l'intermédiaire de son ami Jean Rigaut, aux préparatifs du débarquement américain en Afrique du Nord. Après celui-ci, grâce notamment à l'aide que lui apporte Jean Jardin, un ancien de l'*Ordre Nouveau*, alors directeur de cabinet de P. Laval, il parvient à gagner Alger, où il fait partie des premières équipes administratives du général Giraud puis du général de Gaulle. Avec Lucie Faure et Jean Amrouche, il y fonde la revue *La Nef*, dont il restera un des animateurs jusqu'en 1952. Dès 1945, il participe aux activités du mouvement *La Fédération* et restera jusqu'à sa mort un militant actif du *Mouvement fédéraliste français*, collaborant régulièrement au mensuel *Le Vingtième Siècle fédéraliste*. Ayant repris après la Libération des activités éditoriales, notamment à la Librairie académique Perrin puis aux Éditions Fayard, Robert Aron entreprend, à partir de 1950, un important travail de recherches historiques portant sur l'histoire contemporaine de la France, avec, notamment, *Histoire de Vichy* (1956), *Histoire de la Libération* (1959), *Histoire de l'Épuration* (1967-1975). Par ailleurs, son agnosticisme des années 30 ayant fait place à un retour à la foi juive, Robert Aron va, après 1945, consacrer une part de sa réflexion aux questions religieuses et au dialogue entre juifs et chrétiens. En 1974, Robert Aron est élu membre de l'Académie française et c'est à la veille de sa réception qu'il meurt subitement le 19 avril 1975.

MAURICE BLANCHOT : Né en 1907 à Quain (Saône-et-Loire). Entre 1930 et 1940, il est rédacteur de politique étrangère au *Journal des débats*. Proche de certains milieux d'*Action française*, il collabore à *Réaction* et à la *Revue française* dans les années 1930-1934 puis, régulièrement, à *Combat* de 1936 à 1939. À la veille de la guerre, il est un des principaux rédacteurs d'*Aux Écoutes* après avoir collaboré au *Rempart* de P. Levy aux positions très anticapitalistes et très antiparlementaires. Durant l'Occupation, il est pendant quelques mois, en zone Nord, directeur littéraire de *Jeune France*, association culturelle subventionnée par le Secrétariat général à la Jeunesse de Vichy. En 1941, il publie un roman, *Thomas l'Obscur*, début d'une seconde carrière de romancier et d'essayiste. Se désintéressant de la politique, il se rapproche alors des milieux existentialistes. À la Libération, il collabore aux premières livraisons des *Temps modernes*, mais s'éloigne de l'existentialisme militant par son refus de tout engagement politique. Après la guerre, exégète notamment de Sade et de Lautréamont, il s'est surtout consacré à son œuvre d'écrivain et de critique, publiant régulièrement des articles et des notes dans la nouvelle *Nouvelle Revue française* et *Critique*. Il participe toutefois activement à la rédaction du « Manifeste des 121 » contre la guerre d'Algérie, avant de s'associer dans les années 60 à un appel pour la constitution de « comités de soutien au peuple vietnamien » et d'exprimer sa sympathie pour le mouvement de mai 1968.

ÉTIENNE BORNE : Né en 1907 à Manduel (Gard). Fils de professeur. Élève de l'École normale supérieure, il est reçu à l'agrégation de philosophie. Autour de 1930, il collabore à la revue dominicaine *La Vie intellectuelle* et fréquente l'entourage de Maritain bien qu'étant proche de Blondel et des milieux démocrates-chrétiens. En 1929, il publie un article dans les *Cahiers* de J.-P. Maxence. En 1932, il participe à la fondation d'*Esprit* et y publie des articles jusqu'en 1935. Entré dans l'Université, il est professeur à Nevers, São Paulo, Valenciennes et Toulouse. Jusqu'à la guerre, il collabore à diverses publications démocrates-chrétiennes, notamment à *L'Aube*, ainsi qu'à *Sept* et *Temps présent*. Il fréquente les milieux confessionnels de la Paroisse universitaire, des Semaines sociales, tout en étant associé aux activités du SGEN-CFTC. Professeur à Toulouse durant l'Occupation et opposant de la première heure au régime de Vichy, il participe aux activités du réseau *Liberté* puis à celles du mouvement *Combat*. À la Libération, il est commissaire à l'Information pour la région toulousaine. Il participe à la fondation du *Mouvement républicain populaire* et siège dans les organismes directeurs du MRP. Éditorialiste de *Forces nouvelles*, il est co-directeur du mensuel *France-Forum*. Il est en outre membre du *Centre catholique des intellectuels* dont il a été le secrétaire général de 1953 à 1961. Professeur à Paris après la Libération, il sera après 1962 inspecteur de l'académie de Paris, puis inspecteur général jusqu'à sa retraite. Il meurt le 14 juin 1993.

ROBERT BRASILLACH : Né en 1909 à Perpignan. Fils d'un officier tué au Maroc en 1914. Élève de l'École normale supérieure, il y est le condisciple de M. Bardèche, T. Maulnier et R. Vailland. En 1930, Henri Massis lui propose de collaborer à la *Revue universelle*. En 1931, il est chargé du feuilleton littéraire hebdomadaire de *L'Action française*. Dans les années 1930-1933, il donne aussi des articles littéraires à la *Revue française* de J.-P. Maxence. Entre 1933 et 1935, il s'oriente progressivement vers la politique sous le choc de la guerre d'Espagne et des défilés de Nuremberg. Il devient l'un des principaux rédacteurs de *Je suis partout* dont il est, en 1937, le rédacteur en chef. Il collabore aux premiers numéros de la revue *Combat* (1936) puis s'en éloigne à la suite d'un conflit avec les responsables de la revue sur l'antisémitisme. Prisonnier en 1940, il est libéré en avril 1941 et reprend son activité à *Je suis partout* qui a continué à paraître en zone occupée en prenant des positions très collaborationnistes, engagement qu'il interrompt en août 1943. Ayant refusé de s'exiler après la Libération, il est emprisonné et condamné à mort. Il est exécuté le 6 février 1945, sa grâce ayant été refusée par le général de Gaulle malgré une pétition signée des plus grands noms de la littérature française.

Robert Buron : Né en 1910. Fils d'un imprimeur. Diplômé de l'École libre des sciences politiques et docteur en droit. En avril 1930, il signe le manifeste de la revue *Réaction*. De 1934 à 1937, il est employé au service des études de la chambre de commerce de Paris puis devient secrétaire de la Chambre syndicale des chocolatiers. Il commence alors à militer dans des organisations démocrates-chrétiennes. En 1940, il appartient au Comité de répartition du cacao puis devient, de 1941 à 1944, secrétaire général du Comité d'organisation du cinéma. Il s'engage dans la Résistance et participe aux activités du « groupe de la rue de Lille » animé par E. Amaury. De 1944 à 1947, il est administrateur de la Radiodiffusion et codirecteur de l'hebdomadaire *Carrefour*. Membre des deux Assemblées constituantes, il est député MRP de la Mayenne de 1946 à 1958. Après 1948, il participe aux activités du *Mouvement socialiste pour les États Unis d'Europe*. Plusieurs fois ministre dans les gouvernements de la IVe République, il participe notamment au gouvernement Mendès France contre l'avis de son parti. Ministre dans les gouvernements de la Ve République de 1958 à 1962, il est l'un des négociateurs des accords d'Évian mettant fin à la guerre d'Algérie. Il démissionne avec tous les ministres MRP en 1962. De 1962 à 1967, il est président du Centre de développement de l'OCDE. Fondateur des clubs « Objectif 72 », il est président de l'*Union fédéraliste mondiale*. Maire de Laval, il meurt en 1973.

Claude Chevalley : Né en 1909. Élève de l'École normale supérieure (section « sciences »), il fait, de 1931 à 1932, des études supérieures en Allemagne et présente en 1932 une thèse de mathématiques. Ayant travaillé avec Arnaud Dandieu à des recherches d'épistémologie depuis 1929, celui-ci l'entraîne à l'*Ordre Nouveau*. Il collabore aux activités de ce mouvement jusqu'à sa disparition en 1938. Brillant mathématicien, chercheur à la Caisse nationale des sciences de 1934 à 1938, il participe à la fondation du groupe « Bourbaki ». Après 1938, il est chargé de recherches et d'enseignement aux États-Unis. Revenu en France en 1954, après un séjour au Japon, il devient professeur à la faculté des sciences de Paris. Sympathisant du mouvement de mai 1968, il fonde un peu plus tard la revue *Survivre et vivre* de sensibilité écologiste, qui paraîtra jusqu'en 1975 en réunissant un certain nombre d'intellectuels qui s'interrogent sur l'avenir de la planète et de l'espace. Il meurt en 1984.

Arnaud Dandieu : Né en 1897 à Lestiac-sur-Garonne dans une famille bordelaise de tradition socialiste. Il fait des études supérieures de droit et de lettres et, après avoir été pendant un temps secrétaire d'un avocat, devient, en 1925, bibliothécaire à la Bibliothèque

nationale. Il le demeurera jusqu'à sa mort. Il publie en 1925 une plaquette de vers, *Cercles vicieux*, puis, en 1927, un essai sur Proust.
En 1927, il entreprend avec Robert Aron les recherches dont devaient
naître trois livres : *Décadence de la nation française* (1931), *Le Cancer américain* (1931), *La Révolution nécessaire* (1933). Entré dans
le groupe de l'*Ordre Nouveau* en 1930, il en est rapidement la personnalité la plus marquante. Dans les années 1930-1933, il publie de
nombreux articles dans *Europe, Plans, Mouvements, Esprit, L'Ordre
nouveau, La Revue mondiale, La Revue d'Allemagne*, tout en poursuivant des recherches de philosophie, de psychopathologie, d'épistémologie scientifique et de sociologie. En pleine activité, il meurt
en août 1933 des suites d'une opération bénigne.

Henri Daniel-Rops : De son véritable nom Henri Petiot, Daniel-
Rops est né en 1901 à Épinal où son père, officier, était en garnison.
Étudiant des facultés de droit et de lettres de Grenoble, il prépare
l'agrégation d'histoire, à laquelle il est reçu à l'âge de 21 ans. Il
est successivement professeur à Chambéry, Amiens et Paris. Dans
les années 1925-1930, il débute dans la carrière littéraire avec un
essai, *Notre Inquiétude* (1927), et un roman, *L'Âme obscure* (1929),
et de nombreux articles dans diverses publications périodiques,
dont *Le Correspondant, Notre Temps, La Revue des vivants*. À
partir de 1931, alors qu'il vient de se rapprocher du catholicisme,
il participe, sur le conseil de Gabriel Marcel, aux activités de
l'*Ordre Nouveau*, dont il partage les orientations « personnalistes ».
Il contribue activement à en diffuser les idées, dans des livres dont
il est parfois difficile de dire ce qu'ils doivent à sa réflexion
personnelle et à la doctrine du mouvement auquel il se rattache :
*Le Monde sans âme, Les Années tournantes, Éléments de notre
destin*. Après 1935, ses liens avec l'*Ordre Nouveau* se distendent
quelque peu et il collabore aux hebdomadaires catholiques *Sept*
puis *Temps présent*. Jusqu'en 1940, il publie plusieurs romans,
biographies et essais, dirigeant chez Plon la collection « Présences », dans laquelle il édite l'ouvrage *La France et son armée* du
général de Gaulle, dont il devient l'ami. Dans les années 1941-
1944, il écrit *Le Peuple de la Bible* et *Jésus en son temps*, début
d'une œuvre d'histoire religieuse qui se poursuivra avec une monu-
mentale *Histoire de l'Église du Christ*. Après la Libération, il
abandonne l'enseignement pour se consacrer à son travail d'historien et d'écrivain chrétien, assurant la direction de la revue *Ecclesia*
et de la collection encyclopédique *Je sais, je crois* chez Fayard.
Parallèlement, retrouvant dans cet engagement certains de ses
anciens compagnons de l'*Ordre Nouveau*, il participe aux travaux
de plusieurs mouvements fédéralistes européens, adhérant au
groupe *La Fédération*, puis au *Mouvement fédéraliste français*.

Proche de Robert Schuman, il est de 1957 à 1963 l'un des cinquante gouverneurs de la Fondation européenne de la culture fondée par Denis de Rougemont. Élu en 1955 membre de l'Académie française, il meurt en juillet 1965.

ANDRÉ DÉLÉAGE : Né en 1904, fils d'instituteur. Il prépare l'examen d'entrée à l'École normale supérieure à Paris et fait la connaissance en « khâgne » de Georges Izard. Malade, il doit renoncer à se présenter et est obligé d'abandonner ses études pendant plusieurs mois. Rétabli, il est, en 1930, bibliothécaire adjoint à la Sorbonne. Il retrouve alors G. Izard et de leurs discussions va naître l'idée de créer une revue nouvelle qui sera *Esprit*. En stage à la bibliothèque universitaire de Toulouse en 1931, il y crée et anime un groupe de travail. Il participe au congrès de fondation d'*Esprit* à Font-Romeu en août 1932. Après la naissance d'*Esprit*, il s'engage surtout dans la *Troisième Force* où il est le principal adjoint de G. Izard, assurant notamment l'organisation du mouvement et de son service d'ordre. Ayant désapprouvé la fusion de la *Troisième Force* avec *Front commun*, il se retire de la politique active et entreprend de préparer une thèse : *La Vie rurale en Bourgogne jusqu'au début du IIe siècle*. Docteur ès lettres, il est nommé professeur à l'université de Nancy. Pendant l'Occupation, il participe à la Résistance dans le « Groupe secret de renseignements militaires ». Officier de renseignements après la Libération, il est tué au cours d'une mission en décembre 1944 lors de l'offensive allemande d'Esternach.

RENÉ DUPUIS : Né en 1905, fils d'un directeur de l'École libre des sciences politiques. Après des études supérieures de droit et de lettres, il entre dans le journalisme, se spécialisant dans les problèmes de l'Europe centrale et collaborant à la *Revue politique et parlementaire*, au *Capital*, au *Correspondant*, à diverses revues hongroises et polonaises. En 1932, il publie un livre sur *Le Problème hongrois*. Ayant participé aux réunions du *Club du Moulin-Vert*, il joue un rôle actif dans la création et le développement de *L'Ordre Nouveau* et collabore avec A. Marc à la rédaction de *Jeune Europe* (1933). Correspondant de la *Revue de Hongrie*, il est chargé de cours à l'Institut de droit international de la faculté de droit de Paris entre 1934 et 1940, puis à l'École des sciences politiques de Paris de 1940 à 1946. Après cette date, il se consacre à des recherches littéraires, travaillant notamment à une édition des *Œuvres complètes* de Saint-Simon.

GEORGES DUVEAU : Né en 1903 à Meyssac (Corrèze). Il fait des études supérieures de lettres et fonde en 1921, avec F. Gérard, P. Naville et M. Lubeck, la revue *L'Œuf dur*. Très mêlé à l'avant-garde littéraire, il publie en 1927 un roman, *Le Testament romantique*, qui est une sorte d'*Éducation sentimentale* des années 1920. Professeur à Cahors de 1927 à 1931, il est ensuite pendant un temps journaliste à *Paris-Soir*. En 1931-1932, il participe aux réunions précédant la fondation d'*Esprit*. Dans les années 1933-1935, il est l'un des orateurs les plus écoutés de la *Troisième Force*. Redevenu professeur, il se consacre à l'étude de « l'esprit de 1848 » qu'il avait découvert dans les années 1928-1930 et travaille à la rédaction de deux thèses : *La Vie ouvrière en France pendant le Second Empire* et *La Pensée ouvrière sur l'éducation*. Il collabore à l'édition des œuvres complètes de Proudhon. Docteur ès lettres en 1945, il est nommé professeur à l'université de Strasbourg où il succède à Georges Gurvitch comme professeur de morale et de sociologie. Il meurt en juin 1958 alors qu'il préparait un livre consacré à l'étude de *La Sociologie de l'utopie*.

JEAN FABRÈGUES (DE) : Jean d'Azémar de Fabrègues est né en 1906, fils d'une mère catholique et d'un père d'opinion anticléricale. Élève du lycée Michelet à Paris, il fait ensuite des études supérieures de philosophie à la Sorbonne. Dans les années 1925-1926, catholique militant, fréquentant des milieux proches de Jacques Maritain, il adhère aux *Étudiants d'Action française* et collabore à *La Gazette française* qui, tout en partageant les choix monarchistes de *L'Action Française*, entendait être l'organe d'une réflexion politique chrétienne. Après la mise à l'index de l'*Action française* par le Vatican, Jean de Fabrègues lui reste fidèle et devient pendant quelques mois secrétaire de Maurras. Il garde cependant des contacts avec l'entourage de Maritain et se lie avec Bernanos. En 1930, il crée la revue *Réaction*, dans un contexte de rupture avec l'*Action Française*. Il dirige ensuite *La Revue du siècle* (1933-1934) puis, en 1935, *La Revue du XXᵉ siècle*. Après 1934, il est partagé entre ses préoccupations intellectuelles et son souci d'un engagement politique concret, ce que traduisent sa collaboration, de 1935 à 1937, au *Courrier royal* du comte de Paris et, surtout, en 1936, la création du mensuel *Combat*, dont il est le codirecteur, avec Thierry Maulnier, jusqu'en 1939. Cette recherche, aux confins de l'extrême droite, se traduit aussi par l'intérêt qu'il porte, avec un certain nombre d'intellectuels, à la création du Parti populaire français, avant de rompre avec celui-ci au début de 1938. En revanche, ses préoccupations spirituelles et intellectuelles sont déterminantes dans la création de la revue *Civilisation* (1938-1939) qui, très marquée par l'influence de Gabriel Marcel, se donne pour mission de défendre la « liberté de l'esprit » contre les menaces des dictatures totalitaires. Mobilisé et fait prisonnier en 1940, il contribue à l'organisation dans les camps d'un mouvement de formation politique inspiré des principes de la Révolution nationale. Rapatrié en raison de sa situation familiale en juin 1941, il est appelé à participer aux activités du mouvement culturel *Jeune France*, où il entre en conflit avec Emmanuel Mounier. Participant aux activités de divers organismes se réclamant de la doctrine de la Révolution nationale, comme la revue *Idées* ou le *Centre français de synthèse*, il crée, dans des conditions controversées, en février 1942, l'hebdomadaire catholique *Demain*, dont il interrompra la publication au début de 1944. Parallèlement, il a fondé un *Comité d'action des prisonniers* dont un certain nombre de cadres contribueront à la naissance du *Mouvement de Résistance des prisonniers et déportés*. À la Libération, il devient rédacteur en chef de l'hebdomadaire *La France catholique*, dont il sera le directeur de 1955 à 1969, et dont il s'attachera à faire un hebdomadaire culturel, marqué par son attachement à une tradition catholique ouverte et son goût des débats d'idées. Ses positions nuancées favoriseront son influence auprès de la hiérarchie catholique dans les débats suscités par le Concile et l'après-Concile, comme son ouverture intellectuelle lui vaudra de jouer un rôle actif au sein du Centre des intellectuels catholiques. Par ailleurs, dès les lendemains de la guerre, il retrouve certains « non-conformistes des années 30 », comme Robert Aron, Thierry Maulnier ou Daniel-Rops, pour militer, au sein de *La Fédération* puis du *Mouvement fédéraliste français*, en faveur de l'unité européenne, à partir de positions fédéralistes inspirées de ses orientations « personnalistes » et « corporatives » du début des années 30. Ces deux engagements, chrétien et fédéraliste, le conduiront à créer les *Rencontres annuelles franco-allemandes des journalistes catholiques*. Essayiste et historien des idées, il se consacre en outre à son activité d'écrivain, publiant de nombreux ouvrages. Il meurt d'un accident de la circulation, à Paris, le 23 novembre 1983.

ROBERT FRANCIS : Pseudonyme de Jean Godmé. Né en 1909, fils d'un entrepreneur de travaux publics. Tout en poursuivant des études d'ingénieur à l'École des travaux publics, il collabore, à partir de 1929, aux *Cahiers*, publication fondée par son frère J.-P. Maxence. Il en devient, en 1930, le directeur. Grand admirateur de la littérature anglaise et d'Alain-Fournier, il commence à écrire une série de gros romans à demi fantastiques, dont l'un obtiendra le prix Fémina en 1935. Entre 1931 et 1935, il écrit dans la *Revue française* et dans la *Revue du xxᵉ siècle*. En 1934, avec J.-P. Maxence et Thierry Maulnier, il participe à la rédaction du livre *Demain la France*. De 1935 à 1940, il se retire du combat politique pour se consacrer à son œuvre de romancier. Pendant l'Occupation, il publie quelques articles dans *Les Nouveaux Temps* de J. Luchaire. Il aurait adhéré au PPF en 1942. Arrêté à la Libération, il passe en jugement et est acquitté. Il meurt quelques mois plus tard en 1946.

LOUIS-ÉMILE GALEY : Né en 1904 dans une famille d'origine ariégeoise. Il fait des études d'architecte à l'École des beaux-arts de Paris. Ami d'enfance d'André Déléage, il participe aux réunions précédant la création d'*Esprit* et au congrès de fondation de la revue à Font-Romeu. Après 1933, il devient le bras droit de Georges Izard à la tête de la *Troisième Force*. En 1934, il est rapporteur aux États généraux de la Jeunesse française. Après la fusion de la *Troisième Force* avec le *Front commun* de Bergery (fusion qu'il désapprouve), il devient secrétaire général de *La Flèche*, organe du *Parti frontiste*. Parallèlement, il tente de créer en 1935 un mouvement d'action spirituelle, *La Croisade*, tentative qui se solde par un échec. Il quitte le *Parti frontiste* pour la SFIO en 1937 avec Georges Izard. Retrouvant à la SFIO les querelles de chapelle qu'il avait voulu fuir, il abandonne toute activité politique, reprenant son métier d'architecte. En 1940, il participe à la fondation du mouvement des *Compagnons de France* dans lequel il devient « Chef des provinces ». Il est ensuite directeur du Cinéma à Vichy tout en ne refusant pas son appui à la Résistance. Après la guerre, dégagé de toute appartenance politique, il se consacrera à ses activités professionnelles dans les milieux du cinéma.

ROBERT GIBRAT : Né en 1904. Élève de l'École polytechnique, il poursuit aussi des études de droit et devient un des rares spécialistes d'économétrie de l'époque. Mathématicien exceptionnel, il est professeur à l'École des mines de Saint-Étienne avant de devenir ingénieur-conseil de la Société générale d'entreprise. Entre 1931 et 1933, il participe aux travaux du *Centre polytechnicien d'études économiques* fondé par Jean Coutrot puis adhère à l'*Ordre Nouveau* avec Robert Loustau en 1933. En 1934, il fait, avec R. Loustau, un rapide passage dans le groupe d'études sociales des *Croix-de-Feu*. À la veille de la guerre, il est directeur de l'Électricité au ministère des Travaux publics. En 1942, il est pendant quelques mois secrétaire d'État aux Communications du gouvernement de Vichy. Après cet intermède gouvernemental, il reprend ses activités professionnelles. Ingénieur-conseil de l'Électricité de France, il a établi les calculs qui ont permis la construction de l'usine marémotrice de la Rance. Président du Comité scientifique et technique de l'Euratom, il sera directeur général du Groupement pour l'industrie atomique (« Indatom »).

EDMOND HUMEAU : Né en 1907 à Saint-Florent-le-Vieil en Anjou. Élève de l'école communale puis du petit séminaire de Beaupréau, il passe ensuite un an au grand séminaire d'Angers. Malade, il s'établit dans le Valais (1929-1932) où il rencontre Ramuz qui publie ses premiers textes. En 1929, il écrit un article sur Gide pour

les *Cahiers* de J.-P. Maxence. De retour à Paris en 1932, il entre
en contact avec l'équipe d'*Esprit* par l'intermédiaire de Maritain et
collabore régulièrement à la revue après sa fondation. Il milite aussi
dans la *Troisième Force* et vote contre la fusion avec *Front commun*.
Il adhère alors à la section socialiste du Plessis-Robinson dont il
est exclu avec Marceau Pivert. Il renoue des liens avec Bergery et
le mouvement frontiste, demeurant pacifiste même après Munich.
Séduit un moment par le régime de Vichy, il participe à des activités
de la Résistance avec des anciens du PSOP et du frontisme. Rédacteur au Bureau universitaire de statistiques de 1937 à 1941, il est
ensuite de 1941 à 1946 chef du service de reclassement des intellectuels en chômage. Après 1946, il est attaché de presse du Conseil
économique. Retiré de l'action politique, tout en restant membre
du parti socialiste malgré ses réticences, il s'est, après la guerre,
consacré plus spécialement à son œuvre littéraire et poétique (prix
Max Jacob en 1956). Il est mort en juillet 1998.

Georges Izard : Né en 1903 à Abeilhan (Hérault), Georges Izard
est le fils d'un directeur d'école. Il fait des études supérieures de
lettres et de droit à la Sorbonne. Ayant entrepris de préparer l'agrégation de philosophie, il rencontre Emmanuel Mounier avec qui, en
1929-1930, il rédige, en compagnie de Marcel Péguy, un ouvrage
consacré à *La Pensée de Charles Péguy*. Gendre du ministre radical
Charles Daniélou, il est pendant un temps chef de cabinet de son
beau-père. En 1931-1932, il participe activement avec Emmanuel
Mounier et André Déléage à la fondation d'*Esprit*, dont il est le
rédacteur en chef d'octobre 1932 à juillet 1933. En 1933, il prend,
avec le titre de délégué général, la tête de la *Troisième Force* qui
se veut initialement l'expression politique d'*Esprit*. Après la rupture
entre *Esprit* et la *Troisième Force* et la fusion de celle-ci avec *Front
commun*, il participe aux activités du *Parti frontiste* de Gaston Bergery, devenant le directeur politique adjoint de son organe *La Flèche*
et se faisant élire député aux élections de 1936. Il quitte le parti
frontiste en 1937 pour entrer au parti socialiste et participe, en 1939,
à la fondation des *Cahiers socialistes*. Pendant la guerre, il fait
partie des groupes d'études du mouvement de résistance l'OCM
(Organisation civile et militaire). À la Libération, secrétaire général
de l'OCM et membre de l'Assemblée consultative, il tente de créer,
avec l'appui de Léon Blum, un parti travailliste, mais il se heurte
à l'opposition du général de Gaulle. Après avoir participé à la
fondation de l'UDSR *(Union démocratique et socialiste de la Résistance)*, il renonce à la politique active pour se consacrer avec succès
à sa profession d'avocat, plaidant notamment pour Kravchenko
contre le parti communiste, pour Claudel contre Maurras et défendant les intérêts du bey de Tunis et du sultan du Maroc au cours

des crises de la décolonisation. Sa brillante réussite professionnelle lui vaut son élection à l'Académie française en 1971. Il meurt à Paris en 1973.

JEAN JARDIN : Né en 1904. Après des études supérieures de lettres et de droit, il suit les cours de l'École libre des sciences politiques où il fait la connaissance d'Alexandre Marc. Alors sympathisant de l'*Action française*, il participe aux réunions du *Club du Moulin-Vert* d'où devait naître le mouvement *L'Ordre Nouveau*, aux travaux duquel il collabore de 1931 à 1938 sous son nom ou sous son pseudonyme de Dominique Ardouint. Dans les années 1929-1930, il est directeur du service d'information économique de la banque Dupont avant de devenir, de 1932 à 1941, un des principaux collaborateurs de Dautry aux Chemins de fer. De 1941 à 1943, il occupe diverses fonctions à Vichy. Il est notamment membre du cabinet de Bouthillier puis directeur du cabinet de Pierre Laval. En 1943, il est nommé chargé de mission à Berne où il a des contacts avec les Alliés et la Résistance. Après la Libération, installé en Suisse, il a des activités éditoriales puis devient un important homme d'affaires. De 1950 à sa mort, il joue un rôle d'homme d'influence, proche notamment d'Antoine Pinay, et ayant ses entrées dans les milieux dirigeants politiques et économiques de la IVe et de la Ve République. Il meurt en novembre 1976.

JEAN LACROIX : Né en 1900. Licencié en droit, il fait des études de philosophie sous la direction de Jacques Chevalier. Sympathisant de l'*Action française* et responsable d'un Cercle Joseph-de-Maistre au cours de ses études de droit, il s'en éloigne ensuite sous l'influence du R.P. Valensin et de J. Chevalier. Agrégé de philosophie, il est professeur à Chalon-sur-Saône (1925-1927), à Lons-le-Saulnier (1927-1930), s'occupant de cercles d'études de lycéens et collégiens. Professeur à Dijon à partir de 1931, il participe à quelques-unes des réunions ayant précédé la fondation d'*Esprit*. Après la naissance de la revue, il y collabore régulièrement, représentant une tendance proche des milieux démocrates-chrétiens *(Cahiers de la nouvelle journée)*. En 1938, il assure, avec P.-A. Touchard, la direction de l'hebdomadaire *Le Voltigeur*. En 1940, il partage les hésitations de Mounier devant le régime de Vichy et prête son concours à l'École de cadres d'Uriage avant de se tourner vers la Résistance. Après la Libération, il recommence à collaborer à *Esprit*, jusqu'à la mort d'A. Béguin en 1957. Se gardant de tout engagement politique direct, il s'est consacré après 1945 à une œuvre de philosophie politique exprimée par l'écrit et la parole. Professeur de « khâgne » à Lyon, il est membre du comité directeur des *Semaines sociales de France* et du *Centre catholique des intel-*

lectuels. Il assure le feuilleton philosophique du journal *Le Monde* de 1944 à 1980 et dirige la collection « Initiation philosophique » aux Presses universitaires de France. Il meurt à Lyon le 27 juin 1986.

PHILIPPE LAMOUR : Philippe Lamour est né le 12 février 1903 à Landrecies (Nord). Il fait des études de droit à la faculté de droit de Paris, où il participe (avec. A. Philip, Léo Lagrange, A. Parodi) aux réunions d'un groupe qui se réunissait autour du professeur Achille Mestre. En 1925, il adhère au *Faisceau* de Georges Valois, dont il est exclu en 1928. Il tente alors de fonder un éphémère *Parti fasciste révolutionnaire*. En 1931, il joue un rôle déterminant dans la fondation d'une revue, *Plans*, qui se propose de rendre compte de l'évolution de l'art en relation avec les transformations des sociétés du XXᵉ siècle, et à laquelle collaborent des artistes, comme F. Léger, J. Picart le Doux ou Le Corbusier, aussi bien qu'un théoricien du syndicalisme révolutionnaire comme Hubert Lagardelle ou des représentants du groupe de l'*Ordre Nouveau*. Après la disparition de *Plans*, tout en continuant ses activités d'avocat, il se rapproche des milieux de gauche et se tourne vers le journalisme et l'action politique, devenant un collaborateur régulier de *L'Œuvre* et de *Vu et Lu*. En France, il participe à plusieurs grands procès de l'époque et plaide dans divers pays européens (Grèce, Yougoslavie, Roumanie, etc.) en tant qu'avocat de l'Association juridique internationale. En 1936, il est candidat malheureux du Front populaire à Sens. Entre 1936 et 1938, il est, en Espagne puis en Tchécoslovaquie, le correspondant de *L'Illustration*, de *Vu* et de *Messidor*. Engagé volontaire en 1939, il prend, après l'armistice, la direction d'une exploitation agricole dans l'Allier. Il s'installe ensuite dans le Gard, où le contraint à se réfugier une menace d'arrestation. À la Libération, il est adjoint au commissaire de la République du Languedoc pour les questions agricoles et dirige le quotidien *La Renaissance*. Président de la Fédération des exploitants agricoles du Gard, il se lance dans le syndicalisme agricole et occupe, de 1945 à 1954, le poste de secrétaire général de la Confédération générale agricole, tout en étant membre du Conseil économique. En 1954, il quitte la CGA pour devenir président-directeur général de la Compagnie d'aménagement de la région du Bas-Rhône-Languedoc. Élu en 1962 président du Conseil supérieur de la construction, il collabore aux activités du Commissariat au Plan et à la mise en œuvre de la politique d'aménagement du territoire, dont il préside la Commission nationale après 1969. Parallèlement, il participe à l'aménagement du littoral Languedoc ainsi qu'à une importante expérience de rénovation rurale dans les Alpes du Sud avec le parc du Queyras. Favorable à la politique de régionalisation, il préside le Comité économique et social de la région Languedoc-Roussillon. Il meurt le 25 juillet 1992.

PIERRE-OLIVIER LAPIE : Né en 1901, fils du recteur de l'académie de Paris. Il fait des études supérieures de droit et devient en 1925 avocat au barreau de Paris. Au cours de ses études de droit, il participe aux réunions organisées par le professeur A. Mestre. Un peu plus tard, il se lie avec Arnaud Dandieu et prend part aux premières recherches de l'*Ordre Nouveau* dans les années 1930-1933. En 1932, il crée, finance et dirige le bulletin *Mouvements* qui sert de tribune pendant quelques mois à l'*Ordre Nouveau*. Il rompt avec ce mouvement en 1933 et participe dans les premiers mois de 1934 à l'élaboration du *Plan du 9 juillet* dont il est un des signataires. Il milite dans le *Parti frontiste* de Bergery et est élu en 1936 député de Nancy comme « socialiste indépendant ». Il adhère peu après à la SFIO. Pendant la guerre, ayant rejoint la « France libre », il est gouverneur du Tchad de 1940 à 1942 puis membre de l'Assemblée consultative. Réélu député de Nancy, il est plusieurs fois ministre dans les gouvernements de la IVe République puis délégué de la France aux Nations unies. En 1959, il est président de la commission chargée d'étudier les rapports entre l'État et l'enseignement privé. Il sera ensuite représentant de la France à la Haute Autorité de la Communauté européenne du charbon et de l'acier de 1959 à 1967 puis président de la Commission interministérielle pour la coopération entre la France et la République fédérale d'Allemagne de 1968 à 1978. Membre de l'Académie des sciences sociales et politiques depuis 1969.

JEAN LE MARCHAND : Né en 1907, Membre de l'*Association des étudiants d'Action française* de Paris, il signe en 1930 le manifeste de *Réaction*. Ayant participé aux activités du groupe *Réaction*, il crée, avec Pierre Andreu, en 1933, le *Front national-syndicaliste* dont l'existence devait être assez éphémère. De 1936 à 1939, il est secrétaire de rédaction de *Combat*. Entre 1940 et 1944, il est fonctionnaire au Secrétariat général à la Jeunesse de Vichy et anime pendant quelques mois une revue mensuelle, *Les Cahiers français*. Après la Libération, il s'est consacré à sa carrière de journaliste. Rédacteur en chef de *La Table ronde*, il suit ensuite François Mauriac à *L'Express* pour en réorganiser les pages culturelles avant de devenir rédacteur en chef de l'hebdomadaire *Jours de France*, puis secrétaire général et directeur littéraire de l'hebdomadaire *Arts et Loisirs*.

ROBERT LOUSTAU : Né en 1899. Engagé volontaire en 1917. Élève de l'École polytechnique et de l'École des mines, il exerce ses compétences dans le bassin de la Loire jusqu'en 1930. Il entre ensuite dans la sidérurgie où devait se poursuivre sa brillante carrière. Parallèlement à ses activités professionnelles, il s'intéresse aux problèmes économiques et sociaux et, entre 1931 et 1933, il participe aux travaux du *Centre polytechnicien d'études économiques (X-Crise)*, fondé par J. Coutrot. En 1933, il adhère à l'*Ordre Nouveau*. En 1934, il fait un bref passage dans le groupe chargé d'élaborer la doctrine sociale des *Croix-de-Feu*. En 1937, il est membre du Comité directeur du *Parti populaire français* dont il démissionne en 1938. En 1940, il est pendant quelques mois directeur du cabinet de P. Baudouin, ministre des Affaires étrangères du gouvernement de Vichy, puis appartient en 1941 à l'entourage de P. Pucheu. Il collabore à la rédaction de la Charte du Travail et établit le brouillon du message de Saint-Étienne sur les problèmes sociaux. Après la Libération, renonçant à toute activité politique, il s'est consacré totalement à ses occupations professionnelles.

ALEXANDRE MARC : Alexandre Marc-Lipiansky est né en 1904 à Odessa dans une famille de confession juive. Chassé de Russie par la révolution, il termine ses études secondaires à Paris, avant d'entreprendre des études supérieures de philosophie à Iéna. Revenu en France, il acquiert une formation juridique et est diplômé de l'École libre des sciences politiques en 1927. Sur la recommandation de Jules Isaac, il entre aux Éditions Hachette tout en fondant une agence de presse, *Pax-Presse*. En 1929, il crée un centre de rencontres à vocation religieuse et œcuménique, *Le Club du Moulin-Vert*, qui, en abordant les questions sociales et politiques, va donner naissance, en 1930, au mouvement l'*Ordre nouveau*. C'est notamment à son initiative que va se trouver associé au groupe Arnaud Dandieu, avec qui il va contribuer à définir, entre 1930 et 1933, les orientations théoriques fondamentales qui en feront une des expressions du « personnalisme » des « non-conformistes des années 30 ». Désormais, Alexandre Marc allait se faire l'infatigable porte-parole de ces idées. C'est ainsi qu'il sera amené à participer, en 1932, à la fondation de la revue *Esprit* dans laquelle il publie plusieurs articles exposant les thèses de l'*Ordre Nouveau*. Converti au catholicisme, après la mort de Dandieu, en octobre 1933, il écrit dans la revue dominicaine *La Vie intellectuelle* puis devient, en 1935, le secrétaire de rédaction de l'hebdomadaire catholique *Sept*, dont il rédige notamment la revue de presse sous le pseudonyme de Scrutator, comme il collabore régulièrement, un peu plus tard, de 1937 à la guerre, à l'hebdomadaire qui lui succède, *Temps présent*. De même, il fait partie de l'équipe qui fait reparaître cette publication, d'août 1940 à août 1941, sous le titre *Temps nouveaux*, tandis qu'il participe par ailleurs à la création clandestine des *Cahiers du témoignage chrétien*. À la Libération, après avoir été interné en Suisse comme réfugié politique de 1943 à 1944, il collabore pendant quelques mois à *Témoignage chrétien*, puis se consacre entièrement à son engagement au service du fédéralisme européen. Il participe aux activités du groupe *La Fédération*, et devient, en 1946, secrétaire général de l'*Union européenne des fédéralistes*, puis, en 1953, l'animateur du *Mouvement fédéraliste européen* et le conseiller de la revue *L'Europe en formation*. À côté de son engagement militant, il est l'auteur de nombreux ouvrages et articles exposant sa conception du fédéralisme « intégral », dont il s'efforcera jusqu'à sa disparition d'assurer la diffusion à travers une intense activité d'enseignement au sein d'institutions diverses, dont il est plus ou moins directement l'animateur, comme le Centre international de formation européenne, l'Institut européen des hautes études internationales de Nice ou le Collège d'études fédéralistes d'Aoste. Il meurt le 22 février 2000.

CHARLES MAUBAN : Pseudonyme de Henri Caillemer. Né en 1907 à Grenoble, il fait des études supérieures de droit et de sciences politiques. Dans les années 1930, collaborateur de la *NRF*, il publie quelques romans et donne des articles à diverses revues. De 1933 à 1939, il collabore successivement à la *Revue du siècle*, à la *Revue du XXᵉ siècle* puis à *Combat*. En 1940, il est délégué de la Jeunesse à Lyon, puis directeur au Secrétariat général de la Jeunesse à Vichy. Après la Libération, il se consacre à la direction d'une exploitation agricole tout en continuant ses activités d'homme de lettres et en collaborant à *Rivarol* de 1951 à 1957. Élu député indépendant de la Vendée, en 1958, il participe, avec G. Bidault et R. Duchet, à la création du *Rassemblement pour l'Algérie française*. Battu aux élections en 1962, il est après 1963 conseiller culturel auprès de l'ambassade de France en Afghanistan, avant de se consacrer à des mandats locaux en Vendée.

THIERRY MAULNIER : Jacques Talagrand – son véritable nom – est né en 1909 à Alès, fils d'un professeur de tradition laïque. Élève de l'École normale supérieure, il y est le condisciple de Robert Brasillach et de Roger Vailland. Dès 1930, Henri Massis lui propose de collaborer à *La Revue universelle* et, à partir de 1931, il donne régulièrement des chroniques à *L'Action française*. Lié avec Jean-Pierre Maxence, il contribue aux activités de *La Revue française* et collabore à *La Revue du siècle*. À travers ces articles, et avec la publication de l'essai *La crise est dans l'homme*, il participe à l'effervescence intellectuelle des « non-conformistes des années 30 », représentant au sein de la « Jeune Droite » de ces années un courant agnostique de sensibilité nietzschéenne. Un essai consacré à Nietzsche et un autre à Racine lui valent d'ailleurs le grand prix de la Critique en 1935. De 1936 à la guerre, tout en codirigeant, avec Jean de Fabrègues, la revue *Combat*, il tente de donner un tour plus concret à un engagement qui, tout en étant très critique à l'égard du nazisme, se veut « nationaliste » et « socialiste », et il crée, en 1937, avec Jean-Pierre Maxence, un hebdomadaire de combat, *L'Insurgé*, sous le double patronage de Drumont et de Vallès. En dépit de la singularité de certaines de ses positions, il devient en 1936 un collaborateur permanent de *L'Action française*. Il le reste durant les années 1940-1944, mais ne publie plus d'articles politiques après le débarquement allié en Afrique du Nord. Parallèlement, à partir de 1941, il commence à donner des articles au *Figaro*, où se poursuivra sa carrière de journaliste après la Libération. Après 1945, prolongeant une orientation déjà en partie amorcée pendant l'Occupation, il a tendance à se dégager de la politique immédiate pour se consacrer à son œuvre d'écrivain, d'auteur dramatique et de critique littéraire. Assurant la chronique théâtrale du quotidien *Combat* et de *La Revue de Paris*, il fonde en 1950, avec François Mauriac, la revue *La Table ronde*, tout en étant, jusqu'à sa mort, un collaborateur régulier du *Figaro*. L'anticommunisme intellectuel qui reste alors le sien trouve désormais sa justification dans la défense des « valeurs libérales occidentales », l'amenant à présider l'*Association France-États-Unis*, tandis qu'il participe aux activités du *Mouvement fédéraliste français* et est un des éditorialistes du mensuel *Le Vingtième Siècle fédéraliste*. Élu à l'Académie française en 1964, il meurt en 1988.

JEAN-PIERRE MAXENCE : Connu sous le pseudonyme de Jean-Pierre Maxence, Pierre Godmé, fils d'un entrepreneur de travaux publics, est né en 1906. En 1925, il commence à collaborer à l'hebdomadaire *La Gazette française*, dont le directeur, Amédée d'Yvignac, l'introduit dans le milieu littéraire du *Roseau d'or*, où il devient un fidèle de Jacques Maritain et d'Henri Massis. Chrétien convaincu, il entre pour quelques mois au séminaire d'Issy-les-Moulineaux en 1926, puis, revenu à la vie civile, il devient gérant d'une petite librairie et, se plaçant sous le patronage de Péguy, dirige, de 1928 à 1931, une revue, *Les Cahiers*, qui se veut l'organe d'une « révolution spirituelle » d'inspiration chrétienne et néothomiste, tout en s'ouvrant à de jeunes poètes comme Reverdy ou Max Jacob. En novembre 1930, il devient rédacteur en chef de *La Revue française*. Il se lie avec Thierry Maulnier et Robert Brasillach et se rapproche alors de l'*Action française*, sans y adhérer car il lui reproche de ne pas s'intéresser suffisamment aux problèmes sociaux. Progressivement, son engagement spirituel et philosophique initial va faire place à des prises de position plus directement politiques, qui s'exprimeront particulièrement dans un livre, *Demain la France*, écrit au lendemain des émeutes de février 1934, en collaboration avec Thierry Maulnier et son frère le romancier Robert

Francis. L'antiparlementarisme et l'anticapitalisme virulents qui caractérisent *Demain la France* se retrouvent dans son engagement au sein de la ligue *La Solidarité française*, au service de laquelle il met ses talents d'orateur, comme dans les orientations très activistes de l'hebdomadaire *L'Insurgé*, qu'il crée, en 1937, avec Thierry Maulnier, sous le double patronage de Drumont et de Vallès. Parallèlement, tout en collaborant à *La Revue du siècle* et à *Combat*, il est, de 1935 à la guerre, à l'hebdomadaire *Gringoire*, un critique littéraire écouté pour le brio et l'indépendance d'esprit de ses chroniques. Témoin et acteur du mouvement des idées dans les années 30, il s'en fera l'historien dans son *Histoire de dix ans (1929-1939)*. En 1941, à son retour de captivité, il est favorable au régime de Vichy et publie de nombreux articles dans des publications qui exposent et développent la doctrine de l'État français, comme les revues *Idées* ou *France*. Installé à Paris, il reprend ses activités de critique littéraire dans la presse parisienne, collaborant à *Paris-Midi* et codirigeant, avec le poète résistant Robert Desnos, la page littéraire d'*Aujourd'hui*. Il participe aux activités d'un Centre d'études communautaires d'esprit corporatiste. Dans le même temps, il est directeur des services sociaux du Commissariat aux Prisonniers, où, selon le témoignage de la veuve de Robert Desnos, il use régulièrement des possibilités administratives que cette fonction lui assure pour faciliter le fonctionnement d'un réseau d'assistance aux évadés et aider le transfert en province d'enfants juifs menacés par les mesures raciales. À la Libération, inscrit sur la « liste noire » du Comité national des écrivains, il s'exile en Suisse, où, tout en ayant repris des activités de professeur, il crée un Centre d'études thomistes et où il meurt le 16 mai 1956.

EMMANUEL MOUNIER : Né à Grenoble en 1905, fils d'un préparateur en pharmacie. Il prépare une licence de philosophie à Grenoble, sous la direction de Jacques Chevalier, après avoir interrompu des études de médecine. Agrégé de philosophie en 1928, il renonce à une carrière universitaire dans l'enseignement supérieur pour fonder, en 1932, *Esprit*, dont il sera le directeur jusqu'à sa mort. Marié avec une Belge, il est, entre 1935 et 1939, professeur au lycée français de Bruxelles, partageant son temps entre Bruxelles et Paris. En 1940, il voit disparaître sans regrets un régime qu'il jugeait faible et discrédité. Il porte un certain intérêt aux premières initiatives de la Révolution nationale. Il fait reparaître *Esprit*, collabore à l'hebdomadaire du mouvement *Compagnons*, participe aux activités de l'association culturelle *Jeune France* et accepte de professer à l'École des cadres d'Uriage. Il s'aperçoit cependant rapidement que le régime nouveau ne répond pas à ses espoirs, et *Esprit* s'oriente vers une résistance intellectuelle larvée. La revue est interdite en août 1941 et Mounier, entré dans le mouvement de résistance *Combat*, est arrêté. Libéré après une éprouvante grève de la faim, il se replie à Dieulefit où la revue tient deux congrès clandestins et où il écrit son *Traité du caractère*. À la Libération, il fait renaître *Esprit* et apparaît comme le chef spirituel des « chrétiens engagés », tout en conservant certaines distances vis-à-vis des « progressistes ». Il commence alors un assez long « bout de chemin » avec les communistes et l'extrême gauche auquel devaient mettre fin « l'excommunication » de Tito et le procès Rajk. Il meurt subitement d'une crise cardiaque le 22 février 1950.

DENIS DE ROUGEMONT : Né en 1906 à Neuchâtel (Suisse), fils de pasteur. Études à Neuchâtel, Vienne et Genève. Après avoir été influencé par le surréalisme, le romantisme allemand et certaines doctrines ésotériques, il redécouvre le christianisme sous l'influence de Karl Barth. À Paris, de 1930 à 1934, il participe à la création de l'*Ordre nouveau* et d'*Esprit*. Il fonde en même temps la revue *Hic et Nunc*, qui se réclame de Kierkegaard et K. Barth, et collabore à la *NRF*. En 1934, il publie *Politique de la personne*, exposé des grands thèmes du personnalisme et de la théorie de l'engagement. Après deux ans de chômage vécus à l'île de Ré et dans le Gard, il est lecteur à l'université de Francfort (1935-1936). De retour à Paris, il devient rédacteur en chef des *Nouveaux Cahiers*, chez Gallimard, publie *Penser avec les mains*, puis *L'Amour et l'Occident*, tout en collaborant activement à *L'Ordre nouveau* et à *Esprit*. Mobilisé en Suisse en 1939, à l'état-major général, il fonde la Ligue du Gothard (mouvement de résistance civile et militaire avant la lettre). Envoyé en mission aux États-Unis, il y passe les années 1941-1947. Il est professeur à l'École libre des hautes études de New York, et en 1942-1943, il rédige les émissions de « la Voix de l'Amérique parle aux Français ». Revenu en Europe en 1947, il s'engage dans le mouvement fédéraliste européen et joue un rôle important dans la « campagne des congrès » : discours inaugural à Montreux en 1947, rapport culturel et message final à La Haye en 1948, organisation et rapport général à Lausanne en 1949. Il fonde, en 1949, le Centre européen de la culture, à Genève, dont il a été le premier directeur. Il crée en 1954 la Fondation européenne de la culture (transférée en 1957 à Amsterdam), dont il est l'un des gouverneurs. Préside, de 1951 à 1966, l'exécutif du Congrès pour la liberté de la culture, écrivain régulièrement dans *Preuves*. Professeur à l'Institut universitaire d'études européennes et à l'université de Genève, il retrouve un public dans les années 70 avec un engagement écologique et fédéraliste qui l'amène à fonder avec Jacques Ellul l'association *Ecoreupa*. Auteur de vingt-six volumes, traduits en quinze langues, il meurt à Genève le 6 décembre 1985.

PIERRE-HENRI SIMON : Né en 1903 dans une famille de la bourgeoisie charentaise. Élève de l'École normale supérieure où il est le condisciple d'Henri Guillemin, Jean Guitton et Georges Izard. Attiré par l'*Action française*, il est alors un militant actif du mouvement des *Jeunesses patriotes* dont il devient un des dirigeants pour la branche étudiante. Il participe aussi à cette époque aux activités des *Équipes sociales* de Robert Garric. À partir de 1926-1927, ses orientations commencent à se modifier et il collabore à la *Vie intellectuelle* et au *Correspondant*. De 1930 à 1939, il est professeur aux facultés catholiques de Lille, collaborant à *Esprit, Sept, Temps présent*. Prisonnier de 1940 à 1945, il est, après la Libération, professeur en Belgique, au Canada, en Suisse, tout en continuant de publier des articles dans diverses publications françaises. En 1956, il est membre du comité directeur des *Cahiers de la République* fondés par P. Mendès France. Durant le conflit algérien, il s'engage directement dans les débats suscités par cette guerre avec son livre *Contre la torture*. Après la mort d'É. Henriot, il prend en charge le feuilleton littéraire du journal *Le Monde*. En novembre 1966, il est élu à l'Académie française au fauteuil de Daniel-Rops. Il meurt au cours d'une opération chirurgicale le 20 septembre 1972.

PIERRE-AIMÉ TOUCHARD : Né en 1903 dans la Sarthe, fils d'un directeur d'école. Il fait des études supérieures de lettres à la Sorbonne tout en étant répétiteur au lycée Henri-IV. À partir de 1933, il est étroitement associé à la vie d'*Esprit* dont il rédige notamment la chronique théâtrale. Il participe aussi aux activités de la *Troisième Force*. Professeur à l'École alsacienne, il dirige, en 1938, avec Jean Lacroix, l'hebdomadaire *Le Voltigeur* créé en marge d'*Esprit*. Resté en zone occupée après l'armistice, il désapprouve l'attitude de Mounier à l'égard de Vichy. Nommé directeur de la Maison des lettres grâce à F. Perroux, il fait de cette dernière un centre de résistance. Après la guerre, il est successivement directeur du Comité parisien des œuvres sociales en faveur des étudiants puis administrateur de la Comédie-Française, tout en donnant des chroniques théâtrales à diverses publications (*Le Monde, La Revue de Paris, Europe*, etc.). En 1956, il est nommé inspecteur général des Spectacles. En 1967, il devient directeur du Conservatoire de Paris. Il meurt en avril 1987.

ANDRÉ ULMANN : Né en 1912. À partir de 1930, il poursuit des études de droit et de lettres tout en étant le secrétaire de Charles Dulot à *L'Information sociale* auprès de qui l'avait introduit Jacques Kayser. Ayant rencontré Mounier chez Maritain, il devient, de 1932

à 1935, le secrétaire de rédaction d'*Esprit*. Collaborateur de Mounier, qu'il accompagne à Rome en mai 1935, il se spécialise dans
les problèmes économiques et sociaux, après avoir publié en 1934
Le Quatrième Pouvoir : Police. En 1935, il devient secrétaire de
rédaction de l'hebdomadaire de gauche *Vendredi* et collabore au
Peuple (organe de la CGT) et à *Messidor*. Durant la guerre d'Espagne, il est membre du Comité international d'assistance au peuple
espagnol. En 1939, il fonde avec Armand Petitjean une éphémère
publication, *Le Courrier de Paris et de la province*, destinée à
rassembler tous les partisans d'une « révolution nationale et populaire ». Prisonnier en 1940, il participe à la création du premier
mouvement de Résistance de prisonniers. Libéré et revenu en
France, il contribue à la création du Mouvement de Résistance des
prisonniers de guerre et déportés. Découvert, il est arrêté en septembre 1943 et déporté au camp de Mauthausen. À la Libération,
proche du parti communiste, il est nommé délégué à l'Assemblée
consultative. Après avoir dirigé la revue *Étoiles*, il devient après
1946 rédacteur en chef de *La Tribune des nations*, dont l'orientation
très fortement inspirée par celle de la diplomatie soviétique lui
vaudra le soupçon d'être un « agent d'influence ». Il occupe ce poste
jusqu'à sa mort le 5 septembre 1970.

RENÉ VINCENT : Né en 1909. Il fait des études de lettres et de
droit à Paris. Il est alors membre de l'*Association des étudiants
d'Action française* et collabore à *L'Étudiant français* et à *L'Ami du
peuple du soir*. En 1930, il est rédacteur en chef de *Réaction* et
rompt avec l'*Action française*. Il donne ensuite des articles à la
Revue du siècle et à la *Revue du XXᵉ siècle*. En 1936, il devient
rédacteur en chef de *Combat* dont il est la cheville ouvrière. Prisonnier en 1940, il est libéré pour raisons de santé. Attaché au
Secrétariat général à la Jeunesse de Vichy, il devient ensuite chargé
de mission au ministère de l'Information. Pendant cette période, il
dirige une revue doctrinale, *Idées*, et assure une chronique littéraire
dans l'hebdomadaire *Demain*. En 1945, il abandonne toute activité
politique et devient directeur des services juridiques d'une importante entreprise de construction tout en rédigeant jusque dans les
années 70 les chroniques littéraires de *La France catholique* sous
le pseudonyme d'Alain Palante. Il meurt en 1996.

Sources

I. ENTRETIENS ET TÉMOIGNAGES ÉCRITS

Pierre Andreu, Françoise Arduin, Robert Aron, Maurice Bardèche, Janine Bourdin, Jacques Chastenet, Jean Chauvy, Hélène Colomb, Jean Daniélou, Jean Daujat, Jean-Marie Domenach, Jean de Fabrègues, Paul Fraisse, Louis-Émile Galey, Maurice de Gandillac, René Gillouin, François Goguel, Jean Guitton, Édmond Humeau, Georges Izard, Louis Jugnet, Jean Lacroix, Philippe Lamour, Pierre-Olivier Lapie, Jean Le Marchand, Édmond Lipiansky, Robert Loustau, Alexandre Marc, Gabriel Marcel, Henri Marrou, Gabriel Marty, Henri Massis, Thierry Maulnier, Jean Maze, Henri Michel, Pierre Montané de la Roque, Paulette Mounier, Christian Pineau, Marcel Prélot, François Retaillau, Gabriel Rey, Max Richard, Denis de Rougemont, Louis Salleron, Robert Salmon, Pierre-Henri Simon, Paul Thibaud, Pierre-Aimé Touchard, André Ulmann, René Vincent, André Voisin, Bernard Voyenne, Amédée d'Yvignac.

II. SOURCES IMPRIMÉES DIRECTES [1]

A. « LA JEUNE DROITE »

1. PUBLICATIONS PÉRIODIQUES

Les Cahiers : trois séries de 1928 à juillet 1931.
Réaction pour l'Ordre : douze numéros d'avril 1930 à juillet 1932.
La Revue française : transformée par J.-P. Maxence à partir de novembre 1930. Hebdomadaire jusqu'à la fin de 1931, bimensuelle jusqu'en juin 1932, mensuelle de juin 1932 à juillet 1933.

---

1. Textes (articles ou livres) écrits entre 1928 et 1935 exposant les idées de ces mouvements de jeunes des années 1930.

La Revue du siècle : treize livraisons de mars 1933 à mai 1934.

2. ARTICLES DANS D'AUTRES PUBLICATIONS

Dobry (M.), « Février 34 et la découverte de l'allergie de la société française à la "Révolution fasciste" », *Revue française de sociologie*, XXX (3-4), juillet-décembre 1989.

Fabrègues (J. de), « L'erreur communiste », *Cahiers de la corporation*, 1929, série 1, n° 16.

Maulnier (T.), « Révolution totale », *Nouvelle Revue française*, décembre 1932.

Maulnier (T.), « Conditions d'un réveil des jeunes Français », *l'Action française*, 30 mars 1933.

Maulnier (T.), « Les nouveaux mythes germaniques », *la Revue universelle*, 15 avril 1933.

Maulnier (T.), « Un homme nouveau naît-il en Russie ? » *la Revue universelle*, 15 août 1933.

Maulnier (T.), « Pourquoi ils sont conservateurs », *l'Ordre Nouveau*, n° 4, octobre 1933.

3. LIVRES

Francis, Maulnier, Maxence, *Demain la France*, Paris, Grasset, 1934.

Maulnier (T.), *La crise est dans l'homme*, Paris, Éd. Rédier, 1932.

Maulnier (T.), *Le IIIe Reich* de Van den Bruck, Préface, Paris, Éd. Rédier, 1933.

Maulnier (T.), *Mythes socialistes*, Paris, Gallimard, 1936.

Maxence, (J.), *Positions I*, Paris, Éd. Saint-Michel, 1930.

Maxence (J.), *Positions II*, Paris, Éd. Rédier, 1933.

B. « L'ORDRE NOUVEAU »

1. PUBLICATIONS PÉRIODIQUES

Plans: deux séries (mensuel puis bimensuel) de janvier 1931 à août 1932. Quelques bulletins ronéotypés au début de 1933.

Mouvements : dix numéros de juin 1932 à juillet 1933.

L'Ordre Nouveau : quarante-huit numéros de mai 1933 à septembre 1938. – Réédition en 1997 (Aoste, Fondation Chanoux).

2. ARTICLES DANS D'AUTRES PUBLICATIONS

Aron (R.), « Questions posées », *Nouvelle Revue française*, décembre 1932.

Aron (R.), « Argent et Culture », *Esprit*, n° 13, octobre 1933.

Aron (R.), « Le vrai problème du travail », *Avant-Poste*, janvier-février 1934.

Aron (R.), Dandieu (A.), « Révolution et Religion », *Réaction*, n° 8, janvier-février 1932.

Aron (R.), Dandieu (A.), « Bergson contre Wilson », *la Revue française*, octobre 1932.

Aron (R.), Dandieu (A.), « Marxisme et Révolution », *la Revue française*, avril 1933.

Aron (R.), Dandieu (A.), « Le travail contre l'homme », *Esprit*, n° 10, juillet 1933.

Aron (R.), Dandieu (A.), « Travail et Prolétariat », *Esprit*, n° 14, novembre 1933.

Aron (R.), Dandieu (A.), etc., « La Jeunesse française devant l'Allemagne », *la Revue du siècle*, n° 2, mai 1933.

Aron (R.), Dandieu (A.), etc., « Positions d'attaque pour l'ordre nouveau », *la Revue des vivants*, décembre 1933.

Chevalley (C.), Dandieu (A.), « L'intelligence-épée », *Nouvelle Revue française*, décembre 1932.

Chevalley (C.), Marc (A.), « Patrie, Nation, Révolution », *Avant-Poste*, janvier-février 1934.

Dandieu (A.), « La philosophie sociale du marxisme », *Demain*, août 1932.

Dandieu (A.), « La philosophie de Meyerson et l'avenir du rationalisme », *Europe*, 15 août 1932.

Dandieu (A.), « Vers le concret », *Europe*, 15 décembre 1932.

Dandieu (A.), « Philosophie de l'angoisse et politique du désespoir », *la Revue d'Allemagne*, 15 octobre 1932.

Daniel-Rops (H.), « Le spectre et le danger », *le Correspondant*, 25 mars 1932.

Daniel-Rops (H.), « Aspirations de la jeunesse », *la Revue des vivants*, juillet 1932.

Daniel-Rops (H.), « Les écrivains et la politique », *le Correspondant*, 10 août 1932.

Daniel-Rops (H.), « Positions générales », *la Revue française*, avril 1933.

Daniel-Rops (H.), « Héroïsme de Péguy », *la Revue du siècle*, n° 1, avril 1933.

Daniel-Rops (H.), « Jeune Allemagne, jeune France », *le Correspondant*, 25 juillet 1933.

Daniel-Rops (H.), « Journal de voyage », *Esprit*, n° 15, décembre 1933.

Daniel-Rops (H.), « Vers un ordre nouveau », *Avant-Poste*, janvier-février 1934.

Dupuis (R.), « Le personnalisme de W. Stern et la jeunesse française », *la Revue d'Allemagne*, avril 1933.

Dupuis (R.), « Crise de l'agriculture et révolution personnaliste »,
   la Revue française, avril 1933.
Dupuis (R.), Marc (A.), « De la patrie au fédéralisme révolutionnaire », *Nouvelle Revue française*, décembre 1932.
Dupuis (R.), Marc (A.), « Fédéralisme révolutionnaire », *Esprit*,
   n° 2, novembre 1932.
Dupuis (R.), Marc (A.), « Pensées simples sur l'URSS », *Esprit*,
   n° 4, janvier 1933.
Dupuis (R.), Marc (A.), « L'URSS sans plan », *Esprit*, n° 7,
   avril 1933.
Jardin (J.), « Capitalisme et propriété », *la Revue française*,
   avril 1933.
Marc (A.), « Pour un communisme national », *la Revue d'Allema-
   gne*, 15 octobre 1932.
Marc (A.), « L'État fermé ou l'autarchie », *la Revue d'Allemagne*,
   5 janvier 1933.
Marc (A.), « Le Prolétariat », *Esprit*, n° 4, janvier 1933.
Marc (A.), « Révolution et Christianisme », *Esprit*, n° 6, mars 1933.
Marc (A.), « Les Adversaires », *la Revue d'Allemagne*, 5 avril 1933.
Marc (A.), « La tyrannie de l'économie libérale et l'anarchie de
   l'économie dirigée », *la Revue française*, avril 1933.
Marc (A.), « La machine contre le prolétaire », *Esprit*, n° 10, juil-
   let 1933.
Marc (A.), « Une philosophie nouvelle », *Esprit*, n° 15, décem-
   bre 1933.
Rougemont (D. de), « Cause commune », *Présence*, juillet 1932.
Rougemont (D. de), « À prendre ou à tuer », *Nouvelle Revue fran-
   çaise*, décembre 1932.
Rougemont (D. de), « Comment rompre », *Esprit*, n° 6, mars 1933.
Rougemont (D. de), « Loisir ou temps vide », *Esprit*, n° 10, juil-
   let 1933.
Rougemont (D. de), « Définition de la personne », *Esprit*, n° 27,
   décembre 1934.

3. OUVRAGES

Aron (R.), *Dictature de la liberté*, Paris, Grasset, 1935.
Aron (R.), Dandieu (A.), *Décadence de la nation française*, Paris,
   Riéder, 1931.
Aron (R.), Dandieu (A.), *Le Cancer américain*, Paris, Riéder, 1931.
Aron (R.), Dandieu (A.), *La Révolution nécessaire*, Paris, Grasset,
   1933.
Dandieu (A.), *Anthologie des philosophes français*, Paris, Éd. du
   Sagittaire, 1931.
Daniel-Rops (H.), *Le Monde sans âme*, Paris, Plon, 1932.

Daniel-Rops (H.), *Les Années tournantes*, Paris, Éd. du Siècle, 1932.
Daniel-Rops (H.), *Éléments de notre destin*, Paris, Spes, 1934.
Dupuis (R.), Marc (A.), *Jeune Europe*, Paris, Plon, 1933.
Rougemont (D. de), *Politique de la personne*, nlle édition, Paris, « Je Sers », 1946.

C. « ESPRIT »

1. PUBLICATIONS PÉRIODIQUES

Esprit : Revue mensuelle publiant dix livraisons par an à partir d'octobre 1932.

2. ARTICLES DANS D'AUTRES PUBLICATIONS

Izard (G.), « Un instinct sec et rude », *Nouvelle Revue française*, décembre 1932.
Mounier (E.), « Ce ne sont pas ceux qui disent : Esprit, Esprit... », *Nouvelle Revue française*, décembre 1932.
Mounier (E.), « Défense de la Civilisation », *Revue de culture générale*, octobre 1930.
Mounier (E.), « Révolution et Démocratie », *l'Aube*, 27 février 1934.

3. OUVRAGES

Izard (G.), Mounier (E.), *La Pensée de Charles Péguy*, Paris, Plon, 1931.
Mounier (E.), *Révolution personnaliste et communautaire*, Paris, Éd. Montaigne, 1935.
Mounier (E.), *Les Certitudes difficiles*, Paris, Le Seuil, 1951.
Mounier (E.), *Mounier et sa génération*, Paris, Le Seuil, 1956.

III. AUTRES SOURCES IMPRIMÉES [2]

1. PUBLICATIONS PÉRIODIQUES

L'Action française, quotidien, 1930-1934.

2. Étant donné le nombre des ouvrages et articles publiés à propos des questions traitées dans cet ouvrage, l'actualisation de ce recensement ne saurait prétendre à l'exhaustivité.

Bulletin des amis d'E. Mounier, trimestriel, 1952-1967.
Les Cahiers français, mensuel, 1943.
Civilisation, mensuel, 1938-1939.
Combat, mensuel, 1936-1939.
Commune, mensuel, 1933-1934.
Le Correspondant, bimensuel, 1930-1934.
Esprit, mensuel, 1935-1940, 1940-1941, 1945-1967.
Europe, mensuel, 1932-1934.
La Fédération, mensuel, 1947-1957.
La Gazette française, hebdomadaire, 1925-1930.
L'Homme nouveau, mensuel, 1934.
L'Homme réel, mensuel, 1934.
Idées, mensuel, 1941-1944.
Masses, mensuel, 1933-1934.
Mil neuf cent trente-trois, hebdomadaire, 1933-1935.
Notre Temps, hebdomadaire, 1929-1934.
Orientations, mensuel, 1933-1935.
Revue d'histoire de la Seconde Guerre mondiale, trimestriel, 1950-1967.
La Revue des vivants, mensuel, 1930-1934.
La Revue du xxᵉ siècle, mensuel, 1934-1935.
La Revue universelle, bimensuel, 1930-1934.
La Vie intellectuelle, bimensuel, 1928-1934.
X-Crise, irrégulier, 1931-1934.

2. ARTICLES

Achard (M.), « Discours de réception de T. Maulnier à l'Académie française », *le Monde*, 21 janvier 1966.
Andreu (P.), « *La Lutte des jeunes* ou le temps du refus », *la Fédération*, avril 1956.
Andreu (P.), « Les idées politiques de la jeunesse intellectuelle de 1927 à la guerre », *Revue des travaux de l'Académie des sciences morales et politiques*, 1957, 2ᵉ semestre.
Andreu (P.), « *Esprit*, 1932-1940 », *Itinéraires*, mai 1959.
Andreu (P.), « L'*Ordre Nouveau* », *la Nation française*, mars 1961, nᵒˢ 336 et 337.
Andreu (P.), Ganne (G.), « *Esprit* », *Arts*, 28 mars-3 avril 1956.
Andreu (P.), Ganne (G.), « L'*Ordre Nouveau* », *Arts*, 4-10 avril 1956.
Andreu (P.), Ganne (G.), « Les Jeunes maurrassiens », *Arts*, 18-24 avril 1956.
Andreu (P.), Ganne (G.), « Les Jeunes radicaux », *Arts*, 25 avril-1ᵉʳ mai 1956.
Aron (R.), « Le Fédéralisme », *la Pensée française*, 15 mai 1957.

Aron (R.), « Hommage à Daniel-Rops », *la France catholique*, 8 août 1965.

Aron (R.), « Les idées politiques de Daniel-Rops », *Ecclésia*, juillet 1966.

Aron (R.), « Trente ans après », *le Vingtième Siècle fédéraliste*, juin 1967.

Auzépy-Chavagnac. « La Jeune Droite catholique (années 1930 et 1940) », *Mil-neuf-cent. Revue d'histoire intellectuelle*, 1995, 13.

Balmand (P.). « Intellectuels dans *L'Ordre nouveau* : une aristocratie de prophètes », in *Intellectuel dans les années 30. Aperçus de l'histoire du terme*, Paris, Éditions du CNRS, 1988.

Balmand (P.), « Les jeunes intellectuels des années 30, un phénomène de génération », Paris, *Cahiers de l'Institut d'histoire du Temps présent*, n° 6, nov. 1986.

Bartoli (P.), « Crise de croissance et révolution de l'esprit », *Commune*, n° 4, décembre 1933.

Bedarida (F. et R.), « Aux origines de *Témoignage chrétien* », *Revue d'histoire de la Seconde Guerre mondiale*, janvier 1966.

Béguin (A.), « E. Mounier, une vie », *Esprit*, décembre 1950.

Bénichou (R.). « Révolution et pseudo-révolution », *Masses*, juillet 1934.

Bernstein (S.). « La France des années 30 allergique au fascisme. À propos d'un livre de Z. Sterhell », *Vingtième Siècle*, 2, avril 1984.

Boisdeffre (P. de), « L'œuvre de Daniel-Rops », *Revue des Deux Mondes*, 1er novembre 1965.

Borne (É.), « Emmanuel Mounier », *Forces nouvelles*, 2 avril 1960.

Borne (É.), « Il y a vingt ans, la Libération », *France-Forum*, juillet-août 1964.

Borne (É.), « Un Mounier hypothétique », *Revue française de science politique*, 35, n° 5, janvier 1985.

Bourbon (H.), « Présence de Gilbert Dru », *France-Forum*, juillet-août 1964.

Bourdin (J.), « L'École nationale des cadres d'Uriage », *Revue française de science politique*, décembre 1959.

Chaigne (H.), « Le personnalisme d'E. Mounier », *Frères du monde*, n° 27, janvier 1964.

Clément (M.), « Emmanuel Mounier », *Itinéraires*, n°s 35 et 36, juillet et septembre 1959.

Congar (Y.-M.), « L'actualité de Kierkegaard », *la Vie intellectuelle*, 25 novembre 1934.

Cousso (R.), « Mounier, philosophe de l'action intégrale », *Frères du monde*, n° 27, janvier 1964.

Debray (P.), « Les origines intellectuelles du progressisme chrétien », *Ordre français*, novembre 1960.

Demagny (P.), « Mouvements de jeunes et jeunes revues », *Politique*, avril 1933.

Depierre (A.), « E. Mounier, ce témoin persévérant de Dieu », *Esprit*, décembre 1950.

Devaux (A.), « Jalons pour une enquête sur l'idée de personne », *Cahiers universitaires catholiques*, janvier 1960.

Domenach (J.-M.), « E. Mounier, les principes du choix politique », *Esprit*, décembre 1950.

Domenach (J.-M.), « Force et faiblesses de la Résistance française », *Esprit*, novembre 1963.

Domenach (J.-M.), « Présence de Mounier », *Frères du monde*, n° 27, janvier 1964.

Domenach (J.-M.), « Le vieux chef », *le Monde*, 14 mars 1968.

Escaich (R.), « Les années tristes : 1931-1939 », *les Cahiers de l'histoire*, juillet-août 1967.

Fabrègues (J. de), « *Combat*, ou la renaissance d'une droite sociale », *la Fédération*, avril 1956.

Folliet (J.), « Que veut la jeunesse ? », Enquête, *l'Aube*, 30 juin, 14 juillet, 14 août 1933.

Fraisse (P.), « E. Mounier, sa puissance d'accueil », *Esprit*, décembre 1950.

Galey (L.-E.), Izard (G.), etc., « Souvenir d'André Déléage », *Esprit*, 1965, n° 7-8.

Garric (R.), « Pourquoi nous acceptons », *la Revue des jeunes*, 15 février 1933.

Girardet (R.), « Note sur l'esprit d'un fascisme français (1931-1939) », *Revue française de science politique*, 1955, n° 5.

Goguel (F.), « E. Mounier, positions politiques », *Esprit*, décembre 1950.

Guchet (Y.), « Valois, ou l'illusion fasciste », *Revue française de science politique*, 1965, n° 6.

Guéhenno (J.), « La Contre-révolution », *Europe*, 15 août 1932.

Guissard (L.), « Le chrétien Mounier », *Frères du Monde*, n° 27, janvier 1964.

Hamel (E.), « Entretien avec Thierry Maulnier », *la France catholique*, 14 janvier 1966.

Hoffmann (S.), « Aspects du régime de Vichy », *Revue française de science politique*, 1956, n° 1.

Izard (G.), « Préhistoire de la *Troisième Force* », *Courrier de Paris et de la province*, juillet 1939.

Izard (G.), « Premières pierres posées à l'édifice d'*Esprit* », *Ariane*, mai-juillet 1958.

Izard (G.), « Emmanuel Mounier », *l'Express*, 29 mars 1960.

Jeanson (F.), « E. Mounier, une pensée combattante », *Esprit*, décembre 1950.

Josse (R.), « L'École des cadres d'Uriage », *Revue d'histoire de la Seconde Guerre mondiale*, janvier 1966.

Julliard (J.), « Sur un fascisme imaginaire : à propos d'un livre de Sternhell », *Annales ESC*, 39, juillet-août 1984.

Keller (T.), « Le personnalisme de l'entre-deux-guerres entre l'Allemagne et la France », in *Alexandre Marc et la jeune Europe (1904-1934) : L'Ordre Nouveau aux origines du personnalisme*, Paris, Presses d'Europe, 2000.

Lacroix (J.), « Mounier éducateur », *Esprit*, décembre 1950.

Lacroix (J.), « Un témoin et un guide : E. Mounier », *Frères du monde*, n° 27, janvier 1964.

Lamour (P.), « La Révolution et la jeunesse », *Nouvelle Revue française*, décembre 1932.

Lefebvre (H.), « Du culte de "l'esprit" au matérialisme dialectique », *Nouvelle Revue française*, décembre 1932.

Le Gau (C.), « Mouvements de jeunes », *Politica*, mars 1936.

Loubet del Bayle, « L'esprit des années 1930, inventaire biobibliographique », *Politique*, n° 33-36, 1966.

Loubet del Bayle, « La revue *Réaction* », *Politique*, n° 33-36, 1966.

Marc (A.), « L'*Ordre Nouveau* et la vocation de la France », *la Fédération*, avril 1956.

Marrou (H.), « E. Mounier : un homme dans l'Église », *Esprit*, décembre 1950.

Marrou (H.), « L'action politique d'Emmanuel Mounier », *les Cahiers de la République*, 1956, n° 2.

Maulnier (T.), « L'esprit d'Emmanuel Mounier », *Hommes et mondes*, mai 1950.

Maulnier (T.), « Adieu à Jean-Pierre Maxence », *Arts*, 20 juin 1956.

Maulnier (T.), « Discours de réception à l'Académie française », *le Monde*, 21 janvier 1966.

Maze (J.), « Le Frontisme ou l'erreur d'avoir raison trop tôt », *la Fédération*, avril 1956.

Mounier (E.), « Jeunesse personnaliste », *l'Homme réel*, février 1937.

Mounier (E.), « Éléments d'une génération », *Courrier de Paris et de la province*, juillet 1939.

Mounier (E.), « Réflexions sur le personnalisme », *Synthèses*, 1947, n° 4.

Mounier (E.), « Les deux visages du fédéralisme européen », *Esprit*, novembre 1948.

Mounier (E.), « Cinq étapes d'*Esprit* », *Dieu vivant*, 1950, n° 16.

Natanson (J.), « Présence de Mounier », *Esprit*, avril 1960.

Nizan (P.), « Les conséquences du refus », *Nouvelle Revue française*, décembre 1932.

Nizan (P.), « Sur un certain front commun », *Europe*, 15 janvier 1933.

Nizan (P.), « Les enfants de la lumière », *Commune*, n° 2, octobre 1933.

Nizan (P.), « Jeune Europe », *Commune*, n° 3, novembre 1933.

Prévost (M.), « La Jeunesse devant la crise », Enquête, *le Journal*, 19 mai, 9 juin, 23 juin, 30 juin 1933.

Rémond (R.), « La fin de la IIIᵉ République », *Revue française de science politique*, 1957, n° 2.

Ricœur (P.), « E. Mounier : une philosophie personnaliste », *Esprit*, décembre 1950.

Rougemont (D. de), « The campaign of the European Congresses », *Government and Opposition*, avril-juillet 1967.

Roy (C.), « Aux sources de l'écologie politique : le personnalisme "gascon" de Bernard Charbonneau et J. Ellul », *Canadian Journal of History/Annales canadiennes d'histoire*, vol. XXVII, avril 1992.

Roy (C.), « Le mouvement personnaliste, *L'Ordre Nouveau* et le Québec (1930-1947) : son rôle dans la formation de Guy Frégault », *Revue d'histoire de l'Amérique française*, vol. 46, n° 3, hiver 1993.

Sadoul (G.), « Quelques études objectives du fascisme », *Commune*, octobre 1933.

Servèze (G.), « Note sur la revue *Esprit* », *Commune*, n° 1, juillet 1933.

Sigoda (P.), « Charles de Gaulle, la "Révolution conservatrice" et le personnalisme du mouvement *L'Ordre nouveau* », *Espoir*, n° 46, mars 1984.

Simon (P.-H.), « Mounier et Péguy », *le Monde*, 20 avril 1956.

Simon (P.-H.), « Le pessimisme historique dans la pensée du XXᵉ siècle », *les Cahiers de la République*, 1956, n° 1.

Simon (P.-H.), « Discours de réception à l'Académie française », *le Monde*, 10 novembre 1967.

Simon (P.-H.), « E. Mounier et le personnalisme d'*Esprit* », *Histoire de notre temps*, n° 5, printemps 1968.

Sternhell (Z.), « Emmanuel Mounier et la contestation de la démocratie libérale dans la France des années 30 », *Revue française de science politique*, vol. 34, n° 5, décembre 1984.

Touchard (P.-A.), « E. Mounier : dernier dialogue », *Esprit*, décembre 1950.

Voyenne (B.), « L'idée fédéraliste en France », *la Fédération*, avril 1955.

Waren (J.-P.) « Gérard Pelletier et *Cité Libre* : la mystique personnaliste de la révolution tranquille », *Société*, été 1999.

Waren (J.-P.), Martin Meunier (E.), « L'horizon *personnaliste* de la Révolution tranquille », *Société*, été 1999.

Werth (A.), « Le mouvement Jeune Turc », *les Cahiers de la République*, 1956, n° 2.

« Emmanuel Mounier », *Informations catholiques internationales*, 15 mars 1960.

« *L'Ordre Nouveau*, quarante ans après », *L'Europe en formation*, n° 132, mars 1971.

« Quarante ans après. Non-conformistes des années 30 et problèmes d'aujourd'hui », *Vingtième Siècle fédéraliste*, n° 404, 4ᵉ trimestre 1971.

« Le chaînon manquant », *Société*, n° 20/2, été 1999.

3. OUVRAGES

Ackerman (B.), *Denis de Rougemont. Une biographie intellectuelle*, 2 vol., Genève, Labor et Fides, 1996.

Albérès (R.-M.), *L'Aventure intellectuelle du XXᵉ siècle*, Paris, Albin Michel, 1959.

Alix (R.), *La Nouvelle Jeunesse*, Paris, Librairie Valois, 1930.

Amato (J. A.), *E. Mounier and J. Maritain, a French catholic understanding of the modern world*, thèse, Université de Rochester (NY), 1970.

Andreu (P.), *Le Rouge et le Blanc (1928-1944)*, Paris, La Table ronde, 1977.

Andreu (P.), *Révoltes de l'esprit*, Paris, Kime, 1991.

Aron (R.), *Histoire de Vichy*, Paris, Fayard, 1954.

Aron (R.), *Histoire de la libération de la France*, Paris, Fayard, 1959.

Aron (R.), *Fragments d'une vie*, Paris, Plon, 1981.

Aron (R.), Bareth (J.), etc., *L'Ère des fédérations*, Paris, Plon, 1958.

Aron (R.), Rougemont, etc., *Le Fédéralisme européen*, Paris, La Fédération, 1948.

Assouline (P.), *Une éminence grise : Jean Jardin (1904-1976)*, Balland, 1986.

Auzépy-Chavagnac (V.), *Jean de Fabrègues, Persistance et originalité d'une tradition catholique de droite pendant l'entre-deux-guerres*, thèse IEP de Paris, 1993.

Bardèche (M.), *Écrit à Fresnes* de R. Brasillach, Préface, Paris, Plon, 1967.

Bardèche (M.), *Œuvres complètes de R. Brasillach*, Préface, t. XI, Paris, Club de l'honnête homme, 1964.

Bardèche (M.), *Souvenirs*, Paris, Buchet-Chastel, 1993.

Barré (J.L.), *Jacques et Raïssa Maritain, Les Mendiants du ciel*, Paris, Stock, 1995.

Bars (H.), *Maritain en notre temps*, Paris, Grasset, 1959.

Bauchard (P.), *Les Technocrates et le Pouvoir*, Paris, Arthaud, 1966.

Baumont (M.), *La Faillite de la paix*, Paris, PUF, 1951.

Beau de Loménie (E.), *D'une génération à l'autre*, Paris, Cahiers de la Quinzaine, 1933 (XXIII, 6).

Beauvoir (S. de), *Mémoires d'une jeune fille rangée*, Paris, Gallimard, 1958.

Bélanger (A.J.), *L'Apolitisme des idéologies québécoises. Le grand tournant de 1934-1936* (Québec, 1974).

Benda (J.), *La Trahison des clercs*, Paris, Gallimard, 1929.

Berdiaeff (N.), *Un nouveau Moyen Âge*, Paris, Plon, 1926.

Berdiaeff (N.), *De l'esclavage et de la liberté de l'homme*, Paris, Aubier, 1963.

Berdiaeff (N.), *Le Sens de l'histoire*, Paris, Aubier, 1948.

Bergès (M.), *Vichy contre Mounier. Les non-conformistes face aux années 40*, Paris, Economica, 1998.

Berl (E.), *Mort de la morale bourgeoise*, Paris, Gallimard, 1929.

Berl (E.), *Mort de la pensée bourgeoise*, Paris, Grasset, 1929.

Bernanos (G.), *La Grande Peur des bien-pensants*, Paris, Grasset, 1931.

Bloch (J.-R.), *Destins du siècle*, Paris, Riéder, 1931.

Blocq-Mascart (M.), *Chroniques de la Résistance*, Paris, Corréa, 1945.

Bonnefous (M.), *Histoire politique de la IIIe République*, t. IV, V, Paris, PUF, 1962.

Borne (E.), *Mounier*, Paris, Seghers, 1972.

Boudic (G.), *Les Métamorphoses d'une revue : Esprit (1932-1982)*, thèse, Université de Rennes I, 1999.

Bounie (J.), *Les Idées politiques de Daniel-Rops*, Paris, ronéoté, DES de science politique, 1966.

Bourdier (J.), *Un cas politique : le comte de Paris*, Paris, La Table ronde, 1965.

Boyer (R.), *Actualité d'E. Mounier. La notion de personne*, Paris, Cerf, 1981.

Brasillach (R.), *Notre Avant-Guerre*, Paris, Plon, 1941.

Brasillach (R.), *Écrit à Fresnes*, Paris, Plon, 1967.

Brassie (A.), *R. Brasillach. Encore un instant de bonheur*, Paris, Laffont, 1987.

Brugmans (H.), *Panorama de la pensée fédéraliste*, Paris, La Colombe, 1956.

Burin (P.), *La Dérive fasciste. Doriot, Déat, Bergery (1933-1945)*, Paris, Le Seuil, 1986.

Calbrette (J.), *Mounier ou le mauvais esprit*, Paris, Nouvelles Éditions latines, 1957.

Calmette (A.), *L'Organisation civile et militaire*, Paris, PUF, 1961.

Chabrol (V.), *Jeune France. Une expérience de recherche et de décentralisation culturelle (novembre 1940-mars 1942)*, thèse, Université de Paris III, 1974.

Chastenet (J.), *Les Années d'illusion (1918-1931)*, Paris, Hachette, 1962.

Chastenet (J.), *Le Déclin de la IIIe République (1931-1938)*, Paris, Hachette, 1962.

Chenaux (P.), *Entre Maurras et Maritain*, Paris, Cerf, 1999.

Chevalier (J.-J.), Marc (A.), etc., *Le Fédéralisme*, Paris, PUF, 1956.

Cohen (A.), *Histoire d'un groupe dans l'institution d'une « communauté » européenne (1940-1950)*, thèse, Paris I-Sorbonne, 1999.

Colin (P.), *Intellectuels chrétiens et esprit des années 20*, Paris, Cerf, 1997.

Colomb (H.), *La Danse des fous*, Paris, Caractères, 1974.

Comte (B.), *Une utopie combattante. L'École des cadres d'Uriage (1940-1942)*, Paris, Fayard, 1991.

Conilh (J.), *Mounier*, Paris, PUF, 1966.

Coston (H.), *Partis, journaux et hommes politiques*, Paris, La Librairie française, 1960.

Coston (H.), *La Technocratie et la Synarchie*, Paris, La Librairie française, 1962.

Coston (H.), *Dictionnaire politique*, Paris, La Librairie française, 1967.

Cotta (M.), *Le Frontisme et la Flèche*, Paris, dactylographié, mémoire IEP, 1959.

Coutrot (A.), *Un courant de la pensée catholique : « Sept »*, Paris, Le Cerf, 1961.

Cremieux (B.), *Inquiétude et Reconstruction*, Paris, Corréa, 1931.

Creyssels-Cabanié (S.), *Constantes idéologiques dans l'œuvre polémique de Bernanos*, Toulouse, dactylographié, DES d'histoire, 1965.

Crouzet (M.), *L'Époque contemporaine*, Paris, PUF, 1966.

Daniel-Rops (H.), *Notre Inquiétude*, Paris, Librairie académique Perrin, 1927.

Daniel-Rops (H.), *Péguy*, Paris, Plon, 1933.

Daniel-Rops (H.), *La Misère et nous*, Paris, Grasset, 1935.

Daniel-Rops (H.), *L'Épée de feu*, Paris, Plon, 1939.

Daniel-Rops (H.), *Un combat pour Dieu*, Paris, Fayard, 1963.

Dansette (A.), *Destin du catholicisme français*, Paris, Flammarion, 1957.

Dansette (A.), *Histoire religieuse de la France contemporaine*, Paris, Flammarion, 1965.

Debu-Bridel (J.), *L'Agonie de la IIIe République*, Paris, Le Bateau ivre, 1948.

Deering (M.-J.), *Denis de Rougemont, l'Européen*, Lausanne, Fondation Jean-Monnet, 1991.

Delaporte (J.), *Péguy dans son temps et dans le nôtre*, Paris, Plon 10/18, 1967.

Delestre (A.), *Uriage. Une communauté et une école dans la tourmente (1940-1945)*, Nancy, Presses Universitaires de Nancy, 1989.

Dioudonnat (J.-M.), *Je suis partout. Les maurrassiens devant la tentation fasciste*, Paris, La Table ronde, 1973.

Doering (B.), *Jacques Maritain and the French catholics intellectuals*, University of Notre Dame Press, 1983.

Domenach (J.-M.), *Gilbert Dru, celui qui croyait au ciel*, Paris, Elf, 1947.

Domenach (J.-M.), *Emmanuel Mounier*, Paris, Le Seuil, 1972.

Dreyfus (F.-G.), *Histoire de la démocratie chrétienne en France*, Paris, Albin Michel, 1988.

Dreyfus (F.-G.), *De Gaulle et le gaullisme*, Paris, PUF, 1982.

Drieu La Rochelle (P.), *L'Europe contre les patries*, Paris, Gallimard, 1931.

Drieu La Rochelle (P.), *Gilles*, Paris, Gallimard, 1939.

Duhamel (G.), *Scènes de la vie future*, Paris, Le Mercure de France, 1930.

Du Moulin de Labarthète, *Le Temps des illusions*, Genève, Le Cheval ailé, 1946.

Dunphy (J.), *E. Mounier et la crise de l'humanisme*, Melbourne, ronéoté, thèse : Faculty of Arts, 1965.

Dupeux (L.) dir., *La Révolution conservatrice allemande sous la république de Weimar*, Paris, Kime, 1992.

Duquesne (J.), *Les Catholiques français sous l'Occupation*, Paris, Grasset, 1966.

Ellul (J.), *Exégèse des nouveaux lieux communs*, Paris, Calmann-Lévy, 1965.

Fabrègues (J. de), *Bernanos tel qu'il était*, Paris, Mame, 1965.

Fabrègues (J. de), *Christianisme et civilisations*, Paris, Éditions de Gigord, 1966.

Fabrègues (J. de), *Maurras et son Action française*, Paris, Librairie académique Perrin, 1966.

Faux (E.), Legrand (T.), Pérez (G.), *La Main droite de Dieu*, Paris, Seuil, 1994.

Ferry (G.), *Une expérience de formation de chefs*, Paris, Le Seuil, 1945.

Folhen (C.), *La France de l'entre-deux-guerres*, Paris, Casterman, 1966.

Frenay (H.), *La nuit finira*, Paris, Laffont, 1983.

Fried (F.), *La Fin du capitalisme*, Paris, Grasset, 1932.

Gadoffre (G.), etc., *Vers le style du XXᵉ siècle*, Paris, Le Seuil, 1945.

Gandillac (M. de), *Le Siècle traversé*, A. Michel, 1998.

Genet (L.), *Cinquante ans d'histoire (1900-1950)*, t. II et III, Paris, Taillandier, 1951.

Gillouin (R.), *J'étais l'ami du maréchal Pétain*, Paris, Plon, 1966.

Giolitto, *Histoire de la jeunesse sous Vichy*, Paris, Éditions Perrin, 1991.

Goguel (F.), *La Politique des partis sous la IIIᵉ République*, Paris, Le Seuil, 1958.

Gortais (A.), *Démocratie et libération*, Paris, Éditions SERP, 1947.

Gouzy (J.-P.). *Les Pionniers de l'Europe communautaire*, Lausanne, Centre de recherches européennes, 1968.

Granet (M.), *Défense de la France*, Paris, PUF, 1960.

Granet (M.), *Combat*, Paris, PUF, 1957.

Greilsamer (L.), *Hubert Beuve-Méry*, Paris, Fayard, 1990.

Greilsammer (A.), *Les Mouvements fédéralistes en France de 1945 à 1974*, Nice, Presses d'Europe, 1974.

Guissard (L.), *Mounier*, Paris, Éd. Universitaires, 1963.

Gurvitch (G.), *Tendances actuelles de la philosophie allemande*, Paris, Vrin, 1930.

Guyer (M.-T.), *La Politique d'E. Mounier*, Nancy, ronéoté, DES de science politique, 1966.

Halévy (D.), *Décadence de la liberté*, Paris, Grasset, 1931.

Halévy (D.), *La République des comités*, Paris, Grasset, 1934.

Halls (W.D.) *Les Jeunes et la politique de Vichy*, Paris, Syros, 1988.

Hamon (H.) et Rotman (P.), *La Deuxième Gauche. Histoire intellectuelle et politique de la CFDT*, Paris, Ramsay, 1982.

Hau (M.), *La Revue « Esprit » et le communisme*, Paris, dactylographié, DES d'histoire, 1966.

Hellman (J.), *Emmanuel Mounier and the New Catholic Left, 1930-1950*, Toronto, University of Toronto Press, 1981.

Hellmann (J.), *The Knight-Monks of Vichy France. Uriage, 1940-1945*, Montréal, McGill-Queen's University Press, 1993.

Hoffmann (S.), etc., *À la recherche de la France*, Paris, Le Seuil, 1963.

Hostache (R.), *Le Conseil national de la Résistance*, Paris, PUF, 1957.

Izard (P.) *Personnalisme et fédéralisme dans l'œuvre des fondateurs de la revue L'Ordre nouveau*, thèse 3ᵉ cycle, Toulouse, Université des sciences sociales, 1986.

Jacob (J.). *Les Sources de l'écologie politique*, Paris, Arléa, 1995.

Jacob (J.) *Le Retour de L'Ordre nouveau*, Genève, Droz, 2000.

Jeanneney (J.-N.), Julliard (J.), *« Le Monde » de Beuve-Méry ou le métier d'Alceste*, Paris, Le Seuil, 1979.

Jouvenel (H. de), etc., *Rajeunissement de la politique*, Paris, Corréa, 1932.

Judt (T.), *Un passé imparfait. Les intellectuels en France, 1945-1956*, Paris, Fayard, 1992.

Jugnet (L.), *Pour comprendre la pensée de saint Thomas d'Aquin*, Paris, Bordas, 1964.

Julliard (J.) et Winock (M.), *Dictionnaire des intellectuels français*, Paris, Le Seuil, 1996.

Kessler (J.-F.), *De la gauche dissidente au nouveau parti socialiste*, Toulouse, Privat, 1990.

Kessler (N.), *Histoire politique de la Jeune Droite (1930-1942)*, Paris, L'Harmattan, 2001.

Labrousse (R.), *Introduction à la philosophie politique*, Paris, Rivière, 1959.

Lacroix (J.), *Itinéraire spirituel*, Paris, Bloud et Gay, 1937.

Lacroix (J.), *Crise de la démocratie et crise de la civilisation*, Paris, Éd. de la Chronique sociale, 1966.

Lamour, *Entretiens sous la tour Eiffel*, Paris, La Renaissance du Livre, 1929.

Lamour (P.), *Le Cadran solaire*, Paris, Robert Laffont, 1980.

Landsberg (P.-L.), *Problèmes du personnalisme*, Paris, Le Seuil, 1952.

La Poste (R.), *Nés de la guerre*, Paris, Éd. Valois, 1928.

Lassiéra (R.), Plumyène (J.), *Les Fascismes français (1923-1963)*, Paris, Le Seuil, 1963.

Launay (J. de), *Le Dossier de Vichy*, Paris, Julliard, 1967.

Laurent (J.), *Histoire égoïste*, Paris, Gallimard, 1976.

Laurent (R.), *Les Origines du MRP*, Paris, Éd. du Mail, 1946.

Leenhardt (R.), *Les Yeux ouverts. Entretiens avec J. Lacouture*, Paris, Le Seuil, 1979.

Leforestier (L.), *Jean-Pierre Maxence, Itinéraire d'un intellectuel de la Jeune Droite (1925-1944)*, Mémoire IEP, Paris, 1994.

Le Moulec-Deschamps (I.), *Alexandre Marc, un combat pour l'Europe*, thèse 3ᵉ cycle, Nice, Université de Nice, Institut du droit, de la paix et du développement, 1992.

Lestavel (J.), *Introduction aux personnalismes*, Paris, Éd. Vie nouvelle, 1961.

Lévy (B.-H.), *L'Idéologie française*, Paris, Grasset, 1981.

Lindenberg (D.), *Les Années souterraines (1937-1947)*, Paris, La Découverte, 1990.

Lipiansky (E.), « L'*Ordre Nouveau* (1930-1938) », dans l'ouvrage *Ordre et Démocratie*, Paris, PUF, 1967.

Loubet del Bayle (J.-L.), *L'Illusion politique au XXᵉ siècle*, Paris, Economica, 1999.

Lucius (P.), *La Faillite du capitalisme*, Paris, Payot, 1932.

Lucius (P.), *Révolutions du XXᵉ siècle*, Paris, Bibliothèque économique et politique, 1934.

Lurol (G.), *Mounier. Genèse de la personne*, Paris, Éditions Universitaires, 1991.

Malraux (A.), *La Tentation de l'Occident*, Paris, Grasset, 1926.

Marc (A.), *Dialectique du déchaînement*, Paris, La Colombe, 1961.

Marc (A.), *Civilisation en sursis*, Paris, La Colombe, 1955.

Marc (A.), *L'Europe en question*, Paris, Payot, 1967.

Marc (A.), *Fondements du personnalisme fédéraliste, principe, fin et sens de la métaphysique*, Nice, Presses de l'Europe, 1995.

Maritain (J.), *Trois Réformateurs*, Paris, Plon, 1925.

Maritain (J.), *Primauté du spirituel*, Paris, Plon, 1927.

Maritain (J.), *Religion et culture*, Paris, Desclée de Brouwer, 1933.

Maritain (J.), *Du régime temporel et de la liberté*, Paris, Desclée de Brouwer, 1933.

Maritain (J.), *Humanisme intégral*, Paris, Aubier, 1936.

Maritain (J.), *Personne et bien commun*, Paris, Desclée, 1947.

Maritain (J.), *Carnets de notes*, Paris, Desclée de Brouwer, 1965.

Maritain (J.), *Le Paysan de la Garonne*, Paris, Desclée de Brouwer, 1966.

Maritain (R.), *Les Grandes Amitiés*, Paris, Desclée de Brouwer, 1949.

Maris (B.), *Jacques Delors, artiste et martyr*, Paris, Albin Michel, 1993.

Marrou (H.-I.), *Crise de notre temps et réflexion chrétienne de 1930 à 1979*, Paris, Beauchesne, 1978.

Marty (E.), *Les Idées politiques de Thierry Maulnier*, Paris, dactylographié, DES de science politique, 1966.

Massis (H.), *Défense de l'Occident*, Paris, Plon, 1927.

Massis (H.), *Évocations*, Paris, Plon, 1931.

Massis (H.), *Débats*, Paris, Plon, 1931.

Massis (H.), *Maurras et notre temps*, Paris, Plon, 1961.

Massis (H.), *De l'homme à Dieu*, Paris, Nouvelles Éditions latines, 1958.

Massis (H.), *Au long d'une vie*, Paris, Plon, 1967.

Maugenest (D.), dir., *Le Discours social de l'Église catholique en France (1891-1992)*, Paris, Cerf, 1995.

Maulnier (T.), *Nietzsche*, Paris, Riéder, 1933.

Maulnier (T.), *Au-delà du nationalisme*, Paris, Gallimard, 1938.

Maulnier (T.), *Au long d'une vie* d'H. Massis, Préface, Paris, Plon, 1967.

Maurras (C.), *Mes Idées politiques*, Paris, Fayard, 1936.

Maxence (J.), *Péguy*, Paris, Desclée de Brouwer, 1931.

Maxence (J.-L.), *L'Ombre d'un père*, Paris, Éditions Libres Hallier, 1975.

Maxence (J.-P.), *Histoire de dix ans (1927-1937)*, Paris, Gallimard, 1939.

Mayeur (F.), « *L'Aube* », *étude d'un journal d'opinion*, Paris, Colin, 1966.

Mayeur (J.-M.), *Catholicisme social et démocratie chrétienne. Principes romains, expériences françaises*, Paris, Cerf, 1986.

Merlio (G.) dir., *Ni gauche, ni droite : les chassés-croisés idéologiques des intellectuels français et allemands de l'entre-deux-guerres*, Talence, Éditions MSH d'Aquitaine, 1995.

Michel (H.), *Histoire de la Résistance*, Paris, PUF, 1963.

Michel (H.), *Les Courants de pensée de la Résistance*, Paris, PUF, 1965.

Michel (H.), *Vichy, année 40*, Paris, Laffont, 1967.

Michel (H.), Mirkine-Guetzévitch (B.), *Les Idées politiques et sociales de la Résistance*, Paris, PUF, 1954.

Michelet (E.), *Le Gaullisme, passionnante aventure*, Paris, Fayard, 1962.

Modry (A.), *La Jeune Droite non conformiste à travers la revue « Combat » (1936-1939)*, mémoire de maîtrise, Lyon II, 1978.

Modry (A.), *La Jeune Droite non conformiste à travers « Combat » (1936-1939), « L'Insurgé » (janvier/octobre 1937), « Civilisation », (1938-1939). Ambiguïté, consensus et divergence*, mémoire de DEA, Lyon II, 1979.

Moix (C.), *La Pensée d'E. Mounier*, Paris, Le Seuil, 1960.

Monnier (P.), *À l'ombre des grandes têtes molles*, Paris, La Table ronde, 1987.

Montety (E. de), *Thierry Maulnier*, Paris, Julliard, 1994.

Moré (M.), *Accords et dissonances*, Paris, Gallimard, 1967.

Mounier (E.), *Manifeste au service du personnalisme*, Paris, Éd. Montaigne, 1936.

Mounier (E.), *Qu'est-ce que le personnalisme ?* Paris, Le Seuil, 1946.

Mounier (E.), *Le Personnalisme*, Paris, PUF, 1950.

Mounier (E.), *Introduction aux existentialismes*, Paris, Gallimard, 1964.

Nizan (P.), *Aden Arabie*, Paris, Riéder, 1931.

Nulans (M. E.), *La Revue « Esprit » du 6 février à Munich*, Nancy, ronéoté, DES d'histoire, 1964.

Parias, etc., *Trente ans d'histoire, de Clemenceau à de Gaulle*, Paris, Nouvelle Librairie de France, 1950.

Paxton (R. O.), *La France de Vichy*, nlle éd., Paris, Le Seuil, « Points », 2000.

Péan (P.), *Une jeunesse française. François Mitterrand (1934-1947)*, Paris, Fayard, 1994.

Perroux (F.), Urvoy (Y.), *La Révolution en marche*, Paris, Éd. Médicis, 1943.

Pétain (P.), *La France nouvelle, Appels et messages*, Paris, Fasquelle, 1941.

Pétain (P.), *Quatre Années au pouvoir*, Paris, La Couronne littéraire, 1949.

Picon (G.), *Panorama des idées contemporaines*, Paris, Gallimard, 1957.

Prélot (M.), *Histoire des idées politiques*, Paris, Dalloz, 1966.

Prévost (J.), *Histoire de France de l'après-guerre*, Paris, Riéder, 1932.

Purtschet (B.), *Le RPF*, Paris, Éd. Cujas, 1965.

Rémond (R.), *Les Catholiques, le communisme et les crises*, Paris, Colin, 1960.

Rémond (R.), *La Droite en France*, Paris, Aubier, 1963.

Rémond (R.), *Les Catholiques dans la France des années 30*, Paris, Cana, 1979.

Ricœur (P.), *Histoire et vérité*, Paris, Le Seuil, 1955.

Rougemont (D. de), *L'Attitude fédéraliste*, Paris, Éd. La Fédération, 1948.

Rougemont (D. de), *L'Aventure occidentale de l'homme*, Paris, Albin Michel, 1957.

Rougemont (D. de), *Vingt-Huit Siècles d'Europe*, Paris, Payot, 1961.

Rougemont (D. de), *Journal d'une époque*, Paris, Gallimard, 1968.

Roulin (P.), *Valéry, témoin et juge du monde moderne*, Neuchâtel, La Bacconnière, 1964.

Roy (Ch.), *Alexandre Marc et la Jeune Europe*, 1904-1934. *L'Ordre Nouveau aux origines du personnalisme*, Nice, Presses d'Europe, 2000.

Roy (C.), *Moi je, essai d'autobiographie*, Paris, Gallimard, 1969.

Roy (C.), *Nous*, Paris, Gallimard, 1972.

Senarclens (P. de), *Le Mouvement « Esprit », 1932-1941. Essai critique*, Lausanne, L'Âge d'homme, 1974.

Sérant (P.), *Le Romantisme fasciste*, Paris, Fasquelle, 1960.

Sérant (P.), *Les Dissidents de l'Action française*, Paris, Copernic, 1979.

Simon (P.-H.), *Destin de la personne*, Paris, Bloud et Gay, 1935.

Simon (P.-H.), *L'Esprit et l'histoire*, Paris, Colin, 1954.

Simon (P.-H.), *Histoire de la littérature française du XXᵉ siècle*, t. II, Paris, Colin, 1956.

Simon (P.-H.), *Ce que je crois*, Paris, Grasset, 1966.

Sipriot (P.), *Robert Brasillach et la génération perdue*, Monaco, Les Cahiers du Rocher, 1987.

Sirinelli (J.-F.), *Génération intellectuelle. Khâgneux et normaliens dans l'entre-deux-guerres*, Paris, Fayard, 1988.

Sirinelli (J.-F.), *Intellectuels et passions françaises. Manifestes et pétitions au XXᵉ siècle*, Paris, Fayard, 1990.

Sternhell (Z.), « *Ni droite, ni gauche* », *l'idéologie fasciste en France*, Paris, Fayard, 2000.

Tessier (J.), *Dix ans d'effort pour unir l'Europe*, Paris, Bureau franco-allemand, 1955.

Thomas (L.), *L'Action française devant l'Église*, Paris, Nouvelles Éditions latines, 1966.

Toda (M.), *Henri Massis, un témoin de la droite intellectuelle*, Paris, La Table ronde, 1987.

Touchard (J.), *Histoire des idées politiques*, t. II, Paris, PUF, 1964.

Touchard (J.), « L'esprit des années trente », dans l'ouvrage collectif *Tendances politiques dans la vie française depuis 1789*, Paris, Hachette, 1960.

Tranvouez (Y.), *Catholiques d'abord. Approches du mouvement catholique en France, XIXᵉ-XXᵉ France*, Paris, Éditions ouvrières, 1988.

Valéry (P.), *Variétés I*, Paris, Gallimard, 1924.

Valéry (P.), *Variétés II*, Paris, Gallimard, 1935.

Valéry (P.), *Regards sur le monde actuel*, nouvelle édition, Paris, Stock, 1945.

Vancourt (R.), *La Crise du christianisme contemporain*, Paris, Aubier, 1965.

Vandromme (P.), *Maurras ou l'Église de l'ordre*, Paris, Le Centurion, 1966.

Verdes-Leroux (J.), *Refus et violence. Politique et littérature à l'extrême droite des années 30 aux retombées de la Libération*, Paris, Gallimard, 1996.

Vermeil (E.), *Doctrinaires de la révolution allemande*, Paris, Nouvelles Éditions latines, 1948.

Vistel (A.), *Héritage spirituel de la Résistance*, Paris, Éd. Luz, 1955.

Voyenne (B.), *Histoire de l'idée européenne*, Paris, Payot, 1964.

Weber (E.), *L'Action française*, Paris, Stock, 1964.

Weber (E.), *La France des années 30. Tourments et perplexités*, Paris, Fayard, 1995.

Wievorka (O.), *Une certaine idée de la résistance. Défense de la France (1940-1949)*, Paris, Seuil, 1995.

Winock (M.), « *Esprit* », *des intellectuels dans la cité (1930-1950)* Paris, Le Seuil, 1975, 1996.

Winock (M.), *Le Siècle des intellectuels*, Paris, Le Seuil, 1997.

XXX, *Les Jeunes à la croisée des chemins*, Paris, Fischbascher, 1932.

XXX, *Jeune France*, brochure, 1941.

XXX, *L'Europe de demain*, Neuchâtel, La Bacconnière, 1945.

XXX, *Le Personnalisme d'E. Mounier hier et demain*, Paris, Seuil, 1985.

Yvignac (A. d'), *Vers une politique chrétienne*, Paris, Éd. de la Gazette française, 1928.

Yvignac (A. d'), *Propos d'un contestataire. Les années trente*, Paris, Téqui, 1992.

4. SOURCES DIVERSES

Ensemble des archives et documents rassemblés à la bibliothèque « Emmanuel Mounier » (19, rue Henri-Marrou à Châtenay-Malabry).

Travaux du séminaire dirigé par MM. Girardet, Rémond et Touchard et consacré à l'étude des années 1930 dans le cadre du Cycle supérieur d'études politiques organisé par l'Institut d'études politiques de Paris (1965-1967).

Index des noms cités

Table

RÉALISATION : IGS – CHARENTE PHOTOGRAVURE, À L'ISLE-D'ESPAGNAC
IMPRESSION : MAURY-EUROLIVRES À MANCHECOURT (08-2001)
DÉPÔT LÉGAL : SEPTEMBRE 2001 – N° 48701 – 01/07/88609

Collection Points